T0188334

Una fortuna peligrosa

Ken Follett nació en Cardiff (Gales), pero cuando tenía diez años su familia se trasladó a Londres. Se licenció en filosofía en la University College de Londres y posteriormente trabajó como reportero del *South Wales Echo*, el periódico de su ciudad natal. Más tarde colaboró en el *London Evening News* de la capital inglesa y durante esta época publicó, sin mucho éxito, su primera novela. Dejó el periodismo para incorporarse a una editorial pequeña, Everest Books, y mientras tanto continuó escribiendo. Fue su undécima novela la que se convirtió en su primer gran éxito literario.

Ken Follett es uno de los autores más queridos y admirados por los lectores en el mundo entero, y la venta total de sus libros supera los ciento setenta millones de ejemplares.

Follett, que ama la música casi tanto como los libros, toca el bajo con gran entusiasmo en dos grupos musicales. Vive en Stevenage, Hertfordshire, con su esposa Barbara, exparlamentaria laborista por la circunscripción de Stevenage. Entre los dos tienen cinco hijos, seis nietos y tres perros labradores.

Para más información, visite la página web del autor: www.kenfollett.es

Biblioteca

KEN FOLLETT

Una fortuna peligrosa

Traducción de
Manuel Bartolomé

DEBOLS!LLO

Papel certificado por el Forest Stewardship Council®

Título original: *A Dangerous Fortune*

Séptima edición con esta portada: enero de 2017
Sexta reimpresión: marzo de 2022

Bantam Doubleday Dell Publishing Group, Inc., 1993
© 1993, Ken Follett
© 1993, Penguin Random House Grupo Editorial, S. A. U.
Travessera de Gràcia, 47-49. 08021 Barcelona
© 1993, Manuel Bartolomé, por la traducción
Traducido de la edición de Delacorte Press
Diseño de la cubierta: Penguin Random House Grupo Editorial basado
en el diseño original de Daren Cook

Printed in Spain – Impreso en España

ISBN: 978-84-9793-193-9
Depósito legal: B-7.263-2016

Impreso en Novoprint
Sant Andreu de la Barca (Barcelona)

P 8 3 1 9 3 E

AGRADECIMIENTOS

Por su generosa ayuda al escribir este libro, doy gracias a los siguientes amigos, conocidos y colegas:

Carole Baron	Michale Haskoll
Joanna Bourke	Pam Mendez
Ben Braber	M. J. Orbell
George Brennan	Richard Overy
Jackie Farber	Dan Starer
Barbara Follett	Kim Turner
Emanuele Follett	Ann Ward
Katya Follett	Jane Wood
	Al Zuckerman

Ken Follett
16 de marzo de 1993

ÁRBOL GENEALÓGICO DE LA FAMILIA PILASTER

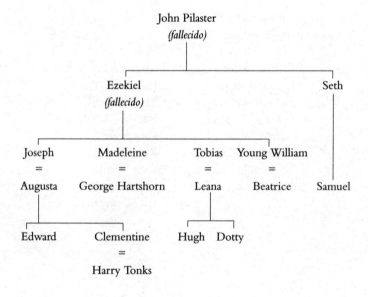

Índice

PRÓLOGO
1866

1

El día de la tragedia, a los alumnos del Colegio Windfield se les había confinado en sus habitaciones.

Era un caluroso sábado de mayo y normalmente hubieran pasado la tarde en el patio de recreo del lado sur, unos jugando al cricket y otros presenciando el partido desde el sombreado margen del bosque del Obispo. Pero se acababa de cometer un crimen. Habían robado seis soberanos de oro del escritorio del señor Offerton, el profesor de latín, y el colegio en pleno estaba bajo sospecha. Todos los estudiantes permanecerían retenidos hasta que se descubriera al ladrón.

Micky Miranda estaba sentado ante una mesa en la que generaciones de alumnos aburridos habían dejado marcadas sus iniciales. El muchacho sostenía en la mano una publicación gubernamental titulada *Equipo de Infantería*. Los grabados de espadas, mosquetones y fusiles que la ilustraban solían fascinarle, pero el calor le abrumaba demasiado para permitirle un mínimo de concentración. Al otro lado de la mesa, su compañero de habitación, Edward Pilaster, levantó la vista del cuaderno de ejercicios de latín. Estaba copiando la página de Plutarco que Micky había ya traducido y su dedo manchado de tinta señaló una palabra, al tiempo que declaraba:

—No la entiendo.

Micky miró el vocablo.

—Decapitado —dijo—. Es la misma palabra en latín: *decapitare*.

A Micky, el latín le resultaba fácil, tal vez porque muchos de sus términos era similares en español, lengua materna del chico.

La pluma de Edward garabateó sobre el papel. Micky se puso en pie, nervioso, y se acercó a la ventana abierta. No soplaba el más leve atisbo de aire. Lanzó una mirada melancólica a través de la explanada del establo, hacia la floresta.

En la cantera abandonada del extremo norte del bosque del Obispo, a la sombra de los árboles, había una alberca que invitaba a darse un chapuzón. El agua era fresca y profunda...

—Vamos a nadar —incitó de pronto.

—No podemos —repuso Edward.

—Si pasamos por la sinagoga, sí. —La «sinagoga» era el cuarto contiguo, que compartían tres alumnos judíos. En el Colegio Windfield se enseñaba teología sin profundizar demasiado y reinaba la tolerancia en cuanto a la diversidad religiosa, lo cual seducía tanto a los progenitores de los chicos judíos como a la familia metodista de Edward y al católico padre de Micky. Sin embargo, pese a la postura oficial del centro pedagógico, los alumnos hebreos no dejaban de sufrir cierta persecución. Micky continuó—: Podemos salir por la ventana, dejarnos caer sobre el tejado del lavadero, bajar por la parte trasera de la cuadra, escabullirnos y perdernos de vista dentro del bosque.

A Edward pareció asustarle la idea.

—Si nos pescan, del tiralíneas no nos salva nadie.

El tiralíneas era la vara de fresno que blandía el doctor Poleson, director del colegio. El castigo por quebrantar el arresto eran doce dolorosos zurriagazos. Micky ya había probado la vara del doctor Poleson, por jugar, y aún se estremecía al recordarlo. Pero las probabilidades de que les cogiesen eran remotas y la idea de desvestirse y deslizarse desnudo en el estanque le resultaba tan al alcance de la mano que casi sentía la frescura del agua en su piel sudorosa.

Observó a su compañero de cuarto. No contaba con muchas simpatías en el colegio: demasiado holgazán para ser buen estudiante, demasiado torpón para destacar en los deportes y demasiado egoísta para granjearse amigos. Micky era el único amigo que tenía, y a Edward le molestaba enormemente que Micky dedicara su tiempo a pasarlo con otros compañeros.

—Iré a ver si Pilkington quiere acompañarme —dijo Micky, y echó a andar hacia la puerta.

—No, no lo hagas —pidió Edward desazonado.

—No sé por qué no —replicó Micky—. Tú tienes demasiado miedo.

—No tengo miedo —contradijo Edward en tono nada convincente—. Es que he de acabar el latín.

—Entonces acábalo mientras yo me voy con Pilkington a nadar.

Durante unos segundos, Edward no pareció dispuesto a dar su brazo a torcer, pero luego cedió.

—Está bien, iré —dijo a regañadientes.

Micky abrió la puerta. Del resto del edificio llegaba una especie de rumor sordo, pero en el pasillo no se veía ningún profesor. Micky se coló como un rayo en la habitación de al lado. Edward le siguió.

—Hola, hebreos —saludó Micky.

De los tres chicos, dos jugaban a las cartas en la mesa. Alzaron la vista para echarles una mirada y luego continuaron la partida, sin pronunciar palabra. El tercero, Greenbourne el Gordo, estaba comiéndose un pastel. Su madre le enviaba provisiones continuamente.

—Hola, pareja —acogió amistosamente—. ¿Queréis un pastelito?

—Por Dios, Greenbourne, comes como un cerdo —dijo Micky.

El Gordo se encogió de hombros y le dio otro bocado al pastel.

Siempre se estaban metiendo con él, por gordinflón y por judío, pero al chico no parecían afectarle las burlas, ni por una cosa ni por la otra. Se decía que su padre era el hombre más rico del mundo, y Micky pensaba que tal vez eso le había hecho impermeable a lo que pudieran llamarle o decirle.

Micky se acercó a la ventana, la abrió y oteó los alrededores. El patio del establo aparecía desierto.

—¿Qué os lleváis entre manos, compañeros? —preguntó el Gordo.

—Vamos a darnos una zambullida —contestó Micky.

—Os arrearán una somanta.

—A quién se lo dices —articuló Edward con voz quejumbrosa.

Micky se sentó en el alféizar de la ventana, rodó sobre sí para quedar apoyado sobre el estómago, se retorció hacia atrás y, por último, se dejó caer y cubrió los escasos centímetros que le separaban del tejado del lavadero. Creyó oír el chasquido de una de las tejas de pizarra, pero el tejado aguantó su peso. Levantó la cabeza y vio que Edward miraba hacia afuera con expresión temerosa e inquieta.

—¡Venga! —espoleó Micky.

Se desplazó tejado abajo y aprovechó una oportuna cañería para resbalar por ella hasta el suelo. Un minuto después, Edward aterrizaba a su lado.

Micky asomó la cabeza por la esquina del lavadero. Nadie a la vista. Sin más titubeos, salió disparado a través de la explanada del establo y se metió en el bosque. Corrió entre los árboles hasta que, según sus cálculos, consideró encontrarse fuera de la vista de los edificios del colegio. Entonces se detuvo para descansar. Edward llegó junto a él.

—¡Lo conseguimos! —exclamó Micky—. Nadie nos ha echado el ojo.

—Probablemente nos sorprenderán a la vuelta —vaticinó Edward sombrío.

Micky le dirigió una sonrisa. Edward tenía un aspecto muy inglés, con su cabellera rubia, sus ojos azules y su enorme nariz, como un cuchillo de hoja ancha. Un muchacho corpulento, de amplios hombros, fuerte, pero falto de coordinación. Carecía de sentido de la elegancia y vestía desmañadamente. Micky y él tenían la misma edad: ambos contaban dieciséis años, pero eran completamente distintos en muchas otras cosas: Micky tenía el pelo negro y rizado, sus ojos eran oscuros, cuidaba meticulosamente su apariencia y aborrecía la mera idea de ir sucio o desaliñado.

—Confía en mí, Pilaster —dijo Micky—. ¿No me cuido siempre de ti?

Edward esbozó una sonrisa, ahora más tranquilo.

—Está bien, vamos.

Avanzaron a través de la foresta por un sendero apenas visible. Bajo la fronda de hayas y olmos, el aire resultaba un poco más fresco y Micky empezó a sentirse mejor.

—¿Qué vas a hacer este verano? —le preguntó a Edward.

—Normalmente, en agosto nos trasladamos a Escocia.

—¿Tu familia tiene allí pabellón de caza? —Micky estaba bastante puesto en la jerga de las clases altas inglesas y sabía que «pabellón de caza» era el término adecuado, aunque la vivienda en cuestión fuese un castillo con cincuenta habitaciones.

—Alquilan una casa —respondió Edward—. Pero no salimos de caza. Mi padre no es deportista, ya sabes.

Micky captó cierto matiz defensivo en la voz de Edward y ponderó su significado. Sabía que a la aristocracia inglesa le gustaba disparar sobre las aves en agosto y cazar zorros durante todo el invierno.

También sabía que los aristócratas no enviaban a sus hijos a aquel colegio. Los padres de los alumnos del Windfield, más que condes y obispos, eran ingenieros y hombres de negocios, gente que no dispone de tiempo para perderlo

17

practicando el tiro o la persecución de animales. Los Pilaster eran banqueros, y al decir Edward: «Mi padre no es deportista», reconocía implícitamente que su familia no se encontraba en las esferas superiores de la sociedad.

A Micky le divertía que los ingleses respetasen más el ocio que a las personas que trabajaban. En su país, el respeto no se les concedía a los nobles inútiles ni a los comerciantes laboriosos. El pueblo de Micky sólo respetaba el poder. Si un hombre tenía poder para controlar a los demás: para alimentarlos o matarlos de hambre, encarcelarlos o dejarlos en libertad, eliminarlos o permitirles vivir... ¿qué otra cosa necesitaba?

—¿Y tú? —preguntó Edward—. ¿Cómo pasarás el verano?

Era la pregunta que Micky deseaba que le hiciese.

—Aquí —dijo—. En el colegio.

—No volverás a quedarte otra vez en el colegio todas las vacaciones, ¿verdad?

—Qué remedio. No puedo ir a casa. Sólo el viaje de ida me lleva mes y medio... Tendría que emprender el regreso antes de haber llegado.

—¡Por Júpiter! Eso es duro.

Desde luego, a Micky no le apetecía volver a casa. Odiaba su hogar, lo aborrecía desde que su madre murió. Ahora, allí sólo había hombres: su padre, su hermano mayor, unos cuantos tíos y primos y cuatrocientos vaqueros. El padre era un héroe para aquellos hombres y un extraño para Micky: frío, inaccesible, impaciente. Sin embargo, el verdadero problema lo constituía el hermano de Micky. Paulo era estúpido, pero fuerte. Detestaba a Micky por ser más inteligente que él y se complacía en humillarle. Nunca desaprovechaba la ocasión de demostrar a todo el mundo que Micky era incapaz de enlazar novillos, domar potros o atravesar de un balazo la cabeza de una serpiente. Su jugarreta favorita consistía en asustar al caballo de su hermano pequeño para que se encabritase. Micky, entonces, cerraba

18

los ojos, con los párpados bien apretados, muerto de miedo, mientras el corcel galopaba desenfrenada y demencialmente a través de las pampas hasta que el agotamiento le vencía. No, Micky no deseaba ir a casa para pasar las vacaciones. Pero tampoco le hacía ninguna gracia quedarse en el colegio. Lo que realmente quería era que le invitasen a pasar el verano con la familia Pilaster.

Pero Edward no sugirió tal posibilidad y Micky dejó correr el asunto. Estaba seguro de que el tema saldría a colación de nuevo.

Franquearon una ruinosa cerca y treparon por un montecillo. Al llegar a la cima vieron la alberca. Las escopleadas paredes de la cantera ofrecían una pendiente abrupta, pero los chicos eran ágiles y no les costó mucho descender a gatas por ella. El agua de la honda charca del fondo era de tono verde oscuro y la poblaban ranas, sapos y alguna que otra serpiente de agua.

Micky observó con sorpresa que había allí otros tres chicos. Entornó los párpados para resistir el reflejo del sol sobre la superficie del estanque y miró los cuerpos desnudos. Los tres muchachos estudiaban cuarto de básica en el Windfield.

La pelambrera de color zanahoria pertenecía a Antonio Silva, que no obstante tal tonalidad era compatriota de Micky. El padre de Tonio no poseía tanta extensión de terreno como el de Micky, pero los Silva vivían en la capital y contaban con amigos influyentes. Al igual que Micky, Tonio no podía ir a casa por vacaciones, pero era lo bastante afortunado como para tener amistades en la embajada de Córdoba en Londres, lo que le evitaba permanecer todo el verano en el colegio.

El segundo chico del grupo era Hugh Pilaster, primo de Edward. No se parecían en nada: Hugh tenía el pelo negro y las facciones finas y menudas, que solía matizar con una sonrisa pícara. Edward no podía ver a Hugh, porque el hecho de que éste fuera un estudiante aplicado hacía que Edward pareciese el burro de la familia.

El otro era Peter Middleton, un muchacho más bien tímido que siempre andaba junto al confiado y seguro Hugh. Los cuerpos de los tres adolescentes eran blancos, unos cuerpos de trece años sin vello, con los brazos y las piernas delgadas.

Micky vio entonces a otro chico más. Nadaba por su cuenta en el extremo de la alberca. Era mayor que los otros tres y no parecía ir con ellos. Micky no pudo distinguir su rostro con suficiente claridad como para identificarlo.

Edward sonreía malévolamente. Vislumbraba la oportunidad de hacer una diablura. Se llevó el índice a los labios, recabando silencio, y empezó a descender por el declive de la cantera. Micky le siguió.

Llegaron a la repisa de la ladera, donde los chiquillos habían dejado la ropa. Tonio y Hugh buceaban, tal vez investigando algo, mientras Peter braceaba solo, de un lado a otro. Peter fue el primero en avistar a los recién llegados.

—¡Oh, no! —exclamó.

—Vaya, vaya —comentó Edward—. Así que violando las normas, ¿eh, chavales?

Hugh Pilaster observó en aquel momento la presencia de su primo.

—¡Conque eres tú! —respondió.

—Vale más que volváis, antes de que os pesquen —aconsejó Edward. Cogió del suelo un par de pantalones—. Pero no os presentéis con la ropa mojada, porque en ese caso todo el mundo sabrá dónde estuvisteis.

Arrojó los pantalones al centro de la poza y se echó a reír.

—¡Desgraciado! —chilló Peter, al tiempo que alargaba la mano para coger los pantalones.

Micky sonrió divertido.

Edward tomó una bota y la tiró al agua.

Los bañistas empezaron a dejarse dominar por el pánico. Edward cogió otro par de pantalones y lo lanzó a la alberca. Era divertido contemplar a las tres víctimas, que gritaban y nadaban a la caza de sus ropas, de modo que Micky estalló en carcajadas.

Mientras Edward seguía arrojando al agua prendas y calzado, Hugh Pilaster salió del estanque. Micky esperaba que emprendiese una huida rápida, pero inesperadamente el chico corrió derecho hacia Edward. Antes de que éste pudiera volver la cabeza, Hugh estaba junto a él y le propinaba un fuerte empujón. Aunque Edward era bastante mayor, se vio cogido por sorpresa y perdió el equilibrio. Vaciló en el borde de la cornisa, para acabar cayendo a la alberca con un ruidoso chapoteo.

Todo sucedió en un abrir y cerrar de ojos. Hugh cogió entre sus brazos toda la ropa que pudo y trepó como un mono por la cuesta de la cantera. Las risas burlonas de Peter y Tonio surcaron el aire.

Micky persiguió a Hugh un corto trecho, pero comprendió que no iba a poder alcanzar al muchacho, más pequeño y ágil que él. Dio media vuelta para comprobar si Edward estaba bien. No hacía falta que se preocupara. Edward había salido a la superficie. Acababa de agarrar a Peter Middleton, al que hundía la cabeza bajo el agua una y otra vez, como castigo por sus risotadas burlonas.

Tonio se alejó nadando, bien aferrado el lío que formaba su ropa, y llegó al borde del estanque. Entonces volvió la cabeza.

—¡Déjale en paz, simio gigante! —le voceó a Edward.

Tonio siempre había sido un chico inquieto y Micky se preguntó qué haría a continuación. Tonio recorrió un tramo de la orilla y se volvió de nuevo, con una piedra en la mano. Micky dirigió un grito de aviso a Edward, pero ya era demasiado tarde. Tonio lanzó la piedra, que con asombrosa puntería alcanzó a Edward en la cabeza. En la frente del muchacho apareció un reluciente rosetón de sangre.

Edward emitió un aullido de dolor, soltó a Peter y atravesó la alberca, en pos de Tonio.

2

Hugh corrió desnudo por entre los árboles, en dirección al colegio, bien sujetas las prendas de ropa que le quedaban y esforzándose en hacer caso omiso del dolor que la aspereza del suelo producía en sus pies descalzos. Al llegar al punto en el que el camino se cruzaba con otro, el chico se desvió a la izquierda, recorrió unos metros y luego se zambulló entre los matorrales para ocultarse en su espesura.

Aguardó, y mientras intentaba calmar su ronca y agitada respiración, aguzó el oído. Su primo Edward y el compañero de éste, Micky Miranda, eran las peores bestias del colegio: gandules, innobles y camorristas. Lo único que cabía hacer era apartarse de su camino. Pero estaba seguro de que Edward iría tras él. Edward siempre le había profesado una inquina feroz.

Los padres de ambos se habían distanciado. El de Hugh, Toby, sacó su capital del negocio de la familia y con él fundó su propia empresa de distribución de tintes para la industria textil. Pese a contar sólo trece años, Hugh sabía que el peor crimen que uno podía cometer contra la familia Pilaster era retirar su capital del banco. El padre de Edward, Joseph, jamás se lo perdonó a su hermano Toby.

Hugh se preguntó qué habría sido de sus compañeros. Antes de que Micky y Edward se presentasen, eran cuatro los que se encontraban en la poza: Tonio, Peter y Hugh, que chapoteaban en un lado de la alberca, y Albert Cammel, un muchacho mayor que ellos, que nadaba solitario en el extremo más alejado del estanque.

En circunstancias normales, Tonio era valiente hasta la temeridad, pero Micky Miranda le aterraba. Procedían de la misma zona geográfica, un país suramericano llamado Córdoba, y Tonio afirmaba que la familia de Micky era poderosa y cruel. En realidad, Hugh no entendía qué significaba eso, pero el efecto era impresionante: Tonio podía mostrarse insolente con los otros, pero siempre trataba a Micky con cortesía, incluso con sumisión.

A Peter le intimidarían sus ocurrencias: se asustaba de su propia sombra. Hugh confió en haber dado esquinazo a los matones.

Albert Cammel, apodado el Joroba, no había ido allí con Hugh y los otros. Dejó su ropa en un sitio distinto y probablemente no tuvo dificultades para escapar.

Hugh también consiguió huir, pero aún no estaba libre de problemas. Había perdido las prendas interiores, los calcetines y las botas. Tendría que introducirse en el colegio con la camisa y los pantalones mojados, a hurtadillas y confiando en que no le viese ningún profesor o algún alumno de los cursos superiores. La idea le arrancó un gruñido. «¿Por qué me tienen que pasar siempre a mí estas cosas?», se preguntó acongojado.

Durante el año y medio transcurrido desde que llegó al Windfield estuvo continuamente metiéndose en apuros y saliendo de ellos como podía. Estudiar no era problema: trabajaba con enérgica dedicación y en todas las pruebas y evaluaciones era el primero de la clase. Pero las rígidas normas le indignaban de manera irracional. Que por la noche le ordenaran ir a la cama a las diez menos cuarto siempre le pareció motivo suficiente para seguir levantado hasta las diez y cuarto. Los lugares prohibidos representaban toda una tentación y se sentía irresistiblemente impulsado a explorar el jardín de la rectoría, el huerto del director, la carbonera o la bodega de la cerveza. Corría cuando su obligación era ir andando, leía cuando se daba por supuesto que estaba durmiendo y hablaba cuando tocaba rezar las oraciones. Y siempre terminaba así, culpable y asustado, preguntándose por qué se abatía sobre él tanto dolor.

Durante varios minutos, el silencio reinó en el bosque, mientras Hugh reflexionaba amargamente sobre su destino y se preguntaba si no acabaría convertido en un marginado de la sociedad, incluso en un delincuente, encerrado en una mazmorra, ahorcado o encadenado y trasladado a Australia.

Al final, llegó a la conclusión de que Edward no le perseguía. Se incorporó y procedió a ponerse los empapados pantalones y la no menos empapada camisa. A sus oídos llegó luego el llanto de alguien.

Con suma cautela, asomó la cabeza y vislumbró la mata de pelo color zanahoria de Tonio. Desnudo, mojado, con la ropa en la mano, entre sollozos, su compañero avanzaba despacio por el camino.

—¿Qué ha pasado? —le preguntó Hugh—. ¿Dónde está Peter?

Tonio se tornó súbitamente violento.

—¡No te lo diré, nunca! —exclamó—. ¡Me matarán!

—Está bien, no me lo digas —repuso Hugh. Como siempre, Tonio mostraba el pánico atroz que le producía Micky: fuera lo que fuese lo sucedido, Tonio no diría una palabra de ello—. Vale más que te vistas —aconsejó Hugh.

Tonio contempló con la mirada vacía el lío de ropa que llevaba en los brazos. Daba la impresión de estar demasiado aturdido para separar las prendas. Hugh se las cogió. Allí estaban las botas, los pantalones y un calcetín, pero no la camisa. Hugh ayudó a Tonio a ponérselas y después echaron a andar hacia el colegio.

Tonio había dejado de llorar, pero aún parecía violentamente estremecido. Hugh alimentó la esperanza de que aquellos gamberros no le hubiesen hecho a Peter algo realmente malo. Pero ahora tenía que pensar en salvar su propio pellejo.

—Si nos las arreglamos para colarnos en el dormitorio, nos pondremos ropa limpia y el par de botas de repuesto —empezó a hacer planes para el futuro inmediato—. Luego, en cuanto levanten la prohibición de salir, podremos ir al pueblo y comprar en la tienda de Baxted, a crédito, ropa nueva.

—Muy bien —asintió Tonio, pero su voz denotaba hastío.

Durante el regreso entre los árboles, Hugh volvió a extrañarse de lo trastornado que parecía Tonio. Al fin y al cabo, las bromas pesadas no eran nada nuevo en Windfield. ¿Qué había ocurrido en la alberca después de que Hugh pusiera pies en polvorosa? Sin embargo, Tonio no pronunció una sola palabra más en todo el camino de vuelta.

El colegio era un conjunto de seis edificios que, en otro tiempo, constituyeron el centro de una extensa granja, y el dormitorio de Hugh y Tonio estaba en la antigua vaquería, cerca de la capilla. Para llegar a él, debían franquear una tapia y cruzar la pista de frontón. Treparon por el muro y escudriñaron el terreno. El patio estaba desierto, tal como había confiado Hugh, pero titubeó a pesar de todo. La idea del tiralíneas azotándole el trasero le hizo encogerse. Pero no quedaba ninguna otra alternativa. Era cuestión de entrar en el colegio y ponerse ropa seca.

—¡Terreno despejado! —siseó—. ¡Allá vamos!

Saltaron la tapia los dos a la vez y atravesaron a toda velocidad la explanada, hacia la fresca sombra de la capilla de piedra. Hasta allí, todo a pedir de boca. Se deslizaron hasta la esquina oriental, pegados al muro. A continuación, una corta carrera para cruzar la avenida y entrar en el edificio. Hugh hizo un alto. Nadie a la vista.

—¡Ahora! —dijo.

Los dos chicos atravesaron la calzada a todo correr. Y entonces, cuando llegaban a la puerta, se produjo la catástrofe. Una voz familiar, autoritaria, resonó en el aire:

—¡Pilaster menor! ¿Eres tú?

Y Hugh supo que el juego había terminado.

Se le cayó el alma a los pies. Se detuvo y dio media vuelta. El señor Offerton había elegido aquel preciso instante para salir de la capilla, y su alta y dispéptica figura, con la toga y el birrete académicos, se erguía a la sombra del porche. Hugh sofocó un gemido. El señor Offerton, al que acababan de robar el dinero, probablemente sería, entre todos los profesores, el menos inclinado a la clemencia.

Ni la caridad bendita iba a salvar a Hugh del tiralíneas. Los músculos de las posaderas se le contrajeron involuntariamente.

—Ven aquí, Pilaster —conminó el doctor Offerton.

Hugh se le acercó, arrastrando los pies, seguido por Tonio. «¿Por qué me meto en estos follones?», pensó Hugh, desesperado.

—¡Al estudio del director, inmediatamente! —ordenó el doctor Offerton.

—Sí, señor —asintió Hugh atribulado. El asunto empeoraba por momentos. Cuando el director viese cómo iba vestido, seguro que le expulsaba del centro. ¿Y cómo iba a explicárselo a su madre?

—¡Largo! —exigió el maestro con impaciencia.

Ambos chiquillos empezaron a alejarse, pero el doctor Offerton dijo:

—Tú no, Silva.

Hugh y Tonio intercambiaron una rápida mirada, desconcertados. ¿Por qué iban a castigar a Hugh y no a Tonio? Pero no podían discutir las órdenes, de modo que Tonio se fue al dormitorio mientras Hugh se encaminaba a la casa del director.

Sentía ya la mordedura del tiralíneas. No ignoraba que le iba a ser imposible reprimir el llanto, y eso era aún más grave que el dolor, porque se daba cuenta de que, a los trece años, uno era demasiado mayor para llorar.

La casa del director se alzaba en la parte más alejada del

recinto del colegio y Hugh anduvo muy despacio, pese a lo cual llegó antes de lo que hubiese querido. Encima, la doncella le abrió la puerta un segundo después de que llamase.

Encontró al doctor Poleson en el vestíbulo. El director era un hombre calvo, con cara de perro dogo, pero por alguna razón no parecía tan clamorosamente furioso como debía de estarlo. En vez de exigir a Hugh que explicase por qué estaba fuera de su cuarto y chorreando agua, se limitó a abrir la puerta de su gabinete e indicar en tono sosegado:

—Por aquí, joven Pilaster.

Sin duda reservaba su cólera para la hora del castigo. Con el corazón martilleándole en el pecho, Hugh entró en el estudio.

Se quedó atónito al ver a su madre sentada allí.

Y lo que era peor, la mujer estaba llorando.

—¡Sólo fui a nadar un poco! —se justificó Hugh.

La puerta se cerró a sus espaldas y comprendió que el director no había entrado tras él.

Entonces empezó a percatarse de que aquello no tenía nada que ver con el hecho de que hubiese quebrantado la reclusión para ir a bañarse, de que hubiera perdido sus ropas y de que le encontraran medio desnudo.

Tuvo la espantosa impresión de que era algo mucho peor.

—¿Qué ocurre, mamá? —preguntó—. ¿A qué has venido?

—¡Oh, Hugh —sollozó la mujer—, tu padre ha muerto!

3

Para Maisie Robinson, el sábado era el mejor día de la semana.

El sábado, su padre cobraba. Por la noche cenarían carne y pan recién cocido.

Estaba sentada en el quicio de la puerta, con su hermano Danny, a la espera de que llegara su padre del trabajo. Danny había cumplido los trece, era dos años mayor que Maisie, y a la niña le parecía un chico maravilloso, aunque no siempre se portaba bien con ella.

La casa era una más de la hilera de viviendas húmedas y sin ventilación de la zona portuaria de una pequeña ciudad de la costa nordeste de Inglaterra. Pertenecía a la señora MacNeil, viuda. La casera ocupaba el cuarto frontal de la planta baja. Los Robinson vivían en la habitación de atrás. En el primer piso habitaba otra familia. Cuando se acercaba la hora de que el padre llegara a casa, la señora MacNeil salía al portal, y esperaba allí para cobrar el alquiler.

Maisie tenía hambre. El día anterior, la chiquilla pidió al carnicero unos huesos, el padre compró un nabo y con eso se prepararon un estofado, la última comida que habían ingerido. ¡Pero hoy era sábado!

Procuró no pensar en la cena, porque pensar en ella agravaba el dolor de su estómago. Apartó de la imaginación todo lo referente a comida y le anunció a Danny:

—Papá soltó esta mañana una palabrota.

—¿Qué dijo?

—Dijo que la señora MacNeil es una *paskudniak.*

Danny emitió una risita. El término significaba «asquerosa de mierda». Al cabo de un año de estancia en el nuevo país, los dos chicos hablaban inglés fluidamente, pero no habían olvidado el *yiddish.*

Su verdadero apellido no era Robinson, sino Rabinowicz. La señora MacNeil los detestaba desde que se enteró de que eran judíos. Nunca había conocido a un hebreo y cuando les alquiló el cuarto pensaba que eran franceses. En aquella ciudad no había ningún otro judío. Los Robinson nunca tuvieron intención de ir allí: pagaron por unos pasajes para un lugar llamado Manchester, donde residían muchos judíos, pero el capitán del buque les dijo que aquel

28

puerto era Manchester y los hizo desembarcar: los engañó. Al descubrir que se encontraban en una ciudad que no era la de su destino, el padre dijo que ahorrarían el dinero que hiciese falta para trasladarse a Manchester; pero entonces la madre cayó enferma. Aún estaba enferma y continuaban todavía allí.

El padre trabajaba en el puerto, en un almacén de varios pisos con un rótulo encima de la puerta cuyas grandes letras anunciaban: «Tobias Pilaster y Cía.». Maisie se preguntaba a menudo quién podría ser el tal Cía. Las funciones del padre de Maisie, empleado de la firma, consistían en llevar la cuenta de los barriles de tintes que entraban y salían del edificio. Era un hombre minucioso, al que se le daba muy bien tomar notas y preparar listas. La madre era todo lo contrario. Siempre había sido la intrépida de la familia. Fue ella quien se empeñó en ir a Inglaterra. A la madre le encantaba organizar fiestas, emprender salidas, trabar nuevas amistades, vestirse de punta en blanco y participar en toda clase de juegos. Maisie pensaba que por eso papá la quería tanto: porque ella era algo que él jamás podría ser.

Pero la madre ya no tenía ánimos para nada. Se pasaba el día acostada en el viejo camastro, dormitando y despertándose alternativamente, con el sudor rielando en su pálido semblante, y el aliento caliente y oloroso. El médico dijo que necesitaba fortalecerse, a base de buenas dosis diarias de huevos frescos, leche y carne de vaca; el padre le pagó la visita con el dinero que tenían para cenar aquella noche. Ahora, sin embargo, a Maisie le atormentaba la conciencia cada vez que comía algo, convencida de que el alimento que tomaba podía salvar la vida de su madre.

Maisie y Danny habían aprendido a robar. Los días de mercado iban al centro de la ciudad y hurtaban patatas y manzanas en los puestos de la plaza. Los vendedores tenían vista de lince, pero de vez en cuando pasaba algo que los distraía momentáneamente –una discusión acerca del cambio, unos perros que se peleaban, un borracho–, lo que los chicos aprovechaban para arramblar con lo que podían. A veces la suerte les proporcionaba el encuentro con un niño rico de su misma edad; entonces le acometían sin pérdida de tiempo y le saqueaban. A menudo, aquellos chicos llevaban una naranja en la mano o una bolsa de dulces, e incluso unos peniques en los bolsillos. A Maisie le asustaba la idea de que la sorprendiesen, puesto que sabía que su madre iba a sentirse muy avergonzada, pero también tenía mucha hambre.

Alzó la cabeza y vio un grupo de hombres que se acercaban por la calle. Se preguntó quiénes serían. Aún era un poco temprano para que los trabajadores de los muelles volvieran a casa. Los hombres hablaban en tono furibundo, al tiempo que movían los brazos y agitaban los puños. Cuando se acercaron, Maisie reconoció al señor Ross, que vivía en el piso de arriba y trabajaba en Pilaster, como el padre de la niña. ¿Por qué no estaba trabajando? ¿Acaso los habían despedido? El hombre parecía lo bastante encolerizado como para eso. Su rostro sudoroso estaba como la grana y no cesaba de hablar de tipejos majaderos, sanguijuelas repugnantes y mentirosos hijos de mala madre. Al llegar a la altura de la casa, el señor Ross se separó de pronto del grupo y se precipitó hacia el interior del edificio; Maisie y Danny tuvieron que apartarse rápidamente para esquivar sus botas claveteadas.

Cuando Maisie levantó de nuevo la mirada, vio a su padre, un hombre delgado, de negra barba y suaves ojos castaños que seguía a los demás a cierta distancia, con la cabeza baja; parecía tan alicaído y desesperado que Maisie tuvo que esforzarse para contener las lágrimas.

–¿Qué ha ocurrido, papá? –preguntó–. ¿Por qué vuelves tan pronto a casa?

–Vamos dentro –dijo el hombre, en un tono tan bajo que Maisie apenas logró oírle.

Los dos niños siguieron a su padre al interior de la casa. El hombre se arrodilló junto al camastro y besó a su mujer en los labios. La madre se despertó y le sonrió. Él no le devolvió la sonrisa.

—La firma ha quebrado —dijo el padre en *yiddish*—. Toby Pilaster está arruinado.

Maisie no sabía a ciencia cierta lo que aquellas palabras significaban, pero el tono de su padre hacía que sonaran a calamidad. Lanzó una mirada hacia Danny: el niño se encogió de hombros. Tampoco lo entendía.

—Pero ¿cómo ha sido eso? —preguntó la madre.

—Ha habido una quiebra financiera —explicó el padre—. Ayer se fue a la ruina un importante banco de Londres.

La madre enarcó las cejas, mientras intentaba concentrarse.

—Pero no estamos en Londres —observó—. ¿Qué es Londres para nosotros?

—No conozco los detalles.

—¿Te has quedado sin trabajo?

—Sin trabajo y sin sueldo —respondió, evidentemente enojado—.

—Pero hoy te habrán pagado.

El padre agachó la cabeza.

—No, no nos han pagado.

Maisie volvió a mirar a Danny. Aquello sí lo entendían. No tener dinero representaba quedarse sin comer. Danny puso cara de susto. Maisie deseó estallar en lágrimas.

—Han de pagarte —susurró la madre—. Has trabajado toda la semana, han de pagarte.

—No tienen dinero —explicó el padre—. Eso es lo que significa la bancarrota, quiere decir que debes dinero a la gente y no puedes pagarles.

—Pero el señor Pilaster es un buen hombre, siempre lo has dicho.

—Toby Pilaster ha muerto. Se ahorcó anoche, en su oficina de Londres. Tenía un hijo de la edad de Danny.

–¿Y cómo vamos a dar de comer a nuestros hijos?

–No lo sé –confesó el padre, y ante la consternación de Maisie, se echó a llorar–. Lo siento, Sarah –articuló, mientras las lágrimas se deslizaban entre los pelos de su barba–. Te he traído a este horrible lugar, donde no hay un solo judío y nadie nos ayuda. No puedo pagar al médico, no puedo comprar medicinas, no puedo alimentar a nuestros hijos. Te he fallado. Lo siento, lo siento.

El hombre se inclinó hacia adelante y hundió su rostro húmedo en el pecho de la madre. Ella le acarició el pelo con mano temblorosa.

Maisie estaba aterrada. Su padre nunca había llorado. Le pareció que era el fin de cualquier esperanza. Quizá todos morirían.

Danny se levantó, miró a Maisie y meneó la cabeza indicando la puerta. La niña se puso en pie y ambos salieron del cuarto andando de puntillas. Maisie se sentó en el escalón del portal y empezó a llorar.

–¿Qué vamos a hacer? –preguntó.

–Tendremos que irnos de casa –dijo Danny.

Las palabras de su hermano quebrantaron el ánimo de Maisie.

–No podemos.

–Hemos de irnos. No hay comida. Si nos quedamos aquí, moriremos.

A Maisie no le importaba morir, pero otro pensamiento nació en su cabeza: la madre seguramente se dejaría morir de hambre para dar de comer a sus hijos. Si se quedaban, la mujer moriría. Tenían que marcharse para salvarla.

–Tienes razón –le dijo a Danny–. Si nos vamos, es posible que papá consiga comida suficiente para mamá. Hemos de irnos, por el bien de ella.

Al oír sus propias palabras la inundó una oleada de pánico por lo que le estaba pasando a su familia. Era incluso peor que el día en que abandonaron Viskis, mientras las casas de la aldea aún ardían a sus espaldas, para subir a un gélido tren, cargados con los dos sacos de lona en los que llevaban todas sus pertenencias; entonces, Maisie sabía que su padre iba a velar por ella, sucediera lo que sucediese. Ahora, sin embargo, tendría que cuidar de sí misma.

−¿Adónde vamos a ir? −susurró.

−Yo me voy a América.

−¡A América! ¿Cómo?

−En el puerto hay un barco que zarpará por la mañana rumbo a Boston... Esta noche treparé por una maroma y me esconderé en uno de los botes de la cubierta.

−¡De polizón! −en la voz de Maisie se mezclaban el miedo y la admiración.

−Exacto.

Al mirar a su hermano, la niña se dio cuenta por primera vez de que en el labio superior del chico asomaba la sombra de un bigote. Se estaba haciendo un hombre y dentro de poco su rostro tendría barba cerrada, como la del padre.

−¿Cuánto se tarda en llegar a América? −preguntó Maisie.

El chico vaciló, puso cara de asombro y dijo:

−No lo sé.

La niña comprendió que ella no entraba en los planes de su hermano y eso la inundó de miedo y desdicha.

−No vamos a irnos juntos, pues −silabeó con tristeza.

La expresión de Danny era de culpabilidad, pero no contradijo a Maisie.

−Te diré lo que debes hacer −aleccionó−. Ve a Newcastle. A pie, puedes plantarte allí en cuatro días. Es una ciudad enorme, mayor que Gdansk... en esa población nadie se fijará en ti. Córtate el pelo, roba un par de pantalones y hazte pasar por chico. Te vas a alguno de los grandes establos y ayudas con las caballerías... Los caballos siempre se te han dado bien. Si caes en gracia, no te faltarán propinas y quizá al cabo de cierto tiempo hayas encontrado un buen empleo.

A Maisie le resultaba imposible imaginarse completamente sola.

—Preferiría irme contigo —manifestó.

—No puedes. Ya me va a resultar bastante difícil esconderme en el barco y robar comida y todo eso. No podría cuidarme de ti.

—No tendrías que cuidar de mí. Soy tan silenciosa como un ratón.

—Me preocuparías.

—¿Y no te preocupará el haberme dejado sola, abandonada a mi suerte?

—¡Entiéndelo, cada uno ha de cuidar de sí mismo! —replicó Danny enojado.

Maisie comprendió que su hermano estaba decidido. Ella nunca había logrado hacerle cambiar de idea cuando el chico tomaba una determinación. Con el alma rebosante de aprensiones, Maisie preguntó:

—¿Cuándo tendremos que ponernos en marcha? ¿Por la mañana temprano?

Danny negó con la cabeza.

—Ahora. He de subir a bordo en cuanto oscurezca.

—¿Estás realmente decidido?

—Sí.

Como si pretendiera demostrarlo, Danny se levantó. Maisie hizo lo propio.

—¿Tenemos que llevarnos algo?

—¿Qué?

La niña se encogió de hombros. No tenía prendas de repuesto, ni recuerdos, ni pertenencias de ninguna clase. Tampoco había comida ni dinero que pudieran llevarse.

—Quiero dar a mamá un beso de despedida —dijo.

—No lo hagas —se opuso Danny con voz áspera—. Si vas a besarla, te quedarás aquí.

Eso era verdad. Si veía a su madre en aquel momento, se vendría abajo y se lo contaría todo. Tragó saliva.

—Está bien —dijo, mientras se esforzaba por contener las lágrimas—. Estoy lista.

Se alejaron, caminando uno al lado del otro.

Al llegar al extremo de la calle, Maisie deseó volver la cabeza y mirar hacia la casa por última vez; pero temió que, de hacerlo, su determinación se debilitaría; así que siguió caminando, sin mirar atrás.

4

De The Times:

CARÁCTER DEL COLEGIAL INGLÉS

El juez de instrucción interino de Ashton, don H. S. Washbrough, celebró ayer una audiencia en el Hotel Station, de Windfield, en relación con el cadáver de Peter James St. John Middleton, escolar de trece años. Según se testificó ante el tribunal, el chico estaba bañándose en la alberca de una cantera abandonada, cerca del Colegio Windfield, cuando dos muchachos algo mayores que él observaron que al parecer se hallaba en dificultades. Uno de los chicos mayores, Miguel Miranda, natural de Córdoba, declaró que su compañero, Edward Pilaster, de quince años de edad, se quitó las prendas exteriores y se zambulló en el estanque, a fin de intentar salvar al muchacho, pero su esfuerzo fue inútil. El director de Windfield, el doctor Herbert Poleson, manifestó que la cantera era terreno vedado para los alumnos, pero que a él le constaba que no siempre se obedecía la regla. El jurado pronunció un veredicto de muerte accidental por ahogamiento. El juez de instrucción interino resaltó la valentía de Edward Pilaster al arriesgar su vida para salvar la de su amigo y dijo que el carácter del colegial inglés, educado en instituciones como el Colegio Windfield, era algo de lo que podíamos sentirnos justamente orgullosos.

5

Micky Miranda se sintió cautivado por la madre de Edward.

Augusta Pilaster era una dama alta y escultural de treinta y tantos años. Tenía cabellera y cejas negras, semblante soberbio, de pómulos altos, fina y recta nariz y enérgico mentón. No era exactamente guapa y ni mucho menos podía considerársela una preciosidad, pero, de cualquier modo, aquel rostro altivo resultaba fascinante. Asistió a la audiencia ataviada con abrigo y sombrero negros, lo que añadía más dramatismo a su persona. Sin embargo, lo verdaderamente hechicero para Micky era la inequívoca sensación de que aquellas ropas tan solemnes cubrían un cuerpo voluptuoso, y que sus modales arrogantes e imperiosos ocultaban una naturaleza apasionada. El chico apenas podía apartar sus ojos de ella.

Junto a Augusta Pilaster se sentaba su esposo, Joseph, el padre de Edward, un hombre feo de agrio semblante y de unos cuarenta años. El corte de su nariz, grande y afilada, era idéntico al de la de Edward, lo mismo que el color de su pelo. Aunque la cabellera rubia de Joseph Pilaster se encontraba en franca retirada, el hombre se dejaba crecer los aladares y unas espesas patillas que avanzaban por su rostro, como si quisiera compensar así la calvicie. Micky se preguntó qué pudo inducir a una mujer tan espléndida a casarse con él. Era rico... tal vez la explicación residiera en ese detalle.

Regresaban al colegio en un coche de caballos alquilado en el Hotel Station: el señor y la señora Pilaster, Edward y Micky, y el doctor Poleson, director del colegio. A Micky le hizo gracia comprobar que Augusta Pilaster también había dejado turbado al director. El viejo Pole le preguntó si la había fatigado el interrogatorio, quiso saber si iba cómoda en el carruaje, pidió al cochero que redujese la marcha y, al llegar al punto de destino, saltó del coche a toda prisa para gozar de la emoción de darle la mano y ayudarla a apearse. Su cara de perro dogo nunca había denotado tanta animación.

La audiencia no podía haber ido mejor. Micky decoró su rostro con la más abierta y sincera expresión mientras refería la historia que Edward y él habían tramado, aunque la procesión del miedo iba por dentro. Los ingleses experimentaban una enorme beatería hacia la verdad y si le pillaban en una mentira se encontraría en serios aprietos. Pero el tribunal se sintió tan encantado por la gesta heroica del valeroso estudiante, que a nadie se le ocurrió ponerla en tela de juicio. Edward estaba nervioso y prestó su testimonio entre tartamudeos, pero el juez de instrucción le excusó, sugirió que estaba muy trastornado por no haber sido capaz de salvar la vida a Peter y animó al chico diciéndole que no debía reprocharse nada ni culparse por nada.

No se citó en la audiencia a ninguno de los otros muchachos. Debido a la muerte de su padre, se llevaron a Hugh del colegio el mismo día en que se produjo el ahogamiento. A Tonio no le pidieron que prestara declaración, porque nadie sabía que presenció la muerte de su compañero: Micky le metió el miedo en el cuerpo, obligándole a guardar silencio. El otro testigo, el muchacho anónimo que nadaba en el extremo de la alberca, no se presentó.

Los padres de Peter Middleton estaban demasiado afectados por el dolor para asistir al interrogatorio. Enviaron a su abogado, un viejo de ojos soñolientos cuyo único objetivo era que todo aquel asunto se desarrollara con la mínima conmoción posible. El hermano mayor de Peter, David, sí estuvo en la sala, y se mostró muy excitado cuando el jurista de la familia declinó formular preguntas a Micky o a Edward. Pero, con gran alivio por parte de Micky, el viejo desdeñó con un movimiento de sus brazos las protestas que le susurraba David. Micky agradeció tal indolencia. Estaba preparado para el interrogatorio del abogado, pero cabía la posibilidad de que Edward se desmoronase si le sometían a un duro interrogatorio.

En el polvoriento salón del director, la señora Pilaster abrazó a Edward y le besó la herida que la piedra arrojada por Tonio le había producido en la frente.

—¡Pobre chiquillo! —exclamó.

Ni Micky ni Edward habían dicho a nadie que Tonio alcanzó a Edward con una pedrada, porque entonces hubieran tenido que explicar por qué lo hizo. La versión de los dos muchachos fue que Edward se golpeó en la cabeza al zambullirse para rescatar a Peter. Micky se encargó de asustar a Tonio, obligándole a permanecer callado.

Mientras tomaban el té, Micky observó una nueva faceta de Edward. La madre, sentada en el sofá junto al chico, le acariciaba constantemente y le llamaba Teddy. En vez de sentirse violento, como le hubiera ocurrido a la mayoría de los adolescentes, a Edward le gustaba, y correspondía dedicando a su madre una sucesión de atractivas sonrisitas que para Micky eran algo nuevo. «Está chocha por su hijo», pensó Micky, «y a él le encanta».

Al cabo de un momento de charla intrascendente, la señora Pilaster se puso en pie de pronto, con una brusquedad que desconcertó a los hombres, los cuales se levantaron con torpes movimientos.

—Estoy segura de que desea usted fumar, doctor Poleson —dijo la mujer. Sin esperar respuesta, prosiguió—: El señor Pilaster le acompañará a dar una vuelta por el jardín y se fumará también un cigarro. Teddy, querido, ve con tu padre. Creo que me vendrán bien unos minutos en la quietud de la capilla. Quizá Micky quiera indicarme el camino.

—No faltaría más, no faltaría más, no faltaría más —farfulló el director del colegio, aceptando, en su ansiedad, la serie de órdenes dadas por la señora—. Ya has oído, Miranda.

Micky estaba impresionado. ¡Con qué facilidad sometía a

todos a sus mandatos! El chico mantuvo abierta la puerta y, cuando la mujer salió, fue tras ella.

En el vestíbulo, preguntó cortésmente:

—¿Quiere usted una sombrilla, señora Pilaster? Cae un sol de justicia.

—No, gracias.

Salieron. En el exterior, un buen número de jóvenes merodeaban por las proximidades de la casa del director. Micky comprendió que se había corrido la voz acerca de lo fabulosa que era la madre de Pilaster y se habían llegado hasta allí para echarle una mirada. Muy complacido por la circunstancia de ser su escolta, Micky condujo a la señora Pilaster a través de una serie de patios hasta la capilla del colegio.

—Vamos adentro. Quiero hablar contigo.

Empezó a sentirse nervioso. Se difuminaba a toda marcha la satisfacción de acompañar por el recinto del colegio a una imponente señora madura. Se preguntó por qué querría entrevistarle a solas.

La capilla estaba desierta. La mujer se acomodó en uno de los bancos de atrás y le invitó a sentarse junto a ella.

—Ahora, cuéntame la verdad —dijo. Le miraba directamente a los ojos.

Augusta percibió el centelleo de sorpresa y temor que surcó de repente la expresión del chico y comprendió que no se había equivocado.

Sin embargo, Micky se recuperó al instante.

—Ya le he dicho la verdad —repuso.

—No me la has dicho —negó la mujer con la cabeza.

El muchacho sonrió.

La sonrisa cogió por sorpresa a la señora Pilaster. Le había pillado; sabía que el chico estaba a la defensiva. Sin embargo, era capaz de sonreírle. Pocos hombres podían resistir la potencia de su voluntad, pero aquel muchacho, pese a su juventud, era excepcional.

—¿Cuántos años tienes? —le preguntó.

—Dieciséis.

Le examinó con atención. Era insultantemente guapo, con su ondulado pelo castaño oscuro y su piel tersa, aunque se apreciaba ya un conato de decadencia en sus párpados gruesos y sus labios carnosos. Le recordaba un poco al conde de Strang, tan elegante y bien parecido... Rechazó tal pensamiento con una punzada de culpabilidad.

—Peter Middleton no estaba en ninguna clase de apuro cuando llegaste a la alberca —dijo la señora Pilaster—. Nadaba feliz y contento.

—¿En qué se basa para afirmar tal cosa? —repuso Micky fríamente.

La mujer adivinó que el chico estaba asustado, pero mantenía la compostura. Era un muchacho maduro de verdad. A la mujer no le seducía lo más mínimo enseñar una carta más de su mano, pero lo hizo.

—Olvidas que Hugh Pilaster estaba allí —dijo—. Es sobrino mío. Su padre se suicidó la semana pasada, como probablemente ya sabes, y ése es el motivo por el que Hugh no se encuentra aquí. Pero habló con su madre, que es mi cuñada.

—¿Qué le dijo?

Augusta frunció el entrecejo.

—Que Edward arrojó al agua la ropa de Peter —manifestó la señora Pilaster de mala gana. Ciertamente, no entendía por qué iba a hacer Teddy una cosa así.

—¿Y qué más dijo?

Augusta sonrió. El muchacho estaba tomando el control de la conversación. Se suponía que era ella quien interrogaba, pero lo cierto es que era él quien la estaba interrogando.

—Sólo me contó lo que realmente sucedió.

Micky asintió con la cabeza.

—Muy bien.

Cuando el chico dijo eso, Augusta se sintió aliviada, pero también inquieta. Deseaba conocer la verdad, pero temía lo que eso pudiera significar. Pobre Teddy: cuando era un niño de pecho estuvo a dos dedos de la muerte, porque la leche de Augusta tenía ciertas deficiencias y casi se consumió del todo antes de que los médicos descubriesen la naturaleza del problema y propusieran la contratación de una nodriza. Desde entonces, no había dejado de ser un niño vulnerable, que precisaba la atención especial de su madre. De haber impuesto Augusta su criterio, Teddy no estaría en el internado, pero el padre se mostró intransigente en cuanto a eso... La mujer volvió a proyectar su atención sobre Micky.

—Pero Edward no pretendió causar ningún daño —empezó Micky—. Sólo estaba bromeando. Tiró al agua la ropa de los chicos en plan de broma.

Augusta asintió. Aquello le parecía normal: niños haciéndose gamberradas unos a otros. El pobre Teddy ya había sufrido bastantes faenas de ésas.

—Entonces, Hugh empujó a Edward y lo echó al agua.

—Al pequeño Hugh siempre le ha gustado la gresca —dijo Augusta—. Salió a su desventurado padre.

«Y probablemente acabará tan mal como él», pensó.

—Los demás chicos reían a carcajadas y Edward hundió la cabeza de Peter bajo el agua, para darle un escarmiento. Hugh salió huyendo. Y entonces Tonio arrojó una piedra a Edward.

—Pero podía haberle dejado inconsciente —se horrorizó la señora Pilaster—, ¡y se hubiera podido ahogar!

—Pero no fue así, y Edward salió en persecución de Tonio. Yo los estaba mirando: nadie se fijó en Peter Middleton. Tonio acabó por despistar a Edward. Y entonces nos dimos cuenta de que Peter se había quedado inmóvil. La verdad es que no sabíamos qué había podido ocurrirle: tal vez las inmersiones de Edward le habían dejado exhausto,

41

agotado o sin resuello para salir de la charca. De cualquier modo, flotaba boca abajo. Lo sacamos del agua en seguida, pero ya estaba muerto.

Augusta pensó que difícilmente podía ser culpa de Edward. Los niños siempre eran crueles unos con otros. Con todo, se sentía profundamente agradecida porque aquella historia no había salido a relucir en el interrogatorio. Gracias a Dios, Micky había encubierto a Edward.

—¿Y los otros chicos? –preguntó–. Sin duda conocen lo que pasó.

—Fue una suerte que Hugh se marchara del colegio aquel mismo día.

—¿Qué me dices del otro...? De Tony, ¿no le llamaste así?

—Antonio Silva. Tonio para abreviar. No hay que preocuparse de él. Somos compatriotas. Hará lo que yo le diga.

—¿Cómo puedes estar tan seguro?

—Sabe que, si me mete en algún lío, su familia lo pagará caro en nuestro país.

Había algo escalofriante en el tono de voz con que el joven pronunció tales palabras y Augusta se estremeció.

—¿Quiere que vaya a buscarle un chal? –se brindó Micky, atento.

Augusta negó con la cabeza.

—¿Ningún otro chico vio lo que sucedía?

Micky frunció el ceño.

—Cuando llegamos, había otro nadando en el extremo de la alberca.

—¿Quién era?

Micky sacudió la cabeza.

—No le vi la cara y no sabía que conocerle fuese a resultar importante.

—¿Vio lo que sucedía?

—Lo ignoro. No tengo ni idea del momento en que se marchó.

—Pero ya no estaba cuando sacasteis el cadáver del agua.

–No.

–Me gustaría saber quién era –dijo Augusta preocupada.

–Puede que ni siquiera sea alumno del colegio –señaló Micky–. Podría ser de la ciudad. De todas formas, por la razón que sea, no se presentó para testificar, así que supongo que no representa ningún peligro para nosotros.

Ningún peligro para nosotros. Le sorprendió a Augusta la idea de verse complicada con aquel chico en algo deshonesto, posiblemente ilegal. No le gustaba la situación. Había caído en ella sin percatarse y ahora estaba atrapada. Miró a Micky con dureza.

–¿Qué es lo que quieres?

Por primera vez, le pilló desprevenido. Perplejo, el muchacho preguntó:

–¿Qué quiere decir?

–Has encubierto a mi hijo. Hoy has cometido perjurio. –Augusta comprobó que su franqueza desequilibraba a Micky, lo cual la complació: volvía a empuñar las riendas–. No creo que te arriesgues de ese modo impulsado por la bondad de tu corazón. Me parece que quieres algo a cambio. ¿Por qué no me dices de qué se trata?

Observó que la mirada del chico descendía hasta sus pechos, y durante unos perturbadores segundos, pensó que iba a hacerle una proposición indecente.

–Quiero pasar un verano con ustedes –aclaró luego Micky.

La mujer no se esperaba una cosa así.

–¿Por qué?

–Mi casa se encuentra a mes y medio de viaje. Tengo que quedarme en el colegio durante las vacaciones. Me fastidia enormemente... Es solitario y aburrido. Me gustaría que me invitasen a pasar el verano con Edward.

De pronto, volvía a ser un colegial. Augusta había pensado que iba a pedirle dinero, o acaso un empleo en el Banco Pilaster. Pero se trataba de una demanda insignificante, casi infantil. Sin embargo, saltaba a la vista que no era insignificante para él. «Al fin y al cabo», se dijo Augusta, «sólo tiene dieciséis años».

—Pasarás las vacaciones con nosotros y te trataremos bien —accedió la mujer.

No le desagradaba la idea. En ciertos aspectos, era un jovencito tirando a terrible, pero sus modales no podían ser más correctos y tenía buena presencia: no resultaría ninguna prueba de fuego acogerlo como invitado. Y podía ejercer una influencia beneficiosa sobre Edward. Si Teddy tenía algún defecto era el de carecer de objetivos.

Micky era su antítesis. Tal vez pudiera imbuir a Teddy algo de su fuerza de voluntad.

Micky mostró su blanca dentadura en una sonrisa.

—Gracias —dijo. Parecía sinceramente encantado.

Augusta experimentó la apremiante necesidad de estar un rato a solas y reflexionar acerca de lo que había oído.

—Ahora, déjame —pidió—. Encontraré el camino de vuelta a la casa del director.

—Se lo agradezco en el alma —manifestó Micky, al tiempo que se levantaba del banco y le tendía la mano.

Ella se la aceptó.

—También yo te estoy agradecida, por proteger a Teddy.

El chico se inclinó, como si se dispusiera a besarle la mano, y luego, ante el asombro de Augusta, la besó en la boca. Fue tan rápido que la mujer no tuvo tiempo de apartar el rostro. Buscó palabras para expresar su protesta, mientras Micky se enderezaba, pero no se le ocurrió nada que decir. Un segundo después, el chico había desaparecido.

¡Qué vergüenza! No debía haberla besado, y mucho menos en los labios. ¿Quién se creía que era? Lo primero que pasó por su mente fue cancelar la invitación para pasar el verano con ellos. Pero eso no lo haría nunca.

¿Por qué no?, se preguntó. ¿Por qué no iba a anular una invitación hecha a un simple alumno del Windfield? El chico se había comportado con descarado atrevimiento, así que no debía quedarse con ellos todo el verano.

Pero la idea de faltar a su promesa le hacía sentirse incómoda. No era sólo el hecho de que Micky hubiera salvado a Teddy de la ignominia, comprendía Augusta. Era algo peor. Ella se había convertido en cómplice de Micky en una conspiración criminal, lo que la colocaba en una desagradable situación de vulnerabilidad con respecto al muchacho.

Permaneció mucho tiempo sentada en la fresca capilla, con la vista clavada en los muros desnudos, dominada por la aprensiva sensación de que aquel guapo y astuto joven utilizaría su poder.

PRIMERA PARTE

1873

I

MAYO

1

Micky Miranda contaba veintitrés años cuando su padre fue a Londres a comprar rifles.

El señor don Carlos Raúl Xavier Miranda, más conocido por Papá, era hombre de baja estatura y hombros macizos. Su curtido rostro constituía una talla de agudas aristas que irradiaban crueldad y agresividad. A lomos de su garañón castaño, con los zahones y el sombrero de fieltro de anchas alas, su figura podía resultar airosa e impresionante; pero en Hyde Park, vestido con levita y chistera, se sentía ridículo y eso le convertía en un individuo de peligroso mal genio.

No se parecían mucho. Micky era alto y esbelto, de facciones regulares y más inclinado a sonreír que a fruncir el ceño. Los refinamientos de la vida de Londres le tenían robado el corazón: ropa elegante, modales educados, sábanas de hilo y fontanería interior. Su gran temor era que su padre se empeñase en hacerle regresar a Córdoba. No podría soportar la vuelta al tormento de los días en la silla de montar y las noches durmiendo en el duro suelo. Todavía era peor, incluso, la perspectiva de verse bajo el dominio de su hermano Paulo, que era una réplica de su padre. Tal vez Micky volviera a casa algún día, pero entonces lo haría como personaje importante por méritos propios, no como benjamín de Papá Miranda. Mientras tanto, tenía que convencer a su padre de que le era mucho más útil allí, en Londres, que en la casa familiar de Córdoba.

Paseaban por el South Carriage Drive en la soleada tarde de un sábado. A pie, a caballo o en carruajes descubiertos pululaban asimismo por el parque innumerables londinenses bien trajeados, todos ellos disfrutando de la cálida temperatura. Pero Papá Miranda no disfrutaba precisamente.

—¡Debemos hacernos con esos rifles! —murmuró para sí en español. Y lo repitió un par de veces.

Micky se expresó en el mismo idioma:

—Puedes adquirirlos en Córdoba —dijo tanteando el terreno.

—¿Dos mil unidades? —dudó—. Quizá me fuera posible. Pero sería una compra tan desproporcionada que todo el mundo se enteraría.

De modo que deseaba mantenerlo en secreto. Micky no tenía idea de lo que estaba tramando su padre. El importe de los dos mil fusiles y de sus correspondientes municiones se llevaría, con toda probabilidad, las reservas de efectivo de la familia. ¿Por qué necesitaba su padre, de pronto, tantas armas de fuego? En Córdoba no había habido guerra alguna desde la ya legendaria Marcha de los Vaqueros, cuando Miranda condujo a sus huestes a través de los Andes para liberar la provincia de Santamaría, arrebatándosela a los señores feudales españoles.* ¿Quiénes iban a empuñar aquellos fusiles? Sumados los vaqueros de Miranda, los parientes, vecinos y gorrones, el conjunto no llegaría al millar de hombres. Papá Miranda tendría la intención de reclutar

---

* Este acontecimiento ficticio, que recuerda el paso real de los Andes por parte del ejército de San Martín para liberar Chile en 1817, resulta poco verosímil desde la estricta cronología histórica. (N. del t.)

50

más. ¿A quién iban a combatir? Papá Miranda no parecía dispuesto a proporcionarle voluntariamente tal información y Micky temía pedirla.

—De todas formas —dijo, en cambio—, seguramente en nuestro país no conseguirías unas armas de tan alta calidad.

—Eso es cierto —convino Papá Miranda—. El Westley-Richard es el rifle más estupendo que he visto en toda mi vida.

Micky estaba en condiciones de asesorar a su padre en la adquisición de los fusiles. A Micky siempre le había fascinado toda clase de armas y estaba al día en cuanto a los últimos adelantos técnicos. Su padre necesitaba rifles de cañón corto, que no fuesen incómodos de manejar para hombres a caballo. Micky había llevado a su padre a una fábrica de Birmingham, donde le enseñaron la carabina Westley-Richard con el mecanismo de retrocarga, apodado «cola de mono» por su palanca curvada.

—Y los hacen rápido —dijo Micky.

—Creí que tendría que esperar seis meses a que los manufacturasen. ¡Pero pueden fabricarlos en unos días!

—Es la maquinaria norteamericana que emplean.

Antiguamente, cuando las armas de fuego las hacían los herreros, que preparaban las piezas, las montaban y tenían que probar las unidades una por una, se hubieran necesitado seis meses para fabricar dos mil rifles; pero la maquinaria moderna era tan precisa que las piezas de un arma encajaban en cualquier otra del mismo modelo, y una fábrica bien equipada podía producir centenares de rifles idénticos en un día, como si fueran alfileres.

—¡Y ese artilugio que produce doscientos mil cartuchos diarios! —exclamó Papá Miranda, al tiempo que meneaba la cabeza, maravillado. Luego, su humor cambió otra vez y dijo en tono preocupado—: Pero ¿cómo pueden pedir el pago por adelantado, antes de la entrega de los rifles?

Papá Miranda no sabía nada acerca de comercio internacional y daba por supuesto que el fabricante entregaría los fusiles en Córdoba y aceptaría que se los abonaran allí. Por el contrario, se requería el pago de las armas antes de que éstas saliesen de la factoría de Birmingham.

Pero Papá Miranda se mostraba reacio a embarcar barriles de monedas de plata y enviarlas a través del océano Atlántico. Y lo peor era que no podía entregar la fortuna de toda la familia antes de que las armas estuvieran seguras en su poder.

—Resolveremos el problema —le apaciguó Micky—. Para eso están los bancos mercantiles.

—Repítemelo —dijo Papá Miranda—. Quiero estar seguro de que lo entiendo.

A Mike le encantaba poder explicar algo a su padre.

—El banco pagará al fabricante de Birmingham. Se encargará de que se embarquen las armas con destino a Córdoba y las asegurará contra los riesgos que puedan presentarse durante la travesía. Cuando lleguen los rifles, el banco te cobrará el importe de los mismos en su oficina de Córdoba.

—Pero entonces tendrán que embarcar la plata rumbo a Inglaterra.

—No necesariamente. El dinero que les abones pueden invertirlo en la compra de un cargamento de carne vacuna salada y transportarla de Córdoba a Londres.

—¿De qué viven?

—Se quedan con una parte del dinero de las operaciones. Al pagar al fabricante de armas, le hacen un descuento sobre el importe, deducen una comisión de las facturas del embarque y del seguro y te cargan a ti un porcentaje por los rifles.

Papá Miranda asintió. Se esforzaba por no demostrarlo, pero se sentía impresionado, lo que hizo feliz a Micky.

Salieron del parque y avanzaron por Kensington Gore, hacia el domicilio de Joseph y Augusta Pilaster.

Durante todos y cada uno de los siete años transcurridos

desde que Peter Middleton se ahogó, Micky pasó las vacaciones con los Pilaster. Al concluir los estudios en el Windfield, Edward y él recorrieron Europa durante un año, y con Edward compartió también habitación los tres años que estuvieron en la Universidad de Oxford, dedicados a jugar, a beber y a montar sonadas juergas, sin apenas molestarse en fingir que estudiaban.

Micky no había vuelto a besar a Augusta. Y no por falta de ganas. Le habría gustado, incluso, hacer algo más que besarla. Pero presentía que ella no se lo hubiera permitido. Estaba seguro de que bajo la capa superficial de arrogancia gélida palpitaba el fogoso corazón de una mujer apasionada y sensual. Sin embargo, la prudencia le contuvo. Había conseguido algo de inapreciable valor al verse aceptado casi como un hijo por una de las más adineradas familias de Inglaterra y hubiera sido una insensatez demencial poner en peligro tan apreciada situación tratando de seducir a la atractiva esposa de Joseph. A pesar de todo, no podía impedir soñar con ello.

Los padres de Edward se habían mudado recientemente a una nueva casa. Kensington Road, hasta hacía poco un camino rural que a través de los campos unía Mayfair con la aldea de Kensington, era ahora una avenida flanqueada en su lado sur por espléndidas mansiones. En el lado norte se encontraban Hyde Park y los jardines del palacio de Kensington. Era el sitio perfecto para que una rica familia de banqueros estableciese su hogar.

Micky no identificaba a ciencia cierta el estilo arquitectónico.

Desde luego, era impresionante. Un edificio de ladrillo rojo y piedra blanca, con enormes ventanales emplomados en la planta baja y en el primer piso. Por encima de ese primer piso se elevaba un enorme gablete, cuya forma triangular ceñía tres hileras de ventanas: de seis, de cuatro y, en el ápice, de dos; ventanas que corresponderían seguramente a los dormitorios, a las habitaciones de los innumerables parientes, invitados y servidores. En las pendientes laterales del gablete había pequeñas repisas, y sobre ellas animales de piedra: leones, dragones y monos. En el vértice superior, un barco con todo el velamen desplegado. Tal vez representaba al buque negrero que, de acuerdo con la leyenda de la familia, constituyó la base de la riqueza de los Pilaster.

—Estoy seguro de que en todo Londres no hay otra casa como ésta —comentó Micky mientras su padre y él la contemplaban desde fuera.

—No cabe duda de que es lo que la señora pretendía —repuso Miranda en español.

Micky asintió. Papá Miranda no conocía personalmente a Augusta, pero ya la había catalogado.

El edificio tenía un sótano amplio. Un puente cruzaba la zona del basamento y conducía al porche de la entrada. La puerta estaba abierta y ambos entraron. Augusta celebraba un té, una merienda organizada para enseñar la casa. El vestíbulo de paredes recubiertas de madera de roble rebosaba de invitados y sirvientes. Micky y su padre entregaron el sombrero a un criado de librea y se abrieron paso entre la multitud, hacia el salón de la parte posterior de la casa. Las puertas cristaleras estaban abiertas de par en par y los asistentes a la fiesta se esparcían por la embaldosada terraza y el alargado jardín.

Para presentar a su padre, Micky había elegido de forma deliberada una ocasión en la que hubiera mucha gente, ya que los modales del señor Miranda no siempre se encontraban a la altura de los que regían en Londres y era mejor que a los Pilaster se les fuese conociendo poco a poco. Ni siquiera en Córdoba se preocupaba mucho Miranda de estar al nivel de las sutilezas sociales, y acompañarle por Londres era como llevar un león sujeto por una correa. El señor Miranda insistió en llevar continuamente su pistola debajo de la chaqueta.

Papá Miranda no necesitó que Micky le señalase a Augusta.

La señora se erguía en el centro de la sala, envuelta en un vestido de seda azul de cuello rectangular que revelaba la prominencia de sus pechos. Mientras Papá Miranda le estrechaba la mano y la miraba como hipnotizado, la voz de terciopelo de Augusta dijo en tono bajo:

—Es un placer conocerle por fin, señor Miranda...

Embelesado automática y absolutamente, Miranda hizo una profunda reverencia, inclinándose por encima de la mano de la mujer.

—Nunca podré pagarle lo bondadosa que ha sido con mi hijo —manifestó en su defectuoso inglés.

Micky observó a Augusta, que proyectaba su hechizo sobre Miranda. La mujer había cambiado muy poco desde el día en que la besó en la capilla del Colegio Windfield. El par de leves arrugas adicionales aparecidas en torno a sus ojos la hacían más fascinante; el toque plateado surgido en sus cabellos realzaba la negrura de los demás; y si bien había engordado ligeramente ello aumentaba la voluptuosidad de su cuerpo.

—Micky me ha hablado mucho de su espléndido rancho —decía la señora Pilaster a Papá Miranda.

Éste bajó la voz.

—Debe usted visitarnos algún día.

No lo permita Dios, pensó Micky. Augusta estaría en Córdoba tan fuera de lugar como un flamenco en una mina de carbón.

—Quizá lo haga —dijo Augusta—. ¿Cuánto dura el viaje?

—Con los veloces barcos modernos, sólo se tarda un mes.

Micky se dio cuenta de que su padre retenía aún la mano de Augusta. Y de que hablaba en tono más suave. Se había prendado de ella. Micky sintió un ramalazo de celos. Si alguien iba a coquetear con Augusta, debería ser él, no su padre.

—Me han dicho que Córdoba es un país hermosísimo —elogió Augusta.

Micky rezó para que su padre no cometiese ninguna inconveniencia. Sin embargo, podía ser encantador cuando le cuadraba, y en aquel momento le placía interpretar, en honor de Augusta, el papel de romántico gran señor de América del Sur.

—Puedo prometerle que la recibiríamos como la reina que es —dijo en voz baja; y era evidente que se esforzaba en halagarla.

Pero, en ese aspecto, Augusta era una digna competidora.

—¡Qué perspectiva tan extraordinariamente tentadora! —exclamó con una desvergonzada falta de sinceridad que anegó la cabeza de Papá Miranda. Al tiempo que retiraba la mano sin perder una décima de segundo más, Augusta miró por encima del hombro y declamó—: ¡Vaya, capitán Tillotson, qué amable ha sido usted al honrarnos con su presencia!

Y se alejó a saludar al recién llegado.

Miranda se quedó cabizbajo. Tardó unos minutos en recobrar la compostura. Después pidió con brusquedad:

—Preséntame al director del banco.

—No faltaba más —dijo Micky nerviosamente. Miró en torno, buscando al viejo Seth. Allí estaba el clan de los Pilaster en pleno, incluidas tías solteronas, sobrinas y sobrinos, parientes políticos y primos segundos. Reconoció a un par de miembros del Parlamento y una miríada de nobles de segunda categoría. Micky supuso que, en su mayor parte, los demás invitados eran relaciones comerciales... y competidores también, pensó al ver la delgada y enhiesta figura de Ben Greenbourne, director del Banco Greenbourne, del que se decía que era el hombre más rico del mundo. Ben era el padre de Solomon, el muchacho al que Micky siempre había conocido como Greenbourne el Gordo. Tras salir del colegio, habían perdido el contacto: el Gordo no cursó estudios universitarios ni hizo viaje alguno por Europa, sino que pasó directamente a colaborar en el negocio paterno.

En términos generales, la aristocracia consideraba una vulgaridad hablar de dinero, pero aquel grupo carecía de semejantes inhibiciones y Micky oyó pronunciar continuamente la palabra «quiebra». En la prensa aparecía a veces escrita como «Kratch», porque el crac se inició en Austria. Las acciones habían bajado y el tipo de interés bancario había subido, según Edward, que acababa de entrar a trabajar en el banco de la familia. Algunas personas se alarmaban, pero los Pilaster confiaban en que Viena no arrastraría a Londres al desastre económico.

Micky condujo a su padre a través de la puerta cristalera que se abría hacia la terraza embaldosada, en la que habían dispuesto bancos de madera, a la sombra de los rayados toldos. Encontraron allí al viejo Seth, que se cubría las rodillas con una manta, a pesar de la calurosa temperatura de la primavera. Debilitado por una enfermedad indeterminada, parecía tan frágil como un cascarón de huevo, pero su nariz era la típica de los Pilaster: una gran hoja curva que le confería un aspecto aún formidable.

Una invitada volcaba sobre el anciano una coba excesiva:

—¡Qué lástima que no se encuentre lo bastante en forma como para ir a la recepción real, señor Pilaster!

Micky pudo haber dicho a la mujer que era un error inmenso decir tal cosa a un Pilaster.

—Por el contrario —replicó Seth pomposamente—, me alegro de haber excusado mi asistencia. No veo por qué tengo que doblar la rodilla ante personas que en su vida han ganado un penique con su esfuerzo.

—Pero el príncipe de Gales... ¡qué distinción!

Seth no estaba de humor para discutir —la verdad es que casi nunca lo estaba—, y repuso:

—Mire, joven dama, el apellido Pilaster se acepta como garantía de honradez comercial en rincones del globo en los que jamás tuvo nadie noticia de la existencia del príncipe de Gales.

—¡Señor Pilaster, habla casi como si desaprobara a la familia real! —insistió la mujer, procurando dar un tono festivo a su voz.

Seth llevaba setenta años sin mostrarse festivo.

—Desapruebo la ociosidad —afirmó—. La Biblia dice: «Quien no quiera trabajar, tampoco coma». Eso lo escribió san Pablo en la Segunda Carta a los Tesalonicenses, capítulo tercero, versículo décimo, y omitió manifiestamente decir que la realeza era una excepción a la regla.

La mujer se retiró, confundida. Micky contuvo la sonrisa y abordó al anciano:

—Señor Pilaster, permítame presentarle a mi padre, don Carlos Miranda, que ha venido de Córdoba para hacernos una visita.

Seth estrechó la mano de don Carlos Miranda.

—De Córdoba, ¿eh? Mi banco tiene una oficina abierta en su capital, Palma.

—Yo voy muy poco a la capital —respondió Papá Miranda—. Tengo un rancho en la provincia de Santamaría.

—De modo que se dedica al negocio de la carne vacuna.

—Sí.

—Hay que meterse en el frigorífico.

Papá Miranda se quedó desconcertado. Micky le explicó:

—Alguien ha inventado una máquina que mantiene fría la carne. Si descubren un sistema para instalarla en los barcos, estaremos en condiciones de transportar a todo el mundo carne fresca sin tener que salarla.

Papá Miranda frunció el entrecejo.

—Eso puede resultarnos perjudicial. Tengo una gran planta de salazón.

—Derríbela —aconsejó Seth—. Métase en la congelación.

A don Carlos Miranda no le gustaba que otra persona le dijera lo que tenía que hacer y Micky empezó a sentirse un poco inquieto. Por el rabillo del ojo vislumbró a Edward.

—Quiero que conozcas a mi mejor amigo —se las arregló

para apartar a su padre de Seth–. Permite que te presente a Edward Pilaster.

Miranda examinó a Edward con mirada fría y perspicaz. Edward no era precisamente guapo –se parecía al padre, no a la madre–, pero tenía el aspecto físico de un saludable muchacho del campo, musculoso y de piel rubicunda. Trasnochar y beber vino en abundancia no le había pasado factura... al menos todavía. Papá Miranda le estrechó la mano.

–Hace muchos años que sois amigos, pareja –comentó.

–Amigos del alma –dijo Edward.

Don Carlos Miranda arrugó el entrecejo, al no entender exactamente lo que quería decir.

–¿Podemos hablar un momento de negocios? –sugirió Micky.

Salieron de la terraza y se adentraron por el nuevo césped. En los bordes, la tierra aparecía removida bajo la hierba y los pequeños arbustos recién plantados.

–Mi padre ha hecho aquí algunas compras importantes y necesita gestionar su embarque y financiación –explicó Micky–. Podría ser el primer pequeño negocio que aportases tú al banco familiar.

Edward se mostró interesado.

–Me alegrará mucho encargarme de eso por usted –le dijo a Papá Miranda–. ¿Querrá ir al banco mañana por la mañana para arreglar todos los detalles?

–Allí estaré –convino Papá Miranda.

–Dime una cosa –preguntó Micky–. ¿Qué ocurre si el barco se va a pique? Quién pierde, ¿nosotros o el banco?

–Ninguno de los dos –declaró Edward con aire de suficiencia–. Aseguraremos el cargamento en el Lloyd's. Nos limitaremos a recoger el dinero correspondiente al importe de la póliza y a enviaros una nueva consignación. No pagáis hasta tener vuestra mercancía. A propósito, ¿qué clase de mercancía es?

–Rifles.

Edward puso cara larga.

—Oh. En ese caso, no podemos ayudaros.

—¿Por qué? —Micky estaba perplejo.

—A causa del viejo Seth. Es metodista, ya sabes. Bueno, lo es toda la familia, pero él es más devoto que nadie. De cualquier modo, no financiará ninguna compra de armas, y como es el presidente del consejo, ésa es la política del banco.

—Un infierno, eso es lo que es —maldijo Micky. Lanzó una mirada temerosa a su padre. Por fortuna, Carlos Miranda no había entendido la conversación. A Micky se le había revuelto el estómago. ¿Era posible que su proyecto se fuera al diablo por culpa de algo tan estúpido como la religión de Seth?—. El maldito viejo hipócrita está prácticamente muerto, ¿por qué interviene?

—Está a punto de retirarse —señaló Edward—. Pero creo que tío Samuel se hará cargo del negocio, y tiene la misma escuela, ya sabes.

De mal en peor. Samuel era el hijo soltero de Seth, tenía cincuenta y tres años y una salud perfecta.

—Tendremos que ir a otro banco comercial —dijo Micky.

—Eso os solucionará el asunto, siempre y cuando podáis presentar un par de sólidas referencias mercantiles.

—¿Referencias? ¿Por qué?

—Verás, un banco siempre corre el riesgo de que el comprador no cumpla su compromiso y le deje con un cargamento de mercancías no deseadas en el otro extremo del globo. Necesitan tener garantías de que tratan con un hombre de negocios respetable.

Lo que Edward ignoraba era que el concepto de hombre de negocios respetable aún no existía en América del Sur. Papá Miranda era un caudillo, un terrateniente provincial, con miles de hectáreas de pampa y una hueste de vaqueros que desempeñaba al mismo tiempo funciones de ejército particular. Utilizaba el poder de un modo que los británicos no conocían desde la Edad Media. Era como pedirle referencias a Guillermo el Conquistador.

Micky fingió impavidez.

—Indudablemente, podemos presentar algunas referencias —dijo. A decir verdad, no sabía cómo. Pero si quería quedarse en Londres, no iba a tener más remedio que llevar a buen término aquella operación.

Dieron media vuelta y regresaron a la rebosante terraza. Micky disimuló su zozobra. Papá Miranda seguía sin comprender por qué topaban con tan serias dificultades, pero Micky tendría que explicárselo más tarde... y entonces sí que habría problemas. No estaba dotado de la suficiente paciencia como para soportar el fracaso, y su cólera solía ser aterradora.

Augusta salió a la terraza y encargó a Edward:

—Búscame a Hastead, Teddy querido. —Hastead era su servicial mayordomo galés—. Se ha acabado el cordial y el muy miserable ha desaparecido. —Edward fue a atender el recado de su madre. La mujer obsequió a Miranda con una cálida e íntima sonrisa—. ¿Disfruta usted con nuestra pequeña reunión, señor Miranda?

—Estoy encantado, gracias —respondió.

—Debe tomar un poco de té o una copa de cordial.

Micky sabía que su padre hubiese preferido tequila, pero en los tés metodistas no se servían bebidas alcohólicas.

Augusta miró a Micky. Rápida de reflejos a la hora de apreciar el estado de ánimo de la gente, inquirió:

—Observo que no lo estás pasando muy bien. ¿Qué ocurre?

El muchacho no dudó en confiarle:

—Esperaba que mi padre pudiera echarle una mano a Edward aportando un nuevo negocio al banco, pero se trata de una partida de armas y municiones y Edward acaba de explicarnos que tío Seth no respalda financieramente ninguna operación relacionada con el tráfico de armas.

—Seth no va a ser presidente del consejo durante mucho tiempo más —dijo Augusta.

—Al parecer, Samuel tiene el mismo punto de vista que su padre.

—¿Ah, sí? —el tono de Augusta era malicioso—. ¿Y quién dice que Samuel será el próximo presidente del consejo?

2

Hugh Pilaster lucía una corbata nueva, estilo fular, de color azul celeste, un poco ahuecada en la parte delantera del cuello y sujeta con un alfiler. Lo cierto es que debía llevar una chaqueta nueva, pero sólo ganaba sesenta y ocho libras anuales, de modo que había tenido que conformarse con realzar un poco las viejas prendas con una corbata nueva. El fular era la última moda y el azul celeste tal vez fuese un color atrevido; pero cuando lanzó un vistazo a su imagen, reflejada en el enorme espejo de encima de la repisa de la chimenea del salón de tía Augusta, comprobó que la corbata azul y el traje negro resultaban más bien atractivos, a juego con el tono garzo de sus ojos y la negrura de su pelo. Confió en que el fular le proporcionara un aire seductoramente desenvuelto. A lo mejor Florence Stalworthy llegaba a creerlo así. Desde que conoció a la muchacha, Hugh Pilaster había empezado a preocuparse por la ropa.

Resultaba un poco embarazoso vivir en casa de Augusta y ser tan pobre; pero en el Banco Pilaster era una tradición pagar a quienes trabajaban en él conforme a la función que desempeñaban, a lo que valían, al margen de si eran o no miembros de la familia. Otra tradición era la de que todo el mundo empezaba allí desde abajo. En el colegio, Hugh había sido un alumno estrella, y de no haberle gustado tanto meterse en jaleos, hubiera sido un destacado dirigente escolar; pero su educación contaba poco en el banco, donde realizaba tareas de auxiliar administrativo... y recibía el salario correspondiente a esa categoría. Sus tíos nunca le brindaron ayuda económica alguna, así que el muchacho tenía que aguantarse con su aspecto de quiero y no puedo.

Naturalmente, tampoco le preocupaba mucho lo que opinasen los demás acerca de su apariencia. Pero en el caso de Florence Stalworthy, la cosa cambiaba. Era una preciosidad de tez clara, hija del conde de Stalworthy; pero lo más estimulante de la joven era que se interesaba por Hugh Pilaster. La verdad es que Hugh Pilaster se hubiera sentido fascinado por cualquier muchacha que le dirigiese la palabra, lo cual le desazonaba, porque sin duda quería decir que sus sentimientos eran superficiales; pero no podía evitarlo. El hecho de que una chica le tocase ligeramente bastaba para que a Hugh se le secara la boca. Al instante le atormentaba la curiosidad, el anhelo de saber cómo serían la piernas de la moza debajo de las faldas y las enaguas. En ocasiones, el deseo llegaba a dolerle como una herida. Había cumplido ya los veinte años, pero experimentaba aquello desde los quince, y en los cinco años transcurridos no había besado a nadie, con la excepción de su madre.

Una fiesta como aquel té organizado por Augusta constituía una exquisita tortura. Como se trataba de una reunión social, todas las personas que alternaban allí eran agradables y simpáticas, encontraban en seguida un tema de conversación común y se interesaban unas por otras. Las muchachas parecían adorables, sonreían y a veces hasta coqueteaban, aunque, eso sí, discretamente. La casa estaba tan llena de gente que, inevitablemente, algunas damitas rozaban a Hugh, tropezaban con él al dar media vuelta, le tocaban el brazo o incluso oprimían sus pechos contra la espalda del muchacho cuando alguien las empujaba. A Hugh le aguardaba una semana de noches intranquilas.

Como no podía ocurrir de otra manera, a muchos de los presentes les unían lazos de parentesco. Su padre, Tobias, y el padre de Edward, Joseph, habían sido hermanos. Pero el padre de Hugh había retirado su capital del negocio de la familia, creó su propia empresa, se arruinó y se suicidó. Por esa razón Hugh tuvo que abandonar el costoso colegio interno de Windfield y continuar sus estudios, como alumno externo, en la Academia Folkestone para Hijos de Caballeros; por esa razón tuvo que ponerse a trabajar a los diecinueve años, en vez de realizar un viaje por Europa y derrochar unos cursos en la universidad; también por ese motivo tuvo que irse a vivir a casa de su tía, y por esa razón no tenía ropa nueva que ponerse para la fiesta. Era un pariente, pero un pariente pobre; un fastidio para una familia cuyo orgullo, confianza y posición social se basaban en los bienes materiales.

A ninguno de los Pilaster se le hubiera pasado jamás por la cabeza resolver el problema proporcionándole dinero. La pobreza era un castigo para quienes naufragaban en el proceloso mar de los negocios, y si uno empezaba a aliviar las penalidades fruto de los fracasos, entonces los frustrados carecerían de incentivo para hacer las cosas como era debido.

—También puedes poner colchones de plumas en las camas de las celdas de las cárceles —solían decir a quien les sugería facilitar algo la vida a los perdedores.

El padre de Hugh había sido víctima de una crisis financiera, pero eso no representaba ninguna diferencia. Cayó el 11 de mayo de 1866, fecha que los banqueros conocían como el Viernes Negro. Aquel día, una firma intermediaria de efectos mercantiles llamada Overend y Gurney, S. L., se declaró en quiebra por cinco millones de libras esterlinas y arrastró en su hundimiento a muchas empresas, entre las que figuraban la Sociedad Bancaria de Londres, la firma constructora de sir Samuel Peto y la razón social Tobias Pilaster y Cía. Pero, de acuerdo con la filosofía de los Pilaster, en los negocios no había excusas. En aquellos momentos la crisis económica estaba causando estragos, y seguramente quebrarían un par de firmas más antes de que se superase por completo; pero los Pilaster se protegían enérgicamente, recusando a los clientes financieramente débiles, restringiendo los créditos y rechazando con firmeza inflexible todas las operaciones mercantiles que no fueran incuestionablemente seguras. Creían que seguir los dictados del instinto de conservación era el deber más importante de un banquero.

«Bueno —pensaba Hugh—, también yo soy un Pilaster. Puede que no tenga la nariz de los Pilaster, pero sé lo que es el instinto de conservación.» A veces, cuando meditaba sobre lo que le había sucedido a su padre, la rabia hervía en su pecho y entonces nacía en él la absoluta determinación de llegar a ser más rico y más respetado que toda aquella maldita caterva. En su económico colegio diurno adquirió los prácticos conocimientos de la ciencia y la aritmética, mientras su privilegiado primo Edward forcejeaba con el griego y el latín; y la circunstancia de no asistir a la universidad le permitió ingresar antes en el mundo laboral del comercio. Nunca tuvo la tentación de cambiar de vida, de hacer algo distinto a lo que hacía: dedicarse a la pintura, ingresar en el Parlamento como diputado o convertirse en clérigo. Llevaba las finanzas en la sangre. En un momento determinado podía citar el tipo de interés bancario vigente antes de decir si estaba lloviendo o no. Estaba firmemente decidido a no ser jamás tan presuntuoso e hipócrita como sus parientes mayores, pero también estaba igualmente decidido a ser banquero.

Sin embargo, no se obsesionaba pensando mucho en ello. La mayor parte del tiempo pensaba en las chicas.

Salió a la terraza y vio que Augusta se dirigía hacia él. La mujer llevaba de la mano a una muchacha.

—Querido Hugh —dijo—, aquí tienes a tu amiga, la señorita Bodwin.

Hugh gruñó para sus adentros. Rachel Bodwin era una joven alta e intelectual de opiniones radicales. No era guapa —tenía el pelo castaño oscuro y los ojos claros, quizá demasiado juntos—, pero sí vivaracha e interesante, pletórica de ideas subversivas, y a Hugh le cayó bien al principio, cuando acababa de llegar a Londres para entrar a trabajar en el banco. Pero Augusta resolvió que Hugh debía casarse con Rachel y eso estropeó las relaciones. Antes de la intervención de Augusta, Rachel y Hugh discutieron encarnizada y libremente acerca del divorcio, la religión, la pobreza y el voto para las mujeres. Pero a partir del instante en que Augusta inició su campaña para que se unieran en matrimonio, dejaron de tratarse con confianza y apenas intercambiaban un mínimo de cháchara insípida.

—Tienes un aspecto encantador, señorita Bodwin —saludó Hugh automáticamente.

—Eres muy amable —correspondió ella en tono aburrido.

Augusta se disponía a retirarse cuando reparó en la corbata de Hugh.

—¡Cielos! —exclamó—. Pero ¿qué es eso? ¡Pareces un tabernero!

Hugh se puso carmesí. Si se le hubiera ocurrido una réplica ingeniosa y mordaz, se habría atrevido a soltársela, pero no acudió nada a su mente, y todo lo que pudo hacer fue murmurar:

—Es una nueva moda de corbata. Se llama fular.

—Dásela mañana al limpiabotas —dijo Augusta, y se alejó.

En el ánimo de Hugh brotó una llamarada de resentimiento contra el destino que le obligaba a vivir con una tía tan autoritaria.

—Las mujeres no deben formular comentarios sobre las prendas que llevan los hombres —silabeó malhumoradamente—. No es propio de una dama.

—Opino que las mujeres deben hacer comentarios sobre cualquier cosa que les interese, por lo que no tengo inconveniente en declarar que me gusta tu corbata y que hace juego con tus ojos.

Hugh se sintió reconfortado, al tiempo que le dirigía una sonrisa. Después de todo, Rachel era una chica simpática. Sin embargo, no era por su simpatía por lo que Augusta deseaba que Hugh se casase con ella. Rachel era hija de un abogado especializado en contratos mercantiles. Su familia no poseía más dinero que los ingresos que le procuraba la actividad profesional del padre, y en la escala social se encontraba varios peldaños por debajo de los Pilaster; en realidad, no estarían en aquella fiesta de no ser porque el señor Bodwin había realizado un trabajo provechoso para el banco. Rachel era una chica que ocupaba un lugar bastante bajo en la vida, y al casarse con ella, Hugh confirmaría su condición de miembro inferior de la familia Pilaster; y eso era lo que Augusta pretendía.

Hugh no rechazaba de plano la idea de declararse a Rachel. Augusta llegó a insinuarle que, si se casaba con aquella muchacha, les haría un generoso regalo de boda. Pero a él no le tentaba el regalo de boda, lo que sí le resultaba tentador era pensar que todas las noches podría meterse en la cama con una mujer, podría levantarle los faldones del camisón, por encima de los tobillos, de las rodillas, de los muslos...

—No me mires así —expresó Rachel, sagaz—. Sólo he dicho que me gusta tu corbata.

Hugh volvió a sonrojarse. Seguramente ni por asomo sospecharía lo que había estado pasando por su cerebro, ¿o sí? Los pensamientos que le inspiraban las mujeres eran tan ordinariamente físicos que casi siempre se avergonzaba de ellos.

—Lo siento —musitó.

—Hay un montón de Pilaster por aquí —constató Rachel alegremente, al lanzar una mirada a su alrededor—. ¿Qué tal te llevas con todos ellos?

Hugh también miró a su alrededor. Vio entrar entonces a Florence Stalworthy. Era extraordinariamente bonita, con sus bucles rubios cayéndole sobre los delicados hombros, su vestido rosa adornado con encajes y lazos de seda, su sombrero rematado con plumas de avestruz. Florence captó su mirada y le sonrió desde el otro lado de la estancia.

—Observo que he perdido tu interés —dijo Rachel con su franqueza característica.

—Lo lamento infinitamente —se excusó Hugh.

Rachel le cogió el brazo.

—Hugh, querido, atiéndeme un momento. Me gustas. Eres una de las pocas personas de Londres que no son inenarrablemente aburridas. Pero no te quiero y jamás me casaré contigo, por mucho que tu tía se esfuerce en unirnos.

Hugh se sobresaltó.

—Digo que... —empezó.

Pero ella no había terminado.

—Y sé que te avergüenzas tanto como yo, así que, por favor, no finjas que la angustia te desgarra el corazón.

Al cabo de unos segundos de perplejidad, Hugh sonrió. Aquella forma de ir al grano era lo que le encantaba de la chica. Pero supuso que Rachel tenía razón: una cosa era gustar y otra querer. Él no estaba seguro de lo que era el amor, pero la muchacha sí parecía saberlo.

—¿Significa eso que podemos volver a enzarzarnos en feroces diatribas acerca del sufragio femenino? —preguntó jubiloso.

—Sí, pero no hoy. Hoy quiero hablarte de tu viejo compañero de colegio, el señor Miranda.

Hugh arrugó el entrecejo.

—Micky no podría deletrear la palabra «sufragio», y mucho menos explicarte qué quiere decir.

—Pues, a pesar de eso, la mitad de las debutantes de Londres se desmayan a su paso.

—No imagino por qué.

—Es una Florence Stalworthy en masculino —aclaró Rachel, y le dejó allí sin más.

La frente de Hugh se llenó de arrugas mientras le daba vueltas en la cabeza a aquellas palabras. Micky sabía que Hugh era un pariente pobre y lo trataba en consecuencia, de modo que a Hugh le resultaba difícil ser objetivo con respecto a él. Micky era bien parecido y vestía con magnificencia. A Hugh le recordaba a un gato de reluciente piel, lustroso y sensual. La cuestión no estribaba del todo en que se atildase con esmero; los hombres decían que no era muy viril, pero eso a las mujeres no parecía importarles.

Al seguir a Rachel con la mirada, Hugh la vio atravesar el salón y acercarse al punto donde estaban Micky y su padre, que habían entablado conversación con la hermana de Edward, Clementine, tía Madeleine y la joven tía Beatrice. Micky se volvió en aquel momento hacia Rachel, le prestó toda su atención, le estrechó la mano y le dijo algo que provocó la risa de la muchacha. Hugh se percató de que Micky siempre tenía a su alrededor a tres o cuatro mujeres con las que hablar.

Simultáneamente, experimentó un ramalazo de desagrado al calar en su cerebro la sugerencia de que a Florence podía gustarle Micky. Ella era atractiva y popular, lo mismo que él, pero Hugh pensaba que Micky tenía mucho de sinvergüenza.

Se abrió paso hasta llegar junto a Florence. Estaba emocionado, pero nervioso.

—¿Qué tal, lady Florence?

La muchacha sonrió deslumbradoramente.

—¡Qué casa tan extraordinaria!

—¿Te gusta?

—Pues, no sé qué decir.

—Eso es lo que dice casi todo el mundo.

Florence se echó a reír como si Hugh hubiera pronunciado una ocurrencia ingeniosa, y él se sintió en la gloria.

—Es muy moderna, ¿sabes? —continuó Hugh—. ¡Tiene cinco cuartos de baño! Y en el sótano hay una enorme caldera que calienta el agua que luego, por la red de tuberías que cubren el edificio, determina la temperatura dentro de la casa.

—Tal vez el barco de piedra que corona el gablete sea un poco excesivo.

Hugh bajó la voz.

—Opino lo mismo. Me hace pensar en la cabeza de un buey colocada encima de la puerta de una carnicería.

La muchacha volvió a reír. A Hugh le encantó ser capaz de provocar sus risas. Decidió que sería estupendo sacar a Florence de entre la multitud.

—Vayamos a ver el jardín —propuso.

—¡Qué adorable!

No tenía nada de adorable, puesto que todo estaba recién plantado, pero eso no importaba en absoluto. La condujo a través del salón y, al salir a la terraza, Augusta les abordó. Tras dirigir una mirada de reproche a Hugh, exclamó:

—Lady Florence, ¡qué amable ha sido al venir! Edward le enseñará el jardín. —Agarró a Edward, que se encontraba cerca, y los envió a los dos hacia el nuevo vergel, antes de que Hugh tuviese tiempo de pronunciar una sola palabra. El muchacho apretó los dientes y se prometió que no le permitiría salirse con la suya tan fácilmente—. Hugh, querido, ya sé que quieres charlar con Rachel —dijo Augusta. Le cogió de un brazo, lo llevó de nuevo al salón y Hugh no pudo hacer nada para impedirlo, porque no era cosa de liberarse de un tirón y montar una escena. De pie frente a ellos, Rachel hablaba con Micky Miranda y el padre de éste—. Micky, quiero que tu padre conozca a mi hermano político, don Samuel Pilaster —expresó Augusta. Apartó a Micky y a su padre y se los llevó de allí. Hugh volvió a quedarse de nuevo solo con Rachel.

La muchacha soltó una carcajada.

—No se puede discutir con ella.

—Sería como discutir con un tren que acaba de estrellarse —bufó Hugh. A través de la ventana vio ondular el vestido de Florence; el vuelo de su falda se agitaba al fondo del jardín, junto a Edward.

Rachel siguió la dirección de su mirada.

—Ve tras ella.

—Gracias —sonrió Hugh.

Se apresuró jardín adelante. Cuando se acercaba a la pareja se le ocurrió la jugada. ¿Por qué no imitar el juego de su tía y separar así a Edward de Florence? Augusta se volvería loca de rabia cuando lo averiguase... pero merecía la pena sufrir sus iras a cambio de disfrutar de unos minutos en el jardín a solas con Florence. «¡Al diablo!», pensó.

—¡Ah, Edward! —anunció—. Tu madre me ha encargado que te diga que vayas a encontrarte con ella. Está en el vestíbulo.

Edward no hizo objeción alguna: estaba acostumbrado a los súbitos cambios de idea de su madre.

—Le ruego me disculpe, lady Florence —se excusó. Los dejó y entró en la casa.

—¿De verdad envió a buscarle? —preguntó Florence.

—No.

—¡Qué perverso! —comentó la muchacha, pero sonreía.

Hugh la miró a los ojos y se recreó gozosamente en la alegría de su aprobación. Lo pagaría caro después, pero estaba dispuesto a soportar peores padecimientos por una sonrisa como aquélla.

—Vamos a ver el huerto —dijo Hugh.

3

Papá Miranda divertía a Augusta. ¡Qué palurdo era aquel rechoncho individuo! ¡Tan distinto de su apuesto y elegante hijo! Augusta tenía una debilidad especial por Micky

Miranda. Cuando estaba con él, se sentía siempre más mujer, pese a lo joven que era el muchacho. Micky la miraba como si ella fuese la hembra más deseable que había visto en toda su vida. En algunos momentos Augusta llegaba a anhelar que hiciese algo más que mirarla. Era un antojo insensato, naturalmente, pero ello no impedía que lo experimentase de vez en cuando.

A la mujer le había alarmado la conversación acerca de Seth. Micky daba por supuesto que cuando el viejo Seth falleciese o se retirara, su hijo Samuel asumiría la dirección del Banco Pilaster, en calidad de presidente del consejo. Micky no habría hecho tal suposición por su propia cuenta: sin duda alguien de la familia lo había comentado en presencia del joven. Augusta no quería que Samuel tomase las riendas. Deseaba aquel cargo para su esposo Joseph, que era sobrino de Seth.

Lanzó una mirada por la ventana del salón y vio a los cuatro socios del Banco Pilaster reunidos en la terraza. Tres eran Pilaster: Seth, Samuel y Joseph; los metodistas de principios del siglo XIX preferían los nombres bíblicos. Sentado y con la manta cubriéndole las piernas, el viejo Seth parecía lo que era, un inválido completamente inútil. Junto a él estaba su hijo. El aspecto de Samuel no era tan distinguido como el de su padre. Tenía la misma nariz ganchuda, pero el trazo de la boca denotaba cierta debilidad y el estado de su dentadura dejaba mucho que desear. La tradición favorecería su candidatura a la sucesión, puesto que era el socio de más edad, después de Seth. El esposo de Augusta, Joseph, hacía uso de la palabra en aquel instante y subrayaba lo que estaba diciendo a su tío y a su primo con cortos movimientos de la mano, un gesto suyo de impaciencia muy peculiar. También él tenía la nariz clásica de los Pilaster, pero sus demás facciones eran más bien irregulares y se estaba quedando calvo. El cuarto socio, un poco más atrás, se limitaba a escuchar, cruzado de brazos. Era el comandante George Hartshorn, esposo de la hermana de Joseph, Madeleine. Antiguo oficial del ejército, tenía una relevante cicatriz en la frente, consecuencia de una herida que sufrió veinte años atrás, en la guerra de Crimea. No era, sin embargo, un héroe: una máquina de tracción de vapor asustó al caballo que montaba el comandante, quien salió despedido de la montura y fue a golpearse la cabeza con la rueda de un carro-cocina. A raíz de su matrimonio con Madeleine, se retiró del ejército e ingresó en el banco. Hombre de carácter amable, se dejaba dirigir por los otros; no era lo bastante inteligente para gobernar el establecimiento bancario, y de todas formas, nunca había habido un presidente del consejo cuyo apellido no fuese Pilaster. De modo que los únicos candidatos serios eran Samuel y Joseph.

Técnicamente, la decisión se adoptaba mediante el sufragio de los socios. Por tradición, la familia llegaba por lo general a un consenso. En realidad, Augusta tenía la irrevocable determinación de imponer su voluntad. Pero no le resultaría fácil.

El presidente del consejo del Banco Pilaster era una de las personas más importantes del mundo. Su decisión favorable a conceder un préstamo podía salvar a un monarca; su negativa, sin embargo, podía provocar una revolución. Junto con un puñado de otros banqueros –J. P. Morgan, los Rothschild, Ben Greenbourne– tenía en sus manos la prosperidad de diversas naciones. Los jefes de estado le halagaban, los primeros ministros le consultaban, los diplomáticos le cortejaban; y su esposa se veía continuamente adulada por todos ellos.

Joseph deseaba la presidencia, pero carecía de sutileza. A Augusta le aterraba la idea de que su marido permitiera que se le escurriese la oportunidad de entre los dedos. Si se le dejaba actuar por su cuenta, lo más probable era que dijese simplemente que le gustaría que considerasen su candidatura y dejaría después que la familia decidiese. No se le ocurriría pensar que podían hacerse muchas otras cosas para asegurarse el triunfo en la competición. Por ejemplo, nunca haría nada para desacreditar a sus rivales.

Augusta iba a encontrar la manera de cumplir esa tarea por él.

No había tenido ninguna dificultad en descubrir el punto flaco de Samuel. A sus cincuenta y tres años, Samuel era soltero y vivía con un joven al que siempre citaba llamándole su «secretario». Hasta entonces, nadie de la familia había prestado atención a las disposiciones domésticas de Samuel, pero Augusta se preguntaba ya si no le iba a ser posible cambiar todo eso.

Respecto a Samuel, era cuestión de andarse con sumo cuidado. Se trataba de un hombre remilgado, meticuloso, escrupuloso, la clase de individuo que se cambiaría de ropa, de pies a cabeza, sólo porque le hubiera caído una gota de vino en la rodilla de una de las perneras del pantalón; pero no era débil. Un asalto frontal no sería la estrategia adecuada para atacarle.

Lastimarle no causaría a Augusta ningún remordimiento. Nunca le había sido simpático. Aquel hombre se comportaba a veces como si Augusta le pareciese simplemente divertida, y tenía un modo de negarse a aceptarla en su verdadero valor que a la mujer le resultaba profundamente molesto.

Mientras avanzaba entre los invitados, apartó de su cerebro la irritante resistencia de su sobrino Hugh a galantear a una joven tan perfectamente apropiada. Aquella rama de la familia siempre había sido problemática, pero Augusta no estaba dispuesta a permitir que le distrajera del asunto, más importante, que Micky le había señalado: la amenaza que constituía Samuel.

Localizó en el vestíbulo a su cuñada, Madeleine Hartshorn. Pobre Madeleine, cualquiera podía percatarse al instante de que era hermana de Joseph: la nariz de los Pilaster la delataba. En algunos hombres parecía distinguida, pero con un apéndice ganchudo como aquél en la cara ninguna mujer parecería atractiva.

Hubo un tiempo en que Madeleine y Augusta fueron rivales. Años atrás, cuando Augusta se casó con Joseph, Madeleine se tomó a mal la forma en que la familia empezó a girar en torno a su cuñada, aunque Madeleine nunca tuvo el magnetismo ni la energía con que contaba Augusta para preparar bodas, disponer funerales y actuar de casamentera, de conciliadora en las disputas, de organizadora y canalizadora de ayuda a los enfermos, las embarazadas, los despojados y los afligidos. La actitud de Madeleine estuvo a punto de originar una escisión en la familia. Y entonces Madeleine puso un arma en manos de Augusta. Cierta tarde, Augusta entró en una selecta tienda de vajillas de la calle Bond en el preciso momento en que Madeleine se deslizaba por la puerta de la trastienda del comercio. Augusta se entretuvo un poco en el local, fingiendo dudar en la compra de un portatostadas, hasta que vio que un apuesto joven seguía el mismo camino. Le constaba que, en las habitaciones situadas encima de tales establecimientos, parejas de amantes celebraban a veces citas románticas, y estaba casi completamente segura de que Madeleine tenía una aventura amorosa. Un billete de cinco libras le permitió ganarse la voluntad de la propietaria de la tienda, una tal señora Baxter, quien le informó de la identidad del joven: el vizconde de Tremain.

El descubrimiento conmocionó a Augusta, pero lo primero que se le ocurrió fue pensar que lo que Madeleine hacía con el vizconde de Tremain ella podía hacerlo con Micky Miranda. Aunque, naturalmente, eso era imposible del todo. Además, si ella había descubierto a Madeleine, alguien podría descubrir también a Augusta.

Eso sin duda la arruinaría socialmente. A un hombre que mantuviera relaciones extramatrimoniales se le consideraría un pícaro, pero también un romántico; una mujer que hiciese lo mismo era una prostituta. Si su secreto salía a la luz pública, la sociedad la rehuiría y su familia se avergonzaría de ella. Augusta decidió en primera instancia utilizar el secreto para controlar a Madeleine, suspendiendo sobre su cabeza la amenaza de exponerlo. Pero luego comprendió que se ganaría su hostilidad para siempre. Era necio multiplicarse innecesariamente los enemigos. Debía de existir algún medio para desarmar a Madeleine y al mismo tiempo convertirla en aliada. Tras mucho reflexionar sobre ello, elaboró una estrategia. En vez de intimidar a Madeleine con la noticia, simuló estar de su parte.

—Te daré un consejo, querida Madeleine —le había susurrado—. La señora Baxter no es muy de fiar. Dile a tu vizconde que busque un lugar más discreto.

Madeleine le había suplicado que le guardara el secreto y se mostró patéticamente agradecida cuando Augusta le prometió de mil amores eterno silencio. A partir de entonces, no hubo rivalidad entre ellas.

Durante la recepción, cogió a Madeleine del brazo, al tiempo que le decía:

—Ven a ver mi cuarto... Creo que te gustará.

En el primer piso de la casa estaban el dormitorio y el salón de Augusta, la alcoba y la sala de Joseph y un gabinete. Augusta condujo a su cuñada al dormitorio, cerró la puerta y esperó la reacción de Madeleine.

Había amueblado y decorado la habitación al estilo japonés, con sillas caladas, paredes cubiertas con papel pintado a base de plumas de pavo real y una variedad de piezas de porcelana colocadas sobre la repisa de la chimenea. Había un inmenso armario ornamentado con motivos japoneses y cortinas de libélula celaban parcialmente el vano de la ventana saledíza.

—¡Qué atrevido, Augusta! —aplaudió Madeleine.

—Gracias. —El efecto hacía a Augusta poco menos que

absolutamente feliz–. Quería una tela de cortinas algo mejor, pero cuando fui a Liberty's a comprarla se les había terminado. Ven a ver el cuarto de Joseph.

Cruzó con Madeleine la puerta que comunicaba ambas habitaciones. La alcoba de Joseph era una versión más moderada del mismo estilo, con el papel pintado de las paredes más oscuro y cortinas de brocado. Augusta se sentía especialmente orgullosa de un aparador lacado, dentro del cual se exhibía la colección de enjoyadas cajitas de rapé de su marido.

–¡Qué excéntrico es Joseph! –comentó Madeleine mientras contemplaba las cajitas de rapé.

Augusta sonrió. Su esposo no era nada excéntrico, hablando en términos generales, pero no dejaba de ser extraño que un recalcitrante hombre de negocios de religión metodista coleccionase algo tan frívolo y primoroso. A toda la familia le hacía gracia.

–Dice que es una inversión –explicó Augusta. Un collar de diamantes para ella también hubiera sido una inversión, pero Joseph no compraba nunca esas cosas, ya que los metodistas consideraban que las joyas eran una extravagancia innecesaria.

–Todo hombre ha de tener una afición –dogmatizó Madeleine–. Eso evita que se meta en jaleos.

Quería decir que evitaba que se metiera en las casas de lenocinio. La implícita referencia a los pecadillos de los hombres recordó a Augusta los propósitos que le bullían en la cabeza. «Despacito, despacito», se recomendó.

–Madeleine, querida, ¿qué vamos a hacer respecto al primo Samuel y su «secretario»?

Madeleine pareció desconcertada.

–¿Debemos hacer algo?

–Si Samuel va a ser el presidente del consejo, no tenemos más remedio.

–¿Por qué?

—Querida mía, el presidente del consejo de los Pilaster tiene que tratar con embajadores, jefes de estado e incluso miembros de la realeza... En consecuencia, su vida privada tiene que ser irreprochable por completo.

Madeleine empezó a comprender y se sonrojó.

—No estarás sugiriendo que Samuel es, en algún sentido, un depravado.

Eso era exactamente lo que Augusta estaba sugiriendo, aunque tampoco quería decirlo explícitamente, por temor a provocar en Madeleine una reacción en defensa de su primo.

—Confío en no saberlo nunca a ciencia cierta —manifestó evasivamente—. Pero lo importante es lo que la gente piense.

Madeleine no estaba muy convencida.

—¿De verdad crees que la gente piensa... eso?

Augusta hizo un esfuerzo para armarse de paciencia y soportar la delicadeza de Madeleine.

—Querida mía, las dos estamos casadas y sabemos cómo son los hombres. Tienen apetitos animales. El mundo da por hecho que un célibe de cincuenta y tres años que vive con un joven atractivo es un individuo vicioso, y el Cielo sabe que, en la mayoría de los casos, el mundo está probablemente en lo cierto.

Madeleine frunció el ceño y puso cara de preocupación. Antes de que pudiera decir algo, se oyó una llamada de aviso en la puerta y Edward entró en el cuarto.

—¿Qué se te ofrece, mamá? —preguntó.

A Augusta le fastidió la interrupción y, desde luego, no sabía de qué hablaba el muchacho.

—¿Qué quieres decir?

—Me has llamado.

—Estoy segura de que no he hecho tal cosa. Te he encargado que enseñaras el jardín a lady Florence.

Edward pareció dolido.

—¡Hugh ha dicho que deseabas verme!

Augusta comprendió la jugada.

—Eso te ha dicho, ¿eh? Y supongo que lo que está haciendo ahora él es enseñar el jardín a lady Florence, ¿no?

Edward vio adónde quería ir a parar su madre.

—Creo que sí —convino, con aspecto de persona humillada—. No te enfades conmigo, mamá, por favor.

Augusta se derritió al instante.

—No te preocupes, Teddy querido —dijo—. Hugh es un chico muy astuto.

Pero si creía que iba a dárselas de listo con tía Augusta era también un estúpido.

La distracción le había irritado, pero al pensar en ello comprendió que ya había dicho a Madeleine lo suficiente respecto al primo Samuel. En aquella fase del asunto lo único que deseaba era plantar la semilla de la duda; ir un poco más lejos sería cargar demasiado la mano. Decidió dejar las cosas así por el momento. Acompañó a su hermana política y a Edward fuera de la habitación mientras comentaba:

—Ahora debo volver con mis invitados.

Bajaron la escalera. A juzgar por el guirigay de conversaciones, risas y tintineo de cien cucharillas chocando contra la porcelana de las tazas y de los platos del té, la fiesta se desarrollaba satisfactoriamente. Augusta lanzó un rápido vistazo de comprobación al comedor, donde los criados servían ensalada de langosta, pastel de frutas y bebidas heladas. Empezó a cruzar la sala, y mientras intercambiaba un par de palabras, al paso, con cada invitado que atraía su mirada, buscó a una persona en particular: la madre de Florence, lady Stalworthy.

Le preocupaba la posibilidad de que Hugh se casara con Florence.

Hugh ya se las estaba arreglando demasiado bien en el banco. El muchacho poseía un cerebro con la rapidez de reflejos comercial de un vendedor de mercado y los seductores modales de un fullero. Hasta Joseph hablaba de él encomiásticamente, sin tener en cuenta la amenaza que para su hijo representaba Hugh. Unirse en matrimonio a la hija de un conde proporcionaría a Hugh una posición social que añadir a su talento natural, lo que le convertiría en un competidor peligroso para Edward. El querido Teddy carecía del encanto exterior de Hugh, así como de la cabeza de éste para los números, de forma que Edward necesitaba toda la ayuda que Augusta pudiera facilitarle.

Encontró a lady Stalworthy de pie ante el mirador del salón. Era una agraciada señora de mediana edad, que había acudido a la fiesta vestida con un modelo de color rosa y un sombrero de paja cubierto de flores de seda. Augusta se preguntó, inquieta, qué opinaría lady Stalworthy acerca de Hugh y Florence. Hugh no era un buen partido, pero desde el punto de vista de lady Stalworthy tampoco constituía ningún desastre. Florence era la menor de tres hijas y las dos mayores se habían casado bien, así que lady Stalworthy podía mostrarse indulgente. Augusta tenía que impedirlo. Pero ¿cómo?

Se situó junto a la dama y comprobó que lady Stalworthy miraba a Hugh y Florence, que hablaban en el jardín. Hugh explicaba algo y las pupilas de Florence relucían de placer mientras le contemplaba y le escuchaba.

—La despreocupada felicidad de la juventud —comentó Augusta.

—Hugh parece un buen chico —dijo lady Stalworthy.

Augusta la observó con momentánea dureza. En los labios de lady Stalworthy florecía una sonrisa soñadora. Augusta supuso que, en una época pasada, había sido tan guapa como su hija. En aquel momento debía de evocar su propia juventud. Era preciso que bajara de las nubes a la tierra de un golpe, decidió Augusta.

—Qué rápido pasan los días de despreocupada felicidad.

—Pero ¡qué idílicos son mientras duran!

Era el momento del veneno.

—El padre de Hugh murió, ya sabe —dijo Augusta—. Y su madre lleva una vida muy discreta en Folkestone, de modo que Joseph y yo nos sentimos en la obligación de tomarnos un interés paternal por el chico. —Hizo una pausa—. No tengo que decirle que emparentar con su familia sería un notable triunfo para Hugh.

—Qué amable de su parte decir una cosa así —expresó lady Stalworthy, como si acabara de escuchar un bonito cumplido—. Los Pilaster no tienen nada que envidiar en cuanto a familia distinguida.

—Gracias. Si Hugh trabaja con dedicación algún día se ganará bien la vida.

Lady Stalworthy pareció un poco sorprendida ante la insinuación.

—¿Su padre no dejó nada, pues?

—No. —Augusta creía oportuno informar a la señora de que Hugh no recibiría ningún dinero de sus tíos cuando se casara. Anunció—: Tendrá que trabajar, abrirse camino en el banco y vivir de su salario.

—Ah, sí —dijo lady Stalworthy, y en su semblante apareció un asomo de decepción—. Por suerte, Florence tiene una pequeña independencia.

A Augusta se le cayó el alma a los pies. De modo que Florence tenía dinero propio. La mujer se preguntó cuánto. Los Stalworthy no eran tan acaudalados como los Pilaster —pocas personas lo eran—, pero Augusta creía que estaban en situación económica algo más que buena. De cualquier modo, el que Hugh fuese pobre no bastaba para poner a lady Stalworthy en contra suya. Augusta tendría que recurrir a medidas más drásticas.

—Nuestra querida Florence sería una gran ayuda para Hugh... Una influencia estabilizadora, estoy segura.

—Sí —articuló lady Stalworthy ambiguamente, y luego enarcó las cejas—. ¿Estabilizadora?

Augusta titubeó. Aquello era peligroso, pero había que arriesgarse.

—Nunca hago caso de las murmuraciones, y tengo la certeza de que usted tampoco —dijo—. Tobias tuvo muy mala suerte, de eso no hay duda, pero Hugh apenas muestra indicio alguno de que ha heredado la debilidad...

—Bueno —dijo lady Stalworthy, pero su rostro manifestaba una profunda inquietud.

—A pesar de todo, a Joseph y a mí nos haría felices verle casado con una muchacha tan sensible como Florence. Una intuye que sabría tratarle con mano firme si...

Augusta dejó la frase en el aire.

—Yo... —lady Stalworthy tragó saliva—. No recuerdo bien cuál era la debilidad de su padre.

—Bien, en realidad, se trataba de un chisme...

—Desde luego, esto quedará entre usted y yo, naturalmente.

—Quizá no debí mencionarlo.

—Pero he de saberlo todo, por el bien de mi hija. Estoy segura de que lo comprende.

—El juego —articuló Augusta en voz muy baja. Por nada del mundo querría que alguien la oyese: no faltaban allí personas que sabían que estaba mintiendo—. Eso fue lo que le indujo a quitarse la vida. La vergüenza, ya sabe.

«No permita el Cielo que los Stalworthy se tomen la molestia de comprobar la veracidad de lo que acabo de decir», pensó Augusta fervorosamente.

—Tenía entendido que su empresa quebró.

—Eso también.

—¡Qué tragedia!

—Lo cierto es que Joseph ha tenido que pagar las deudas de Hugh un par de veces, pero la última le habló muy seriamente y estamos seguros de que el chico no reincidirá.

—Eso es tranquilizador —declaró lady Stalworthy, pero su rostro expresaba algo muy distinto.

Augusta comprendió que probablemente ya había dicho bastante. La apariencia de que estaba a favor de la boda resultaba ya peligrosamente insostenible. Volvió a mirar por la ventana. Florence celebraba con su risa algo que decía Hugh; la muchacha había echado la cabeza hacia atrás y enseñaba los dientes de un modo más bien... indecoroso. Hugh se la estaba comiendo prácticamente con los ojos. En la fiesta, todos se daban cuenta de que se atraían el uno al otro.

—Calculo que no tardará mucho en declararse ese noviazgo —opinó Augusta.

—Tal vez ya han hablado suficiente por hoy —dijo lady Stalworthy con aire preocupado—. Vale más que intervenga. Dispénseme.

—No faltaba más.

Lady Stalworthy se encaminó hacia el jardín.

Augusta se sintió aliviada. Había llevado con eficacia aquella difícil conversación. Ahora, lady Stalworthy desconfiaba de Hugh, y cuando a una madre se le despierta la intranquilidad con respecto al pretendiente de su hija, es raro que al final se muestre favorable al muchacho.

Augusta miró en torno y localizó a Beatrice Pilaster, otra cuñada suya. Joseph había tenido dos hermanos: Tobias, el padre de Hugh, y William, al que siempre llamaban *Young* [«Joven»], porque nació veintitrés años después de Joseph. William contaba ahora veinticinco años y aún no formaba parte del banco como socio. Beatrice era su esposa. Parecía una cachorrilla crecida, dichosa, torpona y ávida de ser amiga de todo el mundo.

4

Micky y su padre salieron de la fiesta y emprendieron el regreso a su alojamiento, en Camberwell. Hasta llegar al río, su camino no hacía más que atravesar parques: primero

Hyde Park, después Green Park y, por último, St. James's Park. Se detuvieron en medio del puente de Westminster para descansar un poco y contemplar el panorama.

En la ribera norte del río se alzaba la mayor ciudad del mundo. Corriente arriba, el Parlamento, cuyo edificio era una imitación modernizada de la vecina abadía de Westminster, construida en el siglo XIII. Río abajo, se veían los jardines de Whitehall, el palacio del duque de Buccleuch y el gigantesco edificio de ladrillos de la nueva estación ferroviaria de Charing Cross.

Los muelles quedaban fuera de la vista y ningún barco de gran tonelaje navegaba en aquel momento por allí, pero la vía fluvial era un hormiguero de actividad y en ella pululaban pequeños botes, gabarras y cruceros de placer, lo que constituía un bonito espectáculo a la claridad del sol vespertino.

La orilla sur lo mismo podía pertenecer a otro país. Era el reino de las alfarerías de Lambeth, y allí, en campos de arcilla salpicados de talleres más o menos maltrechos, grupos de hombres de semblante grisáceo y mujeres andrajosas se afanaban aún, entregados a la tarea de hervir huesos, seleccionar escombros, alimentar el fuego de los hornos y echar barro en moldes para elaborar tuberías de desagüe y cañones de chimenea con los que atender a las necesidades de la ciudad, que crecía a gran ritmo. El olor que despedía aquella actividad era intenso incluso en el puente, situado a más de cuatrocientos metros de distancia. Los achatados tabucos en que vivían aquellos trabajadores se arracimaban alrededor de los muros del palacio de Lambeth, residencia londinense del arzobispo de Canterbury, como las inmundicias que dejan las olas sobre una orilla fangosa. Pese a la proximidad del palacio del arzobispo, al barrio se le conocía por el nombre de Acre del Diablo, probablemente porque las hogueras y el humo, los trabajadores que caminaban de un lado a otro arrastrando los pies y la espantosa fetidez que flotaba en el aire evocaban en la gente la idea del infierno.

Micky vivía en Camberwell, un suburbio respetable situado más allá de los alfares; pero su padre y él se demoraron en el puente, sin ningunas ganas de adentrarse por el Acre del Diablo. Micky aún seguía echando pestes por la circunstancia de que la escrupulosa conciencia metodista de Seth Pilaster hubiese estropeado sus planes.

—Solucionaremos ese problema del embarque de los rifles —dijo—. No te preocupes.

Papá Miranda se encogió de hombros.

—¿Quién se interpone en nuestro camino? —preguntó.

Era una pregunta sencilla, pero en la familia Miranda tenía un significado profundo. Cuando se encontraban frente a un problema insoluble, preguntaban: «¿Quién se interpone en nuestro camino?». Lo que, en realidad, quería decir: «¿A quién tenemos que matar para que se cumpla lo que deseamos?». Llevó de nuevo a Micky a la vida salvaje de la provincia de Santamaría, a todas las horribles leyendas que prefería olvidar; la historia acerca del modo en que su padre castigó a una amante que le había sido infiel: encañonó a la mujer con un rifle y apretó el gatillo; a la época en que una familia judía abrió una tienda junto a la suya, en la capital provincial, y entonces la incendió y abrasó vivos al hombre, a su esposa y a los hijos; a aquella vez en que un enano se vistió como Papá Miranda durante el carnaval y, así disfrazado, provocó la hilaridad de todo el mundo caminando de un lado a otro en perfecta imitación de los andares de Papá... hasta que éste, con toda la flema del mundo, se fue hasta el enano, empuñó la pistola y le voló la cabeza.

Ni siquiera en Córdoba eso era normal, pero la desatinada brutalidad de Papá Miranda le convertía en un hombre al que era obligado temer. En Inglaterra le habrían encerrado en la cárcel.

–No veo la necesidad de una acción enérgica –dijo Micky; intentaba disimular su nerviosismo con una actitud despreocupada.

–De momento, no hay prisa –convino Papá Miranda–. En nuestro país, el invierno está empezando. No habrá lucha hasta el verano. –Dirigió a Micky una dura mirada–. Pero debo tener allí los rifles a finales de octubre.

La mirada hizo que a Micky le flaqueasen las rodillas. Se apoyó en el pretil de piedra del puente para sostenerse.

–Me encargaré de ello, no te preocupes –aseguró inquieto.

Papá Miranda asintió con la cabeza, como si no pudiera dudarlo. Permanecieron silenciosos durante un largo minuto. De repente, manifestó:

–Quiero que te quedes en Londres.

Micky notó que el alivio le encorvaba los hombros. Precisamente eso era lo que estaba esperando. Sin duda había hecho algo bien.

–Me parece una buena idea –articuló, mientras procuraba ocultar el desasosiego.

–Pero se suspende tu asignación– dijo su padre, soltando la bomba.

–¿Cómo?

–La familia no puede mantenerte. Debes ganarte la vida por ti mismo.

Una oleada de horror se abatió sobre Micky. Su mezquindad era tan proverbial como su violencia, pero, no obstante, aquello resultaba un golpe inesperado. Los Miranda eran ricos: tenían miles de cabezas de ganado vacuno, monopolizaban el comercio de caballerías en un inmenso territorio, arrendaban tierras a pequeños labradores y eran dueños de la mayor parte de las tiendas y almacenes de la provincia de Santamaría.

Ciertamente, su dinero no valía gran cosa en Inglaterra. Allá, en su patria, con un dólar de plata cordobés uno cenaba opíparamente, adquiría una botella de ron y disfrutaba de una prostituta toda la noche; en Inglaterra, apenas le permitía una cena de tres al cuarto y una jarra de cerveza floja. Eso lo había experimentado Micky, como un puñetazo, cuando fue al Colegio Windfield. Entonces se las arregló para agenciarse un suplemento a su asignación mediante partidas de naipes, pero, a pesar de todo, le costaba mucho llegar a fin de mes. Hasta que se hizo amigo de Edward. Incluso ahora, Edward corría con todos los gastos de los costosos entretenimientos que compartían; la ópera, las visitas al hipódromo, la caza y las prostitutas. Sin embargo, Micky necesitaba unos ingresos básicos con los que pagar el alquiler, la factura del sastre, los recibos de los clubes de caballeros, que constituían un elemento esencial de la vida de Londres, y las propinas para los servidores. ¿Cómo esperaba Papá Miranda que se procurase tal efectivo? ¿Aceptando un empleo? La idea era aterradora. Ningún miembro de la familia Miranda trabajaba a sueldo.

Se disponía a preguntarle a su padre cómo esperaba que viviese sin dinero, cuando el hombre cambió bruscamente de tema y dijo:

—Te aclararé ahora para qué son los rifles. Vamos a apoderarnos del desierto.

Micky no lo entendía. La propiedad de los Miranda ocupaba una enorme zona de la provincia de Santamaría. En la frontera de su hacienda se encontraba una finca más pequeña, que pertenecía a la familia Delabarca. Al norte de ambas había un territorio tan árido que ni Papá Miranda ni su vecino se molestaron jamás en reclamarlo.

—¿Para qué queremos el desierto? —quiso saber Micky.

—Debajo del polvo de la superficie hay un mineral que se llama nitrato. Se emplea como abono y es mucho mejor que el estiércol. Se puede enviar a todo el mundo y cobrarlo a precio alto. La razón por la que quiero que te quedes en Londres es porque has de encargarte de venderlo.

—¿Cómo sabemos que ese nitrato está allí?

–Delabarca ha empezado a explotarlo. El nitrato ha enriquecido a su familia.

Micky se excitó. Aquello podía transformar el futuro de la familia. No de forma automática, claro; no con la suficiente rapidez como para solucionar el problema de sobrevivir sin asignación. Pero a largo plazo...

–Hemos de actuar rápidamente –dijo Papá Miranda–. Riqueza es poder, y la familia Delabarca no tardará en ser más fuerte que nosotros. Antes de que ocurra tal cosa, hemos de destruirlos.

II

Junio

1

Whitehaven House
Kensington Gore
Londres, S. W.

2 de junio de 1873

Querida Florence:

¿Dónde estás? Esperaba verte en el baile de la señora Bride-well, después supuse que te encontraría en Richmond y luego confié en que, el sábado, irías a casa de los Muncaster... ¡pero no te presentaste en ninguno de esos sitios! Escríbeme una línea aunque sólo sea para decirme que aún vives.

Cariñosamente,
Hugh Pilaster

Park Lane, 23
Londres, W.

3 de junio de 1873

Señor don
Hugh Pilaster

Muy señor mío:
Le agradeceré que, en adelante, bajo ninguna circunstancia
trate de ponerse en contacto con mi hija.

STALWORTHY

Whitehaven House
Kensington Gore
Londres, S. W.

6 de junio de 1873

Queridísima Florence:
Por fin he encontrado a alguien dispuesto a llevarte una
nota, aunque sea a escondidas. ¿Por qué te ocultas de mí? ¿He
ofendido en algo a tus padres? ¿O, Dios no lo quiera, te he
ofendido a ti? ¡Escríbeme en seguida! Tu prima Jane me trae-
rá la contestación.

Con todo mi afecto,
HUGH

Stalworthy Manor
Stalworthy
Condado de Buckingham

7 de junio de 1873

Querido Hugh:
Me han prohibido verte porque eres un jugador como tu
padre. Lo siento de veras, pero estoy obligada a creer que mis
padres saben lo que me conviene.

Lamentándolo sinceramente,
FLORENCE

Whitehaven House
Kensington Gore
Londres, S. W.

8 de junio de 1873

Querida madre:
Una joven me ha rechazado porque mi padre fue jugador.
¿Es cierto? Haz el favor de contestarme a vuelta de correo.
¡Debo saberlo!

Tu hijo que te quiere,
HUGH

Wellington Villas
Folkestone (Kent)

9 de junio de 1873

Querido hijo:
Es la primera noticia que tengo de que tu padre fuera jugador. No se me ocurre quién ha podido levantarle semejante
calumnia. Perdió su dinero en una bancarrota comercial,
como siempre te hemos dicho. No hubo ninguna otra causa.
Espero que sigas bien, cariño, que seas feliz y te traten bien
tus parientes. Yo continúo igual. Tu hermana Dorothy te
manda besos, lo mismo que yo.

Adiós

Whitehaven House
Kensington Gore
Londres, S. W.

10 de junio de 1873

Estimada Florence:
Creo que, en lo que se refiere a mi padre, alguien os ha engañado. Su empresa fue a la ruina, eso es verdad. Pero él no
tuvo la culpa: una importante firma, Overend y Gurney, se

91

declaró insolvente, con una deuda de cinco millones de libras esterlinas, y muchos de sus acreedores se arruinaron. El mismo día, mi padre se quitó la vida, pero nunca jugó, ni yo tampoco.

Si se lo explicas al noble conde que es tu padre, creo que todo se aclarará y se arreglará.

Con todo mi afecto,
HUGH

Stalworthy Manor
Stalworthy
Condado de Buckingham

11 de junio de 1873

Hugh:

Escribir embustes no te servirá de nada. Tengo la absoluta certeza de que el consejo de mis padres es correcto y, en consecuencia, he de olvidarte.

FLORENCE

Whitehaven House
Kensington Gore
Londres, S. W.

12 de junio de 1873

Querida Florence:

¡Debes creerme! Es posible que no sea verdad lo que te dije acerca de mi padre —aunque en absoluto puedo dudar de la sinceridad de la palabra de mi madre—, pero en mi caso ¡sé la verdad! Cuando tenía catorce años aposté un chelín en el Derby y lo perdí; desde entonces, nunca he vuelto a jugar. Cuando te vea, te lo juraré solemnemente.

Con esa esperanza,
HUGH

Foljambe y Merryweather, abogados
Gray's Inn
Londres, W. C.

13 de junio de 1873

Sr. D.
Hugh Pilaster

Señor:
Nuestro cliente, el conde de Stalworthy, nos ha encargado le conminemos a usted a que desista de comunicarse con la hija del mencionado señor conde.

Sírvase darse por informado de que, en el caso de que no suspenda usted de inmediato sus intentos, dicho noble emprenderá las acciones legales necesarias, incluido un requerimiento del Tribunal Supremo, para obligarle a cumplir este mandato.

Por Foljambe y Merryweather
ALBERT C. MERRYWEATHER

Hugh:
Florence enseñó a su madre tu última carta. Se han llevado a Florence a París, donde permanecerá hasta que termine la temporada en Londres. Luego irán al condado de York. Todo va mal, ya no le importas. Lo siento...

JANE

2

Salones Argyll era el centro de diversión más popular de Londres, pero Hugh nunca había estado allí. Jamás se le hubiera ocurrido visitar semejante sitio: aunque no era un lupanar, tampoco dejaba de tener mala reputación. Sin embargo, unos días después de que Florence Stalworthy le rechazara, Edward le invitó a participar con él y con Micky en una noche de libertinaje. Aceptó.

Hugh no pasaba mucho tiempo con su primo. Edward siempre había sido un niño mimado, un tiranuelo y un vago al que otros le hacían el trabajo. Hugh llevaba sobre sí, desde mucho tiempo atrás, el sambenito de oveja negra de la familia, que seguía los pasos de su padre. Tenían poco en común. A pesar de ello, Hugh decidió probar los placeres de la crápula. Tabernas de mala nota y mujeres licenciosas eran un modo de pasar bien el rato para miles de ingleses de la clase alta. Tal vez estaban en lo cierto: quizá era ése, más que el verdadero amor, el camino de la felicidad.

Para ser sincero, no estaba seguro de haberse enamorado de veras de Florence. Le indignaba que los padres de la muchacha la hubiesen puesto en su contra, sobre todo porque el argumento que utilizaron fue una pérfida y falsa imputación relativa a su padre. Pero se dio cuenta, no sin cierta sensación de vergüenza, de que no tenía el corazón destrozado. A veces pensaba en Florence, pero no obstante dormía bien, comía con apetito y se concentraba sin dificultad en su trabajo. ¿Significaba eso que nunca la había amado? De todo el mundo, la chica que mejor le caía, aparte de su hermana Dotty, que contaba seis años, era Rachel Bodwin, y desde luego jugueteaba con la idea de casarse con ella. ¿Era eso amor? Lo ignoraba. Quizá él era demasiado joven para comprender el amor. O tal vez, simplemente, no lo había encontrado todavía.

El edificio de Salones Argyll estaba contiguo a una iglesia de la calle Great Windmill, cerca de Piccadilly Circus. Edward pagó un chelín por la entrada de cada uno de ellos y franquearon la puerta. Los tres iban de etiqueta: levita negra con solapa de seda, pantalones negros con galones también de seda, chaleco blanco, camisa blanca y corbata de lazo igualmente blanca. El traje de Edward era caro y nuevo; el de Micky un poco más barato; Hugh vestía uno heredado de su padre.

La sala de baile era un local extravagante, con iluminación de gas y enormes espejos de marco dorado que intensificaban la brillantez de la luz. La pista aparecía rebosante de parejas y, detrás del áureo enrejado de una pantalla, una orquesta medio escondida tocaba una dinámica polka. Algunos clientes masculinos llevaban traje de etiqueta, síntoma de que eran miembros de las altas esferas que visitaban los barrios bajos; pero la mayor parte de los hombres vestían respetables trajes negros, lo que les identificaba como empleados o pequeños comerciantes.

Por encima de la sala de baile se encontraba una galería envuelta en sombras. Edward la señaló y le dijo a Hugh:

—Si trabas amistad con una chica, puedes pagar otro chelín y llevártela ahí arriba; asientos afelpados, penumbra y camareros cegatos.

Hugh se sentía aturdido, no sólo por las luces, sino también por las posibilidades que aquello brindaba. ¡A su alrededor hormigueaban chicas y más chicas, que habían ido allí con el único propósito de coquetear! Algunas estaban con sus novios, pero otras se encontraban solas, dispuestas a bailar con perfectos desconocidos. Todas iban de punta en blanco, con vestidos de noche de polisón, muchas de ellas bastante escotadas y la mayoría luciendo sombreros increíbles. Pero Hugh observó que, en la pista de baile, todas llevaban puesta la capa, en señal de pudor. Y tanto Micky como Edward le aseguraron que no eran flores de prostíbulo, sino muchachas corrientes, dependientas de comercio, criadas y modistillas.

—¿Cómo hay que entablar conversación con ellas? —preguntó Hugh—. Supongo que no es cosa de abordarlas como si fueran busconas callejeras.

A guisa de respuesta, Edward le indicó un hombre alto, de aspecto distinguido, con levita y corbata blancas, que llevaba una especie de distintivo y parecía supervisar el baile.

—Ése es el maestro de ceremonias. Efectuará las presentaciones si le das una propina.

A Hugh le pareció que la atmósfera era una curiosa pero excitante mezcla de respetabilidad y concupiscencia.

Concluyó la polka y varios bailarines regresaron a sus mesas. Edward señaló a alguien con el dedo, al tiempo que exclamaba:

—¡Que me condene si ése no es Greenbourne el Gordo!

Hugh siguió la dirección del índice de Edward y vio a su antiguo condiscípulo, más imponente que nunca, con la barriga rebosando por el chaleco blanco. Llevaba del brazo a una joven de belleza fabulosa. El Gordo y la chica tomaron asiento en una mesa y Micky propuso en tono quedo:

—¿Por qué no nos reunimos con ellos un rato?

Hugh estaba deseando echar una mirada de cerca a la beldad y se apresuró a asentir. En fila india, los tres se deslizaron entre las mesas.

—¡Buenas noches, Gordo! —saludó Edward alegremente.

—Hola, pandilla —respondió Greenbourne. Añadió amistosamente—: Ahora, la gente me llama Solly.

Hugh solía ver de vez en cuando a Solly en la City, el distrito financiero de Londres. Solly había trabajado varios años en las oficinas centrales del banco de su familia, que estaban nada más doblar la esquina de la calle donde se encontraba el de los Pilaster. A diferencia de Hugh, Edward sólo trabajaba en la City desde hacía unas semanas, razón por la cual no se había tropezado con Solly.

—Se nos ocurrió que podíamos acercarnos a saludarlos —dijo Edward como quien no quiere la cosa, fija su inquisitiva mirada en la joven.

Solly volvió la cabeza hacia su acompañante.

—Señorita Robinson, permítame presentarle a unos viejos compañeros del colegio: Edward Pilaster, Hugh Pilaster y Micky Miranda.

La reacción de la señorita Robinson fue insólita. Se puso colorada bajo el maquillaje y preguntó:

—¿Pilaster? No pertenecerá a la familia de Tobias Pilaster, ¿verdad?

—Tobias Pilaster era mi padre —dijo Hugh—. ¿A qué se debe que conozca el apellido?

La muchacha recuperó en seguida la compostura.

—Mi padre trabajó para Tobias Pilaster y Cía. De niña, me pregunté muchas veces quién podría ser el tal Cía. —Se echaron a reír y el momento de tensión se desvaneció. La joven propuso—: ¿Y si se sentaran con nosotros?

Había una botella de champán sobre la mesa. Solly escanció un poco para la señorita Robinson y pidió más copas.

—Bueno, ésta es una auténtica reunión de viejos compinches del Windfield —comentó—. Adivinad quién está también aquí... Tonio Silva.

—¿Dónde? —preguntó Micky rápidamente. Pareció disgustarle la noticia de que Tonio andaba por las proximidades, y Hugh se preguntó por qué. Recordaba que, en el colegio, Tonio siempre tenía miedo de Micky.

—En la pista de baile —informó Solly—. Con la amiga de la señorita Robinson, la señorita April Tilsley.

—Podéis llamarme Maisie —dijo la señorita Robinson, que marcó la pauta del tuteo y la confianza—. No soy lo que se dice una chica formal.

Dirigió a Solly un guiño lascivo.

Llegó un camarero con un plato de bogavante, que depositó frente a Solly. Éste se introdujo la punta de una servilleta por debajo del cuello de la camisa y empezó a comer.

—Creí que los judíos no comían marisco —observó Micky con apática insolencia.

Solly seguía siendo tan imprevisible como siempre en sus comentarios.

—En casa soy el único *kosher*, o sea el único que tiene bula.

Maisie Robinson lanzó a Micky una mirada tan fulminante como hostil.

—Las chicas judías comemos lo que nos gusta —dijo, y tomó un bocado del plato de Solly.

A Hugh le sorprendió que fuese judía: siempre se había imaginado a los judíos como personas de piel oscura. Estudió a la joven. Era un tanto bajita, pero añadía unos treinta centímetros a su estatura mediante el procedimiento de peinarse la cabellera hacia arriba, recogiéndosela en un moño alto que coronaba con un enorme sombrero decorado a base de hojas y frutas artificiales. Debajo del sombrero, había un rostro insolente en el que chispeaban maliciosamente unas pupilas verdes. El escote de su vestido color castaño revelaba una asombrosamente amplia superficie de senos pecosos. Por regla general, no se considera que las pecas sean atractivas, pero a Hugh le costaba trabajo apartar los ojos de aquéllas. Al cabo de un momento, Maisie notó la mirada de Hugh y volvió la cabeza hacia él. El muchacho desvió la vista, con una sonrisa de disculpa.

Apartó de su mente los senos de la joven por el procedimiento de ir observando a los miembros del grupo, lo que le permitió darse cuenta de lo que habían cambiado sus condiscípulos en los últimos siete años. Solly Greenbourne había madurado. A sus veinticinco o veintiséis años continuaba estando gordo, seguía conservando su simpática y fácil sonrisa y había adquirido cierto aire de autoridad. Tal vez era consecuencia de su condición adinerada... pero Edward también era rico y no tenía tal aura. A Solly le respetaban ya en la City; y aunque cuando uno era el heredero del Banco Greenbourne resultaba facilísimo que le respetasen, si uno era un joven estúpido, con idéntica facilidad se convertía en el hazmerreír de todos.

Edward se había hecho mayor, pero a diferencia de Solly, no podía decirse que hubiera madurado. Para él, como para cualquier chiquillo, jugar lo era todo. No tenía nada de estúpido, pero le costaba Dios y ayuda concentrarse en el trabajo del banco porque siempre preferiría estar en otro sitio, entregado al baile, a la bebida y al juego.

Micky era todo un apuesto demonio de ojos oscuros, cejas negras y cabello rizado que llevaba un poco largo. Su traje de etiqueta era correcto, pero tirando a atrevido: la chaqueta llevaba solapas y puños de terciopelo y lucía camisa de chorreras. A Hugh no se le escapó que varias jóvenes de las que ocupaban las mesas próximas le habían lanzado miradas de admiración y sonrisas incitantes. Pero a Maisie Robinson no le cayó bien y Hugh suponía que no era sólo por el comentario que hizo Micky respecto a los judíos. En Micky había algo siniestro. Era turbadoramente imperturbable, atento y reservado. No mostraba franqueza alguna, en muy raras ocasiones se manifestaba vacilante, inseguro o vulnerable y nunca revelaba lo más mínimo acerca de su alma... suponiendo que la tuviera. Hugh no se fiaba de él.

Concluyó la pieza y Tonio Silva regresó a la mesa junto con la señorita April Tilsley. Desde la época escolar, Hugh se había tropezado con Tonio varias veces, pero aunque hiciese varios años que no le veía le hubiera reconocido al instante por su mata de pelo color zanahoria. Fueron amigos hasta el mismo y terrible día de 1866 en que la madre de Hugh se presentó con la noticia de que el padre del chico acababa de morir y se llevó a Hugh del colegio. Habían sido los revoltosos del cuarto curso, siempre metidos en jaleos, pero disfrutaron de la vida, a pesar de las raciones de vara que recibieron.

A lo largo de los años, Hugh se había preguntado con frecuencia qué ocurrió realmente aquel día en el estanque donde se bañaban. Nunca creyó la versión del periódico sobre el intrépido Edward intentando salvar a Peter Middleton: Edward no hubiera tenido suficiente valor. Pero por nada del mundo Tonio iba a hablar del asunto, y el otro único testigo, Albert Cammel, el Joroba, se había ido a vivir a la colonia de El Cabo.

Hugh escudriñó el semblante de Tonio mientras éste estrechaba la mano de Micky. Tonio aún parecía tenerle miedo.

—¿Qué tal te va, Miranda? —saludó en tono normal, pero en su rostro se apreciaba una mezcla de temor y admiración. Era la actitud de un hombre corriente hacia un campeón de boxeo famoso por sus arrebatos de mal genio.

Hugh calculó que la pareja de Tonio, April, era un poco mayor que su amiga Maisie, y su porte y su palmito resultaban un tanto esquinados, angulosos, lo que la hacía menos atractiva; pero Tonio se lo estaba pasando estupendamente con ella, le acariciaba el brazo y le susurraba al oído cosas que producían alegres carcajadas de la muchacha.

Hugh volvió la mirada hacia Maisie. La joven era vivaracha y locuaz; matizaba su voz un ligero acento del noreste de Inglaterra, donde estuvieron los almacenes de Tobias Pilaster. Cuando sonreía, enarcaba las cejas, hacía mohínes, arrugaba su nariz respingona y ponía los ojos en blanco, su expresión era infinitamente fascinante. Observó que sus pestañas eran rubias y que tenía la nariz salpicada de pecas. Pese a lo poco convencional de su belleza, nadie podía negar que era la mujer más bonita de la sala.

A Hugh le obsesionaba la idea de que, desde que entró en los Salones Argyll, seguramente Maisie estaba deseando abrazar, besar y tal vez incluso «llegar a todo» con alguno de los hombres que estaban alrededor de la mesa. Hugh soñaba con tener relaciones sexuales casi con cada chica que conocía —le avergonzaba lo mucho y lo frecuentemente que pensaba en ello—, pero lo normal era que tal relación copulatoria se diera sólo tras un período de noviazgo, compromiso y matrimonio. En cambio, ¡quizá Maisie lo propiciara esa misma noche!

La joven volvió a sorprenderle cuando la observaba, y

Hugh tuvo la misma sensación embarazosa que a veces le producía Rachel Bodwin: la de que la chica sabía lo que él estaba pensando. Buscó desesperadamente en su imaginación algo que decir y, por último, preguntó sin tutearla:

—¿Siempre ha vivido en Londres, señorita Robinson?

—Desde hace sólo tres años —respondió ella.

Puede que fuera pedestre, pero al menos estaban conversando.

—¡Tan poco! —exclamó Hugh—. ¿Dónde estuvo antes?

—Viajando —contestó Maisie, y se volvió para hablar con Solly.

—¡Ah! —dijo Hugh. Aquello parecía poner fin al diálogo, y se sintió decepcionado. Maisie actuaba como si le guardase rencor por algo.

Pero April se compadeció de él y le explicó:

—Maisie se pasó tres años en un circo.

—¡Cielos! ¿Qué hacía?

Maisie volvió de nuevo la cabeza hacia él.

—Ejercicios de equitación —dijo—. Me ponía de pie sobre los caballos, saltaba del lomo de uno al de otro, toda esa clase de números.

—En mallas, naturalmente —añadió April.

La imagen de Maisie en mallas resultaba insoportablemente tentadora. Hugh cruzó las piernas.

—¿Cómo se metió en esa clase de trabajo? —preguntó.

Tras un momento de titubeo, la joven pareció adoptar una determinación sobre algo. Se revolvió en el asiento, miró a Hugh cara a cara y un peligroso chisporroteo brilló en sus pupilas.

—Fue así —dijo—. Mi padre trabajaba para Tobias Pilaster y Cía. Su padre estafó al mío una semana de sueldo. En aquel momento, mi madre estaba enferma. Sin aquel dinero, el dilema era: o yo me moría de hambre o la que se moría era ella. Así que me marché de casa. Tenía entonces once años.

Hugh notó que se ponía rojo.

—No creo que mi padre estafase a nadie —replicó—. Y si usted sólo contaba once años, no es posible que comprendiese lo que sucedió.

—¡El hambre y el frío sí que los comprendía!

—Quizá la culpa la tuvo su padre —insistió Hugh, aunque se daba cuenta de que no era sensato hurgar en aquella herida—. No debió tener hijos si no podía mantenerlos.

—¡Podía mantenerlos! —llamearon los ojos y la voz de Maisie—. Trabajaba como un esclavo... ¡y luego ustedes le robaron el dinero que le pertenecía!

—Mi padre fue a la bancarrota, pero nunca robó.

—Es lo que se dice siempre cuando uno es el perdedor.

—No es igual, y es necia e insolente si pretende que lo sea.

Los demás, evidentemente, se dieron cuenta de que Hugh había ido demasiado lejos, y varios de ellos empezaron a hablar al mismo tiempo.

—No hay que pelearse por algo que sucedió hace tanto tiempo —dijo Tonio.

Hugh sabía que estaba obligado a dejarlo, pero aún se sentía demasiado furioso.

—Desde los trece años no he hecho más que oír a la familia Pilaster tirar por los suelos a mi padre, pero no estoy dispuesto a aceptarlo de una artista de circo.

Maisie se puso en pie; sus fulgurantes ojos eran cortantes como esmeraldas. Durante unos segundos, Hugh pensó que iba a propinarle una bofetada. Al final, la muchacha dijo:

—Vamos a bailar, Solly. Tal vez tu grosero amigo se haya largado ya cuando cese la música.

3

El rifirrafe entre Hugh y Maisie disgregó al grupo. Solly y Maisie fueron a lo suyo, por su cuenta, y los demás decidieron marchar a las peleas de ratas y perros.

Eran ilegales, pero había media docena de reñideros a unos cinco minutos de Piccadilly Circus y Micky Miranda los conocía todos.

La oscuridad era absoluta cuando salieron de los Salones Argyll y se aventuraron por el distrito de Londres llamado Babilonia. Allí, fuera de la vista de los palacios de Mayfair, pero convenientemente cerca de los clubes de St. James, se desplegaba un laberinto de estrechas callejuelas dedicadas al juego, a los deportes sangrientos, a los fumaderos de opio, a la pornografía y, sobre todo, a la prostitución. La noche era cálida, bochornosa, y la atmósfera estaba saturada de olor a guisotes, cerveza y sumidero. Micky y sus acompañantes avanzaron despacio por el centro de la abarrotada calle. Antes de que hubiese transcurrido un minuto ya le había abordado un viejo de maltratado sombrero, que le ofreció un libro de versos obscenos; un joven con las mejillas embadurnadas de colorete le había dedicado un guiño insinuante; una mujer bien vestida, de aproximadamente su misma edad, se había abierto la blusa con gesto rápido, permitiéndole lanzar un vistazo a dos hermosos pechos desnudos; y una vieja harapienta le había ofrecido los servicios sexuales de una niña de unos diez años y cara angelical. Los edificios eran en su mayor parte tabernas, salas de baile, burdeles y pensiones baratas. Tenían muros sucios y ventanas mugrientas a través de cuyos cristales se veía alguna que otra escena de juerga iluminada por las lámparas de gas. Paseaban por la calle tipos elegantes como Micky, con sus chalecos blancos, empleados y tenderos de bombín en la cabeza, campesinos de ojos saltones, soldados que llevaban el uniforme desabotonado, marineros con el bolsillo provisionalmente lleno de dinero y un número asombroso de parejas de aire respetable, al parecer de clase media, que caminaban cogidas del brazo.

Micky se lo pasaba en grande. Por primera vez en varias semanas había conseguido desembarazarse de Papá Miranda durante una noche. Estaban esperando a que muriera Seth Pilaster, al objeto de poder cerrar el negocio de los rifles, pero el anciano se aferraba a la vida como una lapa a la roca. Ir con su padre a los lupanares y salas de fiesta no resultaba nada divertido; sin contar con que Papá Miranda le trataba como a un criado y a veces llegaba a decirle que aguardase fuera mientras él se ocupaba con una prostituta. Aquella noche constituía todo un alivio.

Se alegraba de haber visto de nuevo a Solly Greenbourne. Los Greenbourne eran más ricos que los Pilaster, y algún día, Solly podía serle útil.

No le produjo alegría encontrar a Tonio Silva. Tonio sabía demasiado acerca de la muerte de Peter Middleton, ocurrida siete años atrás. Por aquellas fechas, Tonio experimentaba un pánico terrible en relación con Micky. Ahora, en cambio, a Micky le preocupaba un poco Tonio, porque no sabía qué iba a hacer, cómo iba a reaccionar.

Dobló la esquina de la calle Windmill y se adentró por un angosto callejón. Parpadearon ante él los ojos de los gatos reunidos en torno a unos desperdicios. Tras cerciorarse de que los demás le seguían en fila india, entró en una taberna sórdida, anduvo hasta el otro lado del mostrador, franqueó la puerta trasera del local, atravesó un patio en el que, a la claridad de la luna, una puta permanecía arrodillada delante de un cliente, y abrió la puerta de una desvencijada construcción de madera que parecía un establo.

Un individuo de cara sucia y chaqueta grasienta le pidió cuatro peniques a cambio de admitirles en el local. Edward pagó y entraron.

El lugar estaba brillantemente iluminado, y su atmósfera, saturada de humo de tabaco y de olor a sangre y excrementos. Cuarenta o cincuenta hombres y unas cuantas mujeres se hallaban de pie alrededor de un reñidero circular. Los hombres pertenecían a todas las clases sociales; algunos vestían el traje de paño grueso y pañuelo moteado, atavío propio de los trabajadores acomodados, y otros llevaban levita o traje de etiqueta; pero las mujeres eran todas más o menos damiselas de vida alegre del tipo de April. Varios hombres llevaban perros consigo, en brazos o atados a sillas caninas.

Micky indicó a un sujeto barbudo con gorra de paño que retenía a un perro con bozal, sujeto por una gruesa cadena. Diversos espectadores examinaban al perro atentamente. Era un animal musculoso y achaparrado, de cabeza enorme, dotada de mandíbulas poderosas. Parecía furibundo y nervioso.

—Es el siguiente —dijo Micky.

Edward salió en busca de bebidas, que una mujer llevaba en una bandeja. Micky se dirigió a Tonio en español. Era un modo bastante descortés de hacerlo, puesto que estaban delante Hugh y April, que no lo entendían; pero Hugh no era nadie y April aún menos, así que el detalle carecía de importancia.

—¿Qué haces por aquí estos días? —preguntó.

—Estoy de agregado en la embajada de Córdoba en Londres —respondió Tonio.

—¿En serio? —Micky se sentía intrigado. A la mayor parte de los países suramericanos no les parecía de interés tener un representante diplomático en Londres, pero Córdoba llevaba diez años con un enviado especial allí. Sin duda, Tonio consiguió el cargo de agregado porque su familia, los Silva, estaba bien relacionada en la capital cordobesa, Palma. En cambio, el padre de Micky era un terrateniente de provincias que carecía de tales hilos de los que tirar—. ¿En qué consiste tu trabajo?

—Contesto a las cartas de firmas británicas que quieren llevar a cabo negocios en Córdoba. Se interesan por el clima, la moneda, el transporte interior, los hoteles... Toda esa clase de cosas.

—¿Trabajas todo el día?

—No muy a menudo. —Tonio bajó la voz—. No se lo cuentes a nadie, pero la mayor parte de los días apenas tengo que escribir dos o tres cartas.

—¿Te pagan?

Casi todos los diplomáticos eran hombres económicamente independientes que trabajaban gratis.

—No. Pero tengo alojamiento en la residencia del embajador, me dan de comer y dispongo de una asignación adicional en concepto de ropa. También abonan los recibos de mis suscripciones a los clubes.

A Micky le fascinó. Era la clase de empleo que a él le vendría de perlas, y no dejó de sentir envidia. Comida y vivienda gratuitas, además de tener cubiertos los gastos básicos de un joven paseante en corte, a cambio de una hora de trabajo por la mañana. Micky se preguntó si no habría algún medio para desalojar a Tonio de aquella plaza laboral.

Regresó Edward con cinco raciones de coñac en pequeños vasos. Las distribuyó. Micky se tragó la suya automáticamente. Licor barato y fuerte.

De súbito, el perro soltó un gruñido y empezó a corretear en frenéticos círculos tensando la cadena, con los pelos del cuello de punta. Al volver la cabeza, Micky vio que se acercaban dos hombres cargados con una jaula de ratas enormes. Los roedores estaban todavía más frenéticos que el perro, saltaban unos por encima de otros y lanzaban chillidos de terror. Todos los perros que había allí se pusieron a ladrar y durante unos minutos reinó una escandalera espantosa, hasta que los amos de los animales consiguieron acallarlos.

Cerraron con llave y atrancaron la puerta por dentro. El hombre de la chaqueta grasienta empezó a aceptar apuestas.

—Por Júpiter, jamás había visto ratas tan grandes —dijo Hugh Pilaster—. ¿Dónde las consiguen?

—Las crían especialmente para esto —repuso Edward, y se

dirigió a uno de los porteadores de la jaula–. ¿Cuántas en esta pelea?

–Seis docenas –respondió el hombre.

–Eso significa –explicó Edward– que pondrán setenta y dos ratas en el reñidero.

–¿En qué consisten las apuestas? –quiso saber Tonio.

–Puedes apostar por el perro o por las ratas; y si crees que van a ganar las ratas, también puedes apostar sobre la cantidad de ellas que quedarán vivas cuando muera el perro.

El sucio individuo encargado del negocio voceaba las apuestas, cogía el dinero y, a cambio, entregaba trozos de papel en los que había números garabateados con lápiz de punta gruesa.

Edward apostó un soberano a favor del perro y Micky seis chelines por la supervivencia de seis ratas: cinco a uno. Hugh declinó apostar, mostrándose acorde con su personalidad de tipo aburrido y plomizo.

El hoyo del reñidero tenía cosa de metro veinte de profundidad y lo circundaba una valla de madera de otro metro y cuarto de altura. Toscos candelabros que se encendían a intervalos alrededor de la cerca proyectaban una claridad intensa sobre el suelo de la pista. Al perro le quitaron el bozal y lo introdujeron en el reñidero por un portillo de tablas que se cerró de inmediato tras él. Se quedó inmóvil, con las patas rígidas, el pelo erizado y la cabeza levantada, a la espera de las ratas. Los encargados de éstas levantaron la jaula. Se produjo un instante de tensa expectación.

Inopinadamente, Tonio dijo:

–Diez guineas por el perro.

Micky se quedó bastante sorprendido. Tonio había hablado de su trabajo y de las gratificaciones que obtenía con él como si tuviera que tener sumo cuidado con los gastos. ¿Fue un simulacro? ¿O estaba haciendo una apuesta que no podía permitirse?

El corredor titubeó. Pero se trataba de una apuesta alta. Al cabo de un momento, sin embargo, garrapateó algo en un trozo de papel, tendió éste y se embolsó el dinero de Tonio.

Los porteadores balancearon la jaula como si se dispusieran a arrojarla al reñidero; luego, en el último segundo, una puertecilla giró sobre la bisagra y las ratas salieron despedidas de la jaula y surcaron el aire entre chillidos de terror. April dejó escapar un grito sobresaltado, al tiempo que Micky se echaba a reír.

El perro puso dientes a la obra con letal concentración. Mientras las ratas llovían sobre él, sus mandíbulas chasqueaban rítmicamente.

Cogía a una entre los dientes, le rompía el espinazo con una brusca sacudida de su enorme cabeza y luego la soltaba para atrapar a otra.

El hedor de la sangre se hizo nauseabundo. Todos los perros del recinto se pusieron a ladrar como locos y los espectadores añadían su propio ruido: las mujeres chillando al ver aquella carnicería y los hombres animando con sus voces al perro o a las ratas. Micky reía y reía.

Las ratas tardaron un momento en darse cuenta de que estaban atrapadas en aquel pozo. Unas corrieron por el borde interior de la cerca, en busca de una vía de escape; otras saltaron, en un infructuoso intento de aferrarse a las tablas lisas; y otras se congregaron en apretada piña. Durante unos segundos, el perro actuó a sus anchas y mató a una docena o más.

Después, las ratas le plantaron cara, todas a una, como si acabasen de oír una señal. Empezaron a abalanzarse sobre el perro, a morderle en las patas, en las caderas, en el corto rabo. Algunas lograron subírsele al lomo y procedieron a tirarle dentelladas al cuello. Una hundió sus agudos dientecillos en el labio inferior del can y se colgó de él, balanceándose debajo de las mortales mandíbulas, hasta que el perro soltó un aullido de rabia, la estampó contra el suelo y consiguió por fin liberar su ensangrentada carne.

El perro siguió dando vueltas sobre sí mismo y en mareante círculo; cogía una rata tras otra y las iba matando sucesivamente; pero siempre había más a su espalda. La mitad de los roedores estaban ya sin vida cuando el perro empezó a cansarse. Los que habían apostado por la supervivencia de treinta y seis ratas, las apuestas que les hubiesen permitido ganar más dinero, empezaron a romper los papelitos; pero los que habían apostado por cantidades inferiores aumentaron el volumen de sus gritos de ánimo.

El perro sangraba por las heridas de veinte o treinta mordiscos y el piso se tornó resbaladizo a causa de la sangre del can y de los húmedos cuerpos de las ratas muertas. Pero el animal seguía moviendo de un lado a otro su cabezota; continuaba quebrantando frágiles espinazos con su terrible boca; pero ya se movía con menos rapidez y sus patas no se afirmaban con la misma seguridad que antes en el escurridizo suelo. «Ahora —pensó Micky— empieza a resultar interesante.»

Al percatarse de la fatiga de su enemigo, las ratas se mostraron más temerarias. Cuando el perro tenía una entre las mandíbulas, otra le saltaba a la garganta. Corrían entre sus patas y por debajo del vientre, para saltar hacia las partes más suaves de su piel. Una de ellas particularmente grande hundió sus dientes en los cuartos traseros del can y se negó a soltar la presa. El perro volvió la cabeza para lanzar un tiento, pero otra rata le distrajo lanzándosele sobre el hocico. Luego, la pata trasera pareció ceder: sin duda, la rata le había seccionado un tendón, pensó Micky, y de pronto el perro empezó a cojear.

Se revolvía ahora con mucha mayor lentitud. Como si supiese ya que la docena de ratas que quedaban iban a atacarle por la retaguardia. Cansinamente, siguió machacando roedores entre las mandíbulas, rompiendo espinazos de ratas y dejando caer sus cadáveres sobre el suelo ensangrentado. Pero tenía en carne viva la parte inferior del cuerpo y no podría resistir mucho más tiempo. Micky pensó que había acertado en su apuesta y que cuando el perro muriese sobrevivirían seis ratas.

Un súbito acceso de energía animó al perro. Giró en redondo sobre tres de sus extremidades y liquidó cuatro ratas en otros tantos segundos. Pero fue su último suspiro. Soltó a su última víctima y se le doblaron las patas. Volvió la cabeza una vez más para apresar con los dientes a alguna de aquellas criaturas, pero fue un intento vano y, a continuación, inclinó definitivamente la cabeza.

Las ratas iniciaron su festín.

Micky contó: quedaban seis.

Miró a sus compañeros. Hugh parecía haberse puesto enfermo.

–Un poco fuerte para tu estómago, ¿eh? –le comentó Edward.

–El perro y las ratas se comportan simplemente como la naturaleza les induce a comportarse –repuso Hugh–. Son los seres humanos los que me dan náuseas.

Edward emitió un gruñido y fue a adquirir más bebidas.

Los ojos de April fulguraban al contemplar a Tonio, un hombre, pensaba la muchacha, que podía permitirse el lujo de perder diez guineas en una apuesta. Micky observó con más atención a su compatriota y captó en su rostro un conato de pánico. «No creo que pueda permitirse perder diez guineas», se dijo Micky.

Micky recogió sus ganancias de manos del corredor de apuestas: cinco chelines. Le había sacado provecho a la noche. Pero también tuvo la impresión de que acababa de aprender algo acerca de Tonio que, a la larga, le proporcionaría unos beneficios muy superiores.

Micky era quien más desagradaba a Hugh. Durante toda la pelea, no había dejado de reír histéricamente. Al principio, Hugh no determinó el motivo por el que aquella risa le sonaba tan familiar. Hasta que acudió a su memoria la imagen de Micky riéndose exactamente igual cuando Edward arrojó al agua de la alberca la ropa de Peter Middleton. Fue la desagradable evocación de un recuerdo terrible.

Edward regresó con las bebidas y propuso:

—Vamos al Nellie's.

Engulleron los vasitos de coñac y abandonaron el local. En la calle, Tonio y April se despidieron para deslizarse luego al interior de un inmueble con toda la apariencia de hotelucho barato. Hugh supuso que alquilarían una habitación por una hora, o acaso para toda la noche. Dudó entre acompañar o no a Edward y Micky. No se estaba divirtiendo, pero sentía curiosidad por enterarse de lo que pasaba en el Nellie's. Había decidido gozar de una velada de crápula, así que pensó que debía disfrutarla hasta el fin, en vez de retirarse a la mitad.

El Nellie's estaba en la calle del Príncipe, cerca de la plaza de Leicester. Dos porteros de uniforme montaban guardia en la entrada. En el momento en que llegaban los tres jóvenes, los porteros despedían a un hombre de mediana edad, tocado con bombín.

—Sólo traje de etiqueta —dijo uno de los porteros, imponiendo su voz por encima de las protestas del aspirante a cliente.

Al parecer, los porteros conocían a Edward y a Micky, puesto que uno de ellos se llevó la mano a la gorra y el otro abrió la puerta. Avanzaron por un largo pasillo que llevaba a otra puerta. Los examinaron por una mirilla y, finalmente, la puerta se abrió.

Fue un poco como entrar en un espacioso salón de palacete de Londres. El fuego crepitaba alegremente en dos enormes chimeneas, había sofás, sillas y mesitas por todas partes y la estancia se encontraba llena de hombres en traje de etiqueta y mujeres que se cubrían con vestidos largos.

No obstante, en seguida se daba uno cuenta de que aquél no era un salón corriente. La mayoría de los hombres llevaban puesto el sombrero. Aproximadamente la mitad de ellos estaban fumando –lo que no se permitía en las salas de las mansiones elegantes– y algunos se habían quitado la chaqueta y aflojado el nudo de la corbata. Casi todas las mujeres iban totalmente vestidas, pero unas cuantas parecían estar en ropa interior. Algunas se sentaban sobre las rodillas de los hombres, otras los besaban y una o dos no les hacían ascos, ni mucho menos, a los que las acariciaban íntimamente.

Por primera vez en su vida, Hugh se veía en un prostíbulo.

Resultaba un poco ruidoso: los hombres bromeaban en voz alta, las mujeres reían a carcajadas y, en algún punto de la pieza, un violín desgranaba un vals. Hugh siguió a Micky y a Edward en su recorrido a lo largo del salón. Colgaban de las paredes cuadros de mujeres desnudas y parejas copulando, lo que provocó en Hugh un principio de erección. En el fondo de la sala, debajo de una pintura al óleo que representaba una compleja orgía al aire libre, aparecía sentada la persona más gorda que Hugh había visto jamás: una mujer de inmenso tetamen, pintarrajeadísima, con una bata de seda que era como una enorme tienda de color rosa. Ocupaba una silla semejante a un trono y estaba rodeada de muchachas. A su espalda ascendía una escalera alfombrada de rojo, que era de suponer llevaba a los dormitorios.

Edward y Micky se acercaron al trono e hicieron una reverencia. Hugh los imitó.

–Nell, cariño mío –dijo Edward–, permíteme que te presente a mi primo, don Hugh Pilaster.

112

—Bienvenidos, chicos —respondió Nell—. Subid a pasar un buen rato con estas bellezas.

—Dentro de un momento, Nell. ¿Hay partida esta noche?

—Siempre hay partida en casa de Nellie —afirmó la mujer, al tiempo que indicaba con un floreo del brazo una puerta situada en una de las paredes laterales.

Edward volvió a inclinarse versallescamente.

—Volveremos —dijo.

—¡No me falléis, galanes!

Se dirigieron a la puerta.

—Actúa con señorío real —murmuró Hugh.

Edward se echó a reír.

—Éste es el lupanar más soberbio de Londres. Algunas de las personas que esta noche se inclinan ante ella, mañana por la mañana lo harán frente a la reina.

Pasaron a la habitación contigua, donde doce o catorce hombres se sentaban en torno a dos mesas de bacarrá. Cada mesa tenía trazada una línea blanca a unos treinta centímetros del borde; los jugadores empujaban fichas de color por encima de esa raya y hacían sus apuestas. Casi todos tenían bebidas junto a ellos, y la atmósfera estaba impregnada de humo de cigarros.

Quedaban libres algunas sillas ante una de las mesas, asientos que Edward y Micky ocuparon inmediatamente. Un camarero les entregó cierta cantidad de fichas y cada uno de los dos jóvenes firmaron el correspondiente recibo. Hugh preguntó a Edward en voz baja:

—¿A cuánto es la apuesta?

—Una libra, mínimo.

A Hugh se le ocurrió que, si jugaba y ganaba, podría ir a acostarse con una de las mujeres de la otra sala. Desde luego, no llevaba una libra encima, pero era evidente que Edward tenía allí crédito... Se acordó entonces de que Tonio había perdido diez guineas en el reñidero de perros y ratas.

—No pienso jugar —dijo.

—Ni por lo más remoto imaginé que lo hicieras —repuso Micky lánguidamente.

Hugh se sintió violento. Estuvo tentado de pedir una copa al camarero, pero luego pensó que probablemente le costaría el sueldo de una semana. El que tenía la banca barajó los naipes del carrito, sirvió cartas y Micky y Edward hicieron sus apuestas. Hugh decidió esfumarse de allí.

Regresó al salón principal. Al mirar de cerca el mobiliario y la decoración, se percató de que todo era apariencia, oropel: el terciopelo de la tapicería estaba cuajado de manchas, la pulimentada madera tenía señales de quemaduras y las alfombras aparecían raídas y rotas. A su lado, un borracho se había puesto de rodillas y le cantaba a una suripanta, mientras dos compañeros del hombre soltaban groseras carcajadas. En el sofá contiguo, una pareja se besaba con las bocas abiertas. Hugh tenía noticia de que algunas personas se daban besos linguales, pero era la primera vez que veía hacerlo. Miró, hipnotizado, mientras el hombre desabotonaba la pechera de la mujer y procedía a acariciarle los senos. Eran blancos y fláccidos, con grandes pezones de color granate. A Hugh la escena le excitaba y le repugnaba a la vez. Pese a su desagrado, se le endureció el pene. El individuo del sofá inclinó la cabeza y empezó a besar los pechos de la cortesana. Hugh no podía creer lo que estaba viendo. La mujer miró por encima de la cabeza del hombre, vio que Hugh era todo ojos y le dedicó un guiño.

Una voz le dijo al oído:

—Puedes hacerme lo mismo a mí, si te gusta.

Dio media vuelta, con el sentimiento de culpabilidad de alguien a quien sorprenden ejecutando algo vergonzoso. A su lado se encontraba una muchacha de su misma edad, de cabellera oscura y rostro maquillado en exceso. No pudo evitar que sus ojos descendieran sobre los pechos de la chica. Los apartó automáticamente, dominado por una sensación de enorme incomodidad.

—No seas tímido —le animó ella—. Mira todo lo que quieras. Están ahí para que los disfrutes. —Con inmenso horror, Hugh sintió en la entrepierna la mano de la profesional. Ésta comprobó que estaba empalmado y le dio un apretón a la verga—. Dios mío, estás al rojo vivo.

Hugh sufría una exquisita angustia. La meretriz levantó la cabeza y le besó en los labios, al tiempo que le frotaba el cimbel.

Fue demasiado. Incapaz de controlarse, Hugh eyaculó en los calzoncillos.

La chica lo notó. Durante unos segundos pareció sorprendida, pero no tardó en estallar en carcajadas.

—¡Dios mío, eres un pipiolo! —exclamó casi a voz en grito. Hugh se sintió humillado. La chica volvió la cabeza y dijo a la prostituta que tenía más cerca—: No hice más que tocarle ¡y se corrió!

Varios de los presentes rompieron a reír.

Hugh dio media vuelta y se dirigió a la salida. Las carcajadas parecieron perseguirle a lo largo de la estancia. Tuvo que hacer un esfuerzo para dominarse y no echar a correr. Por fin, llegó a la puerta. Un segundo después estaba en la calle.

La noche había refrescado un poco. Hugh respiró hondo e hizo una pausa para tranquilizarse. Si aquello era libertinaje, no le gustaba. La zorrita de Maisie se había manifestado insultante con respecto a su padre; la pelea del perro y las ratas resultaba vomitiva; las meretrices se habían reído de él. Todo y todos podían irse al diablo.

Uno de los porteros le dirigió una sonrisa de simpatía.

—¿Ha decidido retirarse temprano, señor?

—Qué idea más estupenda —dijo Hugh, y se alejó.

Micky estaba perdiendo. Sabía hacer trampas en el bacarrá, pero para eso debía ser el banquero. Sin embargo, aquella noche la banca se le negaba. Se sintió secretamente aliviado cuando Edward sugirió:

—Vamos por un par de chicas.

—Ve tú —dijo Micky con fingida indiferencia—. Seguiré jugando mientras.

Un relámpago de miedo surcó los ojos de Edward.

—Se está haciendo tarde.

—Trato de recuperar lo que he perdido —dijo Micky testarudo.

Edward bajó la voz.

—Pagaré tus fichas.

Micky hizo como que titubeaba, antes de ceder.

—Ah, bueno, está bien.

Edward sonrió.

Liquidó lo que se debía y ambos pasaron al salón. Casi al instante, una rubia de voluminosa delantera acudió hacia Edward. Éste pasó un brazo por encima de los desnudos hombros de la coima y oprimió los exuberantes senos contra su pecho.

Micky echó un vistazo al plantel de ninfas. Una hembra algo mayorcita, de mirada libidinosa, captó su atención. Micky le sonrió y la pupila se le acercó. Apoyó la mano en la parte delantera de la camisa de Micky, le hundió las uñas en el pecho, se puso de puntillas y le mordisqueó suavemente el labio inferior.

Micky vio que Edward le estaba observando, con el rostro enrojecido a causa de la excitación. El deseo empezó a apremiarle. Bajó la vista sobre la mujer.

—¿Cómo te llamas? —preguntó.

—Alice.

—Vamos arriba, Alice —se decidió.

Los cuatro subieron juntos la escalera. En el descansillo se alzaba la estatua de un centauro con su enorme pene erecto; al pasar, Alice frotó aquel miembro. Junto a la figura del centauro, una pareja realizaba el acto sexual a pie firme, ajenos al borracho que los contemplaba sentado en el suelo.

Las mujeres se dirigieron a dos habitaciones separadas, pero Edward las condujo hacia el mismo cuarto.

—¿Esta noche cama redonda? —dijo Alice.

—Tenemos que ahorrar —dijo Micky, y Edward se echó a reír.

—¿Ibais juntos al colegio? —dijo la mujer, como si conociera bien el paño, mientras cerraba la puerta—. ¿Solíais meneárosla el uno al otro?

—Calla —ordenó Micky, al tiempo que la abrazaba.

Mientras Micky besaba a Alice, Edward se acercó por detrás a la mujer, le pasó los brazos por debajo de las axilas y ahuecó las manos sobre sus pechos. Alice pareció ligeramente sorprendida, pero no puso ninguna objeción. Micky notó que las manos de Edward se movían entre su cuerpo y el de la mujer y comprendió que Edward se restregaba contra los glúteos de Alice.

Al cabo de un momento, la otra muchacha preguntó:

—¿Qué tengo que hacer yo? Me siento un poco desdeñada.

—Vete quitando las bragas —le contestó Edward—. Eres la siguiente.

III

Julio

1

De pequeño, Hugh había creído que el banco de los Pilaster era propiedad de los ordenanzas. En realidad, estos personajes no pasaban de ser humildes recaderos, pero como todos ellos eran más bien corpulentos, vestían inmaculado traje de calle, con relojes de bolsillo cuya cadena de plata cruzaba ostentosamente el amplio chaleco, y se movían por el banco con morosa dignidad, nada tiene de extraño que a un chiquillo le pareciesen las personas más importantes del lugar.

Hugh contaba diez años cuando le llevó allí su abuelo, el hermano del viejo Seth. Las paredes del vestíbulo de la planta baja del banco, recubiertas de mármol, hacían que aquello pareciese una iglesia: monumental, apacible, silenciosa, un sitio donde una elite sacerdotal celebraba incomprensibles ceremonias en honor de una divinidad llamada Dinero. El abuelo se lo enseñó todo: la quietud alfombrada del primer piso, ocupado por los socios y las personas que se encargaban de su correspondencia, donde a Hugh le sirvieron, en la Sala de Socios, una copa de jerez y una bandeja de galletas; los empleados más antiguos ante sus escritorios de la segunda planta, todos con gafas y aire de

preocupación laboral, rodeados de legajos de papeles suje-
tos con cintas cuyos lazos hacían que pareciesen regalos; y
el piso superior, en el que estaban los oficinistas jóvenes,
sentados delante de sus altos pupitres en línea, como los
soldaditos de juguete de Hugh, y que, con dedos mancha-
dos de tinta, asentaban partidas en los libros contables.

Pero lo mejor de todo, para Hugh, había sido el sótano,
donde se guardaban en cámaras contratos aún más viejos
que el abuelo; miles de sellos de correos aguardaban allí a
que las lenguas humedecieran su goma, y había una habitación entera destinada a acumular enormes vasijas de tinta.
Le admiró ver reflejado en el sótano todo el proceso. La
tinta llegaba al banco, los empleados la distribuían por los
papeles, éstos volvían luego al sótano, donde quedaban al-
macenados para siempre; y, de una forma u otra, aquello
producía dinero.

El misterio había dejado de serlo. Actualmente, sabía que
los enormes libracos encuadernados en piel no eran textos
arcanos, sino simples listas de transacciones financieras, la-
boriosamente recopiladas y escrupulosamente actualizadas;
y sus propios dedos se habían contraído y manchado de
tinta a lo largo de las jornadas que se pasó escribiendo allí.
Una letra de cambio ya no era un encantamiento mágico,
sino sencillamente una promesa de pagar determinada suma
de dinero en una fecha de vencimiento futuro, declarada
por escrito en un documento y avalada por un banco. La
palabra descuento, que cuando era un crío significaba para
él contar hacia atrás, de cien a uno, se había convertido en
la práctica comercial en comprar letras de cambio a un precio inferior a su valor nominal, para retenerlas hasta su debido vencimiento y cobrarlas entonces con un pequeño
beneficio.

Hugh era ayudante general de Jonas Mulberry, el jefe de
negociado. Hombre calvo, de unos cuarenta años, Mulberry era una buena persona, aunque de carácter un poco

agrio. Siempre estaba dispuesto a tomarse el tiempo que hiciese falta para explicarle las cosas a Hugh, pero detectaba con celeridad cualquier fallo que el muchacho hubiera cometido como consecuencia de la precipitación o la negligencia. Hugh llevaba un año trabajando a sus órdenes y el día anterior había cometido una equivocación bastante grave. Había extraviado el conocimiento de embarque de un envío de tejidos de Bradford con destino a Nueva York. El fabricante de Bradford se presentó en el departamento de efectos bancarios de la planta baja para cobrar el importe de su partida, pero Mulberry necesitaba comprobar el conocimiento de embarque antes de autorizar el pago, y Hugh no encontró el documento. Se vieron obligados a decir al hombre que volviera a la mañana siguiente.

Al final, Hugh dio con el conocimiento de embarque, pero tuvo que pasarse buena parte de la noche dándole vueltas en la cabeza al asunto y, por la mañana, había ideado un nuevo sistema de tratamiento de la documentación con Mulberry.

Sobre su mesa tenía dos bandejas baratas de madera, dos rectángulos de cartulina, pluma y tintero. Escribió despacio y pulcramente en una de las tarjetas:

A la atención del jefe de negociado

En el otro rectángulo de cartulina puso:

Tratado ya con el jefe de negociado

Pasó cuidadosamente el secante por lo escrito y luego, con sendas chinchetas, clavó un rótulo en cada una de las bandejas. Colocó éstas encima del escritorio de Jonas Mulberry y retrocedió unos pasos para examinar su obra. En aquel momento entró el señor Mulberry.

–Buenos días, don Hugh –saludó. Se daba aquel tratamiento a todos los miembros de la familia, para evitar confusiones con respecto a los distintos señores Pilaster.

—Buenos días, señor Mulberry.

—¿Y qué demonios es esto? —preguntó Mulberry en tono quisquilloso, con la vista posada en las bandejas.

—Verá... —empezó Hugh—. Encontré el conocimiento de embarque.

—¿Dónde estaba?

—Traspapelado entre unas cartas que usted había firmado.

Mulberry entornó los párpados.

—¿Está insinuando que fue culpa mía?

—No —se apresuró a decir Hugh—. Me corresponde a mí la misión de tener ordenados sus papeles. Por eso me he permitido preparar este sistema de bandejas: para separar los documentos que usted haya revisado de los que todavía no haya visto.

Mulberry soltó una evasiva en forma de gruñido. Colgó su bombín en la percha de detrás de la puerta y fue a sentarse a su escritorio.

—Bueno, probaremos... —dijo por último— es posible que resulte eficaz. La próxima vez, sin embargo, tenga la cortesía de consultarme antes de llevar a cabo sus ingeniosas ideas. Después de todo, éste es mi despacho y yo soy el jefe de negociado.

—Desde luego —convino Hugh—. Lo siento.

Sabía que debería haber pedido permiso a Mulberry, pero estaba tan seguro de la efectividad de su idea que no tuvo paciencia para esperar.

—La emisión de bonos del empréstito ruso se cerró ayer —prosiguió Mulberry—. Quiero que baje a la sala de correspondencia y organice el recuento de peticiones.

—Muy bien.

El banco estaba preparando un empréstito de dos millones de libras esterlinas para el gobierno de Rusia. Había lanzado una emisión de bonos de cien libras cada uno, que pagaban un interés anual de cinco libras; pero vendían los bonos a noventa y tres libras, de forma que el tipo de interés era de cinco y tres octavos. La mayor parte de esos bonos los habían adquirido otros bancos de Londres y París, pero se ofreció cierta cantidad al público y ahora había que contar las peticiones.

—Confiemos en que haya más solicitudes de las que podamos atender —dijo Mulberry.

—¿Por qué?

—Así, los solicitantes que no hayan tenido suerte intentarán comprar mañana los bonos en el mercado abierto y eso hará que el precio suba quizá hasta las noventa y cinco libras por bono... Y todos nuestros clientes tendrán la impresión de haber hecho un buen negocio.

Hugh asintió.

—¿Y si las peticiones no cubren la emisión?

—En tal caso, el banco, como suscriptor, tendrá que adquirir el excedente... a noventa y tres libras la unidad. Y mañana el precio habrá bajado a noventa y dos o noventa y una libras y perderemos dinero.

—Comprendo.

—Vaya a cumplir lo que le he dicho.

Hugh salió del despacho de Mulberry, situado en el segundo piso y corrió escaleras abajo. Se alegraba de que Mulberry hubiese aceptado su idea de las bandejas y se sentía aliviado por la circunstancia de que la pérdida del conocimiento de embarque no le proporcionara más quebraderos de cabeza. Al llegar al primer piso, donde estaba la sala de los socios, vio a Samuel Pilaster hecho un brazo de mar, con su levita gris plateada y su corbata de seda azul marino.

—Buenos días, tío Samuel —saludó Hugh.

—Buenos días, Hugh. ¿Qué estás haciendo?

Mostraba más interés por Hugh que los otros socios.

—Voy a hacer el recuento de solicitudes de bonos del empréstito ruso.

Al sonreír, Samuel dejó al descubierto una estropeada dentadura.

—¡No sé cómo puedes estar tan contento, con el día que te espera!

Hugh continuó bajando las escaleras. En el seno de la familia se empezaba ya a chismorrear en susurros acerca de tío Samuel y su secretario. A Hugh no le parecía escandaloso que Samuel fuese lo que la gente llama un afeminado. Las mujeres y los curas podían pretender que el sexo entre hombres era una aberración perversa, pero se daba continuamente en colegios como el de Windfield y no hacía daño a nadie.

Llegó a la planta baja y entró en la gran sala de la oficina general. Sólo eran las nueve y media y las docenas de administrativos que trabajaban en el Banco Pilaster irrumpían a raudales por la enorme puerta frontal, con sus olores a bocadillo de tocino o a ferrocarril metropolitano. Hugh saludó con una inclinación de cabeza a la señorita Greengrass, única oficinista femenina de la plantilla. Un año atrás, cuando la contrataron, se desató por todo el banco una apasionada controversia sobre si era o no posible que una mujer fuese capaz de hacer aquel trabajo. Llegado el momento, la señorita Greengrass zanjó la cuestión demostrando su soberana competencia profesional. Hugh daba por supuesto que en el futuro habría muchas más mujeres administrativas.

Tomó la escalera posterior, que conducía al sótano, y se encaminó a la sala de correspondencia. Dos mensajeros clasificaban el correo; las solicitudes de bonos del empréstito ruso llenaban ya una gran saca. Hugh decidió que tendría que llamar a dos auxiliares administrativos para que colaborasen en el trabajo de las solicitudes; después comprobaría sus números.

La tarea les ocupó la mayor parte del día. Faltaban escasos minutos para las cuatro cuando Hugh terminó la doble verificación del último paquete y sumó la última columna de cifras. No se había cubierto la emisión: quedaban por vender bonos por valor de algo más de cien mil libras. No era un déficit excesivo, proporcionalmente hablando, ya que se habían emitidos bonos por un total de dos millones de libras, pero había una gran diferencia psicológica entre exceso y defecto de la suscripción y los socios se sentirían decepcionados.

Anotó el total en una hoja de papel limpia y fue a ver a Mulberry. La sala del banco estaba ahora bastante tranquila. De pie, a lo largo del pulimentado mostrador, quedaban unos pocos clientes. Detrás del mostrador, los empleados cogían de los estantes pesados libros contables y los llevaban y traían. Los Pilaster no tenían muchas cuentas particulares. Era un banco comercial, prestaba dinero a comerciantes e industriales para que financiasen sus proyectos mercantiles y fabriles. Como diría el viejo Seth, a los Pilaster no les interesaba contar los grasientos peniques de la recaudación de un tendero ni los pringosos billetes de banco de un sastre... en eso no había suficiente beneficio. Pero todos los miembros de la familia tenían cuenta en el banco y tal servicio se ampliaba a un reducido número de clientes muy ricos. Hugh localizaba en aquel momento a uno de ellos: sir John Cammel. Hugh había conocido a su hijo en el Colegio Windfield. Hombre delgado, de cabeza calva, sir John consiguió su vasta fortuna mediante las minas de carbón y los muelles de sus tierras del condado de York. Ahora paseaba por el piso de mármol, impaciente y con aire de mal talante.

—Buenas tardes, sir John —le saludó Hugh—, espero que ya le estén atendiendo...

—No, todavía no, muchacho. ¿Es que aquí no trabaja nadie?

Hugh lanzó una rápida mirada en derredor. No había a la vista ningún socio ni ningún empleado antiguo. Decidió lanzarse a una iniciativa personal.

—¿Tiene la bondad de acompañarme a la sala de los socios, señor? Me consta que tendrán sumo gusto en verle.

—Está bien.

Le condujo escaleras arriba. Los socios trabajaban todos en la misma sala, al objeto de poder vigilarse unos a otros, de acuerdo con la tradición. La estancia estaba amueblada como el salón de lectura de un club de caballeros, con sofás de piel, librerías y una mesa central en la que estaban los periódicos. Desde los enmarcados retratos de las paredes, Pilaster ancestrales bajaban la vista y los ganchudos apéndices nasales sobre sus descendientes.

La estancia se encontraba desierta.

—Estoy seguro de que alguno vendrá en cuestión de segundos —dijo Hugh—. ¿Me permite ofrecerle una copa de madeira? —Se dirigió a un aparador y escanció en la copa una generosa ración de vino mientras sir John se acomodaba en una butaca de cuero—. A propósito, soy Hugh Pilaster.

—¿Ah, sí? —Sir John se suavizó un tanto al enterarse de que hablaba con un Pilaster y no con un chupatintas vulgar de la oficina—. ¿Estudiaste en el Windfield?

—En efecto, señor. Estuve allí con su hijo Albert. Le llamábamos el Joroba.

—A todos los Cammel les llaman Joroba.

—No he vuelto a verle desde... desde entonces.

—Se fue a la colonia de El Cabo y aquello le gustó tanto que no ha vuelto nunca más por aquí. Ahora cría caballos.

Albert Cammel estaba en el estanque aquel fatídico día de 1866. Hugh no había oído su versión del modo en que se ahogó Peter Middleton.

—Me gustaría escribirle —manifestó Hugh.

—Me atrevo a decir que sin duda le encantaría recibir carta de un viejo compañero de colegio. —Sir John se fue a la mesa, hundió la pluma en el tintero y escribió algo en una hoja de papel—. Aquí tienes sus señas.

—Muchas gracias. —Hugh notó con gran satisfacción que sir John se había ablandado del todo—. ¿Puedo hacer algo más por usted mientras espera?

—Bueno, tal vez puedas atender esta operación. —Sir John se sacó un cheque del bolsillo. Hugh lo examinó. Era por ciento diez mil libras esterlinas, el cheque personal más alto que Hugh hubiera tenido jamás en las manos. Sir John explicó—: Acabo de vender una mina de carbón a mi vecino.

—Desde luego, puedo asentar el depósito a su nombre.

—¿Qué interés me reportará?

—El cuatro por ciento, actualmente.

—Está bien, supongo.

Hugh titubeó. Acababa de ocurrírsele que, si era posible convencer a sir John para que comprase bonos rusos, la suscripción de los mismos podía pasar de estar ligeramente por debajo de la oferta a sobrepasar mínimamente las disponibilidades de papel. ¿Debía sacarla a colación? Ya se había excedido en sus atribuciones al llevar a aquel invitado a la sala de los socios. Decidió arriesgarse.

—Podría conseguir un cinco y tres octavos adquiriendo bonos rusos.

Sir John entornó los párpados.

—¿Puedo hacerlo, todavía?

—Sí. La suscripción se cerró ayer, pero tratándose de usted...

—¿Es un valor seguro?

—Tan seguro como el gobierno ruso.

—Pensaré en ello.

El entusiasmo de Hugh estaba ya en plena efervescencia y quería cerrar la operación.

—Puede que mañana el tipo de interés no sea el mismo, como sabe usted. Cuando los bonos salgan al mercado abierto, su cotización puede subir o puede bajar. —Se dio cuenta entonces de que aquello sonaba demasiado apremiante, de modo que plegó velas–. Abonaré este cheque en su cuenta inmediatamente y, si lo desea, puede hablar de los bonos con algunos de mis tíos.

–Muy bien, joven Pilaster... Puedes retirarte.

Hugh salió de la sala de los socios y encontró a tío Samuel en el pasillo.

–Sir John Cammel está ahí dentro, tío –informó–. Le encontré en la oficina general, me pareció que estaba irritado y le serví una copa de madeira... Espero haber hecho lo correcto.

–Claro que hiciste lo correcto –dijo Samuel–. Me encargaré de él.

–Trajo este cheque de ciento diez mil libras. Le mencioné los bonos del empréstito ruso... Faltan cien mil libras para cubrir la emisión.

Samuel alzó las cejas.

–Algo prematuro por tu parte.

–Sólo le dije que podía hablar con algún socio si deseaba un tipo de interés más alto.

–Está bien. No es mala idea.

Hugh volvió a la oficina general, cogió el libro donde estaba la cuenta de sir John, anotó el ingreso del depósito y después llevó el cheque al administrativo encargado de la compensación de efectos. Luego subió a la segunda planta y entró en el despacho de Mulberry. Le entregó el resultado de la suscripción de bonos rusos, aludió a la posibilidad de que sir John Cammel comprase los suficientes como para equilibrar el déficit y se sentó a su mesa.

Entró un ordenanza con una bandeja en la que llevaba té y pan con mantequilla. Se servía aquel ligero refrigerio a todos los empleados que permanecían en la oficina pasadas las cuatro y media. Cuando el trabajo no apretaba, casi todo el mundo se iba a las cuatro. El personal del sector bancario era la clase selecta de los empleados, la envidia de los que trabajaban para comerciantes y expedidores, quienes a menudo tenían que quedarse hasta tarde y a veces incluso afanarse durante toda la noche.

Al poco rato entró Samuel Pilaster y tendió a Mulberry unos documentos.

—Sir John compró los bonos —le dijo a Hugh—. Buen trabajo... fue una oportunidad bien aprovechada.

—Gracias.

Samuel reparó en las bandejas etiquetadas de encima del escritorio de Mulberry.

—¿Qué es eso?—preguntó en tono divertido—. «A la atención del jefe de negociado»... «Tratado ya con el jefe de negociado.»

—La finalidad de estas bandejas —contestó Mulberry— consiste en mantener separados los papeles que entran y los que salen. Evitan confusiones.

—Un buen sistema. Creo que imitaré el ejemplo.

—He de decir, don Samuel, que fue idea del joven Hugh.

Samuel lanzó a Hugh una mirada llena de regocijo.

—Diría que eres todo entusiasmo, muchacho.

A Hugh le habían reprochado más de una vez su engreimiento, así que ahora fingió humildad.

—Sé que aún me queda mucho por aprender.

—Vamos, vamos, déjate de falsas modestias. Dime una cosa. Si dejaras de estar al servicio del señor Mulberry, ¿qué plaza te gustaría ocupar?

Hugh no tuvo que pensar la respuesta. El puesto más codiciado era el de corresponsal. La mayoría de los oficinistas sólo veían una parte de la transacción —la parte que registraban—, pero al tener que redactar las cartas que se dirigían a los clientes, el corresponsal se enteraba de toda la operación. Era el mejor empleo para quien quisiera aprender y ganarse un ascenso. Y al encargado de la correspondencia de tío Samuel, Bill Rose, le faltaba poco para jubilarse.

—Me gustaría ser su corresponsal —dijo Hugh sin vacilar.

—¿Ya? Si sólo llevas un año en el banco.

—Para cuando se retire el señor Rose, ya llevaré año y medio.

—Así será. —Samuel aún parecía divertido, pero no dijo que no. Dijo—: Veremos, veremos —y salió del despacho.

—Dígame, ¿aconsejó usted a sir John Cammel que comprase el excedente de bonos rusos? —le preguntó Mulberry a Hugh.

—No hice más que mencionarlo —repuso el joven.

—Vaya, vaya —articuló Mulberry—. Vaya, vaya.

Sentado a su mesa, contempló a Hugh meditativamente durante varios minutos.

2

Era una soleada tarde de domingo y todo el mundo en Londres se había puesto sus mejores galas de día festivo para salir a dar un paseo. La amplia avenida de Piccadilly estaba libre de tránsito rodado, porque sólo un inválido conduciría en domingo. Piccadilly adelante, Maisie Robinson y April Tilsley deambulaban, observaban los palacios de los ricos y echaban el ojo a los hombres, con ánimo de engatusar a alguno.

Vivían en Soho, donde compartían habitación en una pensión de los barrios bajos de Londres, en la calle Carnaby, cerca del reformatorio de St. James. Acostumbraban a levantarse hacia el mediodía, se ataviaban minuciosamente y salían a patear las calles. Hacia el atardecer, por regla general, ya habían encontrado un par de hombres dispuestos a pagarles la cena: si no, el hambre les acuciaba. Casi no tenían dinero, pero tampoco necesitaban mucho. Cuando era imperioso pagar el recibo del alquiler, April pedía un «préstamo» a algún amiguito. Maisie llevaba siempre las mismas prendas y se lavaba la ropa interior todas las noches. Cualquier día, a lo mejor alguien le compraba un vestido nuevo.

Albergaba la esperanza de que, tarde o temprano, alguno de los clientes circunstanciales que le pagaban la cena le propusiera el matrimonio o la retirase de la carrera para convertirla en su amante.

April aún estaba entusiasmada con el suramericano que había conocido, Tonio Silva.

—¡Imagínate: podía permitirse el lujo de perder diez guineas en una apuesta! —exclamó—. Y siempre le han gustado las pelirrojas.

—A mí no me cayó nada bien el otro suramericano, el moreno —dijo Maisie.

—¿Micky? Era guapo.

—Sí, pero me parece que hay algo perverso en él.

April señaló una impresionante mansión.

—Ésa es la casa del padre de Solly.

Estaba a cierta distancia de la calle y tenía un paseo semicircular delante de la entrada. Era como un templo griego, con una hilera de columnas en la fachada que iban desde el suelo hasta el tejado. Brillaba el metal en la inmensa puerta delantera y cortinas de terciopelo rojo cubrían las ventanas.

—¡Imagínate: vivir ahí algún día! —soñó April.

Maisie negó con la cabeza.

—No seré yo.

—Ha ocurrido antes —dijo April—. En realidad, sólo tienes que ser más cachonda que las chicas de la clase alta, y eso no resulta difícil. Una vez te casas, puedes aprender a imitar el acento y todo eso en poco tiempo. Tú te expresas ya bastante bien, salvo cuando te cabreas. Y Solly es un chico estupendo.

—Un chico estupendo y gordo —replicó Maisie con una mueca.

—¡Pero con tanto dinero! ¡Dicen por ahí que su padre mantiene una orquesta sinfónica en su casa de campo sólo por si le da la ventolera de escuchar música después de la cena!

Maisie suspiró. No quería hablar de Solly.

—¿Adónde os fuisteis los demás después de que discutiera con aquel tal Hugh?

—A las peleas de perros y ratas. Después, Tonio y yo nos metimos en el hotel de Batt.

—¿Lo hiciste con él?

—¡Faltaría más! ¿A qué crees que fuimos al Batt?

—¿A jugar al *whist*?

Emitieron sendas risitas.

—Pero tú también lo hiciste con Solly, ¿no? —exclamó April con cara de recelo.

—Le procuré una dosis de felicidad —dijo Maisie.

—¿Qué significa eso?

Maisie movió la mano como si agitara los dados y ambas volvieron a reír.

—¿Sólo se la cascaste? —se extrañó April—. ¿Por qué?

Maisie se encogió de hombros.

—Bueno, quizá tengas razón —dijo April—. A veces es mejor no entregárselo todo la primera vez. Ir dándoselo poco a poco puede despertarles más deseos.

Maisie cambió de tema.

—Me trajo malos recuerdos encontrar a ese fulano llamado Pilaster —confesó.

April movió la cabeza afirmativamente.

—A mí, los jefes me repatean los hígados. Los odio con ganas —dijo con repentino veneno en la voz. El lenguaje de April era incluso más vulgar que el que Maisie empleaba en el circo—. Jamás trabajaré para ninguno de ellos. Por eso me dedico a esto. Fijo mi propia tarifa y cobro por adelantado.

—Mi hermano y yo nos fuimos de casa el día en que Tobias Pilaster quebró —expuso Maisie. Sonrió tristemente—. Puede decirse que hoy estoy aquí gracias a los Pilaster.

—¿Qué hiciste después de marcharte de casa? ¿Entraste en el circo inmediatamente?

—No. —Maisie notó una sacudida en el corazón al recordar lo asustada y solitaria que se había sentido—. Mi hermano se fue de polizón en un barco que zarpaba rumbo a Boston. Desde entonces no he vuelto a verle ni he tenido noticias suyas. Estuve una semana comiendo desperdicios. Gracias a Dios, hacía buen tiempo... era el mes de mayo. Sólo llovió una noche; me cubría con harapos y tardé años en quitarme las pulgas de encima... Recuerdo el funeral.

—¿De quién?

—De Tobias Pilaster. El cortejo fúnebre recorrió las calles. Había sido un tipo importante en la ciudad. Me acuerdo de un chiquillo, no mucho mayor que yo, que llevaba chaqueta negra y chistera y que iba cogido de la mano de su madre. Debía de ser Hugh.

—¡Qué cosas! —exclamó April.

—Luego me fui a Newcastle a pie. Me vestí de chico y empecé a trabajar en unos establos, ayudaba a los mozos. Me dejaban dormir por las noches sobre la paja, junto a las caballerías. Estuve allí tres años.

—¿Por qué te marchaste?

—Éstos empezaron a desarrollarse —dijo Maisie, y se agitó los pechos. Un sujeto de mediana edad que pasaba por allí se los vio, y sus ojos casi se le salieron de las órbitas—. Cuando el jefe de los mozos de cuadra se dio cuenta de que yo era una jovencita, intentó violarme. Le crucé la cara con una fusta y ahí acabó mi empleo.

—Confío en que le dejaras bien señalado —dijo April.

—Desde luego, se le enfriaron de golpe todos los ardores.

—Debiste sacudirle a modo en el paquete.

—Puede que le hubiese gustado.

—Después de los establos, ¿adónde fuiste?

—Entonces me metí en el circo. Empecé de cuidadora de los caballos y con el tiempo llegué a amazona. —Maisie suspiró con nostalgia—. Me gustaba el circo. La gente era afectuosa.

—Demasiado afectuosa, debo entender.

Maisie asintió.

—La verdad es que el presentador y yo no estábamos precisamente a partir un piñón y cuando me dijo que se la mamase comprendí que había sonado la hora de darse el piro de allí. Decidí que, si tenía que chupar pollas para ganarme la vida, era cosa de que me lo pagaran mejor. Y aquí me tienes.

Tenía facilidad para captar los giros y la forma de hablar de la gente y había adoptado el libérrimo vocabulario de April.

—¿Cuántas pollas has chupado desde entonces? —April le dirigió una mirada penetrante.

—A decir verdad, ninguna. —Maisie se sintió incómoda—. A ti no puedo mentirte, April... No estoy segura de que haya nacido para esta profesión.

—¡Eres perfecta para ella! —protestó April—. Tienes en los ojos un chisporroteo que los hombres son incapaces de resistir. Hazme caso. Sigue trabajándote a Solly Greenbourne. Ves haciéndole pequeñas concesiones, poco a poco. Un día le dejas que te toque el chumino, otro día le permites que te vea desnuda... En cuestión de tres semanas, lo tendrás jadeando de deseo. Una noche, cuando le hayas bajado los pantalones y tengas su herramienta en la boca, le dices: «Si me compras una casita en Chelsea, podrás hacer esto siempre que quieras». Te juro, Maisie, que si Solly te dice que no, yo me meto monja.

Maisie sabía que su amiga estaba en lo cierto, pero el alma se le resistía a hacer una cosa así. No estaba segura del motivo. En parte, era porque Solly no le atraía. Paradójicamente, otra razón consistía en que Solly era un chico estupendo. Ella se sentía incapaz de manipularle de forma tan despiadada. Lo peor de todo, sin embargo, estribaba en que tendría que abandonar cualquier esperanza de un amor auténtico... un matrimonio de verdad con un hombre por el que ella realmente bebiese los vientos. Por otra parte, tenía que vivir y estaba firmemente decidida a no llevar la vida que llevaban sus padres, a la espera semana tras semana de una paga miserable y siempre con la amenaza de quedarse sin empleo por culpa de una crisis financiera ocurrida a miles de kilómetros de distancia.

—¿Qué me dices de los otros? —preguntó April—. Tenías donde elegir.

—Me gustaba Hugh, pero le ofendí.

—De todas formas, ése no tiene dinero.

—Edward es un cerdo, Micky me asusta y Tonio es tuyo.

—Entonces, Solly es tu hombre.

—No lo sé.

—Yo sí. En el caso de que lo dejes escapar de entre los dedos, te pasarás la vida recorriendo Piccadilly a patitas y pensando: «Yo podría vivir ahora en esa casa».

—Sí, probablemente.

—Y si no es Solly, ¿quién? Puedes acabar con un asqueroso tendero de mediana edad, que te escatime el dinero hasta la miseria y que crea que tu obligación es lavarte tus propias sábanas.

Maisie meditó sobre aquella perspectiva mientras llegaban al extremo occidental de Piccadilly y torcían hacia el norte para entrar en Mayfair. Seguramente podría conseguir, si se lo proponía, que Solly se casara con ella. Y se consideraba capaz de interpretar el papel de gran señora sin excesivas dificultades. La expresión oral representaba la mitad de la batalla y siempre se le había dado bien la mímica.

Pero le enfermaba la idea de engatusar al bonachón de Solly y llevarlo a la trampa del matrimonio.

Al atajar por la callejuela de unas caballerizas, pasaron por delante de un gran establo de alquiler. Maisie sintió nostalgia del circo e hizo un alto para acariciar a un alto garañón castaño. El caballo le hocicó la mano. Una voz masculina dijo:

—Normalmente, *Redboy* no se deja manosear por desconocidos.

Al volver la cabeza, Maisie vio a un hombre de edad mediana, que vestía chaqueta negra y chaleco amarillo. Sus ropas más bien elegantes chocaban con su rostro curtido por la intemperie y su forma de hablar plebeya; Maisie supuso que se trataba de algún antiguo mozo de cuadra que se había establecido por su cuenta y al que le fueron bien las cosas. Le sonrió.

—No te importa que te acaricie, ¿verdad, *Redboy*? —dijo.

—No creo que pueda montarlo, ¿eh?

—¿Montarlo? Claro que sí puedo montarlo, sin silla y también de pie sobre el lomo. ¿Es suyo?

El hombre, con una divertida sonrisa, ejecutó una pequeña reverencia.

—Georges Sammles, a su servicio, señoras; propietario, como se indica ahí.

Señaló hacia la parte superior de la puerta donde estaba pintado su nombre.

—No debería fanfarronear, señor Sammles —dijo Maisie—, pero he pasado los últimos cuatro años en un circo, de modo que probablemente estoy en condiciones de cabalgar sobre cualquier animal que tenga usted en sus establos.

—¿Eso es cierto? —repuso el señor Sammles pensativamente—. Bueno, bueno.

—¿En qué está pensando, señor Sammles? —intervino April.

—Puede que esto sea un tanto repentino —señaló el señor Sammles tras un breve titubeo—, pero estaba pensando si no le interesaría a esta dama una proposición comercial.

Maisie se preguntó en qué consistiría. Hasta aquel momento, había creído que aquella conversación no pasaba de ser una charla desenfadada y ociosa.

—Adelante.

—Siempre nos interesan las proposiciones comerciales —dijo April sugestivamente.

Pero Maisie tenía la impresión de que el señor Sammles iba detrás de algo de lo que April no tenía ni idea.

—Verá, *Redboy* está en venta —empezó el hombre—. Pero uno no vende caballos si los tiene encerrados. Aunque si ha de pasearlo por el parque durante una hora o así una dama como usted, bonita y puede que atrevida, con figura de ánfora clásica, atraería enormemente la atención y existirían muchas probabilidades de que, tarde o temprano, alguien preguntara cuánto pediría por el caballo.

Maisie se preguntó si habría dinero en aquella propuesta. ¿Le brindaría la oportunidad de pagar el alquiler sin vender su cuerpo o su alma? Pero no formuló la pregunta que revoloteaba por su cerebro, sino que dijo:

—Y entonces tendría que decir a la persona interesada: «Vaya a los Establos Curzon y pregunte por el señor Sammles, puesto que el rocín es suyo». ¿Es eso lo que usted pretende?

—Exactamente eso, con la excepción de que, en vez de llamar rocín a *Redboy*, sería mejor que al aludir a él emplease un término como «esta magnífica criatura», «este regio ejemplar de corcel» o algo por el estilo.

—Quizá —dijo Maisie, mientras pensaba que podría utilizar sus propias palabras, no las de Sammles—. Y ahora, al negocio. —No iba a fingir que el dinero le tenía sin cuidado—. ¿Cuánto piensa pagar?

—¿Qué cree usted que vale ese trabajo?

Maisie citó una cantidad absurda.

—Una libra esterlina diaria.

—Es demasiado —se apresuró a decir Sammles—. Le daré media.

Maisie apenas pudo creer en su buena suerte. Diez chelines al día era un salario altísimo: las chicas de su edad que trabajaban de doncellas podían darse con un canto en los dientes si cobraban un chelín diario. El corazón empezó a latirle aceleradamente.

—Trato hecho —aceptó rauda, temerosa de que el hombre cambiara de idea—. ¿Cuándo empiezo?

—Venga mañana a las diez y media de la mañana.

—Aquí estaré.

Un apretón de manos y las jóvenes se retiraron. Sammles advirtió a Maisie mientras se alejaban:

—No se olvide de ponerse el mismo vestido que lleva hoy... Es atractivo.

—No se preocupe —respondió Maisie. Era el único que tenía. Pero no iba a confesarle tal cosa a Sammles.

3

EL TRÁNSITO POR EL PARQUE: AL DIRECTOR DE *THE TIMES*

Muy señor mío:

En las últimas fechas, hacia las once y media de la mañana, se ha advertido que en Hyde Park se produce todos los días un gran atasco, originado por la larga fila de carruajes detenidos en la calzada, lo que ocasiona que durante cerca de una hora no haya forma de circular por allí. Se han sugerido diversas explicaciones: que la causa se debe al gran número de residentes en el campo que acuden a la ciudad durante la temporada o que la prosperidad de Londres es tal que incluso permite a las esposas de los comerciantes tener coche de caballos y pasear en él por el parque, pero la auténtica verdad no se ha mencionado en parte alguna. La culpa la tiene una dama, cuyo nombre permanece en el anonimato, pero a la que los hombres llaman la Leona, sin duda por el color rojo leonado de su cabellera. Se trata de una criatura encantadora, vestida con atrayente buen gusto, que monta con gran pericia y valor caballos que amedrentarían a muchos varones y que con idéntica habilidad conduce un carruaje tirado por un tronco de caballerías perfectamente emparejadas. Es tal la fama de su belleza y audacia ecuestre que todo Londres emigra al parque a la hora en que se supone que va a presentarse la dama; y, una vez allí, comprueba que no puede moverse. Usted, señor, cuya profesión es la de saberlo todo y conocer a todo el mundo, y que acaso esté por lo tanto al corriente de la verdadera identidad de la Leona, ¿no podría convencerla para que desistiera de aparecer por allí, al objeto de que el parque recupere su estado normal de tranquilo decoro y fluida circulación?

Queda de usted, su seguro servidor,

UN OBSERVADOR

«Esta carta tiene que ser una broma», pensó Hugh, mientras bajaba el periódico. La Leona era bastante real —había oído hablar de ella a los empleados del banco—, pero no era la causa de la congestión del tránsito rodado. A pesar de todo, se sintió intrigado. Miró hacia el parque, a través de las emplomadas ventanas de la Mansión Whitehaven. Era fiesta. Lucía el sol y, en la calle, numerosas personas paseaban a pie, a caballo o en coche. Hugh se dijo que muy bien podía ir a darse una vuelta por el parque, con la esperanza de ver sobre el terreno la causa de tanto alboroto.

Tía Augusta también proyectaba ir al parque. Su birlocho estaba aparcado delante de la casa. El cochero lucía su peluca y el lacayo de librea permanecía allí, listo para subir detrás. En aquella época del año, tía Augusta iba al parque casi todas las mañanas, como hacían todas las señoras de la clase alta y todos los hombres ociosos. Afirmaban que era para respirar aire fresco y hacer ejercicio, pero lo más importante consistía en que el parque era un escenario en el que uno veía a los demás y los demás le veían a uno. La verdadera causa del atasco circulatorio estribaba en que la gente detenía sus vehículos para chismorrear y eso bloqueaba el camino.

Hugh oyó la voz de su tía. Se levantó de la mesa del desayuno y salió al vestíbulo. Como de costumbre, tía Augusta iba ataviada con esplendorosa elegancia. Llevaba un vestido de mañana, con un ceñido jubón sin mangas y metros de volantes en la parte inferior. Se había equivocado con el sombrero, en opinión de Hugh: un *canotier* minúsculo, de unos siete centímetros y medio de diámetro, sujeto por delante en lo alto del peinado. Era la última moda, y en las jóvenes guapas quedaba simpático; pero Augusta distaba mucho de ser simpática y, en ella, aquel sombrerito resultaba ridículo. No cometía a menudo errores semejantes, pero cuando lo hacía era porque se empeñaba en seguir la moda con excesiva fidelidad.

En aquel momento se dirigía a tío Joseph. El hombre tenía el aire de persona hostigada que solía adoptar cuando Augusta le hablaba. Permanecía de pie frente a ella, medio vuelto, atusándose con impaciencia las espesas patillas. Hugh se preguntó si existiría entre ellos alguna brizna de afecto. Sin duda lo hubo en otra época, supuso, puesto que concibieron a Edward y a Clementine. En muy raras ocasiones se mostraban cariñosos, pero alguna que otra vez, meditó Hugh, Augusta tenía atenciones con Joseph. Sí, se dijo que probablemente se querían todavía.

Augusta continuó hablando como si Hugh no estuviese delante, lo cual era corriente en ella.

—Toda la familia está preocupada —insistía, sin que tío Joseph le llevase la contraria—. Podría ser un escándalo.

—Pero la situación —sea cual fuere— lleva años manteniéndose y a nadie se le ha ocurrido que pueda ser escandalosa.

—Porque Samuel no es el presidente del consejo. Un hijo de vecino cualquiera puede hacer muchas cosas sin llamar la atención. Pero el presidente del consejo del Banco Pilaster es una figura pública.

—Bueno, tal vez el asunto no sea urgente. Tío Seth aún vive y da la impresión de que va a durar indefinidamente.

—Ya lo sé —concedió Augusta, y en su tono había una nota de frustración—. A veces, me gustaría... —Se calló antes de revelar demasiado–. Tarde o temprano tendrá que soltar las riendas. Podría ocurrir mañana mismo. El primo Samuel no puede aparentar que no existe motivo de preocupación.

–Quizá –convino Joseph–. Pero si él lo disimula de esa forma, no estoy seguro de que pueda hacerse.

–Es posible que haya que plantear el problema a Seth.

Hugh se preguntó cuánto sabría el viejo Seth de la vida de su hijo. En el fondo de su alma, probablemente conocería la verdad, pero tal vez jamás lo admitiese, ni siquiera ante sí mismo.

Joseph pareció sentirse incómodo.

–Dios no lo permita.

–Desde luego, sería una desgracia –dijo Augusta con vivaz hipocresía–. Pero debes hacer entender a Samuel que, a menos que ceda, su padre entrará en escena, y si eso sucede, a Seth habrá que informarle de todas las circunstancias.

Hugh no pudo por menos que admirar la astucia e implacabilidad de Augusta. Enviaba un recado a Samuel: renuncia a tu secretario u obligaremos a tu padre a afrontar la realidad de que su hijo está más o menos casado con un hombre.

Lo cierto era que a Augusta le tenía absolutamente sin cuidado la relación entre Samuel y su secretario. Lo único que deseaba a toda costa era impedir que Samuel se convirtiera en el presidente del consejo... a fin de que aquel manto cayese sobre los hombros de Joseph, su marido. Era una jugada muy ruin, y Hugh se preguntó si Joseph se daría cuenta cabal de lo que estaba haciendo Augusta.

–Me gustaría resolver este asunto sin recurrir a acciones tan drásticas –decía en aquel instante Joseph en tono desazonado.

Augusta bajó la voz hasta convertirla en un murmullo íntimo. Cada vez que lo hacía, Hugh pensaba siempre que la mujer se mostraba transparentemente farisea, como un dragón que intentase ronronear.

—No dudo de que encontrarás el modo de hacerlo así —dijo. Esbozó una sonrisa suplicante—. ¿Vienes hoy conmigo? Me gustaría que me acompañaras.

Joseph negó con la cabeza.

—Tengo que ir al banco.

—¡Qué lástima estar encerrado en un despacho polvoriento en un día tan hermoso como hoy!

—Ha habido pánico en Bolonia.

Hugh estaba intrigado. Desde el «Krach» de Viena varios bancos habían quebrado y numerosas empresas se hundían en distintas partes de Europa, pero era la primera vez que se producía una situación de «pánico». Hasta entonces, Londres había salido indemne. En junio, el tipo de interés bancario, termómetro del mundo financiero, había subido hasta el siete por ciento —que no era del todo el nivel febril— y ahora había descendido ya al seis por ciento. Sin embargo, puede que aquel día hubiese cierta excitación.

—Espero que el pánico no nos afecte a nosotros —dijo Augusta.

—Mientras tengamos cuidado, no nos afectará —respondió Joseph.

—Pero hoy es fiesta... ¡en el banco no habrá nadie que pueda prepararte el té!

—Me atrevo a afirmar que sobreviviré a media jornada sin té.

—Le diré a Sara que vaya al banco dentro de una hora. Ha hecho un pastel de cerezas, tu preferido... Te llevará un pedazo y te prepararé té.

Hugh vio su oportunidad.

—¿Quiere que vaya con usted, tío? Tal vez necesite un oficinista.

Joseph movió la cabeza negativamente.

—No te necesitaré.

—Es posible que quieras que te lleve algún recado, querido —sugirió Augusta.

Hugh añadió sonriente:

—O es posible que quiera pedirme consejo.

Joseph no apreció la broma.

—No voy a hacer más que leer los mensajes telegráficos que lleguen y decidir lo que ha de hacerse cuando los mercados bursátiles abran de nuevo mañana por la mañana.

—A pesar de todo, me gustaría ir... —insistió Hugh neciamente—. Es simple interés.

Siempre era un error acosar a Joseph.

—He dicho que no te necesito —espetó con voz irritada—. Vete al parque con tu tía, ella sí que necesita un escolta.

Se puso el sombrero y salió.

—Tienes talento para incordiar innecesariamente a las personas, Hugh —acusó Augusta—. Ponte el sombrero y acompáñame, ya estoy lista.

En realidad, Hugh no deseaba acompañar a Augusta en el birlocho, pero su tío había ordenado que lo hiciera, y como, por otra parte, sentía curiosidad por ver a la Leona, no discutió.

Apareció Clementine, la hija de Augusta, vestida para salir. De niños, Hugh había jugado con su prima, lo que le permitía saber que Clementine siempre había sido una chivata. Cuando tenían siete años, le pidió a Hugh que le enseñase el pirulo y luego corrió a contarle a su madre lo que Hugh había hecho, con lo que consiguió que al niño le sacudieran una buena zurra. Ahora, a sus veinte años, Clementine se parecía mucho a su madre, si bien todo lo que tenía Augusta de autoritaria en Clementine era timidez.

Salieron los tres. El lacayo ayudó a las damas a subir al carruaje. Era un vehículo nuevo, pintado de azul brillante y del que tiraba una pareja de soberbios caballos capones de pelaje gris: un carruaje digno de la esposa de un banquero importante. Augusta y Clementine iban de cara al sentido de la marcha, y Hugh de espaldas, frente a ellas. Como brillaba el sol, el birlocho llevaba la capota bajada, pero las damas abrieron sus sombrillas. El auriga hizo restallar el látigo y partieron.

Instantes después llegaban al paseo de Coches del Sur. Se encontraba tan concurrido como había aseverado el caballero que escribió la carta a *The Times*. Había centenares de caballerías montadas por hombres tocados con chistera y mujeres que cabalgaban a la amazona; docenas de carruajes de todo tipo: abiertos y cerrados, de dos y de cuatro ruedas; además de niños a lomos de ponis, parejas que iban a pie, niñeras que empujaban cochecitos de niño y personas con perros. Los carruajes rutilaban, recién pintados, los caballos aparecían limpios y cepillados, los hombres vestían ropa de calle y las mujeres lucían los colores más luminosos que los tintes de la nueva industria química era capaz de producir. Todo el mundo se movía despacio, para examinar mejor a caballerías y vehículos, vestidos y sombreros. Augusta hablaba con su hija, y el diálogo no requería más contribución por parte de Hugh que, llegado el caso, algún que otro asentimiento de cabeza.

—¡Ahí está lady St. Ann con un sombrero Dolly Varden! —exclamó Clementine.

—Se pasó de moda hace un año —comentó Augusta.

—Vaya, vaya —dijo Hugh.

Otro coche se puso a su altura y Hugh vio a su tía Madeleine Hartshorn. Si llevase patillas, sería exactamente igual que su hermano Joseph, pensó Hugh. Dentro de la familia, aquella mujer era la comadre más afín a Augusta. Entre ambas controlaban la vida social de los Pilaster. Augusta constituía la fuerza impulsora, pero Madeleine era su acólita más fiel.

Se detuvieron ambos vehículos y las señoras intercambiaron saludos. Obstruían la calzada y dos o tres carruajes tuvieron que pararse detrás de los de ellas.

—Date un paseo con nosotras, Madeleine —invitó Augusta—, quiero hablar contigo.

El lacayo de Madeleine la ayudó a apearse de su coche y a subir en el de Augusta. Reanudaron la marcha.

—Amenazan con contarle al viejo Seth lo del secretario de Samuel —informó Augusta.

—¡Oh, no! —protestó Madeleine—. ¡No deben hacerlo!

—He hablado con Joseph, pero no se echarán atrás —continuó Augusta.

Aquel tono de sincera preocupación volvió a dejar a Hugh sin aliento. ¿Cómo se las arreglaba para conseguirlo? Tal vez se convencía a sí misma de que era verdad cualquier cosa que le conviniera decir en un momento determinado.

—Hablaré con George —dijo Madeleine—. El disgusto podría matar a tío Seth.

Hugh jugueteó con la idea de informar a su tío Joseph de aquella conversación. Pensó que seguramente Joseph se quedaría de una pieza al enterarse del modo en que sus esposas les estaban manipulando, tanto a él como a los otros socios. Pero quizá no le creyesen. Él, Hugh, no era nadie... y la prueba era que Augusta no se privaba de decir todo aquello delante de él.

El birlocho disminuyó el ritmo de la marcha hasta casi detenerse. Delante había un embotellamiento de caballerías y vehículos.

—¿A qué se debe este atasco? —preguntó Augusta en un tono irritado.

—Debe de tratarse de la Leona —apuntó Clementine muy excitada.

Hugh exploró ávidamente a la multitud, pero no logró entrever siquiera la causa de aquel alto en el paseo. Había diversos carruajes de distintas clases, nueve o diez corceles y unos cuantos peatones.

—¿Qué es eso de una leona? —quiso saber Augusta.

—¡Ah, mamá, es célebre!

Cuando, a paso lento, el carruaje de Augusta se acercaba, un coche pequeño, tipo victoria, surgió de entre los demás, tirado por una pareja de ponis de braceo alto y conducido por una mujer.

—¡Ésa es la Leona! —chilló Clementine.

Hugh miró a la mujer que conducía la victoria y se quedó atónito al reconocerla.

Era Maisie Robinson.

La muchacha restalló el látigo y los caballos aceleraron el paso.

Llevaba un vestido de merino castaño, con volantes de seda y, en la garganta, una corbata de lazo color champiñón. Se tocaba con un alegre sombrerito de copa pequeña y ala ondulada.

Hugh volvió a sentirse indignado con ella por lo que dijo acerca de su padre. Aquella joven no sabía nada de finanzas y no tenía ningún derecho a acusar tan inconscientemente de deshonestidad a nadie. Con todo, le era imposible negar que la muchacha tenía un aspecto absolutamente hechicero. Había algo irresistiblemente encantador en la postura de su menudo, proporcionado y bonito cuerpo sobre el asiento del conductor, en el ángulo del sombrero e incluso en el modo en que empuñaba el látigo y sacudía las riendas.

¡Así que la Leona era Maisie Robinson! Pero ¿cómo se había agenciado tan súbitamente de caballos y carruajes? ¿Acaso había conseguido dinero de forma inesperada? ¿Qué se llevaba entre manos?

Mientras Hugh continuaba maravillándose, se produjo un accidente.

Un nervioso pura sangre adelantó al trote el birlocho de Augusta y, entonces, un pequeño pero escandaloso terrier lo asustó. El caballo retrocedió, alzó las patas delanteras y el jinete fue a parar al suelo... justo frente a la victoria de Maisie.

Casi automáticamente, la muchacha cambió de dirección, demostrando un impresionante dominio del vehículo, y se atravesó en la calzada. Su maniobra para eludir al caballo la llevó delante de las caballerías de Augusta, lo que hizo que el cochero diese un tirón a las riendas y soltara un juramento.

Maisie detuvo bruscamente su carruaje junto al de Augusta. Todo el mundo miró al jinete caído. Parecía ileso. Se puso en pie sin necesidad de ayuda y echó a andar entre maldiciones, dispuesto a recuperar su cabalgadura.

Maisie reconoció a Hugh.

—¡Hugh Pilaster, vaya por Dios!

Hugh se sonrojó.

—Buenos días —saludó, y no supo qué hacer ni qué decir a continuación.

Comprendió de inmediato que acababa de cometer un grave error de etiqueta. Con sus tías allí, no debió saludar a Maisie, ya que no le era posible presentarles a semejante persona. Debió fingir que no conocía a aquella mujer.

Sin embargo, Maisie no hizo el menor intento de dirigirse a las damas.

—¿Le gustan estos ponis? —preguntó. Parecía haber olvidado la pelotera que tuvieron.

Hugh estaba completamente deslumbrado por la belleza de aquella sorprendente mujer, por su destreza en el arte de conducir vehículos y por sus modales despreocupados.

—Son magníficos —repuso Hugh sin mirarlos.

—Se venden.

Tía Augusta intervino con voz gélida:

—¡Hugh, ten la bondad de decirle a esa *persona* que nos deje pasar!

Maisie miró a Augusta por primera vez.

—Cierre el pico, vieja zorra —dijo como si tal cosa.

Clementine emitió un jadeo, a tía Madeleine se le escapó un grito de horror y Hugh se quedó boquiabierto. Las bonitas prendas que vestía, el costoso carruaje y el no menos caro tiro de caballos le hicieron olvidar fácilmente que Maisie era una golfilla de los barrios bajos. Sus palabras fueron tan espléndidamente vulgares que, durante unos segundos, el asombro abrumó a Augusta hasta el punto de que le fue imposible replicar. Nadie se había atrevido nunca a hablarle así.

Maisie no le dio tiempo a recuperarse. Miró a Hugh de nuevo y le pidió:

—¡Dile a tu primo Edward que debería comprar mis ponis!

Agitó en el aire la tralla y se alejó.

Augusta entró en erupción:

—¿Cómo te atreves a hacerme tal feo ante semejante persona? —le hervía la voz y la sangre—. ¿Cómo tuviste el valor de quitarte el sombrero ante ella?

Hugh seguía con la vista fija en Maisie, viendo alejarse por el paseo su bien formada espalda y su gracioso sombrerito.

Tía Madeleine, con gran satisfacción, se sumó a la reprimenda.

—¿Cómo es posible que la conozcas, Hugh? ¡Ningún joven bien criado debería alternar con ese tipo de mujeres! ¡Y parece que incluso se la presentaste a Edward!

Fue Edward quien se la presentó a Hugh, pero éste no iba a cargar las culpas sobre su primo. De todas formas, tampoco iban a creerle.

—La verdad es que no puede decirse que la conozca mucho —dijo.

Clementine estaba intrigada.

—¿Dónde te la presentaron?

—En un lugar llamado Salones Argyll.

Con el ceño fruncido, Augusta miró a Clementine y vetó:

—No quiero que sepas tales cosas. Hugh, dile a Baxter que nos lleve a casa.

—Yo voy a caminar un poco —expresó Hugh, y abrió la portezuela del coche.

—¡Piensas ir detrás de esa mujer! —protestó Augusta—. ¡Te lo prohíbo!

—Adelante, Baxter —dijo Hugh tras apearse. El cochero

agitó las riendas, giraron las ruedas y Hugh se destocó educadamente ante sus indignadas tías, que se alejaron paseo adelante.

Aquello no iba a quedar así. Habría más follón después. Informarían a tío Joseph y, antes de nada, todos los socios estarían enterados de que Hugh se relacionaba con mujeres de mala nota.

Pero era fiesta, brillaba el sol, el parque estaba repleto de personas que disfrutaban de lo lindo y Hugh no iba a amargarse el día porque sus tías se hubiesen enojado.

Se sentía alegre mientras avanzaba por el camino. Marchaba en dirección contraria a la que había tomado Maisie. Pero la gente conducía en círculos, de modo que era posible que volviera a cruzarse con ella.

Deseaba hablar de nuevo con ella. Quería aclarar la cuestión acerca de su padre. Resultaba extraño, pero ya no se sentía furioso con la joven por lo que había dicho. La señorita Robinson estaba equivocada, simplemente, pensó, y lo comprendería si él se lo explicaba. De todas formas, el mero hecho de hablar con ella resultaba excitante.

Llegó a Hyde Park Corner y torció hacia el norte a lo largo de Park Lane. Saludó quitándose el sombrero a numerosos parientes y conocidos: a *Young* William y Beatrice, que iban en una berlina; a tío Samuel, que cabalgaba a lomos de una yegua castaña; al señor Mulberry, que iba acompañado de su esposa e hijos. Maisie podía haberse detenido en el otro extremo del parque, o tal vez se había marchado ya. Empezó a tener la impresión de que no volvería a verla.

Pero la vio.

Cruzaba Park Lane. Se disponía a marcharse. Era ella, indudablemente, con su corbata de seda color champiñón alrededor del cuello. Ella no le vio.

Se dejó llevar por un impulso y cruzó la calzada en pos de la mujer, se adentró por Mayfair y descendió por delante de unos establos, lanzado a la carrera a fin de alcanzarla.

Maisie detuvo la victoria delante de una cuadra y se apeó de un salto. Un mozo salió del establo y empezó a ayudarle a desenganchar los caballos.

Hugh llegó junto a ella, jadeante. Se preguntó por qué lo había hecho.

—Hola, señorita Robinson —saludó.

—¡Hola otra vez!

—La he seguido —explicó Hugh sin que hiciera falta.

La muchacha le dirigió una mirada franca.

—¿Por qué?

Sin pensarlo, Hugh soltó bruscamente:

—Me preguntaba si querría usted salir conmigo una noche.

Maisie ladeó la cabeza y enarcó las cejas ligeramente, mientras estudiaba la propuesta. Su expresión era amistosa, como si le sedujese la idea, y Hugh pensó que aceptaría. Pero, al parecer, alguna consideración práctica estaba en guerra con sus inclinaciones. La muchacha apartó la vista de Hugh y una pequeña arruga surcó su frente; después pareció haber adoptado su decisión.

—Usted no puede permitirse el lujo de tenerme —dijo, en tono concluyente; le volvió la espalda y entró en el establo.

4

Granja Cammel
Colonia de El Cabo
África del Sur

14 de julio de 1873

Querido Hugh:

¡Qué alegría tener noticias tuyas! Uno se siente aquí bastante aislado y no puedes imaginarte el placer que experimentamos al recibir una carta larga y llena de noticias de casa. A la señora Cammel, que antes de casarse conmigo era la honorable Amelia Clapman, le ha divertido extraordinariamente tu relato acerca de la Leona...

Ya sé que es un poco tarde para decirlo, pero la muerte de tu padre me impresionó de un modo terrible. Los condiscípulos no escribimos notas de pésame. Y tu tragedia personal se vio eclipsada en cierta medida por el fallecimiento de Peter Middleton, que se ahogó ese mismo día. Pero créeme, muchos de nosotros pensamos y hablamos de ti después de que se te llevaran del colegio tan repentinamente...

Me alegro de que me preguntes por lo de Peter. Desde aquel día, no he dejado de sentirme culpable. La verdad es que no vi morir al pobre chico, pero sí vi lo suficiente como para imaginarme el resto.

Tu primo Edward era, como tan plástica y pintorescamente lo has expresado, más asqueroso que un putrefacto gato muerto. Tú te las arreglaste para sacar del agua casi toda tu ropa y huir por las escarpaduras, pero Peter y Tonio no fueron tan rápidos.

Yo estaba en el otro lado del estanque y no creo que Edward y Micky se diesen cuenta siquiera de mi presencia. O quizá no me reconocieron. De cualquier forma, nunca me hablaron del incidente.

Sea como fuere, después de que tú te marchases, Edward empezó a martirizar todavía más a Peter, a salpicarle la cara y a hundirle la cabeza en el agua, mientras el pobre chico bregaba por encontrar sus ropas.

Me di cuenta de que las cosas se estaban pasando de rosca, pero me temo que fui un completo cobarde. Debí acudir en ayuda de Peter, pero yo no era mucho mayor, desde luego no lo suficiente para plantarles cara a Edward y Micky Miranda, y tampoco me apetecía que me empaparan también mis prendas. ¿Te acuerdas de cuál era el castigo por abandonar el recinto del colegio? Doce zurriagazos con el tiralíneas, y no me importa reconocer que aquello me aterraba más que ninguna otra cosa. De todas formas, cogí mi ropa y me escabullí sin llamar la atención.

Volví la cabeza una vez, para mirar por encima del borde de la cantera. No sé lo que había sucedido entretanto, pero en aquel momento Tonio gateaba por la ladera, desnudo y con un bulto de prendas húmedas aferrado entre los brazos, y Edward había dejado a Peter y cruzaba nadando la alberca, en persecución de Tonio. Peter daba boqueadas, farfullaba y se agitaba en medio del estanque.

Creí que a Peter no le pasaba nada, que aguantaría, pero es evidente que me equivoqué. Debía de estar en las últimas. Mientras Edward perseguía a Tonio y Micky miraba hacia otro lado, Peter se ahogó sin que nadie se diera cuenta.

Naturalmente, no me enteré de ello hasta después. Volví al colegio y me colé en el dormitorio. Cuando los maestros empezaron a hacer preguntas, juré que no me había movido de allí en toda la tarde. Al salir a la luz toda la espantosa historia, me faltaron redaños para confesar que había presenciado lo ocurrido.

No es un episodio del que sentirse orgulloso, Hugh. Pero, en todo caso, contar por fin la verdad ha hecho que me sienta un poco mejor...

Hugh dejó la carta de Albert Cammel y miró por la ventana de su alcoba. La misiva refería algo más y algo menos de lo que Cammel imaginaba.

Explicaba cómo se infiltró Micky Miranda en la familia Pilaster hasta el punto de pasar todas las vacaciones con Edward y conseguir que pagaran todos sus gastos los padres de su compañero de estudios. Sin duda, Micky le dijo a Augusta que, virtualmente, Edward había matado a Peter. Pero en la audiencia, Micky declaró que Edward intentó salvar al chico que se ahogaba. Y al contar aquella mentira libró a los Pilaster de la desgracia pública. Augusta se sintió intensamente agradecida... y acaso también temerosa de que algún día Micky pudiera revolverse contra ellos y descubriese la verdad. Esta idea puso en la boca del estómago de Hugh una sensación helada y un tanto aterradora. Sin saberlo, Albert Cammel había revelado que las relaciones de Augusta y Micky eran profundas, oscuras y corruptas.

Pero seguía sin resolverse otro rompecabezas. Porque Hugh sabía algo acerca de Peter Middleton de lo que casi nadie estaba enterado. Peter había sido un niño débil, y todos los chicos le trataban como un alfeñique. Acongojado por su endeblez, se había embarcado en un plan de entrenamiento... y el principal ejercicio lo constituía la natación. Hora tras hora, cruzaba a nado aquella alberca, intentando fortalecer su condición física. No le dio resultado: un muchacho de trece años no consigue hombros anchos y pecho impresionante como no sea a base de crecer y convertirse en un hombre, y ése era un proceso que no podía acelerarse.

El único efecto que logró con su esfuerzo fue el de sentirse y moverse en el agua como un pez. Podía sumergirse hasta el fondo, contener la respiración durante varios minutos, flotar de espaldas y mantener los ojos abiertos bajo la superficie. Para ahogarle hubiera sido preciso algo más que las bromas de Edward Pilaster.

Entonces, ¿por qué había muerto?

Que supiese, Albert Cammel había dicho la verdad, de eso Hugh estaba seguro. Pero tuvo que haber algo más. Aquella tarde calurosa sucedió algo más en el bosque del Obispo. A un pobre nadador podían haberle matado accidentalmente; el zarandeo al que le sometió Edward pudo resultar demasiado violento para el chico, que se ahogó en la alberca. Pero una payasada, una broma tan tonta no podía haber acabado con la vida de Peter. Y si su muerte no fue accidental, entonces fue deliberada. Y eso era asesinato. Hugh se estremeció.

Allí sólo se encontraban tres personas: Edward, Micky y Peter. A Peter tuvieron que asesinarlo Edward o Micky.

O ambos.

5

A Augusta ya no le satisfacía la decoración japonesa. El salón estaba repleto de biombos orientales, muebles angulosos de patas largas y delgadas, abanicos nipones y jarras colocadas en negros armarios lacados. Todo aquello era carísimo, pero ya empezaban a aparecer imitaciones baratas en las tiendas de la calle de Oxford y aquella imagen ornamental había dejado de ser exclusiva de las mejores casas. Por desgracia, Joseph no iba a permitirle volver a decorar la mansión tan pronto y Augusta tendría que convivir durante varios años con aquel mobiliario cada vez más vulgar.

En el salón era donde Augusta celebraba audiencia todos los días de la semana a la hora del té. Normalmente, primero se presentaban las señoras: sus hermanas políticas, Madeleine y Beatrice, y su hija, Clementine. Los socios llegaban, procedentes del banco, alrededor de las cinco: Joseph, el anciano Seth, George Hartshorn, marido de Madeleine, y alguna que otra vez Samuel. Si nada extraordinario alteraba la marcha del negocio, también asistían los chicos: Edward, Hugh y *Young* William. La única persona no perteneciente a la familia a la que se invitaba de modo regular a aquellos tés era Micky Miranda, pero éste de vez en cuando tenía que visitar a un clérigo metodista o acaso a un misionero que recaudaba fondos designados a convertir a los paganos de los mares del Sur, de Malaya o del recién explorado Japón.

Augusta se esforzaba mucho para lograr que los invitados acudiesen. A todos los Pilaster les gustaban los dulces, y ella servía deliciosos bollos y pastelitos, así como el mejor té de Assam y Ceilán. Los grandes acontecimientos, tales como las fiestas familiares y las bodas, se planeaban en el curso de aquellas sesiones, de forma que cualquiera que dejase de asistir pronto perdería contacto con lo que se preparaba.

A pesar de todo, de vez en cuando alguno de los miembros de la familia pasaba por una fase en la que el deseo de independencia le inducía a la deserción. El ejemplo más reciente lo protagonizó la esposa de *Young* William, Beatrice, cosa de un año antes, a raíz de la insistencia de Augusta en afirmar que no le sentaba bien la tela de un traje que había elegido Beatrice. Cuando ocurría una cosa así, Augusta se retiraba durante un rato, para regresar luego y ofrecer un gesto pródigamente generoso. En el caso de Beatrice, Augusta organizó una costosa fiesta en honor de la anciana madre de Beatrice, una dama al borde de la senilidad y que a duras penas se podía presentar en público. Beatrice se había sentido tan agradecida que olvidó lo de la tela del vestido... que era precisamente lo que Augusta pretendía.

Allí, en aquellas reuniones dispuestas para tomar el té, Augusta se enteraba de cuanto ocurría en la familia y en el banco. En aquella coyuntura precisa, lo que la inquietaba era el asunto del viejo Seth. Estaba imbuyendo meticulosamente en los miembros de la familia la idea de que Samuel no podía ser el próximo presidente del consejo, pero Seth no mostraba ninguna inclinación a retirarse, pese a su deficiente salud. A ella le resultaba enloquecedor tener en suspenso sus minuciosos planes por culpa de la obstinada tenacidad de un anciano.

Era a finales de julio, y Londres estaba cada vez más tranquilo. En aquella época del año la aristocracia abandonaba la ciudad, rumbo a los yates que les esperaban en Cowes o a los pabellones de caza de Escocia. Permanecerían en el campo hasta las Navidades, dedicados a matar aves a mansalva, cazar zorros y acechar ciervos. Entre febrero y Pascua iniciarían el regreso, y para el mes de mayo la «temporada» estaría en Londres en pleno apogeo.

La familia Pilaster no seguía ese programa. Aunque eran más ricos que la mayoría de los aristócratas, se trataba de personas de negocios y no tenían la menor intención de dilapidar la mitad del año persiguiendo ociosamente por el campo estúpidos animales. No obstante, por regla general resultaba fácil persuadir a los socios para que disfrutasen de unas vacaciones durante la mayor parte del mes de agosto, dado que durante el mismo no solía haber excesiva animación en el mundo de la banca.

Aquel año, las vacaciones se prolongarían sin duda todo el verano, ya que una lejana tempestad había retumbado ominosamente sobre las capitales financieras de Europa, pero lo peor parecía haber quedado atrás, el tipo de interés bancario había descendido al tres por ciento y Augusta había alquilado un pequeño castillo en Escocia. Ella y Madeleine pensaban partir al cabo de una semana, más o menos, y los hombres las seguirían veinticuatro o cuarenta y ocho horas después.

Unos minutos antes de las cuatro, mientras se encontraba de pie en el salón, sumida en el descontento que le producía su mobiliario y la terquedad de Seth, entró Samuel.

Todos los Pilaster eran feos, pero Samuel era el más feo de todos, pensó. Tenía la misma enorme nariz, pero también una boca femenina, débil, y una dentadura irregular. Era remilgado, iba inmaculadamente vestido y se mostraba quisquilloso con respecto a la comida, amante de los gatos y enemigo de los perros.

Pero lo que más le desagradaba a Augusta de él era que, de entre todos los hombres de la familia, era el más difícil de convencer. Augusta podía hechizar al viejo Seth, que incluso a su avanzada edad, se mostraba sensible a los encantos de cualquier mujer atractiva; podía salirse con la suya frente a Joseph, mediante la estrategia de agotarle la paciencia; George Hartshorn estaba bajo el dominio de Madeleine, así que podía manipularlo indirectamente; y los demás eran lo bastante jóvenes como para dejarse intimidar, aunque, a veces, Hugh le proporcionaba problemas.

Con Samuel no funcionaba nada... y menos sus encantos

femeninos. Tenía una forma exasperante de reírse de ella, cuando Augusta creía haber sido sutil y hábil. Samuel daba la impresión de considerar que no merecía la pena tomarla en serio, y eso ofendía mortalmente a Augusta. La hería mucho más la tranquilidad burlona de Samuel que el que una mujerzuela la llamase vieja zorra en el parque.

Hoy, sin embargo, Samuel no mostraba aquella sonrisa escéptica y divertida. Parecía colérico, tan furioso, que durante unos segundos la alarma cundió en Augusta. Obviamente, había llegado temprano para encontrarla sola. Augusta recordó que llevaba dos meses conspirando para buscarle la ruina y le asaltó la idea de que, por menos de eso, se había asesinado a algunas personas. Samuel no le estrechó la mano, sino que se limitó a plantarse frente a ella, vestido con una chaqueta gris perla y corbata de color vino tinto. Despedía un tenue olor a colonia. Augusta alzó las manos en ademán defensivo.

Samuel dejó oír una risa carente de humor y se apartó.

—No voy a pegarte, Augusta —dijo—. Aunque bien sabe Dios que mereces una azotaina.

Naturalmente, no iba a tocarla. Samuel era un alma delicada que se negaba a financiar exportaciones de fusiles. Como un torrente impetuoso la confianza volvió al ánimo de Augusta. El desdén saturaba su voz al reprocharle:

—¿Cómo te atreves a criticarme?

—¿Criticarte? —la ira centelleó de nuevo en los ojos de Samuel—. No me rebajo a criticarte. —Hizo una pausa y, cuando volvió a hablar, la cólera de su voz estaba controlada— Te desprecio.

A Augusta no se le podía intimidar dos veces.

—¿Has venido a decirme que estás dispuesto a renunciar a tus costumbres depravadas? —preguntó en tono cantarín.

—Mis costumbres depravadas —repitió él—. Lo que quieres es acabar con la felicidad de mi padre y amargarme a mí la vida, todo para saciar tu ambición, ¡y encima hablas de costumbres depravadas! Creo que estás tan impregnada de perversidad que has perdido la noción del mal.

Se expresaba con tal convencimiento y vehemencia que Augusta empezó a pensar si no habría cometido una iniquidad al amenazarle. Entonces se dio cuenta de que Samuel intentaba debilitar su resolución recurriendo a la posible simpatía de ella.

—A mí sólo me preocupa el banco —dijo fríamente.

—¿Ésa es tu excusa? ¿Eso es lo que alegarás ante el Todopoderoso el Día del Juicio Final, cuando te pregunte por qué me extorsionaste?

—Cumplo con mi deber.

Augusta tenía conciencia de que volvía a ser dueña de la situación y empezó a preguntarse a qué habría ido Samuel allí. ¿A declararse vencido... o a desafiarla? Si se daba por derrotado ella podría descansar tranquila, en la seguridad de que pronto iba a ser la esposa del presidente del consejo. Pero la alternativa hizo que le entrasen ganas de morderse las uñas. Si Samuel la desafiaba se desencadenaría una lucha ardua y prolongada, de resultado incierto.

Samuel se acercó a la ventana y contempló el jardín.

—Me acuerdo de ti, cuando eras una jovencita preciosa —articuló meditativamente. Augusta emitió un gruñido de impaciencia—. Solías ir a la iglesia con un vestido blanco y cintas también blancas en el pelo —continuó Samuel—. Pero las cintas no engañaban a nadie. Incluso entonces ya eras una déspota. Acabado el servicio religioso, todos íbamos a pasear por el parque y los otros niños te tenían miedo, pero jugaban contigo porque eras la que organizaba los juegos. Llegabas a aterrorizar a tus padres. Si no te salías con la tuya, montabas una rabieta tan estrepitosa que la gente detenía el coche para ver qué pasaba. Tu padre, que en paz descanse, tenía la expresión alucinada del hombre que no comprende cómo pudo haber traído al mundo semejante monstruo.

Lo que Samuel decía se acercaba mucho a la verdad y Augusta se sintió violenta.

—Eso ocurrió hace muchos años —dijo desviando la mirada.

Samuel prosiguió, como si ella no hubiese dicho nada.

—No me preocupo por mí. Me gustaría ser presidente del consejo, pero puedo sobrevivir sin ese cargo. Sería un buen presidente del consejo, tal vez no tan dinámico como mi padre; mejor como miembro de un equipo. Pero Joseph no es la persona adecuada para ese destino. Es impulsivo, tiene mal genio y no sabe tomar decisiones acertadas; además, tú empeoras las cosas al inflamar sus aspiraciones y nublarle la visión. Es eficaz como integrante de un grupo, donde los otros pueden guiarle y refrenarle. Pero no está capacitado para ser el director, su criterio no es lo suficientemente bueno. A la larga, perjudicará al banco. ¿Eso no te importa?

Durante un momento, Augusta se preguntó si Samuel no tendría razón. ¿Estaba en trance de matar a la gallina de los huevos de oro? Pero había tanto dinero en el banco que jamás podrían gastarlo todo, aunque ninguno de ellos trabajase un día más. De todas formas, era ridículo decir que Joseph resultaría pernicioso para el banco. La tarea que realizaban los socios no tenía ninguna ciencia: iban al banco, leían las páginas financieras de los periódicos, prestaban dinero a la gente y cobraban el interés. No era difícil, Joseph podía hacerlo lo mismo que cualquiera de los demás.

—Los hombres siempre pretendéis que el negocio de la banca es algo complejo y misterioso —dijo Augusta—. Pero a mí no me engañas. —Comprendió que se comportaba a la defensiva—. Responderé ante Dios, no ante ti.

—¿Tienes intención, realmente, de ir a contarle a mi padre la historia, tal como has amenazado? —dijo Samuel—. Sabes que eso podría matarle.

Augusta vaciló, pero sólo un segundo.

—No hay otra opción —dijo con firmeza.

Samuel la contempló durante un buen rato.

—Te creo, endemoniada —dijo.

Augusta contuvo la respiración. ¿Cedería Samuel? Tuvo la impresión de que la victoria estaba al alcance de su mano y, en su fantasía, oyó la voz de alguien que anunciaba respetuosamente: «Permítame que les presente a la señora de don Joseph Pilaster... esposa del presidente del consejo del Banco Pilaster...».

Samuel titubeó, para decir al final con evidente desagrado:

—Muy bien. Diré a los demás que no deseo ser presidente del consejo cuando mi padre se retire.

Augusta reprimió una sonrisa de triunfo. Había ganado. Emprendió la retirada para ocultar su júbilo.

—Disfruta de tu victoria —dijo Samuel amargamente—. Pero no olvides, Augusta, que todos tenemos algún secreto... incluso tú. Algún día alguien utilizará de esta misma forma tus secretos en contra tuya, y entonces te acordarás de lo que me hiciste.

Augusta se desconcertó. ¿A qué se refería? Sin ninguna razón que lo justificara en absoluto, la imagen de Micky Miranda acudió a su mente, pero la apartó automáticamente.

—No tengo secretos de los que avergonzarme —aseguró.

—¿De veras?

—No —insistió Augusta, pero le preocupó la confianza de Samuel.

Samuel Pilaster le dirigió una torva y extraña mirada.

—Ayer fue a verme un joven abogado que atiende por el nombre de David Middleton.

Durante unos segundos, Augusta no entendió a dónde quería ir a parar.

—¿Tengo que conocerle? —El nombre le resultaba perturbadoramente familiar.

—Le viste una vez, hace siete años, en una audiencia.

Augusta sintió un frío repentino. Middleton: aquel chico que se ahogó se llamaba así.

—David Middleton cree que a su hermano Peter lo mató... Edward —dijo Samuel.

Unos desesperados deseos de sentarse abrumaron a Augusta, pero se negó a conceder a Samuel la alegría de verla preocupada.

—¿Por qué trata de buscar complicaciones ahora, al cabo de siete años?

—Me dijo que aquella investigación nunca le dejó satisfecho, pero que guardó silencio para no acongojar más a sus padres. Sin embargo, su madre murió poco después que Peter y su padre ha fallecido este año.

—¿Por qué ha acudido a ti y no a mí?

—Es socio de mi club. Sea como fuere, ha releído las actas de la audiencia y dice que hubo varios testigos oculares a los que no se citó para que prestasen declaración.

Desde luego, los hubo, pensó Augusta preocupada. Estaban el entrometido Hugh, un muchacho suramericano que se llamaba Tony o algo así y una tercera persona a la que no se identificó nunca. Si David Middleton conseguía hablar con alguno de ellos, era posible que saliera a relucir toda la historia.

Samuel parecía pensativo.

—Desde mi punto de vista, fue una pena que el juez de instrucción formulase aquellos comentarios acerca del heroísmo de Edward. Despertaron el recelo de la gente. Todos hubieran creído que Edward permanecería inmóvil en el borde del estanque, temblando de nerviosismo mientras un chico se ahogaba. Cuantos le conocen saben perfectamente que sería incapaz de cruzar la calle para ayudar a alguien, y mucho menos de zambullirse en una alberca para rescatar a un muchacho en peligro de ahogarse.

Aquella forma de hablar era auténtica inmundicia y, además, insultante.

—¡Cómo te atreves! —exclamó Augusta, pero le resultó imposible poner en su voz el acostumbrado tono autoritario.

Samuel hizo caso omiso de su protesta.

—Los alumnos no creyeron aquella versión. David había estudiado en aquel mismo colegio unos años antes y conocía a muchos de los chicos mayores. Cuando habló con ellos, sus sospechas aumentaron.

—Toda esa idea es absurda.

—Middleton es un individuo luchador, como todos los abogados —dijo Samuel, prescindiendo de la opinión de Augusta—. No va a dejar las cosas como están.

—No me asusta lo más mínimo.

—Eso está bien, porque tengo la certeza de que no vas a tardar mucho en recibir su visita. —Se encaminó hacia la puerta—. No me quedaré a tomar el té. Buenas tardes, Augusta.

La mujer se dejó caer pesadamente en un sofá. Aquello no lo había previsto... ¿cómo iba a preverlo? Su triunfo sobre Samuel quedaba reducido a la nada. Aquel viejo asunto volvía a salir a la superficie, siete años después, ¡cuando debía estar completamente olvidado! Experimentaba un profundo pánico por Edward. No soportaría que al muchacho le sucediera algo malo. Se agarró la cabeza para interrumpir el dolor que la aquejaba. ¿Qué podría hacer?

Entró Hastead, el mayordomo, seguido por dos doncellas con bandejas en las que llevaban té y pastas.

—¿Da usted su permiso, señora? —preguntó el mayordomo con su acento galés.

Los ojos de Hastead parecían mirar en distintas direcciones, y la gente nunca estaba muy segura del punto sobre el que concentraba la vista. Era algo que, al principio, desconcertaba, pero Augusta ya se había acostumbrado. Inclinó la cabeza afirmativamente.

—Gracias, señora —dijo Hastead, y procedió a disponer la porcelana.

Disfrutar de los modales obsequiosos de Hastead y observar a las criadas mientras cumplían las indicaciones del mayordomo a veces tranquilizaba a Augusta; pero en aquella ocasión no funcionó. Se puso en pie y anduvo hacia la puerta cristalera. El soleado jardín tampoco calmó su nerviosismo. ¿Cómo iba a parar los pies a David Middleton?

Seguía atormentándose con el problema cuando llegó Micky Miranda.

Se alegró de verle. Su aspecto era tan atractivo como siempre, con su chaqueta negra, sus pantalones a rayas, el cuello duro inmaculado, la corbata de seda negra anudada al cuello. Micky se percató de que algo la angustiaba y se mostró automáticamente simpático. Cruzó la estancia con la gracia y agilidad de un felino de la selva y su voz sonó como una caricia.

—Señora Pilaster, ¿qué es lo que la inquieta?

Augusta agradeció que Micky fuese el primero en llegar. Le cogió por los brazos.

—Ha ocurrido algo espantoso.

Las manos del muchacho descansaron sobre el talle de Augusta, como si estuvieran bailando, y ella experimentó un estremecimiento de placer cuando las puntas de los dedos de Micky le apretaron las caderas.

—No se preocupe —dijo el muchacho tranquilizadoramente—. Cuénteme lo que sucede.

Augusta empezó a calmarse. En momentos como aquél, su afecto por Micky aumentaba de modo inmenso. Le recordaba lo que había sentido hacia el joven conde de Strang cuando ella era una adolescente. Micky le recordaba mucho al conde de Strang: su porte, su consideración, su atractivo físico, sus prendas elegantes y, sobre todo, la forma en que se movía, la flexibilidad de sus piernas y la perfectamente engrasada maquinaria de su cuerpo. Strang era rubio e inglés, en tanto que Micky era moreno y latino, pero ambos tenían la habilidad de hacerla sentirse enormemente femenina. Deseó atraer hacia sí el cuerpo de Micky y apoyar la mejilla sobre el hombro del muchacho...

Se percató de que las doncellas no le quitaban ojo, y comprendió que resultaba ligeramente indecoroso que Micky estuviese allí con ambas manos sobre las caderas de la señora. Se apartó de él, le cogió del brazo y le condujo a través de la puerta cristalera hacia el jardín, donde estarían lejos del alcance de los oídos de la servidumbre. El aire era cálido y fragante. Se sentaron muy juntos en un banco de madera, a la sombra, y Augusta se volvió de lado para mirarle. Anhelaba cogerle la mano, pero eso hubiera sido incorrecto.

—He visto marcharse a Samuel —dijo Micky—. ¿Tiene él algo que ver con esto?

Augusta habló en voz queda y Micky se inclinó un poco más sobre ella, para oír lo que decía. Se puso tan cerca que Augusta habría podido besarle casi sin mover la cabeza.

—Ha venido a informarme de que no pretende ocupar el cargo de presidente del consejo.

—¡Buena noticia!

—Sí. Eso significa que, desde luego, el puesto va a ser para mi marido.

—Y mi padre podrá tener sus rifles.

—En cuanto Seth se retire.

—¡Es demencial el modo en que Seth se mantiene aferrado a su puesto! —exclamó Micky—. Mi padre no deja de preguntarme cuándo llegará la hora.

Augusta conocía el motivo de la preocupación de Micky: al joven le asustaba la posibilidad de que su padre le obligase a regresar a Córdoba.

—No concibo que Seth pueda durar mucho —dijo la mujer para animarle.

Micky la miró a los ojos.

—Pero no es eso lo que la mortifica a usted.

—No. Es aquel desdichado chico que se ahogó en vuestro colegio: Peter Middleton. Samuel me ha dicho que su hermano, el jurisconsulto, ha empezado a hacer preguntas.

Se oscureció el guapo rostro de Micky.

—¿Después de tantos años?

—Según parece, guardó silencio para no intranquilizar a sus padres, pero ahora han muerto ya.

Micky frunció el entrecejo.

—¿Es muy grave el problema?

—Puede que lo sepas mejor que yo —titubeó Augusta. Era un interrogante que tenía que plantear, pero le asustaba la respuesta. Se armó de valor—. Micky... ¿crees que Edward tuvo la culpa de que aquel chico muriese?

—Pues...

—¡Sí o no! —exigió la mujer.

Micky hizo una pausa, antes de decir:

—Sí.

Augusta cerró los ojos. «Teddy de mi alma —pensó—, ¿por qué lo hiciste?»

—Peter era muy mal nadador —explicó Micky en voz baja—. Edward no lo ahogó, pero sí le dejó sin fuerzas. Peter estaba vivo cuando Edward dejó de atosigarle para salir en persecución de Tonio. Pero creo que Peter estaba demasiado débil para nadar hasta la orilla y se ahogó cuando nadie miraba.

—Teddy no quiso matarlo.

—Claro que no.

—Sólo eran bromas de estudiantes.

—Edward no pretendía hacerle ningún daño serio.

—Entonces no es asesinato.

—Me temo que sí —dijo Micky en tono grave, y a Augusta se le heló el corazón—. Si un ladrón tira a un hombre al suelo, sólo con intención de robarle, pero el hombre sufre en ese momento un ataque cardíaco y fallece, el ladrón es culpable de asesinato, aunque no pretendiera matarlo.

—¿Cómo lo sabes?

—Se lo consulté a un abogado, hace años.

—¿Por qué?

—Quería conocer la situación de Edward.

Augusta hundió el rostro entre las manos. Era peor de lo que había imaginado.

Micky le apartó las manos de la cara y se las besó por turno. Había tanta ternura en aquel gesto que la mujer sintió deseos de llorar.

Micky le retuvo las manos mientras decía:

—Ninguna persona razonable acosaría a Edward por algo que sucedió cuando era niño.

—¿Pero es David Middleton una persona razonable? —se exaltó Augusta.

—Quizá no. Parece haber estado alimentando esa obsesión a lo largo de los años. Dios no quiera que su insistencia le conduzca a la verdad.

Augusta se estremeció al imaginar las consecuencias. Estallaría un escándalo; la prensa sensacionalista publicaría titulares como: el vergonzoso secreto del heredero de un banco; la policía intervendría en el asunto; juzgarían al pobre Teddy; y si le declaraban culpable...

—¡Es demasiado terrible para imaginarlo! —murmuró.

—Entonces tenemos que hacer algo.

Augusta le apretó las manos, luego se las soltó y consideró la situación. Tenía que afrontar el problema en toda su magnitud. Había visto proyectarse la sombra del patíbulo sobre su único hijo. Era hora de dejar de atormentarse y entrar en acción. Gracias a Dios, Edward tenía en Micky un amigo de verdad.

—Debemos asegurarnos de que las investigaciones de Middleton no le llevan a ninguna parte. ¿Cuántas personas están enteradas de la verdad?

—Seis —respondió Micky al instante—. Nosotros tres, usted, Edward y yo, no vamos a decir nada. Luego está Hugh.

—No se encontraba allí cuando aquel chico murió.

—No, pero quizá vio lo suficiente como para saber que la historia que le contamos al juez de instrucción era falsa. Y la circunstancia de que mintiésemos nos hace parecer culpables.

—En ese caso, Hugh es un problema. ¿Y los otros?

—Tonio Silva lo presenció todo.

—En aquellas fechas no dijo nada.

—Entonces me tenía demasiado miedo. Pero dudo mucho de que ahora me lo tenga.

—¿Y el sexto?

—Nunca supimos quién era. No le vi la cara aquel día y luego no se presentó en ningún momento. Me temo que, respecto a él, no podemos hacer nada. Sin embargo, aunque alguien conozca su identidad, no creo que represente peligro alguno para nosotros.

Augusta notó un nuevo escalofrío de miedo: no estaba segura de eso.

Siempre existía el peligro de que un testigo desconocido apareciera de repente. Aunque Micky tenía razón al afirmar que no podría hacer nada.

—Son, pues, dos personas con las que podemos tratar: Hugh y Tonio.

Se produjo un meditativo silencio.

Augusta pensó que ya no era posible seguir considerando a Hugh una molestia de menor cuantía. Sus ideas y su entusiasmo laboral le estaban proporcionando bastante prestigio en el banco, y comparado con él, Teddy parecía una hormiguita diligente, pero lenta. Augusta se las había ingeniado para sabotear el posible noviazgo de Hugh y lady Florence Stalworthy. Pero Hugh constituía ahora una amenaza para Teddy mucho más seria. Habría que hacer algo respecto a él. Pero ¿qué? Aunque de segunda clase, también era un Pilaster. Se estrujó el cerebro, pero no se le ocurrió nada.

—Tonio tiene un punto débil —dijo Micky pensativamente.

—¿Ah, sí?

—Juega, pero se le da muy mal. Apuesta más alto de lo que puede permitirse... y pierde.

—Quizá puedas preparar una partida.

—Quizá.

Por la mente de Augusta cruzó la idea de que Micky sabía hacer trampas jugando a las cartas. Sin embargo, no era posible preguntárselo: tal sugerencia sería mortalmente insultante para un caballero.

—Puede ser caro —dijo Micky—. ¿Me respaldaría?

—¿Cuánto te puede hacer falta?

—Cien libras esterlinas, me temo.

Augusta no vaciló: estaba en juego la vida de Teddy.

—Muy bien —aceptó. Oyó voces en la casa: empezaban a llegar los otros invitados al té. Se levantó—: No sé cómo hay que tratar con Hugh —adelantó en tono preocupado—. Tendré que reflexionar sobre ello. Debemos entrar ya en la casa.

Su hermana política, Madeleine, estaba allí y empezó a hablar en cuanto franquearon el umbral.

—Esa modista me va a conducir a la bebida, dos horas para hilvanar un dobladillo, no tengo tiempo ni para tomar una taza de té; ah, conseguiste otro de esos celestiales pasteles de almendra, pero, Dios mío, ¿verdad que hace un tiempo caluroso?

Augusta dio un apretón de complicidad en la mano a Micky y se sentó para servir el té.

IV

AGOSTO

1

Reinaba en Londres un pegajoso calor de puro bochorno y sus habitantes anhelaban aire fresco y campos abiertos. El día primero de agosto, todo el mundo fue a las carreras de Goodwood.

Viajaban en trenes especiales que partían de la Estación Victoria, en el sur de Londres. Las divisiones de la sociedad británica se reflejaban escrupulosamente en el sistema de transporte: la alta sociedad iba en los lujosamente tapizados vagones de primera clase; los comerciantes y maestros de escuela ocupaban los repletos pero cómodos coches de segunda; los obreros fabriles y los empleados del servicio doméstico se apiñaban en los duros bancos de madera de la tercera clase. Al apearse del tren, la aristocracia tomaba coches de punto, la clase media abordaba autobuses tirados por caballerías y los trabajadores marchaban a pie. Trenes anteriores se habían encargado ya de trasladar las vituallas de los ricos: innumerables cestas transportadas a hombros de fornidos y jóvenes lacayos, llenas de vajilla de porcelana y mantelería de hilo, pollo guisado y pepinos, champán y melocotones de invernadero. Para los menos adinerados se instalaban puestos de venta de salchichas, mariscos y cerveza. Los pobres llevaban pan y queso envuelto en pañuelos de hierbas.

Maisie Robinson y April Tilsley acompañaban a Solly Greenbourne y Tonio Silva. Su posición en la escala social era incierta. Solly y Tonio pertenecían, evidentemente, a la primera clase, pero Maisie y April deberían haber viajado en tercera. Solly se comprometió a adquirir billetes de segunda y para ir de la estación al hipódromo tomaron el autobús de caballos.

Sin embargo, a Solly le encantaban demasiado sus manjares como para comer lo que vendían en los puestos, de modo que había enviado por delante a cuatro sirvientes con un opíparo yantar a base de salmón frío y vino blanco en hielo. Extendieron sobre el suelo un mantel blanco como la nieve y tomaron asiento alrededor del mismo, encima de la mullida hierba. Maisie ponía en la boca de Solly las exquisiteces que tanto le gustaban. La muchacha se sentía cada vez más atraída por aquel chico. Era un joven amable con todo el mundo, divertido y de interesante conversación. Su único vicio era la glotonería. Maisie aún no le había dejado pasar a mayores, pero cuanto más reacia se mostraba ella a permitirle propasarse, mayor era el fervor amoroso de Solly.

Las carreras empezaban después del almuerzo. Había cerca un corredor que, de pie en un palco, voceaba las apuestas. Vestía un llamativo traje a cuadros, corbata de seda que ondulaba al viento, ramillete de flores en el ojal y sombrero blanco. Colgada del hombro llevaba una cartera de cuero llena de efectivo y sobre su cabeza había una cartera que rezaba: «William Tucker, King's Head, Chichester».

Tonio y Solly apostaban en cada prueba. Maisie se aburría: si no se jugaba, una carrera de caballos era igual a otra. April no estaba dispuesta a separarse de Tonio, pero Maisie decidió dejar a los otros un rato y echar un vistazo por las proximidades.

Los caballos no constituían la única atracción. Los alrededores del hipódromo estaban atestados de tenderetes, puestos y carros. Había casetas de juego, barracas con fenómenos de feria y numerosas gitanas de piel oscura, con la cabeza cubierta por pañuelos de colores chillones, que decían la buenaventura. También se veía a vendedores de ginebra, sidra, pasteles de carne, naranjas y biblias. Los organillos y bandas de música competían entre sí y, entre la muchedumbre de peatones que circulaban por aquel maremágnum, prestidigitadores, malabaristas y acróbatas realizaban sus números y pedían peniques, al igual que los perros bailarines, los hombres que iban en zancos y los enanos y gigantes. Aquella atmósfera de bullicioso carnaval le recordó a Maisie el ambiente del circo y un destello de nostalgia le hizo lamentar haber abandonado aquella vida. Los artistas recaudaban como podían el dinero que el público les arrojaba y el corazón de la muchacha se enterneció al observar el éxito de los protagonistas.

Maisie se daba cuenta de que debía sacarle más partido a Solly. Era absurdo salir con uno de los hombres más ricos del mundo y vivir en una habitación del Soho. A aquellas alturas ya debía lucir diamantes y pieles y tener el ojo echado a alguna casita de los suburbios residenciales de St. John's Wood o de Clapham. Su empleo de amazona de los caballos de Sammles no iba a durarle mucho: la temporada de Londres se acercaba a su término y la gente con posibilidades económicas para comprar caballos empezaba a trasladarse al campo. Así que no iba a seguir conformándose con que Solly se limitara a regalarle flores y nada más. Eso ponía frenética a April.

Pasó por delante de una gran carpa. A la entrada de la misma, había dos muchachas ataviadas como corredores de apuestas, mientras un hombre vestido con traje negro gritaba:

—¡La única carrera cierta que se desarrolla hoy en Goodwood es la llegada del Día del Juicio! ¡Apuesta por la fe en Jesucristo y ganarás la vida eterna!

El interior parecía fresco y sombrío. Maisie entró, obedeciendo a un impulso. La mayoría de las personas que ocupaban los bancos parecían ser ya devotos conversos. Maisie tomó asiento cerca de la salida y cogió un cantoral.

Comprendió por qué en los concursos hípicos la gente se congregaba en capillas y se ponía a rezar. Eso les daba la impresión de que pertenecían a algo. El sentimiento de esa pertenencia era la verdadera tentación que Solly representaba para ella: no tanto los diamantes y las pieles como la perspectiva de ser la amante de Solly Greenbourne, con una residencia en la que vivir, unos ingresos regulares y una posición en el esquema general. No era una posición respetable, ni permanente —el asunto concluiría en el instante en que Solly se cansara de ella—, pero sí era mucho más de lo que tenía en aquellos momentos.

La feligresía se puso en pie para entonar un himno. La letra hablaba de un baño en la sangre del cordero y Maisie se sintió mal. Salió de la tienda.

Pasó por delante de un teatrillo de títeres cuando la función alcanzaba su punto culminante, justo en el preciso segundo en que la estaca enarbolada por la esposa despedía hacia un lado del pequeño escenario al irascible señor Puñofiero. La muchacha observó al público con ojo experto. Si se llevaba con honestidad, un espectáculo «Puñofiero y Judy» no dejaba mucho beneficio: la mayor parte de los asistentes se marchaban sin soltar una perra y el resto se descolgaba con monedas de medio penique. Pero había otros sistemas para desplumar a los espectadores. Al cabo de un momento localizó en la parte de atrás a un galopín que robaba a un muchacho de chistera. Todo el mundo, salvo Maisie, miraba la función y nadie vio la pequeña y mugrienta mano deslizarse dentro del bolsillo del chaleco del primo.

Maisie no tenía intención de intervenir para nada. Los ricos y los jóvenes despistados merecían quedarse sin sus relojes de bolsillo y, en opinión de la muchacha, los cacos audaces merecían su botín. Pero cuando miró con más atención a la víctima reconoció el cabello negro y los ojos azules de Hugh Pilaster. Recordó que April le había dicho que Hugh no tenía dinero. Perder el reloj era algo que no podía permitirse. Maisie decidió salvarle de su propia negligencia.

Dio un rápido rodeo para situarse detrás del público. El ratero era un andrajoso zagal de pelo pajizo y unos once años, la edad que Maisie tenía cuando se marchó de casa. Tiraba con suavidad de la cadena del reloj de Hugh, que ya asomaba por el borde del bolsillo del chaleco. El auditorio que presenciaba la función prorrumpía en un estallido de risotadas en el momento en que la mano del ladronzuelo se cerraba en torno al reloj.

Maisie le agarró por la muñeca.

El bribón emitió un chillido asustado y forcejeó para liberarse, pero Maisie era demasiado fuerte para él.

—Dámelo y no diré nada —siseó.

El chiquillo vaciló unos segundos. Maisie vio en su sucia cara la guerra que mantenían el miedo y la codicia. Después, una especie de cansina resignación se abatió sobre el chico, que dejó caer al suelo el reloj.

—Lárgate y róbale el reloj a otro —dijo Maisie. Le soltó la muñeca y el chico desapareció en un abrir y cerrar de ojos.

Maisie recogió el reloj. Era una saboneta de oro. Abrió la tapa y comprobó la hora: las tres y diez. En el dorso del reloj figuraba la inscripción:

A Tobias Pilaster
de su amante esposa
Lydia
23 de mayo de 1851

Aquel reloj era un regalo que la madre de Hugh había hecho a su marido, el padre del muchacho. Maisie cerró la tapa y dio un toque a Hugh en el hombro.

Hugh volvió la cabeza, fastidiado por que le distrajeran del espectáculo; al instante, sus brillantes ojos azules se abrieron de par en par, en señal de sorpresa.

—¡Señorita Robinson!

—¿Qué hora es? —preguntó ella.

Hugh se llevó la mano automáticamente hacia el sitio donde debería estar su reloj y encontró el bolsillo vacío.

—Qué extraño... —Miró a su alrededor, como si se le hubiera podido caer—. Espero que no lo haya...

Maisie se lo puso ante los ojos.

—¡Por todos los santos! —exclamó Hugh—. ¿Cómo rayos lo encontró?

—Vi que se lo robaban y lo rescaté.

—¿Dónde está el ladrón?

—Lo dejé marchar. No era más que un chiquillo insignificante.

—Pero... —estaba anonadado por la perplejidad.

—Le hubiera dejado marcharse con el reloj, pero sé que usted no puede comprarse otro.

—No lo dice en serio.

—Claro que sí. De niña, yo también solía robar, siempre que estaba segura de que no me iban a coger.

—Qué horror.

Maisie volvió a sentirse fastidiada por aquel tipo. De acuerdo con la forma en que ella veía las cosas, en la actitud de Hugh se apreciaba cierta santurronería mojigata.

—Recuerdo el funeral de su padre. Era un día frío y estaba lloviendo. Su padre murió y dejó dinero a deber a mi padre... Sin embargo, aquel día usted tenía un abrigo y yo no. ¿Era eso justo?

—Lo ignoro —replicó Hugh con repentino enojo—. Yo tenía trece años cuando mi padre fue a la bancarrota... ¿Significa eso que durante toda mi vida he de hacer la vista gorda ante la indignidad?

Maisie se vio cogida por sorpresa. Los hombres no solían hablarle casi nunca en aquel tono, y era la segunda vez que Hugh lo hacía. Pero no quería volver a discutir con él. Le tocó un brazo.

—Lo siento —se disculpó—. No pretendía criticar a su padre. Sólo deseaba que comprendiese los motivos que pueden inducir a un chiquillo a robar.

Hugh se suavizó al momento.

—Y yo no le he dado las gracias por recuperar mi reloj. Fue el regalo de bodas que mi madre le hizo a mi padre, así que su valor sentimental es mucho más precioso que su valor material.

—Y el chico encontrará otro reloj que robar.

Hugh se echó a reír.

—¡No he conocido a nadie como usted! —dijo—. ¿Le apetece una jarra de cerveza? ¡Tengo tanto calor!

Era precisamente lo que Maisie estaba deseando.

—Sí, por favor.

A unos metros de allí se encontraba una carreta de cuatro ruedas cargada de enormes cubas. Hugh adquirió dos jarras de tibia cerveza de malta. Maisie tomó un largo trago; estaba bastante sedienta. Aquella ale inglesa sabía mejor que el vino francés de Solly. En la carreta había un letrero escrito con tiza que advertía: «Márchate con un pote y se te estampará en la cabeza».

Una expresión reflexiva cubrió el rostro de Hugh, normalmente vivaracho, y al cabo de un momento comentó:

—¿Se da cuenta de que los dos fuimos víctimas de la misma catástrofe?

Maisie no se daba cuenta.

—¿Qué quiere decir?

—Hubo una crisis financiera en 1866. Cuando ocurre una cosa así, empresas perfectamente honradas se desploman...

Como cuando cae el caballo de un tronco y arrastra con él a los demás. El negocio de mi padre se fue a pique porque personas que le debían dinero no se lo pagaron; y eso le angustiaba tanto que se quitó la vida, dejando viuda a mi madre y dejándome a mí huérfano a los trece años. Su padre de usted no podía darle de comer porque una persona le debía dinero y no podía pagarle, así que usted se marchó de casa a la edad de once años.

Maisie comprendió la lógica de aquellas palabras, pero su corazón no estaba dispuesto a reconocerlo: llevaba demasiado tiempo odiando a Tobias Pilaster.

—No es igual —protestó—. Los trabajadores no pueden controlar esas cosas, simplemente hacen lo que les mandan. Los amos tienen el poder. Es responsabilidad suya si algo sale mal.

Hugh pareció meditar.

—No sé, tal vez tenga razón. Ciertamente, a la hora de recoger los frutos los amos se llevan la parte del león. Pero estoy seguro de una cosa: amos o trabajadores, a sus hijos no hay que echarles la culpa.

Maisie sonrió.

—Cuesta trabajo creer que hemos encontrado algo en lo que estamos de acuerdo.

Acabaron sus cervezas, devolvieron los recipientes y se acercaron a un tiovivo con caballitos de madera que giraban a unos metros de allí.

—¿Quiere dar unas vueltas? —propuso Hugh.

—No, gracias —sonrió Maisie.

—¿Ha venido sola?

—No, estoy con... unos amigos. —Por alguna razón, no quiso que Hugh supiera que la había llevado allí Solly—. ¿Y usted? ¿Acompaña a su espantosa tía?

—No. —Hugh hizo una mueca—. Los metodistas no aprueban las carreras de caballos... Se horrorizaría si supiese que estoy aquí.

—¿Le quiere mucho?

—Ni pizca.

—Entonces, ¿por qué le permite vivir con ella?

—Le gusta tener a la gente al alcance de su mirada, así puede dominarla mejor.

—¿Le domina a usted?

—Lo intenta. —Hugh sonrió—. A veces, consigo evadirme.

—Debe de ser duro convivir con ella.

—Mis posibilidades económicas no me permiten vivir por mi cuenta. He de tener paciencia y trabajar duro en el banco. Algún día ascenderé y seré independiente. —Volvió a esbozar una sonrisa—. Y entonces podré decirle a mi tía que cierre el pico, como hizo usted.

—Confío en que no le creara dificultades.

—Pues sí, me las creó, pero mereció la pena con tal de ver la cara que puso. En ese momento fue cuando usted empezó a caerme simpática.

—¿Y por eso me invitó a cenar?

—Sí. ¿Por qué rechazó la invitación?

—Porque April me había dicho que usted no tiene un penique a su nombre.

—Tengo lo suficiente para un par de chuletas y un budín de pasas.

—¿Cómo podría una chica resistir tal tentación? —dijo Maisie en tono de burla.

Hugh se echó a reír.

—Salga conmigo esta noche. Iremos al Jardín de Cremorne y bailaremos.

Estuvo a punto de aceptar, pero entonces pensó en Solly y se sintió culpable.

—No, gracias.

—¿Por qué no?

Ella se hizo la misma pregunta. No estaba enamorada de Solly y tampoco recibía dinero de él: ¿por qué, pues, le guardaba fidelidad? «Tengo dieciocho años —pensó—, y si no puedo salir a bailar con un chico que me gusta, ¿para qué vivo?»

—Está bien.

—¿Vendrá?

—Sí.

Hugh sonrió. La muchacha le hacía feliz.

—¿Voy a buscarla a su casa?

Maisie no quería que viese el barrio del Soho donde compartía una habitación con April.

—No. Es mejor que nos citemos en alguna otra parte.

—Muy bien... Quedamos en el muelle de Westminster y tomaremos el vapor de Chelsea.

—¡Sí! —Hacía meses que Maisie no se sentía tan eufórica—. ¿A qué hora?

—¿A las ocho?

Maisie efectuó unos rápidos cálculos mentales. Solly y Tonio se quedarían hasta la última carrera. Luego cogerían el tren de regreso a Londres. En la Estación Victoria, se despediría de Solly e iría a Westminster andando. Pensó que podría hacerlo.

—En el caso de que me retrase, ¿me esperará?

—Toda la noche, si fuera preciso.

Maisie volvió a acordarse de Solly y de nuevo volvió a sentirse culpable.

—Será mejor que ahora vaya a reunirme con mis amigos.

—La acompañaré —se ofreció Hugh muy dispuesto.

La muchacha no lo deseaba.

—Es mejor que no.

—Como quiera.

Maisie alargó el brazo y se estrecharon la mano. Un gesto que parecía extrañamente formal.

—Hasta la noche —se despidió Maisie.

—Allí estaré.

Maisie se alejó, con la sensación de que los ojos del muchacho la seguían. «¿Por qué acepté? —se iba preguntando

177

la joven–. ¿Quiero salir con él? ¿Realmente me gusta ese chico? La primera vez que nos encontramos tuvimos una discusión que estropeó la fiesta y hoy la hubiera armado otra vez si yo no suavizo la tensión. La verdad es que no vamos a llegar a ninguna parte. Ni siquiera conseguiremos bailar juntos. Tal vez sea mejor que no acuda a la cita.»

«Pero tiene unos adorables ojos azules...»

Adoptó la determinación de no pensar más en ello. Había convenido en encontrarse con él y lo cumpliría. Puede que disfrutase y puede que no, pero torturarse por anticipado no servía de nada.

Tendría que inventar un motivo para dejar a Solly. Había esperado que la llevase a cenar. Sin embargo, Solly nunca protestaba, aceptaría cualquier excusa, por inverosímil que fuese. Con todo y con eso, ella trataría de idear algo convincente, ya que le remordía la conciencia cuando abusaba de la bonachona naturaleza del muchacho.

Encontró a los demás en el mismo sitio donde los dejó. Se habían pasado la tarde entera entre la barandilla y el corredor de apuestas del traje a cuadros. A April y Tonio les fulguraban los ojos con alegría triunfal. En cuanto April vio a Maisie, le informó:

–Hemos ganado ciento diez libras... ¿No es maravilloso?

Maisie se sintió feliz por April. Era mucho dinero, ganado a cambio de nada. Estaba felicitándoles todavía cuando apareció Micky Miranda. Caminaba con los pulgares hundidos en los bolsillos de su chaleco color gris perla. A Maisie no le sorprendió verle: todo el mundo iba a Goodwood.

Aunque Micky era asombrosamente guapo, a Maisie no le caía nada bien. Le recordaba al maestro de ceremonias del circo, un sujeto convencido de que todas las mujeres deberían sentir estremecimientos de placer sólo con que él se les insinuara, y que se sentía afrentado en lo más profundo cuando alguna le daba calabazas. Como siempre, Micky llevaba de reata a Edward Pilaster. La relación de ambos despertaba la curiosidad de Maisie. Eran muy distintos: Micky, esbelto, inmaculado, seguro de sí; Edward, grandote, torpón, guarro. ¿Por qué eran tan inseparables? A la mayoría de la gente, sin embargo, le encantaba Micky. Tonio le miraba con una especie de nerviosa veneración, como un perrito mira a un amo cruel.

Detrás de ellos marchaban un hombre mayor y una joven. Micky presentó al hombre como su padre. Maisie le observó con interés. No se parecía en nada a Micky. De estatura más bien baja, tenía las piernas arqueadas, los hombros amplísimos y el rostro curtido por los elementos atmosféricos. A diferencia del hijo, parecía incómodo con su chistera y su cuello duro. La mujer se aferraba a él como una novia, pero era lo menos treinta años más joven que el hombre. Micky la presentó como la señorita Cox.

Charlaron acerca de sus ganancias. Edward y Tonio se habían embolsado una buena suma gracias a un caballo llamado *Príncipe Charlie*. Solly ganó al principio, pero luego lo volvió a perder, lo que no era obstáculo para que pareciese disfrutar tanto como los otros. Micky no dijo cómo le había ido, y Maisie supuso que no había apostado tanto como los demás: parecía una persona demasiado cuidadosa, demasiado calculadora, para ser un jugador arriesgado.

Sin embargo, sus siguientes palabras la sorprendieron.

—Esta noche vamos a tener una partida tipo peso pesado, Greenbourne —le dijo a Solly—, a libra la apuesta mínima. ¿Te unes a la fiesta?

A Maisie le asaltó la idea de que la postura lánguida de Micky ocultaba una considerable tensión. Era un tipo astuto.

Solly siempre estaba dispuesto a participar en lo que fuese.

—Me uno —aceptó.

—¿Tienes inconveniente en juntarte también con nosotros? —Micky se había vuelto hacia Tonio.

Su tono indiferente de lo tomas o lo dejas le sonó a falso a Maisie.

—Cuenta conmigo —manifestó Tonio excitado—. ¡Allí estaré!

April, con expresión molesta, se rebeló:

—Tonio, esta noche no... Me prometiste...

Maisie sospechaba que, si la apuesta mínima era de una libra esterlina, aquello era un lujo que Tonio no podía permitirse.

—¿Qué te prometí? —dijo Tonio, al tiempo que dirigía un guiño a sus amigos.

Ella le susurró algo al oído y todos los hombres soltaron la carcajada.

—Es la partida más importante de la temporada, Silva —manifestó Micky—. Si te la pierdes, lo lamentarás.

Aquello le extrañó a Maisie. En los Salones Argyll tuvo la impresión de que Tonio no le caía simpático a Micky. ¿Por qué se esforzaba tanto ahora en convencerle para que participase en la partida de cartas?

—Hoy es mi día de suerte —declaró Tonio—, ¡mirad cuánto he ganado en las carreras de caballos! Jugaré a las cartas esta noche.

Micky lanzó una mirada a Edward y Maisie captó el alivio que reflejaron los ojos de ambos.

—¿Cenamos todos esta noche en el club? —sugirió Edward.

Solly miró a Maisie y ésta comprendió que acababan de proporcionarle una excusa ideal para no pasar la velada con él.

—Cena con los muchachos, Solly —concedió—. No me importa.

—¿De verdad?

—Sí. He pasado un día estupendo. Diviértete por la noche en tu club.

—Todo arreglado, pues —sentenció Micky.

Se despidieron los cuatro: su padre y él, la señorita Cox y Edward.

Tonio y April se dirigieron a hacer una apuesta para la siguiente carrera. Solly ofreció su brazo a Maisie y propuso:

—¿Paseamos un rato?

Se alejaron bordeando la baranda pintada de blanco que limitaba la pista. El sol era cálido y el aire campestre fragante. Al cabo de un momento, Solly preguntó:

—¿Te gusto, Maisie?

La muchacha se detuvo, se levantó sobre la punta de los pies y le besó en la mejilla.

—Me gustas una barbaridad.

Solly la miró a los ojos y Maisie se desconcertó al ver lágrimas tras los cristales de las gafas del muchacho.

—Solly, querido, ¿qué ocurre?

—Tú también me gustas mucho —dijo él—. Más que ninguna persona que haya conocido en la vida.

—Gracias. —Maisie se conmovió. Era insólito que Solly manifestase una emoción que no fuera suave entusiasmo.

—¿Te casarás conmigo? —preguntó a continuación ansiosamente el muchacho.

Se quedó pasmada. Era lo último que hubiera esperado. Los hombres como Solly no proponían el matrimonio a chicas como ella. Las seducían, les daban dinero, las convertían en amantes e incluso tenían hijos con ellas, pero nunca las desposaban. La dominó tal estupefacción que no pudo decir nada.

—Te proporcionaré cuanto desees —continuó Solly—. Por favor, dime que sí.

¡Casarse con Solly! Maisie se dio cuenta de que sería increíblemente rica por siempre jamás. Una cama blanda todas las noches, lumbre en la chimenea de todas las habitaciones de la casa y tanta y tanta mantequilla como pudiera consumir. Podría levantarse cuando le pareciese bien y no a la hora en que tenía que hacerlo por fuerza. Nunca más volvería a tener frío, ni hambre, ni vestiría prendas raídas, ni se aburriría.

La palabra «sí» le tembló en la punta de la lengua.

Pensó en el minúsculo cuarto de April en el Soho, con su nido de ratones en la pared; en el hedor que despedía el retrete los días calurosos; en las noches en que se acostó sin cenar; en cómo le dolían los pies por la noche, tras patear las calles durante toda la jornada.

Miró a Solly. ¿Resultaría excesivamente duro casarse con aquel hombre?

—¡Te quiero tanto! —dijo Solly—. Estoy desesperado por ti.

Desde luego, la quería, Maisie no albergaba duda alguna.

Y eso era lo malo.

Ella no le amaba.

Solly merecía algo mejor. Merecía una esposa que realmente le quisiese, no una golfilla aventurera con ganas de pescar marido rico. Si se casara con él, le estaría estafando. Y Solly era demasiado buenazo para eso.

Se sintió muy próxima al llanto.

—Eres el hombre más bondadoso y más amable con quien me he tropezado jamás...

—Por favor, no me digas que no —la interrumpió—. Si no puedes decir que sí, no digas nada. Piénsalo, aunque sólo sea un día, o acaso un poco más.

Maisie suspiró. Se daba perfecta cuenta de que tenía que rechazarlo y que sería más sencillo hacerlo inmediatamente, en aquel instante. Pero Solly imploraba...

—Lo pensaré —dijo Maisie.

En los labios de Solly apareció una sonrisa radiante.

—Gracias.

La muchacha movió la cabeza tristemente.

—Pase lo que pase, Solly, creo que jamás se me declarará un hombre mejor que tú.

2

Hugh y Maisie tomaron el billete barato del vapor de recreo que hacía el trayecto entre el muelle de Westminster y Chelsea. La noche era cálida y clara, y por el fangoso río se ajetreaban, como cascarones de nuez, barcos, gabarras y transbordadores. Navegaron corriente arriba, pasaron bajo el nuevo puente ferroviario construido para la Estación Victoria, se deslizaron por delante del hospital de Christopher Wren, de Chelsea, en la ribera norte, y dejaron atrás los floridos prados de Battersea, en la orilla sur, tradicional campo de duelo londinense. El puente de Battersea era una destartalada estructura de madera que parecía lista para derrumbarse. En el extremo meridional se encontraban las factorías químicas, pero al otro lado las preciosas casitas de campo se arracimaban alrededor de la iglesia vieja de Chelsea, y en las aguas poco profundas se zambullían chiquillos desnudos.

Desembarcaron a cosa de kilómetro y medio más allá del puente y subieron por el malecón hacia la magnífica puerta dorada de los Jardines de Cremorne. Los jardines los constituían casi cinco hectáreas de arboledas y grutas, praderas y macizos de flores, sotos y helechales, entre el río y King's Road. Estaba oscuro cuando llegaron y en las ramas de los árboles resplandecían farolillos chinos, cuya luz acompañaba a la de las farolas de gas encendidas a lo largo de los sinuosos senderos del parque. El lugar estaba muy concurrido: muchos de los jóvenes que asistieron a las carreras de caballos habían decidido acabar el día allí. Todo el mundo iba de veintiún botones y deambulaba indolentemente por los jardines, entre risas y coqueteos, las chicas de dos en dos, los muchachos en grupos más nutridos, las parejas cogidas del brazo.

Había sido un día precioso, cálido, despejado, lleno de sol, pero la noche, bochornosa, dejaba oír una amenaza de tormenta mediante intermitentes truenos. Hugh se sintió en seguida nervioso y regocijado. Le estremecía llevar a Maisie del brazo, pero le dominaba la insegura sensación de que desconocía las reglas del juego que estaba desarrollando. ¿Qué esperaba de él la muchacha? ¿Le permitiría besarla? ¿Le iba a dejar hacer todo lo que él quisiera? Anhelaba tocarla, acariciar su cuerpo, pero no sabía por dónde empezar. ¿Esperaría de él que llegase a todo? Estaba loco por hacerlo, pero era la primera vez que se encontraba frente a tal posibilidad y temía ponerse en ridículo. Los empleados del Banco Pilaster hablaban mucho de guayabos, de chicas fáciles y de lo que harían y no harían, pero Hugh sospechaba que la mayor parte de su cháchara era pura fanfarronería. De cualquier modo, a Maisie no se le podía tratar como a una de aquellas chicas casquivanas. Era más complicada que todo eso.

También le preocupaba un poco la posibilidad de que le viera algún conocido. Su familia reprobaría con todas sus fuerzas la conducta de Hugh Pilaster. El Jardín de Cremorne no sólo era un lugar propio de personas de clase inferior; en opinión de los metodistas también estimulaba la inmoralidad. Si le encontraba allí, seguro que Augusta lo utilizaría en su contra. Una cosa era que Edward llevase mujeres licenciosas a sitios de mala reputación: era el hijo y heredero. Pero en el caso de Hugh era muy distinto, carecía de dinero, su educación dejaba mucho que desear y se esperaba que fuese un fracasado como su padre: dirían que los jardines donde reinaba el placer impúdico representaban su hábitat natural y que el medio ambiente que le correspondía era el de los empleados, los artesanos y las chicas como Maisie.

Hugh se encontraba en un punto crítico de su carrera. Tenía al alcance de la mano el ascenso a la categoría de corresponsal, con un salario de ciento cincuenta libras esterlinas anuales, más del doble de lo que cobraba en aquellos momentos... y un testimonio que le atribuyera un comportamiento disoluto podía poner en peligro esa promoción.

Miró inquieto a los hombres que paseaban por los serpenteantes caminos, entre los cuadros de flores, temeroso de reconocer a alguno. Entre ellos no faltaban los pertenecientes a las capas altas de la sociedad, ni los que llevaban del brazo a apetecibles jovencitas; pero todos eludían la mirada de Hugh y éste comprendió que también sentían la misma aprensión que él a que les vieran allí. Llegó a la conclusión de que, si veía a alguien conocido, y viceversa, los que le reconociesen probablemente serían lo bastante listos como para mantener la boca cerrada; eso le tranquilizó.

Se enorgullecía de Maisie. Llevaba un vestido de color verdeazul y escote generoso, con polisón, y sombrero de marinero garbosamente dispuesto sobre la cabellera, peinada hacia arriba. Atraía sobre sí infinidad de miradas de admiración.

Pasaron por delante de un teatro de ballet, de un circo oriental, de un campo de bolos americano y de varias casetas de tiro al blanco. Luego fueron a cenar a un restaurante. Era una experiencia nueva para Hugh. Aunque los restaurantes eran cada vez más corrientes, su clientela la constituían, por regla general, personas de clase media: a las de clase alta aún no les gustaba la idea de comer en público. Los jóvenes como Edward y Micky lo hacían a menudo, pero entonces se consideraban un tanto sórdidos y, en realidad, sólo se atrevían cuando andaban a la búsqueda de muchachas fáciles o cuando ya estaban en compañía de las mismas.

Durante toda la cena, Hugh se esforzó por apartar de su pensamiento los pechos de Maisie. La parte superior de aquellos senos asomaba voluptuosamente por encima del escote del vestido: la carne era muy blanca, salpicada de pecas. Sólo una vez había visto Hugh unas tetas desnudas, en el burdel de Nellie, unas semanas antes. Pero nunca había tocado ningún pecho femenino. ¿Eran firmes, como músculos, o blandos? Cuando una mujer se quitaba el corsé, ¿sus tetas se movían al ritmo de los andares o permanecían rígidas? Si uno las tocaba, ¿cedían a la presión de la mano o se mostraban duras como rótulas? ¿Le permitiría Maisie tocárselas? A veces, incluso había pensado en besárselas, como aquel hombre del prostíbulo besó las de la puta, pero ése era un deseo secreto del que se avergonzaba. A decir verdad, se avergonzaba vagamente de todas aquellas ideas. Le parecía animalesco estar sentado junto a una mujer y pensar continuamente en su cuerpo desnudo, como si de ella no le importase nada más, como si sólo deseara utilizarla. Sin embargo, no podía evitarlo, y mucho menos en el caso de Maisie, que era tan atractiva.

Mientras comían, en otra zona de los jardines estallaba el fulgurante colorido de unos fuegos artificiales. Las explosiones y centelleos alteraban a los leones y tigres de la casa de fieras, que lanzaban al aire sus rugidos de protesta. Hugh recordó que Maisie había trabajado en un circo y le preguntó cómo era.

—Cuando uno convive íntimamente con las personas, llega a conocerlas a fondo —dijo Maisie en tono pensativo—. Lo que es bueno en algunos aspectos, y malo en otros. Unos se ayudan a otros continuamente. Hay aventuras amorosas, riñas, a veces peleas a brazo partido... En los tres años que estuve en el circo se cometieron tres asesinatos.

—Cielo santo.

—Y nunca puedes confiar en el dinero.

—¿Por qué?

—Cuando la gente se ve obligada a ahorrar, lo primero que suprime son los espectáculos de diversión.

—Nunca se me ocurrió pensarlo. Debo tener presente que bajo ninguna circunstancia debo invertir fondos del banco en el negocio del espectáculo.

Maisie sonrió.

186

—¿Siempre está pensando en las finanzas?

«No —se dijo Hugh— siempre estoy pensando en tus pechos.»

—Ha de comprender —explicó—, que soy hijo de la oveja negra de la familia. De la actividad bancaria sé más que todos los muchachos jóvenes de la familia, pero tengo que esforzarme el doble para demostrar mi valía.

—¿Por qué es tan importante demostrar su valía?

«Buena pregunta», pensó Hugh. Meditó sobre ella. Al cabo de un momento dijo:

—Siempre he sido así, me parece. En el colegio, tenía que estar en los primeros puestos de la clase. Y el fracaso de mi padre lo empeoró: todo el mundo cree que voy a seguir el mismo camino, y he de demostrarles que se equivocan.

—En cierto modo, siento lo mismo, ¿sabe? De ninguna manera pienso llevar la misma vida que llevó mi madre, siempre en el filo de la miseria. Voy a ser rica, sin importarme lo que tenga que hacer para conseguirlo.

Hugh puso en su voz toda la suavidad diplomática que pudo al preguntar:

—¿Por eso sale con Solly?

Maisie frunció el ceño, y durante unos segundos Hugh pensó que iba a montar en cólera, pero el posible enojo pasó y la muchacha sonrió irónicamente.

—Supongo que ésa es una pregunta franca. Por si le interesa saber la verdad, no me enorgullezco de mi relación con Solly. Le he defraudado con respecto a ciertas... esperanzas.

Hugh se sorprendió. ¿Significaba eso que había llegado a todo con Solly?

—Parece que le gusta.

—Y él me gusta a mí. Pero no es camaradería lo que quiere, nunca lo fue, y eso es algo que siempre supe.

—Entiendo lo que quiere decir.

Hugh decidió que Maisie no se había acostado con Solly, lo cual significaba que posiblemente no estaría dispuesta a hacerlo con él. Se sintió decepcionado y aliviado: decepcionado porque la deseaba con todos los sentidos, aliviado porque ese apetito carnal le ponía muy nervioso.

–Parece muy contento por algo –observó Maisie.

–Supongo que me alegra saber que usted y Solly no son más que camaradas.

La muchacha pareció entristecerse un poco y Hugh se preguntó si no habría dicho algo inconveniente.

Pagó la cena. Era muy cara, pero llevaba consigo el dinero que tenía ahorrado para un traje, diecinueve chelines, así que disponía de efectivo de sobra. Cuando salieron del restaurante, los que deambulaban por los jardines parecían más jaraneros y alborotadores que antes, sin duda porque en el ínterin habían consumido cuantiosas dosis de cerveza y ginebra.

Llegaron a un baile. Bailar era algo en lo que Hugh se sentía seguro: la danza era la única asignatura que le habían enseñado bien en la Academia de Folkestone para Hijos de Caballeros.

Condujo a Maisie a la pista y la tomó en sus brazos por primera vez. Le hormiguearon las yemas de los dedos cuando su mano derecha se apoyó en la parte inferior de la espalda de la muchacha, inmediatamente encima del polisón. A través de la tela del vestido le llegó el calor del cuerpo de Maisie. Cogió con la izquierda la mano de la joven y ella se la apretó breve y ligeramente: una sensación que le estremeció.

Al término de la primera pieza, sonrió a Maisie, muy complacido, y ante su sorpresa la joven alzó la mano y le rozó los labios con la punta de un dedo.

–Me gustas cuando sonríes –le tuteó–. ¡Pones una cara tan infantil!

«Infantil» no era precisamente la impresión que intentaba dar, pero en aquel punto, cualquier cosa que a ella le gustara a él le parecía bien.

Bailaron de nuevo. Formaban buena pareja: aunque Maisie era bajita, Hugh sólo le sacaba unos centímetros, y ambos tenían los pies ligeros. Hugh había bailado con docenas de chicas, por no decir centenares, pero nunca había disfrutado tanto. Tenía la impresión de que acababa de descubrir la deliciosa experiencia de tener una mujer junto a su cuerpo, una muchacha que se movía y giraba al compás de la música, ejecutando, en armonía con él, complicados pasos de baile.

—¿Estás cansada? —le preguntó al concluir la pieza.

—¡Claro que no!

Volvieron a bailar.

En las fiestas de sociedad era de mala educación bailar con la misma muchacha más de dos piezas. Uno tenía que sacarla de la pista y ofrecerse para llevarle una copa de champaña o un sorbete. Hugh siempre se había burlado de tales reglas y ahora se sentía jubilosamente liberado, al no ser más que un cliente anónimo en aquel baile público.

Continuaron en el baile hasta la medianoche, cuando se interrumpió la música.

Todas las parejas que ocupaban la pista se diseminaron por los senderos de los jardines. Hugh observó que muchos hombres mantenían los brazos alrededor de su pareja, aunque ya no bailaban, así que, no sin cierta agitación interior, hizo lo propio. A Maisie no pareció importarle.

El regocijo empezó a salirse de madre. Al borde de las veredas, de trecho en trecho, había pequeñas cabinas, como palcos de la ópera, donde la gente podía sentarse, comer algo y contemplar el paso de la multitud que circulaba por allí. Grupos de estudiantes sin graduar, borrachos ya, habían alquilado algunas de aquellas cabinas. Pasó por delante de Hugh un peatón con la chistera cómicamente ladeada en la cabeza, y el mismo Hugh tuvo que agacharse de pronto para esquivar una rebanada de pan que surcó el aire volando hacia él. Acercó más a Maisie contra su cuerpo, protectoramente, y le encantó notar que la joven le pasaba el brazo alrededor de la cintura y le apretaba.

A unos pasos del camino principal se encontraban numerosos emparrados y bosquecillos sumidos en la sombra. Hugh a duras penas podía vislumbrar las formas de parejas sentadas en los bancos de madera, pero no estaba seguro de si sus componentes estaban abrazados o sólo sentados uno junto al otro. Se sorprendió cuando la pareja que marchaba delante de ellos se detuvo para besarse apasionadamente en mitad del sendero. Adelantó a la pareja, rodeándola mientras llevaba a Maisie aún cogida, y se sintió violento. Pero al cabo de un rato superó la sensación de incomodidad y empezó a excitarse. Unos minutos después, pasaron junto a otra pareja abrazada. Hugh captó la mirada de Maisie, la muchacha le sonrió y tuvo la certeza de que era un gesto de ánimo. Fuera como fuese, no consiguió reunir el valor preciso para lanzarse y besarla.

El ambiente de los jardines se tornaba cada vez más bullanguero. Tuvieron que dar un rodeo en torno a una pelotera en la que seis o siete hombres, que voceaban con la lengua estropajosa de los borrachos, asestaban golpes y puñetazos a otro. Hugh se percató de que paseaban por allí cierto número de mujeres solas, y se preguntó si serían prostitutas. La atmósfera era cada vez más ominosa y consideró que sería necesario proteger a Maisie.

Entonces apareció un grupo de treinta o cuarenta jóvenes que llegaban a la carga y dedicaban sus entusiasmos a quitar de la cabeza los sombreros masculinos, apartar a empujones a las mujeres y derribar sobre el suelo a los hombres. No había forma de evitar su embestida: avanzaban desplegados a lo ancho del camino y a través del césped de los lados. Hugh reaccionó con rapidez. Se colocó delante de Maisie, dando la espalda a los asaltantes, se quitó el sombrero y rodeó a la muchacha con ambos brazos, sosteniéndola fuertemente. La oleada humana pasó junto a ellos. Un hombro

robusto se estrelló contra la espalda de Hugh, que se tambaleó, pero sin soltar a Maisie. Consiguió mantenerse en vertical. Por un lado, una muchacha salió despedida hacia el
suelo, y por el otro, un hombre recibió un puñetazo en pleno rostro. Luego, los gamberros se perdieron de vista.

Hugh aflojó el abrazo y bajó los ojos sobre Maisie. La
chica le miró, expectante. Tras un titubeo, Hugh se inclinó
y la besó en la boca. Los labios de Maisie eran maravillosamente suaves y vivos. Hugh cerró los párpados. Hacía años
que esperaba aquello: se trataba de su primer beso. Y le pareció tan delicioso como lo había soñado. Aspiró el perfu-
me de Maisie. Los labios de la joven se movieron delicada-
mente contra los suyos. Hugh deseó que nunca acabara
aquella dicha.

Maisie interrumpió el beso. Le lanzó una dura mirada y
luego le abrazó con fuerza, apretando su cuerpo contra el
de Hugh.

—Podrías estropear todos mis planes —susurró Maisie quedamente.

Hugh no sabía a ciencia cierta qué quería decir.

Miró a un lado. Vio un cenador con un asiento libre.
Hizo acopio de coraje para preguntar:

—¿Nos sentamos?

—Bueno.

Avanzaron en la oscuridad y se acomodaron en el banco
de madera. Hugh volvió a besarla.

Esta vez lo hizo un poco menos a ciegas. Le pasó un brazo por encima de los hombros, la atrajo hacia sí y empleó
la otra mano para levantarle la barbilla; la besó más apasionadamente que antes, oprimiendo con fuerza sus labios
contra los de Maisie. Ella correspondió sin escatimar fogo-
sidad, arqueando la espalda para que Hugh pudiera sentir la
presión de los senos femeninos aplastándose sobre su pecho. Le sorprendió la buena voluntad de Maisie, aunque
no conocía ninguna razón por la que a las chicas no tuvie-

ra que gustarles besar tanto como a los hombres. La avidez de Maisie lo hacía doblemente excitante.

Acarició la mejilla y el cuello de la joven. Después dejó caer la mano sobre el hombro de Maisie. Anhelaba tocarle los pechos, pero temía que eso la molestara, así que vaciló. La muchacha llevó sus labios hacia el oído de Hugh y, en un susurro que también era un beso, le animó:

—Puedes tocarlos.

Le maravilló que pudiese leer en su cerebro, pero la invitación le excitaba casi más de lo que le era posible resistir... no porque ella estuviese dispuesta a aceptarlo, sino porque lo había dicho. «Puedes tocarlos.» Las puntas de los dedos de Hugh trazaron una línea desde el hombro de Maisie, se desplazaron a través de la clavícula, descendieron hacia la pechera y tocaron la turgencia de los senos por encima del escote del vestido. La piel era suave y cálida. Hugh no estaba seguro de lo que debía hacer a continuación. ¿Introducir la mano por el canalillo?

Maisie respondió a aquella pregunta no formulada tomándole la mano y oprimiéndola contra los pechos, por debajo del escote.

—Apriétalos, pero con suavidad —murmuró.

Así lo hizo. Comprobó que no eran como músculos ni como rótulas, sino más tiernos y dulces, salvo en los pezones. Su mano fue de uno a otro, acariciándolos y ciñéndolos alternativamente. Recibía sobre el cuello el tibio aliento de Maisie. Tuvo la sensación de que podría seguir así toda la noche, pero hizo una pausa para volver a besar en los labios a la muchacha. En esa ocasión, Maisie le besó brevemente, retiró la boca, le besó de nuevo, se retiró otra vez, repitió el juego, volvió a repetirlo... Y aquello resultaba todavía más emocionante. Comprendió que existían infinidad de modos de besar.

De pronto, la joven se inmovilizó.

—Escucha —advirtió.

De un modo vago, Hugh había percibido que en los jardines se producía un alboroto cuyo volumen no cesaba de aumentar. En aquel momento comprendió que lo que oía eran gritos y estrépito de golpes. Al mirar hacia el camino vio que la gente corría en todas direcciones.

–Debe de haber estallado una pelea –opinó.

En aquel instante sonó el silbato de un policía.

–¡Maldición! –exclamó Hugh–. Ahora nos vamos a ver metidos en un lío.

–Vale más que nos vayamos –dijo Maisie.

–Dirijámonos a la entrada de King's Road, a ver si tenemos suerte y encontramos un cabriolé.

–Bueno.

Hugh titubeó, no muy decidido a marcharse.

–Un beso más.

–Sí.

La besó y abrazó con fuerza.

–Hugh –articuló Maisie–. Me alegro de haberte conocido.

El muchacho pensó que era lo más bonito que nadie le había dicho en la vida.

Volvieron al camino y apresuraron el paso, alejándose hacia el norte. Un momento después les adelantaron dos jóvenes, lanzados a la carrera, uno en persecución del otro. El primero tropezó con Hugh y lo despidió contra el suelo. Cuando el muchacho consiguió incorporarse, los jóvenes habían desaparecido.

–¿Te encuentras bien? –preguntó Maisie preocupada.

Hugh se sacudió el polvo y recogió el sombrero.

–Ni un rasguño –dijo–. Pero no quiero que a ti te pase nada. Atajemos por el césped... puede que sea más seguro.

En el momento en que abandonaban el sendero se apagaron las farolas de gas.

Siguieron adelante a través de la oscuridad. Llenaba ya el aire un continuo clamor de gritos masculinos y chillidos de mujeres, todo subrayado por los silbatos de la policía. A

Hugh se le ocurrió de pronto la posibilidad de que le arrestasen. Todo el mundo se enteraría de su presencia allí. A Augusta iba a faltarle tiempo para afirmar que era demasiado disoluto para desempeñar en el banco un puesto de responsabilidad. Emitió un gruñido. Luego recordó el placer que había experimentado al tocar los pechos de Maisie y decidió que le tenía sin cuidado lo que Augusta dijese.

Continuaron manteniéndose a distancia de las veredas y los espacios abiertos, para desplazarse por las zonas cubiertas de matorrales y árboles. El terreno ascendía ligeramente, desde la orilla del río, lo que permitió comprender a Hugh que, mientras continuaran subiendo, irían en la dirección adecuada.

Vio a lo lejos el centelleo de unas linternas y se desvió hacia las luces. Empezaron a encontrar otras parejas que llevaban el mismo camino que ellos. Hugh confiaba en que tendrían menos probabilidades de que los agentes les abordaran si formaban parte de un grupo de personas evidentemente respetables y sobrias.

Se aproximaban a la puerta del parque cuando irrumpió por ella una tropa de treinta o cuarenta policías. Decididos a entrar en los jardines a través de la riada humana que intentaba salir, los agentes procedieron a vapulear con sus porras a hombres y mujeres, indiscriminadamente. La multitud dio media vuelta y trató de huir en dirección contraria.

Los reflejos de Hugh actuaron a toda velocidad.

—Deja que te coja —le dijo a Maisie.

La chica le miró perpleja, pero accedió:

—Como quieras.

Hugh se agachó, pasó un brazo por detrás de las rodillas de Maisie y rodeó su espalda con el otro. La levantó en brazos, al tiempo que la aleccionaba:

—Simula estar desmayada —dijo, y ella cerró los ojos y se quedó inerte. Hugh avanzó abriéndose paso entre la muchedumbre, mientras voceaba en el tono más autoritario que pudo—: ¡Abran paso! ¡Abran paso! —Al ver que llevaba en brazos a una mujer aparentemente indispuesta, hasta las personas que huían procuraban apartarse. Se acercó a la línea de agentes que marchaban de cara a él y que provocaban el pánico general. Le gritó a uno de ellos—: ¡Hágase a un lado, guardia! ¡Deje pasar a la señora! —La expresión del policía era hostil, y durante unos segundos, Hugh pensó que su triquiñuela no iba a dar resultado. Entonces, un sargento ordenó—: ¡Deje pasar al caballero!

Hugh atravesó el cordón policial y, súbitamente, se encontró en la zona despejada.

Maisie alzó los párpados y le sonrió. A él le gustaba llevarla así, en brazos, y no tenía prisa alguna en dejar su carga en el suelo.

—¿Te encuentras bien?

Ella asintió. Parecía llorosa.

—Bájame.

La depositó en el suelo, suavemente, y la abrazó.

—Bueno, no llores —dijo Hugh—. Ya pasó todo.

Maisie meneó la cabeza.

—No se trata de ese alboroto. No es la primera vez que me veo en medio de una gresca. Pero sí es la primera vez que alguien cuida de mí. Toda mi vida he tenido que cuidar de mí misma. Ésta es una experiencia nueva.

Hugh no supo qué decir. Todas las muchachas que había conocido daban por supuesto que los hombres cuidarían de ellas automáticamente. Estar con Maisie era una revelación continua.

Buscó con la mirada un coche de punto. No había ninguno a la vista.

—Me temo que no vamos a tener más remedio que ir andando —expuso Hugh.

—Cuando tenía once años estuve andando cuatro días seguidos hasta que llegué a Newcastle —dijo Maisie—. Creo que seré capaz de ir a pie desde Chelsea hasta Soho.

3

Micky Miranda había empezado a hacer trampas con los naipes durante su estancia en el Colegio Windfield, para complementar con unos ingresos extras la insuficiente asignación que recibía de su casa. Los sistemas que ideó eran toscos, pero lo bastante buenos como para engañar a los colegiales. Posteriormente, en el curso de la larga travesía transatlántica hacia su patria que efectuó durante el intervalo entre la salida del colegio de enseñanza media y el ingreso en la universidad, intentó desplumar a un compañero de viaje, que resultó ser un tahúr profesional. Al viejo le hizo gracia el asunto, tomó a Micky bajo su égida y le enseñó los principios básicos del arte de la fullería.

Timar era muy peligroso cuando las apuestas eran altas. Si la gente sólo se juega unos peniques nunca se le ocurre que puedan estafarla. Los recelos aumentan en relación directa con las proporciones de la cantidad en juego.

Si aquella noche le pillaban, no significaría sólo el fracaso de su plan para arruinar a Tonio. Hacer trampas jugando a las cartas era, en Inglaterra, el peor delito que podía cometer un caballero. Le invitarían a darse de baja de todos los clubes, sus amistades no le admitirían en su hogar cuando llamara a la puerta y nadie le dirigiría la palabra por la calle. Las contadas historias que habían llegado a sus oídos acerca de ingleses fulleros terminaban con el culpable abandonando el país para iniciar una nueva vida en algún territorio indómito como Malaya o la bahía de Hudson. El destino de Micky sería regresar a Córdoba, aguantar las burlas de su hermano mayor y pasar el resto de su vida criando ganado. La perspectiva le ponía enfermo.

Pero aquella noche la recompensa sería tan espectacular como los riesgos.

No lo hacía sólo para complacer a Augusta. Eso ya resultaba suficientemente importante: la mujer podía proporcionarle el pasaporte que le permitiría entrar en la sociedad londinense de los ricos y poderosos. Pero Micky también deseaba el empleo de Tonio.

Papá Miranda le había dicho que tenía que ganarse la subsistencia en Londres, que ya no recibiría más dinero de casa. El de Tonio era el empleo ideal. Permitiría a Micky vivir como un caballero sin tener que trabajar duro. Y también representaría subir un peldaño en la escala, hacia una situación más alta. Puede que algún día Micky alcanzase el cargo de ministro. Y entonces podría mantener la cabeza muy alta en cualquier empresa. Ni siquiera su hermano sería capaz de tomar eso a broma.

Micky, Edward, Solly y Tonio cenaron temprano en el Cowes, el club favorito de todos ellos. A las diez ya estaban en la sala de juego. Ante la mesa de bacarrá se les unieron otros dos jugadores del club que tenían noticia de que iba a jugarse fuerte: el capitán Carter y el vizconde de Montagne. Montagne era un majadero, pero en cuanto a Carter, un hombre obstinado, Micky tendría que andarse con cien ojos.

Una línea blanca, trazada sobre la superficie de la mesa, circundaba ésta a unos veinticinco o treinta centímetros del borde. Cada uno de los jugadores tenía delante de sí un montoncito de soberanos de oro, fuera del cuadro blanco. Se apostaba toda moneda que cruzaba la línea y entraba en el cuadro.

Micky se había pasado el día fingiendo beber. Durante el almuerzo, se humedecía los labios con el champán de la copa y luego la vaciaba subrepticiamente sobre la hierba. En el tren de regreso a Londres había aceptado varias veces el frasco de licor que le ofreció Edward, pero en cada ocasión taponó con la lengua la boca de la vasija mientras fingía echar un trago. En el curso de la cena se sirvió un vasito de clarete, en el que echó más vino en dos ocasiones, aunque sin beber una gota. Ahora pidió una cerveza de jengibre, que tenía todo el aspecto de un coñac con seltz. Debía estar sereno como el hielo para llevar a cabo los delicados juegos de prestidigitación que le capacitarían para arruinar a Tonio Silva.

Se humedeció los labios nerviosamente, se controló e hizo un esfuerzo para relajarse.

De todos los juegos de naipes, el bacarrá era su preferido. Igual podían haberlo inventado, pensaba Micky, para poner a los listos en condiciones de petardear a los ricos.

De entrada, era un juego puramente de azar, en el que no cabía ninguna habilidad ni estrategia. El jugador recibía dos cartas y sumaba el valor de las mismas: un tres y un cuatro equivalían a siete, un dos y un seis, a ocho. Si el total rebasaba la cifra de nueve, sólo contaba el último dígito; de modo que un quince era un cinco y un veinte un cero, y el tanteo más alto posible era el nueve.

El jugador con una cifra baja podía tomar una tercera carta, que siempre se le servía boca arriba, para que todos la vieran.

El banquero sólo repartía tres manos: una a su izquierda, otra a su derecha y una para sí. Los jugadores podían apostar por la mano de la izquierda o por la de la derecha. El banquero pagaba toda mano más alta que la suya.

La segunda gran ventaja del bacarrá, desde el punto de vista del tahúr, era que se jugaba con un mazo de por lo menos tres barajas. Eso significaba que el fullero podía utilizar una cuarta baraja y, con toda tranquilidad y confianza, sacarse de la manga el naipe que le conviniera sin preocuparse de si otro jugador tenía la misma carta en su mano.

Mientras los demás se acomodaban y encendían sus cigarros, Micky pidió al camarero tres barajas nuevas. A su regreso, el hombre entregó con toda naturalidad las cartas a Micky.

Al objeto de dominar la partida, Micky tenía que repartir las primeras cartas, puesto que el desafío inicial era asegurarse la banca. Eso entrañaba dos trucos: neutralizar el corte y el segundo reparto. Ambos eran relativamente fáciles, pero estaba rígido a causa de la tensión, y en esas condiciones hasta el más diestro podía estropear la maniobra más sencilla.

Rompió el envoltorio. Los naipes iban empaquetados de la misma manera, con los comodines encima y el as de picos en el fondo. Micky retiró los comodines y procedió a barajar, disfrutando del limpio y deslizante tacto de las cartas nuevas. Tomar un as del fondo y colocarlo encima era la más simple de las manipulaciones, pero luego tenía que conseguir que los otros jugadores cortasen la baraja sin que el as abandonase su sitio en la parte superior.

Pasó el mazo a Solly, sentado a su derecha. Al hacerlo, contrajo la mano ligeramente, para que el naipe de arriba —el as de picas— se le quedase en la palma, oculto por la anchura de la mano. Solly cortó. Micky mantuvo la palma hacia abajo para ocultar el as, recogió los naipes y, al hacerlo, volvió a poner encima la carta escondida. Había neutralizado con éxito el corte de Solly.

—¿La carta más alta se queda con la banca? —propuso. Se esforzó al máximo para que su voz sonara indiferente, como si no le importara que respondiesen sí o no.

Hubo un murmullo de asentimiento.

Sostuvo la baraja con fuerza y, mientras deslizaba una fracción de centímetro hacia atrás el naipe de encima, repartió con rapidez, siempre dando la segunda carta, hasta que le tocó a él, y entonces se echó el as. Todos pusieron sus naipes boca arriba. Micky tenía el único as que apareció y, por lo tanto, era el banquero.

Esbozó una sonrisa natural.

—Creo que esta noche la suerte está conmigo —dijo.

Nadie hizo comentario alguno.

Se relajó un poco.

Disimuló su alivio mientras distribuía las cartas de la primera mano.

Tonio jugaba a su izquierda, con Edward y el vizconde de Montagne. A su derecha estaban Solly y el capitán Carter. Micky no quería ganar: no era ése su objetivo aquella noche. Sólo quería que perdiese Tonio.

Jugó limpio durante un rato, en el que perdió un poco del dinero de Augusta. Los otros se tranquilizaron y pidieron otra ronda de bebidas. Llegado el momento oportuno, Micky encendió un cigarro.

En el bolsillo interior de la chaqueta, junto a la petaca donde llevaba los puros, había otra baraja... comprada en la misma tienda de la calle de St. James de donde procedían las del club, por lo que los mazos eran idénticos.

Dispuso aquella baraja extra en parejas ganadoras, parejas que sumaban nueve, el tanteo más alto: cuatro y cinco, nueve y diez, nueve y jota, y así. Los naipes sobrantes, todos dieces y figuras, los había dejado en casa.

Al devolver la petaca al bolsillo tomó el mazo de cartas extra en la palma de la mano; con la otra recogió la baraja de encima de la mesa y deslizó los nuevos naipes en la parte inferior del mazo. Mientras los demás mezclaban el coñac y el agua, Micky barajó las cartas y, conforme al orden estudiado, fue colocando cuidadosamente en la parte superior una carta del fondo, dos al azar, otra de abajo y otras dos al azar. Luego, sirvió primero a los jugadores situados a su izquierda, después a los que estaban a su derecha y, finalmente, se dio a sí mismo la pareja de cartas ganadora.

En la siguiente mano distribuyó en el lado de Solly los naipes ganadores. Durante cierto espacio de tiempo continuó así, haciendo que Tonio perdiera y Solly ganase. El dinero que recogía de la parte de Tonio iba a parar a la de Solly, de forma que ninguna sospecha podía recaer sobre Micky, cuyo montón de soberanos conservaba las mismas proporciones delante de él.

Tonio había empezado por poner encima de la mesa la mayor parte del dinero que había ganado en las carreras de caballos: alrededor de cien libras. Cuando quedaron reducidas a la mitad, se puso en pie y dijo:

–La mala suerte se ha sentado aquí... Voy a sentarme junto a Solly.

Se trasladó al otro lado de la mesa.

«No te servirá de nada», pensó Micky. En adelante no iba a ser más difícil lograr que el lado izquierdo ganase y el derecho perdiese. Pero le puso nervioso la alusión de Tonio a la mala suerte. Quería que Tonio continuara pensando que aquél era su día afortunado, incluso aunque estuviese perdiendo dinero.

De cuando en vez, Tonio alteraba su sistema y, en vez de dos o tres, apostaba cinco o diez soberanos. Cuando sucedía eso, Micky le servía una mano ganadora. Tonio recogía entonces sus beneficios y exclamaba pletórico de euforia:

–¡Hoy es mi día de suerte, estoy seguro!

Lo decía a pesar de que su pila de monedas disminuía de manera continua y uniforme.

Micky se sentía ya más aliviado. Analizó el estado mental de su víctima mientras manipulaba tranquilamente los naipes. No bastaba con desplumar a Tonio. Micky quería que jugase con dinero que no tenía, que perdiese cantidades prestadas y que fuese incapaz de pagar sus deudas. Sólo entonces se encontraría en la absoluta miseria.

Con estremecida agitación interior, Micky esperaba mientras Tonio perdía más y más. Micky amedrentaba a Tonio y, por regla general, éste hacía lo que Micky insinuaba, pero no era un completo estúpido, y existía la posibilidad de que tuviese suficiente sentido común para retirarse al llegar al borde de la ruina.

Cuando Tonio estaba a punto de quedarse sin fondos, Micky llevó a cabo el siguiente movimiento. Volvió a sacar la petaca de los puros.

–Éstos son de casa, Tonio –invitó–. Prueba uno.

Ante su alivio, Tonio aceptó. Eran cigarros largos y tardaría más de media hora en fumárselo. Tonio no querría marcharse sin acabar el puro.

Cuando lo encendió, Micky se lanzó a muerte.

Un par de manos después, Tonio estaba limpio.

—Bueno, se acabó todo lo que gané esta tarde en Goodwood —confesó con desaliento.

—Debemos concederle la oportunidad de recuperar lo perdido —dijo Micky—. Estoy seguro de que Pilaster te prestará cien libras.

Edward pareció sobresaltarse levemente, pero hubiera sido poco generoso por su parte negar el préstamo, a la vista del montón de monedas ganadas que tenía delante.

—Desde luego —accedió.

—Tal vez deberías retirarte, Silva —intervino Solly—, y agradecer el hecho de haber disfrutado de un gran día de juego sin que te costase una perra.

Micky maldijo en silencio a Solly por su condición de bienintencionado fastidio. Si Tonio decidía hacer lo que era razonable, todo el plan de Micky se iría al diablo.

Tonio vaciló.

Micky contuvo el aliento.

Pero no era propio de la naturaleza de Tonio jugar prudentemente, y como Micky había previsto, no pudo resistir la tentación de seguir adelante.

—Está bien —dijo—. Puedo jugar hasta consumir el cigarro.

Micky exhaló un discreto suspiro de alivio.

Tonio hizo una seña a un camarero y pidió pluma, tinta y papel. Edward contó cien soberanos y Tonio extendió un pagaré. Micky sabía que, de perder aquella suma, Tonio nunca podría pagar la deuda.

Continuó el juego. Micky se dio cuenta de que sudaba un poco mientras mantenía un delicado equilibrio, poniendo buen cuidado en que Tonio perdiese de manera constante, aunque permitiéndole ganar de vez en cuando alguna mano importante, para mantener encendida la llama de su optimismo. Pero luego, cuando sus fondos habían descendido a las cincuenta libras, Tonio declaró:

—Sólo gano cuando apuesto fuerte. En la próxima mano voy a poner el resto.

Era una apuesta alta, incluso para el Club Cowes. Si Tonio perdía, estaba acabado. Un par de miembros del club vieron el volumen de la apuesta y se quedaron cerca de la mesa de bacarrá para observar la partida.

Micky dio cartas.

Miró a Edward, a su izquierda, el cual meneó la cabeza para indicar que no quería carta.

A la derecha de Micky, Solly hizo lo mismo.

Micky puso boca arriba sus propios naipes. Se había servido un ocho y un as, o sea, nueve.

Edward volvió la mano de la izquierda. Micky ignoraba qué cartas eran: conocía por adelantado las que iba a tener él, pero había servido los otros naipes al azar. Edward tenía un cinco y un dos: siete. El capitán Carter y él habían perdido.

Solly descubrió su mano, las cartas en las que Tonio había apostado su futuro.

Eran un nueve y un diez. Lo que sumaba diecinueve, que contaba como nueve. Igualaba el tanteo de la banca, así que no había ganador ni perdedor, y Tonio conservaba sus cincuenta libras.

Micky maldijo para sí.

Deseó que Tonio volviera a dejar en la mesa los cincuenta soberanos. Recogió las cartas rápidamente. Matizó su voz con un toque de burla al preguntar:

—¿Reduces tu apuesta, Silva?

—Claro que no —dijo Tonio—. Reparte las cartas.

Micky dio las gracias a las estrellas y sirvió cartas. Se sirvió una mano ganadora.

Esta vez, Edward dio un golpecito a sus cartas, indicando

que quería un tercer naipe. Micky le dio un cuatro de tréboles y volvió la cabeza hacia Solly. Solly pasó.

Micky volvió sus cartas y mostró un cinco y un cuatro. Edward tenía a la vista su cuatro de tréboles; puso boca arriba un rey sin valor y otro cuatro. En total, ocho. Su lado había perdido.

Solly volvió un dos y un cuatro: seis. El lado derecho también había perdido frente al banquero.

Y Tonio estaba arruinado.

Empalideció, pareció enfermar y murmuró algo que Micky reconoció como un reniego en español.

Micky contuvo una sonrisa de triunfo y recogió con el rastrillo sus ganancias... Y en aquel instante vio algo que le hizo contener el aliento y paralizó de pavor su corazón.

Sobre la mesa había cuatro cuatros de tréboles.

Se daba por supuesto que jugaban con tres barajas. Si alguien reparaba en aquellos cuatro cuatros comprendería automáticamente que se habían añadido naipes al mazo de cartas.

Era el peligro que entrañaba aquel particular sistema de hacer trampas, y las probabilidades de que se produjese eran aproximadamente de una entre cien mil.

Caso de que se observara aquella anomalía, sería Micky y no Tonio el que iba a acabar en la ruina.

Hasta aquel momento, nadie se había dado cuenta. Los palos no significaban nada en el bacarrá, de forma que la irregularidad no era lo que se dice llamativa. Micky se apresuró a recoger las cartas, mientras el corazón le palpitaba vertiginosamente. Volvía a dar las gracias a las estrellas por haber salido bien librado del trance cuando Edward manifestó:

–Un momento... Había cuatro cuatros de tréboles sobre la mesa.

Micky maldijo su memoria de elefante metepatas. Edward estaba pensando en voz alta. Naturalmente, no tenía la más remota idea respecto al plan de Micky.

—No es posible —terció el vizconde de Montagne—. Jugábamos sólo con tres barajas, así que sólo podía haber tres cuatros de tréboles.

—Exactamente —dijo Edward.

Micky dio una chupada al cigarro.

—Estás borracho, Pilaster. Una de esas cartas era el cuatro de picas.

—Ah, lo siento.

—A estas horas de la madrugada —dijo el vizconde de Montagne—, ¿quién es capaz de distinguir la diferencia entre picas y tréboles?

Una vez más, Micky pensó que se había salido con la suya... y una vez más, su euforia resultó prematura.

—Veamos las cartas —exigió Tonio con ánimo beligerante.

El corazón de Micky pareció suspender sus latidos. Los naipes de la última mano estaban colocados en un montón que se barajaría y se utilizaría de nuevo cuando se acabase el mazo con que se jugaba. Si los descartes se ponían boca arriba, los cuatro cuatros idénticos quedarían a la vista y Micky estaría acabado.

—Espero que no estés dudando de mi palabra —preguntó a la desesperada.

En un club de caballeros, aquél era un reto dramático: no muchos años antes, tales palabras habrían sido la antesala de un duelo. Los ocupantes de las mesas vecinas volvieron la cabeza para presenciar lo que ocurría. Todos miraron a Tonio, a la expectativa de su respuesta.

Micky pensaba a toda velocidad. Había dicho que uno de los cuatros era de picas, no de tréboles. Si lograba descubrir de encima del montón de los descartes el cuatro de picas, demostraría tener razón... y con un poco de suerte nadie revisaría el resto de los naipes descartados.

Pero antes tenía que encontrar un cuatro de picas. Había tres. Puede que alguno de ellos estuviese en el montón de los descartes, pero existían muchas probabilidades de que quedase uno por lo menos entre las cartas con las que estaban jugando, un mazo que él tenía en la mano.

Era su única posibilidad.

Mientras todos los ojos seguían clavados en Tonio, volvió la baraja que conservaba en la mano para situar las cartas boca arriba. Mediante infinitesimales movimientos del pulgar fue descubriendo una esquina de cada naipe. Tenía la mirada fija en Tonio, pero mantuvo las cartas dentro de su campo visual a fin de ver las letras y símbolos del ángulo superior.

—Echemos una mirada a los descartes —insistió Tonio porfiado.

Los demás volvieron la cabeza hacia Micky. Con nervios de acero, éste continuó manipulando la baraja, al tiempo que pedía al Cielo la aparición de un cuatro de picas. En medio de aquel dramatismo, nadie se percató de lo que estaba haciendo. Las cartas objeto de la controversia seguían apiladas encima de la mesa, de forma que daba igual lo que hiciese con las que tenía en la mano. Hubieran tenido que mirar con muchísima atención para advertir que detrás de sus manos las cartas se movían ligeramente, pero incluso aunque lo observasen no hubieran comprendido en seguida que no estaba haciendo nada bueno.

Sin embargo, tampoco le era posible mantener la dignidad indefinidamente. Tarde o temprano, uno u otro perdería la paciencia, prescindiría de las reglas de educación y pondría boca arriba los naipes descartados. Para ganar unos segundos preciosos, Micky reprochó:

—Si no sabes perder como un hombre, tal vez no deberías jugar.

Pequeñas gotas de sudor perlaron su frente. Se preguntó si, con las prisas, no se le habría pasado inadvertido un cuatro de picas.

—Tampoco puede hacer daño a nadie ver esas cartas, ¿verdad? —dijo Solly en tono sosegado.

Maldito Solly, siempre tan repugnantemente razonable, pensó Micky desalentado.

Y entonces, por fin, encontró un cuatro de picas.

Lo deslizó para situarlo bajo la palma de la mano.

—Oh, muy bien —pronunció con fingida indiferencia, que era el polo opuesto de lo que sentía.

Todo el mundo permaneció inmóvil y en silencio.

Micky depositó la baraja cuyas cartas había estado repasando furtivamente, mientras conservaba el cuatro de picas en la palma. Alargó el brazo para coger el montón de los descartes y dejó caer encima el cuatro. Colocó el montón de naipes delante y manifestó:

—Hay un cuatro de picas ahí, te lo garantizo.

Solly descubrió la carta superior y todos vieron que se trataba del cuatro de picas.

Un zumbido de conversaciones surgió a lo largo y ancho de la sala y el alivio puso fin a la tensión.

A Micky le aterraba la posibilidad de que alguien descubriese más cartas y se hiciera evidente que había cuatro cuatros debajo.

—Creo que esto zanja la cuestión —dijo el vizconde de Montagne—, y por lo que a mí respecta, Miranda, presento mis disculpas, en caso de que la sombra de una duda se haya proyectado sobre tu palabra.

Las miradas de todos se concentraron en Tonio. Éste se puso en pie, con el semblante contraído.

—Malditos seáis todos vosotros, pues —dijo, y abandonó la sala.

Micky recogió todas las cartas de encima de la mesa. Ahora, nadie sabría nunca la verdad.

Notó que las palmas de sus manos estaban húmedas de sudor. A hurtadillas, se las secó en las perneras de los pantalones.

—Lamento el comportamiento de mi compatriota —se excusó—. Si hay algo que me disgusta es una persona que no sepa jugar a las cartas como un caballero.

4

En las primeras horas de la madrugada, Maisie y Hugh cruzaban a pie, en dirección norte, los nuevos barrios de Fulham y South Kensington. La noche había aumentado su temperatura y las estrellas iban desapareciendo del cielo. Caminaban cogidos de la mano, pese a la humedad que el calor ponía en sus palmas. Maisie estaba un tanto perpleja, pero se sentía feliz.

Aquella noche había ocurrido algo extraño. No sabía qué era, pero le gustaba. En el pasado, cada vez que un hombre la besaba y le acariciaba los pechos era para Maisie como parte de una transacción, algo que concedía a cambio de recibir del hombre lo que ella necesitaba. Pero aquella noche había sido distinto. Quiso que Hugh la tocara... ¡y él fue en todo momento demasiado cortés para hacer algo sin que se lo pidieran!

Empezó mientras bailaban. Hasta entonces, ella no tuvo conciencia de que aquélla iba a ser una noche radicalmente distinta a todas las veladas que había pasado anteriormente con jóvenes de clase alta. Hugh era más encantador que la mayoría y resultaba muy atractivo con su chaleco blanco y su corbata de seda, pero, con todo, no pasaba de ser un chico majo y nada más. Luego, en la pista de baile, ella empezó a pensar en lo estupendo que sería besarle. El deseo cobró intensidad cuando, al pasear por los jardines, vio a todas aquellas parejas acarameladas. Las vacilaciones de Hugh habían sido de lo más seductor. Otros hombres consideraban la cena y la charla de sobremesa como un aburrido preliminar, antes de llegar al asunto importante de la noche, y a duras penas tenían paciencia para esperar a pillarla en un lugar oscuro y lanzarse a la calentura del mareo, pero Hugh se había mostrado muy tímido.

En otros aspectos, sin embargo, era todo lo contrario. En el curso de la algarada se manifestó temerario. Cuando recibió aquel empujón que lo arrojó al suelo, de lo único que se preocupó fue de asegurarse de que a ella no le sucediese lo mismo. Hugh era un chico mucho más estupendo que el joven ciudadano medio.

Y en cuanto ella le hizo comprender que estaba deseando que la besara, su beso fue infinitamente más delicioso y distinto que cualquiera de los que Maisie había recibido hasta entonces. Sin embargo, Hugh carecía de habilidad y experiencia. Por el contrario, era ingenuo e inseguro. Entonces, ¿por qué le resultaba a ella tan agradable? ¿Y por qué la dominó aquel súbito anhelo de sentir las manos de Hugh sobre sus pechos?

No es que la atormentaran aquellas cuestiones, sólo la intrigaban. Se sentía contenta, paseando por Londres en la oscuridad, acompañada de Hugh. De vez en cuando notaba la acuosa humedad de unas gotas de lluvia, pero la amenaza de chaparrón serio no se materializó. Empezó a pensar que sería bonito que Hugh la volviera a besar en seguida.

Llegaron a Kensington Gore y torcieron a la derecha, en paralelo al costado sur del parque, camino del centro de la ciudad, donde Maisie vivía. Hugh se detuvo frente a una enorme mansión cuya fachada iluminaban dos lámparas de gas. Pasó los brazos alrededor de los hombros de Maisie.

—Ésa es la casa de mi tía —dijo—. Ahí es donde vivo.

La muchacha le rodeó la cintura con un brazo y contempló el edificio, al tiempo que se preguntaba cómo sería vivir en una mansión tan enorme. Le costaba trabajo imaginar qué podría hacer una con tantas habitaciones. Después de todo, si una tiene un sitio donde dormir, otro en el que guisar y, acaso, el lujo de un cuarto para entretener a los posibles invitados, ¿qué otra cosa necesita? Resultaba absurdo disponer de dos cocinas o dos salas de estar: sólo se podía estar en una de ellas al mismo tiempo. Se recordó que Hugh y ella vivían en diferentes islas de la sociedad, separadas por un océano de dinero y privilegios.

—Yo nací en una chabola que no tenía más que una habitación —dijo Maisie.

—¿En el noreste?

—No, en Rusia.

—¿De verdad? Maisie Robinson no suena a nombre ruso.

—Al nacer me llamaba Miriam Rabinowicz. Nos cambiamos el nombre al venir aquí.

—Miriam —silabeó Hugh en voz baja—. Me gusta.

La atrajo hacia sí y la besó. Se evaporó entonces la ansiedad de Maisie, que cedió a la sensación. Hugh ya se mostraba menos vacilante: sabía lo que le gustaba. Maisie bebió sus besos con sedienta avidez, como se bebe un vaso de agua fresca en un día caluroso. Confió en que se atreviera a acariciarle de nuevo los senos.

El muchacho no la decepcionó. Al cabo de unos segundos, Maisie notó la mano de Hugh sobre el pecho izquierdo. Casi inmediatamente, su pezón se puso erecto y las yemas de los dedos de Hugh lo tocaron a través de la seda del vestido. A la joven le avergonzó un poco el que su propio deseo fuera tan obvio, pero eso todavía inflamó más a Hugh.

Al cabo de un momento, ella ansió sentir el tacto del cuerpo del chico. Introdujo las manos por debajo de su chaqueta y las deslizó espalda abajo; notó el calor de la piel a través de la tela de algodón de la camisa. Pensó que se estaba comportando como lo haría un hombre. Le hubiera gustado saber si a él le importaba. Pero estaba disfrutando demasiado para interrumpirse.

En ese momento empezó a llover.

Y no lo hizo poco a poco, sino de sopetón. El relampagueo de un rayo, el chasquido estruendoso de un trueno y, al instante, el aguacero. Para cuando interrumpieron el beso ya tenían el rostro empapado.

Hugh cogió la mano de Maisie y tiró de ella.

—¡Refugiémonos en la casa! —sugirió.

Atravesaron la calzada a todo correr. Hugh la condujo por la escalera que llevaba al sótano, tras dejar a su espalda un letrero que decía: «Entrada de proveedores». Cuando llegaron al umbral de la puerta estaban calados hasta los huesos. Hugh abrió la puerta. Se llevó un dedo a los labios, indicando silencio, y la hizo entrar.

La muchacha dudó una fracción de segundo, mientras se preguntaba si debía o no inquirir qué pretendía Hugh exactamente; pero la idea se esfumó de su mente y franqueó el umbral.

Cruzaron de puntillas una cocina del tamaño de una iglesia pequeña y llegaron al pie de una escalera. Hugh aplicó los labios al oído de Maisie e informó:

–Habrá toallas limpias arriba. Subiremos por la escalera posterior.

Le siguió escaleras arriba. Al final de tres largos tramos, atravesaron el hueco de otra puerta y salieron a un rellano. Hugh asomó la cabeza por el umbral de un dormitorio en el que la luz nocturna permanecía encendida. Luego dijo en un tono de voz normal:

–Edward aún no se ha acostado. En esta planta no hay nadie. Las habitaciones de mi tío y de mi tía están en el piso de abajo y las de los sirvientes en el de arriba. Vamos.

La condujo a su alcoba y procedió a encender la lámpara de gas.

–Traeré toallas –dijo Hugh, y volvió a salir.

Maisie se quitó el sombrero y miró en torno. El cuarto era sorprendentemente reducido y estaba amueblado con sencillez: una cama individual, un tocador, un armario más bien barato y un pequeño escritorio. Se había esperado algo más lujoso... pero Hugh era el pariente pobre, y su habitación lo reflejaba.

Miró con interés sus cosas. Tenía un par de cepillos del pelo con mango y dorso de plata en los que estaban grabadas las iniciales T. P.: otra reliquia de su padre. Leía un libro titulado *Manual del buen ejercicio comercial*. Encima del escritorio descansaba la fotografía enmarcada de una mujer y una niña de alrededor de seis años. Maisie abrió el cajón de la mesita de noche. Había una Biblia y, debajo de ella, otro libro. Apartó la Biblia y leyó el título del volumen escondido: *La duquesa de Sodoma*. Comprendió que estaba fisgoneando sin ningún derecho. Al sentirse culpable, cerró rápidamente el cajón.

Se presentó Hugh con un montón de toallas. Maisie tomó una. Tenía el calor de un armario bien ventilado y hundió su húmeda cara en la tela, agradecida. Así era la vida del rico, pensó; montones de cálidas toallas cada vez que se necesitan. Se secó los brazos y el pecho.

—¿Quienes son las personas de la fotografía? —preguntó.

—Mi madre y mi hermana. Mi hermana nació después de la muerte de mi padre.

—¿Cómo se llama?

—Dorothy. Yo la llamo Dotty. La quiero mucho.

—¿Dónde viven?

—En Folkestone, a la orilla del mar.

Maisie se preguntó si las conocería personalmente alguna vez.

Hugh acercó la silla del escritorio y la hizo sentar. Se arrodilló delante de ella, le quitó los zapatos y procedió a secarle los pies con una toalla limpia. Maisie cerró los ojos: era una delicia el tacto de aquella suave y cálida toalla en la planta de los pies.

Tenía el vestido empapado y se estremeció. Hugh se quitó la chaqueta y las botas. Maisie comprendió que no podría secarse del todo si no se quitaba el vestido. La ropa que llevaba debajo era absolutamente decorosa. No vestía pantalones femeninos —sólo las mujeres ricas podían permitírselos—, pero sí camisa y enaguas largas. Impulsivamente, se levantó, se puso de espaldas a Hugh y solicitó:

—¿Quieres desabrochármelo?

Notó el temblor de las manos mientras los dedos force-jeaban con los corchetes que abrochaban el vestido. También ella estaba nerviosa, pero no podía echarse atrás. Cuando Hugh acabó, le dio las gracias y se desprendió del vestido.

Se volvió de cara a él.

Su expresión era una mezcla de incomodidad y deseo. Permaneció allí quieto, como Alí Babá contemplando el tesoro de los ladrones. Maisie había pensado que simplemente se enjugaría con una toalla y, más tarde, cuando estuviese seco, se pondría de nuevo el vestido, pero en aquel momento comprendió que las cosas no iban a desarrollarse así. Y se alegró.

Colocó ambas manos en las mejillas de Hugh, le bajó la cara y le besó. En esa ocasión, Maisie abrió la boca, con la esperanza de que él hiciera lo propio, pero no lo hizo. La muchacha comprendió que nunca había besado de aquella forma. Hundió la punta de la lengua entre los labios de Hugh. Se dio cuenta de que eso le desconcertó, aunque también le excitaba. Transcurridos unos segundos, Hugh abrió la boca una fracción de centímetro y respondió tímidamente con la lengua. Su respiración empezó a acelerarse.

Al cabo de un momento, Hugh interrumpió el beso, levantó las manos hacia el cuello de su camisa e intentó desabotonarla. Bregó torpe e infructuosamente durante un minuto y acabó por dar un tirón con ambas manos. Se rasgó la tela y los botones salieron volando. Las manos de Hugh se cerraron sobre sus pechos desnudos, y con los párpados cerrados, emitió un gemido. Maisie tuvo la sensación de que se fundía interiormente. Ella deseaba más, entonces y siempre.

—Maisie —murmuró Hugh.

Ella le miró.

—Quiero...

Maisie sonrió.

—Y yo también.

Cuando salieron las palabras, la muchacha se preguntó de dónde procederían. Había hablado sin pensar. Pero no tenía ninguna duda. Ella le deseaba más de lo que nunca había deseado ninguna otra cosa.

Hugh le acarició el pelo.

—No lo he hecho nunca —confesó.

—Ni yo.

El muchacho la miró con sorpresa.

—Pero, creí que... —se interrumpió.

Maisie sintió un espasmo de indignación, pero se dominó. Si Hugh la consideraba una libertina, la culpa la tenía ella misma.

—Acostémonos —sugirió.

Hugh dejó escapar un suspiro feliz.

—¿Estás segura?

—¿Estoy segura? —repitió Maisie. Le resultaba difícil creer que acabase de pronunciar tales palabras. Nunca había conocido a un hombre que le formulara aquella pregunta. Jamás tenían en cuenta los sentimientos de ella. Cogió entre las suyas la mano de Hugh y la besó en la palma—. Antes no estaba segura, pero ahora sí.

Maisie se tendió en la estrecha cama. El colchón era duro, pero las sábanas rezumaban frescor. Hugh se estiró a su lado.

—Y ahora, ¿qué? —preguntó.

Se acercaban a los límites de la experiencia de Maisie, pero la muchacha sabía cuál era el siguiente paso.

—Acaríciame —incitó. Él la tocó, indeciso, por encima de la tela. De súbito, Maisie se impacientó. Se quitó la enagua, pues no llevaba nada debajo, y oprimió la mano del muchacho contra el monte de Venus.

Hugh la acarició, la besó en el rostro, mientras la respiración se le entrecortaba. Maisie comprendió que debería tener miedo a quedar embarazada, pero no le era posible concentrarse en aquel peligro. Había perdido el control: el placer resultaba demasiado intenso para permitirle pensar. Aquello era ir mucho más lejos de lo que jamás había llegado con hombre alguno, pero al mismo tiempo conocía con exactitud lo que deseaba. Llevó los labios al oído de Hugh y murmuró:

—Mete el dedo.

Hugh obedeció.

—Está húmedo —dijo extrañado.

—Eso te ayudará.

Los dedos del chico la exploraron con tiento.

—Parece muy pequeño.

—Deberás hacerlo con delicadeza —advirtió Maisie, aunque una parte de ella ansiaba que la tomase furibundamente.

—¿Vamos a hacerlo ahora?

La impaciencia de Maisie volvió a estallar repentinamente.

—Sí, por favor, date prisa.

Notó que Hugh forcejeaba torpemente con los pantalones. Luego se colocó entre las piernas de Maisie. La joven estaba aterrada —le habían dicho que la primera vez dolía enormemente—, pero también consumida por el terrible anhelo de poseerlo.

Lo sintió entrar en ella. Un instante después, Hugh encontró resistencia. Empujó con cuidado, pero la lastimó.

—¡Alto! —pidió Maisie.

La miró, preocupado.

—Lo siento...

—Pasará. Bésame.

Bajó la cabeza y la besó en los labios, con suavidad al principio, apasionadamente luego. Maisie apoyó las manos en la cintura de Hugh, levantó las caderas un poco y le atrajo sobre ella. Sintió un dolor lo bastante agudo como para arrancarle un grito, y a continuación la tensión se le alivió considerablemente. Separó los labios, cortando el beso, y miró a Hugh.

—¿Te encuentras bien? —se interesó él.

Maisie movió la cabeza afirmativamente.

—¿Hice ruido?

—Sí, pero no creo que nadie se haya enterado.

—Sigue, no te pares —animó la muchacha.

Hugh titubeó un momento.

—¿Esto es un sueño, Maisie? —susurró.

—Si lo es, ¡no nos despertemos todavía!

La muchacha se movió debajo de él, y con las manos en las caderas de Hugh, impulsó las subidas y descensos de su cuerpo. Él siguió las indicaciones de Maisie. Le recordaba el modo en que habían bailado pocas horas antes. Maisie se entregó a aquella sensación. Hugh empezó a jadear.

A cierta distancia, por encima del rumor de sus alteradas respiraciones, Maisie oyó una puerta que se abría.

Pero estaba tan absorta en el cuerpo de Hugh y en el placer que le producía que aquel ruido no la alarmó.

De pronto, una voz áspera hizo añicos el encanto, como una piedra que destrozase el cristal de una ventana.

—Vaya, vaya, Hugh... pero ¿qué es esto?

Maisie se quedó petrificada.

Hugh exhaló un gemido desesperado y notó que el semen salía disparado y caliente dentro de Maisie.

La muchacha quiso estallar en lágrimas.

Sonó de nuevo la voz burlona:

—Qué crees que es esta casa... ¿un burdel?

—Sal de mí... Hugh —susurró Maisie.

Él se retiró y bajó de la cama. Vio a su primo Edward de pie en el umbral. Fumaba un cigarro y los miraba con toda su atención. Hugh se apresuró a cubrir a Maisie con una toalla grande. La joven se incorporó y, sentada en el lecho, se tapó hasta el cuello.

Edward esbozó una sonrisa desagradable.

—Bueno, si ya has acabado, ahora puedo darle yo un tiento.

Hugh se ciñó una toalla alrededor de la cintura. Dominó su cólera con visible esfuerzo.

—Estás borracho, Edward... —observó—. Ve a tu cuarto antes de que se te ocurra decir algo completamente imperdonable.

Edward hizo caso omiso de la advertencia y se acercó a la cama.

—¡Anda, pero si es la chavala de Greenbourne! Pero no se lo contaré, siempre y cuando seas amable conmigo.

Maisie se dio cuenta de que estaba muy excitado, y un escalofrío de repugnancia recorrió su cuerpo. Sabía que a algunos hombres les enardecía una mujer con la que otro acabara de acostarse —April le había dicho el término que empleaban para aludir a una mujer en esas condiciones: «bollo con mantequilla»—, y comprendió instintivamente que Edward pertenecía a aquella clase de individuos.

Hugh estaba furioso.

—¡Lárgate de aquí, maldito estúpido! —conminó.

—Tienes que tener espíritu deportivo —insistió Edward—. Al fin y al cabo, no es más que una condenada ramera.

Al tiempo que acababa de decir eso, alargó la mano y tiró de la toalla que cubría a Maisie.

La muchacha saltó al otro lado de la cama, tapándose con las manos; pero tampoco tenía necesidad de ello. Hugh cubrió en dos zancadas el espacio de la reducida habitación que le separaba de Edward y estrelló su puño violentamente contra la nariz de su primo. Brotó la sangre y Edward lanzó un gruñido de angustia.

Edward quedó desarbolado instantáneamente, pero la cólera seguía imponiendo su ley en el ánimo de Hugh, que repitió el golpe.

Edward chilló de dolor y de miedo, mientras retrocedía trastabillando hacia la puerta. Hugh le siguió, sin dejar de lanzarle puñetazos a la cabeza y a la espalda. Edward empezó a gritar:

—¡Déjame ya, basta, por favor!

Cayó a través de la puerta.

Maisie salió del cuarto detrás de ellos. Edward estaba tendido en el suelo y Hugh, sentado encima de él, continuaba golpeándole.

—¡Basta ya, Hugh! —advirtió Maisie—. ¡Lo vas a matar!

Trató de inmovilizarle los brazos, pero Hugh estaba tan furibundo que era muy difícil detenerle.

Un momento después, por el rabillo del ojo, Maisie captó cierto movimiento. Levantó la cabeza y vio en lo alto de la escalera a Augusta, la tía de Hugh, con un salto de cama negro, que la miraba fijamente. A la titubeante claridad de la lámpara de gas, la mujer parecía un mórbido fantasma.

En los ojos de Augusta había una expresión extraña. De entrada, Maisie no logró descifrarla; luego, al cabo de un momento, comprendió de qué se trataba y eso la aterró.

Era una expresión de triunfo.

5

En cuanto vio a la muchacha desnuda, Augusta tuvo plena consciencia de que aquélla era su oportunidad de desembarazarse de Hugh de una vez por todas.

Reconoció a Maisie de inmediato. Era la mujerzuela que la había insultado en el parque, la que llamaban la Leona. Ya entonces le cruzó por la cabeza la idea de que era posible que aquella pequeña lagartona pusiera algún día a Hugh en un brete muy serio: había algo arrogante e inflexible en el modo en que erguía la cabeza y en el brillo que irradiaban sus pupilas. Incluso en aquel momento, cuando debía mostrarse mortificada por la vergüenza, de pie allí, en cueros vivos, la joven devolvía la mirada fríamente a Augusta. Poseía un cuerpo magnífico, menudo pero estupendamente formado, con turgentes senos blancos y una exuberancia de vello áureo en la entrepierna. Su porte era tan altivo que Augusta casi se vio obligada a sentirse como una intrusa. Pero aquella moza sería la perdición de Hugh.

Empezaban a formarse en el cerebro de Augusta las líneas maestras de su plan cuando, súbitamente, vio a Edward tendido en el suelo, con el rostro cubierto de sangre.

Todos sus antiguos temores reaparecieron impetuosamente y Augusta retrocedió veintitrés años atrás, cuando Edward, de niño, estuvo a punto de morir. La inundó un pánico ciego.

—¡Teddy! —gritó—. ¿Qué ha pasado, Teddy? —Cayó de rodillas junto a su hijo y chilló de nuevo—: ¡Háblame, dime algo!

La poseía un pavor insoportable, el mismo que la dominó cuando su nene adelgazaba y adelgazaba de día en día, sin que los médicos supieran el motivo.

Edward se sentó y emitió un gemido.

—¡Di algo! —suplicó Augusta.

—No me llames Teddy —obedeció Edward.

El terror de Augusta disminuyó un poco. El chico estaba consciente y podía hablar. Pero su voz era débil y la nariz parecía deformada.

—¿Qué ha pasado? —quiso saber Augusta.

—¡Sorprendí a Hugh con su puta y se volvió loco! —exclamó Edward.

La mujer hizo un esfuerzo para dominar el miedo y la furia, alargó la mano y tocó suavemente la nariz de Edward. El muchacho lanzó un sonoro lamento, pero permitió que la palpase con delicadeza. «No hay nada roto —pensó la mujer—, sólo está hinchada.»

—¿Qué demonios ocurre? —oyó Augusta que decía su marido.

—Hugh atacó a Edward —explicó.

—¿Está bien el chico?

—Creo que sí.

Joseph se volvió hacia Hugh.

—Maldición, señor, ¿qué pretendes con eso?

—Es de imbéciles preguntar una tontería así —replicó Hugh desafiante.

«Eso está bien, Hugh, empeórate las cosas —pensó Augusta—. Hagas lo que hagas, no pidas disculpas. Mi deseo es que tu tío siga estando furioso contigo.»

Sin embargo, la atención de Joseph se dividía entre los jóvenes y la mujer, de forma que sus ojos no cesaban de volver al magnífico cuerpo desnudo. Augusta sintió la punzada de los celos.

Eso la calmó un poco. Edward no había sufrido tanto daño. Augusta empezó a pensar aceleradamente. ¿Cómo podía explotar la situación para sacarle el máximo partido? Hugh era ahora absolutamente vulnerable: podía hacerle lo que quisiera. Recordó de inmediato la conversación mantenida con Micky Miranda. Había que silenciar a Hugh, porque sabía demasiado acerca de la muerte de Peter Middleton. Era el momento de descargar el golpe.

Primero tenía que apartarlo de la chica.

Habían aparecido algunos sirvientes en ropa de dormir y se mantenían en el umbral que llevaba a la escalera posterior, dedicados a contemplar, llenos de pasmo, pero también sumidos en la fascinación que les producía la escena del rellano. Augusta vio a su mayordomo, Hastead, cubierto con el batín amarillo que Joseph desechó años atrás, y a Williams, un lacayo, con un camisón a rayas.

—Hastead y Williams, ¿quieren hacer el favor de ayudar al señor Edward a ir a la cama?

Los dos hombres se precipitaron hacia adelante y pusieron en pie a Teddy.

Augusta se dirigió seguidamente al ama de llaves.

—Señora Merton, cubra a esta joven con una sábana o cualquier otra cosa, acompáñela a mi habitación y encárguese de que se vista.

La señora Merton se quitó su propia bata y la echó sobre los hombros de la muchacha. Cubrió con la prenda la desnudez de Maisie, pero ésta permaneció inmóvil en su sitio.

—Hugh, ve corriendo a casa del doctor Humboldt, que está en la calle de la Iglesia: será mejor que el médico eche un vistazo a la nariz de Edward.

—No pienso dejar a Maisie —dijo Hugh.

—Puesto que eres tú quien ha ocasionado el daño —manifestó Augusta en tono agudo—, ¡lo menos que puedes hacer es ir a avisar al médico!

—No me pasará nada, Hugh —intervino Maisie—. Ve a buscar al doctor. Estaré aquí cuando vuelvas.

Pero Hugh continuó inmóvil.

—Por aquí, tenga la bondad —la señora Merton indicó la escalera de atrás.

—Oh, creo que iremos por la escalera principal —dijo Maisie.

Luego, con el paso majestuoso de una reina, recorrió el rellano y empezó a bajar por la escalera. La señora Merton la siguió.

—¿Hugh? —dijo Augusta.

Aún se resistía a obedecer, Augusta lo comprendió claramente, pero, por otra parte, a Hugh tampoco se le ocurría ninguna razón para negarse. Al cabo de un momento, accedió:

—Me pondré las botas.

Augusta disimuló su alivio. Los había separado. Ahora, si la suerte la acompañaba un poco más, sellaría el destino de Hugh. Se volvió hacia Joseph.

—Vamos. Bajemos a tu cuarto y tratemos este asunto.

Descendieron por la escalera y entraron en el dormitorio del hombre. Nada más cerrarse la puerta, Joseph la tomó en sus brazos y la besó. Augusta comprendió que deseaba hacer el amor.

221

Eso no era normal. Hacían el amor una o dos veces a la semana, pero siempre era ella la que tomaba la iniciativa: entraba en la alcoba de él y se le metía en la cama. Lo consideraba parte de sus deberes de esposa, pero como prefería llevar ella las riendas, le desanimaba, le quitaba las ganas de entrar en el dormitorio de Augusta. De recién casados, refrenarle había sido mucho más arduo. Joseph insistía en tomarla cada vez que la deseaba, y durante una temporada, ella no tuvo más remedio que permitirle actuar a su modo; pero al final, Joseph acabó dando el rodeo preciso para plegarse al criterio de Augusta. Después, a lo largo de cierto tiempo, no cesó de incordiarla con sugerencias indecorosas, como que debían hacer el amor con la luz encendida, que ella debía ponerse encima e incluso que debía hacerle con la boca cosas que el pudor impide expresar. Pero Augusta resistió con firmeza, y hacía tiempo ya que Joseph había renunciado a poner de manifiesto tales ideas.

Ahora, sin embargo, estaba quebrantando la norma. Augusta sabía por qué. Joseph se había puesto al rojo vivo ante la visión del cuerpo desnudo de Maisie, de aquellos jóvenes y firmes senos y de la cascada de su cabellera rubia. Ese pensamiento le dejó mal sabor de boca y rechazó a su esposo.

Joseph pareció resentido. Augusta deseaba que se indignase con Hugh, no con ella, así que le tocó el brazo en gesto conciliatorio.

—Luego —dijo—. Más tarde iremos a eso.

Joseph se avino.

—Hay sangre mala en Hugh —dijo el hombre—. Le viene de mi hermano.

—Después de esto, no puede seguir viviendo aquí —manifestó Augusta en un tono que no dejaba lugar a la discusión.

Joseph tampoco estaba dispuesto a discutir sobre ese punto.

—No, ciertamente.

—Tienes que despedirlo del banco —continuó Augusta.

Joseph pareció tercamente molesto.

—Te agradecería que no formulases ningún aviso respecto a lo que debe hacerse en el banco.

—Joseph, te ha insultado al traer a esta casa a una desgraciada —recordó, utilizando un eufemismo de prostituta.

Joseph fue a sentarse ante el escritorio.

—Sé perfectamente lo que ha hecho. Simplemente te pido que mantengas separado lo que sucede en esta casa de lo que ocurre en el banco.

Augusta decidió emprender una momentánea retirada.

—Muy bien. Estoy segura de que sabes mejor que nadie lo que procede hacer.

Joseph siempre se deshinchaba cuando Augusta cedía inesperadamente en algo.

—Supongo que lo mejor que puedo hacer es despacharlo del banco —dijo al cabo de un momento—. Imagino que volverá a Folkestone, con su madre.

Augusta no estaba muy segura de ello. Aún no había trazado su estrategia; estaba reflexionando a toda prisa.

—¿En qué trabajaría?

—No lo sé.

Augusta se dio cuenta de que había cometido un error. Hugh sería aún más peligroso si estuviese desempleado, resentido y dando vueltas por ahí sin nada que hacer. David Middleton todavía no se había puesto en contacto con él —posiblemente Middleton desconocía todavía que Hugh estaba en la alberca aquel día fatídico—, pero tarde o temprano se enteraría. Augusta empezó a ponerse nerviosa, arrepentida de no haber meditado un poco, antes de insistir en que había que despachar a Hugh. Se enfadó consigo misma.

¿Podría lograr que Joseph cambiase de idea otra vez?

No le quedaba más remedio que intentarlo.

—Tal vez estemos siendo demasiado duros con él —dijo.

Joseph enarcó las cejas, sorprendido por aquella repentina muestra de clemencia.

—Bueno —prosiguió Augusta—, siempre estás diciendo que, como banquero, tiene un enorme potencial. Quizá despedirlo no sea inteligente.

Joseph empezó a enfadarse.

—¡Ponte de acuerdo contigo misma respecto a lo que quieres, Augusta!

La mujer fue a sentarse en una sillita baja colocada junto al escritorio. Dejó que se le levantara la falda del camisón y estiró las piernas, unas piernas que seguían siendo bonitas. Al mirarlas, la expresión de Joseph se suavizó.

Mientras el hombre se distraía, Augusta se estrujó el cerebro. Tuvo una súbita inspiración.

—Envíale al extranjero —sugirió.

—¿Eh?

Cuanto más profundizaba en la idea, más le gustaba. Hugh quedaría lejos del alcance de David Middleton, pero dentro de la esfera de la influencia de Augusta.

—A Extremo Oriente o América del Sur —continuó, añadiendo entusiasmo a la propuesta—. A algún sitio donde su mala conducta no se refleje en mi casa de un modo directo.

Se volatilizó la irritación de Joseph hacia ella.

—No es mala idea —dijo en tono meditativo—. Hay una vacante en Estados Unidos. El muchacho que dirige nuestra oficina de Boston necesita un ayudante.

«América sería perfecto», pensó Augusta. Se sintió muy complacida de su propia brillantez mental.

Sin embargo, en aquel momento lo único que hacía Joseph era juguetear con la propuesta. Augusta quería que se comprometiese.

—Haz que Hugh se vaya lo antes posible —apremió—. No le quiero en esta casa ni un día más.

—Puede encargar su pasaje por la mañana —manifestó Joseph—. Después ya no habrá razón alguna para que permanezca en Londres. Puede ir a Folkestone a despedirse de su madre y quedarse allí hasta que zarpe el barco.

«Y no verá a David Middleton en varios años», pensó Augusta con satisfacción.

—¡Espléndido! —articuló—. Todo arreglado, pues.

¿Quedaba algún otro obstáculo? Recordó a Maisie. ¿Le importaría mucho a Hugh? Augusta lo dudaba, pero todo era posible. Quizá se negara a separarse de ella. Era un cabo suelto, y eso siempre preocupaba a Augusta. No podía llevarse a una ramera consigo a Boston pero, por otra parte, cabía la posibilidad de que el muchacho se negara a marcharse de Londres sin ella. Augusta se preguntó si podría arrancar de raíz aquel noviazgo, simplemente como precaución.

Se puso en pie y se dirigió a la puerta que comunicaba ambos dormitorios. Joseph pareció decepcionado.

—Debemos desembarazarnos de esa chica —dijo Augusta.

—¿Qué puedo hacer?

La pregunta sorprendió a Augusta. No era propio de Joseph brindar ofertas de ayuda. La mujer pensó con acritud que lo que deseaba era echarle otro vistazo a la puta aquella. Meneó la cabeza.

—Ahora vuelvo. Métete en la cama.

—Muy bien —repuso él de mala gana.

Augusta entró en su alcoba y cerró la puerta tras de sí. Maisie ya se había vestido. Llevaba otra vez el sombrero sujeto al pelo. La señora Merton acababa de doblar un vestido chillón de color azul verdoso, que introdujo en un bolso barato.

—Le he prestado un vestido mío, señora, ya que el de ella estaba empapado —explicó el ama de llaves.

Eso explicaba una pequeña duda que había estado molestando a Augusta. Pensaba que era improbable que Hugh hiciese algo tan ostentosamente estúpido como llevar una pelandusca a casa. Ahora comprendió cómo se habían desarrollado los acontecimientos. Les sorprendió el repentino chaparrón y Hugh llevó a la joven al interior de la casa para que se secara... y una cosa condujo a otra.

—¿Cómo te llamas? —preguntó a la muchacha.

—Maisie Robinson. Ya conozco su nombre.

Augusta tuvo consciencia de que odiaba a Maisie Robinson. No estaba segura del motivo: aquella chica no merecía la pena lo bastante como para justificar un sentimiento tan vehemente. La inquina tenía algo que ver con el aspecto y la actitud de la joven cuando estaba desnuda: tan sensual, tan orgullosa, tan independiente.

—Supongo que ahora quieres dinero —aventuró Augusta con desdén.

—¡Vaca hipócrita! —replicó Maisie—. No me venga a decir que se casó por amor con ese adefesio de marido que tiene.

Claro que no, y aquellas palabras dejaron a Augusta sin aliento. Había subestimado a aquella joven. Empezó mal y ahora tendría que salir del hoyo como pudiese. Comprendió que, en adelante, era cuestión de manejar a Maisie con cuidado. Se le había presentado una oportunidad providencial y no debía desaprovecharla.

Tragó saliva y se esforzó por parecer razonable.

—¿Quieres sentarte un momento? —indicó una silla.

Maisie puso cara de sorpresa, pero tras unos segundos de vacilación, tomó asiento.

Augusta se acomodó frente a ella.

Había que convencer a la chica de que no le quedaba más alternativa que renunciar a Hugh. Maisie se mostró despectiva cuando le insinuó lo del soborno, por lo que Augusta se sentía reacia a repetir la oferta: adivinó que el dinero no iba a dar resultado con aquella moza. Y era evidente que Maisie tampoco pertenecía al tipo de las que se dejan avasallar.

Augusta tenía que hacerla creer que la separación sería lo más adecuado, tanto para Hugh como para Maisie. Y el asunto funcionaría mejor si la propia Maisie pensaba que era idea suya dejar a Hugh, lo que seguramente se conseguiría mejor si Augusta adoptaba la postura contraria. Sí, ésa era una muy buena idea...

—Si quieres casarte con él —dijo Augusta—, yo no pienso impedírtelo.

La muchacha pareció sorprenderse, y Augusta se congratuló de haberla pillado con la guardia baja.

—¿Qué le hace pensar que quiero casarme con él? —preguntó Maisie.

Augusta estuvo en un tris de soltar una carcajada. Tuvo ganas de decir: «El hecho de que eres una pequeña y calculadora aventurera», pero en cambio contestó:

—¿Qué chica no querría casarse con él? Es apuesto, bien parecido y procede de una gran familia. No tiene dinero, pero las perspectivas de su porvenir no pueden ser más prometedoras.

Maisie entornó los párpados y declaró:

—Parece que usted desea que me case con él.

Precisamente ésa era la impresión que quería dar Augusta, pero había que actuar con sutileza. Maisie era recelosa y parecía demasiado inteligente para que la embaucasen con facilidad.

—No nos engañemos, Maisie —dijo—. Perdóname por expresarlo así, pero ninguna mujer de mi clase desearía que un hombre de su familia desposara a una mujer tan inferior socialmente con respecto a él.

Maisie no manifestó resentimiento alguno.

—Puede desearlo, si le odia lo suficiente.

Alentada, Augusta continuó con su estrategia.

—Pero yo no odio a Hugh —negó—. ¿De dónde has sacado esa idea?

—De él. Me dijo que usted le trata como a un pariente pobre y que se asegura de que los demás miembros de la familia hagan lo mismo.

—¡Qué ingratas pueden ser las personas! Pero ¿por qué iba a querer arruinar su carrera?

—Porque al compararlos, todo el mundo se da cuenta de lo burro que es ese hijo de usted, Edward.

Una oleada de furor inundó a Augusta. De nuevo, Maisie se había acercado fastidiosamente a la verdad. Cierto que Edward carecía de la picardía astuta de Hugh, pero Edward era un muchacho dulce y estupendo, mientras que la educación de Hugh era deficiente.

—Creo que sería mejor que no mencionaras el nombre de mi hijo —reprochó Augusta en voz baja.

Maisie sonrió.

—Me parece que he puesto el dedo en la llaga. —Su expresión volvió a ser grave—. Así que ése es su juego, ¿eh? Bueno, pues no voy a seguírselo.

—¿Qué quieres decir? —preguntó Augusta.

De súbito asomaron lágrimas en los ojos de Maisie.

—Quiero decir que Hugh me gusta demasiado para arruinar su carrera.

Augusta se sintió admirada y complacida por la fuerza de la pasión de Maisie. A pesar de lo mal que había empezado, aquello estaba saliendo a las mil maravillas.

—¿Qué piensas hacer? —preguntó a la joven.

Maisie luchó denodadamente por contener las lágrimas.

—No volveré a verle. Puede que usted acabe por destruirlo, pero yo no contribuiré a ello.

—Es posible que vaya tras de ti.

—Desapareceré. No sabe dónde vivo. Me mantendré lejos de los lugares a los que pueda ir a buscarme.

«Un plan estupendo —pensó Augusta—: lo único que tienes que hacer es quedarte fuera de su vista unos días, después Hugh se habrá ido al extranjero y estará ausente varios años... tal vez no vuelva más.» Pero no dijo nada. Se las había ingeniado para llevar a Maisie a una conclusión y la muchacha ya no necesitaba más ayuda.

Maisie se secó el rostro con la manga del vestido.

—Será mejor que me vaya, antes de que Hugh vuelva con el médico —se puso en pie—. Gracias por prestarme su vestido, señora Merton.

El ama de llaves, atenta y servicial le abrió la puerta.

—Por aquí, le indicaré la salida.

—Iremos por la escalera de atrás, por favor —dijo Maisie—. No quiero... —se interrumpió, tragó saliva y añadió, casi en un susurro—: No quiero volver a ver a Hugh.

Salió.

La señora Merton fue tras ella y cerró la puerta.

Augusta dejó escapar un prolongado suspiro. Finalmente, lo había conseguido. Había detenido en seco la carrera de Hugh, neutralizado a Maisie Robinson y esquivado el peligro de David Middleton, todo en una noche. Maisie era un adversario formidable pero, al final, resultó excesivamente emotiva.

Augusta saboreó su triunfo durante un momento y luego se dirigió al dormitorio de Edward.

Estaba sentado en la cama. Tenía en la mano una copa, de la que tomaba sorbos de coñac.Alrededor de su contusionada nariz había sangre reseca y el chico parecía compadecerse de sí mismo.

—Mi pobre muchacho —dijo Augusta. Se acercó a la mesita de noche, humedeció la esquina de una toalla, se sentó en el borde de la cama y procedió a limpiar la sangre de encima del labio superior. Edward dio un respingo. Augusta se excusó—: Lo siento.

Edward le dedicó una sonrisa.

—No pasa nada, madre —dijo—. Sigue. Me alivia mucho.

Mientras le lavaba la sangre, entró el doctor Humboldt, seguido de Hugh.

—¿Estuviste peleándote a puñetazo limpio, jovencito? —saludó alegremente.

Augusta se tomó el comentario como una ofensa.

—Desde luego que no —replicó malhumorada—. Le atacaron.

Humboldt se quedó un tanto atribulado.

—En efecto, en efecto —murmuró.

—¿Dónde está Maisie? —quiso saber Hugh.

Augusta no deseaba hablar de Maisie delante del médico. Se puso en pie y llevó a Hugh fuera del cuarto.

—Se marchó.

—¿La echaste? —preguntó Hugh.

Augusta se sintió inclinada a ordenarle que no le hablase en aquel tono, pero decidió que no iba a ganar nada provocando la indignación de Hugh: la victoria que había obtenido ya era absoluta, aunque Hugh lo ignoraba.

—Si la hubiera echado —explicó en tono conciliador—, ¿no crees que se habría quedado esperándote en la calle para contártelo? No, se marchó por su propia voluntad. Dijo que te escribiría mañana.

—Pero también dijo antes que estaría aquí cuando yo volviese con el médico.

—Entonces es que cambió de idea. ¿Es que no has conocido nunca a una chica de su edad que haga eso?

Hugh pareció quedar desconcertado, no supo qué añadir.

—Sin duda deseaba salir cuanto antes de la embarazosa situación en que la colocaste —dijo Augusta.

La explicación le resultó lógica.

—Supongo que le hiciste sentirse tan violenta que no pudo soportar la prueba de seguir en la casa.

—Ya está bien —replicó Augusta en tono severo—. No quiero escuchar tus opiniones. Tu tío Joseph hablará contigo a primera hora de la mañana, antes de que salgas para el banco. Buenas noches.

Durante unos segundos dio la impresión de que Hugh iba a protestar. La verdad, sin embargo, era que no tenía nada que decir.

—Muy bien —murmuró por último y se metió en su cuarto.

Augusta regresó a la habitación de Edward. El médico cerraba su maletín en aquel momento.

—No tiene nada grave —diagnosticó—. Durante unos días, la nariz estará un poco pachucha y puede que mañana el ojo se le ponga amoratado; pero es joven y se curará en un dos por tres.

—Gracias, doctor. Hastead le acompañará a la salida.

—Buenas noches.

Augusta se inclinó sobre la cama y besó a Edward.

—Buenas noches, Teddy querido. Descansa.

—Muy bien, madre. Buenas noches.

A Augusta todavía le quedaba por cumplir una tarea más.

Bajó la escalera y entró en la alcoba de Joseph. Había albergado la esperanza de que se hubiera ido a dormir, pero el hombre estaba leyendo, sentado en la cama, un ejemplar del *Pall Mall Gazette*. Apartó el periódico inmediatamente y levantó la ropa del lecho para que Augusta se metiera debajo.

La abrazó al instante. Ella se dio cuenta de que la habitación estaba llena de luz: había llegado el alba sin que se enterase. Cerró los ojos.

Joseph la penetró rápidamente. Augusta le rodeó con los brazos y correspondió a los movimientos de su esposo. Pensó en sí misma, a la edad de dieciséis años, tendida a la orilla del río, con su vestido color frambuesa y su sombrero de paja, y con el joven conde de Strang comiéndola a besos; sólo que en el cerebro de Augusta el muchacho no se contentaba con besarla, sino que la levantaba las faldas y le hacía el amor allí, bajo el calor del sol, mientras las aguas del río chapoteaban a sus pies...

Una vez terminaron, Augusta permaneció junto a Joseph, dedicada a reflexionar sobre su victoria.

—Una noche extraordinaria —murmuró Joseph con voz soñolienta.

—Sí —coincidió Augusta—. Y qué chica tan horrible.

—Hummm —rezongó el hombre—. Un aspecto impresionante... Arrogante y obstinada... Deliciosa... Tan estupenda como la que más... Una figura adorable... Como tú, a su edad.

Augusta se sintió mortalmente ofendida.

—¡Joseph! —protestó—. ¿Cómo puede ocurrírsete decir algo tan espantoso?

Él se abstuvo de responder y Augusta comprobó que se había quedado dormido. Furiosa, echó a un lado la ropa de la cama, saltó al suelo y salió precipitadamente de la habitación.

Aquella noche ya no volvió a dormir.

6

Micky Miranda vivía en dos habitaciones de una casa de Camberwell, un modesto barrio del sur de Londres. Ninguno de sus amigos de la clase alta le había visitado nunca allí, ni siquiera Edward Pilaster. Micky interpretaba el papel del joven ciudadano de presupuesto reducido, y el hospedaje elegante era una de las cosas sin las que se podía pasar muy bien.

Todos los días, a las nueve de la mañana, la patrona, una viuda con dos hijos bastante crecidos, les servía, a él y a Su padre, café y bollos calientes. Mientras desayunaban, Micky contó a su padre las maniobras que había realizado para hacerle perder a Tonio Silva cien libras que no tenía. No esperaba que su padre se deshiciera en elogios, pero sí que, al menos, emitiese algún gruñido de reconocimiento por su ingenio. Sin embargo, Papá Miranda no se mostró impresionado. Enfrió el café soplando sobre la taza y luego lo sorbió ruidosamente.

—De modo que vuelve a Córdoba...

—Aún no, pero volverá.

—Esperas que lo haga. Tantas molestias, y a lo único que has llegado es a *esperar* que regrese a Córdoba.

Micky se sintió herido.

—Hoy decidiré su destino —protestó.

—Cuando yo tenía tu edad...

—Le hubieras degollado, ya lo sé. Pero estamos en Londres, no en la provincia de Santamaría, y si yo fuese por ahí seccionando la yugular a la gente, me ahorcarían.

—Hay veces en que no queda otra opción.

—Pero hay otras en las que no queda más remedio que andarse con cuidado. Piensa en Samuel Pilaster y en sus remilgos a la hora de traficar con armas. Conseguí quitarle de en medio sin derramamiento de sangre, ¿no?

Lo cierto es que quien lo hizo fue Augusta, pero Micky no se lo había dicho así a su padre.

—No sé —silabeó Papá Miranda tercamente—. ¿Cuándo tendré los rifles?

Ahí le dolía. El viejo Seth continuaba vivo y seguía siendo el presidente del consejo del Banco Pilaster. Corría el mes de agosto. En septiembre, la nieve empezaría a fundirse en las montañas de Santamaría. Papá Miranda deseaba verse en casa... con sus armas. En cuanto Joseph se convirtiese en socio mayor, Edward tiraría adelante con la operación y se embarcarían los rifles. Pero el viejo Seth se aferraba con exasperante obstinación a su cargo... y a la vida.

—Pronto los tendrás —aseguró Micky—. Seth no puede durar mucho más.

—Bueno —dijo Papá Miranda, con la petulante expresión del que acaba de ganar una controversia.

Micky puso mantequilla en un bollo. Siempre había sido así. Por mucho que se esforzara, no conseguía complacer a su padre.

Proyectó su imaginación sobre la jornada que tenía por delante. Tonio debía ahora un dinero que le iba a ser imposible pagar. El paso siguiente consistía en transformar el problema en crisis. Su intención era que Edward y Tonio regañaran públicamente. Si lo lograba, la desdicha de Tonio sería de dominio público y no tendría más remedio que abandonar su empleo y volver a Córdoba. Eso le situaría convenientemente fuera del alcance de David Middleton.

Micky quería hacer todo eso sin convertir a Tonio en enemigo. Porque aún le faltaba alcanzar otro objetivo: quería el empleo de Tonio. Y éste podía ponerle las cosas difíciles, de inclinarse a ello, por el procedimiento de indisponer a Micky contra el embajador. Micky deseaba persuadir a Tonio para que le allanase el camino.

Toda la situación la complicaba el asunto de sus relaciones con Tonio. En el colegio, Tonio odiaba y temía a Micky; en los últimos tiempos, sin embargo, había llegado a admirarle. Ahora, Micky necesitaba que Tonio fuera su mejor amigo... al tiempo que él le destrozaba la vida.

Mientras Micky pensaba en el difícil día que le esperaba sonó una llamada a la puerta y la patrona anunció una visita. Segundos después entraba Tonio.

Micky proyectaba visitarle después del desayuno. La llegada de Tonio le evitaba aquella molestia.

—Siéntate —invitó alegremente—, toma un poco de café. ¡Vaya mala suerte la de anoche! Claro que ganar y perder son las cosas que acarrean las cartas.

Tonio saludó a Papá Miranda con una inclinación y tomó asiento. Parecía haberse pasado la noche en blanco.

—Perdí más de lo que puedo permitirme —confesó.

Papá Miranda emitió un gruñido de impaciencia. No podía sufrir a la gente que se lamentaba y, de todas formas, despreciaba a la familia Silva, que para él no era más que un hatajo de cobardes de ciudad que vivía del mecenazgo y la corrupción.

Micky fingió condolerse y manifestó en tono solemne:

—No sabes cómo lo lamento.

—No ignoras lo que significa una cosa así. En este país, el

hombre que no paga sus deudas de juego no es un caballero. Y un hombre que no es un caballero, tampoco puede ser diplomático. Puede que tenga que presentar la dimisión y volver a la patria.

«Exactamente», pensó Micky; pero manifestó con voz impregnada de aflicción:

—Comprendo el problema.

—Ya sabes cómo es la gente respecto a estas cosas —continuó Tonio—. Si no liquidas la deuda al día siguiente, ya estás bajo sospecha. Pero me costaría años devolver cien libras. Por eso recurro a ti.

—No entiendo —dijo Micky, aunque entendía a la perfección.

—¿Me prestarás el dinero? —suplicó Tonio—. Tú eres cordobés, no eres como estos ingleses; tú no condenas a un hombre por un error que haya cometido. Y, con el tiempo, te lo devolveré.

—Si tuviera ese dinero, te lo daría —dijo Micky—. Me encantaría estar en condiciones de echarte una mano.

Tonio miró a Papá Miranda, que le contempló fríamente y pronunció un simple monosílabo:

—No.

Tonio agachó la cabeza.

—El juego me convierte en un estúpido —dijo con voz hueca—. No sé qué voy a hacer. Si vuelvo a casa deshonrado de esta forma no podré mirar a la cara a mi familia.

—Tal vez pueda hacer algo para ayudarte —aventuró Micky pensativamente.

Tonio se animó.

—¡Oh, por favor, lo que sea!

—Edward y yo somos buenos amigos, como sabes. Puedo hablarle en tu merced, explicarle las circunstancias del caso y pedirle que sea indulgente... como favor personal hacia mí.

—¿Lo harías?

El rostro de Tonio se inundó de esperanza.

—Le pediré que espere un poco su dinero y que no diga nada a nadie. No te garantizo nada, tenlo presente. A los Pilaster les sobran cubos de dinero, pero son un grupo de cabezotas. De todas formas, lo intentaré.

Tonio estrujó la mano de Micky.

—No sé cómo agradecértelo —dijo fervorosamente—. Jamás lo olvidaré.

—No te hagas demasiadas ilusiones...

—No puedo evitarlo. Estaba desesperado y tú me brindas un motivo para la esperanza. —Tonio pareció avergonzado, al tiempo que añadía—: Esta mañana pensé en quitarme la vida. Crucé el puente de Londres y me dispuse a tirarme al río.

Se oyó un suave bufido por parte de Papá Miranda, quien evidentemente pensaba que hubiera sido lo mejor de todo aquel asunto.

—Gracias a Dios que cambiaste de idea —dijo Micky apresuradamente—. Ahora, creo que vale más que vaya al Banco Pilaster y hable con Edward.

—¿Cuándo nos vemos?

—¿Estarás en el club a la hora del almuerzo?

—Claro, si quieres que esté...

—Entonces nos encontraremos allí.

—Muy bien. —Tonio se levantó—. Te dejaré acabar el desayuno. Y...

—No me lo agradezcas —dijo Micky, y alzó la mano indicando silencio con el gesto—. Trae mala suerte. Espera y confía.

—Sí. Bueno. —Tonio volvió a insinuar una reverencia—. Adiós, señor Miranda.

Se marchó.

—Estúpido muchacho —murmuró Papá Miranda.

—Un completo imbécil —convino Micky.

Pasó al otro cuarto y se puso ropas de mañana: camisa

blanca con alto cuello duro y puños almidonados, pantalones color de ante, pechera negra de raso que se tomó el trabajo de sujetar perfectamente y levita cruzada negra. Los zapatos brillaban gracias al betún, y el aceite de macasar había dejado relucientes sus cabellos. Siempre vestía con elegancia, pero con cierto tradicionalismo: nunca llevaba el cuello vuelto que se había puesto de moda, ni el monóculo típico del dandi. Los ingleses tenían una gran inclinación a considerar que todo extranjero era un pícaro desvergonzado, y Micky se cuidaba muy mucho de proporcionarles la excusa que justificara tal creencia.

Dejó a Papá Miranda a su propio albedrío, salió de la casa, cruzó el puente y entró en el distrito financiero llamado la City, que debía su nombre al hecho de que ocupaba los dos kilómetros cuadrados y medio de la original urbe que los romanos establecieron en Londres. El tráfico sufría un gran atasco en torno a la catedral de San Pablo, mientras carruajes, tranvías de caballos, narrias de cerveceros, cabriolés y carros de vendedores ambulantes competían por el espacio con un enorme rebaño de ovejas que los pastores conducían al mercado de carne de Smithfield.

El Banco Pilaster era un edificio nuevo, de larga fachada clásica e impresionante entrada que flanqueaban macizas columnas estriadas. Eran las doce y unos minutos cuando Micky franqueó la doble puerta que daba paso al vestíbulo del banco. Aunque Edward raramente llegaba al trabajo antes de las diez, solía irse a almorzar en algún momento apenas rebasadas las doce del mediodía.

Micky se acercó a uno de los «andariegos».

—¿Sería usted tan amable de informar a don Edward Pilaster de que ha venido a verle el señor Miranda? —pidió.

—Muy bien, señor.

Allí, más que en ningún otro sitio, envidiaba Micky a los Pilaster. Todos los detalles de aquel lugar proclamaban riqueza y poder: el suelo de mármol pulimentado, el espléndido artesonado y el revestimiento de madera, las apagadas voces, el rasgueo de las plumas sobre el papel de los libros de contabilidad y quizá, sobre todo, los bien alimentados y mejor ataviados ordenanzas. Todo aquel espacio y todas aquellas personas eran y estaban empleados básicamente por cuenta del dinero de la familia Pilaster. Allí nadie criaba ganado, explotaba nitrato o construía ferrocarriles: el trabajo lo hacían otros y a mucha distancia. Los Pilaster sólo se cuidaban de que el dinero se multiplicase. A Micky le parecía que aquél era el mejor sistema para enriquecerse, ahora que se había abolido la esclavitud.

En la atmósfera del banco se percibía algo falso. Era solemne y digna, como una iglesia, un museo o el palacio de un presidente. Los Pilaster eran prestamistas, pero se comportaban como si cargar intereses fuera una actividad tan noble como el sacerdocio.

Al cabo de unos minutos apareció Edward... con la nariz magullada y un ojo negro. Micky enarcó las cejas.

—¿Qué te ha pasado, mi querido amigo?

—Me peleé con Hugh.

—¿Por qué?

—Le reproché el que hubiese llevado una puta a casa y perdió los estribos.

Lo primero que pensó Micky fue que aquello muy bien podía haber proporcionado a Augusta la oportunidad que buscaba de desembarazarse de Hugh.

—¿Qué pasó con Hugh?

—No volverás a verle en una larga temporada. Lo han enviado a Boston.

«Bien hecho, Augusta», pensó Micky. Sería una operación estupenda si en el mismo día se pudiera quitar de en medio a Hugh y a Tonio.

—Tengo la impresión de que una botella de champán y un buen almuerzo te vendrían de perlas.

—¡Espléndida idea!

Salieron del banco y se encaminaron en dirección oeste. Era una tontería coger un cabriolé, puesto que las ovejas bloqueaban las calles y los carruajes se veían inmovilizados. Dejaron atrás el mercado de carne, punto de destino de las ovejas. El olor que despedían los mataderos resultaba insoportablemente molesto. Arrojaban a las ovejas por una trampilla de forma que caían directamente en el degolladero situado debajo. La caída bastaba para romperles las patas y los animales quedaban allí, sin poder moverse, hasta que les llegaba el turno y el matarife les cortaba el cuello.

—Esto es suficiente para no volver a probar la carne de cordero en la vida —comentó Edward mientras se cubría el rostro con el pañuelo.

Micky pensó que haría falta mucho, muchísimo más para apartar a Edward de su almuerzo.

Una vez fuera de la City, llamaron a un cabriolé y se dirigieron a Pall Mall. En cuanto se acomodaron y el coche arrancó, Micky empezó a soltar el discurso que llevaba preparado.

—Me fastidian los tipos que andan por ahí difundiendo insultos y hablando de la mala conducta de otros muchachos —comenzó Micky.

—¿Sí? —articuló Edward vagamente.

—Pero cuando esas cosas afectan a un amigo del tipo en cuestión, uno se ve más bien obligado a decir algo.

—Hummm.

Saltaba a la vista que Edward no tenía la más remota idea de lo que Micky estaba hablando.

—Y me molestaría que creyeses que no dije nada sólo porque el tipo era compatriota mío.

Se produjo un instante de silencio, que Edward rompió al final:

—No estoy muy seguro de entender lo que quieres decir.

—Estoy hablando de Tonio Silva.

—Ah, sí. Supongo que el estado de su economía no le permite pagar lo que me debe.

—Eso es una memez. Conozco a su familia. Son casi tan ricos como la tuya.

Micky no dudó en comprometerse con una mentira tan flagrante como aquélla; los londinenses ignoraban por completo lo ricas que podían ser las familias suramericanas.

Edward se mostró sorprendido.

—Dios santo. Pensaba lo contrario.

—Te equivocabas de medio a medio. Puede permitirse pagarte, lo que empeora el asunto.

—¿Qué? ¿Qué es lo que empeora?

Micky dejó escapar un profundo suspiro.

—Me temo que no tiene intención de pagarte. Y anda por ahí jactándose de ello y afirmando que no eres lo bastante hombre como para obligarle a hacerlo.

Edward enrojeció.

—¡Conque sí, por todos los diablos! ¡No soy lo bastante hombre! ¡Ya lo veremos!

—Le advertí que no te subestimara. Le dije que era muy posible que no te quedaras cruzado de brazos mientras se burlaba de ti. Pero prefirió no hacer caso de mi consejo.

—¡Será canalla! Bueno, si no quiere escuchar la sensatez de un buen consejo, puede que descubra la verdad de una forma dolorosa.

—Es una vergüenza —dijo Micky.

Edward se fue encendiendo en silencio.

La impaciencia consumía a Micky mientras el cabriolé rodaba por el Strand. Tonio estaría ya en el club. El talante de Edward era justo el apropiado para iniciar una pelea. Todo estaba saliendo a pedir de boca.

Por fin, el vehículo se detuvo delante del club. Micky esperó en tanto Edward pagaba al cochero. Entraron. En el guardarropa; entre un grupo de personas que colgaban el sombrero, encontraron a Tonio.

Micky se puso en tensión. Lo había apostado todo a aquella carta: lo único que podía hacer ahora era cruzar los dedos y confiar en que el drama que había imaginado se desarrollase tal como lo había planeado.

Tonio captó la mirada de Edward, pareció sentirse un poco incómodo y saludó:

—¡Por Júpiter...! ¡Buenos días, pareja!

Micky miró a Edward.

La cara de éste había adoptado un tono rosáceo y era como si los ojos quisieran salírsele de las órbitas.

—Veamos, Silva —dijo.

Tonio se le quedó mirando, temeroso.

—¿Qué ocurre, Pilaster?

—Es acerca de esas cien libras —profirió Edward en voz alta.

Se hizo un súbito silencio en la habitación. Varias personas volvieron la cabeza y un par de hombres que estaban a punto de cruzar la puerta se pararon en seco y dieron media vuelta. Era de mala educación hablar de dinero, y un caballero sólo lo haría en circunstancias extremas. Todos sabían que Edward tenía tanto que no sabía qué hacer con él, así que resultaba evidente que era otro el motivo que le inducía a mencionar públicamente la deuda de Tonio. Los presentes presintieron que iba a haber escándalo.

Tonio se puso blanco.

—¿Sí?

—Puedes devolvérmelas hoy —dijo Edward con brusquedad—, si te parece bien.

Se había pronunciado un desafío. Muchos estaban enterados de que la deuda era real, de modo que no cabía la posibilidad de discutirla.

Como caballero, a Tonio no le quedaba más que una opción. Tenía que decir: «¡No faltaba más! Si tan importante lo consideras, tendrás tus cien libras ahora mismo. Vamos arriba y te extenderé un cheque... ¿O prefieres que vayamos a mi banco, que está a la vuelta de la esquina?». De no proceder Tonio así, todo el mundo sabría que no estaba en situación de pagar la deuda, y quedaría condenado al ostracismo.

Micky contemplaba la escena con odiosa fascinación. Una expresión de pánico desfiguró el rostro de Tonio y, por un momento, Micky se preguntó si no cometería alguna locura. El miedo se transformó en cólera y abrió la boca para protestar, pero no salió palabra alguna. Extendió luego las manos, en gesto de súplica; pero se apresuró también a abandonar tal actitud. Por último, su cara se contrajo como la de un niño a punto de llorar. Y en ese preciso momento, dio media vuelta y salió corriendo. Los dos hombres que estaban en la puerta se retiraron a toda prisa y Tonio cruzó el vestíbulo y salió a la calle sin sombrero.

Micky estaba jubiloso: todo había salido a la perfección.

Cuantos estaban en el guardarropa tosieron y se llevaron la mano al rostro para disimular su embarazo. Un anciano miembro del club murmuró:

—Eso fue un poco duro, Pilaster.

—Se lo merecía —intervino Micky rápidamente.

—Sin duda, sin duda —convino el anciano.

—Necesito un trago —dijo Edward.

—Pide un coñac para mí, ¿quieres? —encargó Micky—. Será mejor que alcance a Silva y me asegure de que no se tira bajo las ruedas de un tranvía de caballos.

Salió disparado del club.

Aquélla era la parte más sutil de su plan: ahora tenía que convencer al hombre al que acababa de arruinar de que él, Micky, era su mejor amigo.

Tonio caminaba presuroso en dirección a St. James, sin mirar por dónde iba, tropezando con otros peatones. Micky corrió hasta alcanzarle.

—Escúchame, Silva, estoy terriblemente desolado —dijo.

Tonio se detuvo. Había lágrimas en sus mejillas.

—Para mí, se acabó —declaró—. Todo ha concluido.

—Pilaster no quiso atender mis razones —explicó Micky—. Hice cuanto pude...

—Lo sé. Gracias.

—No me des las gracias. Fracasé.

—Pero lo intentaste. Quisiera poder hacer algo para mostrarte mi aprecio.

Micky vaciló, al tiempo que pensaba: «¿Por qué no te atreves a pedírselo ahora mismo?».

Decidió ser audaz.

—Pues, mira, ya que lo dices... Pero es mejor que hablemos de ello en otro momento.

—No, dímelo ahora.

—Me resulta muy violento. Dejémoslo para otro día.

—No sé cuántos días más estaré aquí. ¿De qué se trata?

—Bueno... —Micky simuló sentirse avergonzado—. Supongo que, en su momento, más adelante, el embajador de Córdoba tendrá que buscar alguien que te sustituya.

—Necesitará alguien en seguida. —La comprensión apareció en el semblante de Tonio, manchado por las lágrimas—. ¡Naturalmente... deberías ocupar esa plaza! ¡Serías el hombre ideal!

—Si pudieses insinuárselo...

—Haré algo más que eso. Le diré que has sido una ayuda estupenda, le explicaré que intentaste con todas tus fuerzas sacarme del atolladero en que me he metido. Tengo la absoluta certeza de que te concederá la plaza.

—No me hace ninguna gracia salir beneficiado a costa de tus dificultades —dijo Micky—. Tengo la impresión de estar comportándome como una rata.

—En absoluto. —Tonio tomó entre las suyas las manos de Micky—. Eres un verdadero amigo.

V

Septiembre

1

Dorothy, la hermana de Hugh, estaba doblándole las camisas y colocándolas dentro del baúl. Hugh sabía que cuando la niña se fuese a la cama, él tendría que volver a sacar la ropa y repetir el trabajo, porque Dorothy sólo contaba seis años y su forma de doblar las prendas dejaba mucho que desear; pero Hugh fingía que la chica lo estaba haciendo muy bien y la animaba.

—Háblame otra vez de América —pidió Dorothy.

—América está tan lejos que, por la mañana, el sol tarda cuatro horas más en llegar.

—¿Y la gente se queda en la cama toda la mañana?

—Sí... ¡Entonces se levantan a la hora de almorzar y desayunan!

La niña emitió una risita.

—¡Qué vagos!

—La verdad es que no lo son. Verás, allí no oscurece hasta la medianoche, de modo que tienen que trabajar todo ese tiempo.

—¡Y se van a dormir tarde! A mí me gusta acostarme tarde. Me gustaría mucho América. ¿Por qué no puedo ir contigo?

–Me gustaría que eso fuese posible, Dotty.

Hugh se sentía bastante triste: no volvería a ver a su hermanita en varios años. Cuando él regresara, Dotty estaría cambiadísima. Entendería los husos horarios.

La lluvia de septiembre tamborileaba sobre los cristales y el viento impulsaba las hojas de los árboles contra el vano de las ventanas. Hugh empaquetó un puñado de libros: *Sistemas comerciales modernos, El empleado mercantil de éxito, La riqueza de las naciones, Robinson Crusoe*. Los oficinistas veteranos del Banco Pilaster desdeñaban lo que solían llamar la «enseñanza de los librotes» y les encantaba afirmar que la experiencia era el mejor maestro, pero estaban equivocados: Hugh consiguió aprender las tareas y procedimientos de trabajo de todos los departamentos con mucha mayor rapidez porque estudió previamente la teoría.

Iba a América en una época de crisis. A principios del decenio de 1870, varios bancos habían concedido empréstitos importantes sobre la seguridad de valores especulativos ferroviarios, y cuando la construcción de líneas de ferrocarriles empezó a tener problemas, a mediados de 1873, tales bancos empezaron a dar la impresión de que se tambaleaban. Unos días antes, Jay Cooke & Co., agentes del gobierno estadounidense, fueron a la quiebra, y arrastraron consigo al First National Bank de Washington; y la noticia llegó a Londres el mismo día a través del cable transatlántico telegráfico. Ahora, los cinco bancos neoyorquinos, incluida la Union Trust Company –una entidad bancaria de suma importancia– y la Mechanbic's Banking Association habían suspendido sus actividades. La Bolsa había cerrado sus puertas. El mundo de los negocios se vendría abajo, miles de personas se quedarían sin empleo, el comercio sufriría un descenso tremendo y el índice de operaciones norteamericanas de los Pilaster descendería y se haría más cauto... de modo que a Hugh le resultaría más arduo alcanzar su cifra de negocios.

Hasta entonces, la crisis apenas había tenido impacto en Londres. El tipo de interés bancario había subido un punto, hasta el cuatro por ciento, y un pequeño banco londinense con estrechos vínculos estadounidenses se había ido a pique, pero no cundió el pánico. A pesar de todo, el viejo Seth insistía en que les aguardaban dificultades en el futuro. Estaba ya muy débil. Se había trasladado a la casa de Augusta y se pasaba en la cama la mayor parte de los días. Pero se negaba a dimitir hasta que la nave de los Pilaster hubiese superado los contratiempos y peligros de aquella tempestad.

Hugh empezó a doblar sus prendas. El banco le había pagado dos trajes nuevos: el muchacho suponía que su madre había convencido al abuelo para que autorizase aquella compra. El viejo Seth era bastante tacaño con el resto de los Pilaster, pero tenía cierta debilidad por la madre de Hugh; lo cierto era que durante todos aquellos años la mujer se había mantenido gracias a la pequeña pensión que Seth le pasaba.

La madre insistió también en que Hugh dispusiera de unas cuantas semanas antes de emprender la travesía, al objeto de preparar bien sus cosas y despedirse adecuadamente. Desde que Hugh entró a trabajar en el banco, apenas le había visto —el sueldo del muchacho no le permitía adquirir con frecuencia un billete de tren y acercarse a Folkestone—, y la mujer deseaba pasar algún tiempo con su hijo, antes de que abandonara el país. Estuvieron la mayor parte de agosto allí, a la orilla del mar, mientras Augusta y su familia pasaban las vacaciones en Escocia. Ahora, las vacaciones habían concluido, era hora de marchar y Hugh se disponía a decir adiós a su madre.

Pensaba en ello cuando la mujer entró en la habitación. Hacía ocho años que era viuda, pero aún llevaba luto. No parecía tener el menor deseo de casarse de nuevo, aunque fácilmente hubiera encontrado otro esposo: aún era guapa, con sus serenos ojos azules y su hermosa mata de pelo rubio.

Hugh sabía que la mujer estaba muy triste, ya que no iba a verle en largos años. Pero en ningún momento habló de su tristeza: más bien compartía con Hugh la emoción y la inquietud que representaba el reto de establecerse en un país nuevo.

—Casi es hora de acostarse, Dorothy —dijo—. Ve a ponerte el camisón.

En cuanto la niña salió del cuarto, la madre procedió a volver a doblar las camisas de Hugh.

El joven deseaba hablarle de Maisie, pero la timidez le cortaba. Sabía que su madre había recibido una carta de Augusta. También pudo haber recibido noticias a través de otros miembros de la familia o incluso podía haberse entrevistado con alguno de ellos durante uno u otro de los escasos viajes de compras que hacía a Londres. La versión que pudieron haberle contado tal vez distase mucho de la verídica.

—Madre... —dijo al cabo de un momento.

—¿Qué, cariño?

—Lo que dice tía Augusta no siempre es completamente cierto.

—No hace falta que seas tan cortés —repuso la madre con una amarga sonrisa—. Augusta lleva años contando mentira tras mentira acerca de tu padre.

A Hugh le sobresaltó tanta franqueza.

—¿Crees que fue ella quien les dijo a los padres de Florence Stalworthy que yo jugaba?

—Tengo la absoluta certeza, por desgracia.

—¿Por qué será así esa mujer?

La madre dejó la camisa que estaba doblando y reflexionó durante unos segundos.

—Augusta era una muchacha preciosa —explicó—. Su familia asistía al culto de la Kensington Methodist Hall, que fue donde los conocimos. Entonces no era más que una chiquilla terca y malcriada. Sus padres no tenían nada especial: el padre, dependiente de comercio, se estableció por su cuenta, y acabó con tres pequeñas tiendas de comestibles en los barrios occidentales de Londres. Pero saltaba a la vista que ella estaba destinada a posiciones más altas.

La mujer se acercó a la ventana y miró hacia el lluvioso exterior, pero no veía el canal de la Mancha, agitado por la tempestad, sino el pasado.

—Tenía diecisiete años cuando el conde de Strang se enamoró de ella. Era un joven encantador: atractivo, bondadoso, de alta cuna y rico. Naturalmente, los padres del chico se horrorizaron ante la posibilidad de que se casara con la hija de un tendero. Sin embargo, Augusta era preciosa, e incluso entonces, a pesar de su juventud, tenía un aire lleno de dignidad que podía encumbrarla a las esferas sociales más elevadas.

—¿Se prometieron? —preguntó Hugh.

—Formalmente, no. Pero todo el mundo daba por descontado que el compromiso era inevitable. Entonces estalló un terrible escándalo. Acusaron al padre de Augusta de engañar sistemáticamente, dando de menos en el peso. Un empleado al que había despedido le denunció al Ministerio de Comercio. Se dijo que incluso estafaba a la iglesia que le compraba el té para los grupos de estudio de la Biblia que se reunían los martes. Surgió la posibilidad de que tuviera que ir a la cárcel. El hombre lo negó todo con vehemencia, y al final el asunto quedó en agua de borrajas. Pero Strang dejó a Augusta.

—Debió de quedarse con el corazón destrozado.

—No —dijo la madre—. De corazón destrozado, nada. Se puso furiosa de rabia. Durante toda su vida había sabido cómo salirse con la suya. Deseaba a Strang más de lo que nunca deseó nada... y no podía conseguirlo.

—Y se casó con tío Joseph por despecho, como se suele decir.

—Yo diría que se casó con él en un arrebato de furia. Tío Joseph era siete años mayor que ella, lo que es mucho tiempo cuando se tienen diecisiete años; y el aspecto físico de tío Joseph no era mucho mejor que ahora; pero sí era muy rico, incluso más rico que Strang. Hay que reconocer, en favor de Augusta, que siempre se esforzó al máximo para ser una buena esposa. Pero tío Joseph nunca será Strang, y ésa es una espina que sigue enojando a Augusta.

—¿Qué pasó con Strang?

—Se casó con una condesa francesa y murió en un accidente de caza.

—Casi lo siento por Augusta.

—Tenga lo que tenga, siempre ansía más: más dinero, un empleo más importante para su marido, una posición social más alta para ella. El motivo por el que es tan ambiciosa —para sí, para Joseph y para Edward— consiste en que aún suspira por lo que Strang hubiera podido darle: el título, la casa solariega, la vida de ocio ilimitado, riqueza sin tener que trabajar. Pero en realidad no era eso lo que Strang le ofrecía. Lo que le ofrecía era amor. Eso fue lo que Augusta perdió verdaderamente. Y nada pudo compensar nunca esa pérdida.

Era la primera vez que Hugh mantenía con su madre una conversación tan íntima. Se sintió alentado a abrirle su corazón.

—Madre —empezó—, respecto a Maisie...

La mujer pareció confusa.

—¿Maisie?

—La joven... por la que se ha armado todo este jaleo. Maisie Robinson.

Se aclaró la expresión de la mujer.

—Augusta no me dijo su nombre.

Hugh titubeó, antes de declarar de golpe:

—No es ninguna mujer «desgraciada».

La madre se sintió violenta: los hombres nunca hablaban a sus madres de cosas como la prostitución.

—Comprendo —dijo, y apartó la vista.

Hugh prosiguió:

—Es una chica pobre, lo cual no deja de ser digno. Y judía. —Miró la cara de su madre y observó que la mujer estaba sorprendida, pero no horrorizada—. Eso es todo lo malo que tiene, nada más. Desde luego... —se interrumpió.

La madre se le quedó mirando.

—Sigue.

—La verdad es que era doncella.

La mujer se puso colorada.

—Lamento hablar de estas cosas, madre —se excusó Hugh—. Pero es que no quiero que de esta historia conozcas sólo la versión de tía Augusta.

La madre tragó saliva.

—¿La quieres mucho, Hugh?

—Más bien sí. —Hugh se dio cuenta de que las lágrimas fluían a sus ojos—. No comprendo por qué ha desaparecido. No tengo idea de adónde puede haberse marchado. No llegué a conocer su dirección. Pregunté en los establos de alquiler para los que trabajaba y en los Salones Argyll, donde la conocí. Solly Greenbourne también le tenía mucho afecto y está tan desconcertado como yo. Tonio Silva conocía a April, la amiga de Maisie, pero Tonio ha regresado a América del Sur y no he logrado dar con April.

—¡Qué misterioso!

—Estoy seguro de que, de una forma u otra, tía Augusta arregló todo esto.

—Tampoco yo tengo la menor duda. No imagino cómo lo puede haber hecho, pero es espantosamente retorcida. No obstante, debes mirar al futuro, Hugh. Boston representa una gran oportunidad para ti. Tienes que trabajar duro y a conciencia.

—Es una chica verdaderamente extraordinaria, madre.

Su madre no le creía, Hugh lo adivinaba.

—Pero la olvidarás.

—Me pregunto si algún día conseguiré olvidarla.

La madre le dio un beso en la frente.

—La olvidarás. Te lo prometo.

2

Sólo había una estampa en la buhardilla que Maisie compartía con April. Se trataba del llamativo cartel de un circo en el que aparecía Maisie, con un ceñido conjunto de lentejuelas, de pie sobre el lomo de un caballo al galope. Debajo, en letras rojas, las palabras «Maisie la maravillosa». La imagen no respondía demasiado a la realidad de la vida, porque el circo no tenía caballos blancos y las piernas de Maisie jamás fueron tan largas. A pesar de ello, la muchacha adoraba el cartel. Era su único recuerdo de aquella época.

Aparte de eso, la habitación sólo contenía una cama estrecha, un lavabo, una silla y un taburete de tres patas. La ropa de las muchachas colgaba de unos clavos hundidos en la pared. La suciedad de las ventanas sustituía a las cortinas. Intentaban mantener limpio el lugar, pero era imposible. De la chimenea caía hollín, los ratones entraban y salían por las grietas del entarimado del piso y el polvo y los insectos se filtraban a través de las rendijas existentes entre el marco de la ventana y los ladrillos del muro. Llovía y el agua goteaba desde el alféizar de la ventana y desde la grieta abierta en el techo.

Maisie estaba vistiéndose. Era Rosh Hashabah, cuando se abría el Libro de la Vida, y en aquella época del año siempre se preguntaba qué se escribía para ella. Lo cierto es que no rezaba nunca, pero casi esperaba, de un modo algo solemne, que en su página del libro algo bueno le estuviera pasando.

April había ido a la cocina a preparar el té, pero volvía en aquel momento. Irrumpió en la habitación, con un periódico en la mano.

—¡Eres tú, Maisie, eres tú! —exclamó.

—¿Qué?

—Sales en el *Lloyd's Weekly News*. Escucha esto: «Señorita Maisie Robinson, antes Miriam Rabinowicz. Si la señorita Robinson se pone en contacto con los señores Goldman y Jay, abogados, en Gray's Inn, recibirá una noticia de sumo interés para ella». ¡Tienes que ser tú!

El corazón de Maisie aceleró sus latidos, pero el rostro de la muchacha adoptó un gesto severo y su voz rezumó frialdad:

—Es cosa de Hugh —dijo—. No iré.

April puso cara de decepción.

—Sin duda has heredado dinero de algún pariente del que hace mucho tiempo que no sabes nada.

—Puede que sea la reina de Mongolia, pero no me daré la caminata hasta la Gray's Inn por una posibilidad tan remota.

Se las arregló para que el tono de su voz sonara frívolo, pero le dolía el corazón. Pensaba en Hugh las veinticuatro horas del día, y se sentía muy desdichada. A duras penas conocía al joven, pero le era imposible olvidarlo.

No obstante, estaba decidida a intentarlo. Sabía que Hugh había andado buscándola. Que había ido noche tras noche a los Salones Argyll, que acosó a preguntas al propietario de los establos Sammle y que recorrió la mitad de las pensiones baratas de Londres. Luego, el rastreo cesó y Maisie supuso que Hugh había abandonado la búsqueda. Ahora, sin embargo, parecía que lo único que había hecho era cambiar de táctica, y que trataba de llegar a ella mediante anuncios en los periódicos. Resultaba penoso seguir dándole esquinazo cuando la buscaba con tanta insistencia, sobre todo teniendo en cuenta que ella también anhelaba desesperadamente volver a verle. Pero había tomado su determinación. Le quería demasiado para destrozar su futuro.

Pasó los brazos por dentro del corsé.

—Échame una mano —pidió a April.

April empezó a tirar de las cintas para atar el corsé.

—Mi nombre nunca ha aparecido en los periódicos —comentó envidiosamente—. El tuyo ha salido ya dos veces, si cuentas el de la Leona como nombre.

—¿Y de qué me ha servido? Dios mío, estoy engordando.

April ató las cintas y la ayudó a ponerse el vestido. Aquella noche iban a salir. April tenía un nuevo pretendiente, un hombre de mediana edad, editor de revista, con esposa y seis hijos en Clapham. Él y un amigo suyo iban a llevar a April y Maisie a un teatro de variedades.

Hasta entonces, pasearían por la calle Bond y mirarían los escaparates de las tiendas de modas. No comprarían nada. Para esconderse de Hugh, Maisie se había visto obligada a dejar de trabajar para Sammle —con gran disgusto por parte del hombre, ya que la muchacha había vendido cinco caballos y un poni—, y el dinero que había ahorrado desapareció rápidamente. Pero tenía que salir, hiciera el tiempo que hiciese: era demasiado deprimente quedarse en la habitación.

El vestido de Maisie le apretaba demasiado en los senos y dio un respingo cuando April le levantó los pechos. April le dirigió una curiosa mirada y preguntó:

—¿Te duelen los pezones?

—Sí, me duelen... No sé por qué.

—Maisie —dijo April en tono preocupado—, ¿cuándo te vino la regla por última vez?

—Pues, nunca llevo la cuenta —Maisie meditó durante unos segundos, y un escalofrío la recorrió. Exclamó—: ¡Oh, santo Dios!

—¿Cuándo?

—Creo que fue antes de las carreras de Goodwood. ¿Crees que estoy embarazada?

—Ha aumentado tu cintura, te duelen los pezones y hace dos meses que no tienes la regla... Sí, estás embarazada —declaró April en tono irritado—. No puedo creer que hayas sido tan estúpida. ¿Quién fue?

—Hugh, naturalmente. Pero sólo lo hicimos una vez. ¿Cómo puede una quedarse embarazada por un coito?

—Siempre se queda una embarazada por un coito.

—Oh, Dios mío. —Maisie tuvo la impresión de que acababa de atropellarla un tren. Conmocionada, desconcertada y asustada, se sentó en la cama y estalló en lágrimas—. ¿Qué voy a hacer? —se lamentó desesperadamente.

—Para empezar, puedes ir al bufete de un abogado.

De pronto, todo era distinto.

Al principio, Maisie se sintió horrorizada y furiosa. Después comprendió que debía ponerse en contacto con Hugh, por el bien de la criatura que llevaba dentro. Y al reconocer eso ante sí misma, se sintió más alegre que amilanada. Anhelaba volver a verle. Se había convencido de que sería un error. Pero el niño lo cambiaba todo. Ahora estaba obligada a ponerse en contacto con Hugh, y el alivio de tal perspectiva la debilitó.

Con todo, estaba nerviosísima cuando April y ella subían la empinada escalera que conducía al bufete de los abogados establecidos en Gray's Inn. Era posible que el anuncio no lo hubiese puesto Hugh. No le sorprendería nada que el muchacho se hubiera dado por vencido. Ella fue todo lo desalentadora que una joven podía serlo, y ningún hombre llevaría la antorcha eternamente. Cabía la posibilidad de que el anuncio tuviese algo que ver con sus padres, si aún vivían. Tal vez las cosas habían empezado por fin a irles bien y contaban con dinero para emprender la búsqueda de su hija. Maisie no estaba segura de sus sentimientos acerca de eso. Hubo muchas ocasiones en que deseó de todo corazón volver a ver a su madre y a su padre, pero al mismo tiempo temía que se avergonzasen de la vida que llevaba.

Llegaron a lo alto de la escalera y entraron en la oficina exterior. El pasante era un joven de chaleco color mostaza y sonrisa condescendiente. Las muchachas estaban empapadas por la lluvia y sus ropas aparecían manchadas de barro, pero pese a ello el empleado se mostró predispuesto al coqueteo.

—¡Señoritas! —exclamó—. ¿Cómo es posible que dos diosas como ustedes necesiten los servicios de los señores Goldman y Jay? ¿Qué puedo hacer por ustedes?

April aprovechó la ocasión.

—De momento, quítese ese chaleco. Me hace polvo los ojos.

Maisie no estaba aquel día de humor para galanteos.

—Me llamo Maisie Robinson —dijo.

—¡Ajá! El anuncio. Por un feliz azar, el caballero en cuestión se encuentra en este preciso instante con el señor Jay.

Un ramalazo de agitación enervó a Maisie.

—Dígame una cosa —pidió titubeante—. Ese caballero en cuestión... ¿Es por casualidad don Hugh Pilaster?

Miró al empleado con ojos suplicantes. El hombre no captó la expresión de aquella mirada y repuso en tono excitado:

—¡Santo Dios, no!

Las ilusiones de Maisie se derrumbaron de nuevo. Tomó asiento en el duro banco de madera situado junto a la puerta, mientras se esforzaba por contener las lágrimas.

—No es él —articuló.

—No —dijo el empleado—. La verdad es que conozco a Hugh Pilaster... Estuvimos juntos en el colegio de Folkestone. Se ha ido a América.

Maisie se echó hacia atrás como si hubiera recibido un puñetazo.

—¿América? —balbuceó.

—A Boston, Massachusetts. Tomó un barco hace quince días. Así pues, ¿le conoce usted?

Maisie hizo caso omiso de la pregunta. El corazón se le había quedado como una piedra, pesado y frío. Se había ido a América. Y ella tenía en su interior un hijo suyo. Se sintió demasiado horrorizada para llorar.

—¿Quién es, entonces? —interpeló April agresivamente.

El pasante empezó a darse cuenta de que había perdido pie. Dejó a un lado sus aires de superioridad y dijo con una voz plena de nerviosismo:

—Vale más que se lo diga él personalmente. Dispénsenme un momento.

Desapareció por una puerta.

Maisie contempló con mirada vacía las cajas de documentos apiladas junto a la pared y leyó los títulos escritos en los lados: *Finca Blenkinsop, Regina contra Harineras Wiltshire, Gran Ferrocarril del Sur, Stanley Evans (fallecido)*. Pensó que todo lo que se trataba en aquel despacho constituía una tragedia para alguien: muerte, quiebra, divorcio, procesamiento.

Cuando la puerta se abrió de nuevo salió por ella un hombre distinto, un hombre de aspecto impresionante. No era mucho mayor que Maisie y su rostro parecía el de un profeta bíblico: ojos oscuros que miraban desde debajo de unas espesas cejas negras, una enorme nariz de anchas aletas, una barba enmarañada. Le pareció un tanto familiar, y al cabo de un momento Maisie comprendió que le recordaba a su padre, aunque su padre nunca tuvo un aire tan feroz.

—¿Maisie? —preguntó el hombre—. ¿Maisie Robinson?

Las ropas de aquel caballero eran un poco extrañas, como si las hubiesen comprado en un país extranjero, y su acento sonaba a norteamericano.

—Sí, soy Maisie Robinson —respondió la muchacha—. ¿Quién diablos es usted?

—¿No me reconoces?

De pronto, Maisie recordó la figura de un chico delgado como el alambre, harapiento y descalzo, con un asomo de bigote sobre el labio superior y una mirada de a vida o muerte en los ojos.

—¡Oh, Dios mío! —exclamó—. ¡Danny! —Olvidó por un momento sus problemas mientras se precipitaba en los brazos del hombre—. ¿De verdad eres tú, Danny?

El abrazo del hombre fue tan recio que le hizo daño.

—Claro que soy yo —confirmó.

—¿Quién? —preguntaba April—. ¿Quién es?

—¡Mi hermano! —contestó Maisie—. ¡El que se marchó a América! ¡Ha vuelto!

Danny suspendió el abrazo y contempló a Maisie.

—¿Cómo es que estás tan guapa? —se admiró—. ¡Eras una mequetrefa enana y esquelética!

Maisie le tocó la barba.

—Sin toda esta pelambrera alrededor de la boca, te habría reconocido.

Sonó una discreta tosecilla detrás de Danny y Maisie alzó la cabeza para ver a un hombre mayor que, de pie en el umbral de la puerta, les observaba con una expresión algo desdeñosa.

—Según parece, hemos tenido éxito —dijo.

—Señor Jay —manifestó Danny—, permítame presentarle a mi hermana, la señorita Robinson.

—A su servicio, señorita Robinson. ¿Puedo hacerle una sugerencia...?

—¿Por qué no? —accedió Danny.

—Hay un café en Theobalds Road, a cuatro pasos de aquí. Sin duda tienen ustedes un montón de cosas que decirse.

Evidentemente, deseaba verlos fuera del despacho, pero a Danny parecía tenerle sin cuidado lo que el señor Jay deseara. Al margen de lo que pudiera haber pasado, Danny no había aprendido a ser deferente con el prójimo.

—¿Qué decís, chicas? ¿Charlamos aquí o nos vamos a un café?

—Vámonos —dijo Maisie.

—Y quizá —añadió el señor Jay—, señor Robinson, pueda usted volver luego y liquidar la minuta.

—No se me olvidará. Vamos, muchachas.

Salieron del bufete y bajaron la escalera. Maisie reventaba de preguntas, pero, aunque le costó lo suyo, refrenó la curiosidad hasta que encontraron el café y se acomodaron alrededor de una mesa.

—¿Qué estuviste haciendo durante los últimos siete años? —preguntó por fin.

—Tendiendo ferrocarriles —respondió Danny—. Casualmente, llegué en el momento oportuno. Acababa de terminar la guerra civil y entonces empezó el auge de las líneas ferroviarias. Necesitaban obreros tan desesperadamente que los llevaban en barco desde Europa. Hasta un flacucho chaval de catorce años encontraba empleo en seguida. Trabajé en el primer puente de acero que se construyó, sobre el Mississippi, en St. Louis; después me contrataron en la construcción del ferrocarril Union Pacific, en Utah. A los diecinueve años ya era capataz, un cargo para jóvenes. Me afilié al sindicato y capitaneé una huelga.

—¿Por qué has vuelto?

—Se produjo una quiebra en la Bolsa. Las empresas ferroviarias se quedaron sin dinero y los bancos que las financiaban se arruinaron. Había miles de hombres, cientos de miles buscando trabajo. Decidí volver a la patria y empezar una nueva vida.

—¿Y qué harás...? ¿Construir ferrocarriles aquí?

Danny movió la cabeza negativamente.

—Tengo una idea. Verás, me ha ocurrido ya dos veces: la quiebra financiera me destrozó la vida. Los individuos que tienen bancos son las personas más imbéciles del mundo. No aprenden nunca, de modo que cometen los mismos errores una y otra vez. Y los hombres que trabajan son los que sufren las consecuencias. Nadie les ayuda... nadie los ayudará nunca. Tienen que ayudarse entre sí, unos a otros.

—Las personas nunca se ayudarán unas a otras. En este mundo, todos miran para sí. Una tiene que ser egoísta.

Maisie recordó que April decía eso a menudo, aunque en la práctica era un ser generoso, que haría cualquier cosa por una amiga.

—Voy a crear una especie de club para trabajadores —dijo Danny—. Cada miembro pagará seis peniques a la semana y si se quedan sin trabajo, el club les abonará una libra semanal mientras encuentran un nuevo empleo.

Maisie se quedó mirando a su hermano llena de admiración. Aquel plan era formidablemente ambicioso... pero ella había pensado lo mismo cuando, a sus catorce años, Danny dijo: «En el puerto hay un barco que zarpará por la mañana rumbo a Boston... Esta noche treparé por una maroma y me esconderé en uno de los botes de la cubierta». Había cumplido lo que dijo que iba a hacer, y probablemente ahora también lo haría. Según sus palabras, había dirigido una huelga. Parecía haberse convertido en la clase de persona a la que siguen otros hombres.

—¿Qué ha sido de papá y mamá? —preguntó Danny—. ¿Te mantuviste en contacto con ellos?

Maisie negó con la cabeza y luego, ante su propia sorpresa, rompió a llorar. Experimentó de pronto el dolor de haber perdido a su familia, un dolor que durante todos aquellos años siempre se negó a reconocer.

Danny apoyó una mano en su hombro.

—Volveré al norte, a ver si descubro su pista.

—Espero que los encuentres —dijo Maisie—. Los echo mucho de menos. —Observó que April la estaba mirando atónita—. Temo que se avergüencen de mí.

—¿Y por qué iban a avergonzarse? —preguntó Danny.

—Estoy embarazada.

El rostro de Danny enrojeció.

—Y no te has casado.

—No.

—¿Vas a casarte?

—No.

Danny se enfureció.

—¿Quién es el cerdo...?

—No me hagas la escena del hermano ultrajado, ¿quieres? —alzó Maisie la voz.

—Me gustaría romperle el cuello...

—¡Cállate, Danny! —conminó Maisie indignada—. Me dejaste sola hace siete años y no tienes ningún derecho a comportarte como si yo te perteneciese. —Danny pareció abochornado y Maisie continuó, en tono más tranquilo—: No importa. Se hubiera casado, creo, pero yo no le quería, así que olvídate de él. Y de todas formas, se ha ido a América.

Danny se calmó.

—Si no fuese tu hermano, me casaría yo mismo. ¡Eres un rato bonita! De cualquier modo, puedes disponer del poco dinero que me queda.

—No lo quiero. —Maisie se dio cuenta de que sus palabras rezumaban ingratitud, pero no podía evitarlo—. No es preciso que te cuides de mí, Danny. Emplea tu dinero en ese club de trabajadores. Supe arreglármelas cuando tenía once años, así que supongo que ahora también puedo hacerlo.

3

En una pequeña casa de comidas del Soho, Micky y Papá Miranda estaban almorzando un guisado de ostras —el plato más barato de la carta acompañado de fuerte cerveza. El restaurante se encontraba a unos minutos de distancia de la embajada de Córdoba, en Portland Place, donde Micky se pasaba entonces un par de horas sentado ante un escritorio, atendiendo la correspondencia del embajador. Estaban uno frente al otro, acomodados en duros asientos de madera de alto respaldo. Había serrín en el suelo y la grasa acumulada a lo largo de los años recubría el bajo techo. Micky aborrecía comer en sitios como aquél, pero solía hacerlo con frecuencia, para ahorrar. Comía en el Club Cowes sólo cuando le invitaba y pagaba Edward. Además, llevar a su padre al club era una prueba de fuego: Micky se pasaba todo el tiempo temiendo que el viejo provocase alguna pelea, tirase del arma de fuego o escupiese en la alfombra.

Papá Miranda rebañó el cuenco con un trozo de pan y apartó el recipiente.

—Debo explicarte una cosa —dijo.

Micky dejó la cuchara.

—Necesito los rifles para combatir a la familia Delabarca —confesó—. Cuando haya acabado con ellos, me apoderaré de sus yacimientos de nitrato. Esas minas harán rica a nuestra familia.

Micky asintió en silencio. Había oído ya otras veces aquella historia, pero no se atrevió a decirlo.

—Los yacimientos de nitrato no son más que el principio, el primer paso —prosiguió—. Cuando tengamos más dinero, compraremos más rifles. Los distintos miembros de la familia se convertirán en personajes importantes en la provincia.

Micky fue todo oídos. Aquélla era una línea nueva.

—Tu primo Jorge será coronel del ejército. Tu hermano Paulo desempeñará el cargo de jefe de policía de la provincia de Santamaría.

«Así podrá ser matón profesional, en vez de aficionado», pensó Micky.

—Entonces, yo me erigiré en gobernador de la provincia —dijo Papá Miranda.

¡Gobernador! Micky no sabía que las aspiraciones de su padre fuesen tan altas.

Pero el hombre no había terminado.

—Cuando controlemos la provincia, volveremos la vista hacia la nación. Nos convertiremos en fervientes seguidores del presidente García. Tú serás su representante diplomático en Londres. Tu hermano, su ministro de Justicia, quizá. Tus tíos serán generales. Tu medio hermano, Domingo, el sacerdote, será arzobispo de Palma.

Micky se quedó estupefacto: era la primera noticia de que tuviese un medio hermano. Pero se abstuvo de pronunciar palabra, ya que no quería interrumpir.

—Y luego —dijo—, cuando llegue el momento oportuno, echaremos a un lado a la familia García y nos colocaremos en su lugar.

—¿Quieres decir que tomaremos las riendas del gobierno? —preguntó Micky con los ojos muy abiertos. La audacia y la confianza de su padre le habían dejado asombrado.

—Sí. Dentro de veinte años, hijo mío, seré presidente de Córdoba... o lo serás tú.

Micky intentó asimilar todo aquello. Córdoba tenía una constitución que establecía la celebración de elecciones democráticas, pero nunca se había efectuado comicio alguno. El presidente García tomó el poder mediante un golpe de Estado, diez años atrás; anteriormente, había sido comandante en jefe de las fuerzas armadas, bajo el mandato del presidente López, quien acaudilló la rebelión contra el gobierno español, una lucha en la que participaron Papá Miranda y sus vaqueros.

A Micky le sorprendió la sutileza de la estrategia de su padre: convertirse en fervoroso seguidor del dirigente del país para luego traicionarle. Pero ¿cuál era el papel de Micky? Sería embajador de Córdoba en Londres. Ya había dado el primer paso al apartar a Tonio Silva y ocupar su plaza. Ahora tendría que idear la forma de hacer lo mismo con el embajador actual.

Y después, ¿qué? Si su padre alcanzaba la presidencia,

Micky podría recibir el nombramiento de ministro de Asuntos Exteriores y viajar por el mundo en representación de su país. Pero Papá Miranda había dicho que el propio Micky podía ser presidente... No Paulo, ni tío Rico, sino Micky. ¿Era realmente posible?

¿Por qué no? Micky era listo, hábil, implacable y bien relacionado: ¿qué más hacía falta? La perspectiva de gobernar todo un país resultaba embriagadora. Todo el mundo le haría reverencias; las mujeres más hermosas del mundo estarían a su alcance, tanto si lo deseaban como si no; sería tan rico como los Pilaster.

—Presidente —silabeó en tono soñador—. Me gusta.

Papá alargó el brazo y le dió un bofetón.

El viejo tenía el brazo fuerte y la mano dura y callosa, de modo que la bofetada hizo tambalear a Micky. El muchacho soltó un grito, conmocionado y dolido, y se puso en pie de un salto. Notó en la boca el sabor de la sangre. El local se quedó silencioso y todos los clientes volvieron la vista hacia ellos.

—Siéntate —ordenó.

Despacio, a regañadientes, Micky obedeció.

Papá Miranda alargó ambos brazos por encima de la mesa y le agarró por las solapas. Su voz rebosaba desprecio al decir:

—¡Todo el plan está en peligro porque has fracasado por completo en la sencilla e insignificante tarea que se te encomendó!

A Micky le aterró la actitud de su padre.

—¡Tendrás tus rifles! —dijo.

—Dentro de un mes, la primavera habrá llegado a Córdoba. Hemos de tener en nuestro poder los yacimientos de Delabarca esta temporada... el año que viene será demasiado tarde. He reservado pasaje en un buque de carga con destino a Panamá. Se ha comprado al capitán para que nos desembarque, a mí y a las armas, en la costa atlántica de

Santamaría. —Papá Miranda se puso en pie y, al hacerlo, levantó también a Micky y le rasgó la camisa con la fuerza del tirón. La rabia inundaba el semblante del hombre—. Ese barco zarpa dentro de cinco días —declaró en un tono que llenó a Micky de pavor—. ¡Ahora lárgate de aquí y compra esas armas!

El servil mayordomo de Augusta Pilaster, Hastead, se hizo cargo del mojado abrigo de Micky y lo colgó cerca del fuego de la chimenea del vestíbulo. Micky no le dio las gracias. Se profesaban una mutua antipatía. Hastead tenía celos de toda persona a la que Augusta favoreciese, y Micky despreciaba a aquel individuo por adulador. Además, Micky no sabía nunca hacia dónde miraban los ojos de Hastead, lo cual le ponía nervioso.

Micky entró en el salón, en el que Augusta se encontraba sola. La mujer pareció alegrarse de verle. Retuvo entre las suyas la mano del muchacho y comentó:

—Qué frío estás.

—He venido andando a través del parque.

—Chico tonto, debiste tomar un cabriolé.

Micky no podía permitirse el lujo de coger coches de punto, pero Augusta lo ignoraba. Apretó contra sus senos la mano de Micky y le sonrió. Era como una invitación sexual, pero el muchacho se comportó como si la mujer sólo estuviese calentándole inocentemente los dedos helados.

Solía hacer muchas veces ese tipo de cosas, cuando ambos estaban solos, y por regla general a Micky le encantaba. Ella le retenía la mano y le acariciaba el muslo y él le cogía un brazo o un hombro, la miraba a los ojos y hablaban en voz baja, como novios o amantes, sin percatarse de que estaban coqueteando. A Micky le parecía excitante, lo mismo que a Augusta. Pero Micky se encontraba aquel día excesivamente preocupado para entregarse a aquellos juegos.

–¿Cómo está el viejo Seth? –preguntó, con la esperanza de oír que acababa de tener una repentina recaída.

Augusta adivinó su talante y le soltó la mano sin protestar, un tanto desilusionada.

–Ven junto al fuego –dijo. Se sentó en un sofá y palmeó el asiento del mueble, a su lado–. Seth está mucho mejor.

A Micky se le cayó el alma a los pies.

–Puede que aún esté con nosotros varios años –continuó la mujer. No pudo eliminar de su voz la irritación. No veía la hora de que su marido se hiciese cargo del banco–. Ya sabes que ahora vive aquí. Luego, cuando hayas tomado un poco de té, subirás a verle.

–Estará a punto de retirarse, ¿no? –dijo Micky.

–Lamentablemente, no hay el menor síntoma que lo indique así. Esta mañana ha vetado otra emisión de acciones del ferrocarril ruso. –Le palmeó la rodilla–. Ten paciencia. Tu padre dispondrá de los rifles llegado el momento.

–No puede esperar mucho más –declaró Micky inquieto–. Ha de marcharse la semana que viene.

–De modo que ésa es la razón por la que estás tan tenso –comentó Augusta–. Pobre chico. Me gustaría poder ayudarte de alguna forma. Pero si hubiese algo que pudiera hacer, ya lo habría hecho.

–No conoce a mi padre –dijo Micky, y no pudo suprimir de su voz la nota de desesperación–. Cuando está ante usted, finge ser un hombre civilizado, pero en realidad es un bárbaro. Dios sabe lo que me hará si le fallo.

Se oyeron voces en el vestíbulo.

–Tengo que decirte una cosa, antes de que entren los demás –manifestó Augusta apresuradamente–. Me entrevisté por fin con David Middleton.

Micky asintió con la cabeza.

–¿Qué dijo?

–Se mostró cortés, pero franco. Me señaló que no cree que se haya contado toda la verdad acerca de la muerte de su hermano y me preguntó si podría ponerle en contacto con Hugh Pilaster o Antonio Silva. Le contesté que ambos se encuentran en el extranjero y que estaba perdiendo el tiempo.

—Me gustaría solucionar el problema del viejo Seth tan limpiamente como ha resuelto usted éste —dijo Micky, al tiempo que se abría la puerta.

Entró Edward, al que seguía su hermana Clementine. Clementine se parecía a Augusta, aunque le faltaba la enérgica personalidad de ésta, y si bien era más joven, carecía del atractivo sexual de su madre. Augusta sirvió el té. Micky y Edward empezaron a charlar de un modo confuso acerca de los planes para la noche. En septiembre no había fiestas ni bailes: la aristocracia permanecía fuera de Londres hasta pasadas las Navidades y en la ciudad sólo estaban los políticos y sus cónyuges. Pero no escaseaban los entretenimientos destinados a la clase media y Edward tenía entradas para una representación teatral. Micky simuló estar deseando asistir a la función, pero tenía la mente fija en su padre.

Hastead llevó molletes calientes untados de mantequilla. Edward comió algunos, pero Micky no tenía apetito. Llegaron más miembros de la familia: *Young* William, hermano de Joseph; la fea Madeleine, también hermana de Joseph; y el marido de Madeleine, el mayor Hartshorn, con su cicatriz en la frente. Todos hablaban de la crisis financiera, pero Micky comprendió que no les asustaba lo más mínimo: el viejo Seth la había visto venir y se había asegurado de que el Banco Pilaster no quedara expuesto a sus peligros. Los títulos de alto riesgo habían perdido valor —los bonos egipcios, peruanos y turcos se vinieron abajo—, pero los bonos del Estado inglés y las acciones de los ferrocarriles ingleses habían experimentado sólo pérdidas insignificantes.

Uno tras otro, todos fueron a visitar a Seth; uno tras otro, bajaron y comentaron lo maravillosamente bien que se encontraba. Micky esperó hasta el final. Quería ser el último, y cuando finalmente subió eran las cinco y media.

Seth ocupaba la habitación que antes fuera de Hugh. Una enfermera montaba guardia a la entrada, con la puerta entreabierta por si el hombre la llamaba. Micky entró y cerró la puerta.

Sentado en la cama, Seth leía *The Economist*.

—Buenas tardes, señor Pilaster —saludó Micky—. ¿Qué tal se encuentra?

El viejo dejó el periódico con evidente desinterés.

—Me encuentro perfectamente, gracias. ¿Cómo está tu padre?

—Impaciente por verse en casa.

Micky observó al frágil anciano tendido entre las blancas sábanas. La piel de su rostro era traslúcida y el curvo cuchillo de la nariz Pilaster parecía más afilado que nunca, pero en los ojos se apreciaba la chispa de una vivaz inteligencia. Daba la impresión de poder seguir viviendo y dirigiendo el banco durante otro decenio.

A Micky le pareció escuchar la voz de su padre, que le decía al oído: «¿Quién se interpone en nuestro camino?».

El viejo se encontraba débil e indefenso, y en la habitación sólo estaba Micky. La enfermera estaba en el exterior.

Micky comprendió que tenía que matar a Seth.

La voz de su padre dijo: «Hazlo ahora».

Podría asfixiar al viejo con una almohada, sin que quedase la menor prueba. Todo el mundo creería que Seth había fallecido de muerte natural.

El corazón de Micky se llenó de aborrecimiento y empezó a sentirse mareado.

—¿Qué te pasa? —dijo Seth Pilaster—. Pareces estar más enfermo que yo.

—¿Se encuentra cómodo, señor? —dijo Micky—. Permítame que le arregle un poco las almohadas.

—No te molestes, están bien —repuso Seth.

Pero la mano de Micky se alargó hacia detrás de la cabeza del anciano y retiró una gran almohada de plumas.

Micky miró al viejo y vaciló.

El miedo centelleó en las pupilas de Seth, que abrió la boca para gritar.

Antes de que pudiera emitir el menor sonido Micky le aplastó la almohada contra la cara y empujó de nuevo hacia abajo la cabeza del anciano.

Por desgracia, los brazos de Seth se encontraban fuera, encima de las sábanas, y sus manos agarraron con sorprendente fuerza los antebrazos de Micky. Éste miró horrorizado las caducas garras aferradas a las mangas de su chaqueta, pero siguió oprimiendo la almohada con todas sus energías. Las zarpas de Seth continuaron desesperadamente agarradas a los brazos de Micky, pero el joven era mucho más fuerte.

En vista de que no podía quitarse la almohada del rostro, Seth empezó a agitar las piernas y a retorcer el cuerpo. No logró eludir la presa de Micky, pero la vetusta cama chirrió y a Micky le sacudió una ráfaga de miedo ante la posibilidad de que la enfermera lo oyera y entrase a investigar. Lo único que se le ocurrió para evitar aquellos crujidos fue ponerse encima del anciano, sobre la cama, e inmovilizarlo. Sin levantar la almohada de la cara de Seth, Micky subió al lecho y se tendió sobre el cuerpo que se retorcía. «Esto es una grotesca reminiscencia de la práctica del sexo con una mujer que se resiste a la violación», pensó Micky al tiempo que contenía la risa histérica que burbujeaba en sus labios. Seth continuaba revolviéndose, pero el peso de Micky reprimía sus movimientos y la cama dejó de chirriar. Micky siguió apretando implacablemente.

Por último cesó todo movimiento. Micky se mantuvo tal como estaba todo el tiempo que se atrevió a seguir así; luego, cautelosamente, levantó la almohada y contempló aquel semblante blanco e inmóvil. Los párpados estaban cerrados, la facciones, estáticas. El viejo parecía muerto. Micky comprendió que debía comprobar si el corazón palpitaba. Lenta, temerosamente, bajó la cabeza hacia el pecho de Seth.

De súbito, los ojos del anciano se abrieron y los pulmones aspiraron una profunda bocanada de aire.

A Micky casi se le escapó un alarido de horror. Una fracción de segundo después ya había recuperado sus reflejos y tenía la almohada de nuevo sobre el rostro de Seth. El miedo y el disgusto lanzaron débiles estremecimientos a lo largo de su organismo mientras seguía apretando; pero no se produjo ulterior resistencia.

Comprendió que debía mantenerse así durante varios minutos, para tener la absoluta certeza de que, en esa ocasión, el viejo estaba realmente muerto; pero le preocupaba la enfermera. Puede que notara y le extrañase el silencio. Así pues, Micky tenía que decir algo, para dar la impresión de que todo era normal. Pero no imaginaba qué podía decirle a un muerto. «Cualquier cosa —pensó luego—, da lo mismo lo que hables, siempre y cuando la mujer perciba un murmullo de conversación.»

—Estoy bastante bien —farfulló a la desesperada—. Bastante bien, bastante bien. ¿Y usted? Bueno, bueno, me alegro de que se encuentre mejor. Espléndido, señor Pilaster. Me alegro mucho de verle tan bien, tan espléndido, tan estupendamente, ¡oh, Dios!, no puedo seguir así, muy bien, espléndido, espléndido...

No pudo soportarlo más. Quitó su peso de encima de la almohada. Con una mueca de desagrado, apoyó la mano en la zona del pecho de Seth donde supuso que estaría el corazón. Sobre la pálida epidermis había unos dispersos pelos blancos. El cuerpo estaba aún caliente bajo la tela de la camisa de dormir, pero el corazón no latía. «¿Estás muerto de verdad esta vez?», pensó Micky. Y luego le pareció oír la voz de su padre, que decía, furiosa e impaciente: «¡Sí, estúpido, ya está muerto! ¡Ahora lárgate inmediatamente de aquí!». Sin quitar la almohada de encima del rostro de Seth, Micky rodó sobre el cadáver, saltó al suelo y se irguió.

Una oleada de náuseas le envolvió. Se sentía débil y mareado. Para sostenerse, se agarró al poste de la cama. «Le he matado —pensó—. Le he matado.»

Sonó una voz en el rellano.

La mirada de Micky se volvió hacia el cuerpo que yacía sobre la cama. La almohada seguía cubriendo el rostro de Seth. La arrancó de allí. Los ojos sin vida del anciano estaban abiertos, fija la vacua mirada.

Se abrió la puerta.

Entró Augusta.

Se inmovilizó nada más franquear el umbral, miró el desordenado lecho, el semblante inmóvil de Seth, con los ojos clavados fijamente en el vacío, y la almohada que sostenían las manos de Micky. La sangre desapareció de las mejillas de Augusta.

Micky se la quedó mirando, silencioso y desvalido, a la espera de que la mujer hablase.

Ella continuó allí durante unos minutos inacabables, mientras sus ojos iban de Seth a Micky, para volver de nuevo al anciano...

Luego, despacio y quedamente, cerró la puerta.

Tomó la almohada de manos de Micky. Levantó la inerte cabeza de Seth, colocó debajo la almohada y estiró las sábanas. Recogió del suelo el ejemplar de *The Economist*, lo puso sobre el pecho del cadáver y entrelazó las manos de Seth encima del periódico, de forma que pareciese como si el viejo se hubiese quedado dormido mientras leía.

Después le cerró los ojos.

Se acercó a Micky.

—Estás temblando —observó. Tomó el rostro de Micky con ambas manos y le besó en la boca.

Durante un instante, el muchacho se quedó demasiado

aturdido para reaccionar. Luego pasó del terror al deseo en un santiamén. La abrazó a su vez, y notó la presión de los senos de Augusta contra su pecho. Ella entreabrió los labios y sus lenguas se encontraron. Micky cogió los pechos con ambas manos y los oprimió con fuerza. La mujer jadeó. La erección le vino a Micky de inmediato. Augusta apretó su pelvis contra la entrepierna del joven, refrotándose sobre la verga rígida.

Los dos respiraban entrecortadamente. Augusta se llevó a la boca la mano de Micky y la mordió, para evitar el grito que amenazaba con salírsele de la garganta. Cerró los ojos y se estremeció. Micky se dio cuenta de que Augusta estaba a punto de alcanzar el orgasmo y también él llegó al clímax.

Todo ocurrió en un momento. Después permanecieron abrazados, jadeando, durante unos minutos más. Micky se encontraba demasiado perplejo para pensar.

Augusta interrumpió el abrazo al recuperar el aliento.

—Voy a mi cuarto —dijo en voz baja—. Debes abandonar la casa inmediatamente.

—Augusta...

—¡Llámame señora Pilaster!

—Muy bien.

—Esto no ha ocurrido —dijo en un áspero susurro—. ¿Entiendes? ¡Nada de esto ha ocurrido!

—Muy bien —repitió Micky.

La mujer se alisó la parte delantera del vestido y se arregló el pelo. Micky la contempló inerme, inmovilizado por la energía de la voluntad de Augusta. Ella se dirigió a la puerta. Automáticamente, Micky se la abrió. Salió de la alcoba detrás de Augusta.

La enfermera les miró interrogadoramente. Augusta se llevó el dedo índice a los labios, indicando silencio.

—Acaba de dormirse —dijo en voz baja.

A Micky le maravilló y horrorizó la frialdad de la mujer.

—Es lo mejor que puede ocurrirle —dijo la enfermera—. Le dejaré en paz durante una hora o así.

Augusta manifestó su acuerdo asintiendo con la cabeza.

—Es lo que haría yo si fuese usted. Créame, ahora descansa confortablemente.

SEGUNDA PARTE

1879

I

ENERO

1

Hugh regresó a Londres al cabo de seis años.

En el transcurso de aquel período de tiempo, los Pilaster habían duplicado su riqueza... y Hugh fue responsable de ello en buena parte.

Se las había arreglado extraordinariamente bien, mucho mejor de lo que pudo soñar. El comercio transatlántico conoció un auge espectacular en unos Estados Unidos recuperados de la Guerra de Secesión, y Hugh se encargó de que el Banco Pilaster financiara una suculenta cuota de aquella cifra de negocios.

Luego asesoró a los socios en una serie de lucrativas emisiones de valores, títulos y bonos norteamericanos. Al término de la guerra, tanto el gobierno como las empresas comerciales necesitaban efectivo, y el Banco Pilaster allegó los fondos precisos.

Por último, adquirió una amplia y competente pericia en el caótico mercado de las acciones ferroviarias y aprendió a determinar qué compañías de ferrocarril ganarían fortunas y cuáles se quedarían estancadas en la primera sierra montañosa. Al principio, tío Joseph se mostró precavido, ya que recordaba la quiebra neoyorkina de 1873; pero Hugh había heredado el inquieto conservadurismo de los Pilaster y sólo recomendaba las acciones de calidad, mientras eludía escrupulosamente todo papel que oliese a especulación, por muy llamativamente atractivos que pareciesen tales valores. Sus juicios resultaron ser acertados. Los Pilaster eran ahora líderes mundiales en el negocio de promover capital para el desarrollo fabril de Estados Unidos. Hugh cobraba mil libras anuales y no ignoraba que valía mucho más.

Cuando el buque atracó en Liverpool, nada más desembarcar Hugh acudió a su encuentro el director de la agencia local del Pilaster, un hombre con el que había intercambiado por lo menos un telegrama semanal desde que él, Hugh, llegara a Boston. No se conocían en persona, y al identificarse mutuamente, el director exclamó:

—¡Dios mío, no imaginaba que fuese usted tan joven, señor!

Eso complació a Hugh, que aquella misma mañana había encontrado una cana plateada en su en otro tiempo cabellera negra azabache. Tenía veintiséis años.

Se dirigió en tren a Folkestone sin hacer un alto en Londres. Puede que los socios del Banco Pilaster opinaran que debía visitarles antes de ir a ver a su madre, pero Hugh pensaba de otro modo: les había entregado seis años de su vida y debía a su madre por lo menos un día.

La encontró más serenamente hermosa que nunca, pero aún llevaba luto por su marido, el padre de Hugh. Dotty, que ya tenía doce años, apenas se acordaba de él, y se mostró tímida hasta que Hugh la sentó en sus rodillas y le recordó lo mal que le había doblado las camisas.

Pidió a su madre que se mudara a una casa más amplia: ahora podía permitirse sin ningún problema pagar el alquiler. La mujer rechazó el ofrecimiento y le dijo que ahorrase para reunir su propio capital. Sin embargo, Hugh la convenció para que contratase otra sirvienta que ayudara a la señora Builth, la anciana ama de llaves.

Al día siguiente, tomó el ferrocarril de Londres, Chatham y Dover y llegó a la estación del Viaducto de Holborn de la capital inglesa. Unos empresarios que dieron por hecho que Holborn iba a convertirse en ajetreada escala para los ingleses en ruta hacia Niza o San Petersburgo habían edificado un inmenso hotel junto a la estación. Hugh no hubiese invertido una sola libra en él: según su criterio la estación la utilizarían principalmente los empleados de la City que residieran en los barrios en expansión del sureste de Londres.

Era una luminosa mañana de primavera. Se dirigió a pie al Banco Pilaster. Había olvidado el olor a humo del aire de Londres, mucho peor que el de Boston o Nueva York. Hizo una pausa momentánea delante del banco y contempló su imponente fachada.

Había dicho a los socios que deseaba volver a casa con permiso para ver a su madre, a su hermana y para darse una vuelta por el viejo país. Pero tenía otro motivo para volver a Londres.

Se aprestaba a soltar una bomba.

Llegaba con una proposición para fusionar la sucursal norteamericana del Pilaster con el banco neoyorkino de Madler y Bell, y formar así una sociedad que se llamaría Madler, Bell y Pilaster. Representaría un montón de dinero para el banco, coronaría todos los éxitos de Hugh en Estados Unidos, y le permitiría volver a Londres y graduarse, pasando de explorador a ejecutivo con atribuciones y capacidad de decisión. Significaría el fin de su período de exilio.

Se enderezó nervioso la corbata y entró en el banco.

El vestíbulo, que años atrás tanto le había impresionado con su suelo de mármol y sus formidables andariegos, ahora le pareció simplemente solemne. Cuando se disponía a subir la escalera se tropezó con Jonas Mulberry, su antiguo supervisor. La sorpresa de Mulberry fue tan grande como su alegría.

—¡Don Hugh! —exclamó, y le estrechó la mano con exultante energía—. ¿Ha vuelto para quedarse de manera permanente?

—Así lo espero. ¿Cómo está la señora Mulberry?

—Muy bien, gracias.

—Déle recuerdos. ¿Y los tres pequeños?

—Ahora son cinco. Todos gozan de perfecta salud, a Dios gracias.

Se le ocurrió a Hugh que tal vez el jefe de negociado conociese la respuesta a una duda que bailaba en el cerebro de Hugh.

—Mulberry, ¿estaba aquí cuando nombraron socio a don Joseph?

—Era un nuevo meritorio. El próximo junio hará veinticinco años de eso.

—Así que don Joseph tendría...

—Veintinueve.

—Gracias.

Hugh subió a la sala de los socios, llamó a la puerta y entró. Los cuatro socios se encontraban allí: tío Joseph, sentado en el escritorio del presidente del consejo, con un aspecto más viejo, más calvo y más parecido al viejo Seth; el esposo de tía Madeleine, el mayor Hartshorn, con su nariz enrojecida, acaso para guardar más semejanza con la cicatriz de la frente, leía *The Times* sentado junto al fuego; tío Samuel, tan elegantemente vestido como siempre, con su chaqueta cruzada de color gris marengo y su chaleco gris perla, revisaba un contrato mientras fruncía el ceño; el socio más reciente, *Young* William, que ahora contaba treinta y un años, anotaba algo en un cuaderno, sentado ante su escritorio.

Samuel fue el primero en saludar a Hugh.

—¡Querido muchacho! —dijo, al tiempo que se ponía en pie e iba a estrecharle la mano—. ¡Qué buen aspecto tienes!

Hugh dio la mano a todos y aceptó una copa de jerez.

Volvió la cabeza para mirar los retratos colgados en las paredes de los anteriores presidentes del consejo.

—Hace seis años, en esta misma sala, vendí a sir John Cammel bonos del gobierno ruso por valor de cien mil libras —recordó.

—Sí, señor, eso hiciste —confirmó Samuel.

—La comisión que obtuvo el Pilaster por esa venta, el cinco por ciento, asciende a una cifra superior al total de lo que se me ha pagado en los ocho años que llevo trabajando para el banco —dijo con una sonrisa.

—Espero que no estés pidiendo aumento de sueldo —manifestó Joseph en tono irritado—. Actualmente, eres el empleado mejor pagado de toda la firma.

—Sin contar a los socios —puntualizó Hugh.

—Naturalmente —afirmó Joseph.

Hugh se percató de que había empezado mal. «Me precipité, como siempre —se dijo—. Ve más despacio.»

—No pido aumento de sueldo —dijo—. Sin embargo, tengo una proposición que hacer a los socios.

—Será mejor que te sientes y nos hables de ella —invitó Samuel.

Hugh dejó la copa sin haber probado el jerez y se concentró. Deseaba con toda el alma que aceptaran su propuesta. Sería la culminación y la prueba de su triunfo sobre la adversidad. Proporcionaría de golpe al banco más operaciones y negocios que todos los que la mayoría de los socios pudieran aportar en un año. Y, por otra parte, si accedían iban a verse más o menos obligados a convertirle en socio.

—Boston ya no es el centro financiero de Estados Unidos —empezó—. Eso le corresponde ahora a Nueva York. La verdad es que deberíamos trasladar allí nuestras oficinas. Pero hay un inconveniente. Una parte sustancial de las operaciones que he realizado en los últimos seis años las llevé a cabo conjuntamente con la sucursal neoyorkina de

Madler y Bell. Sidney Madler me tomó más bien bajo su protección cuando yo no era más que un inexperto principiante. Si nos trasladamos a Nueva York, entraremos en competencia con ellos.

—La competencia nada tiene de malo, allí donde es pertinente —aseveró el mayor Hartshorn. En raras ocasiones aducía algo que mereciese la pena cuando se trataba algún asunto, pero antes que guardar silencio prefería pronunciar con aire dogmático cualquier cosa que fuera evidente.

—Quizá. Pero tengo una idea mejor. ¿Por qué no fusionar nuestras oficinas norteamericanas con las de Madler y Bell?

—¿Fusionar? —preguntó Hartshorn—. ¿Qué quieres decir?

—Establecer una empresa en común. Se llamaría Madler, Bell y Pilaster. Tendría una oficina en Nueva York y otra en Boston.

—¿Cómo funcionaría?

—La nueva firma se encargaría de todas las operaciones financieras de importación y exportación que realizan ahora por separado ambas casas, y los beneficios se compartirían. El Banco Pilaster tendría la oportunidad de participar en todas las nuevas emisiones de bonos y acciones que lanzaran al mercado Madler y Bell. Yo me encargaría de dirigir ese negocio desde Londres.

—No me gusta —dictaminó Joseph—. Equivale a poner en manos de otros el control de nuestras operaciones.

—Pero no han oído la parte mejor del negocio —dijo Hugh—. Todas las actividades mercantiles europeas de Madler y Bell, que actualmente se reparten entre diversos agentes de Londres, pasarían a manos de los Pilaster.

Joseph emitió un gruñido de sorpresa.

—Eso debe ascender a...

—Más de cincuenta mil libras anuales en comisiones.

—¡Santo Dios! —exclamó Hartshorn.

Todos se quedaron de una pieza. Nunca habían participado en una operación conjunta y no se esperaban una propuesta tan innovadora por parte de alguien que ni siquiera era socio. Pero la perspectiva de ingresar cincuenta mil libras anuales en concepto de comisiones era irresistible.

—Como es lógico —dijo Samuel—, has hablado de esto con ellos.

—Sí. Madler es muy inteligente, lo mismo que su socio, John James Bell.

—Y tú supervisarías desde Londres todo ese negocio en participación —observó *Young* William.

Hugh se percató de que William le consideraba un rival que sería mucho menos peligroso a cinco mil kilómetros de distancia.

—¿Por qué no? —dijo—. Al fin y al cabo, es en Londres donde se reúne el dinero.

—¿Y cuál sería tu rango?

Era una pregunta a la que Hugh hubiera preferido no responder tan pronto. Astutamente, William la había formulado para hacerle sentir violento. Ahora tenía que morder la bala.

—Creo que el señor Madler y el señor Bell esperarían tratar con un socio de pleno derecho.

—Eres demasiado joven para ser socio —se apresuró a decir Joseph.

—Tengo veintiséis años, tío —repuso Hugh—. Usted tenía veintinueve cuando le nombraron socio.

—Tres años es mucho tiempo.

—Y cincuenta mil libras es un montón de dinero. —Hugh se dio cuenta de que estaba mostrándose descarado, un defecto al que era proclive, y dio marcha atrás rápidamente. Sabía que, en caso de acorralarlos, rechazarían la propuesta por simple conservadurismo—. Pero se han de sopesar muchas cosas. Sé que desean tratar del asunto. Tal vez sea mejor que me retire, ¿no?

Samuel inclinó la cabeza discretamente y Hugh se encaminó a la puerta.

—Tanto si se acepta como si no, Hugh —dijo Samuel—, se te felicitará por habernos presentado una propuesta tan sugestiva... Estoy seguro de que todos estaremos de acuerdo en eso.

Miró interrogadoramente a los socios y todos asintieron. Tío Joseph murmuró.

—Desde luego, desde luego.

Hugh no sabía si sentirse frustrado porque no aceptaban su proyecto de buenas a primeras, o complacido porque tampoco lo rechazaban de plano. Le embargaba una sensación desalentadora. Pero no podía hacer más.

—Gracias —dijo, y salió.

A las cuatro de aquella misma tarde se encontraba delante de la enorme y rebuscada mansión de Augusta en Kensington Gore.

Seis años recibiendo la caricia del hollín londinense habían oscurecido el tono rojo de los ladrillos y tiznado la blancura de la piedra, pero aún contaba con las figuras de aves y animales encima del gablete, y con el barco de velas desplegadas en el ápice del tejado. «¡Y dicen que los estadounidenses son ostentosos!», pensó Hugh.

Por las cartas de su madre, Hugh sabía que Joseph y Augusta habían destinado parte de su cada vez más cuantiosa riqueza a la compra de otros dos inmuebles, un castillo en Escocia y una mansión rural en el condado de Buckingham. Augusta había querido vender la casa de Kensington y comprar una residencia en Mayfair, pero Joseph se opuso a ello: le gustaba vivir allí.

El lugar era relativamente nuevo cuando Hugh se marchó, pero, no obstante, la casa estaba llena de recuerdos para él. Allí había sufrido la persecución de Augusta, cortejado a Florence Stalworthy, aplastado de un puñetazo la nariz de Edward y hecho el amor a Maisie Robinson. El recuerdo de Maisie era el más intenso. La pasión y la emoción eran más profundas en su memoria que la humillación y la vergüenza. Desde aquella noche, no había vuelto a ver ni a tener noticias de Maisie, pero seguía pensando en ella todos los días de su vida.

La familia continuaría teniendo presente el escándalo, tal como lo detalló Augusta: el depravado hijo de Tobias Pilaster llevó una ramera a la casa y luego, al verse sorprendido, atacó airadamente al pobre e inocente Edward. Así era. Podían pensar lo que les diese la gana, pero tenían que reconocerle como Pilaster y como banquero, y pronto, con un poco de suerte, le convertirían en socio de la firma.

Le maravillaba lo mucho que había cambiado la familia en seis años. Mediante las cartas que le escribía todos los meses, la madre de Hugh le tuvo informado de los acontecimientos domésticos. Su prima Clementine se prometió en matrimonio; Edward no, a pesar de los esfuerzos de Augusta; *Young* William y Beatrice tuvieron una niña. Pero la madre no le contó los cambios extraoficiales. ¿Tío Samuel vivía aún con su «secretario»? ¿Continuaba siendo Augusta tan cruel como siempre o se había suavizado un poco con la edad? ¿Puso Edward sobriedad en su vida y sentó la cabeza? ¿Se casó por fin Micky Miranda con alguna de las chicas que se enamoraban de él a montones todas las temporadas?

Era hora de verse cara a cara con todos ellos. Cruzó la calle y llamó a la puerta.

Le abrió Hastead, el untuoso mayordomo de Augusta. No parecía haber cambiado: sus ojos seguían mirando en distintas direcciones.

—Buenas tardes, don Hugh —saludó, pero su voz de acento galés sonó como la escarcha, lo que indicaba que a Hugh aún no se le acogía favorablemente en aquella casa. La bienvenida de Hastead siempre podía considerarse como el reflejo de los sentimientos de Augusta con respecto a algo o a alguien.

Hugh atravesó el recibidor y entró en el vestíbulo. Allí, a guisa de comité de recepción, se encontraban las tres arpías de la familia Pilaster: Augusta, su hija Clementine y Madeleine, la cuñada. A sus cuarenta y siete años, Augusta se conservaba tan hermosa como siempre: su porte tenía aún una belleza clásica, de cejas oscuras y mirada soberbia, y si bien era un poco más corpulenta que seis años atrás, su alta estatura le permitía alardear aún de una bonita figura. Clementine era una edición más delgada del mismo libro, pero carecía del aire indómito de su madre y le faltaba algo para que se la considerase guapa. Tía Madeleine era Pilaster en todos y cada uno de los centímetros de su persona, desde la curva nariz hasta el costoso encaje que adornaba el dobladillo de la falda de su vestido azul hielo, pasando por la totalidad de su enjuto, afilado y anguloso cuerpo.

Hugh apretó los dientes y besó a las tres.

—Bueno, Hugh —dijo Augusta—, confío en que tu estancia en el extranjero haya hecho de ti un joven juicioso.

No estaba dispuesta a dejar que nadie olvidase que Hugh había abandonado Inglaterra bajo oscuros nubarrones.

—Espero que el paso de los años y la edad nos haya hecho a todos más juiciosos, querida tía —replicó Hugh, y tuvo la satisfacción de observar que la exasperación oscurecía el rostro de Augusta.

—¡Ciertamente! —repuso la mujer en tono gélido.

—Hugh —intervino Clementine—, permíteme presentarte a mi novio, sir Harry Tonks.

Hugh le estrechó la mano. Harry era demasiado joven para tener el título de caballero, de modo que lo de «sir» debía de significar que era baronet, una especie de aristócrata de segunda clase. Hugh no le envidió su matrimonio con Clementine. La muchacha no era tan perversa como su madre, pero siempre había tenido esa tendencia.

—¿Qué tal la travesía? —preguntó Harry.

—Un viaje rápido —contestó Hugh—. He venido en uno

de esos nuevos vapores de hélice. Sólo hemos tardado siete días.

—¡Por Júpiter! Maravilloso, maravilloso.

—¿De qué parte de Inglaterra es usted, sir Harry? —preguntó Hugh, sondeando los orígenes del hombre.

—Tengo unas propiedades en el condado de Dorset. La mayoría de mis arrendatarios cultivan lúpulo.

Pequeña aristocracia rural, concluyó Hugh: si tuviera un poco de sentido común, vendería sus granjas e ingresaría el dinero en el Banco Pilaster. A decir verdad, Harry no parecía muy inteligente, pero acaso fuera dócil. A las mujeres Pilaster les gustaba casarse con hombres a quienes se les podía manipular, y Harry era una versión joven de George, el esposo de Madeleine. A medida que envejecían se tornaban malhumorados y resentidos, pero rara vez se rebelaban.

—Pasemos al salón —ordenó Augusta—. Todos están allí esperando para verte.

La siguió, pero se detuvo en seco en el mismo umbral. Aquella estancia amplia y familiar, con sus grandes chimeneas en cada extremo y sus puertaventanas que daban al jardín, aparecía transformada por completo. Todas las telas, adornos y muebles japoneses habían desaparecido y la nueva decoración era un profuso conjunto de diseños y estampados audaces, llamativos, multicolores. Al mirar más atentamente, Hugh comprobó que todo eran flores: margaritas amarillas en la alfombra, rosas rojas que trepaban en enrejado por el papel que cubría las paredes, amapolas en las cortinas y rosados crisantemos en la seda que envolvía las patas de las sillas, los espejos, las mesas y el piano.

—Has cambiado esta sala, tía —dijo Hugh de manera superficial.

—Todo procede de la nueva tienda que William Morris ha abierto en la calle de Oxford —informó Clementine—. Es la última moda.

—Pero tenemos que cambiar la alfombra —dijo Augusta—. No es del color apropiado.

«Nunca está satisfecha», pensó Hugh.

Allí se encontraban casi todos los miembros de la familia Pilaster. Comprendió que sentían curiosidad por él. Se marchó sumido en la deshonra y es posible que pensaran que jamás volvería... Pero le subestimaron, y había vuelto como un héroe conquistador. Ahora, todos deseaban echarle una segunda mirada.

Al primero que estrechó la mano fue a Edward. Su primo tenía veintinueve años, pero aparentaba más: había engordado mucho y coloreaba su rostro el tono típico del glotón.

—Así que has vuelto —dijo Edward. Trató de sonreír, pero sus labios no dibujaron más que una mueca de animosidad.

Hugh no podía reprochárselo. Los demás siempre habían comparado a los dos primos. Ahora, el éxito de Hugh en América proyectaba la atención sobre la falta de logros de Edward en el banco.

Micky Miranda fue el siguiente. Aún apuesto e inmaculadamente vestido, Micky parecía incluso más elegante y seguro de sí.

—Hola, Miranda —saludó Hugh—. ¿Sigues trabajando en la embajada de Córdoba?

—Soy el embajador de Córdoba —puntualizó Micky.

De cualquier modo, a Hugh no le sorprendió. Se alegró mucho de ver a su vieja amiga Rachel Bodwin.

—Hola, Rachel, ¿cómo te va? —Nunca había sido una chica guapa, pero Hugh comprendió que se había convertido en una mujer distinguida. Sus facciones eran angulosas y tenía unos ojos extraños, pero lo que seis años atrás era poco atractivo ahora resultaba extrañamente intrigante—. ¿A qué te dedicas en la actualidad?

—Hago campaña para reformar la ley sobre la propiedad femenina —dijo. Luego añadió con una sonrisa—: Con gran fastidio por parte de mis padres, que preferirían que hiciese campaña para pescar marido.

Hugh recordó que siempre había sido alarmantemente sincera. Respecto a eso, a él le parecía una muchacha interesante, pero no le era difícil comprender que muchos solteros en condiciones de formar pareja con ella se sintieran intimidados. A la mayoría de hombres les gustaban las mujeres un poco tímidas y no demasiado inteligentes.

Mientras hablaba con ella, Hugh se preguntó si Augusta desearía aún emparejarlos. Aunque esto carecía de importancia: el único hombre por el que Rachel mostró alguna vez verdadero interés fue Micky Miranda. Incluso en aquel momento, la muchacha se preocupó de introducir a Micky en la conversación que mantenía con Hugh. Éste jamás entendió por qué las chicas encontraban a Micky irresistible, y en el caso de Rachel aún le resultaba más sorprendente, puesto que tenía inteligencia de sobra para darse cuenta de que era un sinvergüenza; con todo, era casi como si Micky las fascinase más todavía precisamente por ser un bribón.

Siguió adelante y estrechó la mano de *Young* William y de su esposa. Beatrice le dio una bienvenida cálida, lo que hizo pensar a Hugh que no se encontraba tan sometida a la influencia de Augusta como las otras mujeres Pilaster.

Hastead les interrumpió para entregar un sobre a Hugh.

—Acaba de traerlo un mensajero —explicó.

Contenía una nota escrita con lo que a Hugh le pareció la caligrafía de una secretaria:

Piccadilly, 123
Londres, W.

Martes

La señora de Solomon Greenbourne solicita el placer de su compañía en la cena de esta noche.

Debajo, con una letra que a Hugh le resultaba familiar, decía:

¡Bienvenido a casa!

SOLLY

Se sintió muy complacido. Solly siempre tan afectuoso y bonachón. Se preguntó por qué no podrían los Pilaster ser tan indulgentes. ¿Acaso los metodistas eran por naturaleza más rígidos que los judíos? Claro que quizá en la familia Greenbourne había tensiones que él ignoraba.

—El mensajero está esperando la respuesta, señor —dijo solícito Hastead.

—Mis saludos a la señora de Greenbourne —contestó Hugh—. Me encantará acompañarles a cenar.

Hastead hizo una reverencia y se retiró.

—Dios mío —comentó Beatrice—, ¿vas a cenar con los Greenbourne? ¡Qué maravilloso!

—No espero que sea tan maravilloso. —Hugh se mostró sorprendido—. Estudié en el mismo colegio que Solly y siempre me cayó bien, pero una invitación a cenar con él no fue nunca lo que se dice un privilegio muy codiciado.

—Ahora lo es —aseguró Beatrice.

—Solly se casó con una reina del espectáculo —le explicó William—. A la señora Greenbourne le encanta la diversión, y sus fiestas son de lo mejorcito de Londres.

—Forman parte de la Marlborough Set —dijo Beatrice reverencialmente—. Son amigos del príncipe de Gales.

Harry, el novio de Clementine, les oyó, y dijo en tono resentido:

—No sé adónde va a ir a parar la sociedad inglesa, cuando el heredero del trono prefiere a los judíos más que a los cristianos.

—¿De verdad? —preguntó Hugh—. Confieso que nunca he entendido por qué a la gente le desagradan los judíos.

—Yo no puedo soportarlos —reconoció Harry.

—Bueno, tu matrimonio te va a emparentar con una familia de banqueros, así que vas a conocer a una barbaridad de judíos en el futuro.

Harry pareció ligeramente ofendido.

—Augusta critica a la Marlborough Set en pleno, judíos y no judíos. Al parecer, la moral de esas personas no es lo que debería ser.

—Apuesto algo a que no invitan a Augusta a sus fiestas —dijo Hugh.

Beatrice rió entre dientes ante aquella idea.

—¡Desde luego que no! —confirmó William.

—Bueno —dijo Hugh—. Ardo en deseos de conocer a la señora Greenbourne.

Piccadilly era una calle de palacetes. A las ocho de una helada noche de enero, un ajetreado tráfico de carruajes y coches pululaba por la calzada, mientras las aceras iluminadas por farolas de gas aparecían llenas de hombres vestidos como Hugh, con frac y corbata blanca, mujeres envueltas en capas de terciopelo y cuello de piel, y pintadas prostitutas de uno y otro sexo.

Hugh avanzó por allí sumido en profundas cavilaciones. Augusta se le mostraba tan implacablemente hostil como siempre. Había alimentado la secreta aunque débil esperanza de que se hubiera suavizado, pero no ocurría así. Y como la mujer aún ejercía el matriarcado, contar con su enemistad era tener en contra a toda la familia.

La situación en el banco era mejor. Los negocios obligaban a los hombres a ser más objetivos. Inevitablemente, Augusta trataría de impedir allí su avance, pero Hugh tenía en ese terreno muchas más posibilidades de defensa. Augusta dominaba el arte de manipular a los demás, pero su ignorancia era supina en lo referente a la banca.

En conjunto, la jornada no le había ido mal, y ahora se

aprestaba ilusionadamente a pasar una noche festiva entre amigos.

Cuando Hugh partió rumbo a América, Solly Greenbourne vivía con su padre, Ben, en una amplia mansión con vistas al Green Park. Ahora Solly tenía casa propia, un poco más abajo de la calle donde estaba la de su padre, y no mucho más pequeña que la de éste. Hugh atravesó un imponente portal, entró en un amplio vestíbulo revestido de mármol verde y se detuvo para contemplar la impresionante curva del tramo de escalera construido en mármol negro y anaranjado. La señora Greenbourne tenía algo en común con Augusta Pilaster; ni una ni otra eran partidarias de dejar las cosas a medias a la hora del alarde suntuoso.

En el vestíbulo aguardaban un mayordomo y dos lacayos. El mayordomo se hizo cargo del sombrero de Hugh, sólo para entregárselo a uno de los lacayos; después, el otro lacayo le condujo escaleras arriba. En el rellano, lanzó una ojeada a través de una puerta que estaba abierta de par en par, y vio una pulimentada pista de baile y un arco alargado de ventanas con sus correspondientes cortinas. Luego, en seguida, le introdujeron en el salón.

Hugh no era ningún experto en artes decorativas, pero reconoció al instante el espléndido y costoso estilo Luis XVI. El techo era un derroche de artesonados, las paredes tenían recuadros de paneles de papel de terciopelo y todas las mesas y sillas se encaramaban en finas patas doradas que parecían a punto de quebrarse. Reinaban allí los colores amarillo, rojo anaranjado, verde y oro. Hugh se imaginó a los relamidos de turno comentando lo vulgar que resultaba todo aquello, mientras disimulaban su envidia fingiendo desagrado. Lo cierto es que era una decoración sensual. Se trataba de una estancia en la que personas inconcebiblemente ricas podían hacer lo que les pluguiera.

Diversos invitados habían llegado ya, andaban por allí y se entretenían bebiendo champán y fumando cigarrillos.

Aquello era nuevo para Hugh: nunca había visto a la gente fumar en un salón. Solly le vio y abandonó el grupo de personas que reían alegremente para acudir a su encuentro.

—Pilaster, ¡has sido muy amable al venir! ¿Cómo estás, por el amor de Dios?

Hugh se dio cuenta de que Solly era un poco más extrovertido que antes. Seguía estando gordo, llevaba gafas y ya había una mancha de algo en su chaleco blanco, pero se mostraba más jovial que nunca y, Hugh lo captó en seguida, también era más feliz.

—Estoy muy bien, gracias, Greenbourne —dijo Hugh.

—¡Ya lo sé! He seguido tus progresos. Ojalá nuestro banco tuviese en América a alguien como tú. Espero que los Pilaster te paguen una fortuna... te la ganas.

—Dicen que te has convertido en un hombre mundano.

—No es cosa mía, es que me casé, ¿sabes? —Dio media vuelta y aplicó una leve palmada a la blanca espalda desnuda de una mujer menuda que llevaba un vestido de color verde y cáscara de huevo. La mujer miraba hacia el otro lado, pero su espalda le resultó a Hugh extrañamente familiar, y una sensación de *déjà vu* le asaltó, lo que le hizo sentirse inexplicablemente triste. Solly le dijo a la mujer—: Querida, ¿te acuerdas de nuestro viejo amigo Hugh Pilaster?

Ella se demoró un momento más, mientras acababa lo que estaba diciendo a sus acompañantes, y Hugh pensó: «¿Por qué me he quedado sin aliento al verla?». Luego, la mujer se volvió despacio, como una puerta que se abriera hacia el pasado, y a Hugh se le paralizó el corazón al ver su cara.

—¡Claro que lo recuerdo! —dijo—. ¿Cómo está usted, señor Pilaster?

Hugh se quedó mirando, sin habla, a la mujer que se había convertido en la señora de Solomon Greenbourne.

Era Maisie.

Sentada ante su tocador, Augusta se puso el collar de perlas que siempre lucía en las cenas de gala. Era la pieza más cara de su joyero. Los metodistas no creían en los adornos costosos y el avaro esposo de Augusta, Joseph, lo utilizaba como excusa para no comprarle alhajas. Al hombre le hubiera gustado que su mujer dejase de decorar la casa con tanta frecuencia, pero Augusta lo hacía sin consultárselo: si las cosas se hiciesen al modo de Joseph, puede que no vivieran mejor que cualquiera de sus empleados. El hombre aceptaba de mala gana aquella redecoración y sólo insistía en que dejasen su alcoba en paz.

Augusta sacó del joyero el anillo que Strang le había regalado treinta años antes. Tenía la forma de una serpiente: el cuerpo era de oro, la cabeza, un diamante, y los ojos, dos rubíes. Se puso el anillo en el dedo y, como había hecho ya miles de veces, rozó la erguida cabeza contra sus labios, evocadoramente.

Su madre le había dicho:

—Devuelve el anillo y trata de olvidarle.

—Ya se lo he devuelto —respondió una Augusta que contaba a la sazón diecisiete años—, y le olvidaré.

Pero era mentira. Conservó el anillo, escondido en el lomo de su Biblia, y nunca olvidó a Strang. Si no podía tener su amor, se prometió Augusta, todas las cosas que él hubiera podido darle serían suyas, de ella, de un modo u otro, algún día.

Había asumido años atrás que nunca sería condesa de Strang. Pero estaba decidida a lograr un título. Y puesto que Joseph no lo tenía, ella iba a encargarse de conseguirle uno.

Llevaba años reflexionando sobre el problema, estudiando los mecanismos mediante los cuales los hombres alcanzaban títulos, y tras infinidad de noches en blanco, sus planes y anhelos habían desembocado en una estrategia bien meditada. Ahora estaba ya lista, y era el momento oportuno.

Iniciaría su campaña esa misma noche, durante la cena. Entre los invitados figuraban tres personas que desempeñarían un papel crucial en la función de convertir en conde a Joseph.

Pensaba que podía tomar el título de conde de Whitehaven. Whitehaven era el puerto donde, cuatro generaciones atrás, la familia Pilaster se lanzó al negocio. El bisabuelo de Joseph, Amos Pilaster, había amasado su fortuna con una actividad legendaria, invirtiendo todo su dinero en un barco de esclavos. Pero luego emprendió operaciones comerciales menos azarosas: compraba piezas de sarga y percal estampado en las fábricas textiles de Lancashire y las embarcaba rumbo al continente americano. Su sede de Londres ya se llamaba Whitehaven House, en reconocimiento al lugar donde había nacido la empresa. Augusta sería condesa de Whitehaven si sus planes daban resultado.

Se imaginó a sí misma y a Joseph haciendo su entrada en un gran salón, en tanto el maestro de ceremonias anunciaba: «El conde y la condesa de Whitehaven», y la imagen la hizo sonreír. Vio a Joseph pronunciando en la Cámara de los Lores su discurso inaugural, cuyo tema estaría relacionado con las altas finanzas, mientras los demás pares le escuchaban con respetuosa atención. Los tenderos la llamarían «lady Whitehaven» en voz baja y la gente volvería la cabeza para ver quién era.

Sin embargo, se dijo que era para Edward para quien deseaba aquello tanto como cualquier otra cosa. Un día, Edward heredaría el título de su padre, y entretanto, estaría en condiciones de poner en sus tarjetas de visita: «Honorable Edward Pilaster».

Augusta sabía con exactitud lo que tenía que hacer, pero no obstante estaba intranquila. Conseguir una dignidad de par no era como comprar una alfombra... Una no podía llegarse al proveedor y decir: «Quiero ésa... ¿Cuánto vale?», todo tenía que hacerse a base de indirectas. Esa noche tenía que ir con pies de plomo. Si daba un paso en falso, sus planes tan minuciosamente trazados se desmoronarían en un pestañeo. Si se había equivocado al juzgar a las personas elegidas, estaba sentenciada.

Llamó a la puerta una doncella:

—Ha llegado el señor Hobbes, señora.

«Esta chica pronto tendrá que llamarme milady», pensó Augusta.

Guardó el anillo de Strang, se levantó del tocador y atravesó la puerta que comunicaba su cuarto con el de Joseph. El hombre ya estaba vestido para la cena, sentado frente al armario donde conservaba su colección de enjoyadas cajitas de rapé y contemplando una de ellas a la luz de la lámpara de gas. Augusta se preguntó si sería el momento adecuado para sacar a relucir el tema de Hugh.

Hugh continuaba siendo un fastidio. Seis años antes creyó que se lo había quitado de encima para siempre, pero una vez más amenazaba con eclipsar a Edward. Había dicho que se le nombrara socio: Augusta no iba a tolerarlo de ninguna de las maneras. Estaba decidida a que, algún día, Edward fuese presidente del consejo del banco y no podía permitir que Hugh tomase la delantera.

¿No se equivocaría al preocuparse tanto? Quizá debiera dejar que Hugh dirigiese el negocio. Edward podría dedicarse a otra cosa, tal vez meterse en política. Pero el banco era el corazón de la familia. Los que lo dejaban, como Tobias, el padre de Hugh, al final siempre concluían en la nada. Los Pilaster podían derrocar a un monarca negándole un préstamo: pocos políticos contaban con esa capacidad. Era espantoso pensar que Hugh llegara a presidente del consejo, que alternase con embajadores, que tomara café con el ministro de Hacienda, que ocupase el lugar de honor en las reuniones familiares, situado por encima de Augusta y de su rama de la familia.

Pero en esa ocasión iba a resultar muy difícil desembarazarse de Hugh. Era mayor, más sensato y tenía una situación firme y estable en el banco. El muchacho despreciable había trabajado dura y pacientemente durante seis años para rehabilitar su nombre. ¿Podría ella tirar por los suelos todo eso?

Sin embargo, no era el momento de plantear a Joseph la cuestión de Hugh. Augusta deseaba que su marido estuviese de buen humor durante la cena.

—Puedes seguir aquí un rato más, si te place —le comunicó—. Sólo ha llegado Arnold Hobbes.

—Muy bien, si no te importa —dijo Joseph.

A ella le convenía que Hobbes estuviese solo unos momentos.

Hobbes era editor de un periódico político llamado *The Forum*. Generalmente se alineaba con los conservadores, que estaban a favor de la aristocracia y la Iglesia establecida, y contra los liberales, el partido de los hombres de negocios y los metodistas. Los Pilaster eran ambas cosas, hombres de negocios y metodistas, pero los conservadores estaban en el poder.

Augusta sólo había hablado con Hobbes una o dos veces y suponía que al hombre debió de sorprenderle recibir aquella invitación. Sin embargo, Augusta confió en que la aceptaría. Seguro que no le llegaban muchas invitaciones para cenar en casas tan pudientes como la de Augusta.

Hobbes se encontraba en una situación curiosa. Era un hombre poderoso, ya que su periódico se leía y se respetaba en amplios sectores; sin embargo, también era pobre, porque sacaba escaso beneficio del mismo. Esa combinación resultaba embarazosa para Hobbes... y perfecta para el propósito de Augusta. El hombre poseía influencia para ayudarla a lograr sus objetivos y, al mismo tiempo, se le podía comprar.

Sólo existía un posible inconveniente. Augusta confiaba en que Hobbes no tuviese altos principios morales: eso destruiría su utilidad. Pero si le había juzgado correctamente, era un hombre corruptible.

Augusta estaba nerviosa y no las tenía todas consigo. Se detuvo un segundo, antes de franquear la puerta del salón, para decirse «Tranquilícese, señora Pilaster, estas cosas se le dan a usted muy bien». Al cabo de un momento, más calmada ya, entró en la estancia.

El hombre se levantó para saludarla con la debida cortesía. Era un individuo vivaracho y rápido de reflejos, con movimientos semejantes a los de un pájaro. Augusta calculó que su traje tenía por lo menos diez años. La mujer le condujo al asiento de la ventana para conferir a la conversación cierta sensación de intimidad, aunque no eran lo que se dice viejos amigos.

—Cuénteme qué diabluras ha cometido hoy —dijo Augusta en tono de broma—. ¿Le ha dado un repaso al señor Gladstone? ¿Ha socavado nuestra política india? ¿Se ha dedicado a acosar a los católicos?

Hobbes la miró a través de los sucios cristales de sus gafas.

—He escrito un artículo acerca del Banco de la Ciudad de Glasgow —dijo.

Augusta frunció el entrecejo.

—Ése es el banco que se hundió hace poco.

—Exactamente. Ya sabe que muchos sindicatos escoceses fueron a la ruina.

—Creo recordar que oí algo de eso —repuso Augusta—. Mi esposo dice que se sabía desde hace años que el Ciudad de Glasgow era poco sólido.

—No lo entiendo —se excitó Hobbes—. La gente sabe que un banco no es de fiar y, a pesar de ello, le permiten seguir con sus actividades hasta que quiebra... ¡y miles de personas pierden los ahorros de toda su vida!

Augusta tampoco lo comprendía. Sus conocimientos del negocio de la banca rozaban el punto cero. Pero vio ahí la oportunidad de conducir la conversación por el rumbo que le convenía.

—Quizá los mundos del comercio y del gobierno están muy separados entre sí —aventuró.

—Eso debe de ser. Una comunicación más estrecha entre los hombres de negocios y los hombres de Estado evitaría tales catástrofes.

—Me pregunto... —Augusta titubeó, como si estuviese dándole vueltas en la cabeza a una idea que acabara de ocurrírsele—. Me pregunto si alguien como usted consideraría la posibilidad de desempeñar la dirección de una o dos empresas.

Hobbes se mostró sorprendido.

—Desde luego, podría...

—Verá... Cierta experiencia directa, lograda a través de la participación en la gerencia de una empresa mercantil le resultaría de bastante ayuda cuando redactase para su periódico algún trabajo sobre el mundo del comercio.

—Indudablemente.

—La retribución no sería muy alta... un par de cientos al año, en el mejor de los casos. —Augusta observó que se iluminaban los ojos del hombre: era una barbaridad de dinero para él—. Pero las obligaciones tampoco serían nada pesadas.

—Una idea de lo más interesante —reconoció Hobbes.

Augusta comprendió que al hombre le costaba un esfuerzo tremendo disimular su entusiasmo.

—Si a usted le interesa, mi marido podría arreglarlo. Siempre está recomendando a directores para los cuadros administrativos de las empresas en las que tiene participación. Piénselo usted y dígame si le gustaría que le dijese algo a mi esposo.

—Muy bien, así lo haré.

Augusta pensó que, hasta ahí, todo iba como una seda. Pero ponerle el cebo era la parte fácil. Ahora tenía que conseguir que se tragara el anzuelo.

–Y el mundo del comercio correspondería adecuadamente, claro –articuló Augusta en tono pensativo–. Opino que en la Cámara de los Lores debería haber más hombres de negocios sirviendo a su patria.

Se estrecharon ligeramente los párpados de Hobbes y Augusta supuso que su rápido cerebro empezaba a entender el trato que se le ofrecía.

–Sin duda –repuso Hobbes sin comprometerse.

–Tanto la Cámara de los Comunes como la de los Lores –Augusta desarrolló el tema– deberían beneficiarse de los conocimientos y el buen juicio de los hombres de negocios con experiencia, en especial cuando se debatieran las finanzas del país. Sin embargo, existe un curioso prejuicio en contra de la idea de elevar a los hombres de negocios a la dignidad de nobles.

–Sí, cierto, es completamente absurdo –concedió Hobbes–. Nuestros comerciantes, fabricantes y banqueros son responsables de la prosperidad de la nación en mayor medida que los terratenientes y los clérigos; sin embargo, a éstos se les conceden títulos aristocráticos por sus servicios al país, mientras que se desatiende a los hombres que realmente trabajan y crean riqueza.

–Debería escribir usted un artículo sobre tal cuestión. Es el tipo de causa por la que su periódico habría hecho campaña en el pasado: la modernización de nuestras anticuadas instituciones.

Augusta le obsequió con la más cálida de sus sonrisas. Ya había puesto sus cartas sobre la mesa. Hobbes difícilmente podía dejar de darse cuenta de que tal campaña era el precio que tenía que pagar por el cargo de director de empresas que se le acababa de brindar. ¿Se erizaría, se mostraría ofendido y manifestaría su desacuerdo? ¿Se marcharía indignado? ¿Rechazaría la oferta, con una sonrisa elegante? En caso de que reaccionara de alguna de aquellas tres formas, Augusta tendría que intentarlo de nuevo con otra persona.

Tras una prolongada pausa, el hombre declaró:

—Tal vez tenga usted razón.

Augusta se relajó.

—Quizá deberíamos emprender una cosa así —continuó el hombre—. Estrechos vínculos entre el comercio y el gobierno.

—Títulos de nobleza para los hombres de negocios —dijo Augusta.

—Y cargos de director de empresa para los periodistas —añadió Hobbes.

Augusta comprendió que había ido todo lo lejos que podía ir en el terreno de la franqueza y que acababa de llegar el momento de retroceder. Si se reconocía que estaba sobornándole, acaso el hombre se sentiría humillado y rechazaría el trato. Se sentía satisfecha con lo conseguido hasta el momento y estaba a punto de cambiar de tema cuando se presentaron más invitados y le ahorraron ese trabajo.

El resto de la partida llegó en grupo y, simultáneamente, apareció Joseph. Al cabo de unos minutos, entró Hastead para anunciar:

—La cena está servida, señor.

Y Augusta anheló oírle decir «milord», en lugar de «señor».

Abandonaron el salón y, tras cruzar el pasillo, pasaron al comedor. Aquella comitiva más bien corta inquietó a Augusta. En las casas aristocráticas el traslado del salón al comedor constituía un paseo distinguido y era un punto álgido del rito de la cena de gala. Tradicionalmente, los Pilaster se mofaban de los modales de la gente de alto copete, pero Augusta era distinta. Para ella, la casa en la que residían era incorregiblemente suburbana. Pero habían fracasado todos sus intentos de convencer a Joseph para mudarse de allí.

Aquella noche lo había dispuesto todo para que Edward entrase en el comedor acompañando a Emily Maple, una tímida y bonita muchacha de diecinueve años que asistía a la cena con su padre, un ministro metodista, y su madre. Saltaba a la vista que la casa y los invitados les abrumaban, como también era evidente que no encajaban muy bien en aquel círculo, pero Augusta se había lanzado a la búsqueda desesperada de una novia idónea para Edward. El joven tenía ya veintinueve años, y ante la frustración de su madre, nunca había mostrado el menor asomo de interés por ninguna chica en estado de merecer. A Emily no podría por menos que encontrarla atractiva: la joven tenía unos preciosos ojazos azules y una sonrisa dulcísima. A los padres les volvería locos tal emparejamiento. En cuanto a la muchacha, haría lo que le ordenasen. Pero tal vez a Edward hubiese que empujarle. Lo malo era que el joven no veía razón alguna para casarse. Le encantaba su estilo de vida, con amigotes masculinos, buenos ratos en el club y todo lo demás, por lo que sentar la cabeza y desposarse no le seducía casi nada. Durante cierto tiempo, Augusta asumió alegremente que se trataba de una fase normal en la vida de un joven, pero ya se estaba prolongando en exceso, y la mujer empezó a considerar si Edward no debería abandonarla de una vez. Tendría que presionar un poco al joven.

A su izquierda, en la mesa, Augusta situó a Michael Fortescue, un joven bien parecido que tenía aspiraciones políticas. Se decía que estaba muy próximo al primer ministro, Benjamin Disraeli, al que habían concedido el título de conde y tenía ahora el tratamiento de lord Beaconsfield. Fortescue era la segunda de las tres personas que Augusta necesitaba para conseguirle a Joseph la dignidad de par. No tenía la inteligencia de Hobbes, pero sí resultaba más complejo y seguro de sí. Augusta había sido capaz de impresionar a Hobbes, pero a Fortescue tendría que seducirlo.

El señor Maple bendijo la mesa y Hastead escanció vino. Aunque ni Joseph ni Augusta bebían vino, sí se les ofrecía a los invitados. Cuando sirvieron el consomé, Augusta dedicó a Fortescue una afectuosa sonrisa y dijo en voz baja:

—¿Cuándo vamos a verle en el Parlamento?

—Me gustaría saberlo —repuso el joven.

—Lo que sin duda sabe es que todo el mundo se hace lenguas de lo brillante que es usted.

La complacencia que le produjo aquella lisonja no evitó que el muchacho se sintiera un poco violento.

—Pues tampoco estoy seguro de saberlo.

—Y también es usted guapo... lo que nunca hace daño.

Fortescue pareció más bien sobresaltado. No había esperado que aquella señora tratase de coquetear... pero él no era precisamente contrario a ello.

—No debería esperar a la convocatoria de elecciones generales —prosiguió Augusta—. ¿Por qué no se presenta a unas elecciones parciales? Eso sin duda es bastante más fácil de preparar... la gente dice que tiene usted influencia con el primer ministro.

—La gente es muy amable, pero unas elecciones parciales resultan costosas, señora Pilaster.

Era la respuesta que Augusta estaba esperando, pero no iba a confesárselo así como así.

—¿De veras? —comentó.

—No soy rico.

—No lo sabía —mintió Augusta—. Entonces, tiene que encontrar a alguien que le patrocine.

—¿Un banquero, quizá? —adelantó Fortescue medio en broma medio en serio, pero triste.

—No es imposible. El señor Pilaster está deseando participar más activamente en el gobierno de la nación. —Podría hacerlo, si se le ofreciera un título nobiliario—. Y no comprende por qué los hombres que se dedican al comercio tienen que verse obligados a ser liberales. Entre nosotros, puedo confesarle que a menudo descubre que sus ideas están más de acuerdo con las de los conservadores jóvenes.

El tono confidencial de Augusta animó a Fortescue a ser

franco –tal como ella pretendía–, y el muchacho preguntó sin rodeos:

–¿Y en qué forma le gustaría al señor Pilaster servir a la nación... aparte de subvencionar a un candidato en unas elecciones parciales?

Era un reto. ¿Debía responder a la pregunta o continuar por la vía indirecta? Augusta decidió ponerse a tono con la sinceridad de Fortescue.

–Tal vez en la Cámara de los Lores. ¿Lo cree usted posible?

Disfrutaba con aquella situación, lo mismo que él.

–¿Posible? Desde luego. Que sea probable, ya es otra cuestión. ¿Quiere que sondee?

Aquello resultaba más directo de lo que ella había previsto.

–¿Puede hacerlo discretamente?

El joven titubeó.

–Creo que sí.

–Sería muy amable de su parte –dijo Augusta pletórica de satisfacción. Le había convertido en un conspirador.

–Le comunicaré el resultado de mi investigación.

–Y si se convocasen unas elecciones parciales adecuadas...

–Es usted muy buena.

Augusta le tocó el brazo. Pensó que era un joven muy atractivo. Le encantaba confabular con él.

–Creo que nos entendemos a la perfección –murmuró. Observó que Fortescue tenía las manos anormalmente grandes. Retuvo el brazo del joven un momento, mientras le miraba a los ojos; luego volvió la cabeza.

Se sentía de maravilla. Había tratado ya con dos de las tres personas clave y no había tenido el más leve resbalón. En el curso del siguiente plato habló con lord Morte, que estaba sentado a su diestra. La conversación fue cortés e intrascendente: la persona sobre la que Augusta quería influir era la esposa de lord Morte, y eso tendría que esperar hasta después de la cena.

Los hombres se aposentaron en el salón para fumar sus cigarros y Augusta llevó a las damas al piso de arriba y las introdujo en su dormitorio. Allí se quedó a solas un momento con lady Morte. Quince años mayor que Augusta, lady Morte era azafata de la reina Victoria. Tenía cabellera gris acero y modales arrogantes. Al igual que Arnold Hobbes y Michael Fortescue, poseía influencia; y Augusta esperaba que, lo mismo que ellos, fuese también corruptible. La vulnerabilidad de Hobbes y Fortescue consistía en que eran pobres. Lord y lady Morte no eran pobres, pero sí pródigos; tenían mucho dinero, pero gastaban más de lo que tenían: el vestuario de lady Morte era espléndido, como magnífica era su colección de joyas, y lord Morte creía, en contra de la evidencia demostrada a lo largo de cuarenta años, que tenía un certero ojo clínico para los caballos de carreras.

Respecto a lady Morte, Augusta se sentía más nerviosa de lo que lo estaba ante los hombres. Las mujeres eran más difíciles. No aceptaban las cosas a pies juntillas y sabían cuándo alguien trataba de manipularlas. Treinta años de cortesana habían refinado la sensibilidad de lady Morte hasta el punto de que nada se le escapaba.

—El señor Pilaster y yo somos grandes admiradores de su querida reina —rompió el hielo Augusta.

Lady Morte asintió con la cabeza, como si dijera «Naturalmente». Sin embargo, el «naturalmente» no era tan natural: la reina Victoria resultaba antipática a gran parte del país, porque era reservada, seria, distante e inflexible.

—Si alguna vez hay algo que podamos hacer para ayudarle en sus nobles obligaciones —continuó Augusta—, será para nosotros un inmenso placer.

—Muy amable. —Lady Morte dio la impresión de estar un poco perpleja—. ¿Pero qué podrían hacer ustedes?

—¿Qué hacen los banqueros? Préstamos. —Augusta bajó la voz—. Imagino que la vida en la corte resultará mutiladoramente cara.

Lady Morte se puso tensa. En el medio ambiente de su clase social imperaba el tabú de que, bajo ningún concepto, debía hablarse de dinero, y Augusta lo estaba quebrantando de modo flagrante.

Pero Augusta persistió:

—Si abriesen ustedes una cuenta en el Banco Pilaster, nunca habría problema alguno en ese terreno...

Lady Morte se sentía ofendida, pero, por otra parte, se le estaba ofreciendo el notable privilegio de disponer de un crédito ilimitado en una de las empresas bancarias más importantes del mundo. Su instinto le aconsejaba desairar a Augusta, pero la codicia la retenía: Augusta pudo ver cómo se desarrollaba aquel conflicto en el rostro de lady Morte.

Y no concedió a la dama tiempo para la reflexión.

—Le ruego que me perdone por haber sido tan horriblemente sincera —continuó—. La culpa la tiene mi deseo de serle útil.

Lady Morte no iba a creerla, sino que daría por supuesto que Augusta buscaba simplemente el favor de la realeza, a través de ella, de lady Morte. Ésta no profundizaría en busca de algún motivo más concreto, y Augusta no estaba dispuesta a darle más pistas aquella noche.

Lady Morte vaciló un momento más y luego dijo:

—Es usted muy bondadosa.

Augusta había franqueado la tercera valla. Si había evaluado correctamente a la mujer, lady Morte se encontraría desesperadamente empeñada con el Banco Pilaster en el plazo de seis meses. Entonces se enteraría de lo que Augusta deseaba de ella.

La señora Maple, la madre de Emily, volvió del aseo y le tocó el turno a lady Morte. Se retiró con una expresión de tenue embarazo petrificada en el semblante. Augusta sabía que, en la carroza que los llevaría de vuelta a casa, lord Morte y ella se mostrarían de acuerdo en que las personas que se dedicaban al comercio eran increíblemente vulgares y de modales insufribles; pero una tarde, lord Morte perdería mil guineas apostadas a un caballo, justamente el día en que su sastre le reclamaba el pago de una factura de seis meses atrás, por un importe de tres mil libras. Entonces, lord y lady Morte recordarían la oferta de Augusta y llegarían a la conclusión de que los vulgares profesionales de la banca y el comercio no dejaban de ser útiles, después de todo.

Las damas se reunieron nuevamente en el salón de la planta baja y tomaron café. Lady Morte aún se mostraba distante, pero sin llegar a la grosería. Los hombres sólo tardaron unos minutos en acercárseles. Joseph llevó al señor Maple al piso de arriba, para enseñarle la colección de cajitas de rapé. Augusta se sintió encantada: Joseph sólo hacía tal cosa con las personas que le caían bien. Emily se puso a tocar el piano. La señora Maple le pidió que cantase, pero la muchacha respondió que estaba resfriada y mantuvo su negativa con extraordinaria obstinación, pese a los ruegos de su madre, lo que hizo pensar a Augusta que la joven podía no ser tan sumisa como parecía a primera vista.

Augusta consideraba cumplida la tarea que se había fijado para aquella noche: lo que ahora deseaba era que se fueran todos para así poder dar un repaso mental a la velada y hacer un resumen de los logros conseguidos. Ciertamente, no le gustaba ninguno de los invitados, salvo Michael Fortescue. A pesar de ello, se esforzó por mostrarse amable y charlar con ellos durante otra hora más. Pensó que Hobbes había picado; Fortescue hizo un trato y lo cumpliría; a lady Morte se le había indicado la resbaladiza pendiente que llevaba a la perdición, y que iniciara el descenso por ella sólo era cuestión de tiempo. Augusta se sintió aliviada y satisfecha.

Cuando por fin se hubieron retirado todos, Edward se dispuso a marchar al club, pero Augusta le detuvo.

—Siéntate un momento y atiéndeme —le dijo—. Quiero hablaros a ti y a tu padre.

Joseph, que ya iba camino del lecho, volvió a sentarse. Augusta se dirigió a él:

—¿Cuándo vas a nombrar a Edward socio del banco?

Joseph se enfurruñó automáticamente.

—Cuando sea mayor.

—Pero me han dicho que se está pensando en la posibilidad de hacer socio a Hugh, y Hugh tiene tres años menos que Edward.

Aunque Augusta ignoraba el modo en que se obtenía el dinero, estaba siempre perfectamente enterada de lo que pasaba en el banco en relación con los progresos personales y otras cosas de los miembros de la familia. Normalmente, los hombres no hablaban de asuntos profesionales delante de las damas, pero Augusta sabía sonsacarles en los tés que organizaba.

—La antigüedad no es el único camino por el que un hombre puede alcanzar la categoría de socio —replicó Joseph en tono irritado—. Otro camino viene dado por su capacidad para conseguir operaciones rentables, una capacidad que Hugh posee en un grado tan alto como no he visto en ningún hombre de su edad. Y otras vías para conseguirlo serían invertir en el banco un gran capital, gozar de una alta posición social o tener influencia política. Me temo que Edward no cuenta todavía con ninguno de esos requisitos.

—Pero es tu hijo.

—¡Un banco es un negocio, no una cena de sociedad! —dijo Joseph, francamente indignado ya. Odiaba que le llevasen la contraria—. Ser socio no es simplemente cuestión de jerarquía o prioridad. La capacidad de hacer dinero es la prueba concluyente.

Augusta tuvo un momento de duda. ¿Debía seguir insistiendo en el ascenso de Edward aunque el muchacho no estuviese realmente capacitado? Pero eso era una tontería. Era perfectamente apto. Puede que no sumara una columna de cifras con la misma rapidez que Hugh, pero la educación debía imponerse al final.

—Edward podría tener una gran inversión de capital en el banco si tú quisieras —señaló Augusta—. En cualquier momento que te plazca puedes poner dinero a su nombre.

En el semblante de Joseph apareció la terca expresión que tan bien conocía Augusta, la expresión que adoptaba para negarse a cambiar de casa o prohibir tajantemente a su esposa variar la decoración de su dormitorio, del dormitorio de Joseph.

—¡Eso no será antes de que el chico se case! —dijo, y con esas palabras abandonó la estancia.

—Le has sacado de quicio —constató Edward.

—Es sólo por tu bien, Teddy querido.

—¡Pero has empeorado las cosas!

—No, no es así —suspiró Augusta—. A veces, tu generosa perspectiva te impide ver lo que está ocurriendo. Tu padre puede creer que ha adoptado una actitud firme, pero si piensas en lo que ha dicho comprenderás que ha prometido que, en cuanto te cases, pondrá a tu nombre una suma importante y te convertirá en socio del banco.

—¡Dios, supongo que sí! —exclamó Edward sorprendido—. No se me había ocurrido considerarlo de ese modo.

—Eso es lo malo de ti, cariño. No eres taimado, como Hugh.

—Hugh ha tenido mucha suerte en América.

—Claro que la tuvo. ¿No te gustaría casarte?

Edward se sentó junto a su madre.

—¿Por qué me habría de casar, cuando estás tú para cuidarme?

—Pero ¿qué será de ti cuando yo haya desaparecido? ¿No te gusta esa pequeña Emily Maple? Pensé que era encantadora.

—Me ha dicho que la caza es cruel para el zorro —articuló Edward en tono desdeñoso.

—Tu padre te abrirá una cuenta con un fondo de por lo menos cien mil... tal vez más, puede que de un cuarto de millón.

Edward no se sintió impresionado.

—Tengo todo lo que quiero y me gusta vivir contigo —dijo.

—Y a mí me gusta tenerte cerca. Pero también quiero verte felizmente casado, con una esposa adorable, con fortuna propia y participación como socio del banco. Dime que pensarás en ello.

—Pensaré en ello. —Edward le dio un beso en la mejilla—. Ahora tengo que irme, de verdad, mamá. Prometí encontrarme con unos compañeros dentro de media hora.

—Vete, pues.

Edward se levantó y fue hacia la puerta.

—Buenas noches, mamá.

—Buenas noches —respondió Augusta—. ¡Piensa en Emily!

3

Kingsbridge Manor era una de las mayores mansiones de Inglaterra. Maisie se había alojado allí tres o cuatro veces y aún no había visto la mitad del edificio. La casa tenía veinte dormitorios principales, sin contar las habitaciones de los aproximadamente cincuenta criados. Se calentaba a base de fuegos de carbón, la iluminación era mediante velas y sólo contaba con un cuarto de baño, pero todas sus carencias de comodidades modernas las compensaban sus lujos tradicionales: camas de cuatro postes con cortinas de gruesa seda, deliciosos vinos añejos de las inmensas bodegas subterráneas, caballos, armas, libros y juegos sin fin.

El joven duque de Kingsbridge poseyó otrora cuarenta mil quinientas hectáreas de las mejores tierras de cultivo del condado de Wilt, pero por consejo de Solly había vendido la mitad, y con el producto de esa venta adquirió una buena superficie de terreno en South Kensington. En consecuencia, la depresión agrícola que empobreció a tantas grandes familias de terratenientes no afectó en absoluto a «Kingo», que aún estaba en condiciones de divertir a sus amigos a lo grande.

El príncipe de Gales les había acompañado durante la primera semana. Solly, Kingo y el príncipe compartían la afición por las bromas y el alboroto jovial, a lo cual Maisie contribuyó con su granito de arena. Sustituyó la crema batida del postre de Kingo por espuma de jabón; desabotonó los tirantes de Solly mientras descabezaba un sueñecito en la biblioteca, y cuando el hombre se puso en pie, sus pantalones fueron a parar al suelo; y pegó con cola las páginas de *The Times*, de forma que no había manera de abrir el periódico. El azar quiso que fuera el príncipe el primero en coger el diario, y cuando sus esfuerzos con las páginas resultaron inútiles se produjo un instante de tensión, mientras todos se preguntaban qué ocurriría –porque aunque al heredero del trono le encantaban esa clase de chanzas, nunca había sido víctima de ninguna–, pero el hombre, al percatarse del caso, empezó a reír entre dientes y todos los demás soltaron la carcajada, más a causa del alivio que de la propia gracia de la situación.

El príncipe se había marchado, Hugh Pilaster llegó y entonces empezaron las complicaciones.

Invitar a Hugh había sido idea de Solly. A Solly le caía bien Hugh. A Maisie no se le ocurrió ninguna pega convincente que oponer. También había sido Solly quien pidió a Hugh que cenase con ellos en Londres.

Aquella noche, Hugh recobró la compostura con la suficiente rapidez y demostró ser un invitado perfectamente a tono con las circunstancias. Quizá sus modales no fuesen tan refinados como hubieran podido ser de haberse pasado los últimos seis años alternando en los salones londinenses en vez de moverse por los almacenes de depósito bostonianos, pero su encanto natural suplió los posibles defectos. Durante los dos días que llevaba en Kingsbridge no había dejado de divertir a todos con los relatos de la vida en Norteamérica, país que ninguno de ellos había visitado.

Resultaba irónico que a Maisie le parecieran un poco toscos los modales de Hugh. Seis años antes ocurría lo contrario. Pero la mujer aprendía con celeridad. Había adquirido el acento de las clases altas sin ninguna dificultad. La gramática le costó un poco más. Lo más duro de todo, sin embargo, fueron las pequeñas sutilezas de comportamiento, los toques de gracia de la superioridad social: la forma de franquear una puerta, hablarle a un perrito, cambiar de tema de conversación o hacer caso omiso de un borracho. Pero Maisie había puesto los cinco sentidos en ,el aprendizaje de todo aquello y ahora lo practicaba con absoluta naturalidad.

Hugh se había recuperado de la conmoción que le supuso el encuentro, pero Maisie no. Nunca olvidaría la cara que puso Hugh al verla. Ella estaba preparada, pero para Hugh había constituido una auténtica sorpresa. Y a causa de esa misma sorpresa, mostró sus sentimientos al desnudo, y Maisie vio, con desánimo, el dolor que apareció en los ojos del hombre. Le había herido profundamente seis años atrás, y Hugh aún no lo había superado.

La expresión del rostro de Hugh la obsesionó desde entonces. Al enterarse de que iba a ir allí, Maisie se llevó un disgusto. No quería verle. No deseaba que el pasado volviese. Estaba casada con Solly, que era un buen esposo, y no podía sufrir la idea de herirle. Y estaba Bertie, su razón de vivir.

A su hijo le impusieron el nombre de Hubert, pero le llamaban Bertie, que también era el nombre del príncipe de Gales. Bertie Greenbourne cumpliría cinco años el día primero de mayo, pero eso era un secreto: su aniversario se celebraba en septiembre, para ocultar el hecho de que había nacido sólo seis meses después de la boda. La familia de Solly conocía la verdad, pero nadie más estaba enterado de ello: Bertie nació en Suiza, durante la gira de doce meses por Europa que constituyó su viaje de novios. Desde entonces, Maisie había sido feliz.

Los padres de Solly no acogieron favorablemente a Maisie. Estirados, ceremoniosos y judíos esnobs de origen alemán que vivían en Inglaterra desde generaciones atrás, consideraban a los judíos rusos que se expresaban en *yiddish* una especie de advenedizos, de intrusos recién desembarcados. El hecho de que la joven llevara en su seno al hijo de otro hombre confirmaba sus prejuicios y les proporcionó una excusa para rechazarla. Sin embargo, la hermana de Solly, Kate, que tenía más o menos la misma edad que Maisie y una hija de siete años, solía mostrarse amable con ella cuando sus padres no se encontraban por allí.

Solly la quería, como también quería a Bertie, pese a que ignoraba quién era el padre. Maisie tenía suficiente con ese cariño... hasta que regresó Hugh.

Se levantó temprano, como siempre, y se dirigió al ala de la enorme mansión donde estaban las habitaciones de los niños. Bertie desayunaba en el comedor de aquella parte de la casa con los hijos de Kingo, Anne y Alfred, bajo la supervisión de tres niñeras. La mujer besó la pegajosa cara del niño.

—¿Qué estás desayunando? —preguntó.

—Copos de avena con miel.

Bertie hablaba arrastrando las sílabas, con el cansino acento de las clases superiores, el deje que a Maisie tanto le había costado adquirir, y del que a veces se olvidaba.

—¿Está bueno?

—La miel es estupenda.

—Creo que tomaré un poco —dijo Maisie, y se sentó. Sería más digestivo que los arenques y los riñones picantes que constituían el desayuno de los adultos.

Bertie no tenía ningún rasgo de Hugh. De recién nacido se parecía a Solly, porque todos los niños pequeños se parecían a él; ahora cada vez era más y más semejante a su madre, pelirrojo y de ojos verdes. De vez en cuando, Maisie veía en el niño alguna expresión propia de Hugh, sobre todo cuando esbozaba aquella sonrisa traviesa suya; pero, por fortuna, no se apreciaba ningún parecido evidente.

Una de las niñeras sirvió a Maisie un plato de copos de avena con miel y la mujer los probó.

—¿Te gustan, mamá? —preguntó Bertie.

—No hables con la boca llena, Bertie —le llamó al orden Anne.

Anne Kingsbridge tenía siete años, y como era mayor, se las daba de dominanta con Freddy, su hermano de cinco años, y con Bertie.

—Son deliciosos —dictaminó Maisie.

—¿Queréis tostadas con mantequilla, niños? —ofreció otra doncella y, a coro, los chiquillos dijeron que sí.

Al principio, Maisie había creído que era antinatural para los chiquillos criarse rodeados de sirvientes, y temió que Bertie creciese superprotegido; pero no tardó en comprobar que los niños ricos jugaban, se revolcaban por el suelo, trepaban por las tapias y se peleaban unos con otros lo mismo que los niños pobres, y que la diferencia principal consistía en que las personas que los limpiaban después cobraban por hacerlo.

A Maisie le hubiera gustado tener más hijos, hijos de Solly, pero algo se malogró en su interior durante el alumbramiento de Bertie, y los médicos suizos dijeron que no podría concebir más criaturas. Al final resultó cierto, puesto que llevaba cinco años durmiendo con Solly sin que un solo mes le hubiese fallado la regla. Bertie era el único hijo que tendría en toda su vida. Lo lamentaba profundamente por Solly, que nunca sería padre, aunque él afirmaba que tenía ya más felicidad de la que se merecía cualquier hombre.

La duquesa consorte de Kingo, Liz para sus amistades, se integró en el grupo de los que desayunaban en el comedor de los niños poco después de que lo hiciera Maisie. Cuando lavaban a los chiquillos las manos y la cara, Liz comentó:

—¿Sabes?, mi madre nunca hubiera hecho esto. Sólo nos veía una vez bañados, limpios y vestidos. Es algo tan fuera de lo común...

Maisie sonrió. Por el mero hecho de lavarle la cara a su propio hijo, Liz la creía de lo más prosaico y plebeyo.

Permanecieron allí hasta las diez de la mañana, cuando llegó la institutriz y puso a los niños a trabajar con sus dibujos y pinturas. Maisie y Liz regresaron a sus habitaciones. Aquél era un día tranquilo, en el que no se salía de caza. Algunos hombres se fueron a pescar y otros recorrerían el bosque acompañados por un par de perros, con la intención de soltar algún que otro escopetazo a los conejos. Las damas, y los caballeros que preferían las damas a los perros, se darían un paseo por el parque antes del almuerzo.

Solly había desayunado ya y estaba listo para salir. Llevaba un traje de calle de paño color terroso y chaqueta corta. Maisie le dio un beso y le ayudó a ponerse los botines: si ella no hubiera estado allí, Solly habría tenido que llamar a su ayuda de cámara, puesto que no se podía agachar lo suficiente como para atarse los cordones del calzado. Maisie se puso un sombrero y un abrigo de piel y Solly se cubrió con un gabán escocés con esclavina y un sombrero hongo a juego. A continuación, bajaron a reunirse con los demás en el vestíbulo, azotado por las corrientes de aire.

Era una mañana luminosa y gélida, estupenda si una contaba con abrigo de piel, pero criminal si una vivía en un cuchitril por el que circulaban vientos helados y tenía que andar descalza. A Maisie le gustaba recordar las privaciones de su niñez: eso intensificaba el placer que le producía estar casada con uno de los hombres más ricos del mundo.

Caminó con Kingo a un lado y Solly al otro. Hugh iba

detrás, con Liz. Aunque Maisie no podía verle, sí notaba su presencia, le oía charlar con Liz y provocar las risas de la mujer y se imaginaba el brillo chispeante de sus ojos. Unos ochocientos metros de caminata les llevaron al portillo principal. Se desviaban ya para atravesar el huerto cuando Maisie vio una alta figura familiar, de barba negra, que se acercaba a ellos procedente de la aldea. Durante unos segundos creyó que se trataba de su padre; luego reconoció a Danny, su hermano.

Danny había regresado a su ciudad de origen seis años atrás para descubrir que sus padres ya no vivían en su antiguo domicilio y que se habían ido sin dejar nuevas señas. Decepcionado, se dirigió al norte, llegó a Glasgow y fundó la Asociación para el Bienestar de los Trabajadores, que no sólo aseguraba a los obreros contra el desempleo, sino que también promovía, mediante campañas, normas de seguridad en las fábricas, el derecho a sindicarse y la regulación financiera de las corporaciones. Su nombre había empezado a aparecer en los periódicos: Dan Robinson, no Danny, porque ya era demasiado impresionante para que le llamasen Danny. Su padre leyó el nombre en la prensa, acudió a su despacho y celebraron un jubiloso encuentro.

Resultó que el padre y la madre habían entrado en contacto finalmente con otros judíos poco después de que Maisie y Danny se marcharan de casa. Les prestaron dinero para trasladarse a Manchester, donde el padre encontró trabajo y nunca más volvieron a la miseria. La madre superó la enfermedad y ahora disfrutaba de una salud estupenda.

Maisie ya estaba casada con Solly cuando la familia volvió a reunirse. De mil amores, Solly hubiera proporcionado al padre de Maisie una casa y unos ingresos vitalicios, pero el hombre no quería retirarse, y pidió a Solly un empréstito para abrir una tienda. Mamá y papá vendían ahora caviar y otros manjares exquisitos a los ciudadanos ricos de Manchester. Cuando Maisie iba a visitarlos, se quitaba los diamantes, se ponía un delantal y despachaba detrás del mostrador, confiando en que nadie de la Marlborough iría a Manchester, y en caso de que lo hiciera, no saldría a comprar sus propias vituallas.

Al ver a Danny en Kingsbridge, Maisie temió automáticamente que les hubiera ocurrido algo a sus padres, así que echó a correr al encuentro de su hermano con el corazón en la garganta, a la vez que gritaba:

—¡Danny! ¿Ocurre algo malo? ¿Se trata de mamá?

—Papá y mamá están perfectamente, lo mismo que todos los demás —respondió Danny con su deje estadounidense.

—Gracias a Dios. ¿Cómo has sabido que estaba aquí?

—Me escribiste.

—Ah, sí.

Con su barba rizada y sus pupilas centelleantes, Danny parecía un guerrero turco, pero vestía como un oficinista: traje negro bastante raído y bombín. Se había dado una buena caminata, a juzgar por sus botas embarradas y su expresión de cansancio. Kingo le miró con aire interrogador, pero Solly se apresuró a intervenir con su acostumbrada gracia social. Estrechó efusivamente la mano de Danny.

—¿Cómo estás, Robinson? —saludó—. Aquí, mi amigo, el duque de Kingsbridge. Kingo, permíteme que te presente a mi cuñado, Dan Robinson, secretario general de la Asociación para el Bienestar de los Trabajadores.

Muchos se hubieran quedado cortadísimos al presentarles a un duque, pero Danny no era de ésos.

—¿Cómo está usted, duque? —dijo con sencilla cortesía.

Kingo le estrechó la mano cautelosamente. Maisie supuso que Kingo pensaba que mostrarse educado con las clases inferiores estaba bien hasta cierto punto, pero que no debía excederse.

—Y éste es nuestro amigo Hugh Pilaster —dijo luego Solly.

Maisie se puso tensa. En su ansiedad por saber lo que podía haberles ocurrido a sus padres había olvidado que Hugh iba tras ella. Danny conocía algunos secretos acerca de Hugh, secretos que Maisie jamás había contado a su esposo. Danny sabía que Hugh era el padre de Bertie. Hubo un tiempo en que Danny quiso partirle la cara a Hugh. Nunca se encontraron frente a frente, pero Danny no había olvidado. ¿Cómo reaccionaría?

Sin embargo, ahora tenía seis años más. Dirigió a Hugh una glacial mirada, pero le estrechó la mano con cortesía.

Al ignorar todo lo referente a su paternidad y no percatarse del mar de fondo de aquella situación, Hugh le habló a Danny en tono amistoso.

—¿Así que usted es el hermano que se marchó de casa y fue a Boston?

—Exacto.

—¡Qué extraño que Hugh sepa eso! —comentó Solly.

Solly no tenía ni idea de lo mucho que Hugh y Maisie sabían el uno del otro: no estaba enterado de que pasaron juntos una noche, durante la cual se contaron recíprocamente la historia de su vida.

A Maisie le desconcertaba aquella conversación: era patinar por una superficie en la que había demasiados secretos... y la capa de hielo era muy delgada. Se apresuró a volver a terreno más firme.

—¿Por qué estás aquí, Danny?

La expresión cansada de su rostro se tiñó de amargura.

—Ya no soy secretario general de la Asociación para el Bienestar de los Trabajadores —explicó—. Por tercera vez en mi vida, unos banqueros incompetentes me han arruinado.

—¡Danny, por favor! —protestó Maisie. Danny estaba perfectamente enterado de que Solly y Hugh eran banqueros.

—¡No te preocupes! —manifestó Hugh—. Nosotros también odiamos a los banqueros incompetentes. Son una amenaza para todos. Pero ¿qué ha sucedido exactamente, señor Robinson?

—Me he pasado cinco años levantando la Asociación para el Bienestar —dijo Danny—. Era un éxito inmenso. Abonábamos semanalmente cientos de libras de los beneficios e ingresábamos miles de libras en suscripciones. ¿Pero qué íbamos a hacer con el superávit?

—Supongo que reservarlo frente a la posibilidad de que un año vinieran mal dadas —aventuró Solly.

—¿Y dónde crees que lo pusimos?

—En un banco, confío.

—En el Banco de la Ciudad de Glasgow, para ser más concreto.

—¡Oh, querido! —dijo Solly.

—No entiendo —se extrañó Maisie.

Solly se lo aclaró:

—El Banco de la Ciudad de Glasgow ha quebrado.

—¡Oh, no! —exclamó Maisie. Le entraron ganas de llorar.

—Y todos los chelines pagados a costa de sudores —asintió Danny— se han perdido por culpa de unos estúpidos con sombrero de copa. Y aún hay quien se pregunta por qué los obreros hablan de revolución. —Suspiró—. Desde que se produjo la bancarrota he intentado levantar la Asociación, pero era una tarea imposible y me he dado por vencido.

Intervino Kingo bruscamente:

—Señor Robinson, lo lamento por usted y por los miembros de su asociación. ¿Quiere tomar un bocado? Si ha venido andando desde la estación de ferrocarril se ha echado a las piernas más de diez kilómetros.

—Sí, lo tomaré. Y gracias.

—Llevaré a Danny a la casa —dijo Maisie—, y vosotros podéis continuar el paseo.

Comprendía que su hermano estaba muy dolido y deseaba quedarse a solas con él y hacer lo que pudiera para aliviar sus heridas.

Evidentemente, los demás también se sentían afectados por la tragedia.

—¿Se quedará a pasar la noche, señor Robinson? —preguntó Kingo.

Maisie se sobresaltó. Kingo era demasiado generoso. Ya era suficiente mostrarse cortés con Danny durante unos momentos allí, en el parque, pero si Danny se quedaba toda la noche, Kingo y sus quiméricos amigos se cansarían en seguida de las prendas baratas de Danny y de su preocupación por la clase obrera, empezarían a desairarle y se sentiría herido.

Pero Danny declinó:

—He de estar en Londres esta noche. Sólo vine a pasar unas horas con mi hermana.

—En tal caso —se brindó Kingo—, permítame que le lleve a la estación en mi carruaje, cuando esté usted dispuesto.

—Verdaderamente amable por su parte.

Maisie cogió del brazo a su hermano.

—Ven conmigo y almuerza un poco.

Una vez Danny se marchó rumbo a Londres, Maisie fue a reunirse con Solly para dormir la siesta.

Tendido en la cama, con un batín de seda roja, Solly la contempló mientras se desnudaba.

—No puedo salvar esa Asociación para el Bienestar —dijo—. Aunque tuviera algún sentido financiero para mí, que no lo tiene, no lograría convencer a los demás socios.

Maisie experimentó un súbito arrebato de afecto por Solly. No le había pedido que ayudase a Danny.

—Eres un hombre muy bueno. —Le abrió el batín y estampó un beso en la enorme barriga de Solly—. Ya has hecho mucho por mi familia, así que no tienes por qué disculparte. Además, te consta que Danny no aceptaría nada; es demasiado orgulloso.

—Pero ¿qué va a hacer?

Maisie se quitó las enaguas y se bajó las medias.

—Mañana tiene una entrevista en la Sociedad de Ingenieros Unidos. Aspira a un acta de diputado del Parlamento y confía en que le respalden.

—Y supongo que luchará por una reglamentación más estricta de los bancos por parte del gobierno.

—¿Tú estarías en contra de eso?

—A nosotros no nos gusta que el gobierno nos diga lo que tenemos que hacer. Desde luego, hay demasiadas bancarrotas; pero es posible que se produzcan todavía más si los políticos se dedican a dirigir los bancos. —Se dio media vuelta y apoyó la cabeza en el codo para ver mejor a Maisie mientras se quitaba la ropa íntima—. No quisiera tener que dejarte esta noche.

Maisie coincidía con él. Aparte de que le excitaba la perspectiva de encontrarse allí con Hugh mientras Solly estaba ausente, eso le hacía sentirse más culpable aún.

—No me importa —dijo.

—Me avergüenzo de mi familia.

—No debes avergonzarte.

Era la Pascua judía y Solly iba a celebrar con sus padres la fiesta conmemorativa del Éxodo. A Maisie no la habían invitado. La mujer comprendía la animadversión de Ben Greenbourne hacia ella y llegaba incluso a medio creer que merecía la forma en que la trataba, pero a Solly le mortificaba profundamente aquella postura. A decir verdad, hubiera reñido con su padre de haberle dejado Maisie, pero ella no quería tener también aquello sobre su conciencia, e insistía para que él continuara viendo y tratando a sus padres con toda normalidad.

—¿Estás segura de que no te importa que vaya? —preguntó preocupado.

—Estoy segura. Escucha, si sintiera la religión con la misma convicción que tú, podría irme a Glasgow y celebrar la Pascua con mis padres. —Se tornó pensativa—. Lo cierto es que nunca me he considerado parte de esa fe judía, desde que salimos de Rusia, por lo menos. Cuando llegamos a

Inglaterra, no había judíos en la ciudad. Prácticamente ninguna de las personas con las que conviví en el circo tenían religión. Incluso cuando me casé con un judío, tu familia me recibió mal. Mi destino es ser una intrusa, y si te digo la verdad, no me importa. Dios nunca hizo nada por mí. −Sonrió−. Mi madre dice que mi marido, tú, me lo ha dado Dios, pero eso es una tontería: te conseguí yo misma, exclusivamente yo.

Solly se tranquilizó.

−Te echaré de menos esta noche.

−Hummm.

Al cabo de un momento, tendidos uno junto a otro, pero invertidas las posiciones, Solly acarició la entrepierna de Maisie mientras la mujer le besaba, le lamía y luego le chupaba el pene. A él le encantaba hacer eso por la tarde, y emitió un suave gemido cuando entró en la boca de Maisie.

Ella cambió de postura y se acurrucó en el hueco del brazo de Solly.

−¿A qué sabe? −preguntó él con voz amodorrada.

Maisie chasqueó los labios.

−A caviar.

Solly soltó una risita y cerró los ojos.

Maisie empezó a acariciarse. Al cabo de unos segundos, Solly roncaba. No se movió lo más mínimo mientras ella se corría.

−A los individuos que dirigían el Banco de la Ciudad de Glasgow deberían encarcelarlos −dijo Maisie poco antes de la cena.

−Eso es un poco duro −respondió Hugh.

La observación le pareció a Maisie un tanto afectada.

−¿Duro? −silabeó en tono irritado−. ¡No tan duro como lo que les ha ocurrido a los trabajadores que han perdido su dinero!

—A pesar de todo, nadie es perfecto, ni siquiera esos trabajadores —insistió Hugh—. Si un albañil comete un error y una casa se derrumba, ¿debe ir a la cárcel?

—¡No es lo mismo!

—¿Por qué no?

—Porque el albañil cobra treinta chelines semanales y está obligado a obedecer las órdenes de un capataz, mientras que el banquero consigue miles de libras y se justifica alegando que carga con el peso de la responsabilidad.

—Absolutamente cierto. Pero el banquero también es un ser humano, y tiene esposa e hijos que mantener.

—Puedes decir lo mismo de los asesinos y, sin embargo, los ahorcan sin tener en cuenta para nada el destino de sus hijos huérfanos.

—Pero si un hombre mata a otro accidentalmente, por ejemplo, al disparar sobre un conejo y alcanzar a un hombre que estaba detrás de unos matorrales, ni por asomo se le envía a la cárcel. Entonces, ¿por qué hay que encarcelar a los banqueros que pierden los fondos de otras personas?

—Para que escarmienten otros banqueros y tengan más cuidado.

—De acuerdo con esa lógica, podemos ahorcar al hombre que dispara contra el conejo para que escarmienten en cabeza ajena y tengan más cuidado otros tiradores.

—Hugh, lo dices sólo por espíritu de contradicción.

—No, no es así. ¿Por qué hay que tratar a los banqueros negligentes con mayor severidad que a los cazadores de conejos?

—La diferencia consiste en que los disparos imprudentes no arrojan a la miseria todos los años a millares de trabajadores, mientras que los banqueros descuidados sí.

En ese punto, terció Kingo lánguidamente:

—Según he oído decir, es harto probable que los directores del Banco de la Ciudad de Glasgow vayan a la cárcel; y el gerente también.

—Eso creo —dijo Hugh.

Maisie estuvo a punto de manifestar a voces su frustración.

—Entonces, ¿por qué has estado llevándome la contraria?

Hugh sonrió.

—Para ver si podías justificar tu actitud.

Maisie recordó que Hugh siempre tenía la facultad de hacerle jugarretas como aquélla y se mordió la lengua. Su personalidad temperamental era parte de su atractivo para la Marlborough Set, una de las razones por las que la aceptaban a pesar de sus orígenes; aunque se cansarían, se hastiarían si se excediera en sus berrinches. El talante de Maisie cambió de manera fulminante.

—¡Me ha ofendido, caballero! —gritó en plan teatral—. ¡Le reto a singular duelo!

—¿Con qué armas se baten en duelo las damas? —rió Hugh.

—¡Agujas de ganchillo, al amanecer!

Todos soltaron la carcajada, y en aquel momento entró un criado y anunció que la cena estaba servida.

Eran dieciocho o veinte comensales alrededor de la alargada mesa.

Maisie nunca cesaba en su adoración por las impolutas mantelerías y la fina porcelana, los centenares de velas que reflejaban el resplandor de sus llamas en las piezas de cristalería, el inmaculado blanco y negro de los trajes de etiqueta de los hombres y los espléndidos colores y las alhajas de valor incalculable de las señoras. Había champán todas las noches, pero como se iba derecho a la cintura de Maisie, ella sólo se permitía tomar un par de sorbitos.

Se encontró sentada junto a Hugh. Por regla general, la duquesa solía colocarla en el asiento contiguo al de Kingo, porque a Kingo le gustaban las mujeres bonitas y la duquesa era tolerante; pero aquella noche parecía haber variado la fórmula. Nadie bendijo la mesa, ya que tal invocación religiosa se hacía sólo los domingos. Sirvieron la sopa y Maisie conversó jovialmente con los hombres situados a uno y otro lado. Sin embargo, sólo tenía en la cabeza a su hermano. ¡Pobre Danny! Tan inteligente, tan entregado a su causa, tan gran dirigente... y tan poco afortunado. Se preguntó si conseguiría hacer realidad su nueva aspiración: convertirse en miembro del Parlamento. Confió en que lo lograra. Su padre se sentiría muy orgulloso.

Hoy, cosa desacostumbrada, su pasado se había inmiscuido de modo visible en su nueva vida. Era sorprendente la escasa diferencia que se apreciaba. Al igual que ella, Danny no parecía pertenecer a una clase particular de sociedad. Representaba a los trabajadores; vestía ropas propias de clase media y, sin embargo, mostraba los mismos modales seguros, confiados y ligeramente arrogantes de Kingo y sus amigos. A éstos les resultaría difícil determinar si era un muchacho de la alta sociedad que había preferido el camino del sacrificio entre los obreros o un mozo de la clase trabajadora que había ascendido en la vida.

Algo similar podía aplicarse a Maisie. Quien tuviese un mínimo instinto para captar las diferencias se daría cuenta en seguida de que no era una dama nacida en alta cuna. Sin embargo, interpretaba el papel con tal perfección, era tan guapa y encantadora, que nadie podía llegar a creer del todo los insistentes rumores que afirmaban que Solly la había sacado de una sala de baile. Si la sociedad de Londres tuvo algún inconveniente en aceptarla, quedó soslayado cuando el príncipe de Gales, hijo de la reina Victoria y futuro rey, se confesó «cautivado» por la muchacha y le envió una pitillera de oro con broche de diamante.

A medida que avanzaba la cena, Maisie fue notando cada vez más intensamente la presencia de Hugh a su lado. Se esforzó por mantener la conversación en tono trivial y tuvo buen cuidado en dirigir la palabra al hombre que tenía al otro lado al menos tanto como a Hugh; pero el pasado parecía estar allí inmóvil, junto a su hombro, a la espera de que ella lo reconociese, como un cansino y paciente pedigüeño.

Desde el regreso de Hugh a Londres, se habían encontrado tres o cuatro veces, y ahora llevaban ya cuarenta y ocho horas bajo el mismo techo, pero en ninguna ocasión aludieron para nada a lo sucedido entre ellos seis años antes. Todo lo que Hugh sabía era que Maisie desapareció sin dejar huella, sólo para emerger de nuevo convertida en señora de Solomon Greenbourne. Tarde o temprano, Maisie tendría que darle alguna explicación. La mujer temía que hablar de aquello significase reavivar el fuego de los viejos sentimientos, tanto en él como en ella. Pero había que hacerlo, y puede que aquel momento, con Solly ausente, fuera el adecuado.

Hubo un instante en que, a su alrededor, todos hablaban ruidosamente. Maisie decidió explicarse entonces. Se volvió hacia Hugh y, de súbito, la emoción la embargó por completo. Empezó a hablar tres o cuatro veces, pero luego no pudo seguir. Por último, se las arregló para pronunciar unas pocas palabras:

—Hubiera arruinado tu carrera, ya sabes.

Tuvo que hacer un esfuerzo tremendo para que no se le escapasen las lágrimas, y no pudo añadir nada más.

Hugh comprendió al instante a qué se refería.

—¿Quién te dijo que habrías arruinado mi carrera?

Si le hubiese hablado en tono amable, quizá Maisie se hubiera venido abajo, pero por suerte Hugh se mostró agresivo, lo que impulsó a la mujer a replicar:

—Tu tía Augusta.

—Ya suponía yo que estaba mezclada en esto de algún modo.

—Pero tenía razón.

—No lo creo —dijo Hugh; su indignación aumentaba a toda velocidad—. No arruinaste la carrera de Solly.

324

—Calma. Solly no era la oveja negra de la familia. A pesar de todo, resultó bastante difícil. Su familia aún me odia.

—¿Aun siendo judía?

—Sí. Ninguna ley impide que los judíos sean tan esnobs como cualquier otro.

Estaba dispuesta a que Hugh no supiera nunca el verdadero motivo: que Bertie no era hijo de Solly.

—¿Por qué no me dijiste simplemente lo que estabas haciendo, y la razón por la que lo hacías?

—No pude. —Al recordar aquellos días terribles notó que se sofocaba de nuevo, y respiró hondo para tranquilizarse—. Me costó mucho cortar de aquella forma, me destrozó el corazón. No hubiera podido hacerlo en absoluto de tener que justificarme también ante ti.

Hugh no iba a dejarla soltar el anzuelo así como así.

—Pudiste enviarme una nota.

Maisie bajó la voz hasta convertirla casi en un susurro.

—No hubiera sido capaz de escribirla.

Al menos, Hugh pareció aplacarse. Tomó un sorbo de vino y apartó sus ojos de Maisie.

—Fue terrible, no entenderlo, no saber si estabas viva.

Hablaba con aspereza, pero Maisie vio en sus ojos el dolor que le producía la evocación.

—Lo siento —dijo con voz débil—. Siento haberte lastimado así, no quería hacerlo. Sólo deseaba evitarte la infelicidad. Lo hice por amor.

Tan pronto se oyó articular la palabra «amor» lamentó haberla pronunciado. Hugh se apresuró a recogerla.

—¿Amas a Solly ahora? —preguntó con brusquedad.

—Sí.

—Los dos parecéis bien asentados.

—Tal como vivimos... no es difícil sentirse contento.

El enojo de Hugh hacia Maisie no había concluido. Siguió manifestándolo:

—Has conseguido lo que siempre quisiste.

325

Era un poco cruel, pero Maisie pensó que tal vez lo merecía, de forma que asintió con la cabeza.

—¿Qué ha sido de April?

Maisie titubeó. Era ir demasiado lejos.

—Me consideras igual que April, ¿no es así? —preguntó dolida.

Sea como fuere, aquello apagó la cólera de Hugh, que sonrió tristemente y dijo:

—No, tú nunca fuiste como April. Eso me consta. Lo que no impide que quiera saber qué le ocurrió. ¿Sigues viéndola?

—Sí... discretamente. —April era un tema de conversación neutro: hablar de ella los apartaría del terreno peligrosamente emotivo. Maisie decidió satisfacer la curiosidad de Hugh—. ¿Conoces un lugar llamado Nellie's?

—Es un burdel —Hugh bajó la voz.

Maisie no pudo evitar la pregunta:

—¿Has ido allí alguna vez?

Hugh pareció avergonzado.

—Sí, estuve una vez. Resultó un fiasco.

Eso no la sorprendió: recordaba lo ingenuo e inexperto que era Hugh a los veinte años.

—Bueno, el local pertenece ahora a April.

—¡Por Dios! ¿Cómo ha sido eso?

—Primero, April se hizo amante de un famoso novelista y vivía en la casita de campo más preciosa de Clapham. El escritor se cansó de April por las mismas fechas en que Nell pensaba en retirarse, así que April vendió la casita de campo y compró a Nell su negocio.

—Fabuloso —dijo Hugh—. Nunca olvidaré a Nell. Era la mujer más gorda que he visto en la vida.

El silencio había caído repentinamente sobre el ámbito de la mesa y varios de los que se encontraban cerca de Hugh oyeron su última frase. Brotó una carcajada general y alguien preguntó:

—¿Quién era esa dama tan gorda?

Hugh se limitó a sonreír, sin responder a la pregunta.

Después de eso, se mantuvieron al margen de temas peligrosos, pero Maisie se sentía subyugada y un tanto frágil, como si hubiera sufrido una caída y estuviese llena de magulladuras.

Concluida la cena y una vez los hombres hubieron fumado sus cigarros, Kingo anunció que le apetecía bailar. Se enrolló la alfombra del salón, se convocó al lacayo que sabía tocar polkas al piano y se le puso ante el teclado.

Maisie bailó con todos, salvo con Hugh, pero comprendió entonces que resultaba demasiado evidente que lo eludía, así que bailó también con él. Fue como si hubieran retrocedido seis años y se encontraran de nuevo en los Jardines de Cremorne. Hugh casi no tenía que dirigirla: los movimientos de ambos parecían sincronizados. Maisie no pudo evitar la desleal idea de que Solly era un bailarín muy torpe.

Luego, Hugh bailó con otra pareja; pero entonces ningún otro hombre volvió a sacar a Maisie. Las diez dieron paso a las once y apareció el coñac y se olvidaron los convencionalismos: se aflojaron las blancas corbatas, algunas mujeres se quitaron los zapatos y Maisie bailó todas las piezas con Hugh. Ella se daba cuenta de que debía sentirse culpable, pero nunca se le había dado bien la sensación de culpa: lo estaba pasando muy bien y no iba a dejarlo.

Cuando el lacayo pianista quedó agotado, la duquesa pidió un poco de aire fresco y las doncellas se esfumaron en busca de los abrigos, al objeto de que todos pudieran dar un paseo por el jardín. En la oscuridad exterior, Maisie cogió a Hugh del brazo.

—Todo el mundo sabe lo que he hecho durante los últimos seis años, ¿pero qué me dices de ti?

—Me gusta Estados Unidos —repuso Hugh—. No existe el sistema de clases. Hay ricos y pobres, pero no aristocracia

327

ni estupideces acerca de la jerarquía y el protocolo. Lo que has hecho tú, al casarte con Solly y convertirte en amiga de los miembros de la alta sociedad de la Tierra, es aquí bastante insólito, y estoy por jugarme algo a que no les has dicho la verdad respecto a tus orígenes...

–Creo que lo sospechan... pero tienes razón, no se lo he confesado.

–En Estados Unidos uno se jacta de sus comienzos humildes del mismo modo que Kingo presume aquí de que sus antepasados combatieron en la batalla de Agincourt.

A Maisie le interesaba Hugh, no los Estados Unidos.

–No te has casado.

–No.

–En Boston... ¿hubo alguna chica que te gustara?

–Lo intenté, Maisie –dijo él.

De pronto, Maisie deseó no haber llevado la conversación por aquel derrotero, ya que tuvo la premonición de que la respuesta a la última pregunta destruiría su felicidad; pero ya era demasiado tarde, la cuestión se había planteado y Hugh estaba hablando:

–En Boston había muchas jóvenes guapas, chicas inteligentes, muchachas que hubieran sido esposas y madres fantásticas. Presté atención a algunas y parece que les gustaba. Pero cuando llegaba a ese punto en el que hay que declararse o dejarlo me daba cuenta, una y otra vez, de que lo que sentía no era suficiente. Que no era lo que sentía por ti. Que no era amor.

Lo había dicho.

–Calla –susurró Maisie.

–Dos o tres madres se pusieron más bien de uñas conmigo, luego se extendió mi fama y las chicas se volvieron desconfiadas. Se mostraban amables y simpáticas, pero sabían que algo no funcionaba bien en mi persona, que no era serio, que no era de los que se casan. Hugh Pilaster el banquero inglés destrozacorazones. Y si una chica parecía enamorarse de mí, pese a mi historial, yo mismo la desanimaba en seguida. No me gusta romper el corazón a nadie. Sé demasiado bien lo que se siente.

Maisie se daba cuenta de que tenía el rostro húmedo por las lágrimas, y se alegró de la discreta oscuridad que lo ocultaba.

—Lo siento —se disculpó, pero su murmullo fue tan bajo que a duras penas le resultó audible a ella misma.

—De todas formas, ahora sé lo que me ocurría. Supongo que lo he sabido siempre, pero los dos últimos días han ahuyentado toda posible duda.

Se habían rezagado un tanto de los demás, y Hugh se detuvo y miró a Maisie.

—No lo digas, Hugh, por favor —pidió ella.

—Aún estoy enamorado de ti. Ni más ni menos.

Estaba dicho, y todo se había derrumbado.

—Creo que tú también me quieres —continuó Hugh implacable—. ¿No es así?

Maisie alzó la mirada hacia él. Pudo ver, reflejadas en sus pupilas, las luces de la casa situada al otro lado del césped, pero el rostro de Hugh estaba sumido en sombras. Él inclinó la cabeza, la besó en los labios y ella no se apartó.

—Lágrimas saladas —dijo Hugh al cabo de un momento—. Me quieres. Lo sabía.

Se sacó del bolsillo un pañuelo doblado y rozó suavemente el rostro de Maisie, secándole las lágrimas de sus mejillas.

Ella tenía que cortar aquello de raíz.

—Debemos reunirnos con los demás —dijo—. Pueden murmurar.

Dio media vuelta y echó a andar con paso vivo, de forma que Hugh tuviera que soltarla del brazo o ir con ella. Fue con ella.

—Me sorprende que te preocupe el que la gente murmure —dijo él—. Tu círculo es famoso porque le tienen sin cuidado esas cosas.

Realmente no le inquietaba lo que pudiesen pensar o decir los demás. Le preocupaba su propia persona. Le obligó a apretar el paso hasta que se reunieron con el resto de la partida, entonces Maisie le soltó el brazo y habló a la duquesa.

Maisie estaba confusamente preocupada por lo que había dicho Hugh acerca de la fama de tolerante que tenía la Marlborough Set. Era verdad, pero Maisie habría deseado que no empleara la frase «le tienen sin cuidado esas cosas»; no estaba segura del motivo.

Cuando entraban de nuevo en la casa, el alto reloj del vestíbulo desgranaba las campanadas de medianoche. Maisie se sintió de pronto agotada por las tensiones del día.

—Me voy a la cama —anunció.

Maisie observó que la duquesa lanzaba a Hugh una mirada pensativa y que luego la miraba a ella y contenía una sonrisa. Entonces comprendió que todos pensaban que Hugh dormiría con ella esa noche.

Las damas subieron juntas, mientras los hombres se disponían a jugar al billar y tomarse una copa antes de acostarse. Al recibir el beso de buenas noches de las mujeres, Maisie vio la misma expresión en las pupilas de cada una de ellas, un brillo de excitación con su toque de envidia.

Entró en su dormitorio y cerró la puerta. Un fuego de carbón ardía en la chimenea y la llama de las velas colocadas en la repisa y en el tocador iluminaba la estancia. Como de costumbre, sobre la mesita de noche había una bandeja con bocadillos y una botella de jerez, por si en el curso de la noche le asaltaba el hambre; Maisie nunca la tocaba, pero el bien aleccionado personal de Kingsbridge Manor dejaba allí la bandeja todas las noches, sin falta.

Empezó a desnudarse. Puede que todos se equivocaran: tal vez Hugh no se presentara durante la noche. La idea se le clavó como una cuchillada de dolor y comprendió que anhelaba verle cruzar la puerta, para que ella pudiera abrazarle y besarle, besarle de verdad, no con el sentimiento de culpa con que lo hizo en el jardín, sino ávida, desvergonzadamente. Aquella sensación llevó a su memoria el recuerdo abrumador de la noche vivida tras las carreras de Goodwood, seis años atrás, la estrecha cama en casa de la tía de Hugh, y la expresión que apareció en el rostro del hombre cuando ella se quitó el vestido.

Contempló su cuerpo en el alargado espejo. Hugh notaría los cambios producidos en él. Seis años antes, sus pezones eran pequeños y rosados, como hoyuelos, pero ahora, después de haber criado a Bertie, habían aumentado de tamaño, tenían color de fresa y sobresalían nítidamente de la redondez de sus pechos. De joven no necesitaba corsé —su talle natural era de avispa, pero después del embarazo la cintura no recuperó su esbeltez normal.

Oyó subir a los hombres, andares pesados y risas provocadas por alguna broma. Hugh tenía razón: ninguno de ellos se escandalizaría porque se suscitara un pequeño adulterio durante una reunión en una casa de campo. «¿No se considerarían un tanto infieles a su amigo Solly?», pensó Maisie irónicamente. Y entonces, como una bofetada en pleno rostro, sacudió su cerebro el pensamiento de que la única que debía considerarse infiel era ella.

Había tenido a Solly apartado de su mente durante toda la velada, pero ahora había vuelto en espíritu: el inofensivo y amable Solly; el bonachón y generoso Solly; el hombre que la amaba hasta la locura, el hombre que cuidaba de Bertie, a sabiendas de que era hijo de otro hombre. Pocas horas después de que abandonara la casa, Maisie estaba a punto de permitir que otro hombre se metiera en su cama. «¿Qué clase de mujer soy?», pensó.

Impulsivamente se llegó a la puerta y echó la llave.

Comprendió en aquel momento por qué le había desagradado oír a Hugh afirmar: «Tu círculo es famoso porque le tienen sin cuidado esas cosas». Pensó que, a los ojos de

Hugh, aquello parecía un asunto vulgar, uno más de los innumerables coqueteos, idilios e infidelidades que daban tema de cotilleo a las damas de la alta sociedad. Solly merecía algo mejor que la traición de una aventura amorosa vulgar.

«Pero deseo a Hugh», se dijo.

La idea de desaprovechar la ocasión de pasar la noche con él puso afán de llanto en sus ojos. Pensó en la sonrisa juvenil, en el pecho huesudo, en los ojos azules y en la blanca piel de Hugh; y recordó la expresión de la cara del muchacho cuando contempló su cuerpo desnudo, una expresión de maravilla y felicidad, de deseo y embeleso... Y le pareció muy duro renunciar.

Sonó una suave llamada a la puerta.

Maisie estaba de pie en mitad del cuarto, desnuda, paralizada y muda.

Giró el picaporte y alguien empujó la puerta que, naturalmente, no iba a abrirse.

Oyó pronunciar su nombre en voz baja.

Se acercó a la puerta y dirigió la mano hacia la llave.

—¡Maisie! —susurró él—. Soy yo, Hugh.

Le anhelaba con tal intensidad que el sonido de la voz de Hugh humedeció su interior. Se llevó el dedo a la boca y lo mordió con fuerza, pero el dolor no pudo enmascarar el deseo.

Él volvió a llamar a la puerta.

—¡Maisie! ¿Me dejas entrar?

Ella apoyó la espalda en la pared y las lágrimas resbalaron por su rostro, deslizándose barbilla abajo y cayéndole sobre los pechos.

—¡Hablemos un poco al menos!

Maisie sabía que, si abría la puerta, no hablarían... ella le tomaría en sus brazos y caerían sobre el suelo envueltos en el frenesí del deseo.

—¡Di algo! ¿Estás ahí? Sé que estás ahí.

Maisie permaneció inmóvil, mientras lloraba silenciosamente.

—¡Por favor! —suplicó Hugh—. ¡Por favor!

Al cabo de un rato se marchó.

Maisie durmió mal y se despertó temprano, pero con el amanecer del nuevo día su ánimo se elevó un poco. Antes de que los otros huéspedes se hubieran levantado, ella se dirigía ya, como de costumbre, al ala de la casa donde estaban las habitaciones de los niños. Se detuvo de pronto ante la entrada del comedor. Después de todo, no había sido la primera invitada en levantarse. Oyó dentro una voz masculina. Hizo una pausa y aguzó el oído. Era Hugh.

—Y precisamente en ese momento —decía—, el gigante se despertó.

Sonó un infantil chillido de encantado terror y Maisie reconoció la voz de Bertie.

—Jack bajó por el tallo de la mata de judías todo lo deprisa que le permitieron sus piernas —continuó Hugh—, ¡pero el gigante le persiguió!

Anne, la hija de Kingo, con el tono de suficiencia y superioridad que le conferían sus siete años, dijo:

—Bertie se esconde detrás de la silla porque tiene miedo. Yo no tengo miedo.

Maisie también quería ocultarse como Bertie, así que dio media vuelta y emprendió el regreso a su cuarto, pero luego se detuvo. Tendría que enfrentarse a Hugh en cualquier momento de la jornada, y las habitaciones de los niños tal vez fuesen el mejor lugar. Se recompuso y entró.

Hugh tenía extasiados a los tres chiquillos. Bertie casi ni se percató de la llegada de su madre. Hugh miró a Maisie con ojos dolidos.

—No te interrumpas —dijo Maisie. Se sentó al lado de Bertie y le abrazó.

Hugh volvió a proyectar su atención sobre los niños.

—¿Y qué creéis que hizo luego Jack?

—Yo lo sé —dijo Anne—. Cogió un hacha.

—Exacto.

Maisie continuó allí sentada, con los brazos alrededor de Bertie, el cual miraba, con los ojos desorbitados, al hombre que era su verdadero padre. «Si puedo soportar esto —pensó Maisie—, puedo hacer cualquier cosa.»

—Y cuando el gigante aún estaba a mitad del tallo de la mata de judías —siguió contando Hugh—, ¡Jack cortó el tallo! Y el gigante cayó, se estrelló contra el suelo... y murió. Y Jack y su madre vivieron contentos y felices para siempre.

—Cuéntalo otra vez —pidió Bertie.

4

El embajador de Córdoba estaba atareadísimo. Al día siguiente se conmemoraba el Día de la Independencia cordobesa e iba a celebrarse durante la tarde una gran recepción dedicada a los miembros del Parlamento, funcionarios del Ministerio de Asuntos Exteriores, diplomáticos y periodistas. Para aumentar sus preocupaciones, Micky Miranda había recibido aquella mañana una dura nota del ministro de Asuntos Exteriores británico sobre dos turistas ingleses asesinados mientras exploraban los Andes. Pero al recibir la visita de Edward Pilaster, Micky Miranda dejó a un lado todo lo demás, porque lo que tenía que decir a Edward era mucho más importante que la recepción o la nota de protesta. Necesitaba medio millón de libras y confiaba en que Edward se las proporcionase.

Micky llevaba un año en el cargo de embajador de Córdoba. Conseguirlo requirió toda su astucia, pero también le había costado a su familia una fortuna en sobornos, pagada en su patria. Había prometido a su padre devolver todo aquel dinero a la familia, y ahora estaba obligado a cumplir su promesa. Moriría antes que dejar a su padre en la estacada.

Condujo a Edward a la cámara del embajador, un inmenso despacho situado en la primera planta y dominado por una bandera cordobesa de tamaño natural. Se dirigió a la amplia mesa y extendió sobre ella un mapa de Córdoba, cuyas esquinas sujetó con la cigarrera, una botella de jerez, una copa y la chistera gris de Edward. Vaciló. Era la primera vez que pedía a alguien medio millón de libras.

—Aquí está la provincia de Santamaría, en el norte del país —empezó.

—Conozco la geografía de Córdoba —dijo Edward malhumorado.

—Claro —repuso Micky en tono tranquilizador. Era cierto. El Banco Pilaster realizaba un considerable volumen de negocios en Córdoba, financiando sus exportaciones de nitrato, plata y carne vacuna salada, así como sus importaciones de equipo minero, armas y artículos de lujo. Edward se encargaba de todo aquel negocio gracias a Micky, que como agregado comercial primero y embajador después, hizo la vida difícil a quienquiera que no estuviese dispuesto a utilizar los servicios del Banco Pilaster para la financiación de su comercio con el país cordobés. En consecuencia, a Edward se le consideraba en Londres el máximo especialista en Córdoba—. Claro que sí —repitió Micky—. Y sabes que todo el nitrato que extrae mi padre ha de transportarse mediante recuas de acémilas desde Santamaría hasta Palma. Pero lo que puede que ignores es que resulta perfectamente factible construir un ferrocarril a lo largo de esa ruta.

—¿Cómo estás tan seguro? Un ferrocarril es una cosa complicada.

Micky cogió de su escritorio un volumen encuadernado.

—Porque mi padre encargó un estudio topográfico a un ingeniero escocés, Gordon Halfpenny. Aquí tienes todos los detalles, incluido el coste de las obras. Échale un vistazo.

—¿Cuánto? —preguntó Edward.

—Quinientas mil libras.

Edward hojeó el informe.

—¿Cómo está la cuestión política?

Micky alzó los ojos hacia el gigantesco retrato del presidente García con su uniforme de comandante en jefe. Cada vez que Micky miraba el cuadro no dejaba de prometerse que, algún día, su propio retrato iba a ocupar aquel rectángulo de la pared.

—Al presidente le gusta la idea. Cree que fortalecerá su dominio militar de esa zona rural.

García confiaba en Papá Miranda. Desde que alcanzó el cargo de gobernador de la provincia de Santamaría —con la ayuda de los dos mil rifles Westley-Richard de cañón corto fabricados en Birmingham—, la familia Miranda se había convertido uno de los más fervorosos partidarios del presidente y su más firme aliado. García no sospechaba las verdaderas razones de Papá Miranda para desear una línea ferroviaria que llegase a la capital: eso capacitaría a la familia Miranda para estar en condiciones de atacar la capital en el plazo de dos días, en vez de dos semanas.

—¿Cómo se costeará? —preguntó Edward.

—Recaudaremos el dinero en el mercado de Londres —dijo Micky alegremente—. La verdad es que he pensado que al Banco Pilaster le gustaría participar en la operación. —Se esforzó en respirar despacio y con normalidad. Aquél era el punto culminante de un prolongado y cuidadoso cultivo de la familia Pilaster: sería la recompensa a largos años de preparación.

Pero Edward meneó negativamente la cabeza.

—No opino lo mismo —dijo.

Micky se quedó atónito y con la moral por los suelos.

Había supuesto que, en el peor de los casos, Edward accedería a pensarlo.

—Pero vosotros allegáis fondos continuamente para construir ferrocarriles... ¡Creí que te encantaría aprovechar esta oportunidad!

—Córdoba no es lo mismo que Canadá o Rusia —dijo Edward—. A los inversores no les gusta vuestro régimen político, con un cacique en cada provincia acaudillando su propio ejército. Es medieval.

Micky no había pensado en eso.

—Financiasteis la mina de plata de Papá Miranda.

Eso había ocurrido tres años antes y había proporcionado a Papá Miranda unas lucrativas cien mil libras esterlinas.

—¡Exactamente! Resultó ser la única mina de plata de América del Sur que da beneficios.

En verdad, la mina era riquísima, pero Papá Miranda sólo recogía el rendimiento superficial y no dejaba nada para los accionistas. ¡Si hubiera permitido un pequeño margen en bien de la respetabilidad! Pero Papá Miranda nunca escuchaba tales consejos.

Micky trató por todos los medios de dominar el pánico que le anegaba, pero sus emociones debieron de hacerse visibles en su rostro, porque Edward observó preocupado:

—Vamos, muchacho, ¿es tan sumamente importante? Pareces desquiciado.

—Si he de decirte la verdad, hubiera significado mucho para mi familia —reconoció Micky. Estaba convencido de que, si realmente quisiera, Edward podría reunir el dinero—. Con toda seguridad, si un banco con el prestigio que tiene el Pilaster respaldase el proyecto, la gente llegaría a la conclusión de que Córdoba es sin duda un buen lugar para invertir.

—En eso hay bastante de cierto —concedió Edward—. Si la idea la presentara un socio y de veras quisiera que la aprobasen, lo más probable es que saliera adelante. Pero yo no soy socio.

Micky comprendió que había subestimado la dificultad de conseguir medio millón de libras. Pero no estaba vencido. Encontraría algún medio.

—Tendré que pensarlo de nuevo —dijo con forzada jovialidad.

Edward vació su copa de jerez y se levantó.

—¿Vamos a almorzar?

Aquella noche, Micky y los Pilaster iban a asistir en la Ópera Cómica a una representación de *H. M. S. Pinafore*. Micky llegó unos minutos antes. Mientras esperaba en el vestíbulo, se encontró con la familia Bodwin, que siempre andaban pegados a los Pilaster: Albert Bodwin era un abogado que trabajaba bastante para el banco, y hubo una época en que Augusta intentó, esforzada e inútilmente, que la hija del jurista, Rachel Bodwin, se casara con Hugh.

El cerebro de Micky seguía dándole vueltas al problema de allegar fondos para el ferrocarril, pero el muchacho se puso automáticamente a coquetear con Rachel Bodwin, como hacía con todas las chicas y muchas mujeres casadas.

—¿Y cómo va el movimiento en pro de la emancipación femenina, señorita Bodwin?

La madre se puso colorada y aconsejó:

—Preferiría que no hablara usted de eso, señor Miranda.

—Entonces no lo haré, señora Bodwin, porque sus deseos son para mí como leyes parlamentarias de obligado cumplimiento. —Se volvió hacia Rachel. No era precisamente bonita (sus ojos estaban demasiado juntos), pero tenía una buena figura: piernas largas, talle estrecho y busto arrogante. En una súbita visión de fantasía, Micky se la imaginó con las manos atadas a la cabecera de la cama y las desnudas piernas separadas. La imagen le cautivó. Al levantar la vista de los pechos de la joven, sus ojos tropezaron con los de Rachel. La mayoría de las muchachas se habrían ruborizado y vuelto la cabeza, pero Rachel le devolvió la mirada con notable franqueza, al tiempo que sonreía, y fue Micky quien se sintió turbado. Buscó algo que decir, pero lo único que se le ocurrió fue preguntar–: ¿Sabías que nuestro viejo amigo Hugh Pilaster ha regresado de las colonias?

–Sí. Le vi en Whitehaven House. Tú también estabas allí.

–Ah, sí, lo había olvidado.

–Hugh siempre me ha caído bien.

«Pero no quisiste casarte con él», pensó Micky. Rachel llevaba muchos años en el mercado matrimonial y empezaba a tener el aspecto de los artículos rancios, meditó, con bastante crueldad. Sin embargo, el instinto le decía que Rachel era una persona profundamente sexual. Su problema, indudablemente, consistía en que era demasiado imponente. Ahuyentaba a los hombres. Pero debía de empezar ya a desesperarse. Con la treintena acercándose y todavía célibe, seguramente no cesaría de preguntarse si su destino era la vida de solterona. Algunas mujeres podían considerar tal perspectiva con ecuanimidad, pero Micky presentía que Rachel no era de ésas.

Se sentía atraída por él, pero eso le ocurría a casi todo el mundo, viejos y jóvenes, varones y hembras. A Micky le gustaba caer bien a las personas ricas e influyentes, porque le conferían poder; pero Rachel no era nadie y el interés que tuviese por él carecía de valor.

Llegaron los Pilaster y Micky dedicó su atención a Augusta. La mujer lucía un impresionante vestido de noche de color rosa frambuesa oscuro.

–¡Qué... deliciosa está usted, señora Pilaster! –saludó Micky en voz baja, y ella sonrió de placer.

Las dos familias hablaron unos minutos y luego llegó el momento de ir a ocupar sus localidades.

Los Bodwin estaban en el patio de butacas, pero los Pilaster tenían un palco. Al separarse, Rachel le dedicó a Micky una cálida sonrisa, y le dijo sosegadamente.

–Quizá nos veamos más tarde, señor Miranda.

El padre la oyó, puso cara de desaprobación, la cogió del brazo y se la llevó apresuradamente, pero la señora Bodwin sonrió a Micky un segundo antes de alejarse.

A lo largo del primer acto siguió preocupándose por el préstamo del ferrocarril. Nunca se le ocurrió que los inversionistas pudieran considerar arriesgado el rudimentario sistema político de Córdoba, que había permitido a la familia Miranda abrirse paso, luchando, hasta la riqueza y el poder. Eso probablemente significaría que le iba a ser imposible conseguir que otro banco financiase el proyecto ferroviario. El único modo de recaudar los fondos precisos consistiría en utilizar su influencia en el interior de los Pilaster. Y las únicas personas a cuya influencia podía recurrir eran Edward y Augusta.

Durante el primer descanso se encontró momentáneamente a solas con Augusta en el palco y la abordó inmediatamente, a sabiendas de que el enfoque directo era lo que a ella le gustaba.

—¿Cuándo van a nombrar a Edward socio del banco?

—Ahí le duele —dijo Augusta agriamente—. ¿Por qué lo preguntas?

Le resumió brevemente la cuestión del ferrocarril, omitiendo las intenciones de Papá Miranda, a largo plazo, de atacar la capital.

—No puedo conseguir el dinero de otro banco... ninguno de ellos sabe nada de Córdoba porque, en beneficio de Edward, los mantuve siempre al margen de los negocios de mi país. —Ése no era el motivo, pero Augusta lo ignoraba: no entendía las cuestiones mercantiles—. Pero sería un éxito si Edward lograra sacar adelante el préstamo.

Augusta asintió.

—Mi marido ha prometido hacer socio a Edward en cuanto se case —dijo.

Micky se sorprendió. ¡Edward casado! La idea era inaudita... y, sin embargo, ¿por qué tenía que serlo?

—Incluso estamos de acuerdo en la novia —añadió Augusta—: Emily Maple, la hija del diácono Maple.

—¿Cómo es?

—Bonita, joven —sólo tenía diecinueve años—, y muy razonable. Sus padres aprueban tal matrimonio.

Micky pensó que parecía estupendo para Edward: le gustaban las chicas guapas, pero necesitaba una a la que pudiese dominar.

—¿Qué obstáculo hay, pues?

—Simplemente, no lo sé. —Augusta frunció el entrecejo—. Pero, de una forma u otra, Edward nunca está dispuesto para declarársele.

A Micky no le extrañaba. No podía imaginarse a Edward de boda, por muy adecuada que fuese la novia. ¿Qué iba a ganar con el matrimonio? Los hijos no le ilusionaban. Sin embargo, ahora había un incentivo: la condición de socio del banco. Aunque a Edward le tuviese sin cuidado, a Micky sí que le importaba.

—¿Qué puedo hacer para animarle?

Augusta lanzó a Micky una aguda mirada.

—Tengo la extraña impresión de que, si tú te casaras, eso podía inducirle a él a hacer lo mismo.

Micky apartó la vista. Muy perspicaz por parte de Augusta. No tenía idea de lo que ocurría en las habitaciones privadas del prostíbulo de Nellie... pero no le faltaba intuición de madre. También él se daba cuenta de que, de casarse primero, a Edward le entrarían ganas de imitarle.

—¿Casarme yo? —acompañó la pregunta con una risita.

Naturalmente, se casaría tarde o temprano —todo el mundo se casaba—, pero no veía razón alguna para hacerlo. Aún no.

No obstante, si era el precio que debía pagar por la financiación del ferrocarril...

No era sólo el ferrocarril, reflexionó. La consecución de un préstamo conduciría al logro de otro. Países como Rusia y Canadá obtenían y renovaban préstamos todos los años en el mercado de Londres: para ferrocarriles, puertos, empresas de abastecimiento de agua y financiación general del gobierno. No había razón para que Córdoba no consiguiera lo mismo. Micky recibiría una comisión, oficial o extraoficial, sobre cada penique allegado; pero lo más importante era que el dinero se canalizaría de acuerdo con los intereses de su familia en Córdoba, lo que les haría aún más ricos y poderosos.

Y no conseguirlo era inconcebible. Si le fallaba a su padre en eso, no se lo perdonaría jamás. Para eludir la ira de su padre, Micky se casaría tres veces si fuera preciso.

Miró de nuevo a Augusta. Nunca hablaban de lo que sucedió en el dormitorio de Seth en septiembre de 1873, pero no cabía la posibilidad de que ella lo hubiese olvidado. Había sido sexo sin coito, infidelidad sin adulterio, todo y nada. Ambos estaban completamente vestidos, sólo duró unos segundos y, no obstante, había sido más apasionado, conmovedor y ardientemente inolvidable que cualquier otra cosa que Micky hubiese hecho con las meretrices del lupanar de Nellie, y estaba seguro de que también había sido toda una experiencia momentánea para Augusta. ¿Realmente le hacía gracia la perspectiva de que Micky se casara? La mitad de las mujeres de Londres se sentirían celosas, pero resultaba difícil saber lo que Augusta sentía en su corazón. Decidió preguntárselo directamente.

—¿Quiere que me case?

Ella vaciló. Micky vio en el rostro de Augusta una fugaz pesadumbre. Pero la expresión volvió a endurecerse de inmediato y la mujer dijo en tono firme:

—Sí.

Micky se la quedó mirando. Ella sostuvo su mirada. El hombre comprendió que hablaba en serio y se sintió extrañamente decepcionado.

—Ha de arreglarse pronto —manifestó Augusta—. Emily

Maple y sus padres no quieren que el asunto se mantenga en suspenso indefinidamente.

«En otras palabras –pensó Micky–, que lo mejor es que me case en seguida.

»Lo haré, pues. Sea.»

Joseph y Edward regresaron al palco y la conversación derivó hacia otros temas.

Durante el acto siguiente, Micky se dedicó a pensar en Edward. Llevaban quince años siendo amigos. Edward era débil e inseguro, deseaba complacer a los demás pero no tenía iniciativa ni empuje. Su ambición en la vida estribaba en lograr que la gente le animase y le soportase, y Micky había estado satisfaciendo esa necesidad desde que empezó a hacerle los deberes de latín en el colegio. Ahora, Edward necesitaba que le empujasen al matrimonio, algo imprescindible para su carrera... y para la de Micky.

Durante el segundo entreacto, Micky le dijo a Augusta:

–A Edward le hace falta que alguien le ayude en el banco... Un hombre inteligente, que le sea fiel y vele por sus intereses.

Augusta reflexionó unos segundos.

–Una idea muy buena, verdaderamente –determinó–. Alguien que conozcamos y en el que podamos confiar.

–Exacto.

–¿Se te ha ocurrido alguien? –preguntó Augusta.

–Tengo un primo que trabaja a mis órdenes en la embajada. Se llama Simón Oliver. Originalmente, Olivera, pero anglicanizó su apellido. Es un muchacho avispado y de absoluta confianza.

–Tráemelo al té –ordenó Augusta–. Si me gusta su aspecto, lo recomendaré a Joseph.

–Muy bien.

Empezó el último acto. Micky musitó para sí que Augusta y él pensaban al unísono con mucha frecuencia. Con Augusta era con quien debería casarse: juntos conquistarían el mundo. Expulsó de su cabeza tan fantástica idea. ¿Con quién iba a casarse? No podía ser una soltera rica, ya que no tenía nada que ofrecerle. Había varias herederas de altos vuelos a las que le costaría poco seducir, pero ganar su corazón no sería más que el principio; después tendría que librar una larga batalla con los padres, sin ninguna garantía de alcanzar el resultado apetecido. No, necesitaba una joven de orígenes modestos, alguien a quien ya le gustase y que le aceptara en seguida. Su mirada vagó ociosamente por el patio de butacas del teatro... y los ojos se le iluminaron al posarse en Rachel Bodwin.

Comprendió que cumplía todos los requisitos. Ya estaba medio enamoriscada de él. Buscaba marido desesperadamente. Al padre Micky no le caía nada bien, pero a la madre sí, y madre e hija, actuando conjuntamente, no tardarían en vencer la oposición del padre.

Pero lo más importante era que Rachel le excitaba.

Sería virgen, inocente y aprensiva. A aquella muchacha le haría cosas que la desconcertarían y la disgustarían. Tal vez se resistiese, lo cual mejoraría el asunto. Al final, una esposa tiene que ceder a las exigencias sexuales del marido, por extrañas y desagradables que puedan ser, porque la esposa no tiene a nadie a quien presentar sus quejas. Se la imaginó de nuevo atada a la cama, sólo que en esta ocasión se retorcía a causa del dolor, del deseo o de ambas cosas...

La función tocó a su fin. Al salir del teatro, Micky buscó a los Bodwin. Estaban en la acera, y mientras los Pilaster aguardaban su carruaje, Albert Bodwin llamaba a un coche de punto. Micky dirigió a la señora Bodwin una de sus más atractivas sonrisas.

—¿Me concedería el honor de visitarla mañana por la tarde?

La señora Bodwin se mostró evidentemente sorprendida.

—El honor será mío, señor Miranda.

—Muy amable. —Micky estrechó la mano de Rachel, la miró a los ojos y se despidió—: Hasta mañana, pues.

Llegó el coche de Augusta y Micky abrió la portezuela.

—¿Qué opina de ella? —murmuró.

—Tiene los ojos demasiado juntos —respondió Augusta mientras subía al vehículo. Se acomodó en el asiento y luego añadió a través de la portezuela abierta—: Aparte de eso, me gusta.

Cerró la puerta de golpe y el coche se alejó.

Una hora después, Micky y Edward cenaban en una habitación reservada del Nellie's. Además de la mesa, la estancia contenía un sofá, un armario, un lavabo y una amplia cama. April Tilsley había decorado de nuevo todo el local, y aquel cuarto contaba con los tejidos estampados de última moda de William Morris, así como con un juego de enmarcados dibujos que representaban parejas realizando actos sexuales entre una variedad de frutas y verduras. Pero era natural en aquel negocio que la clientela se emborrachase y cometiera desmanes, por lo que el papel de las paredes ya estaba roto, las cortinas llenas de manchas y la alfombra desgarrada. Menos mal que la escasa luz de las velas disimulaba el oropel de la habitación y quitaba años de edad a las mujeres.

Servían a Edward y Micky dos de sus chicas preferidas, Muriel y Lily, que calzaban zapatos de seda roja y se tocaban con enormes y elaborados sombreros pero que, aparte de eso, iban completamente desnudas. Llegaban del exterior los sonidos de una voz ronca que entonaba una canción y de una acalorada discusión, pero dentro del cuarto el ambiente era pacífico y sólo rompían el silencio los chasquidos del fuego de carbón de la chimenea y el murmullo de las palabras que pronunciaban las dos muchachas mientras servían la cena. Aquella atmósfera relajaba a Micky, cuya ansiedad por el préstamo del ferrocarril comenzó a disminuir. Por lo menos, tenía un plan. Nada le impedía tratar de ponerlo en práctica. Miró a Edward por encima de la mesa. Se dijo que la suya había sido una amistad fructífera. Hubo momentos en que casi llegó a sentir afecto por Edward. La dependencia de Edward resultaba agotadora, pero era esa dependencia lo que le confería a Micky poder sobre el banquero. Edward le había ayudado, él había ayudado a Edward y juntos habían disfrutado de todos los vicios que brindaba la ciudad más artificiosa del mundo.

Cuando terminaron de comer, Micky escanció otra copa de vino y anunció:

—Voy a casarme con Rachel Bodwin.

Muriel y Lily emitieron sendas risitas tontas.

Edward se le quedó mirando durante largo rato.

—No me lo creo —dijo al final.

Micky se encogió de hombros.

—Puedes creer lo que gustes. Es verdad, de todas maneras.

—¿Hablas en serio?

—Sí.

—¡Cerdo!

Micky miró a Edward sorprendido.

—¿Qué pasa? ¿Por qué no he de casarme?

Edward se puso en pie y se inclinó por encima de la mesa con aire agresivo.

—Eres un maldito canalla, Micky Miranda, es todo lo que hay que decir.

Micky no había previsto semejante reacción.

—¿Qué mosca te ha picado? —preguntó—. ¿Es que no vas a casarte tú con Emily Maple?

—¿Quién te ha dicho eso?

—Tu madre.

—Bueno, no me voy a casar con nadie.

—¿Por qué no? Tienes veintinueve años. Yo también. Ya es hora de que te equipes con la apariencia de un hogar respetable.

—¡Al diablo el hogar respetable! —rugió Edward, y volcó la mesa.

Micky retrocedió de un salto mientras la vajilla se estrellaba contra el suelo y el vino se vertía. Las dos camareras desnudas se echaron rápidamente hacia atrás, asustadas y temorosas.

—¡Tranquilo! —gritó Micky.

—¡Después de todos estos años! —protestó Edward furioso—. ¡Después de todo lo que he hecho por ti!

A Micky le había dejado de una pieza la cólera de Edward. Comprendió que tenía que calmarle. Una escena como aquélla le perjudicaría de cara a su matrimonio, y eso era lo contrario de lo que Micky deseaba. Manifestó en tono razonable:

—No es un desastre. Nada va a cambiar para nosotros.

—¡Claro que sí!

—Te digo que no. Seguiremos viniendo aquí.

Edward pareció receloso. Con voz más tranquila, dijo:

—¿Seguiremos viniendo?

—Sí. Y también seguiremos yendo al club. Para eso están los clubes. Los hombres van a los clubes para estar lejos de sus esposas.

—Supongo que sí.

Se abrió la puerta e irrumpió April.

—¿A qué viene tanto jaleo? —quiso saber—. Edward, ¿has roto mi porcelana?

—Lo siento April. Te la pagaré.

—Estábamos explicándole a Edward —Micky se dirigía a April— que podrá seguir viniendo aquí después de que se haya casado.

—Santo Dios, eso espero —dijo April—. Si por esta casa no apareciese ningún hombre casado, tendría que cerrar el negocio. —Se volvió hacia la puerta y voceó—: ¡Sidney! Trae una escoba.

Ante el alivio de Micky, Edward se aquietaba rápidamente.

—Al principio de estar casados —dijo Micky—, probablemente nos quedaremos en casa unas cuantas noches y organizaremos alguna que otra cena con invitados. Pero luego volveremos a la normalidad.

—¿A las esposas no les importa eso? —Edward enarcó las cejas.

Micky se encogió de hombros.

—¿Y qué más da si les importa? ¿Qué puede hacer una esposa?

—Si está descontenta, me imagino que amargar la vida al marido.

Micky comprendió que Edward tomaba a su madre como esposa típica. Por fortuna, pocas mujeres tenían una voluntad tan férrea o eran tan hábiles como Augusta.

—El truco consiste en no ser demasiado bueno con ellas —explicó Micky, hablando a través de las observaciones de los amigotes casados que frecuentaban el Club Cowes—. Si te portas bien con tu esposa querrá que te quedes en casa. Trátala mal y se alegrará lo indecible de verte marchar al club todas las noches y de que la dejes en paz.

Muriel echó los brazos al cuello de Edward.

—Me portaré igual contigo cuando estéis casados, Edward, te lo prometo —dijo—. Te la chuparé mientras miras cómo Micky se folla a Lily, tal como te gusta.

—¿Lo harás? —preguntó Edward con una sonrisa estúpida en los labios.

—Claro.

—Entonces, nada cambiará realmente —miró a Micky.

—Ah, sí —respondió Micky—. Cambiará una cosa. Serás socio del banco.

II

ABRIL

1

En aquel teatro de variedades hacía tanto calor como en un baño turco. El aire olía a cerveza, mariscos y gente desconocedora del agua y el jabón. En el escenario, una mujer cuidadosamente cubierta de harapos estaba de pie delante de un telón de fondo cuya decoración representaba la puerta de una taberna. La mujer sostenía una muñeca, que se suponía era una criatura recién nacida, y entonaba una canción sobre cómo la habían seducido y abandonado. El público, que ocupaba bancos colocados ante largas mesas de caballetes, entrelazaba los brazos y coreaba el estribillo:

¡Y todo por una gotita de ginebra!

Hugh cantaba a voz en cuello. Se sentía a gusto. Se había comido un cuenco de bígaros, había bebido varias jarras de cálida cerveza de malta y se apretaba contra Nora Dempster, una agradable persona por la que daba gusto dejarse achuchar. Tenía un culo orondo y suave y una sonrisa seductora, y probablemente le había salvado la vida.

Tras su visita a Kingsbridge Manor, Hugh había caído en el pozo de una negra depresión. Ver a Maisie despertó sus viejos fantasmas, y cuando ella volvió a rechazarle esos fantasmas empezaron a atormentarle sin tregua.

Durante el día todo marchaba bien, porque el trabajo le proponía retos y problemas que apartaban su mente del dolor: estaba muy atareado organizando la empresa conjunta con Madler y Bell, operación que los socios del Pilaster habían acabado por aprobar. Y era demasiado pronto para que le admitiesen a él como socio, algo con lo que había soñado. Pero por la noche no tenía ilusión por nada. Le invitaban a numerosas fiestas, bailes y cenas, ya que era miembro de la Marlborough Set en virtud de su amistad con Solly, y a menudo asistía a tales reuniones sociales, pero si Maisie no estaba allí, él se aburría, y si estaba, se sentía desgraciado. De modo que la mayoría de las noches se quedaba en sus aposentos y pensaba en ella o salía a vagar por las calles, con la esperanza de encontrársela.

Y en la calle conoció a Nora. Había ido al establecimiento de Peter Robinson, en Oxford Street —una tienda que antiguamente había sido pañería de hilo, pero que ahora se denominaba «gran almacén»—, a fin de comprar un regalo de cumpleaños para su hermana Dotty: tenía intención de coger el tren de Folkestone inmediatamente después. Pero su estado de ánimo era de una infelicidad tal que no sabía cómo presentarse ante su familia, y una especie de parálisis para elegir le incapacitó para escoger el regalo. Cuando salía de la tienda, con las manos vacías, empezaba a oscurecer, y Nora tropezó literalmente con él. La mujer se tambaleó y Hugh la sostuvo con sus brazos.

Nunca olvidaría lo que sintió al abrazarla. Aunque iba muy abrigada, advirtió la suavidad y delicadeza de su cuerpo, el cálido aroma que despedía. Durante unos segundos, la fría y oscura calle de Londres desapareció y Hugh se encontró en el interior de un mundo de repentino placer. Luego a ella se le cayó lo que acababa de comprar, un jarrón de cerámica que se destrozó al chocar contra el pavimento. Nora dejó escapar un grito de desaliento y pareció a punto de estallar en lágrimas. Naturalmente, Hugh insistió en comprarle otro para sustituir al que se había roto.

Ella era un año o dos más joven que Hugh, contaría veinticuatro o veinticinco años. Tenía una bonita cara redonda, con rizos rubios asomando por debajo del gorro, y sus ropas eran sencillas, pero agradables: un vestido de lana rosa con flores bordadas, sobre el polisón, y una ceñida chaqueta de terciopelo, estilo marina francesa, con adornos de piel de conejo. La muchacha hablaba con acentuado deje *cockney*.

Mientras compraban el nuevo jarrón, Hugh comentó, a modo de conversación, que no podía decidir qué comprarle a su hermana como regalo de cumpleaños. Nora le sugirió un paraguas de colores e insistió en ayudarle a elegirlo.

Por último, Hugh la acompañó a casa en un coche de alquiler. Nora le dijo que vivía con su padre, que era viajante de específicos. La madre había muerto. El barrio donde residía la joven era más o menos lo respetable que Hugh había supuesto, más de clase trabajadora pobre que de clase media.

Dio por descontado que no volvería a verla más, y todo el domingo en Folkestone se lo pasó pensando en Maisie, como siempre. El lunes recibió en el banco una nota de Nora, en la que le agradecía su amabilidad: antes de hacer una pelota con el billete y echarlo a la papelera, Hugh observó que la muchacha tenía una letra menuda, esmerada, juvenilmente femenina.

Al mediodía siguiente, cuando salió del banco para acercarse a un café y tomar un plato de chuletas de cordero, la vio avanzar por la calle hacia él. Al principio no la reconoció, simplemente pensó que aquella muchacha tenía una cara preciosa; después, la joven le sonrió y eso le hizo recordarla. Hugh se quitó el sombrero y ella se detuvo para dirigirle la palabra. Le explicó, con rubor en el rostro, que era

351

ayudante de una corsetera y que volvía a su establecimiento después de visitar a un cliente. Un súbito impulso indujo a Hugh a invitarla a salir a bailar con él aquella noche.

Nora respondió que le gustaría mucho aceptar, pero que no tenía ningún sombrero decente, así que Hugh la llevó a una sombrerería, le compró uno y eso zanjó la cuestión.

Casi todo su idilio se celebró mientras compraban. Nora nunca había tenido muchas cosas, y disfrutaba con placentera audacia ante la generosa opulencia de Hugh. Y a él le encantaba comprarle guantes, zapatos, un chaquetón, pulseras y cuanto a Nora se le antojaba. Con toda la sabiduría de sus doce años, Dotty le anunció a su hermano que Nora sólo le quería por su dinero. Hugh se echó a reír.

—Pero ¿quién me querría por mi cara bonita? —replicó.

Maisie no desapareció de su mente —lo cierto es que aún pensaba en ella todos los días—, pero esos recuerdos ya no le sumían en la desesperación. Ahora tenía algo que le esperaba, su siguiente cita con Nora. En cuestión de pocas semanas, la joven le devolvió su *joie de vivre*.

En una de sus expediciones mercantiles se tropezaron con Maisie en una peletería de la calle Bond. Con bastante timidez en el ánimo, Hugh presentó a las dos mujeres. A Nora le desconcertó conocer así a la señora de Solomon Greenbourne. Maisie los invitó a tomar el té en la casa de Piccadilly. Aquella noche, Hugh volvió a encontrar a Maisie en un baile y, ante su sorpresa, Maisie se mostró desagradable con respecto a Nora.

—Lo siento, pero no me gusta —dijo—. Me ha dado la impresión de que es una mujer codiciosa, aprovechada, de corazón duro, y no creo que te quiera. Por el amor de Dios, no te cases con ella.

Hugh se sintió herido y ofendido. Decidió que lo que le pasaba a Maisie era que estaba celosa. De cualquier modo, tampoco pensaba casarse.

Cuando el espectáculo de la sala de fiestas concluyó, salieron a un exterior invadido por una niebla espesa, arremolinada y que sabía a hollín. Se rodearon el cuello y se cubrieron la boca con los pañuelos y echaron a andar hacia la casa de Nora, en Camden Town.

Era como estar bajo el agua. Todos los ruidos sonaban apagados, las personas y las cosas parecían surgir repentinamente de la niebla, sin previo aviso: una buscona a la caza de cliente bajo la claridad de una farola de gas, un borracho que salía tambaleándose de la taberna, un agente de policía en plena patrulla, un barrendero que cruzaba la calle, el farol encendido de un coche que rodaba calzada adelante, un perro empapado en mitad del arroyo, los ojos resplandecientes de un gato en un callejón. Cogidos de la mano, Hugh y Nora se detenían de vez en cuando en la densa oscuridad para bajar el pañuelo que les cubría la boca y besarse. Los suaves labios de Nora respondían a los de Hugh, que deslizaba la mano por el interior de la chaqueta de la joven y le acariciaba los pechos. La niebla hacía que todo fuese tranquilo, silencioso, secreto y romántico.

Por regla general, Hugh se despedía en la esquina de la calle, pero esa noche, debido a la niebla, acompañó a Nora hasta la puerta. Deseaba besarla de nuevo, pero temía que el padre pudiese abrir inopinadamente la puerta y los viese. Sin embargo, Nora le sorprendió al preguntarle:

—¿No te gustaría entrar?

Nunca había estado dentro de la casa de Nora.

—¿Qué va a pensar tu padre? —objetó.

—Se ha marchado a Huddersfield —dijo Nora, y abrió la puerta.

El corazón de Hugh aceleró sus latidos mientras entraba. No sabía qué iba a ocurrir a continuación, pero estaba seguro de que sería excitante. Ayudó a Nora a quitarse la capa y sus ojos se demoraron anhelantes en las curvas cubiertas por la tela azul celeste del vestido.

La casa era minúscula, más pequeña incluso que la vivienda de Folkestone a la que se tuvo que mudar la madre de Hugh tras la muerte del padre. La escalera de acceso al piso de arriba ocupaba la mayor parte del angosto recibidor. Había dos puertas en el vestíbulo-pasillo, que presumiblemente darían paso a la sala frontal y la cocina, situada en la parte de atrás. El piso superior tendría dos alcobas. Habría un lavabo de estaño en la cocina y un retrete en el patio de atrás.

Hugh colgó el sombrero y el abrigo en el perchero. Ladraba un perro en la cocina y Nora abrió la puerta para dejar salir a un pequeño terrier escocés de pelaje negro, que llevaba alrededor del cuello una cinta azul. Le dio a Nora una bienvenida entusiasta y luego empezó a girar, cautelosamente, en torno a Hugh.

—*Blackie* me protege cuando papá está fuera —explicó Nora, y Hugh captó el doble significado.

Siguió a Nora a la sala de estar. Los muebles eran viejos y raídos, pero Nora había animado mucho la estancia con los artículos que habían comprado juntos: cojines alegres, una alfombra multicolor y un cuadro que representaba el castillo de Balmoral. La joven encendió una vela y corrió las cortinas.

Hugh permanecía de pie, en mitad de la estancia, sin saber qué hacer, hasta que ella le sacó del apuro al indicarle:

—Mira a ver si puedes reavivar el fuego.

Quedaban algunos rescoldos en la chimenea y Hugh puso astillas sobre las ascuas, y accionando un pequeño fuelle, consiguió que la lumbre se reanimara.

Cuando las llamas crepitaron de nuevo, Hugh volvió la cabeza para comprobar que Nora estaba sentada en el sofá, ya sin sombrero y con el pelo suelto. Palmeó el asiento contiguo al suyo y Hugh, obediente, fue a ocuparlo. *Blackie* le dirigió una mirada fulminante, celoso, y Hugh se preguntó cuánto tardaría Nora en echar fuera de la sala al perro.

Se cogieron la mano y contemplaron el fuego. Hugh se

sentía en paz. Le era imposible imaginarse que pudiera desear otra cosa para el resto de su vida. Al cabo de un momento, se besaron de nuevo. Con movimientos indecisos le acarició un pecho. Era firme, y le llenaba todo el hueco de la mano. Lo oprimió suavemente y Nora emitió un profundo suspiro. Hacía años que Hugh no experimentaba una sensación tan deliciosa, pero quería más. Besó a Nora con fuerza, sin quitarle la mano de los senos.

Poco a poco, la joven fue echándose hacia atrás, hasta que Hugh se encontró tendido sobre ella. Ambos empezaron a respirar entrecortadamente. Hugh tuvo la certeza de que ella notaba la presión de la verga contra su rollizo muslo. En un punto recóndito de su cerebro, la voz de la conciencia le dijo a Hugh que se estaba aprovechando de una joven en ausencia del padre de la misma, pero la voz era tan débil que no podía prevalecer sobre el deseo que se agitaba dentro de él como un volcán.

Anheló tocar las zonas más íntimas de Nora. Llevó la mano a la entrepierna de la muchacha. Ella se puso rígida automáticamente y el perro empezó a ladrar, al notar la tensión. Hugh se apartó un poco.

—Echa al perro —dijo.

Nora pareció turbada.

—Quizá deberíamos dejar esto.

Hugh no podía sufrir la idea de interrumpirlo. Y la palabra «quizá» le animó.

—No puedo dejarlo ahora —manifestó—. Saca de aquí al perro.

—Pero... ni siquiera estamos prometidos, ni nada.

—Podemos prometernos —articuló Hugh sin pensárselo.

Ella palideció ligeramente.

—¿Lo dices en serio?

Se formuló la misma pregunta. Desde el principio había considerado aquello un simple coqueteo, no un noviazgo formal; sin embargo, un momento antes había pensado en lo mucho que le gustaría pasarse el resto de su vida haciendo manitas con Nora delante del fuego del hogar. ¿Deseaba realmente casarse con ella? Comprendió que sí, lo cierto es que nada le habría gustado más. Claro que habría problemas. La familia diría que se casaba con alguien de clase inferior a la suya. Qué importaba. Contaba veintiséis años, ganaba mil libras anuales y estaba a punto de convertirse en socio de uno de los bancos más prestigiosos del mundo: podía casarse con quien quisiera. A su madre no le haría mucha gracia, pero le apoyaría: la mujer se preocuparía, pero también le alegraría ver feliz a su hijo. En cuanto a los demás... Nunca habían hecho nada por él.

Miró a Nora, rosada, preciosa, adorable, tendida en el viejo sofá, con la melena desparramada sobre sus desnudos hombros. La deseaba ardorosamente, ya, en seguida. Había estado solo demasiado tiempo. Maisie llevaba una vida estable con Solly: nunca sería de Hugh. Era hora de que tuviese un cuerpo cálido y suave que compartiera con él la cama y la vida. ¿Por qué no Nora?

Llamó al perro chasqueando los dedos.

—Ven aquí, *Blackie* —dijo.

El animal se acercó, temeroso. Hugh le acarició la cabeza y le agarró por la cinta que llevaba alrededor del cuello.

—Ve a montar guardia en el zaguán —dijo Hugh. Puso al perro fuera y cerró la puerta.

Blackie ladró un par de veces y luego se quedó silencioso.

Hugh fue a sentarse junto a Nora y le cogió la mano. La joven parecía cautelosa.

—¿Te casarás conmigo, Nora? —preguntó Hugh.

Ella se sonrojó.

—Sí, me casaré contigo.

La besó. Ella entreabrió los labios y le devolvió el beso, apasionadamente. La mano de Hugh fue hacia la rodilla de la joven. Nora le cogió la mano y la guió por debajo de las faldas del vestido y luego piernas arriba hasta la horquilla de los muslos. A través de la franela de algodón de la ropa interior, Hugh percibió el áspero tacto del vello púbico y la suavidad del monte de Venus. Los labios de Nora se deslizaron a través de la mejilla de Hugh hasta llegar a la oreja. Entonces le susurró al oído:

—Hugh, cariño, hazme tuya, esta noche, ahora.

—Te haré mía —repuso él roncamente—. Te haré mía.

2

El baile de disfraces de la duquesa de Tenbigh fue el primer gran acontecimiento de la temporada en el Londres de 1879. Durante varias semanas, antes de su celebración, todo el mundo habló de él. Se gastaron fortunas en trajes de fantasía y muchos se mostraban dispuestos a recorrer la distancia que fuera precisa para conseguir una invitación.

Augusta y Joseph no estaban invitados, lo cual no tenía nada de extraño; no pertenecían a la escala superior de la sociedad londinense. Pero Augusta deseaba ir, y adoptó mentalmente la decisión de asistir a aquella fiesta.

Tan pronto tuvo noticias del baile se apresuró a mencionárselo a Harriet Morte, quien respondió poniendo en su rostro una expresión de embarazo, pero sin decir nada. Como azafata de la reina, lady Morte tenía una gran influencia social; y, por si fuera poco, era prima lejana de la duquesa de Tenbigh. A pesar de ello, no se brindó para conseguirle a Augusta la oportuna invitación.

Augusta verificó la cuenta de lord Morte en el Banco Pilaster y descubrió que tenía un descubierto de mil libras. Al día siguiente, el noble recibió una nota en la que se le preguntaba cuándo iba a regularizar aquel saldo deudor.

Augusta visitó a lady Morte aquel mismo día. Se disculpó, asegurando que le remitieron la nota por equivocación y que el empleado que la cursó ya estaba despedido. Después volvió a mencionar el baile.

El rostro normalmente impasible de lady Morte se animó de modo fugaz con una fulgurante expresión de puro odio al comprender el trato que se le estaba ofreciendo. Augusta siguió impávida. Le tenía sin cuidado lo que lady Morte sintiese hacia ella, sólo quería utilizarla. Y lady Morte se vio enfrentada a una simple alternativa: ejercer su influencia para que invitasen a Augusta al baile o reunir de inmediato las mil libras para saldar el descubierto. Eligió la opción más fácil, y las tarjetas de invitación llegaron al día siguiente.

A Augusta le molestó que lady Morte no le hubiese ayudado por propia voluntad. Resultaba hiriente haberse visto obligada a coaccionar a lady Morte. Llevada por su rencor, Augusta le exigió una invitación adicional para Edward.

Augusta iba a ir disfrazada de reina Isabel y Joseph se presentaría como conde de Leicester. La noche del baile, cenaron en casa y después se cambiaron de ropa. Una vez vestida, Augusta fue a la habitación de Joseph para ayudarle a ponerse el disfraz y hablarle de su sobrino Hugh.

Le había sacado de sus casillas el hecho de que a Hugh fuesen a nombrarle socio del banco al mismo tiempo que a Edward. Pero lo más humillante era que todo el mundo sabía que a Edward le iban a hacer socio sólo porque se había casado y había recibido por ello una inversión de doscientas cincuenta mil libras en el banco, mientras que a Hugh se le nombraba socio porque había procurado a la entidad unos beneficios espectaculares gracias a las operaciones conjuntas con Madler y Bell, de Nueva York. Ya había quien hablaba de Hugh como potencial presidente del consejo. Eso provocaba en Augusta un rabioso rechinar de dientes.

El ascenso tendría efecto a finales de abril, cuando se renovara formalmente el contrato anual de sociedad. Pero a principios de dicho mes, con gran satisfacción por parte de Augusta, Hugh cometió el increíble error de casarse con una muchacha regordeta, perteneciente a la clase trabajadora de Camden Town.

El episodio de Maisie, ocurrido seis años antes, había mostrado la debilidad de Hugh por las chicas del arroyo, pero Augusta jamás hubiera esperado que se casara con una de ellas. La ceremonia se celebró en la más estricta intimidad, en Folkestone, y a ella asistieron la madre y la hermana de Hugh, y el padre de la novia. Luego, Hugh informó al resto de la familia, presentándolo como *fait accompli*.

Mientras arreglaba la gorguera isabelina de Joseph, Augusta aventuró:

—Supongo que tendréis que pensar de nuevo eso de nombrar socio a Hugh, ahora que se ha casado con una criada.

—No es una criada, es corsetera. O lo era. Ahora es la señora de Pilaster.

—Da igual, un socio del Pilaster difícilmente puede tener por esposa a una dependienta.

—Debo decir que, en mi opinión, puede casarse con quien le plazca.

Augusta ya se temía que Joseph enfocara así la cuestión.

—No dirías eso si la chica fuera fea, huesuda y antipática —replicó en tono ácido—. Te muestras tan tolerante sólo porque es guapa y coqueta.

—Lo que ocurre, sencillamente, es que no lo considero un problema.

—Un socio del banco tiene que alternar con ministros, diplomáticos, dirigentes de grandes empresas. Esa chica no sabrá comportarse adecuadamente. Puede avergonzarle en cualquier momento.

—También puede aprender. —Joseph vaciló, antes de decir—: A veces creo que olvidas tus propios orígenes.

Augusta se irguió en toda su estatura.

—¡Mi padre tenía tres tiendas! —exclamó vehemente—. ¿Cómo te atreves a compararme con esa putilla?

Joseph se apresuró a plegar velas.

—Está bien, lo siento.

Augusta se sentía ultrajada.

—Es más, yo nunca trabajé en los establecimientos de mi padre —dijo—. Me educaron como a una dama.

—Ya me he disculpado, no se hable más del asunto. Es hora de marchar.

Augusta cerró la boca, pero hervía por dentro.

Edward y Emily les esperaban en el vestíbulo, disfrazados de Enrique II y Leonor de Aquitania. Edward tenía problemas con los galones dorados de las ligas y dijo a su madre:

—Adelantaos vosotros y luego me enviáis el coche.

—Ah, no —intervino Emily automáticamente—, quiero ir ahora. Te arreglas las ligas por el camino.

Emily tenía los ojos azules y una preciosa carita de niña. Estaba muy atractiva con su vestido del siglo XII, con bordados, su manto y su larga toca en la cabeza. Sin embargo, Augusta había descubierto que no era tan tímida como parecía. Durante los preparativos para la boda quedó bien claro que Emily tenía voluntad propia. Dejó de mil amores que Augusta se encargase de organizar el desayuno nupcial, pero insistió, más bien con terquedad, en elegir personalmente su vestido de novia y sus damas de honor.

En el carruaje, una vez partieron, Augusta recordó vagamente que el matrimonio de Enrique II y Leonor había sido tormentoso. Confió en que Emily no le proporcionase a Edward demasiados quebraderos de cabeza. Desde el día de la boda, Edward siempre estuvo de mal humor, por lo que Augusta sospechaba que algo iba mal. Trató de averiguarlo interrogando a Edward con sutileza, pero el hombre no parecía dispuesto a soltar palabra.

Lo importante era que se había casado e iba a ser socio del banco. Estaba arreglado. Todo lo demás podía solucionarse.

El baile empezaba a las diez y media y los Pilaster llegaron a tiempo. Resplandecían todas las ventanas de Tenbigh House. Una multitud de curiosos se había congregado fuera de la casa y una larga fila de carruajes esperaba en Park Lane su turno para entrar en el patio. La muchedumbre acogía con aplausos los vestidos de los invitados cuando éstos se apeaban de los vehículos y subían por la escalinata que llevaba a la puerta. Mientras aguardaba, Augusta miró hacia adelante y vio entrar en la casa a Antonio y Cleopatra, varios caballeros y cabezas redondas, dos diosas griegas y tres Napoleones.

Por fin, su coche llegó a la entrada y se apearon. Dentro de la casa había otra cola que, desde el vestíbulo, ascendía por la curvada escalera hasta el rellano, donde el duque y la duquesa de Tenbigh, disfrazados de Salomón y reina de Saba, daban la bienvenida a sus invitados. El vestíbulo estaba repleto de flores, y una orquesta interpretaba música para amenizar la espera a los que formaban la cola.

Inmediatamente después de los Pilaster se encontraban Micky Miranda —invitado a causa de su condición de diplomático— y su esposa, Rachel. Micky aparecía más elegante y apuesto que nunca con las vestiduras de seda roja de su disfraz de cardenal Wolsely, y al verle, el corazón de Augusta se alborotó durante unos segundos. La mujer miró luego con ojo crítico a la esposa, que había optado por presentarse como esclava, lo que era más bien sorprendente. Augusta había incitado a Micky al matrimonio, pero no podía evitar una punzada de resentimiento hacia la joven más bien vulgar que había obtenido su mano. Rachel devolvió a Augusta la mirada fríamente, y tras besar la mejilla de la mujer, cogió con aire posesivo el brazo de Micky.

Mientras subían despacio por la escalera, Micky le transmitió a Rachel:

—Está aquí el enviado español... Procura ser amable.

—Sé tú amable con él —repuso Rachel en tono crispado—. A mí me parece un baboso.

Micky frunció el entrecejo, pero no añadió nada más. Con sus extremistas opiniones y sus modales contundentes, Rachel hubiera sido la esposa ideal de un periodista de investigación o un parlamentario radical. Augusta pensaba que Micky merecía alguien menos excéntrico y más atractivo físicamente.

Por delante, Augusta localizó a la otra pareja de recién casados: Hugh y Nora. Merced a su amistad con los Greenbourne, Hugh era miembro de la Marlborough Set, por lo que se le invitaba a todos los acontecimientos sociales, lo que no podía por menos que incomodar a Augusta. Hugh iba de rajá indio, y Nora parecía estar allí disfrazada de encantador de serpientes, con un vestido de lentejuelas con cortes que revelaban unos pantalones de odalisca. Llevaba enrolladas en los brazos y las piernas serpientes artificiales, y la cabeza de *papier maché* de una de ellas descansaba sobre su exuberante busto. Un escalofrío sacudió a Augusta.

—La esposa de Hugh es insufriblemente vulgar —le murmuró a Joseph.

El hombre se sintió inclinado a la indulgencia:

—Al fin y al cabo, sólo se trata de un baile de disfraces.

—Ninguna otra mujer de las que están aquí ha tenido el mal gusto de enseñar las piernas.

—No veo la diferencia entre un vestido y unos pantalones abiertos.

Augusta pensó, con desagrado, que Joseph probablemente disfrutaría admirando las piernas de Nora. Era muy fácil para una mujer así dejar a un hombre con la boca abierta.

—No creo que encaje bien como esposa de un socio del Banco Pilaster.

—Nora no tiene que tomar ninguna decisión financiera.

Augusta se hubiera puesto a lanzar gritos de frustración. Evidentemente, no bastaba con que Nora fuese una chica de la clase obrera. Tendría que hacer algo imperdonable antes de que Joseph y los demás socios se volvieran contra Hugh.

Bueno, era una idea.

La indignación de Augusta se apagó a la misma velocidad con que se había encendido. Tal vez, se dijo, habría algún modo de conseguir que Nora se metiese en un buen brete. Miró de nuevo hacia la parte superior de la escalera y observó a su presa.

Nora y Hugh conversaban con el agregado húngaro, el conde de Tokoly, un hombre de dudosa moralidad que iba apropiadamente disfrazado de Enrique VIII. Nora era precisamente la clase de chica que encantaría al conde, pensó Augusta con resentimiento. Las damas respetables cruzarían hasta el otro lado de una habitación para evitar hablar con él, pero a pesar de todo le habían invitado porque formaba parte del cuerpo diplomático acreditado. No captó el menor indicio de desaprobación en el semblante de Hugh mientras su esposa aleteaba las pestañas ante el viejo libertino. A decir verdad, la cara de Hugh sólo manifestaba adoración. Estaba excesivamente enamorado para darse cuenta de la falta. Pero eso no duraría mucho.

—Nora está hablando con el conde de Tokoly —informó Augusta a su marido en un murmullo—. Haría bien en cuidar su reputación.

—No seas grosera con él —recomendó Joseph bruscamente—. Esperamos conseguir dos millones de libras para su gobierno.

A Augusta le importaba un comino el tal De Tokoly. Siguió reflexionando sobre Nora. La joven era vulnerable en aquellos momentos, cuando todo le resultaba desconocido y no había tenido tiempo de imponerse en los modales de la clase alta. Si pudiera provocar su deshonra de algún modo aquella misma noche, preferentemente delante del príncipe de Gales...

En el instante preciso en que pensaba en el príncipe, un

clamoroso vitoreo sonó fuera de la casa, indicando que la comitiva real acababa de llegar.

Al cabo de un momento entraron el príncipe y la princesa Alexandra, vestidos de rey Arturo y reina Ginebra: les seguía un séquito de caballeros con armadura y damas con atavío medieval. La orquesta interrumpió de golpe el vals de Strauss que estaba interpretando e inició el himno nacional. Todos los invitados al baile se inclinaron e hicieron la reverencia obligada, y la cola que ascendía por la escalera se onduló como una ola, a medida que pasaba el cortejo real. Al inclinarse ante él, Augusta pensó que el príncipe engordaba año tras año. No estaba segura de si se le encanecía la barba, pero sí de que se estaba quedando calvo rápidamente. Siempre había sentido lástima por la bonita princesa, por todo lo que tenía que aguantar de aquel manirroto y mariposón esposo.

En lo alto de la escalera, el duque y la duquesa dieron la bienvenida a sus reales invitados y los acompañaron al salón de baile. Los que se encontraban en la escalera se precipitaron hacia arriba para seguirlos.

En el amplio salón de baile, grandes ramos de flores del invernadero de la campiña de Tenbigh se apilaban alrededor de las paredes, y las luces de miles de velas se reflejaban en los altos espejos situados entre las ventanas. Los lacayos que distribuían champán iban vestidos como cortesanos isabelinos, con jubón y calzas. Los anfitriones acompañaron al príncipe y la princesa hasta el estrado situado en el fondo del salón. Se había dispuesto todo de forma que los disfraces más espectaculares desfilaran por delante de la partida real, y tan pronto los príncipes ocuparon sus asientos, el primer grupo entró en la estancia. Se formó la esperada aglomeración delante del estrado, y Augusta se encontró hombro con hombro con el conde de Tokoly.

—¡Qué criatura más deliciosa es la mujer de su sobrino, señora Pilaster! —comentó el hombre.

Augusta le dirigió una sonrisa de escarcha.

—Es usted muy generoso al decir una cosa así, conde.

De Tokoly alzó una ceja.

—¿Detecto una nota de desacuerdo? Sin duda hubiera preferido usted que Hugh eligiera a una novia de su propia clase social.

—Conoce la respuesta sin que yo se la diga.

—Pero el encanto de esa joven es irresistible.

—Indudablemente.

—Luego le pediré que me conceda un baile. ¿Cree usted que aceptará?

Augusta no pudo resistir la tentación de pronunciar un ácido comentario.

—Estoy segura de que sí. No es melindrosa.

Se retiró. Desde luego, era esperar demasiado que Nora ocasionara alguna clase de incidente con el conde...

Tuvo una súbita inspiración.

El conde era el factor crítico. Si lo situaba junto a Nora, la combinación podía resultar explosiva.

El cerebro de Augusta se lanzó a toda marcha. Aquella noche constituía una oportunidad perfecta. Tenía que actuar de inmediato.

La excitación hizo que el aliento le fallara un poco. Augusta miró alrededor, localizó a Micky y fue hacia él.

—Quiero que hagas algo por mí, ahora, en seguida —dijo.

Micky le dirigió una mirada de suficiencia.

—Lo que quiera —murmuró.

Ella pasó por alto la insinuación.

—¿Conoces al conde de Tokoly?

—Naturalmente. Todos los diplomáticos nos conocemos.

—Dile que Nora no es todo lo buena chica que debiera ser.

Los labios de Micky se curvaron en una semisonrisa.

—¿Sólo eso?

—Puedes adornarlo un poco, si lo deseas.

—¿Debo darle a entender que lo sé, digamos, por propia experiencia?

Aquella conversación transgredía los límites de lo propiamente honesto, pero la idea de Micky era buena, y Augusta asintió con la cabeza.

—Mejor que mejor.

—¿Sabe lo que hará el conde? —preguntó Micky.

—Confío en que le haga a la chica una proposición deshonesta.

—Si es eso lo que quiere...

—Sí.

Micky asintió.

—Soy su esclavo, tanto en esto como en todo.

Augusta desechó el cumplido con un impaciente movimiento de la mano: estaba demasiado tensa para escuchar ocurrentes galanterías. Buscó a Nora con la mirada y la vio contemplando, entre la maravilla y el desconcierto, la lujosa decoración y los extravagantes disfraces: la joven no había visto nada igual en su vida. Tenía la guardia baja. Sin más reflexión, Augusta se abrió paso entre la muchedumbre hasta llegar junto a Nora.

Le habló al oído:

—Un consejo.

—Se lo agradeceré mucho, seguro —dijo Nora.

Era harto posible que Hugh hubiese hecho a Nora un malévolo relato del carácter de Augusta, pero la muchacha no manifestó la más leve sombra de hostilidad, dicho sea en su favor. Parecía no haberse formado opinión alguna respecto a Augusta, y en su recibimiento no hubo ni calor ni frialdad.

—Te he visto hablar con el conde de Tokoly —dijo Augusta.

—Un viejo verde —se apresuró a calificar Nora.

Augusta hizo una mueca ante la vulgaridad de Nora, pero continuó:

—Ten cuidado con él, si estimas tu reputación.

—¿Que tenga cuidado? —se extrañó Nora—. ¿Qué quiere usted decir exactamente?

—Que seas cortés, naturalmente... pero pase lo que pase, no le permitas que se tome ninguna libertad. El menor estímulo que se le insinúe es suficiente para que se lance, y si no se le frena inmediatamente, puede convertirse en un hombre muy molesto.

Nora inclinó la cabeza para indicar que comprendía el aviso.

—No se preocupe. Sé cómo tratar a los tipos de esa calaña.

Cerca, Hugh hablaba con el duque de Kingsbridge. Vio a Augusta, pareció recelar algo y fue a colocarse al lado de Nora. Pero Augusta ya había dicho todo lo que necesitaba decir, de modo que se retiró y se dedicó a observar el desfile. Había cumplido su tarea: la semilla estaba plantada. Sólo faltaba esperar con ansiedad y confiar en que sucediese lo mejor.

En aquel momento pasaban por delante del príncipe algunos miembros de la Marlborough Set, entre los que figuraban el duque y la duquesa de Kingsbridge, así como Solly y Maisie Greenbourne. Iban disfrazados de soberanos orientales: sha, bajá, sultanas, y en vez de inclinarse y hacer reverencias, se arrodillaron y prodigaron zalemas, lo que arrancó al corpulento príncipe una sonora carcajada y a la multitud una ovación. Augusta aborrecía a Maisie Greenbourne, pero en aquel momento casi ni se daba cuenta. Su cerebro estaba calculando las posibilidades de su plan. La intriga podía fallar por cien causas distintas: otra cara bonita podía cautivar a De Tokoly, Nora podía manejarlo con cierta gracia y sin problemas, Hugh podía permanecer demasiado cerca de su esposa para que De Tokoly intentara algo ofensivo... Pero con un poco de suerte, el drama que había urdido tal vez funcionase... en cuyo caso se iba a armar un alboroto serio.

La procesión tocaba ya a su fin cuando, con enorme desaliento, Augusta vio el rostro de David Middleton, el cual se abría paso entre la gente, hacia ella.

Le había visto seis años atrás, cuando fue a interrogarla acerca de la muerte del hermano de David, Peter, en el Colegio Windfield, y ella le comunicó que los dos testigos, Hugh Pilaster y Antonio Silva, se habían ido al extranjero. ¿Cómo era que un simple abogado había recibido una invitación para aquel gran acontecimiento social? Augusta recordó vagamente que David Middleton era pariente lejano del duque de Tenbigh. Difícilmente hubiera podido ella preverlo. Era un desastre en potencia. «¡No puedo estar en todo!», se dijo.

Observó con horror que Middleton se iba derecho a Hugh.

Augusta se acercó, bordeando la aglomeración. Oyó decir a Middleton:

—Hola, Pilaster, me enteré de tu regreso a Inglaterra. ¿Te acuerdas de mí? Soy hermano de Peter Middleton.

Augusta se colocó de espaldas para que Middleton no reparase en ella y aguzó el oído para captar la conversación por encima del zumbido de las voces que le rodeaban.

—Recuerdo que... estuviste en la audiencia —dijo Hugh—. Permite que te presente a mi esposa.

—¿Cómo está usted, señora Pilaster? —dijo Middleton a la ligera, y proyectó de nuevo su atención sobre Hugh—. Aquel interrogatorio no me dejó satisfecho, ¿sabes?

Augusta se quedó helada. Middleton tenía que estar absolutamente obsesionado para plantear un tema tan inadecuado en mitad de un baile de disfraces. Era insoportable. ¿Es que el pobre Teddy nunca iba a verse libre de aquella antigua sospecha?

No entendió la respuesta de Hugh, pero el tono le pareció reservadamente neutro.

Middleton elevó un poco la voz y a los oídos de Augusta llegaron con nitidez sus palabras.

—Debes saber que nadie, en todo el colegio, creyó la versión de Edward acerca de sus esfuerzos para salvar a mi hermano de morir ahogado.

Augusta estaba tensa y temerosa de lo que Hugh pudiera decir, pero éste continuó mostrándose circunspecto y contestó algo acerca de que aquello había sucedido hacía mucho tiempo.

De pronto, Micky se colocó junto a Augusta. El rostro de Micky era una máscara de cortesía relajada, pero Augusta observó la rigidez de sus hombros y comprendió que Micky tenía los nervios de punta.

—¿Es ése el señor Middleton? —murmuró al oído de Augusta.

Ella inclinó la cabeza afirmativamente.

—Me pareció reconocerle.

—Calla, escucha —ordenó Augusta.

Middleton se había puesto ligeramente agresivo.

—Creo que sabes lo que ocurrió de verdad —su voz era desafiante.

—¿De veras crees eso? —el tono de Hugh se hizo más audible y menos amistoso.

—Perdóname por ser tan brusco, Pilaster. Era mi hermano. Llevo años preguntándome qué sucedió. ¿No crees que tengo derecho a saberlo?

Hubo una pausa. Augusta sabía que invocar a lo que se tenía o no derecho en el caso era la clase de llamamiento que conmovería al mojigato de Hugh. Deseó intervenir, acallarlos o cambiar de tema para que el grupo se disgregara, pero eso equivaldría a confesar que ella tenía algo que ocultar; así que permaneció allí quieta, impotente y aterrada, inmóvil como si hubiese echado raíces en el suelo, mientras aguzaba el oído para escuchar por encima del murmullo de la gente.

—No vi morir a Peter —repuso Hugh por último—. No puedo decirte qué sucedió. No lo sé con certeza, y las conjeturas podrían conducir a error.

—Eso significa que sospechas algo, ¿verdad? ¿Supones cómo sucedió?

—En un caso de estas características no hay sitio para las suposiciones. Sería una irresponsabilidad. Quieres conocer la verdad, dices. Yo estoy a favor de eso. Si yo supiese la verdad, consideraría mi deber contártela. Pero no la conozco.

—Creo que estás protegiendo a tu primo.

Hugh se sintió ofendido.

—Maldita sea, Middleton, eso es demasiado fuerte. Tienes perfecto derecho a estar enojado, pero no a arrojar dudas sobre mi sinceridad.

—Bueno, alguien está mintiendo —dijo Middleton con toda rudeza, y se marchó.

Augusta volvió a respirar. El alivio puso debilidad en sus piernas, se le doblaron las rodillas y, subrepticiamente, se inclinó sobre Micky en busca de apoyo. Los preciosos principios de Hugh habían actuado a su favor. Hugh sospechaba que Edward había contribuido a provocar la muerte de Peter, pero no lo diría, porque sólo se trataba de una sospecha. Y ahora Middleton había provocado a Hugh. Todo caballero tenía a gala, y era eso lo que le distinguía, no pronunciar jamás una mentira, y para un joven como Hugh, sugerir que acaso no estuviese diciendo la verdad era un insulto grave. No resultaba probable que Middleton y Hugh volvieran a dirigirse la palabra.

La crisis había estallado súbitamente, como una tormenta de verano, dando a Augusta un susto de muerte; pero se desvaneció con idéntica celeridad, dejándola un poco sacudida, pero sana y salva.

Concluyó el desfile. La orquesta atacó una cuadrilla. El príncipe condujo a la princesa a la pista y el duque tomó a la princesa para iniciar el primer grupo de cuatro. Otros grupos se sumaron de inmediato al baile. Fue un baile más bien sosegado, probablemente porque casi todo el mundo vestía disfraces pesadísimos y tocados incómodos.

—Puede que el señor Middleton haya dejado de ser un peligro para nosotros —le dijo Augusta a Micky.

—Sí, si Hugh continúa manteniendo la boca cerrada.

—Y mientras tu amigo Silva siga en Córdoba.

—A medida que pasan los años, su familia va teniendo menos influencia. No espero volver a verle otra vez por Europa.

—Estupendo. —La mente de Augusta se centró de nuevo en la intriga que llevaba entre manos—. ¿Hablaste con De Tokoly?

—Sí.

—Muy bien.

—Espero que sepa usted lo que hace.

Augusta le disparó una mirada de reproche.

—Estúpido de mí —dijo Micky—. Usted siempre sabe lo que hace.

La segunda pieza era un vals y Micky preguntó a Augusta si le concedía el honor. En la época en que Augusta era joven, el vals se consideraba indecente, porque las parejas bailaban demasiado juntas y el hombre siempre tenía su brazo alrededor de la cintura de la mujer. Pero ahora hasta lo bailaban los miembros de la realeza.

En cuanto Micky la tomó en sus brazos, Augusta se sintió transfigurada. Fue como regresar a los diecisiete años y estar bailando con Strang. Cuando bailaba, Strang pensaba ante todo en su pareja, no en sus pies, y Micky poseía la misma cualidad. Lograba que Augusta se sintiera joven, bonita y despreocupada. La mujer tuvo conciencia de la suavidad de las manos de Micky, del masculino olor a tabaco y aceite de macasar, y del calor de su cuerpo al estrecharla entre sus brazos. Experimentó un destello de envidia hacia Rachel, que compartía el lecho con Micky. Evocó momentáneamente la escena en el cuarto del viejo Seth, seis años antes, pero le pareció irreal, como un sueño que tuvo una vez, y no llegaba a creer del todo que aquello hubiese ocurrido de veras.

Algunas mujeres en su situación tendrían una aventura extramatrimonial clandestina, pero aunque a veces Augusta soñaba despierta con secretos encuentros con Micky, lo cierto es que no se sentía capaz de unas relaciones a escondidas, con citas fugaces en callejones y esquinas, abrazos furtivos, evasiones y excusas. Además, tales líos amorosos a menudo acababan por descubrirse. A ella le parecía más aceptable abandonar a Joseph y fugarse con Micky. Él se mostraría dispuesto. De un modo u otro, estaría dispuesto si ella se proponía que lo estuviese. Pero cada vez que jugueteaba con aquel sueño, hacía recuento de todas las cosas a las que tendría que renunciar: las tres casas, el coche, la asignación para vestidos, la posición social, la asistencia a fiestas y bailes como aquel en el que se encontraba. Strang podía haberle proporcionado todo eso, pero Micky sólo podía ofrecerle su seductora persona, lo cual no era suficiente.

—Mire allí —indicó Micky.

Augusta siguió la dirección que señalaba el movimiento de cabeza de Micky y vio a Nora bailando con el conde de Tokoly. Se puso tensa.

—Acerquémonos a ellos —dijo.

No era fácil, porque el grupo real se encontraba en aquella esquina y todo el mundo se esforzaba por aproximarse a ellos; pero Micky condujo hábilmente a Augusta a través del gentío hasta llegar cerca de ellos.

El vals continuaba, repitiendo ilimitadamente su manido compás. Por el momento, Nora y el conde parecían bailar como cualquier otra pareja. El hombre pronunciaba de vez en cuando un comentario en voz baja, y ella asentía y sonreía. Tal vez el conde la llevaba demasiado cerca de sí, pero no lo suficiente como para que se notara. Mientras la orquesta seguía tocando, Augusta se preguntó si no habría juzgado mal a las dos víctimas. La preocupación tensó sus nervios y eso la hizo bailar deficientemente.

El vals ascendía hacia su culminación, Augusta continuó observando a la pareja. De pronto, se produjo un cambio. En la cara de Nora apareció un gesto de helada consternación: el conde debió de decir algo que no le había gustado. Las esperanzas de Augusta remontaron el vuelo. Pero en seguida quedó claro que lo que el hombre dijo no fue lo bastante ofensivo como para que Nora organizase una escena, y siguieron bailando.

Augusta estaba a punto de abandonar todas sus ilusiones, y el vals desgranaba sus últimos compases, cuando llegó el estallido.

Augusta fue la única persona que lo vio empezar. El conde acercó los labios al oído de Nora, hasta casi rozarle la oreja, y dijo algo. La muchacha se sonrojó, dejó bruscamente de bailar y apartó de sí al conde; nadie, salvo Augusta, observó aquello, porque la pieza estaba acabando. Sin embargo, el conde quiso seguir tentando la suerte y volvió a hablar, acompañando sus palabras con una de sus características sonrisas lascivas. En ese preciso instante, la música cesó, y en el momentáneo silencio que se produjo entonces, Nora propinó una bofetada al conde.

El chasquido resonó como un disparo de una punta a otra de la sala de baile. No se trataba del cortés cachete de una dama, creado para recurrir a él en los salones, sino de la clase de sopapo que disuadiría a un borracho sobón en una taberna. El conde salió despedido hacia atrás... y tropezó con el príncipe de Gales.

Surgió un apagado grito colectivo de asombro procedente de las gargantas de cuantos se hallaban alrededor. El príncipe se tambaleó y el duque de Tenbigh le sostuvo. En medio del horrorizado silencio, el acento *cockney* de Nora se elevó en el aire, fuerte y claro:

—¡No vuelva a acercarse a mí, repugnante viejo réprobo!

Durante otro segundo formaron un cuadro estático: la mujer ultrajada, el conde humillado y el príncipe atónito.

El júbilo se apoderó de Augusta. ¡Había resultado...! ¡Había salido mejor de lo que esperaba!

Hugh apareció entonces junto a Nora y la tomó del brazo; el conde se irguió en toda su estatura y se alejó todo lo majestuosamente que pudo, y un grupo cargado de nerviosismo se cerró protectoramente alrededor del príncipe y lo ocultó a la vista del público. Las conversaciones reventaron por todo el salón, resonantes como el fragor sordo de un trueno.

Augusta miró triunfalmente a Micky.

—¡Brillante! —murmuró él, con auténtica admiración—. ¡Es usted genial, Augusta!

La cogió del brazo y la acompañó fuera de la pista de baile.

El esposo la estaba esperando.

—¡Esa espantosa joven! —se exaltó en tono de recriminación—. Armar esa escena ante las mismas barbas del príncipe... ¡Ha lanzado la desgracia sobre toda la familia, y sin duda nos ha hecho perder también un contrato de lo más importante!

Era precisamente la reacción que Augusta había esperado.

—Tal vez ahora te habrás convencido ya de que no se puede nombrar socio a Hugh —dijo con expresión victoriosa.

Joseph la miró pensativamente. Durante unos terribles instantes Augusta temió haberse excedido y que Joseph adivinara que ella había orquestado el incidente. Pero si tal idea cruzó por la mente del hombre, debió de desecharla, porque dijo:

—Tienes razón, querida. Siempre has tenido razón.

Hugh conducía a Nora hacia la puerta.

—Nos vamos, naturalmente —dijo en tono neutro al pasar.

—Todos tendríamos que irnos ya —manifestó Augusta. Sin embargo, no quería marcharse en seguida. Si no se hablaba más del asunto, existía el peligro de que al día siguiente, cuando todos se hubieran calmado, quizá dijesen que la cosa no había sido tan grave como parecía. Para impedir eso, Augusta deseaba provocar más alboroto ahora: exaltación, palabras indignadas, acusaciones que no se olvidarían fácilmente. Detuvo a Nora, apoyando una mano en el brazo de la muchacha, y le dijo acusadoramente–: Te advertí con respecto al conde de Tokoly.

–Cuando un hombre insulta a una dama en la pista de baile –dijo Hugh–, no queda más remedio que hacer una escena.

–No seas ridículo –exclamó Augusta–. Cualquier joven bien educada hubiera sabido exactamente lo que correspondía hacer. Nora debió decir que se encontraba indispuesta y avisar para que le trajeran el coche.

Hugh sabía que eso era cierto y no intentó negarlo. De nuevo, Augusta temió que el incidente fuese a menos hasta quedar reducido a nada. Pero Joseph aún estaba enojado.

–El Cielo sabe el inmenso daño que has causado esta noche al banco y a la familia –dijo a Hugh.

Hugh se puso rojo.

–Exactamente, ¿qué quieres decir? –preguntó sofocado.

La cólera de Joseph aumentó.

–Ciertamente, hemos perdido la cuenta húngara y nunca más volverán a invitarnos a un acto real.

–Eso lo sé perfectamente bien –replicó Hugh–. Lo que yo pregunto es por qué has dicho que he sido yo el que ha causado el daño.

–¡Porque trajiste a la familia a una mujer que no sabe comportarse!

«Esto va cada vez mejor», pensó Augusta con perverso regodeo.

Hugh estaba ahora como la grana, pero la furia con que habló era controlada.

–Pongamos esto en claro. ¿Una esposa Pilaster debe soportar que la insulten y la humillen en un baile y no hacer ni decir nada que ponga en peligro una operación mercantil? ¿Es ésa tu filosofía?

Joseph estaba enormemente ofendido.

—¡Mocoso insolente! —clamó lleno de furia—. ¡Lo que digo es que al casarte con una individua de clase inferior te has descalificado como futuro socio del banco!

«¡Lo ha dicho! —pensó Augusta jubilosamente—. ¡Lo ha dicho!»

El sobresalto dejó a Hugh sin habla. A diferencia de Augusta, no pensaba las cosas por anticipado y no había previsto las implicaciones del escándalo. Ahora, las consecuencias de lo sucedido empezaban a calar en su mente y Augusta vio cómo cambiaba su expresión, de la cólera a la desesperación, pasando por la inquietud y la comprensión de esas consecuencias.

Le costó un esfuerzo ímprobo disimular una sonrisa victoriosa. Logró lo que deseaba: había ganado. Era posible que, posteriormente, Joseph lamentara sus palabras, pero también era improbable que se volviera atrás y las retirara... era demasiado orgulloso.

—Así que se trata de eso —dijo Hugh al final. Miraba a Augusta, y no a Joseph. No sin sorpresa, ella observó que Hugh estaba al borde de las lágrimas—. Muy bien, Augusta. Tú ganas. No sé cómo lo has hecho, pero no me cabe la menor duda de que provocaste el incidente. —Miró a Joseph—. Pero debes reflexionar, tío Joseph. Debes pensar en quién se preocupa de verdad por el banco... —Volvió a mirar a Augusta—. Y quiénes son sus verdaderos enemigos.

3

La noticia de la caída de Hugh se difundió por toda la City en cuestión de horas. A la tarde siguiente, personas que clamaban por entrevistarse con él para presentarle rentables proyectos de líneas ferroviarias, fábricas de acero, astilleros y urbanizaciones suburbanas cancelaban sus citas. En el banco, empleados que antes le veneraban ahora le veían como un directivo más. Descubrió que podía entrar en cualquier café de los alrededores del Banco de Inglaterra sin atraer sobre sí automáticamente a puñados de personas deseosas de conocer su opinión acerca de la Gran Línea Ferroviaria Principal, la cotización de los bonos de Louisiana o la deuda nacional estadounidense.

En la sala de los socios hubo un tenso intercambio de pareceres. Tío Samuel se mostró indignado al anunciar Joseph que no se podía nombrar socio a Hugh. Sin embargo, *Young* William se alineó con su hermano Joseph y el mayor Hartshorn hizo lo mismo, por lo que Samuel quedó en desventaja a la hora de votar.

Fue Jonas Mulberry, el calvo y lúgubre jefe de negociado, quien informó a Hugh de lo sucedido entre los socios.

—He de decir que lamento la decisión, don Hugh —dijo con evidente sinceridad—. Cuando usted trabajaba a mis órdenes, como auxiliar, nunca intentó cargar sobre mí la culpa de sus equivocaciones... a diferencia de otros miembros de la familia con los que traté en el pasado.

—No me hubiera atrevido, señor Mulberry —repuso Hugh sonriente.

Nora se pasó llorando toda una semana. Hugh se negó a culparla de lo sucedido. Nadie le había obligado a casarse con ella: tenía que aceptar la responsabilidad de sus propias decisiones. Si la familia de Hugh tuviera el menor ápice de decencia se pondrían de su parte en una crisis como aquélla, pero Hugh nunca había esperado que le proporcionaran esa clase de apoyo.

Cuando Nora superó su disgusto, se mostró más bien indiferente y poco comprensiva, revelando una dureza de corazón que sorprendió a Hugh. La mujer no podía entender lo que el nombramiento de socio significaba para su marido. No sin sentirse decepcionado, Hugh comprendió que a Nora no se le daba bien imaginar los sentimientos de otras personas. Supuso que ello se debía a que creció en la pobreza y huérfana de madre, lo que la obligó a poner por delante sus propios intereses durante toda su vida. Aunque la actitud de Nora le desconcertaba, eso caía en el olvido cuando, por la noche, vestidos con sus prendas de dormir, se acostaban juntos en la enorme y blanda cama y hacían el amor.

El resentimiento fue aumentando dentro de Hugh como una úlcera, pero ahora tenía esposa, una casa grande y nueva, y seis criados que mantener, de modo que no le quedaba más remedio que seguir en el banco. Le habían asignado un despacho un piso más arriba del que ocupaba la sala de los socios, y Hugh extendió en la pared un mapa de América del Norte. Todos los lunes preparaba un resumen de las operaciones mercantiles norteamericanas efectuadas la semana anterior y se lo enviaba por cable a Sidney Madler, a Nueva York. El segundo lunes después del baile de la duquesa de Tenbigh, en la oficina del telégrafo, situada en la planta baja, encontró a un desconocido, un muchacho de morena cabellera y unos veintiún años.

—¡Hola! —le saludó con una sonrisa—. ¿Quién eres?

—Simón Oliver —respondió el hombre, con un acento que sonaba vagamente a español.

—Debes de ser nuevo aquí —dijo Hugh, al tiempo que le tendía la mano—. Soy Hugh Pilaster.

—¿Cómo estás? —repuso Oliver. Parecía un tanto malhumorado.

—Trabajo en los empréstitos norteamericanos —dijo Hugh—. ¿Y tú?

—Auxiliar administrativo a las órdenes de don Edward.

Hugh encontró la conexión.

—¿Eres de América del Sur?

—Sí, de Córdoba.

Eso tenía sentido. Como quiera que la especialidad de Edward era América del Sur en general y Córdoba en particular, sería de gran utilidad contar con la colaboración de un natural de ese país, sobre todo teniendo en cuenta que Edward no hablaba español.

—Fui al colegio con el embajador de Córdoba, Micky Miranda —explicó Hugh—. Debes de conocerle.

—Es mi primo.

—Ah. —No tenían el menor parecido familiar, pero Oliver vestía inmaculadamente, con prendas bien cortadas, planchadas y cepilladas, el pelo repeinado y engominado, los zapatos relucientes: sin duda todo a imagen y semejanza de su triunfante primo—. Bueno, espero que te guste trabajar con nosotros.

—Gracias.

Hugh iba muy pensativo durante el regreso a su despacho situado encima de la planta baja. Edward precisaba toda la ayuda que pudiera, pero a Hugh no dejaba de preocuparle el que Micky hubiera situado a un primo suyo en un puesto del banco de tanta influencia.

Su inquietud quedó justificada al cabo de unos días.

Fue otra vez Jonas Mulberry quien le dijo lo que estaba sucediendo en la sala de los socios. Mulberry entró en el despacho de Hugh con una relación de los pagos que el banco tenía que efectuar en Londres por cuenta del gobierno de Estados Unidos, pero el motivo real de su visita era charlar. Su rostro de perro de aguas era más largo que nunca cuando dijo:

—No me gusta, don Hugh. Los bonos de América del Sur nunca han sido buenos.

—¿Estamos lanzando una emisión de bonos suramericanos, entonces?

Mulberry asintió con la cabeza.

—Don Edward la propuso y los socios están conformes.

—¿Para qué son esos bonos?

—Una nueva línea ferroviaria de la capital, Palma, a la provincia de Santamaría.

—Cuyo gobernador es Papá Miranda...

—Padre del señor Miranda, amigo de don Edward.

—Y tío del ayudante de Edward, Simón Oliver.

Mulberry meneó la cabeza reprobadoramente.

—Yo trabajaba aquí cuando, hace quince años, el gobierno venezolano dejó al descubierto el pago de sus bonos. Mi padre, Dios lo tenga en su santa gloria, recordaba el incumplimiento de Argentina, en 1828. Y mire los bonos mexicanos... pagan dividendos de vez en cuando. ¿Quién ha oído hablar de bonos que liquidan sólo de vez en cuando?

Hugh asintió.

—De cualquier modo, los inversores a quienes les gusten los ferrocarriles pueden conseguir el cinco y el seis por ciento de su dinero invirtiéndolo en Estados Unidos... ¿por qué ir a Córdoba?

—Exacto.

Hugh se rascó la cabeza.

—Bueno, trataré de averiguar en qué están pensando.

Mulberry agitó un manojo de papeles.

—Don Samuel me pidió un resumen de pasivos de las aceptaciones del Lejano Oriente. Podría llevarle las cifras usted mismo.

Hugh sonrió.

—Está usted en todo.

Cogió los documentos y bajó a la sala de los socios.

Sólo estaban allí Samuel y Joseph. Joseph dictaba cartas a un taquígrafo y Samuel examinaba atentamente un mapa de China. Hugh depositó el informe encima de la mesa de Samuel.

—Mulberry me pidió que le trajera esto —dijo.

—Gracias. —Samuel alzó la vista y sonrió—. ¿Tienes algo más en la cabeza?

–Sí. Me pregunto por qué respaldamos el ferrocarril de Santamaría.

Hugh notó que Joseph hacía una pausa en su dictado. Pero luego lo reanudó.

–No es la inversión más sugestiva que hayamos lanzado, te lo garantizo –dijo Samuel–, pero avalada por el nombre de Pilaster seguramente será rentable.

–Eso mismo podría decirse de todas las emisiones que se nos propusieran –objetó Hugh–. La razón por la que nuestro prestigio es tan alto se debe a que nunca ofrecemos a los inversores unas acciones que sólo «están bien», a secas.

–Tu tío Joseph tiene la impresión de que América del Sur puede estar a punto para una reactivación de su desarrollo.

Al oír pronunciar su nombre, Joseph se les acercó.

–Esto es meter la punta del pie en el agua para comprobar su temperatura.

–Pues es arriesgado.

–Si mi bisabuelo no se hubiera arriesgado a invertir todo su capital en un barco negrero, el Banco Pilaster no existiría hoy.

–Pero desde entonces –observó Hugh–, el Banco Pilaster siempre ha dejado que las casas más pequeñas y más especulativas fuesen las que metieran la punta del pie en el agua.

A tío Joseph no le gustaba que le llevasen la contraria y replicó en tono irritado:

–Una excepción no nos perjudicará.

–Pero la tendencia a hacer excepciones puede perjudicarnos profundamente.

–No te corresponde a ti juzgar.

Hugh frunció el entrecejo. No le había engañado la intuición: la inversión carecía de sentido comercial y Joseph no podía justificarla. Entonces, ¿por qué la hizo? En cuanto se planteó la pregunta, Hugh comprendió cuál era la respuesta.

—Has emprendido este negocio a causa de Edward, ¿no? Quieres alentarle y ésta es la primera operación que se le ha presentado desde que le nombraste socio, así que le permites que la lleve adelante, aunque las perspectivas que ofrece no sean muy halagüeñas.

—¡No eres quién para poner en tela de juicio mis motivos!

—Ni tú eres quién para poner en peligro el dinero de otras personas sólo para favorecer a tu hijo. Dos pequeños inversores de Brighton y Harrogate pondrán sus ahorros en este ferrocarril y lo perderán todo si fracasa.

—No eres socio, así que tu opinión aquí no cuenta.

Hugh odiaba a quienes durante una discusión se salían por la tangente, en vez de enfocar el tema de modo frontal, y replicó mordazmente:

—Pero soy un Pilaster, y cuando degradas el buen nombre del banco, me estás degradando también a mí, a mi apellido.

—Me parece que hoy ya has dicho bastante, Hugh —intervino Samuel.

Hugh no ignoraba que debía callar, pero no pudo contenerse.

—Me temo que no, que no he dicho lo suficiente. —Se oyó a sí mismo gritar y bajó la voz—. Al llevar a cabo esta operación dilapidas el prestigio del banco. Nuestro buen nombre es nuestro activo más importante. Al utilizarlo de ese modo, derrochas tu capital.

Tío Joseph rebasó los límites de la cortesía.

—No te atrevas a plantarte aquí, en mi banco, y darme una conferencia sobre los principios de la inversión, insolente chiquilicuatro. ¡Sal de esta habitación!

Hugh contempló a su tío durante un largo instante. Estaba furioso y deprimido. El imbécil y débil Edward era socio, inducía al banco a emprender negocios ruinosos, con la ayuda de un padre poco sensato, y él, Hugh Pilaster, no podía impedirlo. Hirviendo de frustración, Hugh dio media vuelta y abandonó la sala dando un portazo.

Diez minutos después se presentaba ante Solly Greenbourne, en solicitud de un empleo.

No estaba muy seguro de que los Greenbourne le aceptasen. Él constituía un activo que cualquier banco codiciaría, gracias a sus contactos en Canadá y Estados Unidos, pero los banqueros consideraban poco caballeroso piratear altos directivos a la competencia. Además, los Greenbourne podían temer que Hugh contase determinados secretos a su familia cuando estuviesen a la mesa, y la circunstancia de que no fuese judío tal vez acentuara esos temores.

Sin embargo, los Pilaster le habían llevado a un callejón sin salida. Tenía que escapar.

Había llovido antes, pero el sol salió a media mañana y su calor arrancaba nubecillas de vapor al estiércol de caballo que alfombraba las calles de Londres. La arquitectura de la City era una mezcla de grandes edificios clásicos y viejas casas decrépitas: el de los Pilaster pertenecía al primer tipo, el de los Greenbourne al otro. Nadie hubiera supuesto que el Banco Greenbourne era más importante que el de los Pilaster, a juzgar por la apariencia de la oficina central. El negocio se había iniciado tres generaciones atrás, haciendo préstamos a los importadores de pieles, en dos habitaciones de una vieja casa de la calle del Támesis. A medida que fueron necesitando más espacio, los Greenbourne se limitaron a ir quedándose, una tras otra, con las casas contiguas, y ahora el banco ocupaba cuatro edificios adyacentes y otros tres próximos. Pero en aquellos inmuebles destartalados se movía un mayor volumen de negocios que en el ostentoso esplendor del edificio del Banco Pilaster.

Dentro no reinaba en absoluto el reverencial silencio del vestíbulo del Pilaster. Hugh tuvo que abrirse camino casi a la fuerza entre las personas que atestaban el mismo portal, como solicitantes a la espera de que un rey medieval les concediese audiencia, todas y cada una de ellas convencidas de que si lograban hablar con Ben Greenbourne, presentar su caso o plantearle su propuesta harían fortuna. Los pasillos en zigzag y las estrechas escaleras del interior estaban obstruidos por viejos archivadores metálicos, cajas de cartón con material de escritorio y garrafas de tinta, y cada cubículo aprovechable se había convertido en oficina para un empleado. Hugh encontró a Solly en una amplia habitación de suelo irregular y con una ventana torcida que daba al río. El voluminoso cuerpo de Solly estaba medio oculto detrás de un escritorio sobre el que se apilaban montones de documentos.

—Vivo en un palacio y trabajo en un cuchitril —comentó Solly alegremente—. He intentado convencer a mi padre para que adquiera un edificio como el vuestro, dedicado expresamente a oficinas, pero dice que la propiedad no es rentable.

Hugh se sentó en un sofá apelmazado y aceptó una copa grande de jerez. Se sentía incómodo porque, en un rincón de su cerebro, pensaba en Maisie. La había seducido antes de que se convirtiera en esposa de Solly y lo hubiera hecho de nuevo de haberlo permitido ella. «Pero todo ha terminado ya», se dijo. Maisie mantuvo cerrada con llave la puerta de su alcoba en Kingsbridge Manor y él se había casado con Nora. No tenía intención de ser un marido infiel.

A pesar de todo, no dejaba de sentirse incómodo.

—He venido a verte porque quiero hablar de negocios —dijo.

Solly hizo un ademán con la mano abierta.

—Tienes la palabra.

—El terreno en el que me he especializado es América del Norte, como sabes.

—¡No me digas! Lo tienes tan bien cogido y envuelto que ni siquiera hemos podido echar allí una mirada.

—Exacto. Y, como consecuencia, os estáis perdiendo una buena cantidad de operaciones provechosas.

—No hace falta que me lo refriegues por la cara. Mi padre

no cesa de preguntarme continuamente por qué no te cultivo más.

—Lo que necesitáis es que alguien con experiencia en Norteamérica ponga manos a la obra, establezca una oficina vuestra en Nueva York y empiece a buscar negocio.

—Eso y un hada madrina.

—Hablo en serio, Greenbourne. Yo soy vuestro hombre.

—¡Tú!

—Quiero trabajar para vosotros.

Solly se quedó estupefacto. Miró por encima de la montura de sus gafas, como si tratara de asegurarse de que era realmente Hugh quien había dicho aquello.

—Supongo que debe de ser a causa del incidente que ocurrió en el baile de la duquesa de Tenbigh —aventuró al cabo de un momento.

—Han dicho que, por culpa de mi esposa, no me harán socio de la firma.

Hugh pensaba que Solly simpatizaría con él, puesto que también se había casado con una joven de clase social inferior.

—Lo siento —se condolió Solly.

—Pero no pido ningún favor —dijo Hugh—. Sé lo que valgo y tendrás que pagar mi precio si quieres mi colaboración. Ahora estoy ganando mil al año, y espero seguir subiendo mientras continúe proporcionando más y más beneficios al banco.

—Eso no es problema. —Solly meditó durante unos segundos—. Podría anotarme un gran éxito, ya sabes. Te agradezco la oferta. Eres un buen amigo y un hombre de negocios formidable. —Hugh volvió a pensar en Maisie y sintió una punzada de culpabilidad al oír las palabras «buen amigo». Solly continuó—: Nada me gustaría más que tenerte trabajando conmigo.

—Detecto un «pero» sobrentendido —dijo Hugh, al tiempo que se le estremecía el corazón.

Solly meneó su cabeza de búho.

–Ningún pero en lo que a mí concierne. Naturalmente, no puedo contratarte como contrataría a un tenedor de libros. Eso tendré que dejarlo claro con mi padre. Pero ya sabes cómo funcionan las cosas en el mundo de la banca: los beneficios son un argumento que pesa más que todos los demás. No me imagino a mi padre rechazando la posibilidad de conseguir un buen pedazo del pastel del mercado norteamericano.

Hugh no quería dar la impresión de que estaba demasiado impaciente y ávido, pero no pudo evitar la pregunta:

–¿Cuándo hablarás con él?

–¿Por qué no ahora? –dijo Solly. Se puso en pie–. Es cuestión de un minuto. Tómate otra copa de jerez.

Salió.

Hugh sorbió su jerez, pero estaba tan sobre ascuas que le costó trabajo ingerirlo. Nunca había solicitado un empleo. Era desconcertante darse cuenta de que su futuro dependía del capricho del anciano Ben Greenbourne. Comprendió por primera vez los sentimientos de los jóvenes pelagatos con cuello duro a los que había entrevistado para una plaza de oficinista. Inquieto, se levantó y fue a la ventana. En la orilla opuesta del río, una gabarra descargaba fardos de tabaco en un almacén: era tabaco de Virginia, probablemente él habría financiado la transacción.

Tuvo una sensación de destino incierto, un poco como la que había experimentado seis años atrás al subir a bordo del barco que le llevó a Boston: la sensación de que nada volvería a ser lo mismo.

Volvió Solly, acompañado de su padre. Ben Greenbourne tenía el porte erguido y la cabeza en forma de bala de un general prusiano. Hugh le estrechó la mano y observó con zozobra su semblante. Tenía una expresión solemne. ¿Significaba eso un «No»?

–Solly me ha dicho que tu familia ha decidido no ofrecerte la condición de socio de la firma —dijo Ben. Su forma de hablar era fríamente precisa, el acento recortado. Hugh pensó que el hombre era muy distinto a su hijo.

—Para ser exactos, me la ofrecieron y después retiraron la oferta —concretó Hugh.

Ben asintió. Era un hombre que apreciaba la precisión.

—No me corresponde a mí criticar su discernimiento. Sin embargo, si tu experiencia norteamericana está en venta, desde luego soy un comprador.

A Hugh, el corazón le dio un salto en el pecho. Aquello sonaba a oferta de empleo.

—¡Gracias! —dijo.

—Pero no quisiera que te hicieses vanas ilusiones, así que hay algo que debemos dejar claro desde el principio. No es probable que llegues a alcanzar aquí la categoría de socio.

Hugh no había ido tan lejos en sus previsiones, pero, no obstante, fue un golpe.

—Comprendo —articuló.

—Te lo digo ahora para que lo tengas presente en tu trabajo. Muchos cristianos son colegas valiosos y apreciados amigos, pero, hasta ahora, los socios de este banco han sido siempre judíos, y siempre lo serán.

—Agradezco su sinceridad —dijo Hugh. Estaba pensando: «Por Dios, eres un viejo de corazón gélido».

—¿Sigues queriendo el empleo?

—Sí.

Ben Greenbourne volvió a sacudir la cabeza.

—En ese caso, estoy deseando empezar a trabajar contigo —dijo, y abandonó el despacho.

Solly sonrió de oreja a oreja.

—¡Bienvenido a la firma!

Hugh se sentó.

—Gracias.

La idea de que nunca alcanzaría la condición de socio depreciaba un tanto el alivio y la satisfacción, pero hizo un esfuerzo para poner al mal tiempo buena cara. Obtendría un buen salario y viviría cómodamente: el único inconveniente era que jamás sería millonario... para ganar tanto dinero uno tenía que ser socio del banco.

—¿Cuándo puedes empezar? —preguntó Solly, como si no viera la hora de ello.

Hugh no había pensado en eso.

—Probablemente tendré que avisarles con nueve días de anticipación.

—Procura que sea menos tiempo, si puedes.

—Solly, esto es formidable. No puedo expresarte lo contento que estoy.

—Yo también.

Hugh no supo qué añadir, así que se levantó, dispuesto a retirarse, pero Solly dijo:

—¿Puedo hacerte una sugerencia?

—Por supuesto.

Hugh volvió a sentarse.

—Se refiere a Nora. Espero que no lo tomes como una ofensa.

Hugh vaciló. Eran viejos amigos, pero ciertamente no deseaba hablar de Nora con Solly. Sus propios sentimientos eran ambivalentes. Se sentía avergonzado por la escena que montó y, sin embargo, sabía que su mujer tenía justificación para ello. Estaba a la defensiva respecto al acento de Nora, a sus modales y a sus orígenes humildes, pero al mismo tiempo le enorgullecía que fuese tan guapa y tan encantadora.

A pesar de todo, difícilmente podía mostrarse susceptible con el hombre que iba a dar nuevo impulso a su carrera.

—Adelante —dijo.

—Como sabes, yo también me casé con una muchacha que... no estaba acostumbrada a la alta sociedad.

Hugh asintió con la cabeza. Lo sabía perfectamente, aunque ignoraba el modo en que Solly y ella hicieron frente a la situación, ya que él se encontraba fuera del país cuando se casaron. Debieron de arreglárselas bastante bien, puesto que Maisie se había convertido en una de las principales anfitrionas de la sociedad londinense, y si alguien recordaba su plebeya extracción, nunca aludía a ello. Era un caso poco común, pero no único: Hugh tenía noticia de dos o tres celebradas bellezas pertenecientes a la clase trabajadora a las que la sociedad londinense había aceptado.

—Maisie sabe lo que Nora está pasando —continuó Solly—. Podría serle de gran ayuda: aleccionarle sobre lo que debe hacer y decir, los errores que tiene que evitar, los sitios donde adquirir vestidos y sombreros, la forma de dirigir al mayordomo y al ama de llaves, todo eso. Maisie siempre te ha apreciado mucho, Hugh, así que estoy seguro de que le encantará echar una mano. Y no hay motivo para que Nora no utilice el mismo sistema que empleó Maisie y no acabe convertida en pilar de la sociedad.

Hugh se conmovió hasta llegar casi a las lágrimas. Aquel gesto de apoyo por parte de su antiguo amigo le llegó al corazón.

—Se lo propondré —dijo con cierta sequedad, destinada a ocultar sus sentimientos. Se puso en pie para marcharse.

—Espero no haberme pasado de la raya —dijo Solly, inquieto, cuando se estrecharon la mano.

Hugh se encaminó a la puerta.

—Todo lo contrario. Maldita sea, Greenbourne, eres mejor amigo de lo que me merezco.

A su regreso al Banco Pilaster, Hugh encontró esperándole una nota. Decía:

10,30 de la mañana
Querido Pilaster:
  Tengo que verte en seguida. Me encontrarás en el café de la Plage, a la vuelta de la esquina. Te espero. Tu viejo amigo,
  ANTONIO SILVA

¡Así que Tonio había vuelto! Su carrera quedó destrozada cuando, en una partida de cartas con Edward y Micky, perdió una suma que después no pudo pagar. Abandonó el país, cubierto de oprobio, aproximadamente por las fechas en que lo hizo Hugh. ¿Qué había sido de él desde entonces? Lleno de curiosidad, Hugh se fue derecho al café.

Encontró a un Tonio más viejo, desharrapado y abatido. Leía *The Times* sentado en un rincón del local. Tenía la misma pelambrera desgreñada color zanahoria, pero aparte de eso no quedaba nada del colegial enredador y travieso, ni del joven pródigo y libertino. Aunque sólo tenía veintiséis años, la misma edad que Hugh, alrededor de sus ojos ya aparecían pequeñas arrugas hijas de la preocupación.

—Triunfé en toda regla en Boston —respondió Hugh a la primera pregunta de Tonio—. Volví en enero. Pero no he dejado de tener problemas con mi maldita familia una y otra vez. ¿Qué me dices de ti?

—En mi país ha habido grandes cambios. Mi familia ya no es tan influyente como lo fue en otro tiempo. Todavía controlamos Milpita, la capital de nuestra provincia de origen, pero en la capital de la nación otros se han interpuesto entre los Silva y el presidente García.

—¿Quiénes?

—La facción Miranda.

—¿La familia de Micky?

—La misma. Se apoderaron de los yacimientos de nitrato del norte del país y eso les enriqueció. Monopolizan también las relaciones comerciales con Europa, gracias a sus conexiones con el banco de tu familia.

A Hugh le sorprendió la noticia.

—Sabía que Edward estaba haciendo grandes negocios en Córdoba, pero ignoraba que las operaciones se realizasen a través de Micky. A pesar de todo, supongo que eso no tiene importancia.

—Pues la tiene —dijo Tonio. Se sacó un fajo de papeles del

bolsillo interior de la chaqueta–. Tómate un minuto para leer esto. Es un artículo que he escrito para *The Times*.

Hugh cogió el manuscrito y empezó a leerlo. Describía las condiciones de trabajo en una mina de nitrato propiedad de los Miranda. Dado que la explotación comercial la financiaba el Banco Pilaster, Tonio responsabilizaba al banco de los malos tratos que sufrían los mineros. Al principio, Hugh no se sintió impresionado: jornadas laborales largas, salarios de miseria y trabajo infantil eran características que se daban en todas las minas del mundo. Pero a medida que avanzaba en la lectura, comprendió que aquello era mucho peor. En las minas de los Miranda, los capataces llevaban látigos y armas de fuego, que utilizaban sin reservas para imponer la disciplina. A los trabajadores –incluidos mujeres y niños– se les flagelaba cuando disminuía su ritmo, y si intentaban marcharse antes de cumplir su contrato se disparaba contra ellos. Tonio tenía testigos oculares que referían tales «ejecuciones».

Hugh se horrorizó.

–¡Pero esto es asesinato! –exclamó.

–Eso mismo.

–¿Está enterado de ello vuestro presidente?

–Lo sabe. Pero los Miranda son ahora sus favoritos.

–¿Y tu familia...?

–Hubo una época en que podíamos poner coto a tales abusos. Pero ahora, controlar nuestra propia provincia requiere todo el esfuerzo de los Silva.

A Hugh le mortificó la idea de que su propia familia y el Banco Pilaster financiara una industria tan brutal, pero, por unos instantes, trató de dejar a un lado sus sentimientos y pensar fríamente en las consecuencias de aquello. El artículo que había escrito Tonio era precisamente la clase de material que *The Times* publicaría encantado. Se pronunciarían discursos en el Parlamento y se recibirían cartas al director en los semanarios. La conciencia social de los hombres de negocios, muchos de los cuales eran metodistas, les induciría a pensárselo cuidadosamente antes de relacionarse con los Pilaster. Sería extraordinariamente nefasto para el banco.

«¿Debo preocuparme?», pensó Hugh. El banco le había tratado mal y estaba a punto de abandonarlo. Pero, a pesar de todo, no podía pasar por alto el problema. Aún estaba empleado en el Pilaster, a fin de mes cobraría su sueldo y, al menos hasta entonces, debía su lealtad al banco. Estaba obligado a hacer algo. ¿Qué quería Tonio? El hecho de que enseñara a Hugh el artículo antes de publicarlo sugería que deseaba hacer un trato.

—¿Cuál es tu objetivo? —le preguntó—. ¿Quieres que dejemos de financiar el comercio del nitrato?

Tonio sacudió la cabeza.

—Si los Pilaster se retiran, otros cogerán el relevo... otro banco con la piel de la conciencia más gruesa y dura. No, debemos ser más sutiles.

—¿Has pensado en algo concreto?

—Los Miranda proyectan construir una línea ferroviaria.

—Ah, sí. El ferrocarril de Santamaría.

—Ese ferrocarril hará de Papá Miranda el hombre más rico y poderoso de todo el país, salvo el propio presidente. Y Papá Miranda es una alimaña. Quiero que se suspenda el proyecto del ferrocarril.

—Y por eso vas a publicar este artículo.

—Varios artículos. Y celebraré reuniones, pronunciaré conferencias, presionaré a diputados del Parlamento y trataré de conseguir que el ministro de Asuntos Exteriores me conceda una audiencia: haré todo lo posible e imposible para socavar la financiación de ese ferrocarril.

Hugh pensó que también podía dar resultado. Los inversores huyen de todo lo que sea polémico. A Hugh le sorprendió el enorme cambio que se había producido en Tonio, del joven impetuoso incapaz de retirarse de una partida de naipes al prudente adulto que hacía campaña en pro de los mineros maltratados.

—¿Por qué acudes a mí?

—Podríamos abreviar el proceso. Si el banco decidiese no avalar los bonos del ferrocarril, yo no publicaría los artículos. Así, vosotros os evitaríais una desagradable publicidad negativa y yo conseguiría lo que quiero. —Tonio esbozó una sonrisa incómoda—. Confío en que no tomes esto como un chantaje. Sé que es algo drástico, pero no tan brutal como azotar niños en una mina de nitrato.

Hugh meneó la cabeza.

—No es nada brutal. Admiro tu espíritu de cruzado. Las consecuencias que esto pueda tener para el banco a mí no me afectan de un modo directo... estoy a punto de despedirme.

—¿De veras? —Tonio se mostró atónito—. ¿Por qué?

—Es una larga historia. Te la contaré en otro momento. El resultado, sin embargo, es que lo único que puedo hacer es informar a los socios de que has acudido a mí con esta proposición. Ellos son los que están en condiciones de decidir qué opinan sobre el asunto y qué quieren hacer. De lo que sí estoy seguro es de que no me van a pedir mi opinión. —Aún tenía en la mano el manuscrito de Tonio—. ¿Puedo quedármelo?

—Sí, tengo una copia.

Las hojas de papel llevaban el membrete del Hotel Russe, domiciliado en la calle Berwick, en Soho. Hugh no había oído hablar de él: no se trataba de ninguno de los establecimientos hoteleros importantes de Londres.

—Te transmitiré lo que digan los socios.

—Gracias. —Tonio cambió de tema—. Lamento que nuestra conversación se haya tenido que centrar en este asunto. Hemos de reunirnos y hablar de los viejos tiempos.

—Has de conocer a mi esposa.

—Me encantaría.

—Me pondré en contacto contigo.

Hugh salió del café y regresó al banco. Al consultar el enorme reloj del vestíbulo le sorprendió constatar que, pese a todas las gestiones que había llevado a cabo durante la mañana, aún no era la una. Subió directo a la sala de los socios, en la que se encontraban Samuel, Joseph y Edward. Tendió el artículo de Tonio a Samuel, quien, tras leerlo, se lo pasó a Edward.

Éste se puso hecho una furia y no pudo llegar al final. Con el rostro como la grana a causa de la cólera, apuntó a Hugh con el índice, al tiempo que acusaba:

—¡Has tramado esto con tu viejo compinche del colegio! ¡Os habéis confabulado para arruinar todo el negocio con América del Sur! ¡Lo único que sucede es que te corroe la envidia porque a mí me han hecho socio y a ti no!

Hugh comprendió por qué estaba tan histérico. La operación comercial suramericana era la única contribución significativa que Edward había aportado a la firma.

—Eras un majadero en el colegio y todavía sigues siéndolo. —Hugh suspiró—. La cuestión es determinar si el banco quiere ser responsable del incremento del poder e influencia de Papá Miranda, hombre al que parece no importarle flagelar mujeres y asesinar niños.

—¡Eso no me lo creo! —protestó Edward—. La familia Silva es enemiga de los Miranda. Todo esto no es más que propaganda malintencionada.

—Estoy seguro de que eso es lo que dirá tu amigo Micky. Pero, ¿es así?

Tío Joseph miró recelosamente a Hugh.

—Hace pocas horas entraste aquí con la intención de convencerme para que abandonara esa emisión. Me pregunto si esto no será un plan destinado a minar la primera operación importante que Edward va a llevar a cabo como socio.

Hugh se puso en pie.

—Si vas a lanzar dudas sobre mi buena fe, lo mejor es que me marche ahora mismo.

Se interpuso tío Samuel.

–Siéntate, Hugh –dijo–. No tenemos por qué averiguar si esa historia es cierta o no. Somos banqueros, no jueces. El hecho de que el ferrocarril de Santamaría vaya a ser polémico aumenta el riesgo de los bonos, lo cual significa que tenemos que reconsiderar la operación.

–No pienso dejarme intimidar –repuso tío Joseph agresivamente–. Dejemos que ese petimetre suramericano publique su artículo y que se vaya al diablo.

–Hay otro modo de llevar el asunto –murmuró Samuel tratando la beligerancia de Joseph con mayor seriedad de lo que merecía–. Podemos esperar a ver qué efecto tiene este artículo sobre la cotización de los valores suramericanos existentes hoy en el mercado: no son muchos, pero sí los suficientes como para calibrar ese efecto. Si caen en picado, cancelaremos el ferrocarril de Santamaría. Si no, continuaremos adelante.

Suavizado en cierto modo, Joseph aceptó:

–No me importa someterme a la decisión del mercado.

–Cabe considerar otra opción –prosiguió Samuel–. Podríamos intentar que otro banco participase con nosotros en la emisión de bonos y lanzarla conjuntamente. De esa forma, la publicidad hostil se debilitaría al tener un blanco dividido.

Hugh pensó que no le faltaba lógica a la idea. No es lo que él hubiese hecho; hubiera preferido cancelar la emisión de bonos. Pero la estrategia planteada por Samuel reduciría el riesgo, y eso era lo que la banca buscaba siempre. Como banquero, Samuel era mucho mejor que Joseph.

–Está bien –dijo Joseph con su impulsiva vehemencia de costumbre–. Edward, encárgate de encontrarnos un socio.

–¿A quién debo proponérselo? –preguntó Edward inquieto.

Hugh comprendió que no tenía ni idea acerca de un asunto como aquél.

Le respondió Samuel:

—Es una emisión importante. Si se piensa bien, no son muchos los bancos predispuestos a emprender una operación tan arriesgada en América del Sur. Tendrías que recurrir a los Greenbourne: puede que sean los únicos lo bastante fuertes como para aceptar el riesgo. Conoces a Solly Greenbourne, ¿verdad?

—Sí. Iré a verle.

Hugh se preguntó si no debería aconsejar a Solly que rechazase la propuesta de Edward, pero automáticamente cambió de idea: a él lo habían contratado como experto en América del Norte, y sería pecar de vanidoso si empezara a emitir opiniones sobre una zona completamente distinta. Decidió hacer un intento más para convencer a tío Joseph de que debía cancelar por completo la emisión.

—¿Por qué no nos limitamos a lavarnos las manos en lo que se refiere al ferrocarril de Santamaría? —dijo—. Es un negocio de escasa importancia. El riesgo siempre ha sido alto, y ahora tenemos encima la amenaza de una publicidad negativa. ¿Qué falta nos hace?

—Los socios han tomado su decisión —dijo Edward en tono petulante— y no tienes prerrogativa alguna para discutir y menos rechazar sus resoluciones.

Hugh se dio por vencido.

—Te doy la razón —dijo—. No soy socio, y pronto tampoco seré empleado.

Tío Joseph le miró, con el ceño fruncido.

—¿Qué significa eso?

—Me voy del banco.

Joseph se sobresaltó.

—¡No puedes hacer eso!

—Claro que puedo. Soy un simple empleado y me habéis tratado como tal. Así que, como simple empleado, me voy a trabajar a otro sitio, con un empleo mejor.

—¿Adónde?

—A decir verdad, iré a trabajar para los Greenbourne.

Los ojos de Joseph parecieron salírsele de las órbitas.

—¡Pero tú eres el único que lo sabe todo con respecto a los norteamericanos!

—Imagino que ése es el motivo por el que los Greenbourne tenían tantas ganas de contratarme —dijo Hugh.

No pudo evitar complacerse con la indignación de tío Joseph.

—¡Pero nos quitarás negocio!

—Debisteis pensar en eso en el momento de decidir retirar vuestra oferta de nombrarme socio.

—¿Cuánto te pagan?

Hugh se levantó para marcharse.

—No eres quién para preguntar eso —replicó con firmeza.

—¿Cómo te atreves a hablarle así a mi padre? —exclamó Edward.

El enojo de Joseph estalló como una burbuja, y ante la sorpresa de Hugh, el hombre se calmó automáticamente.

—Vamos, cállate, Edward —dijo—. Cierta dosis de astucia forma parte de las cualidades que ha de tener un buen banquero. Hay veces en que desearía que te parecieses un poco a Hugh. Puede que sea la oveja negra de la familia, pero al menos tiene agallas. —Se volvió hacia Hugh—. Muy bien, lárgate —dijo sin rencor—. Espero que te des un buen batacazo, pero temo que me voy a quedar con las ganas.

—Sin duda eso es lo más parecido a una despedida amable que voy a obtener de vuestra rama de la familia —dijo Hugh—. Buenos días.

4

—¿Y cómo está la querida Rachel? —preguntó Augusta a Micky, al tiempo que le servía el té.

—Muy bien —respondió Micky—. Tal vez venga luego.

En realidad, no acababa de entender a su esposa. Era virgen cuando se casaron, pero se comportaba como una prostituta. Se sometía a él en cualquier momento, en cualquier lugar, y siempre con entusiasmo. Una de las primeras cosas que pretendió fue atarla a la cabecera de la cama, recrear la imagen que alegró su mente la primera vez que se sintió atraído por la muchacha; y, no sin cierta decepción por parte de Micky, Rachel accedió a sus deseos. Hasta entonces, él no había propuesto nada a lo que ella se hubiera resistido. Incluso la había tomado en el salón, donde era constante el riesgo de que los sirvientes les sorprendiesen; Rachel pareció disfrutar allí más que nunca.

Por otra parte, era todo lo contrario a la sumisión en las demás cuestiones de la vida. Discutía con él en lo referente a la casa, la servidumbre, el dinero, la política y la religión. Cuando él se hartaba de contradecirla, intentaba ignorarla y luego la insultaba, pero no conseguía nada. A Rachel le dominaba la engañosa ilusión de que le asistía tanto derecho como a un hombre a tener sus propios puntos de vista.

—Confío en que represente una ayuda en tu trabajo —dijo Augusta.

Micky asintió.

—Es una buena anfitriona a la hora de ejercer de embajadora —repuso Micky—. Atenta y rebosante de gracia.

—Creo que se lució en la fiesta que organizasteis en honor del embajador Portillo —comentó Augusta.

Portillo era el enviado portugués y Augusta y Joseph habían asistido a la cena.

—Rachel tiene el increíble proyecto de abrir una casa de maternidad para mujeres solteras —dijo Micky mostrando su irritación.

Augusta mostró su repulsa con un negativo movimiento de cabeza.

—Eso es imposible para una mujer con la posición social

que tiene ella. Además, ya hay un par de instituciones de maternidad.

—Rachel afirma que se trata de instituciones religiosas que sólo se dedican a recordar a las mujeres lo malas que son. El establecimiento que ella propone las ayudará sin obligarlas a rezar.

—Peor que peor —dijo Augusta—. ¡Imagínate lo que diría la prensa sobre ello!

—Exacto. Me he mantenido muy firme en ese asunto.

—Es una muchacha afortunada —manifestó Augusta, a la vez que obsequiaba a Micky con una sonrisa íntima.

El hombre comprendió que trataba de coquetear y se abstuvo de corresponder. Lo cierto era que estaba demasiado comprometido con Rachel. Ciertamente, no la amaba, pero en sus relaciones con ella había profundizado enormemente, y ella absorbía todo su vigor sexual. Para compensar su distracción, retuvo unos segundos la mano de Augusta, cuando ella le pasaba la taza de té.

—Me halaga —dijo Micky en voz baja.

—No lo dudo. Pero creo que algo te preocupa.

—La querida señora Pilaster, tan perspicaz como siempre. ¿Cómo voy a imaginar que puedo ocultarle algo? —Le soltó la mano y cogió la taza de té—. Sí, estoy un poco nervioso en lo que concierne al ferrocarril de Santamaría.

—Creí que los socios habían llegado ya a un acuerdo.

—Así fue, pero parece que organizar esas cosas lleva mucho tiempo.

—El mundo de las finanzas se mueve muy despacio.

—Yo lo comprendo, pero mi familia, o mejor, mi padre, me remite dos cables a la semana. Maldigo el día en que el telégrafo llegó a Santamaría.

Irrumpió Edward con la noticia.

—¡Ha vuelto Antonio Silva! —dijo antes de haber cerrado la puerta.

Augusta palideció.

–¿Cómo lo sabes?

–Hugh le ha visto.

–Eso es un golpe –reconoció Augusta, y a Micky le sorprendió observar que a la mujer le temblaba la mano mientras posaba la taza y el platillo.

–Y David Middleton todavía anda por ahí formulando preguntas –dijo Micky.

Recordaba la conversación que Middleton había mantenido con Hugh en el baile de la duquesa de Tenbigh. Micky fingía estar preocupado, pero apenas se sentía disgustado. Le gustaba que Edward y Augusta recordasen de vez en cuando el culpable secreto que compartían.

–No es sólo eso –informó Edward–. Trata de sabotear la emisión de bonos del ferrocarril de Santamaría.

Micky frunció el ceño. La familia de Tonio se había opuesto al plan del ferrocarril en la propia Córdoba, pero el presidente García rechazó sus argumentos. ¿Qué podía hacer Tonio en Londres?

A Augusta se le ocurrió la misma pregunta.

–¿Acaso puede hacer algo?

Edward tendió a su madre un puñado de papeles.

–Lee esto.

–¿Qué es? –inquirió Micky.

–Un artículo que Tonio tiene intención de publicar en *The Times*, acerca de las explotaciones mineras de nitrato de tu familia.

Augusta echó un rápido vistazo a las cuartillas.

–Asegura que la vida de los mineros de nitrato es dura y peligrosa –dijo en tono irónico–. ¿Quién va a suponer que es una fiesta en un parque?

–También dice –añadió Edward– que, por desobediencia, se flagela a las mujeres y se mata a tiros a los niños.

–¿Y eso qué tiene que ver con vuestra emisión de bonos? –quiso saber Augusta.

–El ferrocarril transportará el nitrato a la capital. A los

inversores no les hace ninguna gracia la controversia. Muchos de ellos ya miran con desconfianza los bonos de América del Sur. Un asunto como éste podría ahuyentarlos definitivamente.

—Intentamos conseguir que otro banco participe con nosotros en el negocio, pero básicamente vamos a dejar que Tonio publique el artículo, a ver qué sucede. Si la publicidad negativa que puede originar hunde los valores suramericanos, tendremos que renunciar a la emisión del ferrocarril de Santamaría.

Al infierno el maldito Tonio. Era hábil, el muy condenado... y Papá Miranda un estúpido, al convertir sus minas en campamentos de esclavos y esperar conseguir dinero en el mundo civilizado. ¿Pero qué podría hacerse? Micky se devanaba los sesos. Había que silenciar a Tonio, pero no era posible convencerle ni sobornarle. Un escalofrío heló el corazón de Micky al comprender que no le quedaba más remedio que recurrir a métodos más contundentes y peligrosos.

Fingió tranquilidad.

—Por favor, ¿puedo ver ese artículo?

Augusta se lo pasó.

De lo primero que Micky tomó nota mental fue de la dirección del hotel que figuraba en el membrete. Adoptó un aire despreocupado, que desde luego era incapaz de sentir, y dijo:

—Pero si esto no es ningún problema. En absoluto.

—¡Aún no lo has leído! —protestó Edward.

—No necesito leerlo. He visto la dirección.

—¿Y qué?

—Ahora que sabemos dónde encontrarle, podemos hacerle una visita y llegar a un acuerdo con él —dijo Micky—. Dejen que me encargue del asunto.

III

MAYO

1

A Solly le encantaba contemplar a Maisie mientras se vestía.

Todas las noches, la mujer se ponía su batín y llamaba a las doncellas para que le sujetaran el pelo y lo adornaran con flores, plumas o abalorios; luego despedía a las sirvientas y esperaba a su marido.

Aquella noche iban a salir, cosa que hacían casi a diario. Durante la temporada de Londres, prácticamente sólo se quedaban en casa cuando daban una fiesta. Entre Pascua Florida y finales de julio nunca cenaban solos.

Solly se le presentó a las seis y media, con pantalones de etiqueta, chaleco blanco y una gran copa de champán. Para aquella velada, Maisie había decorado su cabellera a base de flores amarillas de seda. Tras quitarse el salto de cama, se erguía desnuda delante del espejo. Ejecutó una pirueta en honor de Solly y empezó a vestirse.

Se puso primero una camisa de hilo con flores bordadas en el escote. Llevaba cintas de seda en los hombros para atarlas al vestido y que no se viera. Acto seguido embutió las piernas en finas medias de lana que sujetó por encima de las rodillas con ligas elásticas. Se colocó un par de pantalones interiores de algodón, con perneras hasta las rodillas, galones trenzados en el dobladillo y cinta en el talle. Después se calzó unas zapatillas de seda gualda.

Solly cogió el corsé del bastidor y la ayudó a ponérselo, luego le ató bien apretadas las cintas a la espalda. La mayor parte de las mujeres debían vestirse con la ayuda de una o dos doncellas, porque les resultaba imposible ponerse por sí mismas los complicados corsés y vestidos. Sin embargo, Solly había aprendido a realizar aquellos servicios, porque prefería cumplirlos y estar presente a renunciar al placer de ver vestirse a Maisie.

Miriñaques y polisones habían pasado de moda, pero Maisie se puso unas enaguas con una tira de volantes y el dobladillo fruncido para aguantar la cola del vestido. La enagua iba sujeta a la espalda con un lazo que Solly se encargó de atar.

Por fin, Maisie estuvo en situación de colocarse el vestido. Era un modelo de tafetán de seda, listado de blanco y amarillo. El corpiño, holgado y suelto, resaltaba la exuberancia del busto y se fijaba en el hombro mediante un espléndido lazo. El resto de la prenda llevaba aderezos similares y se sujetaba en la cintura, la rodilla y el dobladillo. Para plancharla, una doncella se pasaba todo un día.

Maisie se sentó en el suelo y Solly levantó el vestido por encima de la cabeza de la mujer y lo bajó para que ella se introdujese en la prenda como en una tienda. Después, Maisie se fue levantando con cuidado, introdujo las manos por las sisas y la cabeza por el cuello del vestido. Conjuntamente, Solly y Maisie arreglaron los pliegues y el drapeado hasta que lo dieron por bueno.

Maisie abrió el joyero y sacó el collar de diamantes y esmeraldas, a juego con los pendientes, que Solly le había regalado con motivo de su primer aniversario de boda. Mientras ella se colocaba las joyas, Solly comentó:

—A partir de ahora, vamos a ver con mucha más frecuencia a nuestro viejo amigo Hugh Pilaster.

Maisie ahogó un suspiro. La naturaleza confiada de Solly podía resultar cargante. Cualquier marido normal, de mentalidad más o menos recelosa, habría adivinado la atracción latente que existía entre Maisie y Hugh y se pondría de mal humor cada vez que se mencionara al otro hombre, pero Solly era demasiado ingenuo. Ni por asomo suponía que estaba poniendo la tentación delante de Maisie, a su alcance.

—¿Por qué? ¿Qué ha ocurrido?

—Viene a trabajar al banco.

No era tan malo. Maisie se había temido que Solly hubiese invitado a Hugh a que fuera a vivir con ellos.

—¿Por qué deja a los Pilaster? Creí que todo le iba muy bien.

—Le negaron el nombramiento de socio.

—¡Oh, no! —Maisie conocía a Hugh mejor que nadie, y estaba enterada de lo mucho que había sufrido como consecuencia de la bancarrota y el suicidio de su padre. No le costaba nada comprender lo destrozado que sin duda se sentía al rechazarle como socio de la firma. Maisie comentó con toda sinceridad—: Los Pilaster son una familia de alma mezquina.

—La culpa la tiene la esposa.

Maisie asintió.

—No me sorprende.

Había sido testigo del incidente en el baile de la duquesa de Tenbigh. Conociendo como conocía a los Pilaster, Maisie no pudo evitar preguntarse si no habría maquinado Augusta todo el suceso con objeto de desacreditar a Hugh.

—Tienes que sentirlo por Nora.

—Hummm.

Maisie había conocido a Nora unas semanas antes de la boda y experimentó una automática antipatía hacia la joven. A decir verdad, hirió los sentimientos de Hugh al decirle que Nora era una aventurera sin corazón y que no debería casarse con ella.

—De todas formas, le sugerí a Hugh que podías ayudarla.

—¿Cómo? —replicó Maisie agudamente. Apartó los ojos del espejo—. ¿Ayudarla?

—A rehabilitarse. Sabes lo que es verse mirada por encima del hombro por tener unos orígenes humildes. Tú superaste todos esos prejuicios.

—Y se supone que, por eso, ahora tengo que hacer una señorita de toda golfilla que entre en la buena sociedad por la vía del matrimonio, ¿no? —saltó Maisie.

—Es evidente que he hecho algo mal —se lamentó Solly en tono preocupado—. Pensé que te alegraría ayudarla, siempre te ha caído bien Hugh.

Maisie fue al armario para coger los guantes.

—Me gustaría que me hubieses consultado, antes de ofrecerme para esa tarea. —Abrió el armario. En la parte posterior de la puerta, con un marco de madera, colgaba el antiguo cartel salvado del circo, en el que aparecía ella mostrando los muslos, de pie sobre el lomo de un caballo blanco, encima de las palabras «Maisie la maravillosa». La imagen le hizo salir bruscamente de su rabieta y, súbitamente, se sintió avergonzada. Corrió hacia Solly y le echó los brazos al cuello—. ¡Oh, Solly! ¿Cómo puedo ser tan desagradecida?

—Vamos, vamos —murmuró él, al tiempo que le acariciaba los desnudos hombros.

—Has sido muy bueno conmigo y con mi familia y, naturalmente, haré esto por ti, si lo deseas.

—No me gusta obligarte a que hagas algo a la fuerza...

—No, no me obligas. ¿Por qué no iba a ayudarla a lograr lo que he logrado yo? —Miró el mofletudo rostro de su marido, cruzado en ese momento por unas arrugas de inquietud. Maisie le acarició las mejillas—. No te preocupes más. He sido terriblemente egoísta durante un momento, pero ya lo he superado. Ve a ponerte la chaqueta. Estoy lista.

Se alzó de puntillas y le besó en los labios, luego se retiró y se puso los guantes.

Sabía que realmente acababa de cargar con una cruz. La ironía de la situación era amarga. Le pedían que aleccionase a Nora para que desempeñara el papel de señora de Hugh Pilaster: la posición que ella anhelaba ocupar. En el rincón más profundo de su corazón aún deseaba ser la esposa de Hugh, y odiaba a Nora por haber ganado lo que ella había perdido. Toda aquella actitud era vergonzosa y Maisie decidió abandonarla. Debería alegrarse de que Hugh se hubiera casado. De no hacerlo, hubiera sido muy infeliz y, al menos en parte, ella habría tenido la culpa. Ahora no podía dejar de preocuparse por él. Experimentaba una sensación de pérdida, por no decir de pena, pero tenía que mantener esos sentimientos cerrados con llave en un cuarto en el que nadie entrara nunca. Se entregaría enérgicamente a la tarea de conseguir que Nora Pilaster recuperase el favor de la alta sociedad de Londres.

Solly volvió con la chaqueta y se encaminaron juntos a las habitaciones infantiles. Bertie, en camisón, jugaba con un tren de madera. Le encantaba ver a Maisie vestida de gala y se sentía muy desilusionado si, por alguna razón, ella salía una noche sin enseñarle antes cómo iba vestida. El niño contó lo que había pasado en el parque durante la tarde —se había hecho amigo de un perrazo enorme— y Solly se sentó en el suelo y jugo con él a los trenes durante un rato. Después llegó para Bertie la hora de acostarse, y Maisie y Solly bajaron a la planta baja y subieron al coche.

Iban a una cena, a la que seguiría un baile. Ambas cosas se celebraban a menos de ochocientos metros de su casa de Piccadilly, pero Maisie no podía ir andando por la calle con un vestido tan aparatoso: el dobladillo adornado, los volantes y los zapatos de seda estarían sucios cuando llegaran. Durante el trayecto, la mujer no pudo por menos que sonreír al pensar que, de niña, una vez estuvo andando cuatro días hasta llegar a Newcastle, y ahora era incapaz de recorrer ochocientos metros sin el coche.

Tuvo ocasión de iniciar la campaña en favor de Nora aquella misma velada. Cuando llegaron a su destino y entraron en el salón del marqués de Hatchford, la primera persona a la que vio fue al conde de Tokoly. Le conocía a fondo y siempre coqueteaba con ella, de modo que Maisie se sintió con atribuciones para ir derecha al grano.

—Quiero que perdone a Nora Pilaster por haberle abofeteado —dijo.

—¿Perdonar? —replicó él—. ¡Estoy halagado! Pensar que a mis años todavía pueda conseguir que una joven me dé un cachete en la cara... ¡es un gran cumplido!

Maisie imaginó que el hombre no pensaría lo mismo cuando lo recibió. Sin embargo, se alegró de que el conde de Tokoly hubiese decidido tomar el incidente a la ligera.

—Ahora bien —continuó el hombre—, si ella se hubiera negado a tomarme en serio... eso sí que habría sido un insulto.

«Eso era lo que Nora debió hacer», se dijo Maisie.

—Dígame una cosa —preguntó—, ¿le animó Augusta Pilaster a coquetear con la mujer de su sobrino?

—¡Qué idea más espantosa! —se escandalizó el conde—. ¡La señora de Joseph Pilaster haciendo de celestina! Nada de eso.

—¿Le animó a usted alguien?

Miró a Maisie con los párpados entornados.

—Es usted lista, señora Greenbourne; siempre la he respetado por ello. Más lista que Nora Pilaster. Ésa nunca llegará a ser lo que es usted.

—Pero no ha contestado a mi pregunta.

—Le diré la verdad, puesto que la admiro tanto. El embajador de Córdoba, el señor Miranda, me participó que Nora era... cómo le diría... receptiva...

«Así que eso fue...»

—Y Micky Miranda se lo dijo a instancias de Augusta, estoy segura. Esos dos son tan retorcidos y peligrosos como ladrones.

De Tokoly estaba disgustado.

—Espero que no me vaya a utilizar como mero instrumento.

—Ése es el peligro de ser tan previsible —dijo Maisie en tono mordaz.

Al día siguiente, Maisie llevó a Nora a su modista.

Mientras Nora examinaba modelos y telas, Maisie averiguó un poco más respecto al incidente en el baile de la duquesa de Tenbigh.

—Antes de la escena con el conde, ¿te dijo algo Augusta?

—Me advirtió de que no le permitiera tomarse ciertas libertades —respondió Nora.

—De modo que tú ya estabas a punto para enfrentarte a él, por decirlo así.

—Sí.

—Y si Augusta no te hubiese dicho nada, ¿habrías actuado de la misma manera?

Nora pareció meditar la contestación.

—Probablemente no le habría abofeteado... me habría faltado valor. Pero Augusta me hizo pensar que era importante pararle los pies de entrada.

Maisie asintió.

—Se los paraste. Augusta deseaba que sucediera eso. También se encargó de que alguien le dijera al conde que tú eras una mujer fácil.

La noticia sorprendió a Nora.

—¿Estás segura?

—Me lo dijo ese alguien. Augusta es lo que se dice un mal bicho y carece totalmente de escrúpulos. —Maisie se percató de que hablaba con su acento de Newcastle, algo que casi nunca le ocurría por entonces. Volvió a su deje normal—. No subestimes nunca la capacidad de Augusta para la perfidia.

—A mí no me asusta —aseguró Nora desafiante—. Tampoco yo tengo muchos escrúpulos.

Maisie no tuvo dificultad en creerla... y lo lamentó por Hugh.

La polonesa constituía el estilo perfecto de vestido para Nora, pensó cuando la modista lo colocó sobre la generosa figura de la mujer. La profusión de recargados detalles le sentaba de maravilla: los adornos plisados, el escote abierto y decorado con lazos, la falda atada a la espalda, con sus volantes, todo le quedaba estupendamente. Quizá Nora se pasaba un poco en cuanto a voluptuosidad, pero un corsé largo reduciría su tendencia al bamboleo.

—Estar guapa es tener ganada la mitad de la batalla —dijo Maisie, mientras Nora se admiraba en el espejo—. En lo que a los hombres concierne eso es realmente lo único que importa. Pero tendrás que hacer algo más para que te acepten las mujeres.

—Siempre me las he arreglado mejor con los hombres que con las mujeres —confesó Nora.

A Maisie no le extrañó: Nora pertenecía a esa clase de mujeres.

—A ti te debe de ocurrir igual —continuó Nora—. Por eso hemos llegado a donde hemos llegado.

«¿Somos iguales?», se preguntó Maisie.

—No es que me ponga al mismo nivel en el que estás tú —añadió Nora—. Toda chica ambiciosa de Londres te envidia.

Maisie hizo una mueca de disgusto al pensar que las cazadoras de novio rico la consideraban una heroína triunfadora, pero no dijo nada, porque seguramente se lo merecía. Nora se había casado por dinero y le encantaba reconocerlo ante Maisie, porque daba por supuesto que Maisie había hecho lo mismo. Y estaba en lo cierto.

—No me quejo —dijo Nora—, pero yo pesqué la oveja negra de la familia, el que carece de capital. Tú te casaste con uno de los hombres más ricos del mundo.

«La sorpresa que te llevarías —pensó Maisie—, si supieses lo dispuesta que estaría a intercambiar el esposo contigo.»

Apartó la idea de su mente. Muy bien, Nora y ella eran dos personas de la misma clase. Ayudaría a Nora a ganarse la aceptación de las brujas y de los esnobs que llevaban la voz cantante en la sociedad.

—No hables nunca del precio de las cosas —empezó, recordando sus propios errores—. Pase lo que pase, conserva siempre la calma y no te sulfures por nada. Si tu cochero sufre un ataque cardíaco, el carruaje se estrella, el viento se lleva tu sombrero y se te caen los pantalones, limítate a decir: «¡Dios santo, qué emocionante!», y coge un coche de punto. Ten presente en todo momento que el campo es mejor que la ciudad, el ocio superior al trabajo, lo antiguo es preferible a lo moderno y la categoría social es más importante que el dinero. Has de saber un poco de todo, pero sin ser nunca especialista en nada. Ejercítate en hablar sin mover los labios, mejorará tu acento. Cuéntale a la gente que tu bisabuelo era granjero en el condado de York: el condado de York es demasiado extenso para que nadie lo conozca del todo y la agricultura es la manera más honorable de ser pobre.

Nora adoptó una postura afectada, la acompañó de una expresión ambigua y dijo lánguidamente:

—Santo Dios, cuántas cosas tengo que aprender y recordar, ¿cómo voy a arreglármelas?

—Perfecto —aprobó Maisie—. Lo vas a hacer estupendamente.

2

Envuelto en un abrigo ligero para protegerse del frío de la noche de primavera, Micky Miranda montaba guardia en un portal de la calle Berwick. Fumaba un cigarro y observaba la calle. Había cerca una farola de gas, pero él se mantenía en la sombra para que los viandantes que pasaran por allí no pudieran verle bien la cara. Estaba nervioso, insatisfecho consigo mismo, manchado. Le desagradaba la violencia. Era el sistema de Papá Miranda, el de Paulo. Pero a Micky siempre le había parecido una especie de reconocimiento de fracaso.

La calle Berwick era en realidad un sucio pasaje en el que se alineaban tabernas y pensiones baratas. Varios perros husmeaban el arroyo y unos cuantos chiquillos jugaban bajo el resplandor de las farolas de gas. Micky llevaba allí desde el anochecer y no había visto un solo agente de policía. Era ya cerca de medianoche.

El Hotel Russe estaba al otro lado de la calle. Había conocido épocas mejores, pero aún se mantenía unos grados por encima del entorno. Brillaba una lámpara encima de la puerta y Micky distinguió dentro un vestíbulo con un mostrador de recepción. Sin embargo, no parecía haber nadie atendiendo ese mostrador.

Otros dos hombres remoloneaban por la acera, uno a cada lado de la entrada del hotel. Los tres esperaban a Antonio Silva.

Micky fingió calma delante de Edward y Augusta, pero lo cierto era que la posible aparición en *The Times* del artículo de Tonio le tenía desesperadamente preocupado. Le había costado un tremendo esfuerzo conseguir que los Pilaster lanzasen el ferrocarril de Santamaría. Incluso se casó con aquella zorra de Rachel a fin de lograr la emisión de los condenados bonos. Todo su futuro dependía del éxito de aquella operación. Si le fallaba a su familia en aquel asunto, su padre no sólo montaría en cólera, sino que reaccionaría de forma vengativa. Papá Miranda contaba con suficiente poder como para hacer que destituyeran a Micky del cargo de embajador. Sin dinero y sin empleo, difícilmente podría continuar en Londres: tendría que volver a casa y afrontar la humillación y la deshonra. De otro modo, la vida que tantos años llevaba disfrutando se habría terminado.

Rachel quiso saber dónde tenía Micky intención de pasar la noche. Él se echó a reír.

—Ni en sueños se te ocurra nunca interrogarme —le contestó.

Rachel le dejó de piedra al responder:

—Entonces también yo saldré por la noche.

—¿Adónde?

—Ni en sueños se te ocurra nunca interrogarme.

Micky encerró a Rachel en su cuarto.

Cuando volviera a casa, la encontraría incandescente de ira, pero eso ya había ocurrido antes. En las ocasiones anteriores en que se enfureció con él, Micky la arrojó encima de la cama, le rasgó la ropa y, entonces, Rachel se le sometió incluso con impaciencia. Volvería a hacerlo aquella noche, estaba seguro.

Deseó estar tan seguro con respecto a Tonio.

Ni siquiera tenía la certeza de que el hombre continuara hospedándose en aquel hotel, pero tampoco podía entrar y preguntarlo sin despertar sospechas.

Había actuado con toda la celeridad que le fue posible, pero a pesar de su rapidez le costó cuarenta y ocho horas localizar y contratar dos matones, reconocer el lugar y montar la emboscada. En ese espacio de tiempo, Tonio podía haberse mudado, en cuyo caso Micky se encontraría en dificultades.

Un hombre cauteloso se hubiera cambiado de hotel cada dos o tres días. Claro que un hombre cauteloso no habría utilizado hojas de papel en las que figurase una dirección. Tonio no pertenecía al tipo prudente. Por el contrario, siempre fue irreflexivo. Con toda probabilidad seguiría aún en el hotel, pensó Micky.

Tenía razón.

Pocos minutos después de medianoche, apareció Tonio.

Micky creyó reconocer sus andares cuando la figura dobló la esquina del extremo más distante de la calle de Berwick, procedente de la plaza Leicester. Se puso tenso, pero resistió la tentación de moverse de inmediato. Se contuvo mediante un esfuerzo y aguardó a que el hombre pasara bajo la luz de una farola de gas, cuando se le pudo ver claramente el rostro durante unos segundos. No quedaba la menor duda: era Tonio. Micky pudo distinguir incluso el tono rojo zanahoria de sus patillas. Experimentó alivio, al mismo tiempo que aumentaba su nerviosismo: alivio al tener a Tonio a la vista, nerviosismo a causa de la temeraria y peligrosa agresión que iba a perpetrar.

Y entonces vio a los policías.

La peor suerte posible. Eran dos agentes, que bajaban por la calle de Berwick, desde la otra punta, con su casco, su capote y las porras colgadas al cinto. Las linternas de cristal abombado proyectaban su claridad sobre los rincones oscuros. Micky permaneció completamente inmóvil. Los agentes le vieron, observaron su chistera y su cigarrillo e inclinaron la cabeza con deferencia: no era asunto suyo si un hombre de clase alta perdía el tiempo en el quicio de una puerta; ellos perseguían delincuentes, no caballeros. Se cruzaron con Tonio a unos quince o veinte metros de la entrada del hotel. La frustración fue una amenaza que impacientó a Micky. Unos segundos más y Tonio estaría a salvo dentro del hotel.

Pero en aquel momento los dos policías doblaron la esquina y se perdieron de vista.

Micky hizo una seña a sus dos cómplices.

Actuaron rápidamente.

Antes de que Tonio llegase a la puerta del hotel, los dos individuos agarraron a su víctima y la metieron en el callejón que bordeaba el edificio. Gritó una vez, pero sus protestas quedaron acalladas inmediatamente.

Micky arrojó la colilla del cigarrillo, atravesó la calzada y entró en el callejón. Los matones habían introducido un pañuelo en la boca de Tonio, para impedir que hiciese el menor ruido, y le estaban apaleando con barras de hierro. El sombrero se le había caído y la cabeza y el rostro estaban ya cubiertos de sangre. El abrigo le protegía el cuerpo, pero los malhechores le sacudían golpes en las rodillas y en las espinillas, así como en las manos, que no estaban protegidas.

Ver aquello puso enfermo a Micky.

—¡Basta, estúpidos! —les susurró—. ¿No veis que ya tiene bastante?

No quería que matasen a Tonio. Tal como estaban las cosas, el incidente parecería un robo rutinario, acompañado de una paliza salvaje. Un asesinato originaría mucho más alboroto... y los representantes de la ley habían visto la cara de Micky, aunque sólo fuera brevemente.

Con aparente mala gana, los dos matones dejaron de golpear a Tonio, que se desplomó contra el suelo, donde quedó inanimado.

—¡Vaciadle los bolsillos! —susurró Micky.

Tonio no se movió mientras le quitaban un reloj y su cadena, un billetero, varias monedas, un pañuelo de seda y una llave.

—Dadme la llave —dijo Micky—. Lo demás es vuestro.

El mayor de los dos matones, de nombre Ladrador —al que humorísticamente llamaban Perro—, dijo:

—Páguenos.

Micky entregó diez libras a cada uno, en soberanos de oro.

Perro le dio la llave. Atado con un corto bramante llevaba un pequeño rectángulo de cartulina con el número once garabateado encima. Era cuanto Micky necesitaba.

Dio media vuelta para salir del callejón... y vio que los observaban. Desde la calle, un hombre los miraba fijamente. A Micky se le desbocó el corazón.

Perro lo descubrió un momento después. Gruñó un taco y alzó la barra de hierro como si se dispusiera a abatir al hombre. De súbito, Micky se dio cuenta de algo y sujetó el brazo de Perro.

414

—No —dijo—. No hará falta. Mírale bien.

El hombre que los observaba tenía la boca abierta y una mirada vacía en los ojos: era un tonto.

Perro bajó la barra de hierro.

—No nos perjudicará —comentó—. Tiene menos seso que un mosquito.

Micky lo apartó para pasar y salió a la calle. Al volver la cabeza vio que Perro y su compañero quitaban las botas a Tonio.

Micky se alejó, con la esperanza de que no le viese nadie más. Entró en el Hotel Russe. Bendijo su suerte al comprobar que seguía sin haber nadie en el pequeño vestíbulo. Echó escaleras arriba.

El hotel constaba de tres casas adosadas y Micky tardó un poco en orientarse, pero al cabo de dos o tres minutos se encontraba en la habitación número once.

Era un cuarto exiguo y sucio, atestado de unos muebles que en otro tiempo fueron quiero y no puedo y ahora eran simplemente vetustos. Micky depositó el sombrero y el bastón encima de una silla y procedió a un registro rápido y metódico. Encontró en el escritorio una copia del artículo para *The Times*, que se guardó. Sin embargo, no tenía mucho valor. Tonio tendría otras copias, aparte de que la memoria le permitiría redactar de nuevo el trabajo. Pero si deseaba que le publicasen el artículo tendría que aportar alguna clase de prueba, y tal evidencia era lo que Micky buscaba.

Encontró en la cómoda una novela titulada *La duquesa de Sodoma*, que estuvo tentado de llevarse, pero llegó a la conclusión de que sería un riesgo innecesario. Sacó las camisas y toda la ropa interior de los cajones y la arrojó al suelo. Allí no había nada escondido.

Realmente tampoco había esperado encontrarlo en un sitio tan obvio.

Miró debajo y detrás de la cómoda, la cama y el armario.

Se puso de pie encima de la mesa para echar un vistazo a la parte superior del armario: allí no había más que una gruesa capa de polvo.

Retiró las sábanas de la cama, palpó las almohadas por si tropezaba con algo duro y examinó el colchón. Y debajo del colchón fue donde, por fin, encontró lo que quería.

Dentro de un sobre grande había un fajo de documentos atados con cintas de abogado.

Antes de que pudiera examinar los documentos oyó pasos en el corredor.

Dejó los papeles y fue a situarse detrás de la puerta.

Los pasos se alejaron y el ruido se desvaneció.

Desató las cintas y revisó los documentos. Estaban escritos en español y llevaban el sello de un abogado de Palma, la capital de Córdoba. Eran declaraciones juradas de testigos que habían presenciado flagelaciones y ejecuciones cometidas en los yacimientos de nitrato de la familia de Micky.

Micky levantó hasta los labios el fajo de papeles y lo besó. Era la respuesta a sus oraciones.

Se guardó los documentos en el bolsillo interior del abrigo. Antes de destruirlos tenía que tomar nota del nombre y la dirección de los testigos. Los abogados tendrían copia de las declaraciones juradas, pero esas copias resultaban inútiles sin los testigos. Y ahora que Micky sabía quiénes eran esos testigos, sus días estaban contados. Enviaría las direcciones a Papá Miranda y Papá Miranda los silenciaría.

¿Había allí algo más? Miró a su alrededor. Estaba todo manga por hombro. En la habitación no quedaba nada más para él. Tenía lo que necesitaba. Sin pruebas, el artículo de Tonio carecía de valor.

Abandonó el cuarto y bajó la escalera.

Se llevó una sorpresa al ver al recepcionista en el mostrador del vestíbulo. El hombre alzó la vista y preguntó provocativamente:

—¿Puedo preguntarle qué hace aquí?

Micky tomó una determinación instantánea. Si hacía caso omiso del empleado, el hombre se limitaría a pensar que era un grosero. Detenerse y dar una explicación proporcionaría al recepcionista la oportunidad de estudiar su rostro. Salió del hotel sin pronunciar palabra. El empleado no le siguió.

Al pasar por delante del callejón oyó un débil grito que pedía ayuda. Tonio se arrastraba hacia la calle, dejando tras de sí un rastro de sangre. Ver aquello estuvo a punto de hacerle vomitar. Hizo una mueca, disgustado, apartó rápidamente la mirada y siguió andando.

3

Por las tardes, las damas ricas y los caballeros ociosos se visitaban unos a otros. Era una costumbre molesta y cuatro días a la semana Maisie encargaba a la servidumbre que dijese que no estaba en casa. Recibía los viernes, y en el transcurso de una tarde pasarían por allí veinte o treinta personas. Más o menos, eran siempre los mismos: la Marlborough Set, miembros del círculo judío, mujeres con ideas «avanzadas», como Rachel Bodwin, y algunas esposas de los más importantes hombres de negocios que tenían relaciones con Solly.

Emily Pilaster figuraba en esta última categoría. Su esposo, Edward, participaba conjuntamente con Solly en una operación relativa a un ferrocarril de Córdoba, y Maisie suponía que ésa era la razón por la que Emily la visitaba. Pero aquel día se quedó toda la tarde, y a las cinco y media, cuando todo el mundo se había marchado, ella continuaba allí.

Era una bonita muchacha de enormes ojos azules; sólo contaría unos veinte años, pero cualquiera habría adivinado que era desdichada, por lo que Maisie no se sorprendió cuando le dijo:

—Por favor, ¿puedo hablar con usted de algo personal?

—Claro que sí, ¿de qué se trata?

—Espero que no se ofenda, pero no hay nadie más con quien pueda hablar de ello.

Sonaba a problema sexual. No sería la primera vez que una chica de casa bien acudía a Maisie en busca de consejo acerca de algo que no podía debatir con su madre. Tal vez habían oído rumores acerca del supuesto pasado turbio de Maisie, o quizá era sólo que les parecía una mujer accesible.

—Es difícil ofenderme —dijo Maisie—. ¿Qué quieres tratar conmigo?

—Mi marido me odia —dijo Emily, y estalló en lágrimas.

Maisie lo lamentó por ella. Había conocido a Edward en los viejos tiempos de los Salones Argyll, y ya entonces era indecente. Sin duda habría empeorado con los años. Maisie hubiera compadecido a cualquier muchacha lo bastante infortunada como para tener que casarse con él.

—Verá —explicó Emily entre sollozos—, sus padres querían que se casara, pero él no, de modo que, para convencerle y que aceptase el matrimonio, le ofrecieron poner a su nombre una importante cantidad y hacerle socio del banco. Yo accedí a casarme con él porque mis padres quisieron que lo hiciese, me parecía un marido tan bueno como otro y deseaba tener hijos. Pero no le he gustado nunca y ahora que tiene su dinero y su cargo de socio no quiere verme ni en pintura.

Maisie suspiró.

—Puede que esto te parezca cruel, pero estás en la misma situación que miles de mujeres.

Emily se enjugó los ojos con un pañuelo e hizo un esfuerzo para dejar de llorar.

—Lo sé, y no quiero que piense que siento lástima de mí

misma. Comprendo que tengo que sacar el mejor partido del asunto. Y sé que podría hacer frente a la situación si pudiera tener un hijo. Eso es lo que realmente deseo.

Maisie se dijo que los niños constituían el consuelo de la mayor parte de las esposas infelices.

—¿Hay algún motivo por el que no debas tener hijos?

Emily se removía inquieta en el sofá, casi retorciéndose de vergüenza, pero en su semblante infantil se apreciaba la determinación.

—Llevo dos meses casada y no ha ocurrido nada.

—Con los primeros días a veces no basta para...

—No, no, me refiero a que a estas alturas ya debería estar encinta.

Maisie comprendía lo difícil que les resultaba a esta clase de jóvenes concretar, así que la ayudó dirigiéndole preguntas específicas.

—¿Se acuesta en tu cama?

—Lo hizo al principio, pero ya no.

—Cuando se acostó contigo, ¿qué fue mal?

—La cuestión es que aún no estoy segura de lo que tenía que ocurrir.

Maisie suspiró. ¿Cuántas madres permitían que sus hijas recorrieran aquel camino sumidas en semejante ignorancia? Se acordó de que el padre de Emily era un ministro metodista. Eso, en efecto, no ayudaba.

—Lo que debía ocurrir es esto —empezó—. Tu marido te besa y te toca, su pene se alarga y se endurece y a continuación lo introduce en tu sexo. A la mayoría de las chicas eso les gusta.

Emily se puso escarlata.

—Él me besaba y me tocaba, pero nada más.

—¿Su pene no se ponía duro?

—Estábamos a oscuras.

—¿No lo palpaste?

—Me hizo frotárselo una vez.

419

–¿Y cómo estaba? ¿Rígido como una vela o fláccido como una lombriz? ¿O una cosa intermedia, como una salchicha antes de ponerla al fuego?

–Blanducho.

–Y cuando tú le acariciabas, ¿se ponía rígido?

–No. Entonces él se enfurecía, me abofeteaba y gritaba que yo no valía para nada. ¿Es culpa mía, señora Greenbourne?

–No, no es culpa tuya, aunque, por regla general, los hombres siempre le echan la culpa a las mujeres. Es un problema bastante común y se llama impotencia.

–¿A qué se debe?

–Hay un montón de causas distintas.

–¿Significa eso que no podré tener hijos?

–Hasta que consigas que su pene se empalme, no podrás.

Emily pareció al borde de las lágrimas.

–Deseo mucho tener un hijo. Me siento tan sola, soy tan desgraciada que si tuviese un hijo podría arreglarlo todo.

Maisie se preguntó cuál sería el problema de Edward. Desde luego, en los viejos tiempos no era impotente. ¿Podía hacer algo para ayudar a Emily? Probablemente le costaría poco averiguar si Edward era impotente total o sólo con su esposa. April Tilsley lo sabría. Edward seguía siendo cliente habitual del prostíbulo de Nellie hasta la última vez que Maisie habló con April, aunque eso había sucedido ya varios años atrás: a una dama de la alta sociedad le era problemático mantener una amistad íntima con la dueña del principal burdel de Londres.

–Conozco a alguien muy próximo a Edward –dijo cautelosamente–. Esa persona tal vez pueda arrojar un poco de luz sobre el asunto.

Emily tragó saliva.

–¿Quiere usted decir que Edward tiene una querida? Por favor, acláremelo... he de afrontar los hechos.

Era una muchacha decidida, pensó Maisie. Podía ser ignorante e ingenua, pero iba a conseguir lo que quería.

—Esa mujer no es su amante. Pero si Edward tiene una querida, tal vez lo sepa.

Emily asintió.

—Me gustaría conocer a su amiga.

—No sé si personalmente deberías...

—Quiero conocerla. Es mi marido y si hay algo malo que tenga que decirse, deseo oírlo. —Su cara volvió a adoptar una expresión testaruda—: Estoy dispuesta a hacer lo que sea, tiene usted que creerme... cualquier cosa. A menos que me salve a mí misma, mi vida va a ser un erial.

Maisie decidió poner a prueba su resolución.

—Mi amiga se llama April. Posee un lupanar cerca de la plaza de Leicester. A dos minutos de aquí. ¿Estás dispuesta a acompañarme ahora?

—¿Qué es un lupanar? —preguntó Emily.

El simón se detuvo a la puerta del Nellie's. Maisie asomó la cabeza por la ventanilla y examinó la calle. No le seducía en absoluto la idea de que algún conocido la viese entrar en un prostíbulo. Sin embargo, aquélla era la hora en que la mayoría de las personas de su clase estaban vistiéndose para cenar, y por la calle sólo circulaban algunas personas pobres. Había pagado al cochero por adelantado. La puerta del burdel no estaba cerrada con llave. Entraron.

La luz del día no le sentaba bien al Nellie's. De noche puede que tuviera cierto encanto sórdido, pensó Maisie, pero a aquella hora parecía andrajoso y apolillado. El terciopelo de la tapicería estaba descolorido, las mesas tenían infinidad de marcas dejadas por las quemaduras de los cigarrillos, así como los círculos que estamparon en su superficie vasos y copas, el papel de las paredes aparecía rasgado y los cuadros eróticos resultaban simplemente vulgares. Una mujer con una pipa entre los dientes barría el suelo. No pareció sorprenderse al ver allí a dos damas de la alta sociedad que lucían hermosos vestidos. Cuando Maisie preguntó por April la vieja agitó el pulgar en dirección a la escalera.

Encontraron a April en la cocina del primer piso. Bebía té, sentada a una mesa en compañía de varias mujeres, todas ellas en bata o salto de cama: evidentemente, faltaban unas horas para que se iniciase el trabajo. Al principio, April no reconoció a Maisie y estuvieron un buen rato contemplándose mutuamente. Maisie observó pocos cambios en su vieja amiga: seguía estando delgada, tenía el semblante endurecido y la mirada sagaz, un poco cansina tal vez, resultado de tanto trasnochar y del excesivo número de botellas de champaña barato; pero tenía todo el tono resuelto y lleno de confianza de una triunfadora mujer de negocios.

—¿Qué puedo hacer por ustedes? —preguntó.

—¿No me conoces, April? —preguntó Maisie; y al instante April soltó un grito de encantada alegría, se lanzó hacia adelante y ambas se arrojaron una en brazos de la otra.

Tras el abrazo y los besos, April se volvió a las otras mujeres de la cocina y explicó:

—Chicas, ésta es la mujer que consiguió eso con lo que todas nosotras soñamos. Primero Miriam Rabinowicz y posteriormente Maisie Robinson, ¡ahora es señora de Solomon Greenbourne!

Todas las mujeres aclamaron a Maisie como si fuera una especie de heroína. Se sintió un poco abochornada: no había previsto la posibilidad de que April pronunciase un resumen tan franco de su biografía —en especial delante de Emily Pilaster—, pero ya era demasiado tarde.

—Echemos un trago de ginebra para celebrarlo —propuso April. Tomaron asiento y una de las mujeres sacó copas y una botella de ginebra y les sirvió la bebida. A Maisie nunca le había gustado la ginebra, y ahora que se había acostumbrado al mejor champán, todavía le gustaba menos, pero se la echó al coleto en aras de la sociabilidad. Vio que Emily sorbía la suya y esbozaba una mueca. Volvieron a llenarles la copa inmediatamente–. Bueno, ¿qué te trae por aquí? –interrogó April.

–Un problema conyugal –dijo Maisie–. Aquí, mi amiga, tiene un esposo impotente.

–Tráemelo, cariño –dijo April a Emily–. Le ajustaremos las cuentas.

–Sospecho que ya es cliente tuyo –comentó Maisie.

–¿Cómo se llama?

–Edward Pilaster.

April se quedó de piedra.

–Dios mío. –Miró fijamente a Emily–. Así que tú eres Emily. Pobrecilla.

–Conoce mi nombre –constató Emily. Parecía mortificada–. Eso significa que le habla de mí.

Tomó un poco más de ginebra.

–Edward no es impotente –intervino otra de las mujeres.

Emily se sonrojó.

–Lo siento –se disculpó la mujer–. Lo que pasa es que normalmente quiere ocuparse conmigo.

Era una muchacha alta, de cabellera morena y pechos exuberantes. Maisie pensó que su porte no parecía muy impresionante con aquella ropa ajada y fumando como un hombre; pero tal vez era seductora cuando iba vestida.

Emily recuperó la compostura.

–Resulta extraño –observó–. Es mi marido y, sin embargo, usted sabe de él más que yo. Y ni siquiera conozco su nombre de usted.

–Lily.

Reinó durante unos segundos un embarazoso silencio. Maisie tomó un sorbo de su copa: la segunda ginebra le sabía mejor que la primera. Comprendió que la escena era de lo más extraño: la cocina, las mujeres en *deshabillé*, los cigarrillos y la ginebra... Y Emily, que una hora antes no estaba segura de en qué consistía el acto carnal y ahora hablaba de impotencia con la puta favorita de su marido.

423

—Bueno —dijo April animadamente—, ahora ya conoces la respuesta a la pregunta. ¿Por qué es impotente Edward con su esposa? Porque Micky no está a su lado. Cuando está a solas con una mujer, a Edward no se le empina.

—¿Micky? —silabeó Emily con incredulidad—. ¿Micky Miranda? ¿El embajador cordobés?

April inclinó la cabeza afirmativamente.

—Todo lo hacen juntos, en especial aquí. Una o dos veces Edward lo intentó por su cuenta, pero nunca le funcionó.

Emily parecía perpleja.

Maisie formuló la pregunta inevitable:

—Exactamente, ¿qué es lo que hacen?

—Nada muy complicado. —Fue Lily quien respondió—. A lo largo de los años han intentado unas cuantas variantes. En el momento en que les place, los dos se meten en la cama con una chica, que solemos ser Muriel o yo.

—¿Pero Edward lo consigue, logra hacerlo? —inquirió Maisie—. Quiero decir, ¿se excita y llega al final?

Lily asintió.

—De eso no hay duda.

—¿Crees que ese número es la única forma en que ha podido animarse siempre?

Lily enarcó las cejas.

—No creo que tenga mucha importancia el modo exacto en que sucede, con cuántas chicas y todo eso. Si Micky está allí, el asunto funciona; si Micky no está, no.

—Es como si Micky fuera la persona a la que realmente desea Edward —dijo Maisie.

—Me siento como si estuviese en un sueño o algo por el estilo —pronunció Emily con voz débil. Tomó un largo trago de ginebra—. ¿Es posible que esto sea verdad? ¿Pasan realmente estas cosas?

—Si tú supieras... —dijo April—. Edward y Micky son sosísimos, comparados con algunos de nuestros clientes.

Hasta Maisie se había sorprendido. La idea de Edward y

Micky juntos en la cama con una mujer le resultaba tan extravagante que le entraron ganas de estallar en carcajadas, y tuvo que hacer un gran esfuerzo para contener la risa que le burbujeaba en la garganta.

Recordó la noche en que Edward les sorprendió, a Hugh y a ella, haciendo el amor. Edward se excitó de manera incontrolable, Maisie se acordaba perfectamente; y comprendió de modo instintivo que lo que le había inflamado era la ilusión de follarla a continuación de Hugh.

—¡Un bollo con mantequilla! —exclamó.

Algunas pupilas soltaron una risita.

—Exacto —rió también April.

Emily esbozó una sonrisa, con cara de desconcierto.

—No entiendo.

—A algunos hombres les gusta saborear un bollo con mantequilla. —Las meretrices soltaron una sonora carcajada—. Significa que joden a una mujer a la que acaba de follarse otro hombre.

Emily inició una risita entre dientes y, al cabo de un momento, todas estaban riéndose histéricamente. Era la combinación de la ginebra, una situación estrafalaria y la conversación relativa a las peculiares preferencias sexuales de los hombres, pensó Maisie. El empleo de la frase vulgar había aliviado la tensión. Cada vez que disminuía la intensidad sonora de las carcajadas, una de las mujeres decía «¡Un bollo con mantequilla!» y volvían a reavivar la risa.

Por último, todas se quedaron demasiado exhaustas para seguir riendo. Cuando se aquietaron, Maisie quiso saber:

—¿Pero esto dónde deja a Emily? Quiere tener un hijo. No va a invitar a Micky a que se meta en la cama con su marido y con ella, ¿verdad?

La expresión de desdicha de Emily lo decía todo.

April la captó.

—¿Hasta qué punto estás decidida, Emily? —preguntó.

—Haré cualquier cosa —dijo Emily—. Lo que sea.

425

—Si hablas en serio —silabeó April despacio—, hay algo que podemos probar.

4

Joseph Pilaster acabó de dar buena cuenta de un enorme plato de riñones de cordero a la parrilla con huevos revueltos, y empezó a untar de mantequilla una tostada. Augusta se preguntaba con frecuencia si el habitual mal genio de los hombres de mediana edad estaría relacionado con la cantidad de comida que ingerían. La idea de desayunar riñones la hacía sentirse enferma de veras.

—Sidney Madler va a venir a Londres —anunció Joseph—. Esta mañana tengo que verle.

Durante unos segundos, Augusta no supo de quién hablaba.

—¿Madler?

—De Nueva York. El que Hugh no sea socio le ha enfurecido.

—¿Y a él qué le importa? —se encolerizó Augusta—. ¡Cuánta insolencia!

Su tono era arrogante, pero estaba preocupada.

—Sé lo que va a decir —continuó Joseph—. Cuando formamos la empresa conjunta con Madler y Belle, quedó tácita e implícitamente entendido que la terminal en Londres de la operación la dirigiría Hugh. Ahora, Hugh se ha despedido, como sabes.

—Pero tú no querías que Hugh se despidiera.

—No, pero podía haberle retenido ofreciéndole el nombramiento de socio.

Augusta se percató de que existía cierto riesgo de que Joseph se debilitara. Tenía que infundirle fortaleza.

—Confío en que no irás a permitir que alguien de fuera decida quién debe y quién no debe ser socio del Banco Pilaster.

—Desde luego, no permitiré tal cosa.

A Augusta le asaltó una idea.

—¿Puede el señor Madler poner fin a la empresa conjunta?

—Puede, aunque hasta ahora no ha amenazado con hacerlo.

—¿Representa mucho beneficio?

—Representaba. Pero cuando Hugh empiece a trabajar con los Greenbourne, lo más probable es que lleve consigo la mayor parte de los negocios rentables.

—De modo que viene a dar lo mismo, más o menos, lo que piense el señor Madler.

—Quizá no. Pero algo tendré que decirle. Ha venido desde Nueva York para presentar su enérgica protesta por el asunto.

—Explícale que Hugh se casó con una mujer imposible. No le será muy difícil dejar de comprenderlo.

—Naturalmente. —Joseph se puso en pie—. Adiós, querida.

Augusta se levantó también y le dio un beso en la boca a su marido.

—No te dejes avasallar, Joseph —recomendó.

Joseph cuadró los hombros y apretó los labios en una obstinada línea recta.

Después de que se hubo marchado, Augusta continuó sentada a la mesa. Durante un rato, sorbió café, y se preguntó hasta qué punto sería grave la amenaza. Había intentado robustecer la resistencia de Joseph, pero se daba cuenta de que no le era posible rebasar cierto límite. Tendría que vigilar atentamente aquella situación.

Le sorprendió enterarse de que la marcha de Hugh le iba a costar al banco una gran cantidad de beneficios. No se le había ocurrido que al ascender a Edward y hundir a Hugh estaba también perdiendo dinero. Se preguntó fugazmente si no estaría poniendo en peligro el banco, que era la base de todas sus esperanzas y planes. Pero eso era ridículo. El Banco Pilaster era inmensamente rico: nada de lo que ella hiciera podría amenazarlo.

Terminaba de desayunar cuando Hastead se le acercó furtivamente para anunciarle que había llegado el señor Fortescue. Augusta expulsó automáticamente de su cerebro a Sidney Madler. Aquello era mucho más importante. El corazón de la mujer aceleró sus latidos.

Michael Fortescue era su siervo político. Al haber ganado las elecciones parciales de Deaconridge con la ayuda financiera de Joseph, era ya diputado en el Parlamento y estaba en deuda con Augusta. Ella se apresuró a dejar bien claro el modo en que podía pagar dicha deuda: contribuyendo a que concedieran a Joseph un título de nobleza. Las elecciones parciales habían costado cinco mil libras esterlinas, cantidad suficiente para comprar la casa más hermosa de Londres, pero un precio muy bajo a cambio de un título. La hora de las visitas era por la tarde, así que los visitantes matinales eran los que tenían algo urgente que tratar. Augusta estaba segura de que Fortescue no se habría presentado tan temprano de no tener alguna noticia acerca de la dignidad nobiliaria. Por eso se le había desbocado el corazón.

—Hazle pasar al mirador —indicó al mayordomo—. Estaré con él en seguida.

Continuó sentada unos instantes más, en tanto trataba de calmarse.

Hasta entonces, su campaña se había desarrollado conforme al plan previsto. Arnold Hobbes publicó una serie de artículos en su periódico, *The Forum*, abogando por la concesión de títulos nobiliarios a los hombres dedicados al comercio. Lady Morte había hablado a la reina del asunto, cantando en plan laudatorio las virtudes de Joseph: dijo que Su Majestad parecía muy impresionada. Y Fortescue comentó al primer ministro Disraeli que, por parte de la opinión pública, existía una oleada favorable a la idea. Tal vez todo aquel esfuerzo estaba a punto de dar su fruto.

La tensión casi le resultaba excesiva, y notó como si le faltara un poco de aliento mientras subía apresuradamente la escalera, con la cabeza llena de frases que esperaba escuchar muy pronto: «Lady Whitehaven... el conde y la condesa de Whitehaven... Muy bien, milady... Como su señoría desee...».

El mirador era una estancia curiosa. Situado encima del vestíbulo frontal, se accedía a él por una puerta que se encontraba en un descansillo, a mitad de la escalera. Tenía una ventana salediza que daba a la calle, pero no era por eso por lo que la estancia recibía ese nombre. Lo peculiar de aquel cuarto era la ventana interior que daba al vestíbulo principal. Las personas que estaban en dicho vestíbulo no podían sospechar que les vigilaban, y en el curso de los años, Augusta había visto escenas muy insólitas desde aquella atalaya. La habitación era sencilla, pequeña y confortable, de techo bajo y con chimenea. Augusta recibía allí a las visitas matinales.

Fortescue era un hombre alto, bien parecido, de manos extraordinariamente grandes. Parecía un poco rígido. Augusta se sentó junto a él, al lado de la ventana, y le dedicó una sonrisa afectuosa y tranquilizadora.

—Vengo de entrevistarme con el primer ministro —dijo Fortescue.

Augusta apenas podía articular las palabras:

—¿Han hablado de los títulos de nobleza?

—Sí, ciertamente. Me las he arreglado para convencerle de que ya es momento de que la industria de la banca esté representada en la Cámara de los Lores, y ahora considera ya la conveniencia de conceder un título nobiliario a un hombre de la City.

—¡Maravilloso! —se exaltó Augusta. Pero Fortescue tenía una expresión incómoda, nada propia de quien es portador de buenas noticias. Augusta dijo inquieta—: Entonces, ¿a qué viene esa cara tan afligida?

—Hay malas noticias —repuso Fortescue, y de súbito pareció un tanto asustado.

—¿Cómo?

—Me temo que el primer ministro quiere conceder el título a Ben Greenbourne.

—¡No! —Augusta tuvo la sensación de que le habían asestado un puñetazo—. ¿Cómo es posible?

Fortescue se puso a la defensiva.

—Supongo que puede conceder títulos a quien le parezca bien. Es el primer ministro.

—¡Pero yo no me he tomado tanto trabajo para que salga beneficiado Ben Greenbourne!

—De acuerdo que es toda una ironía —dijo Fortescue lánguidamente—. Pero yo hice todo lo que pude.

—No sea tan fatuo —saltó Augusta—. Si quiere mi ayuda en próximas elecciones, tendrá que esforzarse más y mejor.

La rebeldía centelleó en los ojos de Fortescue, y durante unos segundos Augusta creyó que había perdido su colaboración, que el hombre le diría que pensaba pagarle la deuda y que ya no la necesitaba; pero luego, Fortescue bajó los ojos.

—Le aseguro que la noticia me ha anonadado...

—Cállese, déjeme pensar —dijo Augusta, y empezó a pasear de un extremo a otro del pequeño cuarto—. Hemos de encontrar algún medio para hacer cambiar de idea al primer ministro... Tenemos que implicarle en algún escándalo. ¿Cuál es el punto flaco de Ben Greenbourne? Su hijo está casado con una mujerzuela, pero en realidad eso no es suficiente... —Se le ocurrió que, si Greenbourne conseguía un título nobiliario, éste lo heredaría su hijo Solly, lo que significaba que eventualmente Maisie sería condesa. Tal pensamiento le resultó deprimente—. ¿Qué tendencia política tiene Greenbourne?

—Nadie lo sabe.

Augusta miró al joven y vio que le dominaba la pesadumbre. Comprendió que le había hablado con demasiada aspereza. Tomó asiento junto al hombre y cogió entre las suyas una de las enormes manazas de Fortescue.

—Tiene usted un instinto político notable; lo cierto es que eso fue lo primero que hizo que me fijara en usted. Dígame, según sus conjeturas, ¿hacia dónde se inclinarían sus preferencias?

Fortescue se fundió inmediatamente, como solían hacer los hombres cuando Augusta se tomaba la molestia de mostrarse simpática.

—Presionado, probablemente sería liberal. La mayor parte de los hombres de negocios son liberales, y lo mismo ocurre con los judíos. Pero como nunca ha manifestado públicamente su opinión, será difícil presentarlo como enemigo del gobierno conservador...

—Es judío —señaló Augusta—. Ésa es la clave.

Fortescue parecía dubitativo.

—El propio primer ministro es judío por nacimiento, y ahora le han nombrado lord Beaconsfield.

—Ya lo sé, pero es cristiano practicante. Además...

Fortescue alzó una ceja interrogadoramente.

—También yo tengo mis intuiciones —dijo Augusta—. Y mis intuiciones me dicen que las creencias religiosas de Greenbourne son la clave de todo.

—Si hay algo que pueda hacer...

—Ha sido usted maravilloso. De momento, no hay nada. Pero cuando el primer ministro empiece a tener dudas, recuérdele que hay una alternativa segura: la de Joseph Pilaster.

—Confíe en mí, señora Pilaster.

Lady Morte vivía en una casa de la calle Curzon que su marido no podía permitirse. Abrió la puerta un criado de librea y empolvada peluca. Augusta se vio conducida a una sala repleta de costosos artilugios decorativos comprados en las tiendas de Bond Street: candelabros de oro, marcos de plata con su retrato, adornos de porcelana, jarrones de cristal y un antiguo tintero de despacho enjoyado, que debió de haber costado tanto como un potro pura sangre de carreras. Augusta despreciaba a Harriet Morte por su debilidad derrochadora, que la incitaba a gastar un dinero que no tenía; pero al mismo tiempo le tranquilizó comprobar, al ver aquellos signos externos, que la mujer continuaba siendo tan extravagante como siempre.

Paseó por la habitación mientras esperaba. Una sensación de pánico se abatía sobre ella cada vez que imaginaba la perspectiva de que el honor del título se lo otorgasen a Ben Greenbourne, en lugar de concedérselo a Joseph. No creía que le fuera posible organizar por segunda vez una campaña como la que había montado. Y se retorcía interiormente ante la idea de que el título de condesa fuera algún día para aquella rata de alcantarilla llamada Maisie Greenbourne...

Entró lady Morte, que saludó con aire distante:

—¡Qué adorable sorpresa verla a usted a esta hora del día!

Reprochaba a Augusta el hecho de que la visitara antes del almuerzo. El cabello gris acero de lady Morte parecía peinado a toda prisa, y Augusta supuso que la dama no había acabado de vestirse del todo.

«Pero no has tenido más remedio que recibirme, ¿verdad? —pensó Augusta—. Temías que pudiera venir a hablarte de tu cuenta bancaria, así que no te quedaba más elección.»

Sus pensamientos no tuvieron nada que ver con sus palabras, pronunciadas en un tono servil susceptible de halagar a la mujer.

—He venido a pedirle consejo respecto a un asunto urgente.

—Cualquier cosa en la que pueda serle útil...

—El primer ministro ha accedido a otorgar un título nobiliario a un banquero.

—¡Espléndido! Como sabe, se lo mencioné a Su Majestad. Sin duda, ha surtido efecto.

—Por desgracia, su deseo es concederlo a Ben Greenbourne.

—¡Oh, querida! ¡Qué fatalidad!

Augusta comprendió que a Harriet Morte le complacía en secreto la noticia. Odiaba a Augusta.

—Es algo más que fatalidad —dijo Augusta—. ¡He derrochado un esfuerzo enorme en este asunto y ahora parece que el beneficiado va a ser el mayor rival de mi marido!

—Comprendo.

—Me gustaría impedirlo.

—Dudo mucho que podamos hacer eso.

Augusta fingió pensar en voz alta.

—Le corresponde a la reina aprobar los títulos de nobleza, ¿verdad?

—Sí, desde luego. Técnicamente, ella es quien los otorga.

—Entonces, podría hacer algo, si usted se lo pidiera.

Lady Morte emitió una breve risita.

—Mi querida señora Pilaster, sobrestima usted mi influencia. —Augusta se mordió la lengua e hizo caso omiso del tono condescendiente. Lady Morte continuó—: No es probable que Su Majestad imponga mi recomendación por encima de la del primer ministro. Además, ¿qué base hay para la objeción?

—Greenbourne es judío.

Lady Morte asintió.

—Hubo un tiempo en que ese argumento habría zanjado la cuestión. Recuerdo cuando Gladstone quiso nombrar par a Lionel Rothschild: la reina se negó categóricamente a aceptarlo. Pero eso ocurrió hace diez años. Desde entonces hemos tenido a Disraeli.

—Pero Disraeli es cristiano. Greenbourne es judío practicante.

—Me gustaría saber si ello representa alguna diferencia —musitó lady Morte—. Pudiera ser, ya sabe. Y la reina critica continuamente al príncipe de Gales por tener tantos amigos judíos.

—Entonces, si usted le comentara que el primer ministro se propone ennoblecer a uno de ellos...

—Puedo sacarlo a colación. Sin embargo, no estoy segura de que eso sea suficiente para lograr el objetivo que usted pretende.

Augusta no daba tregua a su cerebro.

—¿Hay algo que podamos hacer para que Su Majestad se interese y se preocupe por todo este asunto?

—Si se produjera alguna protesta pública: interpelaciones en el Parlamento, quizá, o una campaña de prensa...

—La prensa —Augusta cogió la idea al vuelo. Pensaba en Arnold Hobbes. Exclamó—: ¡Sí! Creo que eso puede arreglarse.

A Hobbes le trastornó hasta lo indecible la presencia de Augusta en su minúscula oficina llena de manchas de tinta. No le era posible ponerse de acuerdo consigo mismo acerca de si debía ordenar el despacho, atender a la señora o desembarazarse de ella. En consecuencia, trató de hacer las tres cosas al mismo tiempo con histérica torpeza: cogió pilas de cuartillas y de pruebas de imprenta y las trasladó del suelo a la mesa, para volverlas luego a poner nuevamente en el suelo; acercó a Augusta una silla, una copa de jerez y una bandeja de galletas; y, simultáneamente, le propuso ir a conversar a otro sitio. Augusta le dejó que siguiera actuando atropelladamente durante un par de minutos y después manifestó:

—Señor Hobbes, tenga la bondad de sentarse y escucharme.

—Claro, claro —dijo el hombre. Ocupó sumisamente una silla y observó a Augusta, a través de los sucios cristales de las gafas.

Mediante unas cuantas frases crispadas, Augusta le explicó la poco menos que inminente concesión del título a Ben Greenbourne.

—De lo más lamentable, de lo más lamentable —farfulló Hobbes nerviosamente—. Sin embargo, no creo que pueda acusarse a *The Forum* de falta de entusiasmo en la promoción de la causa que usted me sugirió tan amablemente.

«Y a cambio de lo cual has conseguido dos lucrativos cargos de director de empresas controladas por mi esposo», pensó Augusta.

—Ya sé que no es culpa suya —dijo en tono irritado—. La cuestión es, ¿qué puede hacer ahora al respecto?

—Mi periódico está en una posición muy difícil —repuso Hobbes con voz preocupada—. Tras una campaña tan sonada abogando por la concesión de un título nobiliario para un banquero, ahora no podemos dar un giro de ciento ochenta grados y protestar porque se haya atendido nuestra demanda.

—Pero nunca pretendieron que el honor se le otorgase a un judío.

—Cierto, cierto, aunque muchos banqueros son judíos.

—¿No podría escribir un artículo indicando que hay suficientes banqueros cristianos como para que al primer ministro no le resulte difícil elegir?

Hobbes siguió mostrándose reacio.

—Podríamos...

—¡Hágalo, pues!

—Perdóneme, señora Pilaster, pero no basta.

—No le entiendo —dijo Augusta impaciente.

—Una consideración profesional, pero necesito lo que los periodistas llamamos un sesgo. Por ejemplo, podríamos acusar a Disraeli —o lord Beaconsfield, como es ahora— de favoritismo hacia los miembros de su raza. Eso sería un sesgo, un enfoque torcido. Sin embargo, se trata de un hombre tan recto, en términos generales, que esa acusación precisa puede que no se sostuviera.

Augusta odiaba andarse por las ramas, pero refrenó su impaciencia porque no se le escapaba que allí había un auténtico problema. Meditó durante unos segundos, hasta que se le ocurrió una idea.

—Cuando Disraeli tomó posesión de su escaño en la Cámara de los Lores, ¿fue una ceremonia normal?

—En todos los sentidos, creo.

—¿Prestó juramento de lealtad sobre una Biblia cristiana?

—Desde luego.

—¿Viejo y Nuevo Testamento?

—Empiezo a comprender adónde quiere ir a parar, señora Pilaster. ¿Juraría Ben Greenbourne sobre una Biblia cristiana? A juzgar por lo que sé de él, lo dudo.

Augusta meneó la cabeza, no muy segura.

—Sin embargo, es posible, si no se dice nada sobre el asunto. No es un hombre que busque los enfrentamientos. Pero es muy testarudo cuando se le desafía. Si se armara una clamorosa petición pública para que prestase juramento como todos los demás pares, tal vez se rebelara. No consentiría que la gente dijese que le habían obligado a hacer algo a la fuerza.

—Una clamorosa petición pública —musitó muy pensativo Hobbes—. Sí...

—¿Podría crear una cosa así?

A Hobbes le enardeció la idea.

—Ya lo estoy viendo —dijo excitado—, «Blasfemia en la Cámara de los Lores». Vaya, señora Pilaster, eso es lo que llamamos un sesgo. Es usted genial. ¡Debería dedicarse al periodismo!

—¡Qué halagador! —ironizó Augusta. Pero Hobbes no captó el sarcasmo.

Hobbes se quedó súbitamente pensativo.

—El señor Greenbourne es un hombre muy poderoso.

—Y el señor Pilaster también.

—Naturalmente, naturalmente.

—Entonces, ¿puedo confiar en usted?

Hobbes sopesó rápidamente los riesgos y decidió respaldar la causa Pilaster.

—Déjelo de mi cuenta.

Augusta asintió. Empezaba a sentirse mejor. Lady Morte pondría a la reina en contra de Greenbourne; Hobbes, a través de la prensa, convertiría el asunto en un problema; y Fortescue estaba dispuesto a soplarle en el oído al primer ministro el nombre de una alternativa irreprochable: Joseph Pilaster. De nuevo, las perspectivas parecían buenas.

Se puso en pie para marcharse, pero Hobbes tenía algo más que decir.

—¿Puedo aventurar una cuestión relativa a otro tema?

—No faltaba más.

—Me han ofrecido una prensa a precio muy económico. Actualmente, como usted sabe, usamos imprentas externas. Si contásemos con nuestra propia prensa reduciríamos costes y tal vez pudiéramos también obtener unos ingresos extra imprimiendo otras publicaciones ajenas, en plan de servicio.

—Evidentemente —dijo Augusta con impaciencia.

—Me preguntaba si no habría modo de persuadir al Banco Pilaster para que me concediera un préstamo comercial.

Era el precio de su apoyo renovado.

—¿Cuánto?

—Ciento sesenta libras.

Grano de anís.

Y si en la campaña contra la concesión de títulos nobiliarios a los judíos ponía el mismo vigor y la misma bilis que prodigó en la que lanzó a favor del ennoblecimiento de banqueros, merecería la pena.

—Un trato, se lo garantizo... —dijo Hobbes.

—Hablaré con el señor Pilaster.

Joseph daría el visto bueno, pero Augusta no deseaba que Hobbes lo encontrase todo demasiado fácil. Lo valoraría más si se le concediera como a regañadientes.

—Gracias. Siempre es un placer tratar con usted, señora Pilaster.

—Sin duda —repuso ella, y se marchó.

IV

Junio

1

Reinaba la quietud en la embajada de Córdoba. Los despachos de la planta baja estaban desiertos, puesto que los tres empleados se habían ido a casa varias horas antes. Aquella noche, en el primer piso del edificio, Micky y Rachel habían ofrecido una cena a un reducido grupo de personas —sir Peter Mountjoy, un subsecretario del Ministerio de Asuntos Exteriores y su esposa, el embajador danés, y el caballero Michele, de la embajada italiana—, pero tanto los invitados como el personal del servicio se habían retirado ya. Micky se disponía ahora a salir.

La novedad del matrimonio empezaba a disiparse. Todos sus intentos de sorprender o desagradar a su sexualmente inexperta esposa terminaron siempre en fracaso. El inagotable entusiasmo de la muchacha por toda perversión que él proponía empezaba a acobardarle. Rachel había decidido que le parecería bien cualquier cosa que Micky deseara hacer con ella, y cuando Rachel tomaba una determinación de esa clase, nada la hacía cambiar de idea. En toda su vida, Micky jamás encontró a una mujer que pudiera ser tan implacablemente lógica.

En la cama haría cuanto él le pidiese, pero consideraba

que, fuera de la alcoba, una mujer no debía ser esclava de su marido, y cumplía con idéntica rigidez ambas normas. En consecuencia, sus peleas sobre cuestiones domésticas eran continuas. A veces, Micky pasaba de una situación a la otra. En mitad de una trifulca sobre criados o dinero, cambiaba de conversación y decía:

—Levántate las faldas y échate en el suelo.

Y la pelea concluía en un abrazo apasionado.

Pero no siempre la interrupción era definitiva: en ocasiones, Rachel reanudaba la disputa en cuanto Micky se quitaba de encima de ella.

Últimamente, Edward y él pasaban cada vez más noches en los viejos antros. Aquella velada iban a celebrar una Noche de las Máscaras en el burdel de Nellie. Era una de las innovaciones de April: todas las mujeres llevaban máscara. April aseguraba que a las Noches de las Máscaras acudían damas de la alta sociedad sexualmente frustradas, que se mezclaban con las pupilas de la casa. Desde luego, había allí mujeres que no eran de la plantilla, pero Micky sospechaba que las extrañas serían mujeres de clase media en desesperada crisis financiera, y no aristócratas aburridas en busca de emociones degeneradas. Fuera cual fuese la verdad de la cuestión, lo cierto era que la Noche de las Máscaras nunca dejaba de ser interesante.

Micky se peinó, llenó de puros la petaca y bajó la escalera. Ante su sorpresa, vio a Rachel en el vestíbulo, cortándole el paso hacia la puerta. Estaba cruzada de brazos y tenía en su rostro una expresión decidida. Micky se aprestó a lidiar una pelotera.

—Son las once de la noche —advirtió Rachel—. ¿Adónde vas?

—Al infierno —replicó Micky—. Apártate de mi camino.

Cogió el sombrero y el bastón.

—¿Vas a un prostíbulo llamado Nellie's?

La perplejidad fue lo bastante intensa como para dejarle momentáneamente mudo.

—Ya veo que sí —dijo Rachel.

—¿Con quién has estado hablando? —preguntó Micky.

Rachel vaciló un segundo antes de responder:

—Emily Pilaster. Me ha dicho que Edward y tú vais allí con regularidad.

—No deberías hacer caso de chismorreos de mujeres.

El rostro de Rachel estaba blanco. Micky comprendió que no las tenía todas consigo. Eso se salía de lo corriente. Tal vez aquella pelea iba a ser distinta.

—Tienes que dejar de ir allí —conminó ella.

—Ya te he dicho que no trates de dar órdenes a tu señor.

—No es ninguna orden. Es un ultimátum.

—No seas tonta. Apártate.

—A menos que prometas que no volverás a ir más allí, te abandonaré. Esta noche me iré de esta casa y no volveré nunca más.

Micky comprendió que hablaba en serio. Por eso parecía tan asustada. Incluso tenía a punto los zapatos de calle.

—No vas a dejarme —contestó él—. Te encerraré en tu habitación.

—Comprobarás que te va a resultar difícil. He recogido las llaves de todos los cuartos y las he tirado. No se puede cerrar con llave ni una sola de las habitaciones de esta casa.

Muy hábil por su parte. Al parecer, aquélla iba a ser una de sus broncas más originales. Dedicó a Rachel una sonrisa y dijo:

—Quítate las bragas.

—Esta noche no te va a servir, Micky —respondió ella—. Antes creía que eso significaba que me querías. Pero ahora ya me he dado cuenta de que el sexo no es más que el sistema que empleas tú para dominar a la gente. Dudo siquiera que disfrutes con él.

Micky alargó un brazo y le cogió un pecho. Lo notó cálido y firme en el hueco de la mano, a pesar de las varias capas de tela de las prendas. Lo acarició, mientras observaba el semblante de Rachel, pero la expresión de la mujer no cambió. Se percató de que ella no iba a ceder a la pasión. Apretó con fuerza, hasta hacerle daño, y luego soltó el pecho.

—¿Qué mosca te ha picado? —inquirió con genuina curiosidad.

—Los hombres cogen enfermedades infecciosas en lugares como Nellie's.

—Las chicas que trabajan allí son muy limpias...

—Por favor, Micky... no me tomes por imbécil.

Rachel tenía razón. Las prostitutas limpias no existen. La verdad es que él había tenido mucha suerte: durante los largos años que llevaba visitando burdeles, sólo había sufrido una sífilis benigna.

—Está bien —concedió—. Puedo coger una enfermedad infecciosa.

—Y contagiármela a mí.

Él se encogió de hombros.

—Es uno de los riesgos que corren las esposas. También puedo pegarte el sarampión, si lo cojo.

—Pero la sífilis puede ser hereditaria.

—¿A dónde quieres ir a parar?

—Puedo transmitirla a nuestros hijos, si los tenemos algún día. Y eso es algo que no estoy dispuesta a hacer. No traeré al mundo una criatura con tan espantosa enfermedad. —Respiraba a base de cortos jadeos, indicio de su enorme tensión. Micky pensó que estaba decidida a ello. Rachel concluyó—: Así que voy a dejarte, so pena de que accedas a abandonar todo contacto con prostitutas.

Era inútil seguir discutiendo.

—Ya veremos si, con la nariz partida, puedes dejarme —amenazó Micky, al tiempo que enarbolaba el bastón para golpearla.

Rachel estaba preparada. Esquivó el bastonazo y corrió hacia la puerta. Con sorpresa, Micky observó que estaba entreabierta –Rachel debía de haberla dejado así, en previsión de la posible violencia, pensó el hombre–, y Rachel franqueó el umbral y salió a la calle como un relámpago.

Micky corrió tras ella. Otra sorpresa le esperaba en el exterior: había un coche de punto junto al bordillo. Rachel saltó dentro del vehículo. A Micky le maravilló lo meticulosamente que Rachel había planeado todo aquello. Se disponía a saltar también al interior del carruaje cuando se interpuso en su camino la figura de un hombre alto, con chistera. Era el padre de Rachel, el señor Bodwin, el abogado.

–Doy por supuesto que no quiere enmendar su mala conducta –dijo.

–¿Está secuestrando a mi esposa? –replicó Micky. Le enfurecía que le hubiesen ganado por la mano.

–Se marcha por propia y libre voluntad. –A Bodwin le temblaba levemente la voz, pero se mantuvo firme–. Volverá con usted cuando acceda a abandonar sus costumbres viciosas. Tras someterse, naturalmente, a un examen médico satisfactorio.

Durante un momento, Micky luchó contra la tentación de golpearle... pero sólo fue un momento. La violencia no era su estilo. De todas formas, el abogado le denunciaría por agresión, y un escándalo como ése podía destrozar su carrera diplomática. Rachel no valía tanto como eso.

Estaban igualados, comprendió. «¿Por qué voy a luchar?», se preguntó.

–Puede quedársela –dijo–. He terminado con ella.

Volvió a entrar en la casa y cerró de un portazo.

Oyó alejarse el coche. Se sorprendió una vez más, al darse cuenta de que lamentaba la marcha de Rachel. Se había casado con ella puramente por conveniencia, claro –fue un modo de convencer a Edward para que hiciese lo propio–, y en algunos aspectos la vida sería más sencilla sin ella. Pero, curiosamente, disfrutaba con los enfrentamientos verbales diarios. Nunca había concedido tal clase de beligerancia a una mujer. Sin embargo, a menudo también resultaba fastidioso, y se dijo que, bien mirado, estaría mejor solo.

Cuando recobró el aliento, se puso el sombrero y salió. Era una noche tibia de verano, con un cielo claro en el que refulgían las estrellas. El aire de Londres siempre sabía mejor en verano, cuando la gente no tenía necesidad de quemar carbón para calentar la casa.

Mientras descendía por Regent Street, su mente volvió al negocio. Desde que se encargó del apaleamiento de Tonio Silva, un mes antes, no había vuelto a oír hablar del artículo referente a las minas de nitrato. Tonio estaría seguramente recuperándose de las heridas. Micky había remitido a Papá Miranda un telegrama cifrado con el nombre y la dirección de cada uno de los testigos de las declaraciones juradas, testigos que sin duda ya estarían muertos. Hugh había quedado como un estúpido, al haber hecho sonar una alarma innecesaria, y Edward estaba encantado.

Entretanto, Edward había conseguido que Solly Greenbourne accediese en principio a lanzar la emisión de bonos del ferrocarril de Santamaría conjuntamente con los Pilaster. No resultó fácil: al igual que la mayoría de los inversores, Solly desconfiaba de América del Sur. Antes de cerrar el trato, Edward se vio obligado a ofrecerle una comisión más alta y a participar en un proyecto especulativo creado por Solly. Edward también tuvo que recurrir a la circunstancia sentimental de que habían sido compañeros de colegio, y Micky suponía que, dado el carácter bondadoso de Solly, eso fue lo que acabó de inclinar la balanza.

Ahora se estaban redactando los contratos. Era una tarea fatigosamente lenta. Lo que amargaba la vida a Micky era que su padre no podía entender por qué aquellas cosas no podían hacerse en unas horas. Exigía el dinero ya.

A pesar de todo, cuando pensaba en los obstáculos que había superado, Micky se sentía muy complacido consigo mismo. Cuando Edward se negó a hacerle caso, la tarea parecía imposible. Pero con la ayuda de Augusta logró persuadirle para que entrase en el matrimonio y consiguiera el nombramiento de socio del banco. Después tuvo que combatir la oposición de Hugh Pilaster y Tonio Silva. Ahora, por fin, el fruto de todos sus esfuerzos estaba a punto de caer en sus manos. En su patria, el ferrocarril de Santamaría sería siempre el ferrocarril de Micky. Medio millón de libras esterlinas era una suma cuantiosa, mayor que el presupuesto militar de todo el país. Esa proeza contaría más que todo cuanto su hermano Paulo hubiera logrado jamás.

Minutos después irrumpía en el Nellie's. La fiesta estaba en todo su apogeo: no había una mesa libre, los cigarros cargaban el aire con la densidad del humo y las burlas obscenas y las risas roncas podían oírse por encima de la música de baile que interpretaba la orquestina. Todas las mujeres llevaban máscaras. Algunas eran simples antifaces, pero la mayoría eran más elaboradas, y unas cuantas cubrían toda la cabeza con aberturas para los ojos y la boca.

Micky se fue abriendo paso entre el gentío. Saludaba a los conocidos inclinando la cabeza y besó a algunas de las chicas. Edward estaba en la sala de juego, pero se levantó tan pronto vio entrar allí a Micky.

–April nos ha conseguido una virgen –dijo con lengua estropajosa. Era tarde, y ya había bebido una barbaridad.

La virginidad nunca había constituido una obsesión particular para Micky, pero una muchacha aterrada siempre tenía algo de estimulante, y la excitación le cosquilleó.

–¿Edad?

–Diecisiete.

«Lo que probablemente significa veintitrés», pensó Micky, que conocía el modo en que April calculaba la edad de sus chicas. Con todo, no dejaba de sentirse intrigado.

–¿La has visto?

–Sí. Va enmascarada, naturalmente.

–Naturalmente.

Micky se preguntó cuál sería su historia. Podía tratarse de una chica de provincias que se hubiera escapado de casa y se encontrara desvalida en Londres; quizá la raptaron en una granja; también cabía la posibilidad de que no fuese más que una criada harta de tener que trabajar como una esclava dieciséis horas diarias por seis chelines a la semana.

Una mujer con la cara cubierta por un pequeño antifaz negro le tocó en el brazo. Era una mascarita más bien simbólica, y Micky reconoció a April.

–Una virgen auténtica –dijo April.

Sin duda le iba a cobrar a Edward una pequeña fortuna por el privilegio de tomar la virginidad de la muchacha.

–¿Le has metido la mano para tocar el himen? –preguntó Micky escéptico.

April meneó la cabeza negativamente.

–No hace falta. Sé cuando una chica me dice la verdad.

–Si no noto que se rompe, no cobrarás –dijo, aunque ambos sabían que el que iba a pagar era Edward.

–Conforme.

–¿Cuál es la historia?

–Es huérfana y la crió un tío suyo. El individuo estaba deseando que se la quitaran de las manos lo antes posible y concertó para la chica un matrimonio con un viejo. Cuando ella se negó a tal boda, el tío la puso de patitas en la calle. La rescaté de una vida de trabajos forzados.

–Eres un ángel –dijo Micky sarcásticamente. No creyó una palabra. Pese a que no podía ver la expresión de los labios de April, protegidos por la máscara, tenía la impresión de que la mujer había tramado algo. Le dirigió una mirada incrédula y pidió–: Cuéntame la verdad.

–Ya te la he contado –respondió April–. Si no la queréis, hay otros seis hombres por aquí dispuestos a pagar tanto como vosotros.

–La queremos –terció Edward con impaciencia–. Deja de discutir, Micky. Vamos a echarle un vistazo.

–Habitación número tres –les informó April–. Os está esperando.

Micky y Edward subieron por la escalera, cubierta de parejas abrazadas, y entraron en la habitación número tres.

La chica estaba de pie en un rincón. Vestía un sencillo vestido de muselina y llevaba la cabeza cubierta por una capucha, con sólo dos hendiduras para los ojos y otra un poco más amplia para la boca. De nuevo, la desconfianza se apoderó de Micky. No veían un solo centímetro de su cara ni de la cabeza: podía ser espantosamente fea, quizá deforme. ¿Se trataría de alguna especie de broma?

Al mirar fijamente a la muchacha se percató de que estaba temblando de miedo, lo que hizo que se desvanecieran automáticamente sus dudas y que nacieran vibraciones de deseo en su entrepierna. Para aterrarla todavía más, cruzó la habitación en dos zancadas, apartó el escote del vestido y hundió la mano en los senos de la chica. Ella se estremeció y un fulgor de pánico brilló en sus pupilas azules, pero aguantó el asalto. Tenía unos pechos menudos y firmes.

El miedo de la muchacha le inducía a ser brutal. Normalmente, Edward y él jugueteaban previamente con la mujer, pero decidió tomar a aquélla rápida y bruscamente.

–Ponte de rodillas en la cama –ordenó.

Ella obedeció de inmediato. Micky subió tras la chica y le levantó la falda. La muchacha soltó un pequeño grito de miedo. No llevaba nada debajo.

Penetrarla resultó más fácil de lo que había esperado: sin duda April debió de proporcionarle alguna crema para que se lubricase. Notó la oclusión del virgo. Agarró las caderas femeninas y tiró hacia sí, al tiempo que se hundía a fondo dentro de la joven. Se rompió la membrana. Ella estalló en sollozos y eso le excitó tanto que alcanzó el clímax inmediatamente.

Se retiró para ceder el sitio a Edward. Había sangre en el pene de Micky. Éste se sentía insatisfecho, una vez concluido el coito, y deseó haberse quedado en casa: ahora estaría en la cama con Rachel. Recordó entonces que ella le había abandonado y eso le hizo sentirse peor.

Edward hizo volverse a la muchacha, para que se colocara boca arriba. Ella casi rodó fuera del lecho y Edward la cogió por los tobillos y tiró de ella para devolverla al centro de la cama. Al hacerlo, la capucha se alzó parcialmente.

—¡Dios santo! —exclamó Edward.

—¿Qué pasa? —preguntó Micky sin gran interés.

Edward estaba arrodillado entre los muslos de la chica, con la verga en la mano y la mirada fija en el rostro medio descubierto de la joven. Micky comprendió que debía de tratarse de alguien a quien conocían. Observó, fascinado, los intentos de la mujer para bajar de nuevo la capucha. Edward se lo impidió. Se la quitó del todo.

Micky contempló entonces los grandes ojos azules y la carita infantil de Emily, la esposa de Edward.

—¡En la vida había visto cosa semejante! —dijo, y estalló en carcajadas.

Edward profirió un rugido furibundo.

—¡Puerca repugnante! —aulló—. ¡Has hecho esto para avergonzarme!

—¡No, Edward, no! —le gritó Emily—. ¡Para ayudarte... para ayudarnos!

—¡Ahora lo saben todos! —vociferó Edward, al tiempo que le propinaba un puñetazo en la cara.

Emily chilló y se debatió. Edward volvió a golpearla.

Micky arreciaba en su risa. Era la cosa más divertida que había presenciado en toda su existencia: ¡un hombre que va a una casa de putas y se encuentra allí con su propia esposa!

April acudió corriendo, en respuesta a los gritos.

—¡Déjala en paz! —chilló, e intentó separar a Edward de Emily.

Él la apartó de un empujón.

—¡Castigaré a mi esposa si me da la gana! —bramó.

—Eres un gran majadero, ¡ella sólo quiere tener un hijo!

—¡Pues lo que va a tener, en cambio, es mi puño!

Forcejearon un momento. Edward volvió a golpear a Emily, y entonces April le asestó a él un puñetazo en la oreja. Edward emitió un grito de dolor y sorpresa, lo que provocó que Micky cayera en una risa histérica.

Por último, April consiguió quitar a Edward de encima de Emily.

Ésta bajó de la cama. Aturdida, no se precipitó de inmediato fuera de la habitación. En vez de eso, habló a su marido:

—Por favor, no me abandones, Edward. Haré todo lo que quieras, ¡lo que sea!

Edward se abalanzó de nuevo hacia ella. April se agarró a las piernas del hombre y le hizo perder el equilibrio. Edward cayó de rodillas.

—¡Lárgate de aquí, Emily, antes de que te mate! —exclamó April.

Emily salió, entre lágrimas.

Edward seguía dándose a todos los demonios.

—¡Jamás volveré a poner los pies en esta sifilítica casa de putas! —vociferó, a la vez que agitaba el dedo índice ante April.

Echado en el sofá, con las manos en los costados, Micky se partía el pecho de risa.

2

El baile de verano de Maisie Greenbourne era uno de los grandes acontecimientos de la temporada londinense. Siempre tenía la mejor orquesta, los manjares más deliciosos, los adornos y decoraciones más escandalosamente extravagantes y cantidades ilimitadas de champán. Pero la principal razón por la que todos anhelaban ir era porque a aquel baile asistía siempre el príncipe de Gales.

Ese año, Maisie decidió aprovechar el evento para proceder a la presentación de la nueva Nora Pilaster.

Era una estrategia de alto riesgo, porque si las cosas salían mal Nora y Maisie sufrirían una humillación. Pero si todo iba bien nadie se atrevería a volver a desairar a Nora.

Maisie ofreció una pequeña cena para veinticuatro comensales a primera hora de la noche, antes del baile. El príncipe no podía ir a la cena. Hugh y Nora estaban allí, y Nora tenía un aspecto absolutamente hechicero, con su vestido azul cielo adornado con lazos de raso. El estilo «escote sin hombros» resaltaba el tono rosado de su piel y realzaba al máximo su figura voluptuosa.

Los demás invitados se sorprendieron al verla sentada a la mesa, pero se figuraron que Maisie sabía lo que estaba haciendo. Maisie confió en que tuvieran razón. Conocía el modo en que funcionaba el cerebro del príncipe y estaba segura de poder predecir su reacción; pero de vez en cuando el hombre actuaba de forma distinta a la esperada y se revolvía contra sus amigos, particularmente si sospechaba que le utilizaban. Caso de suceder tal cosa, Maisie acabaría como Nora: desdeñada por la alta sociedad de Londres. Al reflexionar sobre ello se asombraba de haberse mostrado dispuesta a correr aquel riesgo sólo por el bien de Nora. Pero no lo hacía por Nora, sino por Hugh.

Hugh seguía trabajando en el Banco Pilaster, pese a haberse cumplido el plazo de aviso de despido. Hacía dos meses que había anunciado que se iba. Solly estaba impaciente por que empezase en el Greenbourne, pero los socios del Pilaster insistieron en que permaneciese allí tres meses completos. Indudablemente, deseaban postergar al máximo el momento en que Hugh se fuera a trabajar para la competencia.

Durante la cena, Maisie habló brevemente con Nora mientras las damas estaban en el lavabo.

—Procura estar cerca de mí todo el tiempo que puedas —la aleccionó—. Cuando llegue el momento de presentarte al príncipe, he de estar en condiciones de verte: tendrás que encontrarte a mano.

—Me pegaré a ti como un escocés a un billete de cinco libras —dijo Nora con su acento *cockney*; se apresuró a adoptar el deje de la clase alta y dijo, arrastrando las sílabas—: ¡No temas! ¡No huiré!

Los invitados empezaron a llegar a las diez y media. Normalmente, Maisie no invitaba a Augusta Pilaster, pero lo había hecho aquel año, deseosa de que Augusta presenciara el triunfo de Nora, si es que iba a haber triunfo. Medio esperó que Augusta declinase la invitación, pero fue de las primeras en llegar. Maisie también había invitado al mentor neoyorquino de Hugh, Sidney Madler, un hombre encantador, de barba blanca y alrededor de sesenta años. Se presentó vestido con una versión de traje de etiqueta decididamente norteamericana, a base de chaqueta corta y corbata negra.

Maisie y Solly estuvieron una hora estrechando manos, hasta que llegó el príncipe. Lo acompañaron al salón de baile y le presentaron al padre de Solly. Ben Greenbourne dobló la cintura en rígida inclinación reverencial, recta la espalda como un soldado prusiano. Después, Maisie bailó con el príncipe.

—Tengo un precioso cotilleo para usted, señor —dijo Maisie mientras se marcaban el vals—. Aunque no sé si provocará su enfado.

El hombre la acercó más a sí y le dijo al oído:

—¡Qué intrigante, señora Greenbourne...! Continúe.

—Es acerca del incidente del baile de la duquesa de Tenbigh.

Notó que el príncipe se ponía rígido.

—Ah, sí. Un poco embarazoso, he de reconocerlo. —Bajó la voz—. Cuando aquella muchacha llamó al conde de Tokoly asqueroso viejo réprobo, ¡por un momento pensé que se refería a mí!

Maisie se echó a reír alegremente, como si la idea fuese absurda, aunque le constaba que muchas personas supusieron lo mismo.

—Pero siga —incitó el príncipe—. ¿Había algo más que no pude captar?

—Eso parece. Al conde de Tokoly le habían dicho, falazmente, que ella era una joven abierta a la invitación.

—¡Abierta a la invitación! —el príncipe rió jubiloso—. Debo recordar ese eufemismo.

—Y a ella le habían advertido de que, si aquel hombre intentaba tomarse libertades, tenía que abofetearle automáticamente.

—De modo que la escena casi era inevitable. Qué astucia. ¿Quién estaba detrás del asunto?

Maisie vaciló unos segundos. Hasta entonces, nunca había utilizado la amistad del príncipe para perjudicar a alguien. Pero Augusta era lo bastante pérfida como para merecerlo.

—¿Sabe a quién me refiero al decir Augusta Pilaster?

—Desde luego. Es la matriarca de la otra familia banquera.

—Ella fue. La muchacha, Nora, está casada con el sobrino de Augusta, Hugh. Augusta lo hizo para hundir a Hugh, al que odia.

—¡Qué víbora debe de ser! Pero no debería provocar tales escenas donde yo estoy presente. Casi me entran ganas de castigarla.

Ésa era la situación a la que Maisie había querido llegar.

—Lo único que tendría usted que hacer es reparar en Nora, demostrar que la ha perdonado —dijo, y contuvo el aliento a la espera de la contestación del príncipe.

—Y hacer caso omiso de Augusta, quizá. Sí, creo que puedo hacerlo.

Al terminar la pieza, Maisie preguntó:

—¿Permite que le presente a Nora? Está aquí esta noche.

El príncipe le dirigió una aguda mirada recelosa.

—¿Ha planeado todo esto, taimada picaruela?

Se lo había temido. El hombre no era tan tonto como para no sospechar que le habían manipulado. Sería preferible no negarlo. Se esforzó en parecer avergonzada y sonrojarse.

—Me ha descubierto. Ingenua de mí, pensar que podía darle gato por liebre a un hombre tan inteligente como usted. —Maisie cambió de expresión y obsequió al príncipe con una mirada cándida y directa—. ¿Qué penitencia he de cumplir?

Por el semblante del hombre pasó una expresión lasciva.

—No me tiente. Venga, la perdono.

Maisie respiró: se había salido con la suya. Ahora le tocaba a Nora cautivarle.

—¿Dónde está Nora? —preguntó el príncipe.

Mariposeaba cerca de allí, tal como le había instruido Maisie. Ésta le hizo un guiño y la muchacha se les acercó al momento.

—Alteza real, permítame presentarle a la señora de Hugh Pilaster —dijo Maisie.

Nora ejecutó una reverencia, acompañada de un aleteo de pestañas.

Los ojos del príncipe se posaron primero en sus desnudos hombros, para descender a continuación hacia los rosados y orondos senos.

—Encantadora —se entusiasmó—. Sí, absolutamente encantadora.

Atónito y complacido, Hugh contempló a Nora, que charlaba alegremente con el príncipe de Gales.

Ayer, paria social, prueba viviente de que era imposible sacar un bolso de seda de la oreja de una cerda. Había hecho perder al banco un contrato importante y había puesto la carrera profesional de Hugh ante un infranqueable muro de ladrillos. Hoy, envidia de todas las damas de la sala: su vestido era perfecto, sus modales seductores y estaba coqueteando con el heredero al trono. Y la transformación era obra de Maisie.

Hugh lanzó una mirada a su tía Augusta, de pie cerca de él, con tío Joseph a su lado. La mujer observaba a Nora y al príncipe. Augusta intentaba aparentar una despreocupación total, pero Hugh pudo darse cuenta de que estaba horrorizada. Qué angustioso debía de ser para ella, pensó Hugh, comprobar Maisie, la muchacha de clase trabajadora, a la que había escarnecido seis años atrás, tenía ahora mucha más influencia que ella.

Con perfecta sincronización, se les acercó Sidney Madler. Su expresión era incrédula al preguntar a Joseph:

—¿Es ésa la dama que, según usted, resulta de todo punto inadecuada como esposa de un banquero?

Antes de que Joseph pudiera contestar, intervino Augusta. Con voz engañosamente suave, dijo:

—Hizo perder al banco un contrato importante.

—A propósito —terció Hugh—, la verdad es que no hizo perder nada. La operación de préstamo sigue adelante.

Augusta se encaró con Joseph.

—¿El conde de Tokoly no interfirió?

—Al parecer, se recuperó de la herida en su amor propio con bastante rapidez —informó Joseph.

Augusta fingió alegrarse.

—¡Qué suerte! —exclamó, pero su hipocresía fue transparente.

—Generalmente, las necesidades financieras tienen, a la larga, más peso que los prejuicios sociales —comentó Madler.

—Sí —convino Joseph—. Eso es. Creo que tal vez nos precipitamos al negarle a Hugh la condición de socio.

Augusta intervino en tono de impostada dulzura.

—¿Qué estás diciendo, Joseph?

—Estamos hablando de negocios, querida... es una conversación de hombres —dijo con firmeza—. No es preciso que te preocupes por ello. —Se volvió hacia Hugh—. En realidad, no quieres ir a trabajar para los Greenbourne.

Hugh no supo qué decir. Estaba enterado de que Sidney Madler había armado un buen jaleo y que tío Samuel le respaldó... pero era algo prácticamente desconocido el que tío Joseph reconociese un error. Y, no obstante, pensó con creciente emoción, ¿por qué sacaba Joseph a relucir el tema?

—Sabes por qué me voy a trabajar con los Greenbourne, tío —dijo.

—Nunca te nombrarán socio, eso te consta —le advirtió Joseph—. Para eso tendrías que ser judío.

—Lo sé perfectamente.

—En tales circunstancias, ¿no preferirías seguir trabajando para la familia?

La animación de Hugh se volatilizó: después de todo, Joseph sólo intentaba convencerle para que se quedase en calidad de empleado.

—No, no preferiría seguir trabajando para la familia —replicó indignado. Observó que su firme convicción pillaba desprevenido a tío Joseph. Continuó—: Si he de ser sincero, preferiría trabajar para los Greenbourne, donde siempre estaría libre de las intrigas familiares... —lanzó una mirada desafiante a Augusta—, y donde mis responsabilidades y mis recompensas sólo dependerían de mi competencia profesional como banquero.

Augusta protestó en tono escandalizado:

—¿Prefieres a los judíos a tu propia familia?

—Quédate al margen —dijo bruscamente Joseph a su mujer—. Debes saber por qué te digo esto, Hugh. El señor Madler tiene la impresión de que le hemos fallado, y a los socios les preocupa la posibilidad de que todo nuestro negocio norteamericano se vaya contigo cuando nos dejes.

Hugh trató de calmar sus nervios. Ya era hora de actuar con determinación.

—No volvería con vosotros aunque me doblaseis el sueldo —dijo, quemando sus naves—. Sólo podéis ofrecerme una cosa susceptible de hacerme cambiar de idea: la condición de socio del banco.

Joseph suspiró.

—Negociar contigo es como hacerlo con el diablo.

—Como tiene que ser con todo buen banquero —subrayó al momento Madler.

—Está bien —dijo Joseph por fin—. Te ofrezco el nombramiento de socio.

Hugh se sintió débil. «Se han vuelto atrás —pensó—. Han cedido. He ganado.» A duras penas podía creer que aquello hubiera sucedido de verdad.

Lanzó una ojeada a Augusta. El rostro de la mujer era una máscara de autodominio, pero no pronunció palabra: se daba cuenta de que había perdido.

—En ese caso... —articuló Hugh, y vaciló, saboreando el momento de triunfo. Respiró hondo—: En ese caso, acepto.

Augusta acabó por perder la compostura. Se puso roja y los ojos amenazaron con salírsele de las órbitas.

—¡Vais a lamentarlo durante el resto de vuestra vida! —escupió. Acto seguido, se alejó con andares que querían ser majestuosos.

Se abrió paso a través de la gente que atestaba el salón de baile y se dirigió a la puerta. Numerosas personas se la quedaron mirando. Parecía nerviosa. Comprendió que la indignación asomaba a su rostro y deseó poder disimular sus sentimientos, pero estaba demasiado loca de furor. Todos aquellos a los que odiaba y despreciaba habían triunfado. La golfilla de Maisie, el poco instruido Hugh y la espantosa Nora le habían desbaratado todos sus planes y habían conseguido lo que deseaban. Los intestinos se le retorcían y formaban nudos en su estómago. Sintió náuseas.

Franqueó por fin la puerta y pasó al rellano del primer piso, donde el grupo de invitados era menos denso. Detuvo a un lacayo que pasaba cerca de ella.

—¡Avise ahora mismo al coche de la señora Pilaster! —ordenó.

El hombre se alejó a la carrera. Al menos, aún podía intimidar a los lacayos.

Abandonó la fiesta sin despedirse, sin dirigir la palabra a nadie más. Su marido podría volver a casa en un coche de punto. Se pasó echando chispas todo el camino de regreso a Kensington.

Cuando llegó a casa, encontró a Hastead, el mayordomo, esperándola en el vestíbulo.

—El señor Hobbes aguarda en el salón, señora —comunicó Hastead con voz soñolienta—. Le dije que era posible que no estuviese usted de vuelta hasta el amanecer, pero insistió en esperar.

—¿Qué demonios quiere?

—No lo ha dicho.

El talante de Augusta no estaba para entrevistas con el editor de *The Forum*. ¿Qué había ido a hacer allí a aquella hora de la madrugada? Tuvo la tentación de prescindir del hombre y marcharse directamente a su cuarto, pero entonces pensó en el título nobiliario y decidió que sería mejor hablar con Hobbes.

Se encaminó al salón. Hobbes dormía cerca del moribundo fuego del hogar.

—¡Buenos días! —dijo Augusta a voz en grito.

El hombre dio un respingo, se puso en pie de un salto y miró a través de los sucios cristales de sus gafas.

—¡Señora Pilaster! Dios... ah, sí, ya es madrugada.

—¿Qué le trae tan tarde por aquí?

—Creí que le gustaría ser la primera en leer esto —dijo Hobbes, y le tendió un periódico.

Era un ejemplar de la última edición de *The Forum*, aún caliente y oliendo a tinta fresca. Lo desplegó por la primera página y leyó el encabezamiento del artículo principal:

¿PUEDE UN JUDÍO SER LORD?

Se animó. El fiasco de aquella noche no era más que una simple derrota. Quedaban otras batallas por librar.

Leyó las primeras líneas:

Confiamos en que no sean ciertos los rumores que actualmente circulan por Westminster y por los clubes de Londres, rumores según los cuales el primer ministro está considerando la idea de conceder un título nobiliario a un banquero de raza y fe judías.

Jamás promovimos la persecución de religiones paganas. Sin embargo, la tolerancia puede ir demasiado lejos. Dar el más alto espaldarazo a quien rechaza abiertamente la salvación cristiana podría ser algo peligrosamente próximo a la blasfemia.

Desde luego, el propio primer ministro es de raza judía. Pero se ha convertido y prestó juramento de lealtad a Su Majestad sobre la Biblia cristiana. Por lo tanto, su ennoblecimiento no planteó ningún problema constitucional. Pero debemos preguntarnos si el banquero sin bautizar al que se refiere el rumor estaría dispuesto a comprometer su fe prestando juramento sobre el Antiguo y el Nuevo Testamento. Si insistiera en hacerlo sólo sobre el Antiguo, ¿podrían los obispos de la Cámara de los Lores aceptarlo sin protestar?

No tenemos la menor duda de que el hombre en cuestión es un ciudadano leal y un hombre de negocios honrado...

El artículo se prolongaba, machacando sobre el mismo argumento. Augusta estaba complacida. Levantó los ojos de la página.

—Buen trabajo —elogió—. Esto agitará los ánimos.

—Así lo espero. —Con brusco movimiento, un gesto como de ave, Hobbes introdujo la mano dentro de la chaqueta y sacó una hoja de papel—. Me he tomado la libertad de adquirir en firme la prensa de la que le hablé. La factura...

—Vaya al banco por la mañana —le cortó Augusta, sin molestarse en mirar el papel. Por alguna u otra razón, nunca era capaz de mostrarse cortés con Hobbes durante mucho rato, ni siquiera a pesar de lo bien que la estaba sirviendo. Había algo en los modales del hombre que la irritaba. Hizo un esfuerzo para ser más amable. Dijo en voz más suave—: Mi marido le dará un cheque.

Hobbes se inclinó.

—En tal caso, me retiro.

Salió de la estancia.

Augusta exhaló un suspiro de satisfacción. Aquello les enseñaría. Maisie Greenbourne pensaba ser la gran figura de la sociedad londinense. Bueno, podría bailar toda la noche con el príncipe de Gales, pero no podría hacer frente al poder de la prensa. Los Greenbourne tardarían mucho tiempo en recobrarse de aquel ataque. Y, entre tanto, Joseph conseguiría su título de nobleza.

Se sintió mejor, mientras tomaba asiento y volvía a leer el artículo.

3

A la mañana siguiente, tras la noche del baile, Hugh se despertó eufórico. La alta sociedad había aceptado a su esposa y a él le iban a nombrar socio del Banco Pilaster. Esa condición de socio le proporcionaba la oportunidad de ganar no sólo miles de libras, sino, a lo largo de los años, centenares de miles de libras. Algún día iba a ser rico.

Solly se sentiría decepcionado cuando supiera que, después de todo, Hugh no trabajaría para él. Pero la principal característica de Solly era la bondad y la tolerancia: lo comprendería.

Se puso el batín. Del cajón de la mesita de noche sacó un estuche envuelto para regalo y se lo guardó en el bolsillo. Luego fue a la habitación de su esposa.

El cuarto de Nora era amplio, pero siempre estaba atiborrado de cosas. Cubiertas de seda estampada guarnecían las ventanas, los espejos y el lecho; dos o tres capas de alfombras cubrían el suelo; sobre los asientos de las sillas se amontonaban los cojines bordados, y en cada estante y superficie de mesa se hacinaban retratos enmarcados, muñecas y cajitas de porcelana e infinidad de chucherías más o menos decorativas. Los colores predominantes eran sus favoritos, el rosa y el azul, pero todos los demás estaban también representados en uno u otro sitio, en los papeles pintados de las paredes, en la ropa de cama, en las cortinas o en la tapicería.

Nora sorbía té sentada en la cama, con las almohadas de encaje rodeándola. Hugh se inclinó por encima del borde del lecho y le dijo:

—Anoche estuviste maravillosa.

—Les hice a todos una buena demostración —repuso Nora, muy satisfecha de sí misma—. Bailé con el príncipe de Gales.

—No podía apartar los ojos de tus pechos —comentó Hugh. Alargó la mano y acarició los senos de Nora por encima de la seda de su camisón, abotonado hasta el cuello.

Ella le apartó la mano con gesto irritado.

—¡Hugh! Ahora no.

Él se sintió dolido.

—¿Por qué ahora no?

—Es la segunda vez esta semana.

—Al principio de estar casados lo hacíamos constantemente.

—Exacto... al principio de estar casados. No se espera de

una chica que tenga que hacerlo todos los días, durante toda la vida.

Hugh frunció el ceño. Hubiera sido perfectamente feliz haciéndolo todos los días, durante toda la vida... ¿No era para eso el matrimonio? Claro que tampoco sabía qué era lo normal. Tal vez él fuera demasiado fogoso.

—Entonces, ¿con qué frecuencia crees que debemos hacerlo? —preguntó dubitativo.

A Nora pareció complacerle que se lo preguntase, como si estuviera esperando la oportunidad de aclarar de una vez aquel punto.

—No más de una vez a la semana —respondió con firmeza.

—¿De veras? —Su exaltación se disipó y, de pronto, se sintió abatido. Una semana parecía una eternidad. Le acarició el muslo por encima de la sábana—. Tal vez un poco más.

—¡No! —replicó ella, y apartó la pierna.

Hugh se quedó consternado. Hubo un tiempo en que a Nora parecía entusiasmarle hacer el amor. Era algo con lo que disfrutaban los dos. ¿Cómo había llegado a convertirse en una obligación que ella cumplía en beneficio de Hugh? ¿Es que nunca le había gustado, sino que sólo lo aparentaba? La idea resultaba terriblemente desalentadora.

Se le habían pasado las ganas de darle el regalo, pero ya lo había comprado y tampoco deseaba devolverlo a la tienda.

—Bueno, de todas formas, te he traído esto para conmemorar tu triunfo en el baile de Maisie Greenbourne —dijo con voz más bien lúgubre, y le entregó la caja.

La actitud de Nora cambió automáticamente.

—¡Oh, Hugh, ya sabes cómo adoro los regalos! —exclamó.

Arrancó la cinta y abrió el estuche. Contenía un colgante en forma de ramo de flores formadas a base de rubíes y zafiros engarzadas en tallos de oro. El colgante pendía de una espléndida cadena de oro.

—¡Es precioso! —dijo Nora.

—Póntelo, pues.

Ella se lo pasó por la cabeza.

El colgante no alcanzaba, ni mucho menos, su máximo esplendor sobre la pechera del camisón de dormir.

—Resaltará más con un vestido escotado —comentó Hugh.

Nora le lanzó una mirada coquetona y empezó a desabotonarse el camisón. Hugh la contempló vorazmente mientras ella iba dejando a la vista más superficie pectoral. El broche colgaba en medio de la hendidura, entre ambos senos, como una gota de lluvia sobre un capullo. Nora sonrió a Hugh, continuó desabotonándose y, por último, abrió el camisón y dejó al descubierto sus pechos desnudos.

—¿Quieres besarlos? —invitó.

Hugh no sabía qué pensar. ¿Jugaba con él o quería hacer el amor? Inclinó la cabeza y besó los senos con la joya anidada entre ellos. Cerró los labios sobre un pezón y lo chupó suavemente.

—Ven a la cama —dijo Nora.

—Creí que habías dicho que...

—Bueno... una chica tiene que demostrar que es agradecida, ¿no te parece?

Levantó la ropa de la cama.

Hugh se sintió como mareado. Era la joya lo que le había hecho cambiar de idea. Con todo, no pudo resistir la invitación. Se quitó el batín, mientras se odiaba por ser tan débil, subió a la cama y se acostó junto a Nora.

Cuando se corría, le entraron ganas de llorar.

Con el correo de la mañana, llegó una carta de Tonio Silva.

Tonio había desaparecido poco después de que Hugh se entrevistara con él en el café de la Plage. En *The Times* no apareció ningún artículo. Hugh había quedado más bien como un estúpido al haber armado tanto barullo acerca del peligro que podía representar aquello para el banco. Edward había aprovechado todas las oportunidades que surgieron para recordar a los socios la falsa alarma de Hugh.

Sin embargo, el incidente quedó eclipsado por el drama que significaría la marcha de Hugh al Banco Greenbourne.

Hugh había escrito al Hotel Russe, pero no recibió contestación. Estuvo preocupado por su amigo, pero no podía hacer nada.

Abrió la carta con inquietud. Procedía de un hospital y rogaba a Hugh una visita. La misiva concluía: «Hagas lo que hagas, no le digas a nadie dónde estoy».

¿Qué habría pasado? Dos meses atrás, Tonio se encontraba en perfecto estado de salud. ¿Por qué le habían ingresado en un hospital público? El desaliento se apoderó de Hugh. Sólo los pobres iban a los hospitales, que eran sitios tétricos, insalubres: toda persona en condiciones de permitírselo tenía médicos y enfermeras que iban a atenderle a su domicilio, incluso en caso de operaciones quirúrgicas.

Desconcertado e intranquilo, Hugh fue inmediatamente al hospital. Encontró a Tonio en una sala lóbrega y desnuda, de treinta camas casi pegadas unas a otras. Le habían cortado su rojiza pelambrera al cero y la cara y la cabeza presentaban numerosas cicatrices.

—¡Santo Dios! —se sobresaltó Hugh—. ¿Con qué has chocado?

—Una buena paliza —dijo Tonio.

—¿Qué ocurrió?

—Me atacaron en la calle, en los aledaños del Hotel Russe, hace un par de meses.

—Te robaron, supongo.

—Sí.

—¡Te dejaron hecho una pena!

—No es tan malo como parece. Me rompieron un dedo y me astillaron un tobillo, pero todo lo demás no fueron más que cortes y contusiones. Ya casi estoy bien del todo.

—Debiste ponerte en contacto conmigo mucho antes. Tenemos que sacarte de aquí. Te enviaré a mi médico, contrataré una enfermera...

—No, gracias, muchacho. Agradezco tu generosidad. Pero el dinero no es el único motivo por el que estoy aquí. Este lugar es más seguro. Aparte de ti, sólo otra persona sabe dónde estoy: un compañero de toda confianza, que me trae pasteles de carne, coñac y noticias de Córdoba. Espero que no le hayas dicho a nadie que venías aquí.

—Ni siquiera a mi esposa —repuso Hugh.

—Muy bien.

Hugh pensó que la antigua intrepidez de Tonio parecía haberse desvanecido; a decir verdad, había pasado al otro extremo.

—Pero no puedes permanecer en el hospital el resto de tu vida para esconderte de los rufianes callejeros.

—Los individuos que me asaltaron no eran sólo ladrones, Pilaster.

Hugh se quitó el sombrero y se sentó en el borde de la cama. Se esforzó por no oír los gemidos intermitentes del enfermo que ocupaba el lecho contiguo.

—Cuéntame qué pasó —dijo.

—No fue un robo corriente. Los ladrones me quitaron la llave de mi cuarto y la utilizaron para entrar en él. No se llevaron de allí nada de valor, pero sí los documentos relativos a mi artículo para *The Times*, incluidas las declaraciones juradas que habían firmado los testigos.

Hugh estaba horrorizado. Se le heló el corazón al pensar que las intachables y respetables transacciones que se llevaban a cabo en las silenciosas salas del Pilaster podían estar relacionadas de alguna forma con el crimen violento de las calles y el rostro magullado que tenía delante.

—¡Eso casi es dar por supuesto que el banco es sospechoso!

—El banco no —dijo Tonio—. El Pilaster es una institución poderosa, pero no creo que pudiera organizar asesinatos en Córdoba.

—¿Asesinatos? —Aquello empeoraba cada vez más—. ¿A quién han asesinado?

—A todos los testigos cuyo nombre y dirección figuraba en las declaraciones juradas que robaron de mi habitación del hotel.

—Me cuesta trabajo creerlo.

—Tengo suerte de estar vivo. Creo que me hubieran matado de no saber que los homicidios se investigan en Londres mucho más a fondo que en mi tierra. Temieron el alboroto que se habría armado.

Hugh aún estaba aturdido y desolado por la revelación de que varias personas habían muerto asesinadas a causa de la emisión de bonos del Banco Pilaster.

—Pero ¿quién está detrás de todo eso?

—Micky Miranda.

Hugh sacudió la cabeza, incrédulo.

—Como sabes, Micky no me cae muy bien, pero tampoco le creo capaz de una cosa así.

—El ferrocarril de Santamaría es vital para él. Hará de su familia la segunda en importancia del país.

—Eso lo entiendo, y no dudo de que Micky quebrantaría un montón de reglas para lograr sus fines. Pero no es un asesino.

—Sí que lo es —insistió Tonio.

—Venga...

—Lo sé con absoluta seguridad. No siempre he actuado como si supiera... la verdad es que he sido un maldito imbécil con respecto a Miranda. Pero de eso tiene la culpa su encanto diabólico. Durante cierto tiempo me hizo creer que era amigo mío. Lo cierto es que es perverso hasta la médula, y lo sé desde la época escolar.

—¿Cómo pudiste saberlo?

Tonio cambió de postura en la cama.

—Sé lo que sucedió realmente hace trece años, la tarde en que Peter Middleton se ahogó en la alberca del bosque del Obispo.

Hugh se quedó electrizado. Llevaba años formulándose

preguntas sobre aquello. Peter Middleton era un buen nadador: resultaba de lo más improbable que hubiese muerto a causa de un accidente. Hugh llevaba mucho tiempo convencido de que hubo de por medio alguna clase de broma extraña. Tal vez iba a enterarse por fin de la verdad.

—Vamos, hombre —incitó—. Soy todo oídos, me consume la impaciencia.

Tonio titubeó.

—¿Me das un poco de vino? —pidió.

Había una botella de madeira en el suelo, junto a la cama. Hugh vertió un poco en un vaso. Mientras Tonio lo bebía, Hugh evocó el calor de aquel día, la inmovilidad del aire en el bosque del Obispo, las quebradas paredes rocosas que descendían hacia el estanque y la frescura, el estupendo frescor del agua.

—Al juez de instrucción se le dijo que Peter tuvo dificultades en la alberca. En ningún momento se le había informado de que Edward le sumergió la cabeza repetidamente.

—Eso ya lo sabía —le interrumpió Hugh—. Cammel el Joroba me escribió una carta desde la colonia de El Cabo. Estaba mirando desde el otro extremo de la alberca. Pero dice que no se quedó allí hasta el final.

—Exacto. Tú escapaste y el Joroba se marchó. Allí quedamos Peter, Edward, Micky y yo.

—¿Qué ocurrió cuando yo me fui? —preguntó Hugh impaciente.

—Salí del agua y lancé una pedrada a Edward. Un tiro afortunado: le alcanzó en mitad de la frente y le hizo sangre. Entonces dejó de fastidiar a Peter para salir en mi persecución. Trepé por el talud de la cantera, con la intención de alejarme de él.

Tomó otro sorbo de vino.

—Cuando llegué a lo alto de la cantera, volví la cabeza. Edward aún me perseguía, pero se encontraba bastante lejos y me tomé un respiro momentáneo para recobrar el aliento. –Tonio hizo una pausa y una expresión de repugnancia apareció en su magullado rostro–. Por entonces, Micky estaba en el agua con Peter. Vi –con perfecta claridad, y sigo viéndolo en mi memoria como si fuese ayer–, vi que Micky mantenía la cabeza de Peter sumergida. Peter pataleaba, pero Micky sujetaba la cabeza de Peter con el brazo, inmovilizándola debajo del agua, y Peter no podía deshacerse de él. Micky le estaba ahogando. No tengo la menor duda de ello. Fue un claro asesinato.

–¡Santo Dios! –jadeó Hugh.

Tonio asintió.

–Incluso ahora me pone enfermo recordarlo. Estuve mirándolos durante no sé cuánto tiempo. Edward por poco me alcanza. Peter casi había dejado de patalear y sólo forcejeaba débilmente cuando Edward llegó al borde superior de la cantera y tuve que reanudar la huida. Así fue cómo murió Peter.

Hugh estaba aturdido y horrorizado.

–Edward me siguió un poco más a través de la arboleda, pero estaba sin resuello y me lo quité de encima. Luego te encontré.

Hugh recordaba al Tonio de trece años que vagaba por el bosque del Obispo, desnudo, empapado, con la ropa en los brazos y la garganta llena de sollozos. Tal recuerdo llevó también a su memoria el sobresalto y el dolor que sufrió aquel mismo día, un poco más tarde, cuando se enteró de la muerte de su padre.

–Pero ¿por qué no contaste nunca a nadie lo que habías visto?

–Temía a Micky... Temía que me hiciese a mí lo mismo que le hizo a Peter. Todavía tengo miedo de Micky... ¡mira cómo me encuentro ahora! Tú también deberías temerle.

–Le temo, no te preocupes. –Hugh reflexionaba–. ¿Sabes?, no creo que ni Edward ni su madre conozcan la verdad de este asunto.

—¿Por qué lo dices?

—No tenían ninguna razón para encubrir a Micky.

Tonio no parecía muy convencido.

—Puede que Edward la tenga: la amistad.

—Tal vez... aunque dudo mucho que hubiera guardado el secreto más de un par de días... De cualquier modo, Augusta sabía que era mentira la historia que contaron sobre el heroísmo de Edward tratando de rescatar a Peter.

—¿Cómo lo sabes?

—Mi madre se lo dijo, y yo se lo dije a mi madre. Lo que significa que Augusta está complicada en la ocultación de la verdad. Sea como fuere, no me costaría nada creer que Augusta estuviese dispuesta a mentir siempre que fuese preciso en bien de su hijo... pero no en el de Micky. Por aquellas fechas ni siquiera le conocía.

—Así pues, ¿qué supones que ocurrió?

Hugh enarcó las cejas.

—Imagínate que Edward deja de perseguirte y regresa a la alberca. Encuentra allí a Micky, que arrastra el cadáver de Peter fuera del agua. Micky le acusa: «¡Estúpido, le has matado!». Recuerda que Edward no vio a Micky mantener sumergida la cabeza de Peter. Micky pretende que Peter estaba tan agotado por las inmersiones a que le sometió Edward que le fallaron las fuerzas y no pudo nadar hasta la orilla, por lo que se ahogó. «¿Qué voy a hacer?», pregunta Edward. Micky le responde: «No te preocupes. Diremos que fue un accidente. Incluso diremos que te lanzaste al agua e intentaste salvarle». Así, Micky encubre su propio crimen y se gana la imperecedera gratitud de Edward y Augusta. ¿Es lógico?

Tonio asintió.

—¡Por Dios! Creo que tienes razón.

—Debemos ir a la policía —propuso Hugh indignado.

—¿Con qué objeto?

—Eres testigo de un asesinato. El hecho de que ocurriera

hace trece años no constituye diferencia alguna. Han de pedirle cuentas a Micky.

—Olvidas un detalle. Tiene inmunidad diplomática.

Hugh no había pensado en eso. Como embajador de Córdoba, la justicia británica no podía procesarle.

—A pesar de todo, se le puede desacreditar y enviar a su país. Tonio meneó la cabeza negativamente.

—Yo soy el único testigo. Micky y Edward contarán otra historia. Y todo el mundo sabe que la familia de Micky y la mía son enemigos declarados en nuestro país. Si eso hubiera sucedido ayer, tendríamos dificultades para convencer a alguien. —Tonio hizo una pausa—. Pero tal vez quieras decirle a Edward que no es un asesino.

—Me parece que no iba a creerme. Sospecharía que estaba tratando de indisponerle contra Micky. Aunque hay una persona a la que sí debo decírselo.

—¿Quién?

—David Middleton.

—¿Por qué?

—Creo que tiene derecho a saber cómo murió su hermano —dijo Hugh—. Me interrogó sobre eso en el baile de la duquesa de Tenbigh. Lo cierto es que fue más bien grosero. Pero le dije que, si supiese la verdad, mi honor me obligaría a contárselo. Iré a verle hoy mismo.

—¿Crees que acudirá a la policía?

—Imagino que comprenderá, como hemos comprendido nosotros, que sería inútil. —De súbito se sintió agobiado por la atmósfera tristona de la sala del hospital y la macabra conversación sobre el asesinato. Se levantó—. Será mejor que vaya a trabajar. Me han hecho socio del banco.

—¡Enhorabuena! —Tonio pareció súbitamente esperanzado—. ¿Podrás suspender ahora la operación del ferrocarril de Santamaría?

—Lo siento, Tonio. —Hugh denegó con la cabeza—. Por mucho que me desagrade el proyecto, no puedo hacer nada.

Edward llegó a un acuerdo con el Banco Greenbourne para lanzar los bonos conjuntamente. Los socios de ambos bancos han aprobado la emisión y se están preparando los contratos.

—¡Maldita sea! —Tonio se quedó alicaído.

—Tu familia tendrá que buscar otros medios para oponerse a los Miranda.

—Me temo que nada podrá detener a los Miranda.

—Lo siento —repitió Hugh. Le asaltó una nueva idea, y su frente se cubrió de arrugas de perplejidad—. Verás, has resuelto un misterio que me intrigaba. No podía entender cómo era posible que se ahogara Peter, siendo tan buen nadador. Pero tu explicación plantea un misterio aún mayor.

—No acabo de entenderte.

—Piensa en ello. Peter nada sin meterse con nadie; Edward le sumerge la cabeza, sólo para bromear; huimos corriendo; Edward te persigue... y entonces, va Micky y mata a Peter a sangre fría. *No tenía nada que ver con lo sucedido antes.* ¿Por qué ocurrió? ¿Qué había hecho Peter?

—Sé perfectamente lo que quieres decir. Sí, eso me ha intrigado durante años.

—Micky Miranda fue quien asesinó a Peter Middleton... pero ¿por qué?

V

Julio

1

El día en que se anunció la concesión del título nobiliario a Joseph, Augusta parecía una gallina que acabara de poner su huevo.

Micky fue a la casa a la hora del té, como de costumbre, y se encontró con el salón atestado de personas que felicitaban a la mujer por haberse convertido en condesa de Whitehaven. El mayordomo, Hastead, lucía su sonrisa más relamida y no paraba de decir «milady» y «su señoría», aprovechando cuantas ocasiones se le presentaban.

Era una mujer asombrosa, pensó Micky mientras observaba a Augusta, soberbia en medio de la nube de moscardones aduladores que zumbaban a su alrededor en el soleado jardín, al otro lado de los abiertos ventanales. Augusta había planificado su campaña como un general. En determinado momento surgió el rumor de que el título nobiliario iba a ser para Ben Greenbourne, pero ese rumor lo acalló una erupción de antisemitismo que se desencadenó en la prensa. Augusta no reconoció, ni siquiera ante Micky, que había estado detrás de aquella serie de artículos periodísticos, pero Micky tenía la absoluta certeza de ello. En algunos aspectos, Augusta le recordaba a su padre: Papá Miranda contaba con idéntica determinación carente de escrúpulos. Pero Augusta era más astuta. La admiración de Micky hacia ella aumentaba a medida que transcurrían los años.

Hugh Pilaster era la única persona que había derrotado a Augusta en el terreno del ingenio. Era increíble lo difícil que resultaba aplastar a Hugh. Era como una indestructible mala hierba: se la podía pisotear una y otra vez en el jardín, pero siempre volvía a crecer, más robusta que antes.

Por fortuna, Hugh había sido incapaz de impedir la operación del ferrocarril de Santamaría. Micky y Edward demostraron ser demasiado fuertes para Hugh y Tonio.

—A propósito —dijo Micky a Edward por encima del borde de su taza de té—, ¿cuándo vais a firmar el contrato con los Greenbourne?

—Mañana.

—¡Estupendo!

Micky se sintió aliviado al saber que por fin iba a cerrarse el trato. Llevaba demorándose seis meses, y Papá Miranda remitía furibundos telegramas semanales en los que preguntaba si alguna vez recibiría el dinero.

Aquella noche, Edward y Micky cenaban en el Club Cowes. A lo largo de la comida, Edward se veía interrumpido cada dos o tres minutos por alguien que le felicitaba. Naturalmente, algún día iba a heredar el título. Micky estaba contento. Su asociación con Edward y los Pilaster había sido un factor clave en todos sus logros, y un mayor prestigio de los Pilaster significaría también más poder para Micky.

Acabada la cena, se trasladaron al salón de fumadores. Fueron de los primeros en concluir y, de momento, disponían de toda la sala para ellos.

—He llegado a la conclusión de que a los ingleses les aterran sus esposas —comentó Micky mientras encendían los cigarros—. Es la única explicación posible para el fenómeno de los clubes de Londres.

—¿De qué diablos estás hablando? —dijo Edward.

—Mira a tu alrededor —indicó Micky—. Este lugar es exactamente igual a tu casa o a la mía. Muebles caros, criados por todas partes, comida fastidiosa y bebida sin tasa. Aquí podemos hacer todas las comidas, recibir la correspondencia, leer los periódicos, descabezar un sueñecito y, si pillamos una borrachera tan enorme que nos impida meternos en un simón, incluso dispondremos de una cama para pasar la noche. La única diferencia entre el club de un inglés y la casa del mismo inglés es que en el club no hay una sola mujer.

—¿No tenéis clubes en Córdoba, pues?

—Claro que no. Nadie iría a ellos. Si un cordobés quiere emborracharse, jugar a las cartas, oír chismes políticos, hablar de las putas con las que se acuesta, fumar, eructar y soltar un cuesco a gusto lo hace en su propia casa; y si su esposa es lo bastante idiota como para poner objeciones, le sacude hasta hacerla entrar en razón. Pero un caballero inglés le tiene tanto pavor a su esposa que se marcha de casa para disfrutar un poco por ahí. Y para eso están los clubes.

—A ti no parece que te asuste mucho Rachel. Te has desembarazado de ella, ¿no?

—Se la devolví a su madre —contestó Micky con ligereza. No había sucedido exactamente así, pero no iba a decirle a Edward la verdad.

—La gente debe de haber observado que ya no aparece en los actos de la embajada. ¿Nadie ha hecho comentarios?

—Les digo que no se encuentra bien de salud.

—Pero todo el mundo sabe que se dedica a fundar un hospital para madres solteras. Es un escándalo público.

—Eso carece de importancia. La gente me compadece por tener una esposa difícil.

—¿Te divorciarás de ella?

—No. Eso sí que sería un verdadero escándalo. Un diplomático no puede divorciarse. Me temo que tendré que continuar con ella mientras sea embajador de Córdoba. Gracias a Dios no quedó embarazada antes de irse. —Un milagro que no fuera así, pensó. Tal vez era estéril. Agitó el brazo para llamar a un camarero y pidió un coñac–. Hablando de esposas –dijo titubeante–, ¿qué ha sido de Emily?

Edward pareció un poco violento.

–Más o menos, la veo como tú ves a Rachel –explicó–. Ya sabes que hace una temporada compré una casa de campo en Leicester... Allí se pasa todo el tiempo.

–Así que los dos volvemos a ser solteros.

Edward sonrió.

–En realidad, nunca hemos sido otra cosa, ¿no es cierto?

Al mirar a través de la desierta estancia, Micky vio en el umbral de la entrada la voluminosa figura de Solly Greenbourne. Por alguna ignorada razón, el hecho de ver a Solly puso nervioso a Micky... lo cual era extraño, dado que Solly era el hombre más inofensivo de Londres.

–Ahí viene otro amigo a felicitarte –advirtió Micky a Edward, mientras Solly se les aproximaba.

Cuando Solly estuvo más cerca, Micky echó de menos la habitual sonrisa amistosa del hombre. De hecho, Solly parecía decididamente furioso. Eso era raro. Micky comprendió de modo instintivo que el acuerdo referente al ferrocarril de Santamaría iba a tener problemas.

Pensó que se preocupaba como una vieja. Pero Solly nunca se enfadaba...

La inquietud indujo a Micky a mostrarse amable.

–Hola, Solly, muchacho... ¿cómo está el genio de la Milla Cuadrada?

Pero a Solly le tenía sin cuidado Micky. Sin responder al saludo, le dio la enorme espalda desconsideramente y se encaró con Edward.

–Pilaster, eres un maldito sinvergüenza –sentenció.

Micky se quedó atónito y horrorizado. Solly y Edward estaban a punto de firmar el contrato. Aquello era grave: Solly nunca reñía con nadie. ¿Qué rayos le había impulsado a adoptar una actitud así?

Edward se encontraba igualmente desconcertado.

—¿De qué diablos estás hablando, Greenbourne?

Rojo como la grana, Solly a duras penas podía articular las palabras.

—Me he enterado de que tú y esa bruja a la que llamas madre estáis detrás de los nauseabundos artículos de *The Forum*.

«¡Oh, no!», dijo Micky para sí lleno de terror. Aquello era una catástrofe. Sospechaba que Augusta había participado en el asunto, pero no tenía prueba alguna... ¿cómo infiernos lo había averiguado Solly?

La misma pregunta se le ocurrió a Edward.

—¿Quién te ha llenado la cabeza de memeces?

—Una de las amigas de tu madre es azafata de la reina —replicó Solly. Micky supuso que se refería a Harriet Morte. Augusta parecía tener algún dominio sobre ella. Solly continuaba—: Se fue de la lengua y descubrió el pastel: se lo dijo al príncipe de Gales. Acabo de estar con él.

Micky pensó que Solly debía de estar prácticamente loco de rabia para aludir de modo tan indiscreto a una conversación privada con la realeza. Era el caso de un alma de Dios a la que habían apretado las clavijas demasiado. A Micky no se le ocurría ninguna solución para arreglar aquella disputa... desde luego, no con la debida celeridad para que al día siguiente se firmara el contrato.

Trató desesperadamente de enfriar la temperatura.

—Solly, muchacho, no puedes tener la certeza de que esa historia sea verídica...

Solly se revolvió para mirarle. Estaba sudando.

—¿Que no puedo? ¿Después de haber leído en el periódico que el título nobiliario concedido a Joseph Pilaster estaba destinado a Ben Greenbourne?

—Con todo y con eso...

—¿Te imaginas lo que esto supone para mi padre?

Micky empezó a comprender cómo se había abierto una brecha en la armadura de afabilidad de Solly. No estaba indignado por su persona, sino por su padre. El abuelo de Ben Greenbourne había llegado a Londres con un fardo de pieles rusas, un billete de cinco libras y un agujero en la suela de cada bota. Para Ben Greenbourne, ocupar un escaño en la Cámara de los Lores representaba el concluyente distintivo indicador de que la sociedad inglesa le aceptaba en su seno.

Indudablemente, a Joseph también le gustaría culminar su carrera con una dignidad de nobleza —su familia también había prosperado merced a su propio esfuerzo—, pero lograr el título sería mucho más importante para un judío. Para Greenbourne, el título hubiera constituido un triunfo no sólo para él y para su familia, sino también para toda la comunidad hebrea de Gran Bretaña.

—Yo no puedo evitar que seas judío —se defendió Edward.

Micky se apresuró a intervenir.

—No debéis dejar que vuestros padres se interpongan entre vosotros. Después de todo, sois socios en una empresa comercial de gran envergadura...

—¡No seas botarate, Miranda! —replicó Solly, con tal ferocidad que Micky dio un respingo—. Ya puedes olvidarte del ferrocarril de Santamaría y de cualquier otro negocio conjunto con el Banco Greenbourne. En cuanto nuestros socios se enteren de este asunto, nunca más querrán volver a hacer negocios con los Pilaster.

Micky notó en la garganta el sabor de la bilis mientras veía a Solly abandonar la estancia. Resultaba fácil olvidar lo poderosos que eran aquellos banqueros... sobre todo en el caso de Solly, poco atractivo físicamente. Sin embargo, en un momento de cólera, Solly podía aniquilar con una sola frase todas las esperanzas de Micky.

—Condenada insolencia —articuló Edward con voz débil—. Típicamente judía.

A Micky le faltó poco para ordenarle que se callara. Edward sobreviviría al derrumbamiento de aquel contrato, pero Micky no. Papá Miranda se sentiría defraudado, buscaría alguien a quien castigar y Micky recibiría todo el peso de su ira.

¿No quedaba esperanza? Trató de abandonar su idea de que todo estaba perdido y empezó a pensar. ¿Existía algún modo de impedir a Solly cancelar el convenio? De haber alguno, era cuestión de actuar rápidamente, porque una vez contara Solly a los demás Greenbourne lo que había averiguado, todos ellos reaccionarían en contra del trato.

¿Se podría convencer a Solly para que cambiase de idea? Micky tenía que intentarlo.

Se puso en pie bruscamente.

—¿Adónde vas? —preguntó Edward.

Micky decidió no explicar a Edward sus intenciones.

—A la sala de naipes —respondió—. ¿No quieres jugar una partida?

—Sí, claro.

Edward se levantó trabajosamente del asiento y ambos salieron del salón.

Al pie de la escalera, Micky se desvió hacia los servicios, al tiempo que decía:

—Ve subiendo... ahora me reúno contigo.

Edward empezó a subir la escalera. Micky entró en el guardarropa, cogió su sombrero y su bastón y se precipitó por la puerta de la calle.

Oteó Pall Mall en uno y otro sentido, aterrado por la posibilidad de que Solly se hubiera perdido de vista. Oscurecía y las farolas de gas ya estaban encendidas. De momento, Micky no vio a Solly por ninguna parte. Luego, a unos cien metros de distancia, localizó una figura corpulenta con traje de etiqueta y chistera que caminaba hacia St. James's con paso vivo.

Micky marchó tras ella.

Explicaría a Solly la importancia del ferrocarril para él y para Córdoba. Le diría que, a causa de algo que había hecho Augusta, Solly iba a condenar a la miseria a millones de pobres campesinos. Solly tenía un corazón bondadoso: si conseguía calmar su furia, tal vez le convenciese.

Había dicho que acababa de estar con el príncipe de Gales. Eso significaba que posiblemente aún no habría tenido tiempo de contar a nadie el secreto que le había transmitido el príncipe: que fue Augusta quien organizó la campaña antijudía de la prensa. Nadie había oído la gresca del club: en la sala de fumadores no estaban más que ellos tres. Con toda probabilidad, Ben Greenbourne ignoraría aún quién le había birlado el título nobiliario.

La verdad saldría a la superficie tarde o temprano. Era muy posible que el príncipe se lo contara a alguien más. Pero el contrato iba a firmarse al día siguiente. Si el secreto se conservaba hasta entonces, todo iría bien. Después, los Greenbourne y los Pilaster podían seguir peleándose hasta el Día del Juicio: Papá Miranda tendría ya su ferrocarril.

Por Pall Mall pululaban las prostitutas que hacían la calle en las aceras, hombres que entraban y salían de los clubes, faroleros que cumplían su tarea de encender el alumbrado público, coches particulares y simones, que rodaban por la calzada. Todo aquel tránsito entorpecía el paso de Micky. Hirvió el pánico en su interior. Solly dobló entonces la esquina de una calle lateral, rumbo a su casa de Piccadilly.

Micky hizo lo propio. Había menos gente en aquella calle. Micky pudo echar a correr.

—¡Greenbourne! —llamó—. ¡Espera!

Solly se detuvo y volvió la cabeza. Jadeaba. Reconoció a Micky y reanudó la marcha hacia su domicilio.

Micky le agarró por un brazo.

—¡Tengo que hablar contigo!

A Solly le faltaba el aliento hasta el punto de que casi no podía articular las palabras.

—¡Quítame de encima tus malditas manos! —resolló. Se soltó de un tirón y continuó andando.

Micky fue tras él y volvió a cogerle el brazo. Solly intentó liberarse, pero en esta ocasión Micky le retuvo.

—¡Escúchame!

—¡Déjame en paz! —conminó Solly vehemente.

—¡Sólo un momento, maldita sea! —Micky empezaba ya a irritarse.

Pero Solly no estaba dispuesto a atenderle. Se revolvió furiosamente, logró soltarse de Micky y se alejó.

Dos pasos más adelante llegó a un cruce y tuvo que detenerse en el bordillo mientras pasaba raudo un coche. Micky aprovechó la oportunidad para hablarle de nuevo.

—¡Cálmate, Solly! —pidió—. ¡Sólo quiero razonar contigo!

—¡Vete al diablo! —gritó Solly.

La calzada estaba libre. Para evitar que se alejara de él otra vez, Micky se puso delante de Solly y le cogió por las solapas. Solly se debatió, pero Micky aguantó los tirones.

—¡Escúchame! —chilló.

—¡Suéltame!

Solly asestó un puñetazo a Micky en la nariz.

Micky acusó el golpe y saboreó el gusto de la sangre. Perdió los estribos.

—¡Maldito seas! —gritó. Soltó la chaqueta de Solly y le devolvió el puñetazo. Alcanzó a Solly en la mejilla.

Solly dio media vuelta y puso un pie en la calzada. En aquel momento ambos vieron un carruaje que avanzaba hacia ellos a toda velocidad. Solly saltó hacia atrás para evitar que le atropellase.

Micky vio su oportunidad. Si Solly moría, los problemas de Micky habrían terminado.

No había tiempo para calcular los pros y los contras, no quedaba resquicio para el titubeo ni la reflexión.

Micky dio a Solly un fuerte empujón, lanzándole hacia el arroyo para que quedase delante de los caballos.

El cochero soltó un grito y tiró de las riendas. Solly dio un traspié, se vio los caballos encima, cayó al suelo y chilló.

Durante unos segundos Micky vio las caballerías lanzadas al galope, las pesadas ruedas del vehículo, el aterrado cochero y la inmensamente desvalida forma de Solly, tendido de espaldas en la calzada.

Luego, los caballos se precipitaron sobre Solly. Micky vio el cuerpo retorcerse y serpentear cuando los herrados cascos le destrozaron. De inmediato, la rueda delantera de la parte próxima a donde estaba Micky alcanzó a Solly en la cabeza, un impacto terrible que lo dejó inconsciente. Una fracción de segundo después, la rueda posterior pasó por encima de la cara de Solly y le aplastó el cráneo como si fuera una cáscara de huevo.

Micky se alejó. Creyó que iba a vomitar, pero pudo evitarlo. Los temblores sacudieron su cuerpo. Se sintió débil, al borde del desmayo, y tuvo que apoyarse en una pared.

Se obligó a echar un vistazo al cuerpo que yacía inmóvil en mitad de la calzada. La cabeza de Solly aparecía destrozada, su rostro, irreconocible, la sangre y algo más manchaban el arroyo a su alrededor.

Estaba muerto.

Y Micky se había salvado.

Ben Greenbourne ya no necesitaba saber lo que Augusta le había hecho; el trato se cumpliría; el ferrocarril se construiría, y Micky Miranda sería un personaje importante en Córdoba.

Notó un hilito caliente que se deslizaba por su labio. Le sangraba la nariz. Se sacó un pañuelo y lo aplicó allí.

Contempló a Solly un momento más. Pensó: «Sólo perdiste los nervios una vez en tu vida, y te maté».

Miró a un lado y a otro de la calle, iluminada por las farolas de gas. No se veía a nadie por allí. Sólo el cochero presenció lo ocurrido.

El coche de caballos se detuvo traqueteante a unos veinticinco metros. El cochero se apeó de un salto y una mujer miró por una ventana. Micky dio media vuelta y se alejó a toda prisa, de regreso hacia Pall Mall.

Unos segundos después oyó la voz del cochero que le llamaba:

—¡Eh, oiga! ¡Usted!

Apretó el paso un poco más, dobló la esquina y se adentró por Pall Mall sin volver la cabeza. Se perdió inmediatamente entre el gentío.

«Por Dios, lo conseguí», pensó. Ahora que había perdido de vista el cuerpo destrozado, la sensación de disgusto desaparecía, y empezó a vivir la sensación de triunfo. Pensar con rapidez y actuar con audacia le habían permitido superar un obstáculo más.

Aceleró la marcha rumbo al club. Con suerte, nadie habría reparado en su ausencia. Confiaba en ello, pero al franquear la puerta de entrada se encontró de frente con Hugh Pilaster, que salía en aquel momento.

Hugh le dirigió una inclinación de cabeza y dijo:

—Buenas noches, Miranda.

—Buenas noches, Pilaster —respondió Micky; y entró en el club sin dejar de maldecir a Hugh por lo bajo.

Pasó al guardarropa. Tenía la nariz enrojecida como consecuencia del puñetazo de Solly, pero aparte de eso sólo aparecía un poco desarreglado. Se alisó la ropa y se cepilló el pelo. Mientras lo hacía pensó en Hugh Pilaster. Si Hugh no hubiese estado en el umbral en aquel momento, nadie habría sabido nunca que Micky había salido del club... Apenas unos minutos... De todas formas, ¿qué importancia tenía? Nadie iba a sospechar que Micky pudiese matar a Solly y, aunque alguien lo sospechara, el hecho de que hubiese abandonado el club unos minutos no demostraría nada. No obstante, ya no tenía una coartada irrefutable, y eso le preocupaba.

Se lavó las manos a conciencia y subió la escalera para dirigirse a la sala de juego.

Edward estaba jugando al bacarrá y había un asiento libre en la mesa. Micky lo ocupó. Nadie hizo comentario alguno acerca del tiempo que había estado ausente.

Le sirvieron cartas.

—Pareces un poco mareado —comentó Edward.

—Sí —dijo tranquilamente—. Creo que el pescado de la sopa de esta noche no estaba todo lo fresco que debiera.

Edward hizo una seña al camarero.

—Tráigale a este hombre una copa de coñac.

Micky miró sus cartas. Tenía un nueve y un diez, la mano perfecta. Apostó un soberano.

Hoy podía perder.

2

Hugh fue a ver a Maisie dos días después de la muerte de Solly. La encontró sola, sentada inmóvil y silenciosa en un sofá, ataviada con un elegante vestido negro, menuda e insignificante en medio de la magnificencia del salón de la casa palaciega de Piccadilly. Arrugas de dolor surcaban su rostro, y parecía llevar bastantes horas sin dormir. A Hugh se le encogió el corazón de pena por ella.

Maisie se le echó en sus brazos, al tiempo que exclamaba:

—¡Oh, Hugh, era el mejor de todos nosotros!

Al oír aquellas palabras, Hugh no pudo contener las lágrimas. Hasta aquel momento había estado demasiado aturdido para llorar. Era un sino terrible morir como había muerto Solly, y lo merecía menos que cualquier otra persona que Hugh pudiese citar.

—No había en él la más mínima pizca de maldad —dijo—. Era incapaz de hacer daño a nadie. En los quince años que llevaba conociéndole, no recuerdo una sola vez en que no fuese amable y bueno con los demás.

481

—¿Por qué ocurren estas cosas? —articuló Maisie con voz dolida.

Hugh titubeó. Apenas unos días antes se había enterado, por medio de Tonio Silva, de que Micky Miranda había matado a Peter Middleton tantos años atrás. A causa de ello, no podía evitar preguntarse si no habría tenido Micky algo que ver con la muerte de Solly. La policía buscaba a un hombre bien vestido que estuvo discutiendo con Solly poco antes de que éste fuera atropellado. Hugh había visto a Micky entrar en el Club Cowes aproximadamente a la misma hora en que Solly murió, de forma que era indudable que estuvo por las proximidades.

Pero no existía móvil: todo lo contrario. Solly estaba entonces a punto de cerrar el trato para la operación del ferrocarril de Santamaría, tan importante para Micky. ¿Por qué iba a matar a su benefactor? Hugh decidió no decir nada a Maisie acerca de sus posiblemente infundadas sospechas.

—Parece que fue un trágico accidente —manifestó.

—El cochero cree que a Solly le empujaron. ¿Por qué iba a huir el testigo si no era culpable?

—Puede que intentara robar a Solly. De todas formas, eso es lo que dicen los periódicos.

La prensa concedía una amplia cobertura a la noticia. Era un caso sensacional: la espantosa muerte de un destacado banquero, uno de los hombres más ricos del mundo.

—¿Visten los ladrones traje de etiqueta?

—Era casi de noche. Puede que el cochero se confundiese respecto a la ropa del hombre.

Maisie se separó de Hugh y volvió a sentarse.

—Y si tú hubieses esperado un poco más, podrías haberte casado conmigo, en vez de hacerlo con Nora —dijo.

A Hugh le desconcertó la sinceridad de Maisie. La misma idea se le había ocurrido a él a los pocos segundos de enterarse de la noticia... pero se avergonzó de ella. Era típico de Maisie ir derecha al grano y decir lo que ambos pensaban. Hugh no estaba seguro de lo que debía responder, así que salió con una broma tonta.

—Si un Pilaster se casara con una Greenbourne, más que una boda sería una fusión.

Maisie sacudió la cabeza.

—No soy una Greenbourne. En realidad, la familia de Solly no me ha aceptado nunca.

—Sin embargo, debes de haber heredado una buena parte del banco.

—No he heredado nada, Hugh.

—¡Pero eso es imposible!

—Es la verdad. Solly no tenía dinero propio. Su padre le pasaba una generosa asignación mensual, pero nunca puso capital a su nombre, por culpa mía. Incluso esta casa es alquilada. Me pertenece mi vestuario y las joyas, de modo que no me moriré de hambre. Pero no heredo nada del banco... como tampoco lo heredará el pequeño Bertie.

Hugh estaba atónito... y furioso por el hecho de que alguien fuera tan mezquino con Maisie.

—¿El viejo ni siquiera atenderá las necesidades de tu hijo?

—No le dará ni un penique. Esta mañana he visto a mi suegro.

Era una forma miserable de tratarla y Hugh, como amigo de Maisie, se sintió afrentado personalmente.

—Es una vergüenza —dijo.

—En realidad, no —respondió Maisie—. Le proporcioné a Solly cinco años de felicidad y, a cambio, él me dio a mí cinco años de vida por todo lo alto. Puedo volver a la existencia normal. Venderé mis joyas, invertiré el dinero y podré llevar una vida tranquila con los ingresos que esa inversión me procure.

Era duro de aceptar.

—¿Te irás a vivir con tus padres?

—¿A Manchester? No, no creo que pudiera volver tan lejos. Me quedaré en Londres. Rachel Bodwin está creando un hospital para madres solteras: puedo ir a trabajar con ella.

—El hospital de Rachel está armando bastante alboroto. La gente cree que es un escándalo.

—¡Entonces encajaré de maravilla en él!

Hugh seguía dolido y preocupado por la forma ruin en que Ben Greenbourne trataba a su nuera. Decidió tener un intercambio de opiniones con Greenbourne e intentar hacerle cambiar de idea. Pero no se lo mencionaría a Maisie. No deseaba que la mujer concibiese unas falsas esperanzas que luego posiblemente quedasen en nada.

—No tomes ninguna determinación precipitada, ¿quieres? —le aconsejó.

—¿Como cuál? —quiso saber Maisie.

—No abandones esta casa, por ejemplo. Es posible que Greenbourne intentara confiscar tus muebles.

—No me moveré de aquí.

—Y te hace falta un abogado que defienda tus intereses.

Ella negó con la cabeza.

—He dejado de ser la clase de persona que llama a un abogado como se llama a un lacayo. Tengo que pensar en lo que cuestan sus servicios. A no ser que tenga la certeza de que me estafan, no consultaré a ningún abogado. Y no creo que traten de timarme. Ben Greenbourne es un hombre íntegro. Aunque también duro: duro como el hierro e igual de frío. Resulta asombroso que haya engendrado a alguien tan amable y bondadoso como Solly.

—Estás muy filosófica —dijo Hugh. Admiraba su valor.

Maisie se encogió de hombros.

—Mi vida ha sido maravillosa, Hugh. Pobre de solemnidad a los once años y fabulosamente rica a los diecinueve. —Se tocó el anillo del dedo—. Este diamante seguramente vale más dinero que el que mi madre haya visto jamás. He dado las mejores fiestas de Londres; he conocido a todo el que era alguien; he bailado con el príncipe de Gales. No lamento nada. Salvo que estés casado con Nora.

—Nora me gusta mucho —afirmó Hugh, en tono poco convincente.

—Estás enfadado porque no quise tener una aventura contigo —dijo Maisie crudamente—. Estabas loco por dar salida a tu vitalidad sexual. Y elegiste a Nora porque te recordaba a mí. Pero Nora no soy yo, y por eso te sientes ahora desdichado.

Hugh hizo una mueca de dolor, como si hubiese recibido un golpe.

Aquello se acercaba dolorosamente a la verdad.

—Nunca te fue simpática —dijo.

—También puedes decir que estoy celosa, y tal vez tengas razón, pero sigo insistiendo en que esa mujer no te quiere y que se casó contigo por tu dinero. Me juego algo a que, no mucho tiempo después de la boda, te has dado cuenta de que es verdad lo que te digo, ¿a que sí?

Hugh pensó en la resistencia de Nora a hacer el amor más de una vez a la semana y en cómo cambiaba su negativa cuando él le hacía un regalo. Se sintió infeliz y desvió la mirada.

—Siempre pasó necesidades —dijo Hugh—. Nada tiene de extraño que se haya vuelto materialista.

—Nunca pasó tantas necesidades como yo —replicó Maisie burlonamente—. Incluso a ti te sacaron del colegio al que ibas por falta de dinero, Hugh. No es excusa para justificar los falsos valores. El mundo está lleno de personas pobres que saben que el amor y la amistad son más importantes que la riqueza.

El tono desdeñoso de Maisie puso a Hugh a la defensiva.

—No es tan mala como la presentas.

—A pesar de ello, tú no eres feliz.

Confuso, Hugh se replegó para atrincherarse tras lo que sabía con certeza.

—Bueno, ahora estoy casado con ella y no la dejaré —dijo—. Los compromisos son para cumplirlos.

Maisie esbozó una sonrisa llorosa.

—Estaba segura de que ibas a decir eso.

Hugh tuvo una súbita imagen de Maisie desnuda, con sus redondos pechos pecosos al aire y la melena de pelo áureo rojizo llegándole a la cintura, y deseó poder retirar sus anteriores palabras, tan saturadas de altos principios morales. En vez de eso, se puso en pie.

Maisie también se levantó.

—Gracias por tu visita, Hugh querido —dijo.

La primera intención de Hugh fue estrecharle la mano, pero cambió de idea y se inclinó para darle un beso en la mejilla; sin saber cómo, se encontró besándola en los labios. Fue un beso suave y tierno, que se prolongó durante unos segundos y que a punto estuvo de destruir la resolución de Hugh. Pero, por último, se separó de Maisie y abandonó la estancia sin pronunciar una palabra más.

La casa de Ben Greenbourne era otro palacio, situado unos metros más allá, en Piccadilly. Hugh se encaminó hacia allí después de visitar a Maisie. Se alegraba de tener algo que hacer, algún modo de mantener la mente alejada del torbellino que se agitaba en su corazón. Preguntó por el anciano.

—Diga que se trata de un asunto de máxima urgencia —encargó al mayordomo.

Mientras esperaba, observó que todos los espejos del vestíbulo aparecían cubiertos, y supuso que eso formaba parte del rito del duelo judío.

Maisie le había desequilibrado. Cuando la tenía frente a sí, su corazón se llenaba de amor y de anhelo. Se daba perfecta cuenta de que sin ella no podría ser verdaderamente feliz. Pero estaba casado con Nora. Nora había llevado calor y afecto a su vida después de que Maisie le rechazara, y ésa era la razón por la que se casó con ella. ¿Qué sentido tenía hacer promesas en una ceremonia nupcial si luego uno cambiaba de idea?

El mayordomo le condujo a la biblioteca. Seis o siete

personas se marchaban en aquel momento. Dejaron solo a Ben Greenbourne. El anciano iba descalzo y estaba sentado en un sencillo taburete de madera. Había una mesa con frutas y pasteles para los visitantes.

Greenbourne rebasaba los sesenta —Solly había sido un hijo tardío—, y parecía viejo y agotado, pero no mostraba indicio de lágrimas.

Se enderezó, recta la espalda, formal como siempre, estrechó la mano de Hugh y le indicó un taburete.

Greenbourne tenía una carta antigua en la mano.

—Escucha esto —dijo, y empezó a leer—. «Querido papá: Tenemos un nuevo profesor de latín, el reverendo Green, y me va mucho mejor, diez de diez todos los días de la semana pasada. Waterford cazó una rata en el cuarto de las escobas y está intentando amaestrarla para que coma en su mano. Aquí la comida escasea, ¿no puedes enviarme un pastel? Tu hijo que te quiere, Solomon.» —Dobló la carta—. Tenía catorce años cuando escribió eso.

Hugh comprendió que, a pesar de su rígido autodominio, Greenbourne estaba sufriendo.

—Me acuerdo de aquella rata —dijo—. Le mordió a Waterford en el dedo índice.

—Cómo me gustaría retroceder años y años en el tiempo —dijo Greenbourne, y Hugh se percató de que el férreo control del anciano se estaba debilitando.

—Yo debo de ser uno de los amigos más antiguos de Solly —manifestó Hugh.

—Cierto. Siempre te admiró, aunque tú eras más joven.

—No sé por qué me admiraba. Pero siempre estaba dispuesto a pensar lo mejor de todo el mundo.

—Demasiado blando.

Hugh no deseaba que la conversación adoptase aquel rumbo.

—He venido aquí no sólo como amigo de Solly, sino también como amigo de Maisie.

Greenbourne se puso rígido automáticamente. La tristeza desapareció de su rostro y su expresión volvió a ser la caricatura del rígido prusiano. Hugh se preguntó cómo podría odiar a una mujer tan hermosa y tan pletórica de jovialidad como Maisie.

—Conocí a Maisie poco después que Solly —continuó Hugh—. Me enamoré de ella, pero Solly me la ganó por la mano.

—Era más rico.

—Señor Greenbourne, espero que me permita ser franco. Maisie era una muchacha sin un penique, a la búsqueda de un marido rico. Pero cuando se casó con Solly cumplió religiosamente su parte del trato. Fue una buena esposa para él.

—Y tuvo su recompensa —declaró Greenbourne—. Durante cinco años disfrutó de una vida de gran dama.

—Por extraño que parezca, eso mismo dijo ella. Pero no creo que sea suficiente. ¿Qué me dice de Bertie? Seguramente no querrá usted dejar a su nieto en la miseria.

—¿Nieto? —replicó Greenbourne—. Hubert no tiene ningún parentesco conmigo.

Hugh tuvo el momentáneo presentimiento de que algo estaba a punto de suceder. Fue como una pesadilla en la que un horror sin nombre iba a desencadenarse.

—No le comprendo —dijo a Greenbourne—. ¿Qué quiere decir?

—Esa mujer ya llevaba el niño en su seno cuando se casó con mi hijo.

Hugh se quedó boquiabierto.

—Solly lo sabía, estaba enterado de que la criatura no era suya —prosiguió Greenbourne—. A pesar de ello, la tomó... en contra de mi voluntad, casi no es necesario añadirlo. Como es lógico, la gente, la mayoría de la gente, ignora eso: no estábamos dispuestos a darle tres cuartos al pregonero, pero ya no hay necesidad de mantener el secreto, ahora que... —se le quebró la voz, tragó saliva y continuó—:

Tras la boda, fueron a dar la vuelta al mundo. El niño nació en Suiza: lo inscribieron con una fecha falsa, y para cuando regresaron a Inglaterra ya habían transcurrido cerca de dos años, era difícil determinar que la criatura tenía cuatro meses más de lo que habían dicho.

A Hugh se le paralizó el corazón. Estaba obligado a formular una pregunta, pero le aterraba la respuesta.

—¿Quién... quién era el padre?

—Ella nunca quiso decirlo —contestó Greenbourne—. Solly no llegó a saberlo.

Pero Hugh sí lo sabía.

El niño era suyo.

Se quedó mirando a Ben Greenbourne, incapaz de pronunciar palabra.

Hablaría con Maisie, la obligaría a confesar la verdad, aunque sabía que iba a confirmar su intuición. A pesar de las apariencias, Maisie nunca fue una muchacha promiscua. Era virgen cuando él la sedujo. Él la dejó embarazada, aquella primera noche. Después, Augusta consiguió separarlos y Maisie se casó con Solly.

Maisie incluso puso al niño el nombre de Hubert, muy parecido al de Hugh.

—Es terrible, naturalmente —dijo Greenbourne, al ver la consternación de Hugh y equivocándose al considerar el motivo de la misma.

«Tengo un hijo —pensaba Hugh—. Un niño. Hubert. Al que llaman Bertie.» La idea se retorció en su corazón.

—Sin embargo, estoy seguro de que comprendes por qué no queremos tener nada que ver con esa mujer ni con el niño, ahora que mi querido hijo ha pasado a mejor vida.

—¡Ah, no se preocupe! —dijo Hugh—. Cuidaré de ellos.

—¿Tú? —se extrañó Greenbourne—. ¿Por qué ibas a preocuparte de ellos?

—Ah, bueno... Soy lo único que tienen ahora, supongo —dijo Hugh.

—No te compliques en esto, joven Pilaster —aconsejó Green-bourne bondadoso—. Ya tienes una esposa a la que atender.

Hugh no deseaba dar explicaciones y estaba demasiado aturdido para urdir un cuento. Comprendió que tenía que retirarse. Se puso en pie.

—Debo irme. Mi más sincero pésame, señor Greenbour-ne. Solly era el hombre más bondadoso que he conocido en mi vida.

Greenbourne inclinó la cabeza.

En el vestíbulo de los espejos tapados tomó su sombrero de manos del lacayo y salió a la luminosidad solar de Picca-dilly. Se dirigió hacia el oeste y se adentró por Hyde Park, rumbo a su casa, en Kensington. Podía haber cogido un coche de alquiler, pero deseaba disponer de un poco de tiempo para reflexionar.

Ahora todo resultaba distinto. Nora era su esposa legal, pero Maisie era la madre de su hijo. Nora podía cuidar de sí misma —lo mismo que Maisie, para el caso—, pero el niño necesitaba un padre. De súbito la cuestión de lo que debía hacer con el resto de su vida volvía a estar abierta.

Sin duda, un clérigo diría que nada había cambiado y que su obligación era continuar junto a Nora, la mujer con la que se había casado por la iglesia; pero los religiosos no sabían gran cosa. El rígido metodismo de los Pilaster a Hugh le resbalaba: nunca consiguió creer que todo dilema de la moral moderna pudiera hallarse en la Biblia. Y con total sangre fría, Nora le había conquistado y seducido para que se casara con ella —Maisie estaba en lo cierto respecto a eso—, y todo lo que existía entre ellos era un trozo de pa-pel. Y eso era muy poco, comparado con un hijo... el fruto de un amor tan profundo e intenso que se había manteni-do a lo largo de muchos años y a través de muchas pruebas.

«Todo esto ¿no serán excusas? —se preguntó—. ¿Será sólo una justificación engañosa para ceder a un deseo que sé que es ilegítimo?»

Se sintió dividido en dos.

Trató de considerar las cosas desde el punto de vista práctico. Carecía de base para el divorcio, pero estaba seguro de que Nora se mostraría dispuesta a concedérselo si le ofrecía dinero suficiente. Sin embargo, los Pilaster le pedirían que se despidiera del banco: el estigma social del divorcio era demasiado grave como para permitirle continuar como socio. Podría conseguir otro empleo, pero ninguna persona respetable de Londres recibiría en su casa a él y a Maisie como pareja una vez se hubieran casado. Casi con toda seguridad tendrían que irse al extranjero. Pero tal perspectiva no dejaba de atraerle, y tenía la impresión de que también encantaría a Maisie. Podría volver a Boston o, mejor aún, ir a Nueva York. Jamás sería millonario, pero ¿qué significaba eso comparado con la alegría de vivir con la mujer a la que siempre había amado?

Se encontró delante de su casa. Formaba parte de una elegante línea de nuevos edificios de ladrillo rojo construida en Kensington, a unos ochocientos metros de la mucho más extravagante vivienda de tía Augusta, situada en Kensington Gore. Nora estaría en su alcoba superrecargada, vistiéndose para el almuerzo. ¿Qué era lo que le impedía entrar allí y anunciar que iba a dejarla?

Eso era lo que deseaba hacer, ahora lo sabía. ¿Pero era justo?

La clave de todo la constituía el niño. No sería honesto dejar a Nora por Maisie; pero sí era lícito dejar a Nora por el bien de Bertie.

Se preguntó qué diría Nora cuando se lo comunicase y su imaginación le dio la respuesta. Vio mentalmente el rostro de Nora, endurecidas las facciones en un gesto de firme determinación, oyó el filo desagradable de su voz y adivinó las palabras exactas que utilizaría:

—Te costará hasta tu último penique.

Resultaba bastante extraño, pero eso le decidió. De haberse imaginado a Nora estallando en un mar de lágrimas de tristeza, hubiera sido incapaz de seguir adelante, pero sabía que su intuición inicial era acertada.

Entró en la casa y subió corriendo la escalera.

Delante del espejo, Nora se ponía el colgante que Hugh le había regalado. Era el amargo recuerdo de que tenía que comprarle joyas para persuadirla a hacer el amor.

Nora habló antes de que lo hiciese él.

—Tengo una noticia —dijo.

—Eso no importa ahora...

Pero la mujer no estaba dispuesta a interrumpirse. En su rostro había una extraña expresión: medio triunfal, medio pesarosa.

—De todas formas, tendrás que mantenerte fuera de mi cama durante una temporada.

Hugh comprendió que Nora no iba a permitirle hablar hasta que ella hubiese dicho lo que tenía que decir.

—¿De qué diablos estás hablando?

—Ha ocurrido lo inevitable.

Repentinamente, Hugh supuso lo que iba a anunciarle. Tuvo la impresión de que recibía el impacto de un tren. Se dio cuenta de que era demasiado tarde: ahora ya no podía abandonarla. Le asaltó una oleada de repugnancia y el dolor de la pérdida: la pérdida de Maisie, la pérdida de su hijo.

Miró a Nora a los ojos. Había desafío en ellos, casi como si la mujer hubiese presagiado lo que Hugh tenía intención de hacer. Tal vez sí lo adivinó.

Hugh esbozó una sonrisa forzada.

—¿Lo inevitable?

Y entonces, Nora anunció:

—Voy a tener un hijo.

TERCERA PARTE

1890

I

Septiembre

1

Joseph Pilaster falleció en septiembre de 1890, tras ocupar el cargo de presidente del consejo del Banco Pilaster durante diecisiete años. Durante ese espacio de tiempo, Gran Bretaña se enriqueció de manera continua, lo mismo que la familia Pilaster. Ahora eran ya tan ricos como los Greenbourne. La fortuna de Joseph ascendía a más de dos millones de libras, incluida su colección de sesenta y cinco cajitas de rapé adornadas con joyas —una por cada año de su vida—, que por sí solas valían cien mil libras esterlinas y que legó a su hijo Edward.

Toda la familia tenía invertido su capital en el negocio, que les rentaba un infalible cinco por ciento de interés, cuando los depositarios corrientes obtenían alrededor de un uno y medio por ciento en la mayor parte de las ocasiones. Los socios incluso percibían más. Aparte del cinco por ciento del capital invertido se repartían entre ellos los beneficios de la firma, según unas complicadas fórmulas. Después de un decenio de cobrar tales beneficios compartidos, Hugh estaba a medio camino de la condición de millonario.

La mañana del funeral, mientras se afeitaba, Hugh se examinó el rostro en el espejo, en busca de algún síntoma

495

de decadencia. Tenía treinta y siete años. El pelo empezaba a volvérsele gris, pero la barba todavía era negra. Se habían puesto de moda los bigotes retorcidos y se preguntó si debería dejárselo para parecer más joven.

Hugh pensaba que tío Joseph había tenido suerte. Durante el tiempo que ejerció de presidente del consejo el mundo de las finanzas se mantuvo estable. Sólo se produjeron dos crisis de escasa importancia: la quiebra del Banco de la Ciudad de Glasgow, en 1878, y la bancarrota del banco francés Union Générale, en 1882. En ambos casos, el Banco de Inglaterra contuvo la crisis elevando provisionalmente el tipo de interés hasta el seis por ciento, que quedaba muy por debajo del nivel de pánico. Para Hugh, tío Joseph había comprometido excesivamente al banco invirtiendo en América del Sur más de lo aconsejable, pero el derrumbamiento que Hugh siempre temió no había llegado a producirse y, en lo que concernía a tío Joseph, ya nunca iba a llegar. Sin embargo, invertir en operaciones arriesgadas era como poseer una casa en ruinas y alquilarla a unos inquilinos: el importe de los alquileres se iría cobrando hasta el final, pero cuando la casa se derrumbara, no habría ni alquileres ni casa. Ahora que Joseph había desaparecido, Hugh deseaba que el banco se asentara sobre cimientos más sólidos, mediante la venta o la reparación de aquellas inversiones ruinosas suramericanas.

Tras asearse y afeitarse, se puso la bata y pasó al cuarto de Nora. La mujer le estaba esperando: hacían siempre el amor el viernes por la mañana. Hugh aceptó aquella regla semanal mucho tiempo atrás. Nora estaba bastante rellenita, y su cara aparecía más redonda que nunca, pero apenas tenía arrugas y conservaba aún su belleza.

A pesar de todo, mientras hacía el amor con ella, Hugh cerraba los ojos e imaginaba estar con Maisie.

A veces tenía la impresión de que renunciaba a todo. Pero aquellas sesiones de los viernes por la mañana le habían proporcionado tres hijos a los que amaba con locura: Tobias, llamado así por el padre de Hugh; Samuel, por su tío; y Solomon, por Solly Greenbourne. Toby, el mayor, ingresaría en el Colegio Windfield el año próximo. Nora alumbraba hijos con escasa dificultad, pero una vez los niños habían llegado al mundo, la mujer perdía todo interés por ellos, y Hugh se volcaba en atenciones para compensar la frialdad con que los trataba su madre.

El hijo secreto de Hugh, Bertie, el que tuvo con Maisie, contaba ya dieciséis años, llevaba varios cursos en el Windfield y era un alumno laureado, así como la estrella del equipo de cricket. Hugh pagaba los recibos, visitaba el colegio el día de reparto de títulos y, por regla general, figuraba como padrino. Tal vez eso indujo a algún cínico a sospechar que era el verdadero padre de Bertie. Pero Hugh había sido amigo de Solly y todo el mundo sabía que el padre de éste se negaba a ayudar al muchacho, de modo que la mayoría de la gente daba por supuesto que la generosidad de Hugh surgía de la fidelidad a la memoria de Solly.

Cuando se apartaba de Nora, ésta preguntó:

—¿A qué hora es la ceremonia?

—A las once, en el salón metodista de Kensington. El almuerzo tendrá lugar después en la Mansión Whitehaven.

Hugh y Nora aún vivían en Kensington, pero se habían mudado a una casa más amplia cuando los chicos empezaron a llegar. Hugh había dejado a Nora la elección, y la mujer se decidió por una casa enorme, con adornos de estilo vagamente flamenco, similares a los que decoraban la mansión de Augusta... un estilo que había llegado a erigirse en la cumbre de la moda, por lo menos en aquella zona residencial, puesto que fue Augusta quien levantó el edificio.

La Mansión Whitehaven nunca había satisfecho a Augusta. Siempre deseó un palacio en Piccadilly como el de los Greenbourne. Pero los Pilaster aún conservaban cierta dosis de puritanismo y Joseph insistió en que la Mansión Whitehaven era lo suficientemente lujosa para cualquiera, al margen de lo adinerado que fuese. Ahora la casa pertenecía a Edward. Quizá Augusta le convencería para que la vendiera y comprase otra mayor.

Cuando Hugh bajó a desayunar, su madre ya estaba allí. Dotty y ella habían llegado de Folkestone el día anterior. Hugh dio un beso a su madre. La mujer dijo sin preámbulos:

—¿Crees que realmente la quiere, Hugh?

Hugh no tuvo que preguntar a quién se refería. Dotty, que entonces tenía veinticuatro años, estaba prometida a lord Ipswich, primogénito del duque de Norwich. Nick Ipswich era el heredero de un ducado en bancarrota y la madre temía que sólo deseara casarse con Dotty por su dinero, o mejor dicho, por el dinero del hermano de Dotty.

Hugh lanzó a su madre una mirada afectuosa. Veinticuatro años después de la muerte de su esposo, aún iba de luto. Tenía el pelo blanco, pero sus ojos eran tan bonitos como siempre.

—La quiere, mamá —dijo Hugh.

Como Dotty no tenía padre, Nick había acudido a Hugh para pedirle formalmente la mano de la muchacha. En tales casos, los abogados de ambas partes extendían un acuerdo matrimonial antes de que se confirmara el compromiso, pero Nick insistió en hacer las cosas de otra manera, radicalmente opuesta.

—He dicho a la señorita Pilaster que soy pobre —confesó a Hugh—. Ella dice que ha conocido la opulencia y la miseria, y cree que la felicidad procede de la persona con la que se convive, no del dinero que uno tiene.

Era un exposición muy idealista y, desde luego, Hugh iba a dar a Dotty una dote magnánima; pero le alegró saber que Nick amaba a la muchacha por ella misma, sin importarle que fuera más rica o más pobre.

A Augusta le indignaba que Dotty hiciese una boda tan estupenda.

Cuando falleciese el padre de Nick, Dotty sería duquesa, dignidad muy superior a la de condesa.

Dotty bajó al cabo de unos minutos. Había crecido y se había desarrollado como nunca pudo Hugh sospechar. La tímida y risueña chiquilla era ahora una mujer voluptuosa, morena y sensual, de voluntad férrea y genio vivo. Hugh supuso que muchos hombres se sentirían intimidados por ella, y probablemente ésa sería la razón por la que había llegado a los veinticuatro años sin casarse. Pero Nick Ipswick poseía una tranquila fortaleza que no necesitaba el apoyo de una esposa sumisa. Hugh pensó que sería un matrimonio apasionado y pendenciero, lo contrario que el suyo.

Nick se presentó a las diez, tal como habían quedado, cuando aún estaban sentados a la mesa del desayuno. Hugh le había pedido que acudiera a la casa a aquella hora. Nick se sentó junto a Dotty y tomó una taza de café. Era un joven inteligente, de veintidós años, recién salido de Oxford, donde, a diferencia de la mayoría de los aristócratas jóvenes, pasó los exámenes y obtuvo una licenciatura. Tenía buen porte, típicamente inglés, cabello rubio, ojos azules y facciones regulares. Dotty le miraba con deseo. Hugh envidió el amor sencillo y lujurioso de la pareja.

A sus treinta y siete años, Hugh se sentía demasiado joven para interpretar el papel de cabeza de familia, pero había convocado aquella reunión y no tenía más remedio que zambullirse en él.

—Dotty, tu novio y yo hemos mantenido largas conversaciones acerca de la cuestión económica.

La madre se levantó, dispuesta a retirarse, pero Hugh la detuvo.

—Hoy en día, mamá, se da por supuesto que las mujeres entienden de dinero... es el estilo moderno.

La mujer sonrió como si Hugh fuera un niño tonto, pero se sentó de nuevo.

—Como todos sabéis —prosiguió Hugh—, Nick tiene intención de dedicarse a una profesión liberal y ha pensado prepararse para ejercer la abogacía, ya que el ducado no le proporciona medios de subsistencia.

Dada su condición de banquero, Hugh sabía exactamente cómo había perdido todo su patrimonio el padre de Nick. El duque había sido un terrateniente progresista y, durante el apogeo de prosperidad agrícola de mediados de siglo, solicitó préstamos para financiar diversas mejoras: proyectos de avenamiento, eliminación de kilómetros de cerca y la compra de costosa maquinaria de vapor: segadoras, agavilladoras y trilladoras. Luego, en el decenio de mil ochocientos setenta sobrevino la terrible depresión agrícola que aún continuaba en mil ochocientos noventa. El precio de la tierra de cultivo cayó en picado, y los campos del duque valían ahora menos que las hipotecas que había firmado sobre ellos.

—No obstante, si Nick pudiera desembarazarse de las hipotecas que tiene alrededor del cuello y racionalizar el ducado, las tierras aún generarían unos ingresos muy considerables. Sólo necesitan que se las gestione bien, como una empresa.

Nick añadió:

—Voy a vender una buena porción de las granjas más alejadas y diversas propiedades, para concentrarme luego en sacarle el máximo partido a lo que quede. Y voy a construir casas en los solares que poseemos en Sydenham, en el sur de Londres.

—Un estudio nos ha permitido determinar —explicó Hugh— que las finanzas del ducado pueden rentabilizarse de modo permanente con una inversión de cien mil libras. Así que ésa es la cantidad que voy a daros como dote.

Dotty se quedó boquiabierta y la madre estalló en lágrimas. Nick, que conocía la cifra por anticipado, manifestó:

—Es notablemente generoso por tu parte.

Dotty echó los brazos al cuello de su novio y le besó;

acto seguido rodeó la mesa y besó también a Hugh. Éste se sintió un tanto incómodo, pero, al mismo tiempo, estaba contento por haberlos hecho tan felices. Por otra parte, confiaba en que Nick utilizase bien aquel dinero y procurase a Dotty un hogar seguro.

Nora bajó vestida para el funeral con un modelo de fustán púrpura y negro. Había desayunado en su cuarto, como siempre.

—¿Dónde están los chicos? —preguntó en tono irritado mientras consultaba el reloj—. Le dije a esa espantosa institutriz que los tuviese a punto...

Le interrumpió la llegada de la institutriz y los muchachos: Toby, de once años; Sam, que contaba seis; y Sol, que tenía cuatro. Todos llevaban chaqueta y corbata negra y se cubrían con pequeñas chisteras. Hugh experimentó un ramalazo de orgullo.

—Mis soldaditos —dijo—. ¿Cuál era anoche la tasa de descuento del Banco de Inglaterra, Toby?

—Invariable al dos y medio por ciento, señor —repuso Tobias, que estaba obligado a consultarlo en *The Times* todas las mañanas.

Sam, el mediano, rebosaba entusiasmo.

—Mamá, tengo una mascota —anunció excitado.

—No me dijiste... —insinuó la institutriz intranquila.

Sam se sacó del bolsillo una caja de cerillas, la puso ante la cara de su madre y la abrió.

—¡La araña *Bill*! —declaró ufano.

Nora emitió un chillido, despidió de un manotazo la caja de cerillas y se apartó de un salto.

—¡Horrible niño! —gritó.

Sam gateó por el suelo en busca de la cajita.

—¡*Bill* ha desaparecido! —protestó, y rompió a llorar.

Nora se encaró con la institutriz.

—¡Cómo permite que haga cosas así!

—Lo siento, no sabía...

–No se ha hecho ningún daño a nadie –intervino Hugh, dispuesto a templar los ánimos. Pasó un brazo alrededor de los hombros de Nora–. Te ha pillado desprevenida, eso es todo. –La acompañó hasta el vestíbulo–. Venga, vamos todo el mundo, es hora de ponernos en marcha.

Cuando salían de la casa, apoyó una mano en el hombro de Sam.

–Bien, Sam, espero que hayas tomado buena nota de que hay que andarse con ojo para no asustar a las señoras.

–He perdido mi mascota –dijo Sam en tono apesadumbrado.

–De cualquier modo, las arañas no viven en cajas de cerillas. Tal vez deberías tener otra clase de animalito. ¿Qué te parece un canario?

El niño se animó inmediatamente.

–¿Podría tenerlo?

–Tendrías que encargarte de darle de comer y de beber con regularidad, si no, se moriría.

–¡Lo haré, lo haré!

–Entonces mañana iremos por uno.

–¡Viva!

Se dirigieron al salón metodista de Kensington en coches cerrados. Llovía a cántaros. Los chicos no habían asistido nunca a un funeral.

Toby, que era más bien solemne, preguntó:

–¿Se espera de nosotros que lloremos?

–No seas tan estúpido –le reprochó Nora.

A Hugh le habría gustado que fuese más afectuosa con los chicos. Nora era muy pequeña cuando su madre murió, y Hugh suponía que por eso le resultaba tan difícil cuidar a sus propios hijos: no tuvo ocasión de aprender el modo de hacerlo. A pesar de ello, pensaba Hugh, podía esforzarse un poco más en intentarlo.

–Pero puedes llorar si te entran ganas –le dijo Hugh a Toby–. En los funerales se permite.

—No creo que me apetezca. No quería mucho a tío Joseph.

—Yo quería a la araña *Bill* —precisó Sam.

—Yo soy demasiado mayor para llorar —dijo Sol, el más pequeño.

El salón metodista de Kensington expresaba en piedra los sentimientos ambivalentes de los prósperos metodistas, partidarios de la sencillez religiosa, pero que se morían secretamente por hacer ostentación de su riqueza. Aunque lo llamaban salón, su ornato era tan suntuoso como el de cualquier templo anglicano o católico. No tenía altar, pero sí un órgano magnífico. Los cuadros e imágenes estaban proscritos, pero la arquitectura era barroca, las molduras extravagantes y la decoración enrevesada.

Aquella mañana, la iglesia estaba llena a rebosar, con público de pie en las galerías, los pasillos e incluso en la parte del fondo. A los empleados del banco se les concedió el día libre para que asistieran al acto religioso, y se hallaban presentes allí delegados de todas las instituciones financieras de la City. Hugh saludó inclinando la cabeza al gobernador del Banco de Inglaterra, al primer lord del Tesoro y al anciano Ben Greenbourne, que tenía más de setenta años, pero que aún conservaba la espalda recta como la de un guardia joven.

Se acomodó a los miembros de la familia en asientos reservados de la primera fila. Hugh se sentó junto a tío Samuel, que iba tan inmaculado como siempre, con su levita negra, su cuello de palomita y su corbata de seda con el nudo a la última moda. Al igual que Greenbourne, Samuel había pasado ya de los setenta, y se mantenía alerta y en forma.

Ahora que Joseph había muerto, Samuel era el obvio candidato al destino de presidente del consejo. Entre todos los socios, era el más veterano y el más experto. Sin embargo, Augusta y Samuel se odiaban, y la mujer se opondría ferozmente a tal nombramiento. Lo más probable era que

Augusta respaldase al hermano de Joseph, *Young* William, que tenía ahora cuarenta y dos años.

De los otros socios, dos no contaban, al no llevar el apellido Pilaster: el mayor Hartshorn y sir Harry Tonks, esposo de Clementine, la hija de Joseph. Los dos socios restantes eran Hugh y Edward.

Hugh deseaba ser presidente del consejo... lo deseaba con toda su alma. Aunque era el más joven, también era el más competente de todos ellos. Tenía plena conciencia de que estaba capacitado para engrandecer y fortalecer el banco hasta extremos nunca alcanzados, y al mismo tiempo reducir el peligro que representaban los préstamos arriesgados que fueron la base de la gestión de Joseph. No obstante, Augusta pugnaría por su nombramiento con mayor fiereza incluso que en el de Samuel. Pero Hugh no soportaba la idea de tener que esperar a que Augusta envejeciese, o muriera, para tomar las riendas del negocio. La mujer no tenía más que cincuenta y ocho años: fácilmente podría aguantar por allí otros quince, tan malévola y llena de vigor como siempre.

El otro socio era Edward. Estaba sentado junto a Augusta, en la primera fila. De edad mediana, tenía una cara gruesa y rojiza, y últimamente le había aparecido un sarpullido que resultaba de lo más desagradable a la vista. No era inteligente ni trabajador, y en los diecisiete años que llevaba en el negocio se las había arreglado para no aprender casi nada de banca. Llegaba al trabajo a las diez de la mañana, se iba a almorzar hacia las doce y, con harta frecuencia, ya no volvía en toda la tarde. Se desayunaba con jerez, nunca permanecía sobrio toda la jornada y era su ayudante, Simón Oliver, quien se encargaba de librarle de todos los problemas. La idea de que le nombraran presidente del consejo resultaba inconcebible.

La esposa de Edward, Emily, ocupaba el asiento contiguo al del hombre, lo que era raro. Más que separados, vivían distantes. Edward se alojaba con su madre en la Mansión

504

Whitehaven y Emily se pasaba todo el tiempo en la casa de campo de la familia, y sólo iba a Londres con ocasión de ceremonias como aquel funeral. Hubo un tiempo en que Emily había sido muy bonita, con enormes ojos azules y sonrisa infantil, pero los años habían dejado en su rostro huellas de desilusión. No tenían hijos, y a Hugh le parecía que se odiaban el uno al otro.

A continuación de Emily estaba Micky Miranda, diabólicamente elegante con su abrigo gris de cuello de visón negro. Desde que se enteró de que Micky había asesinado a Peter Middleton, Hugh no había dejado de temerle. Edward y Micky continuaban siendo uña y carne. Micky tenía arte y parte en muchas de las inversiones suramericanas que el banco había respaldado en el curso de los últimos diez años.

El servicio fue largo y tedioso, la subsiguiente procesión desde el templo hasta el cementerio, bajo la incesante lluvia de septiembre, duró más de una hora, a causa de los centenares de carruajes que seguían al coche fúnebre.

Hugh observó a Augusta mientras bajaban el ataúd al interior de la tumba. Estaba de pie, bajo el enorme paraguas que sostenía Edward.

Su cabello tenía ya un tono plateado y el aspecto de la mujer era magnífico con su impresionante sombrero negro. Ahora que acababa de perder al compañero de su vida, ¿se mostraría humana y consternada? No, su orgulloso semblante estaba tallado en líneas austeras, como el busto en mármol de un senador romano, y no manifestaba aflicción alguna.

Concluido el entierro se ofreció un almuerzo en la Mansión Whitehaven a todos los miembros de la amplia familia Pilaster, incluidos los socios con sus esposas e hijos, además de los asociados comerciales más íntimos y los parásitos veteranos como Micky Miranda. De modo que fueron a comer todos juntos y Augusta tuvo que unir dos mesas en el alargado salón.

Hacía un par de años que Hugh no entraba en la casa, y desde su última visita, Augusta la había vuelto a decorar, una vez más, en esta ocasión de estilo árabe, que era la última moda. Se habían insertado arcos de herradura en los vanos de las puertas, los muebles estaban adornados con taraceas, animaban la tapicería pintorescos dibujos de un islamismo abstracto y el salón contaba con un biombo de El Cairo y un atril coránico.

Augusta sentó a Edward en la silla de Joseph. Hugh pensó que era una ligera falta de tacto. Ponerle a la cabecera de la mesa subrayaba cruelmente la incapacidad de Edward para ocupar el puesto de su padre.

Joseph había sido un presidente irregular, pero no un estúpido.

Sin embargo, Augusta tenía un objetivo, como siempre. Cuando la comida tocaba a su fin, anunció con su acostumbrada brusquedad:

—Debe nombrarse un presidente del consejo lo antes posible y, evidentemente, ha de ser Edward.

Hugh se horrorizó. Augusta siempre había sentido una enorme debilidad por su hijo, pero, con todo, aquello resultaba totalmente inesperado. Estaba prácticamente seguro de que no se saldría con la suya, pero era desconcertante que llegara incluso a sugerirlo.

Se hizo el silencio y Hugh comprendió que todo el mundo esperaba que tomase la palabra. Toda la familia le consideraba la oposición a Augusta. Vaciló, mientras determinaba cuál sería el mejor modo de enfocar el asunto. Decidió darle largas.

—Creo que los socios deberían tratar esta cuestión mañana —dijo.

Augusta no estaba dispuesta a que se saliera por la tangente con tanta facilidad.

—Te agradeceré que no me digas lo que puedo y no puedo tratar en mi casa, joven Hugh —dijo.

—Si insistes... —Hizo un rápido acopio de ideas—. No hay nada obvio respecto a la decisión, aunque salta a la vista que tú, querida tía, no entiendes las sutilezas de la cuestión, quizá porque nunca has trabajado en el banco o, mejor dicho, porque nunca has trabajado...

—¡Cómo te atreves...!

Hugh levantó la voz para imponer su volumen sobre el de ella.

—El socio superviviente de más edad es tío Samuel —dijo. Se dio cuenta de que se mostraba demasiado agresivo y bajó el tono—. Tengo la certeza de que todos estarán de acuerdo en que sería una elección sabia, madura y experta, altamente aceptable para la comunidad financiera.

Tío Samuel inclinó la cabeza para agradecer el cumplido, pero no pronunció palabra.

Nadie contradijo a Hugh, pero tampoco le apoyó nadie. Supuso que no querían ganarse la enemistad de Augusta: los muy cobardes preferían que fuese él quien diera la cara y les sacase las castañas del fuego, pensó Hugh cínicamente.

Así sería. Continuó:

—Sin embargo, tío Samuel ya declinó el honor una vez. Si volviera a hacerlo, el Pilaster de más edad sería *Young* William, que también goza de amplio respeto en la City.

—No es la City quien ha de elegir —dijo Augusta con impaciencia—, sino la familia Pilaster.

—Los socios Pilaster, para ser exactos —le corrigió Hugh—. Pero del mismo modo que los socios necesitan la confianza del resto de la familia, el banco necesita a su vez la confianza de los más amplios sectores de la comunidad financiera. Si perdemos esa confianza, estaremos acabados.

Augusta parecía enfadarse por momentos.

—¡Tenemos derecho a elegir a quien nos parezca bien!

Hugh meneó la cabeza con energía. Nada le fastidiaba más que aquella clase de argumentos irresponsables.

—No tenemos derechos, sólo deberes —replicó categóricamente–. Se nos han confiado millones de libras de otras personas. No podemos actuar como nos guste: tenemos que hacer lo que debemos hacer.

Augusta intentó otra táctica.

–Edward es el hijo y heredero.

–¡Esto no es un título hereditario! –replicó Hugh enfurecido–. Ha de ir a manos del más capacitado.

Le tocó a Augusta el turno de indignarse:

–¡Edward es tan bueno como cualquiera!

La mirada de Hugh fue dando la vuelta a la mesa, deteniéndose sobre cada uno de los hombres, dramáticamente, durante unos segundos, antes de continuar.

–¿Hay alguien aquí que, con la mano en el corazón, diga que Edward es el banquero más competente de cuantos estamos en esta sala?

Durante un largo minuto, nadie habló.

–Los bonos suramericanos de Edward –rompió Augusta el silencio– han proporcionado al banco una fortuna.

Hugh asintió.

–Es verdad que en los últimos diez años hemos colocado bonos suramericanos por valor de muchos millones de libras y que Edward ha llevado ese asunto. Pero es un dinero peligroso. La gente compró los bonos llevada por su confianza en los Pilaster. Pero si uno de esos gobiernos de América del Sur dejase de pagar los intereses correspondientes, el valor de los bonos suramericanos caería en picado... y se culparía de ello a los Pilaster. Gracias al éxito de Edward en la venta de bonos suramericanos, nuestra reputación, que es el activo más preciado que tenemos, está ahora en manos de un grupo de déspotas y generales incultos.

Hugh se percató de que al hablar así se estaba dejando llevar por sus emociones. Había contribuido a fomentar el prestigio del banco mediante su inteligencia y su trabajo, y le irritaba que Augusta lo pusiera en peligro.

—Tú vendes bonos norteamericanos —recordó Augusta—. Siempre hay riesgo. La banca es así.

Lo dijo en tono de triunfo, como si le hubiera pillado en un renuncio.

—Los Estados Unidos de América tienen un gobierno democrático moderno, inmensas riquezas naturales y ningún enemigo. Ahora que han abolido la esclavitud, no existe razón para que el país no goce de estabilidad durante un siglo. Por contra, América del Sur es una serie de dictadores que no paran de guerrear y que es posible que hayan cambiado en el curso de los próximos diez años. Hay riesgo en ambos casos, pero el del norte es mucho menor. El de la banca siempre ha de ser un riesgo calculado.

Augusta no entendía en realidad el negocio.

—Lo único que te pasa es que tienes envidia de Edward... siempre se la has tenido —dijo Augusta.

Hugh se preguntó por qué se mantenían tan silenciosos los otros socios. Tan pronto nació la pregunta en su cerebro, comprendió que Augusta había hablado con ellos previamente. No era posible que los hubiera convencido para que aceptasen a Edward como presidente del consejo, ¿o sí? Empezó a preocuparse seriamente.

—¿Qué os ha dicho? —preguntó de pronto. Fue mirando uno tras otro a los socios—. ¿William? ¿George? ¿Harry? Vamos, confesadlo. Habéis tratado este asunto con anterioridad a la cena y Augusta os ha comprado.

Todos parecieron sentirse un poco ridículos.

—Ninguno se ha dejado comprar, Hugh —declaró William por último—. Pero Augusta ha expuesto con toda claridad que, a menos que Edward se convierta en presidente del consejo, ellos...

Se le veía incómodo.

—Dilo de una vez —apremió Hugh.

—Retirarán del negocio su capital.

—¿Cómo?

Hugh se quedó atónito. En aquella familia, retirar el capital era un grave pecado: su padre lo hizo y jamás se lo perdonaron. Que Augusta se mostrara dispuesta a amenazarles con dar semejante paso era asombroso... y demostraba que se lo estaba jugando a vida o muerte.

Entre ambos, Edward y ella, controlaban alrededor del cuarenta por ciento del capital del banco, más de dos millones de libras. Si retiraban esos fondos al término del ejercicio financiero, cosa a la que tenían perfecto derecho legal, el banco quedaría mutilado.

Era sobrecogedor que Augusta presentara tal amenaza... e incluso resultaba todavía peor que los socios estuviesen listos para rendirse ante ella.

—¡Le estáis entregando toda la autoridad! —les advirtió—. Si permitís que ahora se salga con la suya, repetirá la artimaña. Cada vez que quiera algo, no tendrá más que amenazaros con retirar su capital y os someteréis. Lo mismo podéis nombrarla a ella presidenta del consejo.

—¡No te atrevas a hablar así a mi madre —vociferó Edward—, cuida tus modales!

—¡Al diablo los modales! —exclamó Hugh. Sabía que, al perder los estribos, no le estaba haciendo ningún bien a su causa, pero era tal la furia que le embargaba que no podía contenerse—. Vais a arruinar un gran banco. Augusta está ciega, Edward es un necio y el resto de vosotros sois demasiado cobardes para pararles los pies. —Echó la silla hacia atrás, se levantó y arrojó la servilleta contra la mesa como un reto—. Bueno, pues aquí hay una persona que no se deja intimidar.

Se interrumpió para respirar y se dio cuenta de que estaba a punto de decir algo que iba a cambiar el curso del resto de su vida. Todos los que estaban sentados alrededor de la mesa tenían los ojos clavados en él. Comprendió que no le quedaba otra alternativa.

—Dimito —dijo.

Al retirarse de la mesa lanzó una fugaz ojeada a Augusta y vio en su rostro una sonrisa victoriosa.

Tío Samuel le visitó aquella noche.

Samuel era viejo, pero no iba menos atildado de lo que siempre había ido. Continuaba viviendo con su Stephen Caine, su «secretario».

Hugh era el único Pilaster que acudía a su casa, situada en el vulgar Chelsea, decorada con estilo estético a la moda y llena de gatos. Una vez, cuando llevaban consumida media botella de oporto, Stephen comentó que él, Stephen, era la única esposa Pilaster que no era una arpía.

Cuando Samuel llegó, Hugh se encontraba en la biblioteca, adonde solía retirarse después de cenar. Sobre su regazo descansaba un libro, pero no leía, sino que, con la vista perdida en el fuego de la chimenea, meditaba sobre el futuro. Tenía mucho dinero, el suficiente para llevar una vida confortable durante el resto de su vida, pero ya nunca sería presidente del consejo.

Tío Samuel parecía cansado y triste.

—Durante la mayor parte de mi vida estuve de punta contra mi primo Joseph —explicó—. Me gustaría que no hubiera sido así.

Hugh le ofreció de beber y el anciano aceptó un oporto. Hugh llamó al mayordomo y le pidió una botella.

—¿Cómo te sientes después de todo lo ocurrido? —se interesó Samuel. Era la única persona del mundo que se lo había preguntado.

—Al principio estaba muy furioso, pero ahora sólo estoy desalentado —respondió Hugh—. Edward es absolutamente inepto para desempeñar las funciones de presidente del consejo, pero no se puede hacer nada. Y tú, ¿qué tal?

—Estoy en tus mismas condiciones. También dimitiré. No voy a retirar mi capital, al menos por ahora, pero a fin de año me iré. Se lo comuniqué a todos inmediatamente después del mutis tan teatral que hiciste. No sé si debía haberlo dicho antes. Pero habría sido igual.

—¿Qué dijeron los otros?

—Bueno, en realidad, ésa es la razón de mi visita, querido muchacho. Lamento decir que soy una especie de emisario del enemigo. Me han pedido que te convenza para que no renuncies a tu puesto.

—Entonces es que son unos malditos imbéciles.

—Lo son, desde luego. Sin embargo, tienes que pensar una cosa. Si dimites inmediatamente, todo el mundo en la City sabrá el motivo. La gente dirá que si Hugh Pilaster cree que Edward es incapaz de dirigir el banco, lo más probable es que Hugh Pilaster tenga razón. Eso provocará una pérdida de confianza.

—Bueno, si un banco tiene un director débil, la gente debe perder la confianza en ese banco. Si no, perderán su dinero.

—¿Pero y si tu dimisión origina una crisis financiera?

Era algo en lo que Hugh no había pensado.

—¿Eso es posible?

—Así lo creo.

—No hace falta decir que no quisiera que ocurriese tal cosa.

La crisis de una empresa podía provocar el hundimiento de otros negocios perfectamente sólidos, tal como la quiebra de Overend Gurney acabó con la firma del padre de Hugh en 1866.

—Quizá debieras quedarte hasta el término del ejercicio financiero, como hago yo —dijo Samuel—. Sólo son unos meses. Para entonces, Edward llevará cierto tiempo empuñando las riendas, la gente se habrá acostumbrado a él y tú podrás retirarte sin alboroto.

Entró el mayordomo con el oporto. Hugh lo sorbió pensativamente.

Comprendía que no le quedaba más remedio que acceder a la proposición de Samuel, por mucho que le desagradase la idea. Había pronunciado toda una conferencia sobre los deberes del banco para con los depositarios y la amplia comunidad financiera y ahora tenía que mantenerse fiel a sus palabras. Si dejaba que el banco sufriera las consecuencias de su retirada sólo porque él se dejaba llevar por sus sentimientos, entonces no sería mejor que Augusta. Además, el aplazamiento le permitiría disponer de tiempo para pensar acerca de lo que podía hacer con el resto de su vida.

Suspiró.

–Está bien –dijo por último–. Me quedaré hasta el final del año.

Samuel asintió con la cabeza.

–Imaginé que lo harías –dijo–. Es lo correcto... y tú siempre has hecho lo correcto, al final.

2

Antes de despedirse definitivamente de la alta sociedad, once años antes, Maisie Greenbourne visitó a todas sus amistades –que eran numerosas y adineradas– y las fue convenciendo para que entregasen donativos al hospital femenino de Southwark, fundado por Rachel Bodwin.

En consecuencia, los ingresos que procuraban sus inversiones cubrían los gastos de mantenimiento del hospital.

El dinero lo administraba el padre de Rachel, único hombre relacionado con el desarrollo de las funciones de la institución hospitalaria. Al principio, Maisie quiso encargarse de gestionar personalmente la renta de las inversiones, pero no tardó en descubrir que los banqueros y agentes de bolsa se negaban a tomarla en serio. No hacían caso de sus instrucciones, solicitaban la autorización de su marido y se reservaban datos, absteniéndose de proporcionárselos. Podía enfrentarse a ellos, pero en la tarea de crear el hospital, Rachel y ella tenían otras batallas entre manos, de modo que dejaron que el señor Bodwin se encargara de las finanzas.

Maisie era viuda, pero Rachel aún estaba casada con Micky Miranda. Rachel no veía nunca a su esposo, lo que no era óbice para que él se negara a divorciarse. Durante diez años, Rachel mantuvo unas discretas relaciones amorosas con el hermano de Maisie, Dan Robinson, que era miembro del Parlamento. Vivían los tres juntos en la casa de Maisie, en el barrio de Walworth.

El hospital estaba en la barriada obrera de Southwark, en el corazón de la ciudad. Habían arrendado un conjunto de cuatro edificios cerca de la catedral de Southwark, y abrieron puertas en los muros interiores de todas las plantas para intercomunicar los inmuebles y convertirlos en el hospital que deseaban. En vez de salas con hileras de camas lóbregas como cavernas, habían dispuesto habitaciones pequeñas y confortables, en cada una de las cuales sólo colocaron dos o tres camas.

El despacho de Maisie era un coquetón santuario ubicado cerca de la entrada principal. Disponía de dos cómodas butacas, un jarrón con sus flores, una alfombra algo descolorida y alegres cortinas. Colgado de la pared, el cartel enmarcado de «Maisie la maravillosa», su único recuerdo del circo. Era un despacho más bien humilde y los libros de registro se guardaban en un estante del armario.

La mujer que estaba sentada frente a ella iba descalza, vestía prendas harapientas y estaba embarazada de nueve meses. Sus ojos tenían la expresión cautelosa y desesperada del gato famélico que entra en una casa extraña con la esperanza de que le den algo de comer.

—¿Cómo te llamas, querida? —preguntó Maisie.

—Rose Porter, señora.

Siempre la llamaban «señora», como si ella fuese una gran

dama. Hacía bastante tiempo que había renunciado a intentar convencerlas para que la llamaran Maisie.

—¿Te apetecería una taza de té?

—Sí, muchas gracias, señora.

Maisie sirvió té en una taza de sencilla porcelana y añadió leche y azúcar.

—Pareces cansada.

—He venido andando desde Bath, señora.

Una caminata de ciento sesenta kilómetros.

—¡Habrás tardado una semana! —exclamó Maisie—. Pobrecilla.

Rose estalló en lágrimas.

Resultaba normal, y Maisie ya se había acostumbrado. Lo mejor era dejarlas llorar cuanto quisiesen. Maisie se sentó en el brazo de la butaca de Rose, le pasó un brazo alrededor de los hombros y la atrajo hacia sí.

—Sé que me he portado mal —sollozó Rose.

—No te has portado mal —dijo Maisie—. Aquí somos todas mujeres y comprendemos. No hablamos de maldad. Eso es para los curas y los políticos.

Cuando Rose se calmó y se hubo tomado el té, Maisie tomó el libro de registro de su estante del armario y se sentó ante el escritorio. Tomaba nota de todas las mujeres a las que se admitía en el hospital. A menudo, aquellos breves historiales resultaban útiles. Si algún fariseo conservador se levantaba en el Parlamento para declamar que la mayor parte de las madres solteras eran prostitutas, que todas querían abandonar a sus bebés o alguna otra bobada por el estilo, Maisie siempre podía refutar sus palabras mediante una carta meticulosa, cortés, basada en hechos reales, y repetir esa refutación en los discursos que pronunciaba por el país.

—Cuéntame lo ocurrido —pidió a Rose—. ¿De qué vivías antes de quedarte encinta?

—Trabajaba de cocinera en casa de la señora Foljambe, en Bath.

—¿Y cómo conociste a tu joven?

—Se me acercó y me habló en la calle. Era mi tarde libre y yo había estrenado un nuevo parasol amarillo. Parecía una tentación, lo sé. Aquel parasol amarillo fue mi ruina.

Maisie fue sonsacándole la historia. Típica. El hombre era tapicero, un artesano respetable y próspero. La cortejó y hablaron de boda. En las noches calurosas se acariciaban mutuamente, sentados en el parque después de oscurecer, rodeados por otras parejas que hacían lo propio. Las oportunidades de hacer el amor eran pocas, pero se las arreglaron para disfrutar de ese placer en cuatro o cinco ocasiones, cuando la señora de ella estaba ausente o cuando la patrona de él estaba borracha. Luego, el hombre se quedó sin empleo. Se fue a otra ciudad, en busca de trabajo; escribió a Rose una o dos veces; y después desapareció de su vida. Y entonces Rose supo que estaba embarazada.

—Intentaremos ponernos en contacto con él —dijo con decisión Maisie.

—No creo que me quiera ya.

—Veremos.

Era asombrosa la frecuencia con que aquellos seductores, al final, se mostraban dispuestos a casarse con la chica. Incluso aunque hubieran huido al enterarse de que ella estaba preñada, podían arrepentirse de su momento de pánico. En el caso de Rose, las probabilidades eran altas. El hombre se había ido al perder su empleo, no porque se hubiera agotado su cariño hacia Rose; y aún ignoraba que iba a ser padre. Maisie procuraba siempre inducirlos a que fueran al hospital y viesen a la madre y al niño. Contemplar a la desvalida criatura, carne de su propia carne y sangre de su propia sangre, a veces despertaba lo mejor que había en ellos.

Rose hizo una mueca de dolor y Maisie le preguntó:

—¿Qué ocurre?

—Me duele la espalda. Debe de ser de tanto andar.

Maisie sonrió.

—No es dolor de espalda. Es que llega tu hijo. Vamos, has de echarte en una cama.

Llevó a Rose escaleras arriba y la puso en manos de una enfermera.

—Todo va a ir de maravilla —animó—. Tendrás un niño robusto y precioso.

Maisie entró en otra habitación y se detuvo junto al lecho de una mujer a la que llamaban señorita Nadie: se negaba a dar detalles acerca de su persona, ni siquiera el nombre. Era una muchacha de cabellera morena, que tendría unos dieciocho años. Su acento era de persona de la clase alta y su ropa interior muy cara. Maisie estaba casi totalmente segura de que era judía.

—¿Cómo te encuentras, querida? —le inquirió Maisie.

—Me siento muy cómoda... y muy agradecida a usted, señora Greenbourne.

No podía ser más distinta de Rose —como si procediesen de puntos situados en las antípodas de la Tierra—, pero ambas estaban en idéntica situación y alumbrarían sus hijos del mismo modo penoso y desazonante.

Cuando Maisie volvió a su despacho, reanudó la carta que había empezado a escribir al director de *The Times*.

Hospital Femenino
Calle del Puente
Southwark
Londres, S.E.

10 de septiembre de 1890

Al director de *The Times*

Estimado señor:

He leído con atención la carta del doctor Charles Wickham referente a la inferioridad física de la mujer respecto al hombre.

Se había quedado encallada allí, sin saber cómo continuarla, pero la llegada de Rose Porter le proporcionó la inspiración precisa.

Acabo de dar entrada en este hospital a una joven en cierto estado que ha venido andando desde Bath.

Lo más probable sería que el director eliminara la frase «en cierto estado» por considerarla vulgar, pero Maisie no iba a actuar de censora para él.

Observo que el doctor Wickham escribe desde el Club Cowes, y no he podido por menos de hacerme la siguiente pregunta: ¿Cuántos miembros de ese club podrían recorrer a pie la distancia que media entre Bath y Londres?

Naturalmente, como soy mujer nunca he estado dentro del club en cuestión, pero a menudo paso por delante y veo que, en la misma puerta, los socios llaman y suben a coches de punto para cubrir trechos de kilómetro y medio o incluso menos, por lo que me atrevo a decir que a la mayor parte de ellos les resultaría de lo más arduo ir andando desde Piccadilly Circus hasta la plaza del Parlamento.

Y, ciertamente, de ninguna manera resistirían un turno de trabajo de doce horas en una fábrica del East End, como cumplen miles de mujeres inglesas todos los días...

La interrumpió de nuevo una llamada a la puerta.

—¡Adelante! —dijo.

La mujer que entró no era pobre ni estaba embarazada. Tenía unos ojos azules enormes y un rostro juvenil e iba lujosamente vestida. Era Emily, la esposa de Edward Pilaster.

Maisie se levantó y la besó. Emily Pilaster era una de las benefactoras del hospital. El grupo lo formaban una sorprendente diversidad de mujeres: entre ellas se incluía la vieja amiga de Maisie, April Tilsley, propietaria ya de tres burdeles en Londres. Donaban prendas de ropa usadas, muebles viejos, excedentes de comida de sus cocinas e insólitos artículos como tinta y papel. A veces proporcionaban empleo a las madres una vez habían dado a luz. Pero principalmente, lo que aportaban era apoyo moral a Maisie y Rachel cuando la sociedad machista las denigraba por no figurar entre sus normas la obligatoriedad de la oración, el canto de himnos y los sermones sobre la depravación de la maternidad en un estado de soltería.

Maisie se consideraba responsable en parte de la desastrosa visita de Emily al prostíbulo de April la Noche de las Máscaras, cuando no logró seducir a su propio marido. Desde entonces, Emily y el odioso Edward vivían separados, con toda la discreción de las parejas acaudaladas cuyos dos miembros se odian recíprocamente.

Emily llegaba aquella mañana con los ojos brillantes y el ánimo eufórico. Se sentó, luego se levantó de nuevo y se cercioró de que la puerta estuviese bien cerrada. Después anunció:

—Me he enamorado.

Maisie no estaba segura de que aquélla fuera incondicionalmente una buena noticia, pero dijo:

—¡Qué estupendo! ¿De quién?

—De Robert Charlesworth. Es poeta y escribe artículos sobre arte italiano. La mayor parte del año vive en Florencia, pero va a alquilar una casita de campo en nuestro pueblo, le gusta Inglaterra en septiembre.

A Maisie le pareció que sin duda Robert Charlesworth tenía dinero suficiente para vivir bien sin cumplir lo que se entiende por un verdadero trabajo.

—Da la impresión de que es un hombre locamente romántico —opinó.

—Oh, lo es, un sentimental, te encantaría.

—Estoy segura de ello —aseveró Maisie, aunque lo cierto era que no podía soportar a los poetas sentimentales que vivían de las rentas. Sin embargo, se alegraba por Emily, que había sufrido muchos más zarpazos de la mala suerte de los que merecía–. ¿Te has convertido en amante suya?

–¡Oh, Maisie, siempre haces las preguntas más embarazosas! ¡Claro que no! –exclamó Emily ruborizándose.

Después de lo que había sucedido la Noche de las Máscaras, a Maisie le maravillaba que Emily pudiera sentirse violenta por algo. No obstante, la experiencia le había demostrado que era ella, Maisie, la que, en ese aspecto, resultaba peculiar. A la mayoría de las mujeres no les costaba gran cosa cerrar los ojos ante algo si realmente querían hacerlo. Pero Maisie no tenía paciencia para los eufemismos corteses y las frases diplomáticas. Si deseaba saber algo, lo preguntaba.

–Bueno –le dijo bruscamente–, no puedes casarte con él, ¿verdad?

La contestación la pilló por sorpresa.

–Para eso he venido a verte –repuso Emily–. ¿Sabes algo acerca de cómo se anula un matrimonio?

–¡Santo Dios! –Maisie reflexionó unos segundos–. Sobre la base de que ese matrimonio no ha llegado a consumarse, supongo.

–Exacto.

Maisie asintió.

–Sé algo sobre eso, sí. –No tenía nada de extraño que Emily acudiese a ella en busca de consejo legal. No había abogadas femeninas y los juristas masculinos probablemente se irían derechos a Edward y le contarían el asunto. Maisie luchaba en pro de los derechos de la mujer y había estudiado la legislación existente sobre el matrimonio y el divorcio. Explicó–: Tendrías que ir a la División de Legalización, Divorcio del Tribunal Supremo. Y demostrar que Edward es impotente en toda circunstancia, no sólo contigo.

Emily puso cara larga.

–¡Ah, querida! Sabemos que no lo es.

—Por otra parte, el hecho de que no seas virgen sería un problema importante.

—Entonces no hay esperanza —dijo Emily descorazonada.

—El único medio sería convencer a Edward para que colaborase. ¿Crees que se prestaría a ello?

Emily se animó.

—Puede que sí.

—Si firmase una declaración jurada certificando que es impotente y accediese a no poner impedimento alguno a la anulación, nadie impugnaría tu evidencia.

—En tal caso, encontraré el modo de hacerle firmar. Tenlo por segura.

Una expresión empecinada decoró el semblante de Emily y Maisie recordó la insospechada firmeza que podía llegar a tener la muchacha.

—Sé discreta. Va contra la ley que marido y mujer conspiren de esa forma, y hay un funcionario, llamado procurador de la reina, que actúa como policía de divorcios.

—¿Podré casarme después con Robert?

—Sí. La no consumación es motivo suficiente para un divorcio absoluto bajo las leyes eclesiásticas. Transcurrirá un año antes de que el caso llegue al tribunal y luego habrá un período de seis meses de espera antes de que el divorcio sea definitivo, pero al final se te permitirá volver a casarte.

—¡Oh, espero que Edward acceda!

—¿Qué siente hacia ti?

—Me odia.

—¿Crees que le gustará desembarazarse de ti?

—Me parece que le da lo mismo, siempre y cuando me mantenga fuera de su camino.

—¿Y si no te mantuvieras fuera de su camino?

—¿Si me convirtiese en una pejiguera continua, quieres decir?

—Ésa era la idea.

—Supongo que podría.

A Maisie no le cabía la menor duda de que Emily era capaz de convertirse en un auténtico fastidio insoportable. Sólo necesitaba proponérselo.

—Me hará falta un abogado que escriba la carta que Edward tendrá que firmar —dijo Emily.

—Se la encargaré al padre de Rachel, es abogado.

—¿Me harías ese favor?

—Claro. —Maisie echó un vistazo al reloj—. Hoy no puedo, es el primer día del curso en el Colegio Windfield y tengo que acompañar a Bertie. Pero le veré por la mañana.

Emily se levantó.

—Maisie, eres la mejor amiga que mujer alguna haya tenido en su vida.

—Te diré una cosa, esto va a sacudir los nervios a la familia Pilaster. A Augusta le dará un ataque.

—Augusta no me da ningún miedo —dijo Emily.

Maisie despertaba grandes dosis de atención en el Colegio Windfield. Siempre. Y ello por varias razones. Se le conocía como viuda del fabulosamente rico Solly Greenbourne, a pesar de que ella tenía poco dinero propio. También estaba considerada una mujer «progresista» que hacía campaña en pro de los derechos femeninos y, según algunas lenguas, animaba a las sirvientas a tener hijos ilegítimos. Y luego, cuando llevaba a Bertie al colegio, siempre iba acompañada por Hugh Pilaster, el apuesto banquero que pagaba los recibos de la educación del niño; sin duda, los más retorcidos entre los otros padres sospechaban que el verdadero progenitor de Bertie era Hugh. Sin embargo, la principal razón de que casi todas las miradas se proyectasen sobre Maisie, pensaba la mujer, consistía en que, a sus treinta y cuatro años, aún se conservaba lo bastante bonita como para que los hombres volviesen la cabeza.

Aquel día llevaba un conjunto rojo, un vestido complementado por una chaqueta corta y un sombrero adornado con una pluma. Sabía perfectamente que su aspecto era precioso y su aire despreocupado. A decir verdad, aquellas visitas al colegio en compañía de Bertie y Hugh le rompían el corazón.

Diecisiete años habían transcurrido desde que había vivido aquella noche con Hugh, y lo quería tanto como siempre. Se pasaba la mayor parte del tiempo inmersa en la solución de las dificultades de las pobres chicas que acudían al hospital y olvidada de su propia pena: pero dos veces al año tenía que ver a Hugh y entonces el dolor se renovaba.

Desde once años atrás, Hugh sabía con certeza que era el padre de Bertie. Ben Greenbourne le había dado una idea, y Hugh planteó sus sospechas a Maisie. Ella le confesó la verdad. Desde entonces, Hugh había hecho por Bertie cuanto le era posible, salvo reconocerlo como hijo suyo. Bertie seguía creyendo que su padre era el extinto y adorable Solomon Greenbourne, y contarle la verdad sólo hubiera servido para producirle un pesar innecesario.

Su nombre era Hubert, y llamarle Bertie constituía un disimulado cumplido al príncipe de Gales, al que también se conocía por ese nombre. Ahora, Maisie ya no veía al príncipe de Gales. Ella había dejado de ser anfitriona de la alta sociedad y esposa de un millonario: sólo era una viuda que residía en una casa modesta de un barrio suburbial del sur de Londres, y tales mujeres no solían alternar en el círculo de amistades del príncipe.

Había elegido el nombre de Hubert porque se parecía bastante al de Hugh, pero ese parecido en seguida la hizo sentirse incómoda, lo cual era otra razón para llamar Bertie al chico. Había dicho al muchacho que Hugh fue el mejor amigo de su padre, Solly Greenbourne. Por fortuna, no existía ninguna semejanza física manifiesta entre Bertie y Hugh. De hecho, Bertie se parecía bastante al padre de Maisie: su pelo era suave y oscuro, y sus ojos castaños y tristones. Alto y fuerte, además de buen atleta y estudiante aplicado, Maisie estaba tan orgullosa de él que a veces temía que le estallara el corazón.

En tales ocasiones, Hugh se manifestaba escrupulosamente correcto con Maisie, ciñéndose al papel de amigo de la familia, pero Maisie se daba cuenta de que lo agridulce de la situación lo sufría Hugh tan angustiosamente como ella.

Por el padre de Rachel, Maisie sabía que en la City consideraban a Hugh todo un prodigio. Cuando hablaba del banco, al hombre le refulgían los ojos y su conversación era interesante y entretenida. Maisie comprendía que, para Hugh, su trabajo era estimulante y estaba cuajado de satisfacciones. Pero si la charla derivaba hacia el terreno doméstico, entonces Hugh se volvía áspero y poco comunicativo. No le gustaba hablar de su casa, de su vida social ni –menos todavía– de su esposa. De la única parte de su familia que hablaba era de sus tres hijos, por los que sentía un cariño inmenso. Pero siempre había en su voz una sombra de tristeza cuando se refería a ellos, y Maisie se formó la idea de que Nora distaba bastante de ser una madre amantísima. En el transcurso de los años, Maisie había visto a Hugh resignarse a la inevitabilidad de un matrimonio frío y sexualmente frustrante.

Aquel día llevaba un traje de paño color gris plateado, que hacía juego con las canas que veteaban su pelo, y una corbata azul luminoso, el mismo tono de sus ojos. Era un poco más formal que antes, pero aún aparecía en sus labios, de vez en cuando, la sonrisa pícara de otros tiempos. Formaban una pareja atractiva... pero no eran pareja, y el que lo pareciesen y se comportaran como si lo fueran entristecía mucho a Maisie. Le cogió del brazo al entrar en el Colegio Windfield y pensó que sería capaz de entregar su alma a cambio de estar con él diariamente.

Ayudaron a Bertie a deshacer el baúl, y luego el chico les preparó té en su estudio. Hugh había llevado un pastel que probablemente alimentaría a toda la clase de sexto durante una semana.

—Mi hijo Toby vendrá el próximo medio curso —dijo Hugh mientras sorbían el té—. Me gustaría que le vigilaras un poco por mi cuenta.

—Me encantará hacerlo —afirmó Bertie—. Me aseguraré de que no se va a nadar al bosque del Obispo. —Maisie le dirigió una mirada con el ceño fruncido y el chico plegó velas—: Lo siento. Ha sido una broma de mal gusto.

—¿Todavía hablan de eso? —preguntó Hugh.

—Todos los años, el director cuenta la historia de cómo se ahogó Peter Middleton, para meter el miedo en el cuerpo a los chavales. Pero se van a nadar, pese a todo.

Después del té, se despidieron de Bertie, Maisie llorosa, como siempre que dejaba a su pequeño tras de sí, un pequeño que ya era más alto que ella. Regresaron a pie a la ciudad y tomaron allí el tren de Londres. Tenían un compartimiento de primera clase para ellos solos.

Mientras contemplaba el raudo paso del paisaje por la ventanilla, Hugh informó:

—Van a nombrar a Edward presidente del consejo del banco.

Maisie se sobresaltó.

—¡No creo que tenga cabeza para eso!

—No la tiene. Dimitiré a finales de año.

—¡Oh, Hugh! —Maisie sabía cuánto representaba el banco para él. Todas las esperanzas de Hugh estaban vinculadas a aquella empresa—. ¿Qué harás?

—No lo sé. Seguiré en el banco hasta que acabe el año financiero, así tendré tiempo de pensarlo.

—¿No se irá el banco a la ruina si lo dirige Edward?

—Me temo que es posible.

Maisie lo sintió mucho por Hugh. No merecía haber tenido tan mala suerte, como Edward tampoco merecía haberla tenido tan buena.

—Edward también es ahora lord Withehaven. ¿Te das cuenta de que, si hubieran concedido el título a Ben Greenbourne, como debieron hacer, Bertie sería heredero del mismo en línea directa? —dijo Maisie.

—Sí.

—Pero Augusta lo impidió.

—¿Augusta? —se extrañó Hugh, frunciendo el ceño con perplejidad.

—Sí. Estaba detrás de toda aquella basura de los periódicos sobre «¿Puede un judío ser lord?». ¿No te acuerdas?

—Sí, ¿pero cómo puedes estar segura de que Augusta estaba detrás de eso?

—Nos lo dijo el príncipe de Gales.

—Vaya, vaya. —Hugh sacudió la cabeza—. Augusta no deja de asombrarme.

—De todas formas, la pobre Emily es ahora lady Whitehaven.

—Al menos ha sacado algo de ese desdichado matrimonio.

—Voy a contarte un secreto —dijo Maisie. Bajó la voz, aunque no había nadie por allí que pudiera oír sus palabras—. Emily está a punto de pedir a Edward la anulación.

—¡Hurra por ella! Sobre la base de la no consumación, presumo.

—Sí. No pareces sorprendido.

—Puedes asegurarlo. Nunca se tocan. Son la antítesis el uno del otro, hasta el punto de que cuesta creer que sean marido y mujer.

—Emily ha estado llevando una falsa vida durante todos estos años y ha decidido poner fin a la situación.

—Tendrá problemas con mi familia —auguró Hugh.

—Con Augusta, querrás decir. —Aquélla había sido también la reacción de Maisie—. Emily lo sabe. Pero tiene una vena de obstinación que seguramente le vendrá de perlas.

—¿Le ha salido un pretendiente?

—Sí. Pero no está dispuesta a convertirse en su amante.

No veo por qué es tan escrupulosa. Edward se pasa noche tras noche en el burdel.

Hugh le sonrió. Una sonrisa triste, cargada de afecto.

—Tú fuiste escrupulosa una vez.

Maisie comprendió que aludía a la noche de Kingsbridge Manor, cuando ella le había cerrado con llave la puerta de la alcoba.

—Estaba casada con un hombre bueno y tú y yo nos disponíamos a traicionarle. La situación de Emily es completamente distinta.

Hugh asintió.

—Con todo, creo entender sus sentimientos. Mentir es lo que hace vergonzoso el adulterio.

Maisie no opinaba lo mismo.

—Las personas tienen que coger la felicidad allí donde se pone a su alcance. Sólo se vive una vez.

—Pero al coger esa felicidad puede que se les escape algo todavía más valioso... la integridad.

—Demasiado abstracto para mí —rechazó Maisie.

—Sin duda también lo era para mí aquella noche en casa de Kingo, cuando hubiera traicionado la confianza de Solly si tú me lo hubieses permitido. Pero con el paso de los años se me ha hecho concreto. Ahora me parece que la integridad tiene más valor que cualquier otra cosa.

—Pero ¿qué es?

—Significa decir la verdad, cumplir las promesas y aceptar la responsabilidad por los propios errores. Lo mismo en los negocios que en la vida cotidiana. Es cuestión de ser lo que uno afirma que es, hacer lo que uno dice que hará. Y un banquero con tantos clientes no puede ser un mentiroso. Después de todo, si su esposa no puede confiar en él, ¿cómo van a poder los demás?

Maisie se dio cuenta de que empezaba a enfadarse con Hugh y se preguntó el motivo. Guardó silencio durante un rato, recostada en el asiento mientras miraba por la ventanilla el paisaje de los arrabales de Londres al anochecer. Cuando abandonase el banco, ¿qué iba a quedar en la vida de Hugh? No quería a su esposa y ésta no quería a los hijos que habían tenido. ¿Por qué no iba Hugh a buscar un poco de felicidad entre los brazos de Maisie, la mujer a la que siempre había amado?

En la estación de Paddington, la acompañó hasta una parada de coches de punto y la ayudó a subir a un simón. Cuando se despedían, Maisie le retuvo la mano, al tiempo que le invitaba:

—Ven a casa conmigo.

Con expresión triste, sacudió la cabeza negativamente.

—Nos queremos... siempre nos hemos querido —imploró ella—. Ven a casa conmigo... y al infierno las consecuencias.

—Pero la vida son consecuencias, ¿no?

—¡Hugh! ¡Por favor!

Hugh retiró la mano y dio un paso atrás.

—Adiós, querida Maisie.

Ella se le quedó mirando, desamparada. Años de anhelos reprimidos se concentraron en su ánimo. De tener fuerza física suficiente habría cogido a Hugh y le hubiera obligado a subir al coche. La frustración se abatió sobre ella.

Hubiera permanecido allí toda una eternidad, pero hizo una seña con la cabeza al cochero.

—Adelante —dijo.

El hombre arreó al caballo con el látigo y las ruedas empezaron a girar.

Unos segundos después, Hugh quedó fuera de su vista.

3

Aquella noche, Hugh durmió poco y mal. Despierto, le dio vueltas y vueltas en la cabeza a su conversación con Maisie. Se arrepentía de no haber cedido a la tentación de acompañarla a casa. En aquel momento podría estar durmiendo con los brazos alrededor de su cuerpo y la cabeza apoyada en sus senos, en lugar de revolverse una y otra vez solo en la cama.

Pero otra cosa le inquietaba. Tenía la sensación de que Maisie había dicho algo trascendental, algo sorprendente y siniestro, cuyo significado él no captó en aquel momento. Pero no conseguía recordar qué era.

Habían hablado del banco y de la condición de presidente del consejo de Edward; del título de Edward; de los planes de Emily para lograr la anulación; de aquella noche en Kingsbridge Manor, cuando estuvieron a punto de hacer el amor; de los valores contrapuestos de la integridad y la felicidad... ¿Faltaba algo? ¿Dónde estaba la importante revelación?

Repasó la conversación de atrás adelante: *Ven a casa conmigo... Las personas tienen que coger la felicidad allí donde se pone a su alcance... Emily está a punto de pedir a Edward la anulación... Emily es ahora lady Whitehaven... ¿Te das cuenta de que si hubieran concedido el título a Ben Greenbourne, como debieron hacer, Bertie sería ahora heredero del mismo en línea directa?*

No, algo se le había escapado. Edward consiguió un título que tenía que haber recibido Ben Greenbourne... pero Augusta lo impidió. Augusta se encontraba detrás de toda aquella repugnante propaganda sobre si un judío podía ser lord. Hugh no se percató de ello, aunque al volver la mirada atrás debió sospecharlo. Pero el príncipe de Gales lo supo, vaya uno a saber cómo, y se lo contó a Maisie y a Solly.

Hugh se revolvió intranquilo. ¿Qué tenía de trascendental esa revelación? Sólo se trataba de otro ejemplo de la inflexibilidad de Augusta. Pero nadie habló entonces de aquel asunto. Aunque Solly se había enterado...

De súbito, Hugh se sentó en la cama, con la mirada fija en la oscuridad.

Solly se había enterado.

E, indudablemente, de saber Solly que los Pilaster habían sido los responsables de una campaña racista en contra de su padre, nunca hubiera deseado tener relación mercantil alguna con el Banco Pilaster. En particular, habría cancelado la emisión de bonos del ferrocarril de Santamaría. Le hubiera faltado tiempo para ir a decirle a Edward que no suscribía el trato. Y Edward se lo habría dicho a Micky.

—¡Oh, Dios mío! —exclamó en voz alta.

Siempre se había preguntado si no tendría Micky algo que ver con la muerte de Solly. Sabía que Micky se encontraba por las proximidades, pero nunca precisó el motivo. Que él, Hugh, supiese, Solly se disponía a cerrar el trato y dar a Micky lo que deseaba; en cuyo caso Micky tenía todas las razones del mundo para mantener vivo a Solly. Pero si Solly hubiese estado a punto de cancelar el negocio, Micky muy bien hubiera podido matarlo para salvar la operación. ¿Era Micky el hombre bien vestido que discutió con Solly pocos segundos antes de que éste muriese atropellado? El cochero no dejó de aseverar que a Solly lo empujaron al paso del vehículo. ¿Impulsó Micky a Solly bajo las ruedas de aquel coche? La idea era horrible y repugnante.

Hugh bajó de la cama y encendió la lámpara de gas. No volvería a dormir aquella noche. Se puso una bata y se sentó delante de las moribundas brasas de la chimenea. ¿Había tenido Micky que asesinar a dos de sus amigos, Peter Middleton y Solly Greenbourne?

Y si era así, ¿qué podía hacer Hugh?

La cuestión seguía atormentándole aún al día siguiente, cuando ocurrió algo que le sugirió la respuesta.

Pasó la mañana en su despacho de la sala de los socios. Hubo una época en que anhelaba estar allí sentado, en el lujoso y tranquilo centro de poder, donde se adoptaban decisiones sobre asuntos que movían millones de libras, bajo los ojos de los retratos de sus antecesores; pero ahora ya se había acostumbrado. Y pronto abandonaría la firma.

Ataba cabos sueltos, completaba proyectos ya iniciados, pero sin emprender otros nuevos. Su mente volvía continuamente a Micky Miranda y al pobre Solly. Le indignaba que un hombre bondadoso como Solly hubiese muerto a manos de un reptil y un parásito de la categoría de Micky. Lo que verdaderamente deseaba era estrangular a Micky con sus propias manos. Pero no podía matar a Micky; en realidad, ni siquiera conseguiría nada práctico yendo a la policía a participarles sus sospechas, ya que no contaba con ninguna prueba.

Su ayudante, Jonas Mulberry, estuvo toda la mañana dando muestras de inquieto nerviosismo. Con diferentes pretextos, Mulberry había ido a la sala de los socios en cuatro o cinco ocasiones, pero sin decir nada acerca de lo que tenía en la cabeza. Al final, Hugh adivinó que estaba deseando contarle algo que no quería que oyesen los demás socios.

Minutos antes del mediodía, salió del cuarto de los socios y recorrió el pasillo en dirección al locutorio telefónico. Habían instalado el teléfono dos años antes, y no dejaban de lamentar la decisión de no haberlo puesto en la sala de los socios: cada uno de éstos tenía que levantarse e ir al locutorio a atender las llamadas varias veces al día.

Se cruzó con Mulberry en el pasillo. Detuvo al hombre y le preguntó:

—¿Le preocupa algo?

—Sí, señor —respondió Mulberry con evidente alivio. Bajó la voz—: He visto por casualidad unos documentos extendidos por Simón Oliver, el ayudante de don Edward.

—Pase aquí un momento. —Hugh entró en el locutorio telefónico y cerró la puerta tras ellos—. ¿Qué decían esos documentos?

—Es la propuesta de un empréstito para Córdoba... ¡de dos millones de libras!

—¡Oh, no! –dijo Hugh–. Lo que menos necesita este banco es exponerse más aumentando la deuda de América del Sur... ya está bien.

—Sabía que eso era lo que pensaba usted.

—¿Para qué son esos dos millones, concretamente?

—Para construir un nuevo puerto en la provincia de Santamaría.

—Otro plan del señor Miranda.

—Sí. Me temo que él y su primo, don Simón Oliver, tienen una influencia enorme sobre don Edward.

—Muy bien, Mulberry. Gracias por informarme. Trataré de arreglar el asunto.

Olvidado de su llamada telefónica, Hugh regresó a la sala de los socios. ¿Permitirían los demás a Edward tirar adelante con aquel empréstito? Podían. Hugh y Samuel apenas contaban, puesto que se iban del banco. *Young* William no compartía los temores de Hugh respecto a la quiebra suramericana. El mayor Hartshorn y sir Harry harían lo que les ordenasen. Y Edward era ahora presidente del consejo.

¿Qué iba a hacer Hugh? Aún no se había ido del banco, cobraba su participación de los beneficios, de modo que sus responsabilidades no habían concluido.

Lo malo era que Edward no atendería a razones: como Mulberry acababa de decir, estaba sometido por completo a la influencia de Micky Miranda.

¿Existía algún modo de que Hugh pudiese debilitar esa influencia? Tal vez diciendo a Edward que Micky era un asesino. Edward no le creería. Pero Hugh empezó a tener el convencimiento de que estaba obligado a intentarlo. No tenía nada que perder. Y necesitaba desesperadamente hacer algo respecto a la espeluznante revelación que le había asaltado durante la noche.

Edward se había ido ya a almorzar. Impulsivamente, Hugh decidió seguirle.

Dando por supuesto el destino de Edward, tomó un coche de alquiler y se dirigió al Club Cowes. Se pasó todo el trayecto, de la City a Pall Mall, esforzándose en encontrar contundentes aunque inofensivas palabras susceptibles de convencer a Edward. Pero todo lo que se le ocurría parecía artificial y, al llegar al club, decidió exponer la verdad pura y simple y esperar que sucediese lo mejor.

Aún era temprano y encontró a Edward solo en la sala de fumadores del club, con una gran copa de madeira en la mano. Observó que el sarpullido de la piel de Edward había empeorado. La zona que rozaba el cuello de la camisa aparecía enrojecida.

Hugh se sentó a la misma mesa y pidió un té. De chicos, Hugh odiaba con todas sus fuerzas a Edward, por ser éste tan bruto y pendenciero. Pero en los últimos años había llegado a considerarle una víctima. La causa de que Edward fuese como era se debía a la influencia que sobre él ejercían dos personas perversas: Augusta y Micky.

Augusta no le había dejado respirar y Micky le había corrompido. Pero Edward no había suavizado su postura en cuanto a Hugh, y no se recató en demostrar que la compañía de Hugh le molestaba.

—No has venido hasta aquí para tomar una taza de té —observó—. ¿Qué quieres?

Era un mal principio, pero nada podía hacerse para evitarlo. Con ánimo pesimista, Hugh empezó:

—Tengo que decirte algo que te va a sorprender y horrorizar.

—¿De veras?

—Te va a resultar difícil creerlo, pero es cierto. Me parece que Micky Miranda es un asesino.

—Ah, vamos, por el amor de Dios —dijo Edward irritado—. No me vengas con tales sandeces.

—Escúchame antes de rechazar la idea automáticamente —pidió Hugh—. Me voy del banco, tú eres el presidente del consejo, no me queda nada por lo que luchar. Solly Greenbourne se enteró de que tu madre estaba detrás de aquella campaña de prensa desencadenada para impedir que le concedieran un título nobiliario a Ben Greenbourne.

Edward dio un respingo involuntario, como si lo que acababa de decir Hugh coincidiese con algo que él ya sabía.

Hugh se sintió más esperanzado.

—Voy por buen camino, ¿verdad? —aventuró una suposición—: Solly amenazó con cancelar el trato del ferrocarril de Santamaría, ¿a que sí?

Edward asintió con la cabeza.

Hugh se inclinó hacia adelante, mientras se esforzaba por contener la excitación.

—Yo estaba sentado en esta misma mesa, con Micky, cuando entró Solly hecho una furia. Pero...

—Y aquella noche Solly murió.

—Sí... pero Micky estuvo conmigo toda la noche. Jugamos a las cartas y después nos fuimos a casa de Nellie.

—Tuvo que dejarte, sólo unos minutos.

—No...

—Yo le vi entrar en el club aproximadamente a la hora en que murió Solly.

—Debió de ser antes.

—Es posible que fuese a los lavabos o algo...

—No hubiera tenido tiempo suficiente. —El semblante de Edward adoptó una expresión de decidido escepticismo.

Las esperanzas de Hugh se difuminaron de nuevo. Durante un momento había logrado plantar la duda en el cerebro de Edward, pero duró muy poco.

—Has perdido el juicio —continuó Edward—. Micky no es ningún asesino. Esa idea es absurda.

Hugh decidió contarle el caso de Peter Middleton. Era un acto desesperado, porque si Edward se negaba a creer que Micky pudiera haber matado a Solly once años antes, ¿por qué iba a creer que Micky había matado a Peter hacía veinticuatro años? Pero Hugh tenía que intentarlo.

—Micky mató también a Peter Middleton —dijo, a sabiendas de que corría el peligro de que sonase a disparate.

—¡Eso es ridículo!

—Crees que lo mataste tú, ya lo sé. Le hundiste la cabeza en el agua varias veces y luego saliste en persecución de Tonio; crees que Peter estaba demasiado exhausto para nadar hasta la orilla. Pero hay algo que ignoras.

A pesar de su escepticismo, Edward estaba intrigado.

—¿Qué?

—Peter era un nadador formidable.

—¡Era un alfeñique!

—Sí... pero se había estado entrenando, practicando la natación todos los días, durante todo el verano. No tenía ninguna dificultad para nadar de un extremo a otro de la alberca... Tonio lo había visto.

—Qué... —Edward tragó saliva—. ¿Qué más vio Tonio?

—Mientras trepabas por la falda de la cantera, Micky mantuvo sumergida la cabeza de Peter hasta que se ahogó.

Ante la sorpresa de Hugh, Edward no desdeñó la idea. Preguntó en cambio:

—¿Por qué has tardado tanto en contármelo?

—Dudaba de que me creyeses. Si te lo cuento ahora es porque la desesperación me obliga, para intentar disuadirte de efectuar esa última inversión en Córdoba. —Estudió la expresión de la cara de Edward y prosiguió—: Pero me crees, ¿verdad?

Edward asintió.

—¿Por qué?

—Porque sé que lo hizo.

—¿Por qué? —quiso saber Hugh. Ardía de curiosidad. Llevaba muchos años formulándose aquella pregunta—: ¿Por qué mató Micky a Peter?

Edward tomó un largo trago de su madeira y luego guardó silencio.

Hugh temió que se negara a decir algo más. Pero al cabo de un momento, habló.

—En Córdoba, los Miranda son una familia adinerada, pero sus dólares no tienen mucho valor aquí. Cuando Micky fue a Windfield, se gastó la asignación de un año en unas cuantas semanas. Pero había alardeado mucho de la riqueza de su familia y era demasiado orgulloso para reconocer la verdad. Así que cuando se quedó sin dinero... robó.

Hugh recordó el escándalo que había sacudido el colegio en junio de 1866.

—Los seis soberanos de oro que le robaron al señor Offerton —murmuró—. ¿Fue Micky el ladrón?

—Sí.

—Vaya, que me aspen.

—Y Peter lo sabía.

—¿Cómo se enteró?

—Vio salir a Micky del gabinete de Offerton. Cuando se anunció el robo, supuso la verdad. Dijo que lo diría, a menos que Micky confesara. Pensamos que pillarle en la piscina había sido un golpe de suerte. Cuando le sumergí, sólo pretendía asustarle para que guardase silencio. Pero jamás pensé...

—Que Micky le matara.

—Y se ha pasado todos estos años haciéndome creer que fue culpa mía, que me estaba encubriendo —dijo Edward—. El muy cerdo.

Hugh comprendió que, con todas las probabilidades en contra, había conseguido que la fe de Edward en Micky se tambaleara. Tentado estuvo de decir: «Ahora que sabes cómo es, olvida el asunto del puerto de Santamaría». Pero tenía que andar con cuidado y no forzar las cosas. Llegó a la conclusión de que ya había dicho suficiente: a Edward le correspondía sacar sus propias conclusiones. Hugh se levantó para retirarse.

–Lamento haberte dado este golpe –dijo.

Edward estaba sumido en profundas meditaciones; se frotaba la parte del cuello donde el sarpullido debía picarle.

–Sí –dijo ambiguamente.

–Tengo que irme.

Edward no dijo nada. Parecía haber olvidado la existencia de Hugh. Tenía la vista clavada en la copa. Hugh le miró con más atención y comprobó, sobresaltado, que estaba llorando.

Salió sin hacer ruido y cerró la puerta.

4

A Augusta le encantaba la viudez. Para empezar, el negro le sentaba de maravilla. Con sus ojos oscuros, el cabello plateado y la negrura de las cejas, vestida de luto tenía un porte absolutamente impresionante.

Joseph llevaba muerto cuatro semanas y era curioso lo poco que lo echaba de menos. A Augusta sólo le resultaba un poco extraño que el hombre no se encontrara allí para quejarse de que el filete no estaba bastante hecho o de que había dos dedos de polvo en la biblioteca. Cenaba sola un par de veces a la semana, pero siempre había sabido disfrutar de su propia compañía. Ya no gozaba de la condición de esposa del presidente del consejo, pero era la madre del nuevo presidente del consejo. Y condesa viuda de Whitehaven. Tenía todo lo que Joseph había podido darle, sin el fastidio de tener al propio Joseph.

Y podía volver a casarse. Contaba cincuenta y ocho años, le era imposible concebir hijos; pero aún le asaltaban deseos que, en su opinión, tenían mucho de sentimientos juveniles. A decir verdad, se habían agudizado a raíz del fallecimiento de Joseph. Cuando Micky Miranda le tocaba el brazo, la miraba a los ojos o apoyaba la mano en su cadera al acompañarla a una habitación, experimentaba con más fuerza que nunca aquella sensación de placer combinada con una especie de debilidad que hacía que la cabeza le diera vueltas.

Al contemplarse en el espejo del salón, pensó: «Micky y yo somos muy parecidos, incluso en el color. Hubiéramos tenido preciosos niños de ojos oscuros».

Mientras pensaba eso, su hijo de ojos azules y cabellera rubia entró en el salón. No tenía buen aspecto. De robusto, había pasado a decididamente gordo, y sufría alguna clase de problema dermatológico.

A menudo solía ponerse de mal talante hacia la hora del té, cuando se volatilizaban los efectos del vino con que había regado el almuerzo.

Pero en aquel momento Augusta tenía algo importante que decirle y no estaba de humor para andarse por las ramas.

—¿Qué es eso que me han dicho acerca de que Emily te ha pedido la anulación? —preguntó.

—Quiere casarse con otro —le respondió Edward en tono mustio.

—No puede... ¡está casada contigo!

—En realidad, no lo está —dijo Edward.

¿De qué diablos estaba hablando? Con todo lo que le quería, su hijo le resultaba a veces profundamente irritante.

—¡No seas tonto! —saltó—. Claro que está casada contigo.

—Sólo me casé con ella porque tú quisiste que lo hiciera. Y ella sólo accedió porque sus padres la obligaron. Nunca nos quisimos y... —Vaciló, para acabar estallando—: ¡No consumamos el matrimonio!

De modo que a eso era a lo que quería llegar. Augusta se quedó atónita ante las agallas que demostraba Edward al aludir directamente al acto sexual: esas cosas no se decían delante de señoras. Sin embargo, no le sorprendía enterarse de que aquel matrimonio era una farsa: llevaba años sospechándolo. A pesar de todo, no iba a permitir que Emily se saliera con la suya.

—No podemos dar un escándalo —manifestó en tono firme.

—No sería ningún escándalo...

—Claro que lo sería —rugió Augusta, exasperada por la miopía de su hijo—. Sería la comidilla de Londres durante un año y saldría en todos los periodicuchos baratos.

Edward era ahora lord Whitehaven, y una noticia sensacionalista de tipo sexual protagonizada por un noble era precisamente la clase de carnaza que preferían los semanarios que compraban las criadas.

—¿Pero no crees que Emily tiene derecho a su libertad? —alegó Edward con aire desventurado.

Augusta pasó por alto aquella débil apelación a la justicia.

—¿Puede obligarte?

Quiere que firme un documento en el que yo reconozca que el matrimonio no llegó a consumarse. Eso, evidentemente, es justo.

—¿Y si no lo firmas?

—Entonces le costará un poco más. Estas cosas son difíciles de demostrar.

—Entonces, asunto concluido. No tenemos nada de qué preocuparnos. No hablemos más de este embarazoso asunto.

—Pero...

—Dile que no obtendrá la anulación. De ninguna manera quiero volver a oír hablar de ello.

—Muy bien, madre.

Aquella rápida capitulación la pilló desprevenida. Aunque generalmente acababa por imponer al final su criterio, Edward solía presentar más batalla. Sin duda le preocupaban otros problemas.

—¿Qué ocurre, Teddy? —sondeó, en tono más suave.

Edward emitió un profundo suspiro.

—Hugh me ha contado una cosa endemoniada.

—¿Qué?

—Dice que Micky mató a Solly Greenbourne.

Un estremecimiento de horrible fascinación sacudió a Augusta.

—¿Cómo? Solly murió atropellado.

—Hugh dice que Micky le empujó debajo de aquel coche.

—¿Tú lo crees?

—Micky estaba conmigo aquella noche, pero pudo haber salido unos minutos. Es posible. ¿Tú lo crees, madre?

Augusta asintió. Micky era peligroso y audaz: ahí residía su magnetismo. Augusta no albergaba la menor duda de que era muy capaz de cometer un asesinato tan temerario... y de salir bien librado.

—Me cuesta mucho trabajo aceptarlo —dijo Edward—. Sé que Micky es malo en muchos aspectos, pero considerarlo capaz de asesinar...

—Pero lo haría —dijo Augusta.

—¿Cómo puedes estar tan segura?

Edward tenía un aire tan patético que Augusta sintió la tentación de compartir con él su secreto. ¿Sería sensato? Tal vez no causara ningún daño. Y podía hacer algún bien. El aldabonazo que representaba la revelación de Hugh parecía haber hecho de Edward un hombre más reflexivo. Puede que la verdad resultara beneficiosa para él. Decidió contárselo.

—Micky mató a tu tío Seth —dijo.

—¡Dios santo!

—Lo asfixió con una almohada. Le sorprendí con las manos en la masa.

Augusta notó una sensación de calor al recordar la escena que siguió después.

—Pero ¿por qué iba a matar Micky a tío Seth? —preguntó Edward.

—Le corría una prisa tremenda embarcar aquellos rifles para Córdoba, ¿recuerdas?

—Lo recuerdo.

Edward se quedó silencioso durante unos momentos. Augusta cerró los párpados mientras revivía aquel largo y arrebatado abrazo con Micky, en la alcoba del muerto.

Edward la sacó de su ensoñación.

—Todavía hay algo peor. ¿Te acuerdas de aquel chico llamado Peter Middleton?

—Desde luego. —Augusta no lo olvidaría nunca. Su muerte no había dejado de atormentar desde entonces a la familia—. ¿Qué ocurre con él?

—Hugh dice que Micky le mató.

Augusta se quedó de una pieza.

—¿Qué? No... eso no puedo creerlo.

Edward asintió.

—Le metió deliberadamente la cabeza debajo del agua y la mantuvo sumergida hasta ahogarlo.

Lo que horrorizó a Augusta no fue el asesinato en sí mismo, sino la idea de la traición de Micky.

—Hugh debe de estar mintiendo.

—Dice que Tonio Silva lo vio todo.

—¡Pero eso significa que Micky ha estado engañándonos alevosamente durante todos estos años!

—Creo que es verdad, madre.

Con una creciente sensación de pavor, Augusta comprendió que Edward no daría crédito a tan espantosa historia si no tuviese motivo para ello.

—¿Por qué estás tan predispuesto a creer lo que dice Hugh?

—Porque sé algo que Hugh no sabía, algo que confirma la historia. Verás, Micky había robado cierta cantidad de dinero a uno de los profesores. Peter lo sabía y amenazó con contarlo. Micky, desesperado, buscaba algún medio para acallarle.

—Micky siempre ha andado escaso de dinero —recordó Augusta. Sacudió la cabeza con incredulidad—. Y todos estos años pensando...

—Que yo tuve la culpa de la muerte de Peter.

Augusta asintió.

—Y Micky nos dejó que lo creyéramos —dijo Edward—. No lo entiendo, madre. Estaba convencido de que yo era un asesino, y Micky sabía que no lo era, pero no dijo nada. ¿No es una terrible traición a la amistad?

Augusta contempló a su hijo con una mirada comprensiva.

—¿Lo abandonarás?

—Es inevitable. —Edward estaba desconsolado—. Pero realmente es mi único amigo.

Augusta se sintió al borde de las lágrimas. Permanecieron sentados, mirándose el uno al otro mientras pensaban en lo que habían hecho y por qué lo hicieron.

—Durante veinticinco años —dijo Edward— le hemos tratado como a un miembro de la familia. Y es un monstruo.

«Un monstruo», se dijo Augusta. Era cierto.

Y, sin embargo, le quería. Aunque Micky Miranda hubiese matado a tres personas, ella le quería. A pesar de que la había engañado, Augusta no dejaba de comprender que si Micky Miranda entrase en la habitación en aquel momento, ella lo abrazaría largamente.

Miró a su hijo. Leyó en el rostro de Edward que experimentaba lo mismo. Era algo que ya sabía en el fondo de su corazón y cuyo reconocimiento llegaba ahora a su cerebro.

Edward también amaba a Micky.

II

OCTUBRE

1

Micky Miranda estaba preocupado. Mientras fumaba un cigarro acomodado en el salón del Club Cowes no cesaba de preguntarse qué pudo haber hecho para ofender a Edward. Edward le evitaba. No aparecía por el club, no iba al Nellie's y ni siquiera se presentaba en el salón de Augusta a la hora del té. Hacía una semana que Micky no le veía.

Preguntó a Augusta qué pasaba, pero la mujer dijo que no lo sabía. También se comportaba con él de un modo desacostumbrado, y Micky supuso que sí que lo sabía, pero que no estaba dispuesta a decírselo.

En veinte años, era la primera vez que ocurría aquello. De vez en cuando, Edward se sentía agraviado por algo que hiciera o dijera Micky y se enfadaba con él, pero su enfado nunca duraba más de un par de días. Pero esta vez iba en serio... lo que significaba que quizá peligrase el dinero para el puerto de Santamaría.

En el curso del último decenio, el Banco Pilaster había emitido bonos cordobeses al promedio de una vez al año. Parte de esos fondos era capital para financiar ferrocarriles, obras hidráulicas y explotaciones mineras; otra parte consistía simplemente en préstamos al gobierno.

De todas esas operaciones se beneficiaba la familia Miranda directa o indirectamente, y Papá Miranda era ya el hombre más poderoso de Córdoba, después del presidente.

Micky había cobrado comisión por todo —aunque en el banco nadie lo sabía— y ahora era personalmente muy rico. Y, lo que resultaba más significativo, su habilidad para reunir aquellos fondos de inversión había hecho de él una de las figuras más importantes de la política de Córdoba y el heredero indiscutible del poder de su padre.

Y Papá Miranda se aprestaba a desencadenar una revolución.

Los planes ya estaban trazados. El ejército de los Miranda se lanzaría hacia el sur por ferrocarril y pondría sitio a la capital. Se atacaría simultáneamente Milpita, el puerto de la costa del Pacífico del que se servía la capital.

Pero las revoluciones cuestan dinero. Papá Miranda había indicado a Micky que tramitase el empréstito más cuantioso de todos los obtenidos hasta entonces: dos millones de libras esterlinas, a fin de comprar armas y suministros precisos para una guerra civil. Le había prometido una recompensa inconmensurable: cuando accediera a la presidencia, Micky sería primer ministro, con autoridad sobre todos excepto sobre el propio Papá Miranda. Y a su muerte se le designaría sucesor a la presidencia.

Era todo lo que siempre había deseado.

Volvería a su país convertido en un héroe conquistador, el heredero del trono, la mano derecha del presidente, gran señor con mando sobre todos sus primos, sus tíos y —lo que era más satisfactorio— sobre su hermano mayor.

Edward estaba poniendo en peligro todo aquel sueño.

Edward era fundamental para el proyecto. Micky había proporcionado a los Pilaster un monopolio extraoficial del comercio con Córdoba, a fin de impulsar el prestigio y la influencia de Edward en el banco.

Había salido bien: Edward era ahora presidente del consejo, algo que nunca hubiese conseguido sin ayuda. Lo malo era que, en toda la comunidad financiera de Londres, nadie había tenido ocasión de adquirir experiencia en el terreno de las relaciones comerciales con Córdoba. Por ende, los demás bancos se daban cuenta de que no tenían suficiente información o conocimientos para invertir allí. Y se mostraban doblemente recelosos ante cualquier proyecto que les presentase Micky, porque daban por supuesto que los Pilaster se lo habían rechazado previamente. Micky intentó en varias ocasiones obtener dinero para Córdoba en otras entidades bancarias, pero siempre se lo denegaron.

El enojo de Edward, por lo tanto, era profundamente alarmante. Le ocasionó a Micky noches enteras de insomnio. Como Augusta no podía o no quería arrojar luz alguna sobre el problema, Micky no tenía a nadie a quien preguntar: él era el único amigo íntimo de Edward.

Estaba allí sentado, fumando, sumido en sus preocupaciones, cuando vio a Hugh Pilaster. Eras las siete de la tarde y Hugh vestía traje de etiqueta. Tomaba una copa a solas, seguramente mientras esperaba a la persona o personas con quien cenaría.

A Micky no le caía bien Hugh y tampoco ignoraba que la ojeriza era mutua. Sin embargo, era posible que Hugh supiera lo que pasaba. Y por preguntarle, Micky no perdería nada. Se levantó y fue a la mesa que ocupaba Hugh.

—Buenas noches, Pilaster.

—Buenas, Miranda.

—¿Has visto últimamente a tu primo Edward? Parece que ha desaparecido.

—Pues todos los días va al banco.

—¡Ah! —Micky vaciló. En vista de que Hugh no le invitaba a sentarse, preguntó—: ¿Puedo acompañarte? —Se sentó sin esperar respuesta. En voz un poco más baja, dijo—: Tal vez tú sepas si he hecho algo que pueda haberle ofendido.

Hugh pareció meditar un momento antes de declarar:

–No veo razón por la que no pueda contártelo. Edward ha descubierto que mataste a Peter Middleton y que le has mantenido engañado respecto a eso durante veinticuatro años.

A Micky le faltó muy poco para dar un salto en la silla. ¿Cómo demonios había salido eso a relucir? Estuvo a punto de formular la pregunta, pero en seguida se dio cuenta de que hacerlo equivalía a reconocer su culpabilidad. Fingió indignarse y se puso en pie bruscamente.

–Olvidaré lo que acabas de decir –articuló, y abandonó la estancia.

Apenas tardó unos segundos en comprender que no debía temer más que antes a las autoridades policiales. Nadie podía demostrar lo que hizo y ocurrió tanto tiempo atrás, opinarían que era inútil abrir de nuevo la investigación. El verdadero peligro al que se enfrentaba era al hecho de que Edward se negase a recaudar los dos millones que le hacían falta a su padre.

Tenía que ganarse el perdón de Edward. Y para conseguirlo tenía que verle.

Aquella noche le fue imposible hacer nada, puesto que se había comprometido a asistir a una recepción diplomática en la embajada francesa y a cenar con unos miembros conservadores del Parlamento. Pero al día siguiente fue al burdel de Nellie a la hora del almuerzo, despertó a April y la convenció para que enviase a Edward una nota en la que le prometía «algo especial» si acudía al prostíbulo aquella noche.

Micky alquiló la mejor habitación y contrató los servicios de la en aquellos días favorita de Edward, Henrietta, una muchacha esbelta de corta melena oscura. La aleccionó para que se pusiera traje de etiqueta masculino y se tocara con un sombrero de copa, vestimenta que a Edward le parecía sensual.

A las nueve y media de la noche estaba aguardando a Edward. El cuarto tenía una enorme cama de cuatro postes, dos sofás, una gran chimenea ornamentada, el lavabo de costumbre y una serie de pinturas vivamente obscenas que representaban a un morboso empleado de pompas fúnebres dedicado a realizar diversos actos sexuales sobre el cadáver de una preciosa joven. Micky permanecía reclinado en un sofá de terciopelo; no llevaba encima más que un batín de seda, mientras sorbía coñac al lado de Henrietta.

La muchacha se aburrió rápidamente.

–¿Te gustan esas pinturas? –le preguntó.

Micky se encogió de hombros y no respondió. No tenía ganas de hablar con la chica. Afortunadamente para ellas, a Micky le interesaban poco las mujeres. El propio coito era un proceso rutinario y mecánico.

Lo que le gustaba del sexo era el poder que le confería. Hombres y mujeres se enamoraban de él, y él nunca se cansaba de utilizar aquel cariño para dominarlos, explotarlos y humillarlos. Incluso su juvenil pasión por Augusta Pilaster no había sido, en parte, más que el deseo de domar y montar a una fogosa yegua salvaje.

Desde ese punto de vista, Henrietta no tenía nada que ofrecerle; dominarla no le brindaba ningún aliciente, carecía de algo con suficiente valor como para que mereciese explotarla, y no representaba satisfacción alguna humillar a alguien tan bajo en la escala social como una prostituta. Así que se limitó a dar chupadas a su cigarro y a preocuparse de si Edward se presentaría o no.

Transcurrió una hora. Luego otra. Micky empezó a perder la esperanza. ¿Habría algún otro sistema para llegar a Edward? Era difícil dar con un hombre que realmente no deseaba que uno le viera. En su domicilio sería un «no está en casa» y en su lugar de trabajo estaría siempre ocupado. Micky podía merodear por los aledaños del banco y abordar a Edward cuando saliese a almorzar, pero eso era indigno y, por otra parte, a Edward no le costaría nada hacer caso omiso de él. Tarde o temprano se encontrarían en alguna reunión de tipo social, pero podían pasar semanas antes de que eso sucediera, y Micky no estaba en situación de permitirse tanta demora.

Y entonces, poco antes de medianoche, April asomó la cabeza y dijo:

—Ahí está.

—¡Por fin! —exclamó Micky aliviado.

—Está tomando una copa, pero ha dicho que no quiere jugar a las cartas. Tengo la impresión de que lo tendréis aquí dentro de unos minutos.

Creció la tensión dentro de Micky. Era culpable de una traición todo lo grave que pudiera imaginarse. Había permitido que, durante un cuarto de siglo, Edward viviese bajo el falaz cargo de conciencia de creer que había matado a Peter Middleton, cuando lo cierto era que el culpable de ese homicidio había sido siempre Micky. Invocar el perdón de Edward era mucho pedir.

Pero Micky tenía un plan.

Colocó a Henrietta en el sofá. La hizo sentarse con el sombrero caído sobre los ojos y las piernas cruzadas, al tiempo que fumaba un cigarrillo. Redujo casi al máximo la luz de gas y fue a sentarse en la cama, detrás de la puerta.

Al cabo de un momento entró Edward. En la penumbra no se percató de la presencia de Micky, sentado en la cama. Se detuvo en el umbral, miró a Henrietta y saludó:

—Hola... ¿quién eres?

Ella alzó la cabeza y dijo:

—Hola, Edward.

—¡Ah, eres tú! —observó Edward. Cerró la puerta y se adentró en el cuarto—. Bueno, ¿qué es ese «algo especial» de que ha hablado April? Ya te he visto antes con frac.

—Soy yo —intervino Micky, y se levantó.

Edward frunció el ceño.

—No quiero verte —dijo, y se volvió hacia la puerta.

Micky se interpuso.

—Al menos, aclárame por qué. Hemos sido amigos mucho tiempo.

—He sabido la verdad acerca de Peter Middleton.

Micky asintió.

—¿No me vas a conceder la oportunidad de explicarme?

—¿Qué hay que explicar?

—Cómo llegué a cometer un error tan espantoso y por qué no he tenido nunca el valor suficiente para reconocerlo.

La expresión de Edward era de testarudez.

—Siéntate, sólo un momento, al lado de Henrietta, y déjame hablar.

Edward titubeó.

—Por favor —suplicó Micky.

Edward, no muy convencido, se sentó en el sofá.

Micky fue al aparador y le sirvió una copa de coñac. Edward la cogió, a la vez que inclinaba la cabeza. Henrietta se pegó a él en el sofá y le cogió el brazo. Edward tomó un sorbo de licor, miró alrededor y dijo:

—Odio esas pinturas.

—Yo también —dijo Henrietta—. Me dan escalofríos.

—Cállate, Henrietta —ordenó Micky.

—Lamento haber dicho esta boca es mía, seguro —replicó Henrietta indignada.

Micky se sentó en el otro lado del sofá y se dirigió a Edward.

—Estaba equivocado y te engañé —empezó—. Pero tenía quince años y hemos sido los mejores amigos del mundo durante la mayor parte de nuestra vida. ¿Realmente vas a mandarlo todo al cuerno por un pecadillo de colegial?

—¡Pero podías haberme dicho la verdad en cualquier momento de los últimos veinticinco años! —reprochó Edward colérico.

Micky puso cara compungida.

—Podía y debía haberlo hecho, pero una vez se pronuncia

una mentira como ésa es difícil retirarla. Hubiera acabado con nuestra amistad.

—No necesariamente —dijo Edward.

—Bueno, está acabando con ella ahora... ¿no?

—Sí —articuló Edward, pero en su voz vibró un temblor de incertidumbre.

Micky comprendió que había sonado la hora de jugarse el todo por el todo.

Se puso en pie y se quitó el batín.

Sabía que su aspecto era estupendo: su cuerpo aún se conservaba esbelto y su piel suave y lisa, con la salvedad del vello rizado del pecho.

Henrietta se levantó del sofá inmediatamente y se puso de rodillas delante de él. Micky miró a Edward. Chispeó el deseo en las pupilas de éste, pero mantuvo obstinadamente el fulgor de la rabia y desvió la vista.

A la desesperada, Micky jugó su última carta.

—Déjanos, Henrietta.

La mujer pareció sorprendida, pero se incorporó y salió del cuarto.

Edward miró a Micky.

—¿Por qué has hecho eso? —preguntó.

—¿Y para qué la necesitamos? —respondió Micky.

Se acercó al sofá, de modo que su ingle quedó a sólo unos centímetros de la cara de Edward. Alargó la mano con gesto indeciso y acarició suavemente el pelo de Edward. Éste no se movió.

—Estamos mejor sin ella... ¿verdad? —dijo Micky.

Edward tragó saliva, sin pronunciar palabra.

—¿Verdad? —insistió Micky.

Edward contestó finalmente:

—Sí —susurró—. Sí.

A la semana siguiente, Micky entró por primera vez en la sosegada dignidad de la sala de los socios del Banco Pilaster.

Llevaba diecisiete años aportando negocio a los Pilaster, pero cada vez que iba al banco le llevaban a cualquier otra estancia, y un ordenanza iba a la sala de los socios a avisar a Edward. Micky suponía que a un inglés lo habrían admitido mucho antes en aquel santuario. Adoraba Londres, pero sabía que allí sería siempre un intruso.

Nervioso, extendió los planos del puerto de Santamaría sobre la amplia superficie de la mesa que ocupaba el centro de la habitación. El dibujo mostraba todo un puerto completo en la costa atlántica de Córdoba, con instalaciones para la reparación de buques y enlace ferroviario.

Nada de eso se construiría, naturalmente. Los dos millones de libras irían directamente a la caja de guerra de los Miranda. Pero el estudio era auténtico y los planos los habían hecho delineantes profesionales. De haberse tratado de un proyecto decente incluso podía haber resultado rentable.

Al ser una propuesta fraudulenta, probablemente figuraría como la estafa más ambiciosa de la historia.

Mientras Micky daba las pertinentes explicaciones, con referencias a materiales de construcción, costes laborales, derechos aduaneros y proyección de ingresos, bregó consigo mismo para conservar la calma. Toda su carrera, el futuro de su familia y el destino de su país dependían de la decisión que se tomase en la sala de los socios en aquella fecha.

Los socios del banco también estaban tensos. Se encontraban allí los seis: los dos parientes políticos, el mayor Hartshorn y sir Harry Tonks; Samuel, la vieja mariquita; *Young* William, Edward y Hugh.

Habría lucha, pero Edward contaba con todas las ventajas. Era el presidente del consejo. Hartshorn y sir Harry hacían siempre lo que sus esposas les indicaban, y como las esposas recibían órdenes de Augusta, respaldarían a Edward. Samuel probablemente se pondría de parte de Hugh. El único imprevisible era *Young* William.

Edward rebosaba entusiasmo, como era de esperar. Había perdonado a Micky, volvían a ser amigos del alma y aquél era su primer proyecto importante como presidente del consejo. Se sentía eufórico por haber aportado tan formidable operación como lanzamiento de su cargo de presidente del consejo.

Sir Harry tomó la palabra a continuación:

—El proyecto está meticulosamente concebido y durante una década nos ha ido bien con los bonos de Córdoba. A mí me parece una propuesta atractiva.

Como era de prever, la oposición llegó por parte de Hugh. Fue Hugh quien contó a Edward la verdad acerca de Peter Middleton, y seguramente, su móvil consistiría en impedir la emisión de aquel empréstito.

—He comprobado lo que ha ocurrido con las últimas emisiones de valores suramericanos que hemos gestionado —dijo.

Distribuyó alrededor de la mesa copias de una tabla. Micky la examinó mientras Hugh continuaba.

—El tipo de interés ha aumentado de un seis por ciento hace tres años a un siete y medio por ciento el año pasado. A pesar de ese incremento, la cantidad de bonos invendidos ha sido cada vez más alta.

Micky sabía lo suficiente de finanzas como para entender lo que aquello significaba: los bonos suramericanos les parecían cada vez menos atractivos a los inversores. La tranquila exposición de Hugh y la implacable lógica de la misma puso a Micky al rojo vivo.

—Además —continuó Hugh—, en cada una de las tres últimas emisiones el banco no ha tenido más remedio que comprar bonos en el mercado abierto para mantener su precio artificialmente.

Lo que quería decir, comprendió Micky, que las cifras de la tabla aún quitaban gravedad al problema.

—La consecuencia de nuestra persistente continuidad en

este mercado saturado es que ahora tenemos retenidos bonos de Córdoba por valor de casi un millón de libras. Nuestro banco se encuentra comprometedoramente sobreexpuesto en ese único sector.

Era un argumento poderoso. Micky se esforzó por mantenerse frío, mientras se decía que, si fuera socio del banco, votaría en contra de la emisión. Pero aquello no se decidiría por puro razonamiento financiero. Había en juego algo más que numerario.

Durante unos segundos, nadie pronunció palabra. Edward parecía furioso, pero se contenía, sabedor de que sería más conveniente que fuese otro socio el que contradijera a Hugh.

—Tienes razón, Hugh, pero creo que has exagerado un poco —dijo sir Harry.

—Todos estamos de acuerdo en que el proyecto es sólido —opinó George Hartshorn—. El riesgo es escaso y los beneficios considerables. Creo que deberíamos aceptar.

Micky sabía por anticipado quiénes iban a respaldar a Edward. Esperaba el veredicto de *Young* William.

Pero fue Samuel quien habló a continuación.

—Me hago cargo de que a ninguno de vosotros le hace gracia vetar la primera propuesta importante que presenta el nuevo presidente del consejo —expuso. Su tono sugería que no eran enemigos que luchaban en campos opuestos, sino hombres razonables que no podrían por menos que llegar a un acuerdo con un poco de buena voluntad—. Tal vez no os sintáis inclinados a confiar en los puntos de vista de dos socios que ya han anunciado su dimisión. Pero llevo en este negocio el doble de tiempo que cualquiera de los que se encuentran ahora en esta sala y Hugh probablemente sea el banquero joven de más éxito en el mundo. Y ambos comprendemos que este proyecto es más peligroso de lo que parece. No permitáis que las consideraciones personales os induzcan a desdeñar precipitadamente nuestro consejo.

Micky pensó que Samuel era elocuente, pero su postura se conocía con anterioridad. Todos miraban ahora a *Young* William.

—Los bonos suramericanos siempre han parecido arriesgados —dijo *Young* William por último—. Si nos hubiésemos dejado dominar por el miedo habríamos perdido una gran cantidad de operaciones altamente provechosas durante los últimos años. —Aquello sonaba prometedor, pensó Micky. William prosiguió—: No creo que vaya a producirse un colapso financiero. Bajo el mandato del presidente García, Córdoba ha ido ganando en fortaleza. Creo que las perspectivas sugieren que las operaciones comerciales que emprendamos allí en el futuro van a ser todavía más rentables. Deberíamos buscar más negocio, no menos.

Micky dejó escapar un silencioso y prolongado suspiro de alivio. Había ganado.

—Cuatro socios a favor, pues, y dos en contra —resumió Edward.

—Un momento —dijo Hugh.

«No permita Dios que Hugh tenga algo en la manga», pensó Micky. Apretó las mandíbulas. Deseaba protestar, pero tenía que contener sus sentimientos.

Edward miró malhumoradamente a Hugh.

—¿Qué pasa? Has perdido la votación.

—En esta sala, una votación siempre ha sido el último recurso —repuso Hugh—. Cuando no hay unanimidad entre los socios intentamos llegar a una fórmula de compromiso en la que todos estén de acuerdo.

Micky observó que Edward estaba dispuesto a desestimar tal idea, pero medió William:

—¿En qué estás pensando, Hugh?

—Permitidme que haga una pregunta a Edward —dijo Hugh—. ¿Tienes plena confianza en que colocaremos la mayor parte de esta emisión?

—Si el precio es correcto, sí —contestó Edward. Su expresión denotaba claramente que no sabía adónde iba a conducir aquello.

Micky tuvo el terrible presentimiento de que estaban a punto de ganarle por la mano.

Hugh continuó:

—Entonces, ¿por qué no vendemos los bonos sobre la base de un corretaje, en vez de suscribir toda la emisión?

Micky ahogó un taco. No era aquello lo que deseaba. Normalmente, cuando el banco lanzaba bonos por valor de, pongamos, un millón de libras, accedía a adquirir los que quedasen por vender, lo cual garantizaba al prestatario la recepción de todo el millón. A cambio de esa garantía, el banco se quedaba con un porcentaje sustancioso. El sistema alternativo estribaba en ofrecer los bonos en venta sin ninguna garantía. El banco no corría ningún riesgo y cobraba una comisión mucho menor, pero si sólo se vendían bonos por valor de diez mil libras, en vez del millón completo, el prestatario o cliente no recibiría más que la parte correspondiente a las diez mil libras. Quien corría el riesgo entonces era el prestatario... y en esa fase Micky no deseaba ningún riesgo.

—Hummm —gruñó William—. Es una idea.

Micky pensó, desanimado, que Hugh había sido muy hábil. De haber seguido oponiéndose frontalmente al proyecto, le hubieran derrotado. Pero había sugerido una forma de reducir los riesgos. A los banqueros, una raza conservadora, les seducía mucho reducir los riesgos.

—Si colocamos toda la emisión —constató sir Harry—, aún obtendremos unas sesenta mil libras, incluso aunque el corretaje sea bajo. Y si no vendemos todos los bonos habremos evitado una pérdida considerable.

«¡Di algo, Edward!», pensó Micky. Edward estaba perdiendo el dominio de la reunión. Pero parecía no saber cómo contraatacar.

—Y podemos reflejar en el acta que la decisión de los socios ha sido por unanimidad —dijo Samuel—, que siempre es un resultado agradable.

Se produjo un murmullo de asentimiento.

—No puedo prometer que mis superiores accedan a eso —declaró Micky desesperado—. Hasta ahora, el banco siempre había suscrito los bonos cordobeses. Si deciden cambiar de política... —Vaciló—. Puede que me vea obligado a ir a otro banco.

Era una amenaza hueca, ¿pero lo sabían ellos?

William se mostró ofendido.

—Te corresponde ese privilegio. Puede que otro banco tenga un punto de vista distinto respecto a los riesgos.

Micky comprobó que su amenaza sólo servía para consolidar la oposición. Se apresuró a dar marcha atrás:

—Los dirigentes de mi país valoran en mucho sus relaciones con el Banco Pilaster y es posible que no quieran poner eso en peligro.

—Correspondemos a ese aprecio —dijo Edward.

—Gracias. —Micky comprendió que no había más que decir.

Empezó a enrollar el plano del puente. Le habían derrotado, pero aún no se daba definitivamente por vencido. Aquellos dos millones de libras eran la clave para la presidencia de su país. Tenía que conseguirlos.

Pensaría algo.

Edward y Micky habían convenido almorzar juntos en el comedor del Club Cowes. Estaba previsto como celebración de su triunfo, pero ahora no tenían nada que celebrar.

Para cuando llegó Edward, Micky había tramado ya su plan de acción. Su única posibilidad ahora consistía en convencer secretamente a Edward para que, en contra de la decisión de los socios, suscribiese los bonos sin decírselo. Era un acto ultrajante, temerario y probablemente delictivo, pero no le quedaba más alternativa.

Micky estaba ya sentado a la mesa cuando Edward llegó.

—Me siento muy decepcionado por lo ocurrido esta mañana en el banco —dijo Micky al instante.

—Fue culpa de mi maldito primo Hugh —declaró Edward al tiempo que tomaba asiento. Hizo una seña a un camarero y pidió—: Tráigame una copa grande de madeira.

—Lo malo es que, si no se suscribe la emisión, no habrá garantía de que se pueda construir el puerto.

—Hice todo lo que pude —afirmó Edward quejumbrosamente—. Tú lo viste, estabas allí.

Micky inclinó la cabeza. Por desgracia, era verdad. Si Edward fuera un brillante manipulador de la gente —como su madre—, habría podido vencer a Hugh. Pero si Edward fuera de esa clase de personas, no sería un instrumento en manos de Micky.

Pero con todo y ser un peón, tal vez se resistiera a llevar a cabo la propuesta que Micky pensaba hacerle. Micky se devanaba los sesos en busca de algún modo de persuadirle o de coaccionarle.

Pidieron el almuerzo. Cuando el camarero se retiró, Edward le dijo:

—He estado pensando en que podía buscarme alojamiento propio. Llevo demasiado tiempo viviendo con mi madre.

Micky hizo un esfuerzo para mostrarse interesado.

—¿Comprarías una casa?

—Pequeña. No quiero ningún palacio con docenas de doncellas yendo de un lado para otro echando carbón a las chimeneas. Una casa modesta, que pueda llevarla un buen mayordomo con la ayuda de un puñado de sirvientes.

—Pero en la Mansión Whitehaven tienes todo lo que necesitas.

—Todo, salvo intimidad.

Micky empezó a comprender adónde quería ir a parar.

—No quieres que tu madre se entere de todo lo que haces...

—Tú podrías quedarte a pasar alguna noche conmigo, por ejemplo —dijo Edward, y lanzó a Micky una mirada directa.

Micky comprendió súbitamente el modo en que él podría explotar aquella idea. Fingió tristeza al tiempo que meneaba la cabeza.

—Cuando hubieras conseguido esa casa, probablemente yo habría abandonado Londres.

Edward se quedó anonadado.

—¿Qué diablos quieres decir?

—Si no consigo el dinero para el nuevo puerto, seguro que el presidente me llamará.

—¡No puedes volver! —exclamó Edward aterrado.

—Desde luego, yo no quiero volver. Pero puede que no tenga elección.

—Los bonos se venderán, estoy seguro —manifestó Edward.

—Así lo espero. Porque si no...

Edward descargó el puño contra la superficie de la mesa, provocando el temblor de la cristalería.

—¡Quisiera que Hugh me hubiese dejado suscribir la emisión!

—Supongo que tienes que acatar la decisión de los socios —aventuró Micky nerviosamente.

—Claro... ¿qué otra cosa voy a hacer?

—Bueno... —Micky titubeó. Trató de que su voz sonara con cierta indiferencia—. ¿No podrías pasar por alto lo que se ha dicho hoy y, simplemente, indicar a los empleados de tu departamento que preparen un contrato de suscripción, sin decir nada a nadie?

—Supongo que podría hacerlo —articuló Edward con aire preocupado.

—Al fin y al cabo, eres el presidente del consejo. Eso debe significar algo.

—Maldita sea si no.

—Simón Oliver podría extender discretamente los documentos. Puedes confiar en él.

—Sí.

Micky casi no daba crédito al hecho de que Edward accediese con tanta facilidad.

—Eso puede representar la diferencia entre quedarme en Londres y que reclamen mi presencia en Córdoba.

El camarero llegó con el vino y les sirvió una copa a cada uno.

—A la larga, se sabría —dijo Edward.

—Para entonces será demasiado tarde. E incluso lo puedes presentar como un error de oficina.

Micky sabía que eso era inverosímil, y dudó de que Edward se lo tragara.

Pero Edward lo pasó por alto.

—Si te quedases...

Hizo una pausa y bajó los ojos.

—¿Sí?

—Si te quedases en Londres, ¿pasarías algunas noches en mi nueva casa?

Con una oleada interior de triunfo, Micky se percató de que eso era lo único que le interesaba a Edward. Le dedicó la más atractiva de sus sonrisas.

—Naturalmente.

Edward asintió.

—Es todo lo que quiero. Esta tarde hablaré con Simón.

Micky levantó su copa de vino.

—Por la amistad —brindó.

Edward hizo chocar su copa con la de Micky y sonrió.

—Por la amistad.

Sin avisar, la esposa de Edward, Emily, se trasladó a la Mansión Whitehaven.

Aunque todo el mundo seguía creyendo que la casa era de Augusta, Joseph se la había legado a Edward. En consecuencia, no podían echar de allí a Emily: probablemente eso sería motivo de divorcio, precisamente lo que Emily deseaba.

La verdad es que Emily era técnicamente la señora de la casa y Augusta sólo una madre política que residía allí por indulgencia. Si Emily se enfrentase abiertamente con Augusta se produciría un violento conflicto de voluntades. A Augusta le habría encantado, pero Emily era demasiado diestra para plantarle cara francamente.

—Es tu casa —decía Emily, rezumante de dulzura la voz—. Debes hacer lo que te plazca.

La condescendencia bastaba para que Augusta se echase atrás.

A Emily incluso le correspondía el título de Augusta: como esposa de Edward, era condesa de Whitehaven, y Augusta la condesa viuda.

Augusta continuaba dando órdenes a la servidumbre como si fuera aún la dueña de la casa, y siempre que tenía ocasión revocaba las instrucciones de Emily. Ésta nunca se quejaba. Sin embargo, los criados empezaron a mostrarse subversivos. Emily les caía mejor que Augusta —porque era insensatamente blanda con ellos, en opinión de Augusta—, y siempre se las arreglaban para encontrar el modo de hacer más cómoda la vida de Emily, a pesar de los esfuerzos de Augusta.

El arma más poderosa de que disponía un patrón era la amenaza de despedir al sirviente sin referencias. Nadie contrataba a un criado que no tuviese referencias. Pero Emily quitó a Augusta esa arma de las manos con una tranquilidad que resultaba poco menos que espantosa. Un día, Emily ordenó que se sirviera lenguado en el almuerzo y Augusta lo cambió por salmón. Se sirvió lenguado y Augusta despidió a la cocinera. Pero Emily dio a la cocinera una carta de referencias tan formidable que el duque de Kingsbridge contrató inmediatamente a la mujer, con un sueldo más alto. Y por primera vez, la servidumbre de Augusta dejó de sentirse aterrada por la señora.

Las amigas de Emily la visitaban en la Mansión Whitehaven por la tarde. El té era un rito que presidía la señora de la casa. Emily sonreía dulcemente y rogaba a Augusta que se hiciera cargo del ceremonial, de forma que Augusta no tenía más remedio que ser cortés con las amigas de Emily, lo cual era casi tan espantoso como dejar que Emily desempeñase el papel de señora de la casa.

En las cenas aún era peor. Augusta tenía que soportar que los invitados le dijesen lo buena que era lady Whitehaven al tener la deferencia de permitir que su madre política ocupara el sitio de honor en la cabecera de la mesa.

Augusta se veía superada en estrategia, una experiencia nueva para ella. Normalmente mantenía suspendida sobre la cabeza de las personas el arma disuasoria de expulsarlas del círculo de sus favores. Pero la expulsión era lo que Emily deseaba, y lo que la inmunizaba completamente contra el miedo.

Augusta estaba cada vez más firmemente determinada a no darse nunca por vencida.

La gente empezó a invitar a Edward y Emily a reuniones y fiestas sociales. Emily solía ir, tanto si la acompañaba Edward como si no. No faltó quien se percatara de ello. Durante la temporada que Emily había permanecido retirada en el condado de Leicester, el alejamiento de su esposo pudo pasar inadvertido; pero con ambos viviendo en la ciudad, la situación se hizo incómoda.

Hubo una época en la que a Augusta le era indiferente la opinión de la alta sociedad. Entre las personas dedicadas a actividades mercantiles era una tradición considerar a la aristocracia como frívola, si no degenerada, y prescindir de sus opiniones o, por lo menos, fingirlo. Pero hacía mucho tiempo que Augusta había dejado a sus espaldas el orgullo natural de la clase media. Ella era la condesa viuda de Whitehaven y deseaba ardientemente la aprobación de la elite de Londres. No podía permitir que su hijo declinara las invitaciones de las personas de alcurnia, así que le obligaba a ir.

Aquella noche se daba un caso de aquéllos. El marqués de Hocastle se encontraba en Londres con motivo de un debate en la Cámara de los Lores y la marquesa había organizado una cena para varios de los contados amigos que no estaban en el campo de caza. Edward y Emily iban a asistir a la misma, al igual que Augusta.

Pero cuando Augusta bajó con su vestido negro de seda se encontró a Micky Miranda en el salón; iba vestido de etiqueta y se tomaba un whisky. A Augusta le dio un vuelco el corazón al verlo allí tan atractivo, con su chaleco blanco y su cuello duro. Micky se levantó y fue a besarle la mano. Ella se alegró de haber elegido aquel modelo, cuyo corpiño dejaba al descubierto buena parte de sus senos.

Edward se había alejado de Micky, después de enterarse de la verdad acerca de Peter Middleton, pero aquello sólo duró unos días, y ahora eran más amigos que nunca. Augusta se alegraba. Ella no podía enfadarse con Micky. Siempre había sabido que era un individuo peligroso: eso lo hacía incluso más deseable. A veces la asustaba el pensar que había asesinado a tres personas, pero el miedo era excitante.

Era la persona más inmoral de cuantas Augusta había conocido en su vida, y anhelaba que la arrojase al suelo y la sedujera.

Micky todavía estaba casado. Probablemente podría divorciarse de Rachel si quisiera —circulaban insistentes rumores acerca de su mujer y el hermano de Maisie Robinson, Dan, el miembro radical del Parlamento—, pero le era imposible hacerlo en tanto fuese embajador.

Augusta se sentó en el sofá egipcio, con la intencionada esperanza de que Micky lo hiciera junto a ella, pero la decepcionó al acomodarse en el lado contrario. Se sintió despreciada.

—¿A qué has venido? —preguntó.

—Edward y yo vamos al boxeo.

—No, no vais al boxeo. Edward cena con el marqués de Hocastle.

—Ah —Micky titubeó—. No sé si he sido yo el que se equivocó... o fue él.

Augusta tenía la absoluta certeza de que Edward era el responsable y dudaba de que se tratara de un error. Le gustaba mucho el boxeo, y seguramente tenía intención de eludir el compromiso de la cena. Acabaría inmediatamente con esa intención.

—Vale más que vayas solo —dijo a Micky.

Un brillo de rebeldía apareció en los ojos de Micky y, durante un segundo, Augusta pensó que iba a desafiarla. Se preguntó si estaría perdiendo su ascendiente sobre el joven. Pero Micky se levantó, aunque muy despacio, y dijo:

—En tal caso, me retiro, si es tan amable de explicarle a Edward...

—Desde luego.

Pero era demasiado tarde. Antes de que Micky llegase a la puerta, entró Edward.

Augusta observó que el sarpullido de la piel estaba inflamado aquella noche. Le cubría la garganta, para extenderse por la parte posterior del cuello y ascender hasta una oreja. A Augusta le inquietaba, pero Edward dijo que el médico había insistido en que no tenían por qué preocuparse.

Edward se frotaba las manos con anticipada fruición.

—Estoy deseando ver los combates —dijo.

Con su voz más autoritaria, Augusta manifestó:

—No puedes ir al boxeo, Edward.

Edward puso cara de chiquillo al que dicen que se ha suprimido la Navidad.

—¿Por qué? —preguntó en tono lastimero.

Una momentánea pena se abatió sobre Augusta, y estuvo a punto de volverse atrás. Pero en seguida endureció su corazón.

—Sabes perfectamente que nos comprometimos a asistir a la cena del marqués de Hocastle —recordó.

—Pero no es esta noche, ¿verdad?

—Sabes que sí lo es.

—No iré.

—¡Tienes que ir!

—¡Pero ya cené fuera anoche con Emily!

—Entonces disfrutarás esta noche de la segunda cena civilizada consecutiva.

—¿Por qué demonios nos han invitado?

—¡No maldigas delante de tu madre! Nos han invitado porque son amigos de Emily.

—Emily puede irse a la... —Captó la mirada de Augusta y se interrumpió en seco. Propuso—: Diles que me he puesto enfermo.

—No seas ridículo.

—Creo que tengo derecho a ir adonde guste, madre.

—¡No puedes ofender a personas de alta categoría!

—¡Quiero ver los combates!

—¡No puedes ir!

Emily entró en aquel momento. No pudo por menos que percatarse de lo cargada que estaba la atmósfera de la estancia y dijo al instante:

—¿Qué ocurre?

—¡Ve a buscar ese dichoso trozo de papel que siempre me estás pidiendo que firme! —exclamó Edward.

—¿De qué estás hablando? —preguntó Augusta—. ¿Qué trozo de papel?

—Mi consentimiento a la anulación.

Augusta se quedó aterrada... y comprendió con repentina furia que aquello no era accidental. Emily lo había planeado exactamente así. Su objetivo era irritar a Edward hasta el punto de impulsarle a firmar cualquier cosa con tal de quitársela de encima. Augusta había contribuido incluso inadvertidamente, al insistir en que Edward cumpliese con sus obligaciones sociales. Se sintió como una estúpida: se había dejado manipular. Y el plan de Emily estaba ahora al borde del éxito.

—¡Emily, quédate donde estás! —ordenó Augusta.

Emily dibujó una de sus dulces sonrisas y salió.

Augusta se encaró con Edward.

—¡No vas a dar tu consentimiento a ninguna anulación!

—Tengo cuarenta años, madre —repuso Edward—. Estoy al cargo del negocio de la familia y ésta es mi casa. No debes decirme lo que tengo que hacer.

Decoraba su rostro una expresión terca y resentida y en el cerebro de Augusta irrumpió el terrible pensamiento de que, por primera vez en su vida, Edward iba a desafiarla.

Empezó a asustarse.

—Ven y siéntate aquí, Teddy —invitó, en tono más suave.

De mala gana, el hombre se sentó junto a ella.

Augusta alzó la mano para acariciarle la mejilla, pero Edward se retiró de un respingo.

—No puedes cuidar de ti mismo —dijo Augusta—. Nunca has podido. Por eso Micky y yo nos hemos tenido que preocupar siempre de ti, desde que estabas en el colegio.

La obstinación de Edward pareció aumentar.

—Tal vez sea hora de que lo dejéis.

Por el interior de Augusta reptó una sensación de pánico. Era casi como si se estuviera escapando de su dominio.

Antes de que la conversación pudiera continuar, regresó Emily con un documento de aspecto legal. Lo depositó encima del escritorio de estilo árabe, sobre el que ya había dispuestas plumas y tinta.

Augusta miró a su hijo a la cara. ¿Sería posible que tuviese más miedo a su esposa que a su madre? A Augusta le asaltó la frenética idea de coger el documento y arrojarlo, tirar las plumas y derramar la tinta. Se dominó. Quizá fuese mejor ceder y fingir que el asunto carecía de importancia. Pero esa pretensión sería inútil: había adoptado una postura al prohibir aquella anulación y ahora todos sabrían que había sufrido una derrota.

—Si firmas ese documento, tendrás que dimitir del banco —avisó a Edward.

—No veo por qué —replicó él—. No es como un divorcio.

—La Iglesia no pone ningún inconveniente a una anulación, siempre y cuando los motivos sean auténticos —señaló Emily. Sonaba a cita: evidentemente se había cerciorado.

Edward se sentó a la mesa, eligió una pluma y la metió en un tintero de plata.

Augusta descargó su último tiro.

—¡Edward! —chilló con voz temblorosa de rabia—. ¡Si firmas eso no volveré a dirigirte la palabra en mi vida!

Tras un fugaz titubeo, el hombre aplicó la pluma al papel. Todos guardaban silencio. Se movió la mano de Edward y el rasgueo de la pluma sobre el papel resonó como un trueno.

Edward dejó la pluma.

—¿Cómo puedes tratar así a tu madre? —protestó Augusta, y el sollozo de su voz era genuino.

Emily secó la firma y recogió el documento. Augusta se interpuso entre Emily y la puerta.

Perplejos e inmóviles, Edward y Micky contemplaron la escena mientras las dos mujeres se enfrentaban.

—Entrégame ese papel —dijo Augusta.

Emily se acercó un paso más, vaciló ante Augusta y luego, asombrosamente, propinó a ésta una bofetada.

Un golpe de los que escuecen. Augusta emitió un grito de sorpresa y dolor y retrocedió.

Emily pasó rápidamente por su lado, abrió la puerta y salió del cuarto, bien aferrado el documento en su mano.

Augusta se dejó caer pesadamente en la silla más próxima y rompió a llorar.

Oyó abandonar el salón a Edward y Micky.

Se sintió vieja, derrotada y sola.

La emisión de los bonos del puerto de Santamaría por valor de dos millones de libras fue un fracaso, mucho más estrepitoso de lo que Hugh se había temido. En la fecha tope de adquisición, el Banco Pilaster sólo había colocado papel por valor de cuatrocientas mil libras, y al día siguiente el precio cayó de forma automática. Hugh se alegró infinitamente de haber obligado a Edward a vender los bonos a comisión, en vez de suscribirlos.

El siguiente lunes por la mañana, su ayudante Jonas Mulberry le pasó el resumen de las operaciones realizadas por todos los socios en el transcurso de la semana anterior. Antes de que el hombre saliera del cuarto, Hugh observó una discordancia.

—Un momento, Mulberry —dijo—. Esto no puede ser correcto. —Había un importante descenso en el depósito de efectivo, más de un millón de libras—. No se ha producido una retirada de fondos significativa, ¿verdad?

—No, que yo sepa, don Hugh —respondió Mulberry.

Hugh lanzó una mirada circular por la estancia. Estaban presentes todos los socios, salvo Edward, que aún no había llegado.

—¿Alguien recuerda una retirada importante de fondos la semana pasada?

Nadie tenía noticia de ello.

Hugh se puso en pie.

—Vamos a comprobarlo —dijo a Mulberry.

Subieron a la sala de los oficiales administrativos. El asiento que buscaban era excesivamente elevado para tratarse de una retirada de efectivo. Tenía que ser una transacción interbancaria. Hugh recordaba de su época de administrativo que existía un libro en el que se anotaban diariamente tales transacciones. Se sentó a una mesa y pidió a Mulberry:

—Tráigame el diario interbancos, por favor.

Mulberry cogió de su estante un enorme libro contable y lo puso delante de Hugh.

–¿Puedo ayudarle en algo, don Hugh? –se brindó otro empleado–. Llevo ese libro.

La expresión del hombre era preocupada, y Hugh comprendió que temía haber cometido algún error.

–Usted es Clemmow, ¿verdad? –dijo Hugh.

–Sí, señor.

–¿Qué retiradas de fondos importantes se efectuaron aquí la semana pasada...? De un millón de libras o más.

–Sólo una –respondió el oficial administrativo inmediatamente–. La Compañía del Puerto de Santamaría retiró un millón ochocientas mil... el importe de la emisión de bonos menos el corretaje.

Hugh se levantó de un salto.

–¡Pero si no tenían tanto...! ¡Sólo se recaudaron cuatrocientas mil!

Clemmow palideció.

–La emisión de bonos era de dos millones de libras...

–Pero no la habíamos suscrito, ¡era una venta a comisión!

–Comprobé el saldo de su cuenta: un millón ochocientas mil libras a su favor.

–¡Maldición! –gritó Hugh. Todos los empleados de la sala se le quedaron mirando–. ¡Enséñeme esa cuenta!

Otro empleado, en el fondo de la habitación, tomó un gran libro contable, se lo llevó a Hugh y lo abrió en la página marcada: «Junta del Puerto de Santamaría».

No había más que tres asientos: un abono de dos millones de libras, un cargo de doscientas mil libras por comisiones a favor del banco y una transferencia que saldaba la cuenta.

Hugh se puso lívido. El dinero había desaparecido. Si se hubiese hecho una anotación errónea, la equivocación podía subsanarse fácilmente. Pero habían retirado el dinero del banco al día siguiente, lo cual indicaba la existencia de un fraude cuidadosamente planeado.

—Por Dios que alguien va a ir a la cárcel —dijo iracundo—. ¿Quién asentó estas operaciones?

—Un servidor, señor —dijo el oficinista que le había llevado el libro. Temblaba de miedo.

—¿De acuerdo con qué instrucciones?

—La documentación de costumbre. Todo estaba en orden.

—¿De dónde procedía?

—Del señor Oliver.

Simón Oliver era natural de Córdoba y primo de Micky Miranda. Hugh sospechó instantáneamente la identidad del que estaba detrás de aquella estafa.

No deseaba seguir aquella investigación delante de veinte empleados. Se arrepentía ya de haberles permitido enterarse de la existencia del problema. Pero cuando empezó a verificar el asunto ignoraba que iba a poner al descubierto una malversación de fondos de tales proporciones.

Oliver era el ayudante de Edward y trabajaba en la planta de los socios, al lado de Mulberry.

—Vaya a buscar en seguida al señor Oliver y acompáñelo a la sala de los socios —indicó Hugh a Mulberry. Continuaría allí la investigación, con el resto de los socios.

—Ahora mismo, don Hugh —dijo Mulberry. Se dirigió a los demás empleados—: Volved todos al trabajo.

Regresaron a sus escritorios y volvieron a coger la pluma, pero antes de que Hugh abandonase la habitación ya había estallado un zumbido de excitadas conversaciones.

Hugh regresó a la sala de los socios.

—Se ha cometido una estafa importante —anunció—. Se ha pagado a la Compañía del Puerto de Santamaría el importe total de la emisión de bonos, pese a que sólo hemos vendido papel por valor de cuatrocientas mil libras.

Todos se quedaron aterrados.

—¿Cómo diablos ha podido ocurrir? —dijo William.

—La suma total se les abonó en cuenta y la transfirieron inmediatamente a otro banco.

–¿Quién es el responsable?

–Creo que la gestión la llevó a cabo Simón Oliver, ayudante de Edward. Ya le he mandado llamar, pero me temo que el muy canalla esté ya a bordo de un barco, rumbo a Córdoba.

–¿Podemos recuperar el dinero? –preguntó sir Harry.

–No lo sé. Es posible que a estas horas lo tengan ya fuera del país.

–¡No pueden construir un puerto con dinero robado!

–Tal vez no quieran construir ningún puerto. Todo este asunto quizá no haya sido más que una maldita estafa.

–¡Santo Dios!

Entró Mulberry y, ante la sorpresa de Hugh, llegaba acompañado de Simón Oliver. Lo cual sugería que Oliver no había sustraído el dinero.

Llevaba en la mano un grueso contrato. Parecía asustado: el comentario de Hugh acerca de que alguien iba a ir a la cárcel se lo habían repetido sin duda.

Sin preámbulos, Oliver manifestó:

–La emisión de Santamaría estaba suscrita... Así lo certifica el contrato.

Con mano temblorosa, tendió el documento a Hugh.

–Los socios acordaron que esos bonos se venderían sobre la base de un corretaje –dijo Hugh.

–Don Edward me encargó que extendiese un contrato de suscripción.

–¿Puede demostrarlo?

–¡Sí! –Entregó a Hugh otra hoja de papel. Era un resumen de contrato, una breve nota relativa a las condiciones del acuerdo, pasada por un socio al empleado que se encargaría de preparar el contrato íntegro. De puño y letra de Edward, especificaba con toda claridad que la emisión se suscribía.

Eso zanjaba la cuestión. Edward era el responsable. No se había cometido ninguna estafa y no era posible reclamar ni recuperar el dinero. La transacción era perfectamente legítima. Hugh se sintió descorazonado y furioso.

—Está bien, Oliver, puede retirarse —dijo.

Oliver permaneció inmóvil.

—Confío en que esto no lance sobre mí una sospecha permanente, don Hugh.

Hugh no estaba convencido de que Oliver fuese inocente del todo, pero se vio obligado a declarar:

—No se le culpa de nada que haya hecho usted obedeciendo órdenes de don Edward.

—Gracias, señor —Oliver salió.

Hugh miró a los demás socios.

—Edward ha actuado en contra de nuestra decisión colectiva —comentó amargamente—. Cambió las condiciones de la emisión a nuestras espaldas. Y nos ha costado un millón cuatrocientas mil libras.

Samuel se dejó caer pesadamente en la silla.

—¡Es terrible! —dijo.

Los rostros de sir Harry y del mayor Harsthorn reflejaban perplejidad.

—¿Estamos en quiebra? —preguntó William.

Hugh comprendió que la pregunta iba dirigida a él. Bueno, ¿estaban en quiebra? Era inconcebible. Reflexionó durante unos segundos.

—Técnicamente, no —contestó—. Aunque nuestras reservas de efectivo han bajado en un millón cuatrocientas mil libras, los bonos figuran en el activo de nuestro balance, valorados en su precio de compra. De modo que el pasivo queda compensado y somos solventes.

—Siempre que el precio no se desplome —añadió Samuel.

—Cierto. Si algo provocase la caída de los bonos suramericanos nos encontraríamos en graves dificultades.

Pensar que el poderoso Banco Pilaster estuviera en una situación tan debilitada le puso enfermo de indignación contra Edward.

—¿Es posible mantener esta cuestión en secreto? —quiso saber sir Harry.

—Lo dudo —respondió Hugh—. Me temo que en la sala de los oficiales administrativos no traté precisamente de ocultar el asunto. A estas horas la noticia ya habrá llegado al último rincón del edificio, y al final de la hora del almuerzo se habrá extendido a toda la City.

Jonas Mulberry intercaló una cuestión funcional:

—¿Qué hay de nuestra liquidez, don Hugh? Necesitamos un depósito de fondos antes del fin de semana para atender los pagos y retiradas de efectivo de costumbre. No podemos vender bonos del puerto... bajaría la cotización.

Era una buena idea. Hugh consideró el problema durante un momento.

—Pediré un préstamo al Banco Colonial —decidió—. El viejo Cunliffe guardará silencio. Eso nos permitirá salir del atolladero. —Lanzó una mirada alrededor, hacia los demás—. De momento, cubrirá esta emergencia. Sin embargo, nos encontramos en una situación peligrosamente débil. Debemos corregir la situación a medio plazo con toda la celeridad posible.

—¿Y Edward? —preguntó William.

Hugh sabía lo que estaba obligado a hacer: dimitir. Pero quería que fuese otro quien lo dijera, así que permaneció en silencio.

—Edward debe dimitir de su cargo en el banco —dijo Samuel finalmente—. Ninguno de nosotros podría volver a confiar en él.

—Puede retirar su capital —observó William.

—No puede —replicó Hugh—. No tenemos efectivo. Esa amenaza ha perdido eficacia.

—Claro —concedió William—. No había pensado en eso.

—Entonces, ¿quién será el presidente del consejo? —dijo sir Harry.

Hubo unos instantes de silencio, que interrumpió Samuel al decir:

—Oh, por el amor de Dios, ¿es que puede haber alguna duda? ¿Quién ha descubierto el engaño de Edward? ¿Quién se ha hecho cargo de todo en el momento de crisis? ¿Hacia quién os habéis vuelto todos en busca de soluciones? Durante los últimos sesenta minutos, todas las decisiones las ha tomado una sola persona. Los demás os habéis limitado a hacer preguntas y a poner cara de seres desvalidos. Sabéis perfectamente quién tiene que ser el nuevo presidente del consejo.

A Hugh le pilló desprevenido. Ocupado su cerebro en la solución de los problemas con los que se enfrentaba el banco, no había dedicado el más mínimo pensamiento a su propia situación. Comprendió entonces que Samuel tenía razón. Los otros se mantuvieron más o menos inertes. Desde el preciso momento en que descubrió la anomalía en el resumen semanal de las operaciones, él, Hugh, estuvo actuando como si fuera el presidente del consejo. Y sabía que era el único capaz de conducir el banco a través de la crisis.

Poco a poco, en su mente fue entrando la idea de que estaba a punto de conseguir la ambición de su vida: iba a ser el nuevo presidente del consejo del Banco Pilaster. Miró a William, a Harry y a George. Todos tenían una expresión avergonzada. Al permitir que Edward ocupase el cargo de presidente del consejo, habían llevado al banco al borde del desastre. Ahora se daban cuenta de que Hugh había tenido razón desde el principio. Deseaban haberle hecho caso antes, como deseaban también subsanar su equivocación. Hugh leyó en sus semblantes que deseaban que se hiciera cargo del banco.

Pero tenían que expresarlo de viva voz.

Miró a William, que era el de más edad, después de Samuel.

—¿Qué opinas?

William vaciló apenas un segundo.

—Creo que debes ocupar este cargo, Hugh —dijo.

—¿Mayor Hartshorn?

—De acuerdo.

—¿Sir Harry?

—Desde luego... y espero que aceptes.

Estaba decidido. A Hugh le costaba trabajo creerlo. Respiró hondo.

—Gracias por vuestra confianza. Aceptaré. Confío poder sacar esto adelante y que todos superemos esta calamidad conservando intacta nuestra reputación y nuestra fortuna.

Edward entró en aquel momento.

Se hizo un silencio preñado de abatimiento. Habían estado hablando de Edward como si hubiera muerto ya, y verle en la estancia fue todo un impacto.

Al principio, Edward no percibió la extraña atmósfera.

—Todo el edificio está alborotado —dijo—. Los auxiliares administrativos corren de un lado para otro, los oficiales cuchichean por los pasillos, nadie hace casi nada... ¿qué diablos está pasando?

Nadie habló.

La consternación se extendió por el rostro de Edward, seguida por un aire de culpabilidad.

—¿Ocurre algo malo? —dijo, pero su expresión indicó a Hugh que ya sospechaba lo ocurrido—. Será mejor que me expliques por qué me estás mirando así —insistió Edward—. Después de todo, soy el presidente del consejo.

—No, ya no lo eres —dijo Hugh—. Lo soy yo.

III

Noviembre

1

La señorita Dorothy Pilaster se casó con el vizconde Nicholas Ipswich en el salón metodista de Kensington una fría y luminosa mañana de noviembre. La ceremonia fue sencilla, pero el sermón largo. Concluido el servicio religioso, se celebró el banquete de bodas en una amplia tienda montada en el jardín de la casa de Hugh, donde trescientos invitados hicieron los honores al menú: consomé caliente, lenguado de Dover, urogallo asado y sorbete de melocotón.

Hugh rebosaba felicidad. Su hermana estaba radiante de hermosura y el esposo se mostraba encantador con todo el mundo. Pero la persona más feliz era la madre de Hugh. Sonreía beatíficamente, sentada junto al padre del novio, el duque de Norwich. Por primera vez en veinticuatro años no vestía de negro: llevaba un modelo de cachemira gris azulado que realzaba la plata de sus cabellos y la calma de sus grises pupilas. El suicidio del padre de Hugh había destrozado la vida de la mujer, que sufrió años y años de estrecheces económicas, pero ahora, a los sesenta y uno, tenía cuanto deseaba. Su preciosa hija era vizcondesa de Ipswich y, con el tiempo, sería duquesa de Norwich. Su hijo, alcanzado el éxito y la riqueza, era el presidente del consejo del Banco Pilaster.

—A veces pensaba que no había tenido suerte en la vida —le murmuró a Hugh entre un plato y otro—. Estaba equivocada. —Apoyó la mano en el brazo de Hugh, en un gesto que parecía una bendición—. Soy muy afortunada.

A Hugh le entraron deseos de llorar.

Como ninguna de las invitadas quiso ir de blanco (por temor a competir con la novia), ni de negro (porque eso era para los funerales), el conjunto femenino constituía un alegre caleidoscopio de colores. Parecían haber elegido preferentemente tonos cálidos para contrarrestar el fresco otoñal: naranja brillante, amarillo subido, rojo frambuesa y rosa fucsia. Los hombres iban de negro, blanco y gris, como siempre. Hugh llevaba levita con solapas y puños de terciopelo: era negra, pero, como de costumbre, desafió los convencionalismos con una llamativa corbata de seda azul, su única excentricidad. En aquel tiempo era un hombre tan respetable que a veces sentía nostalgia de la época en que cargaba con el sambenito de oveja negra de la familia.

Tomó un sorbo de Chateau Margaux, su vino favorito. Era un almuerzo de bodas opíparo para una pareja especial, y Hugh se alegraba de poder permitirse tanto lujo. Pero también sentía cierto resquemor culpable por gastar todo aquel dinero cuando el Banco Pilaster se encontraba en tan precaria situación. Aún tenían inmovilizados bonos del puerto de Santamaría por valor de un millón cuatrocientas mil libras, a las que se sumaban otras obligaciones de Córdoba valoradas casi en un millón de libras; y no podían lanzar al mercado aquel papel sin originar una caída del precio, que era lo que Hugh más temía. Iba a necesitar por lo menos un año para equilibrar el balance. Sin embargo, ya había logrado gobernar la nave del banco a través de la crisis inmediata, y ahora contaba con metálico suficiente para atender las retiradas de fondos normales en un futuro previsible. Edward ya no aparecía por el banco, aunque técnicamente continuaría siendo socio hasta el término del año financiero. Estaban a salvo de todo, excepto de alguna catástrofe inesperada, como un conflicto bélico, un terremoto o una epidemia. Bien mirado, tenía perfecto derecho a ofrecer a su única hermana una boda por todo lo alto.

Y era conveniente para el Banco Pilaster. En la comunidad financiera todo el mundo estaba enterado de que el banco tenía inmovilizado más de un millón de libras por cuenta del puerto de Santamaría. Esa considerable partida estimulaba la confianza al asegurar a la gente que los Pilaster eran inimaginablemente ricos. Una boda cicatera habría despertado recelos.

Las cien mil libras esterlinas de la dote de la novia, colocadas a nombre del esposo, permanecían invertidas en el banco; rentaban un interés del cinco por ciento. Nick podía retirarlas, pero tampoco las necesitaba inmediatamente. Iría sacando dinero poco a poco, a medida que tuviese que redimir las hipotecas de su padre y reorganizar su hacienda. Hugh se alegraba de que no quisiera coger el dinero en seguida, ya que, dada la situación de la entidad, una retirada importante de fondos crearía tensiones.

Todo el mundo estaba al cabo de la calle respecto a la sustanciosa dote de la novia. Hugh y Nick no fueron capaces de mantenerla en absoluto secreto, y era la clase de cosas que se propagan con extraordinaria rapidez. Era ya la comidilla de Londres. Hugh supuso que, en aquel momento, sería el tema de conversación de por lo menos la mitad de las mesas.

Al volver la cabeza su vista tropezó con una invitada que no era feliz... En realidad, su expresión era la de alguien que se sentía desdichada y engañada, como la de un eunuco en una orgía: tía Augusta.

—La sociedad londinense ha degenerado por completo —dijo Augusta al coronel Mudeford.

—Temo que tenga usted razón, lady Whitehaven —murmuró el hombre cortésmente.

—La buena cuna ya no cuenta en absoluto —prosiguió Augusta—. Se admite a los judíos en todas partes.

—Así es.

—Yo fui la primera condesa de Whitehaven, pero los Pilaster eran una familia distinguida desde hacía un siglo, cuando se nos honró con un título de nobleza; en cambio hoy, cualquier individuo cuyo padre fuese peón caminero puede conseguir ese título simplemente porque ha ganado una fortuna vendiendo salchichas.

—Muy cierto. —El coronel Mudeford se volvió hacia la dama sentada al otro lado y le dijo—: Señora Telston, ¿quiere que le acerque la salsa de grosella?

Augusta perdió todo interés por él. Estaba echando chispas interiormente ante el espectáculo que se veía obligada a contemplar. Hugh Pilaster, hijo del arruinado Tobias, ofreciendo Chateau Margaux a trescientos invitados; Leana Pilaster, viuda de Tobias, sentada junto al duque de Norwich; Dorothy Pilaster, hija de Tobias, ya esposa del vizconde de Ipswich, con la dote más alta que nadie hubiese oído nunca mencionar. Mientras que el querido Teddy, su hijo, vástago del gran Joseph Pilaster, había sido destituido sumariamente del cargo de presidente del consejo y su matrimonio iba a quedar anulado muy pronto.

¡Ya no había principios ni normas! Cualquiera podía entrar en sociedad. Como si tratara de confirmar tal idea, los ojos de Augusta cayeron sobre la mayor advenediza de todas: la señora de Solly Greenbourne, antes Maisie Robinson. Era inaudito que Hugh hubiese tenido la desvergüenza de invitarla, una mujer cuya vida había sido todo un escándalo. Primero fue prácticamente una prostituta, después se casó con el judío más rico de Londres y ahora dirigía un hospital en el que mujeres que no eran mejores que ella alumbraban a sus bastardos. Pero allí estaba, en la mesa de al lado ataviada con un vestido de color cobrizo, tonalidad moneda nueva de penique, charlando animadamente con el gobernador del Banco de Inglaterra. Era probable que le hablase de madres solteras. ¡Y él la escuchaba!

—Póngase usted en el lugar de una criada soltera —decía Maisie al gobernador. El hombre se sobresaltó y Maisie contuvo una sonrisa—. Piense en las consecuencias de ser madre en tales condiciones: perdería usted empleo y techo, se quedaría sin medios de subsistencia y su hijo no tendría padre. ¿Pensaría usted entonces para sí: «Ah, pero puedo dejar la criatura en el bonito hospital de la señora Greenbourne para poder seguir mi vida y ganármela con el cuerpo»? Claro que no. Mi hospital en absoluto induce o alienta a las jóvenes a tomar el camino de la inmoralidad. Sólo les evitamos que den a luz en mitad de la calle.

Dan, el hermano de Maisie, que ocupaba el lado contrario, terció en la conversación.

—Es un poco como el proyecto de Ley Bancaria que presentó en el Parlamento, que obligaría a los bancos a suscribir un seguro a favor de los pequeños ahorradores o cuentacorrentistas.

—Lo sé —dijo el gobernador.

—No faltan críticos que aseguran que tal medida estimulará las quiebras, al hacerlas menos trágicas. Pero eso es una bobada. Ningún banquero quiere ir a la bancarrota, bajo ninguna circunstancia.

—Desde luego que no.

—Cuando un banquero realiza una operación no piensa que por culpa de su temeridad puede dejar sin un penique a una viuda de Bournemouth... sino que se preocupa de su propio capital. De modo análogo, el sufrimiento que puede producir engendrar un hijo ilegítimo no impide en absoluto a los hombres sin escrúpulos seducir a ingenuas sirvientas.

—Comprendo su punto de vista —declaró el gobernador con expresión afligida—. Un paralelismo de lo más... ah... original.

Maisie llegó a la conclusión de que ya había atormentado bastante al gobernador y le dejó en paz, para que se concentrase en su plato de urogallo.

—¿Has observado que los títulos nobiliarios van siempre a personas que no los merecen? —dijo Dan a su hermana—. Observa el caso de Hugh y su primo Edward. Hugh es honrado, competente y trabajador, mientras que Edward es estúpido, perezoso e inútil... Sin embargo, Edward es el conde de Whitehaven y Hugh no pasa de ser un simple señor Pilaster.

Maisie trataba de no mirar a Hugh. Aunque se alegraba de que la hubiese invitado, era muy doloroso para ella verle en el seno de la familia. Su esposa, sus hijos, su madre y su hermana constituían un cerrado círculo familiar del que ella, Maisie, quedaba excluida. Sabía que su matrimonio con Nora era desgraciado: la forma en que se hablaban lo hacía evidente, nunca se tocaban, nunca se sonreían, nunca se mostraban afectuosos el uno con el otro. Pero eso no significaba consuelo alguno para Maisie. Eran una familia y ella, Maisie, jamás formaría parte de la misma.

Se arrepintió de haber ido a la boda.

Un lacayo se acercó a Hugh y le avisó en voz baja:

—Le llaman por teléfono del banco, señor.

—Ahora no puedo atender la llamada —dijo Hugh.

Al cabo de unos minutos, llegó su mayordomo.

—El señor Mulberry, del banco, está al teléfono, señor.

—¡Ahora no puedo ponerme! —replicó Hugh en tono irritado.

—Muy bien, señor.

El mayordomo dio media vuelta.

—No, aguarda un momento.

Mulberry sabía que Hugh se encontraba en mitad de un almuerzo de boda. Era un hombre inteligente y con sentido de la responsabilidad. No insistiría en hablar con Hugh de no tratarse de algo grave.

Algo muy grave.

Hugh sintió un escalofrío.

—Será mejor que hable con él. —Se puso en pie, al tiempo que se disculpaba—. Les ruego me dispensen, madre, señoría... Debo atender un asunto urgente.

Salió presuroso de la tienda y cruzó el prado rumbo a la casa. El teléfono estaba en la biblioteca. Cogió el auricular.

—Hugh Pilaster al habla —dijo.

Oyó la voz de su ayudante.

—Aquí Mulberry, señor. Lamento tener que...

—¿Qué ocurre?

—Un telegrama de Nueva York. En Córdoba ha estallado la guerra.

—¡Oh, no!

Era una noticia catastrófica para Hugh, para su familia y para el banco. Nada podía ser peor.

—Una guerra civil, en realidad —continuó Mulberry—. Una sublevación. La familia Miranda ha atacado Palma, la capital.

El corazón de Hugh se disparó a toda velocidad.

—¿Algún indicio de las fuerzas con que cuentan?

Si se pudiera aplastar la rebelión con rapidez, aún habría esperanza.

—El presidente García ha huido.

—Menudo desgraciado. —Eso significaba que el asunto era serio. Maldijo amargamente a Micky y a Edward—. ¿Algo más?

—Hay otro cable de la oficina de Córdoba, pero aún no lo hemos descifrado.

—Llámeme en cuanto lo hayan hecho.

—Muy bien, señor.

Accionó la manivela del aparato telefónico y, cuando contestó la operadora, le dio el nombre del agente de bolsa con el que solía trabajar el banco. Esperó hasta que el hombre se puso al teléfono.

—Danby, aquí Hugh Pilaster. ¿Cómo están los bonos cordobeses?

—Los ofrecemos a la mitad del valor nominal, pero no hay quien compre ni uno solo.

«Ni a la mitad de su precio», pensó Hugh. El Pilaster ya estaba en quiebra. La desesperación inundó su ánimo.

—¿Hasta dónde caerán?

—Descenderán a cero, debo pensar. En medio de una guerra civil, nadie paga los intereses de unos bonos gubernamentales.

A cero. Los Pilaster acababan de perder dos millones y medio de libras esterlinas. No quedaba la menor esperanza de ir recuperando gradualmente el balance de situación hasta equilibrarlo. Hugh se agarró a un clavo ardiendo.

—En el supuesto de que liquidaran a los rebeldes en el curso de las horas inmediatas, ¿qué?

—Ni siquiera en tal caso me atrevería a pensar que alguien quisiera adquirir esos bonos —dijo Danby—. Los inversores esperarán a ver qué pasa. En el mejor de los casos, tendrán que transcurrir cinco o seis semanas para que la confianza volviera a dar señales de recuperación.

—Comprendo —Hugh sabía que Danby estaba en lo cierto. El agente de bolsa sólo confirmaba sus temores.

—Digo yo, Pilaster, que su banco sigue firme, ¿no? —preguntó Danby en tono preocupado—. Debe de tener un montón de esos bonos. Se dijo que apenas vendieron nada de esa emisión del puerto de Santamaría.

Hugh vaciló. Detestaba decir mentiras. Pero la verdad acabaría con el banco.

—Tenemos más bonos de los que me gustaría. Pero también tenemos otros activos.

—Estupendo.

—He de volver con mis invitados. —Hugh no tenía intención de regresar a la tienda, pero deseaba dar sensación de calma—. Ofrezco un almuerzo a trescientas personas... mi hermana se ha casado esta mañana.

—Eso me han dicho. Enhorabuena.

—Adiós.

Antes de que tuviera tiempo de pedir otra comunicación, Mulberry llamó de nuevo.

—Ha venido el señor Cunliffe, del Banco Colonial, señor —dijo, y Hugh percibió el pánico que vibraba en su voz—. Pide que se le reembolse el importe del préstamo.

—¡Maldito sea! —exclamó Hugh.

El señor Cunliffe había prestado al Pilaster un millón de libras para ayudarles a salir del apuro, pero con la condición de que el dinero tenía que devolverse en el momento en que el prestamista lo solicitara. Cunliffe se había enterado de la noticia, comprobó de inmediato el repentino hundimiento de los bonos cordobeses y comprendió que el Pilaster debía estar en dificultades. Naturalmente, quería recuperar su dinero antes de que el banco se hundiera.

Y no era más que el primero. En seguida llegarían otros. A la mañana siguiente, los depositarios harían cola en la puerta para retirar sus fondos. Y no estaría en condiciones de pagarles.

—¿Disponemos de un millón de libras, Mulberry?

—No, señor.

El peso de aquella negación se abatió sobre los hombros de Hugh, que se sintió viejo. Aquello era el fin. La pesadilla del banquero: la gente exigiendo su dinero, un dinero que el banco no tenía. Y le estaba sucediendo a Hugh.

—Dígale al señor Cunliffe que no ha conseguido usted la

debida autorización para firmar el cheque porque todos los socios están en la boda —aleccionó.

—Muy bien, don Hugh.

—Y luego...

—¿Sí, señor?

Hugh hizo una pausa. No tenía otra elección, pero titubeó antes de pronunciar las palabras fatídicas. Cerró los ojos. Sería mejor acabar de una vez.

—Luego, Mulberry, debe cerrar las puertas del banco.

—Oh, don Hugh.

—Lo siento, Mulberry.

Le llegó a través de la línea un ruido extraño y Hugh comprendió que Mulberry estaba llorando.

Colgó el teléfono. Al mirar los estantes de la biblioteca, vio en vez de libros la gran fachada del Banco Pilaster, y se imaginó el cierre de las adornadas puertas de hierro. Vio unos cuantos peatones, que se detenían para observar la escena. Antes de que hubiese transcurrido mucho tiempo, una multitud se habría congregado ante las cerradas puertas y parlotearía excitadamente. La noticia se habría extendido por toda la City con la rapidez de un incendio en un almacén de petróleo: el Pilaster ha quebrado.

El Pilaster ha quebrado.

Hugh enterró el rostro entre las manos.

2

—No nos queda absolutamente ni un penique —dijo Hugh.

Al principio, no le entendieron. Pudo verlo en sus rostros.

Estaban reunidos en el salón de la casa de Hugh. Una estancia rebosante; la había decorado Nora, a quien le encantaba cubrir con telas floreadas hasta la más insignificante pieza de mobiliario y llenar de objetos de adorno hasta el último centímetro de superficie. Todos los invitados se habían ido ya, por fin —Hugh no había dicho nada de aquella nefasta noticia hasta que la fiesta concluyó—, pero la familia vestía aún las galas del acontecimiento nupcial. Augusta y Edward estaban sentados uno junto al otro, sus semblantes expresaban la misma incredulidad desdeñosa. Tío Samuel se encontraba al lado de Hugh. Los demás socios, *Young* William, el mayor Hartshorn y sir Harry, permanecían de pie detrás de un sofá ocupado por sus esposas, Beatrice, Madeleine y Clementine. Subidos los colores a causa del almuerzo y el champán, Nora se había acomodado en su asiento habitual, junto a la chimenea. Los novios, Nick y Dotty, cogidos de la mano, parecían asustados.

Hugh lo sentía por los recién casados.

—La dote de Dotty, Nick, se ha esfumado. Me temo que tus planes han quedado reducidos a nada.

—Tú eres el presidente del consejo... ¡sin duda es culpa tuya! —dijo tía Madeleine con voz chillona.

Se mostraba tan estúpida como perversa. Era una reacción previsible, pero no obstante Hugh se sintió dolido. Resultaba muy injusto que le acusara a él, después de todo lo que había luchado para evitar aquello.

Sin embargo, William, su hermano menor, la corrigió con sorprendente agudeza.

—No digas tonterías, Madeleine —replicó—. Edward nos engañó y cargó al banco con un montón de bonos cordobeses que ahora no valen nada. —Hugh le agradeció que fuera tan honesto. William prosiguió—: La culpa la tenemos todos los que permitimos a Edward convertirse en presidente del consejo.

Miró a Augusta.

Nora parecía perpleja.

—No es posible que nos hayamos quedado sin un penique —dijo asombrada.

—Pues lo es —repuso Hugh pacientemente—. Todo nuestro dinero está en el banco y el banco ha quebrado.

Era disculpable que su esposa no lo entendiera: no había nacido en el seno de una familia de banqueros.

Augusta se puso en pie y se encaminó a la chimenea. Hugh se preguntó si no trataría de salir en defensa de su hijo, pero tampoco era tan insensata.

—No importa quién tenga la culpa —expresó—. Debemos salvar lo que podamos. Sin duda debe de haber todavía en el banco una buena cantidad de efectivo, oro y billetes de banco. Tenemos que sacarlo y esconderlo en algún lugar seguro antes de que se presenten los acreedores. Luego...

Hugh la interrumpió:

—No vamos a hacer semejante cosa —habló en tono brusco—. Ese dinero no es nuestro.

—¡Claro que es nuestro! —gritó Augusta.

—Cállate y vuelve a sentarte, Augusta, si no quieres que llame a los lacayos para que te echen de aquí.

Se sorprendió lo suficiente como para guardar silencio, pero no se sentó.

—Hay efectivo en el banco —dijo Hugh—, y no se nos ha declarado oficialmente en quiebra, de modo que podemos optar por pagar a algunos de nuestros acreedores. Tendrás que despedir a la servidumbre; y si los envías a la puerta lateral del banco con una nota en la que figure la cantidad que les debes, se la pagaré. A todos los comerciantes con los que tengas cuenta les dices que te den la factura y me encargaré también de que se les abone... pero sólo hasta el día de la fecha del cierre: no pagaré ninguna deuda en la que incurras de ahora en adelante.

—¿Quién eres tú para decirme que despache a mi servidumbre? —preguntó Augusta en tono indignado.

Hugh estaba predispuesto a sentir cierta condescendencia por la situación en que se encontraban, a pesar incluso de que ellos se lo habían buscado; pero aquella estupidez deliberada era cargante.

—Si no los despides —replicó con brusquedad—, se irán por

su cuenta, ya que no cobrarían. Intenta meterte en la cabeza, tía Augusta, que no tienes ni una perra.

—Ridículo —murmuró la mujer.

—Yo no puedo despedir a los criados —volvió a hablar Nora—. No es posible vivir sin criados en una casa como ésta.

—No te preocupes —dijo Hugh—. No vivirás en una casa como ésta. Tendré que venderla. Todos tendremos que vender nuestras casas, muebles, obras de arte, bodegas y joyas.

—¡Eso es absurdo! —protestó Augusta.

—Es la ley —replicó Hugh—. Cada uno de los socios ha de responder personalmente de las deudas del negocio.

—Yo no soy socia —dijo Augusta.

—Pero Edward sí. Dimitió como presidente del consejo, pero conservó sobre el papel la condición de socio. Y es el dueño de vuestra casa... Joseph se la legó a él.

—En alguna parte tendremos que vivir —declaró Nora.

—Lo primero que todos debemos hacer mañana es buscar casas pequeñas de alquiler. Si elegís viviendas modestas, nuestros acreedores darán su aprobación. Si no, habréis de elegir otra.

—No tengo la menor intención de abandonar mi casa, y ésa es mi última palabra —declaró Augusta—. E imagino que el resto de los miembros de la familia son de la misma opinión. —Miró a su hermana política—. ¿Madeleine?

—Así es, Augusta —dijo Madeleine—. George y yo continuaremos donde estamos. Todo esto es una insensatez. No es posible que nos quiten nuestra casa.

Hugh no pudo por menos que despreciarlos. Incluso entonces, cuando su arrogancia y necedad los había llevado a la ruina, se negaban a escuchar la voz de la razón. Al final, no les quedaría más remedio que despedirse de sus ilusiones. Pero si intentaban aferrarse a unas riquezas que ya no eran suyas, acabarían por destruir la reputación de la familia a la vez que su fortuna. Hugh estaba decidido a obligarles a comportarse con escrupulosa honradez, tanto en la pobreza como en la riqueza. Iba a ser una lucha durísima, pero no iba a ceder.

Augusta se dirigió a su hija.

—Estoy segura, Clementine, de que Harry y tú opinaréis lo mismo que Madeleine y George.

—No, madre —dijo Clementine.

Augusta se quedó boquiabierta. Hugh estaba igualmente sorprendido.

No era propio de la prima Clementine contradecir a su madre. Al menos, pensó Hugh, un miembro de la familia tenía sentido común.

—Te he estado haciendo caso y has sido tú quien nos ha metido en este apuro. Si hubiésemos nombrado presidente del consejo a Hugh, en vez de a Edward, ahora todos nosotros seríamos tan ricos como Creso.

Hugh empezó a sentirse mejor. Alguien de la familia entendía lo que él había intentado hacer.

—Estabas equivocada, madre —prosiguió Clementine—, y nos has arruinado. Nunca más haré caso de tus consejos. Hugh tenía razón y lo mejor que podemos hacer es dejarle que haga cuanto pueda para guiarnos a través de este terrible desastre.

—En efecto, Clementine —apoyó William—. Debemos seguir en todo los consejos de Hugh.

Los frentes estaban definidos. Al lado de Hugh se encontraban William, Samuel y Clementine, que dominaba a su marido, sir Harry. Tratarían de comportarse decente y honradamente. Contra Hugh se alineaban Augusta, Edward y Madeleine, que hablaba por el mayor Hartshorn: intentarían arramblar con lo que pudieran y al diablo el buen nombre de la familia.

—Tendrás que sacarme a la fuerza de esta casa —manifestó Nora desafiante.

Hugh notó un gusto amargo en la boca. Su propia esposa se ponía de parte del enemigo.

—Eres la única persona de esta habitación que se pronuncia en contra de su cónyuge —dijo con tristeza—. ¿No me debes ni un tanto así de lealtad?

Ella irguió la cabeza.

—No me casé contigo para llevar vida de pobre.

—De cualquier modo, tendrás que abandonar esta casa —dijo Hugh ásperamente. Miró a los otros intransigentes: Augusta, Edward, Madeleine y el mayor Hartshorn—. Todos tendréis que ceder —dijo—. Si no lo hacéis ahora, con dignidad, habréis de hacerlo más adelante, deshonrosamente, acuciados por alguaciles, policías y periodistas de sucesos, denigrados por la prensa sensacionalista e insultados por vuestros sirvientes, a los que no liquidaréis sus sueldos.

—Eso ya lo veremos —replicó Augusta.

Cuando todos se marcharon, Hugh se sentó frente a la chimenea, con la vista clavada en la lumbre, mientras se devanaba los sesos en busca de algún modo de pagar a los acreedores del banco.

Tenía la firme decisión de no permitir que se declarase al Pilaster oficialmente en quiebra. La idea resultaba casi demasiado lamentable para concebirla. Se había pasado toda la vida bajo la sombra de la bancarrota de su padre. Toda su carrera fue un esfuerzo para demostrar que no estaba mancillado. En lo más profundo de su corazón temía que, de sufrir el mismo destino que su padre, ello le indujera a quitarse la vida.

El Pilaster había acabado como banco. Cerrar sus puertas ante los depositarios significaba el fin. Pero, a largo plazo, podría pagar sus deudas, en especial si los socios actuaban escrupulosamente y vendían sus valiosas pertenencias.

Cuando la tarde se difuminaba entre los celajes del crepúsculo, el esbozo de un plan comenzó a tomar forma en el cerebro de Hugh, y se permitió un tenue vislumbre de esperanza.

A las seis de la tarde fue a visitar a Ben Greenbourne.

Greenbourne contaba setenta años, pero aún seguía en perfectas condiciones y al frente del negocio. Tenía una hija, Kate, pero Solly había sido su único hijo varón, de modo que, cuando se retirase, tendría que legarlo todo a sus sobrinos, cosa a la que parecía mostrarse reacio.

Hugh se presentó en la mansión de Piccadilly. La casa daba la impresión no sólo de prosperidad, sino de riqueza ilimitada. Todos los relojes eran auténticas joyas, toda pieza de mobiliario una antigüedad inapreciable; los paneles labrados exquisitamente, las alfombras, tejidas especialmente. Condujeron a Hugh a la biblioteca, donde brillaban las lámparas de gas y crepitaba el fuego de la chimenea. En aquella estancia había comprendido Hugh por primera vez que el chico llamado Bertie Greenbourne era hijo suyo.

Quiso comprobar si los libros estaban allí por pura ostentación y se dedicó a coger y hojear algunos mientras esperaba. Puede que determinados volúmenes se hubiesen adquirido por su espléndida encuadernación, pero otros estaban bastante manoseados, como también estaban representados varios idiomas. La cultura de Greenbourne era genuina.

El anciano apareció al cabo de quince minutos y se excusó por haber hecho esperar a Hugh.

—Me ha retenido un problema doméstico —manifestó con su abrupta cortesía prusiana.

Su familia nunca fue prusiana; copiaron los modales de la clase alta alemana y los conservaron a lo largo de los cien años que llevaban residiendo en Inglaterra. Se mantenía tan derecho y erguido como siempre, pero a Hugh le pareció captar cierto cansancio y preocupación en el hombre. Greenbourne no aclaró en qué consistían los problemas domésticos y Hugh se abstuvo de preguntarle.

—Ya sabe usted que los bonos cordobeses se han hundido esta tarde —expuso Hugh.

—Sí.

—Y probablemente estará enterado también de que, como consecuencia, mi banco ha cerrado sus puertas.

—Sí. Y lo lamento mucho.

—Han pasado veinticuatro años desde el último fracaso de un banco inglés.

—Fue el Overend y Gurney, lo recuerdo muy bien.

—Y yo. A causa de esa quiebra, mi padre se arruinó y se ahorcó en su despacho de la calle Leadenhall.

Greenbourne se sintió incómodo.

—Lo lamento terriblemente, Pilaster. Ese espantoso detalle se me había ido de la memoria.

—Un montón de empresas se derrumbaron con aquella crisis. Pero lo de mañana será todavía peor. —Hugh se inclinó hacia adelante en el asiento y la emprendió con su gran alegato mercantil—. En los últimos veinticinco años, la cifra de negocio de la City se ha multiplicado por diez. Y al haberse hecho la banca tan compleja y aparatosa, las entidades bancarias estamos más interrelacionadas que nunca. Algunas personas cuyo dinero hemos perdido se encontrarán en la imposibilidad de liquidar sus deudas, de modo que también irán a la quiebra... y la cadena continuará. Dentro de ocho días, docenas de bancos se vendrán abajo, cientos de empresas se verán obligadas a echar el cierre y miles y miles de personas irán al paro... a menos que emprendamos alguna acción para evitarlo.

—¿Acción? —se extrañó Greenbourne, con algo más que un toque de enojo en la voz—. ¿Qué clase de acción puede emprenderse? El único remedio que te queda es pagar lo que debes; si no te es posible, entonces estás completamente desamparado.

—Solo, sí, estoy desvalido. Pero confío en que la comunidad bancaria haga algo.

—¿Te propones pedir a otros banqueros que paguen tus deudas? ¿Por qué iban a hacerlo? —Greenbourne estaba a punto de mostrarse colérico.

—Seguramente convendrá usted conmigo en que sería mejor para todos que el Pilaster pagase a todos sus acreedores.

—Evidente.

—Supongamos que se forma un sindicato de banqueros y que éste se hace cargo de los activos y pasivos del Pilaster. El sindicato garantizaría el pago de las deudas a todos los acreedores que lo solicitaran. Simultáneamente, el sindicato procedería a ir liquidando los activos del Pilaster de forma ordenada.

Greenbourne se sintió repentinamente interesado, y su irritación se volatilizó al considerar aquella original propuesta.

—Comprendo. Si los miembros del sindicato fueran lo bastante respetados y prestigiosos, su garantía quizá resultara suficiente para tranquilizar a todo el mundo y los acreedores no exigirían de inmediato su dinero. Con suerte, los ingresos producto de la venta de activos irían cubriendo los pagos a acreedores.

—Y se evitaría una crisis espantosa.

Greenbourne sacudió la cabeza.

—Pero, al final, los miembros del sindicato perderían dinero, porque las partidas de pasivo del Pilaster suman una cantidad mayor que las del activo.

—No necesariamente.

—¿Cómo que no?

—Disponemos de bonos de Córdoba por valor de más de dos millones de libras a los que hoy se les asigna valor cero. Sin embargo, nuestros otros activos son sustanciales. Todo depende en buena medida de la cantidad de dinero que podamos obtener mediante la venta de las casas y demás bienes de los socios; pero calculo que, actualmente, la diferencia en números rojos sólo es de un millón.

—Así que el sindicato puede esperar perder un millón.

—Tal vez. Pero los bonos de Córdoba no van a carecer de valor eternamente. Es posible que los rebeldes sufran una derrota. O que el nuevo gobierno reasuma el pago de los intereses. En algún punto, la cotización de los bonos de Córdoba puede subir.

—Posiblemente.

—Con que los bonos lleguen a la mitad de su nivel anterior, el sindicato habrá recuperado su inversión. Y si suben más, el sindicato obtendría beneficio.

Greenbourne meneó de nuevo la cabeza.

—Puede funcionar, pero no por los bonos del puerto de Santamaría. Ese embajador de Córdoba, Miranda, me ha parecido siempre un ladrón redomado; y todo indica que su padre es el cabecilla de los rebeldes. Sospecho que la totalidad de esos dos millones de libras ha servido para pagar armas y municiones. En cuyo caso, los inversores jamás verán un penique.

«Tan perspicaz como siempre, el viejo», pensó Hugh, que sentía exactamente idéntico temor.

—Me temo que tenga usted razón. Con todo, hay una posibilidad. Y si permite usted que se produzca un pánico financiero, tenga la certeza de que se perderá bastante dinero.

—Es un plan ingenioso. Siempre has sido el más listo de tu familia, joven Pilaster.

—Pero el plan depende de usted.

—¡Ah!

—Si accede a encabezar el sindicato, la City seguirá sus directrices. Si se niega a formar parte de él, el sindicato carecerá de prestigio para tranquilizar a los acreedores.

—Eso ya lo sé.

Greenbourne no era proclive a la falsa modestia.

—¿Lo hará? —Hugh contuvo la respiración.

El anciano reflexionó en silencio durante varios segundos, al cabo de los cuales dijo en tono firme:

—No, no lo haré.

Hugh se derrumbó en el asiento, desesperado. Era su última bala y había fallado. Sintió que un inmenso cansancio se abatía sobre él, como si se le hubiese terminado la vitalidad y fuese un viejo exhausto.

—Toda mi vida he sido cauto —dijo Greenbourne—. En las operaciones donde otros ven altos beneficios, yo veo altos riesgos y resisto la tentación. Tu tío Joseph no era como yo. Él aceptaría el riesgo... y se embolsaría las ganancias. Su hijo Edward todavía era peor. No opino sobre ti: acabas de hacerte cargo de la empresa. Pero los Pilaster tienen que pagar el precio de tantos años de grandes beneficios. Yo no recogí esos beneficios, así que... ¿por qué tengo que pagar sus deudas? Si destino ahora mis fondos a rescataros, el inversor inconsciente se verá recompensado y el cuidadoso sufrirá. Y si la banca tuviera que llevarse de ese modo, ¿por qué iba alguien a ser cuidadoso? También podríamos arriesgarnos, puesto que no existe riesgo alguno cuando un banco quiebra si lo salvan los demás. Pero siempre hay riesgo. El negocio bancario no puede llevarse como lo lleváis vosotros. Siempre habrá bancarrotas. Son necesarias para recordar a los inversores que el riesgo es real.

Antes de ir allí, Hugh se había preguntado si debía o no contar al anciano que Micky Miranda había asesinado a Solly. Volvió a considerar la idea, pero llegó a la misma conclusión: conmocionaría y causaría dolor al viejo, pero en absoluto iba a servir para persuadirle de que debía rescatar al Pilaster.

Trataba de pensar algo que decir, realizar un último intento que hiciese cambiar de idea a Greenbourne, cuando entró el mayordomo.

—Perdón, señor Greenbourne —dijo—, pero me pidió que le avisara en el momento en que llegase el detective.

Greenbourne se puso en pie al instante, con aire agitado, pero su buena educación no podía permitirle salir de la estancia precipitadamente sin dar una explicación:

—Lo siento, Pilaster, pero he de dejarte. Mi nieta Rebecca ha... desaparecido... y estamos todos trastornados.

—No sabe cuánto lo siento —manifestó Hugh. Conocía a la hermana de Solly, Kate, y recordaba vagamente a la hija de ésta, una preciosa chica de negra cabellera—. Espero que la encuentre en seguida sana y salva.

—No creemos que haya sufrido violencia alguna... a decir verdad, estamos seguros de que lo único que ha hecho es fugarse con un muchacho. Pero eso ya es bastante grave. Dispénsame, por favor.

—Desde luego.

El viejo abandonó la estancia, dejando a Hugh entre las ruinas de su esperanza.

Maisie se preguntaba a veces si ir de parto no sería algo contagioso. Con frecuencia, en una sala llena de mujeres embarazadas de nueve meses transcurría toda la jornada sin el menor incidente, pero en cuanto una de ellas empezaba a alumbrar, las otras seguían su ejemplo en cuestión de breves horas.

Eso había sucedido aquel día. Empezó a las cuatro de la madrugada y desde entonces las parturientas no cesaron de dar a luz. Las comadronas y enfermeras corrían con casi todo el trabajo, pero en vista de que no daban abasto Maisie y Rachel tuvieron que dejar plumas y libros e ir de un lado para otro con toallas y mantas.

A las siete de la mañana, sin embargo, todo había terminado, y estaban tomando una taza de té en el despacho de Maisie junto al amante de Rachel, Dan, el hermano de Maisie, cuando se presentó Hugh Pilaster.

—Traigo malas noticias, me temo —dijo nada más entrar.

Maisie estaba sirviendo té, pero el tono de voz de Hugh la sobresaltó. Al mirarle a la cara con atención observó su gesto doliente y supuso que había muerto alguien.

—¿Qué ha pasado, Hugh?

—Creo que tenéis todo el dinero del hospital en una cuenta de mi banco, ¿no es así?

Si sólo se trataba de dinero, pensó Maisie, la cosa no era tan grave.

Rachel contestó a la pregunta de Hugh:

—Sí. Mi padre administra el dinero, pero mantiene su cuenta particular con vosotros desde que es abogado del banco, y supongo que considera conveniente hacer lo mismo con la cuenta del hospital.

—Y ha invertido vuestros fondos en bonos de Córdoba.

—¿Sí?

—¿Qué ocurre? —preguntó Maisie—. ¡Dínoslo, por el amor de Dios!

—El banco ha quebrado.

Los ojos de Maisie se llenaron de lágrimas, pero no por ella, sino por Hugh.

—¡Oh, Hugh! —exclamó. Se daba cuenta de lo que aquello le dolía. Para Hugh era casi como la muerte de un ser amado, porque había depositado en aquel banco todos sus sueños y esperanzas. Deseó poder asumir parte del dolor de Hugh, aliviar su sufrimiento.

—¡Dios santo! —dijo Dan—. Se desencadenará el pánico.

—Todo vuestro dinero ha volado —dijo Hugh—. Seguramente tendréis que cerrar el hospital. No puedo deciros cuánto lo siento.

Rachel se había puesto blanca a causa de la noticia.

—¡Eso es imposible! ¿Cómo puede haber volado nuestro dinero?

Se lo explicó Dan.

—El banco no puede pagar sus deudas —dijo con amargura—. Eso es lo que significa una quiebra: que debes dinero a alguien y no puedes pagarle.

Un centelleo en su memoria hizo a Maisie ver a su padre, un cuarto de siglo más joven y con un aspecto muy parecido al que hoy tenía Dan, que decía exactamente lo mismo acerca de la quiebra. Dan había dedicado buena parte de su vida a proteger a los ciudadanos de a pie de los efectos de aquellas crisis financieras... pero hasta el momento no había conseguido nada.

—Quizá ahora consigas que aprueben tu Ley Bancaria —dijo Maisie, dirigiéndose a su hermano.

—¿Pero qué habéis hecho con nuestro dinero? —preguntó Rachel a Hugh.

Hugh suspiró.

—En esencia, esto ha ocurrido por algo que hizo Edward durante el tiempo que fue presidente del consejo. Cometió un error, un inmenso error, y perdió una considerable cantidad de dinero, más de un millón de libras. Desde entonces he intentado aguantar el banco, evitar que todo se desmoronase, pero hoy me ha abandonado la suerte definitivamente.

—¡No sabía que pudiera suceder una cosa así! —dijo Rachel.

—Recuperarás parte de tus fondos, pero no antes de un año, después, con toda seguridad.

Dan pasó un brazo alrededor de Rachel, pero eso no bastaba para consolarla.

—¿Y qué va a ser de todas las desdichadas que acuden aquí en busca de ayuda?

La expresión de Hugh era tan atribulada que Maisie estuvo a punto de decirle a Rachel que se callara.

—No sabéis lo que me alegraría devolveros el dinero pagándolo de mi propio bolsillo —dijo él—. Pero también yo lo he perdido todo.

—Pero algo podrá hacerse, ¿no? —insistió Rachel.

—Lo intenté. Vengo ahora de casa de Ben Greenbourne. Le pedí que salvara al banco y pagase a los acreedores, pero me contestó negativamente. Tiene sus propios problemas: según parece, su nieta Rebecca se ha fugado con el novio. Sea como fuere, sin su apoyo no puede hacerse nada.

Rachel se levantó.

—Creo que sería mejor que fuese a ver a mi padre.

—Yo he de ir a la Cámara de los Comunes –indicó Dan. Salieron.

Maisie tenía el corazón acongojado. Hundía su ánimo la perspectiva de cerrar el hospital, y la trastornaba la súbita destrucción de todo aquello por lo que había trabajado; pero su máximo dolor era por Hugh. Recordaba, como si hubiera sido ayer, la noche, hacía diecisiete años, después de las carreras de Goodwood, en que Hugh le contó su historia; aún le era posible percibir ahora la agonía que vibraba en su voz cuando le contó que el negocio del padre había quebrado y que el hombre se había suicidado. Dijo entonces que algún día iba a ser el banquero más listo, rico y conservador del mundo... como si creyera que eso aliviaría la pena producida por la pérdida del padre. Y quizá sí. Pero, en cambio, había sufrido el mismo destino que él.

Las miradas de ambos se encontraron a través de la habitación. Maisie leyó en los ojos de Hugh una súplica silenciosa. Lentamente, se levantó y fue hacia él. De pie junto a su silla, le cogió la cabeza entre las manos y la apoyó en sus senos, al tiempo que le acariciaba el pelo. Vacilante, Hugh le rodeó la cintura con el brazo, apenas tocándola al principio, para apretar luego con fuerza. Y entonces, por último, rompió a llorar.

Cuando Hugh se marchó, Maisie efectuó una ronda por las salas. Ahora lo veía todo con nuevos ojos: las paredes que ellas mismas habían pintado, las camas que compraron en tiendas de segunda mano, las bonitas cortinas que la madre de Rachel había confeccionado. Recordó los esfuerzos sobrehumanos que les exigió a Rachel y a ella abrir el hospital: sus batallas con la institución médica y el municipio local, el incansable derroche de encanto que tuvieron que emplear para ganarse la voluntad de las respetables amas de casa y el crítico sacerdote del barrio, la obstinada insistencia que se vieron obligadas a prodigar para conseguir salirse con la suya. Se consoló con la idea de que, al fin y a la postre, había conseguido la victoria, y el hospital llevaba abierto doce años, durante los cuales había proporcionado alivio y cuidados a cientos de mujeres. Pero Maisie hubiese querido que aquello fuese un servicio perdurable. Había visto aquél como el primero de varias docenas de hospitales femeninos diseminados por todo el país. En eso había fracasado.

Habló con todas las madres que habían alumbrado aquel día. La única que le preocupaba era la señorita Nadie. Tenía una figura delgada y el bebé había sido muy pequeño. Maisie sospechaba que la muchacha se mataba de hambre para ocultar el embarazo a los ojos de su familia. A Maisie le asombraba que hubiese chicas que consiguieran una hazaña así; ella se puso como un globo y, a los cinco meses, ya le resultó imposible del todo disimular su gravidez, pero la experiencia le había demostrado que sucedía continuamente.

Se sentó en el borde de la cama de la señorita Nadie. La madre estaba dando de mamar a la criatura, una niña.

—¿No es preciosa? —dijo.

Maisie asintió.

—Tiene el pelo negro, como el tuyo.

—Mi madre también lo tiene así.

Maisie alargó la mano y acarició la minúscula cabecita. Como todos los recién nacidos, aquél se parecía a Solly. La verdad era...

Una súbita revelación conmovió a Maisie. Le parecía increíble.

—Oh, Dios mío, ya sé quién eres —articuló.

La muchacha se la quedó mirando.

—Eres Rebecca, la nieta de Ben Greenbourne, ¿verdad? Mantuviste tu embarazo en secreto todo el tiempo que te fue posible, y después te marchaste de casa para dar a luz.

Los ojos de la chica se desorbitaron.

—¿Cómo lo adivinaste? ¡No me habías visto desde que tenía dos años!

—Pero también conocía a tu madre. Después de todo, yo estaba casada con su hermano. —Kate no había sido tan esnob como el resto de los Greenbourne, y cuando los demás miembros de la familia no estaban presentes, siempre trataba a Maisie con amabilidad—. Y me acuerdo de tu nacimiento. Tenías el pelo negro, exactamente igual que tu hija.

Rebecca estaba asustada.

—Prométeme que no irás a decírselo.

—Te prometo que no haré nada sin tu permiso. Pero creo que debes avisar a tu familia. Tu abuelo tiene un disgusto terrible.

—Él es el que más me aterra.

Maisie asintió.

—Comprendo por qué. Es un viejo cascarrabias, con el corazón duro como una piedra. Lo sé por propia experiencia. Pero si me dejas que hable con él, creo que puedo hacerle entrar en razón.

—¿Lo harías? —dijo Rebecca con una voz llena de juvenil optimismo—. ¿Harías eso?

—Naturalmente —aseguró Maisie—. Pero no le diré dónde estás a menos que me prometa ser bondadoso.

Rebecca bajó la mirada. Su hija tenía los ojos cerrados y ya no mamaba.

—Está dormida —dijo Rebecca.

Maisie sonrió.

—¿Ya has decidido el nombre que le vas a poner?

—¡Ah, sí! —contestó Rebecca—. Voy a llamarla Maisie.

Las lágrimas humedecían el rostro de Ben Greenbourne cuando abandonaba la sala.

—La he dejado con Kate un momento —dijo con voz sofocada y embargada de emoción.

Se sacó un pañuelo del bolsillo y se aplicó unos ineficaces toques en las mejillas. Era la primera vez que Maisie veía a su suegro perder el dominio de sí mismo. El hombre tenía un aspecto más bien patético, pero Maisie pensó que aquella angustia le sentaría bien.

–Venga a mi cuarto –invitó Maisie–. Le prepararé una taza de té.

–Gracias.

Maisie le acompañó a su despacho y le rogó que tomara asiento. Pensó que era el segundo hombre que lloraba ese día sentado en aquella silla.

–Todas esas jóvenes –preguntó el anciano–, ¿se encuentran en la misma situación que Rebecca?

–Todas, no –repuso Maisie–. Algunas son viudas. A otras las ha abandonado el marido. Son bastantes, también, las que huyen de hombres que las pegan. Una mujer puede soportar mucho dolor y permanecer junto a su esposo aunque éste la lesione; pero si se queda encinta teme que los golpes perjudiquen a la criatura y entonces se va. De todas formas, la mayoría de nuestras acogidas son como Rebecca, muchachas que simplemente han cometido un error.

–No creía que la vida tuviese mucho más que enseñarme –reconoció Ben Greenbourne–. Ahora me doy cuenta de que he sido estúpido e ignorante.

Maisie le tendió una taza de té.

–Gracias –dijo el anciano–. Eres muy amable. Yo nunca lo fui contigo.

–Todos cometemos errores –respondió Maisie vivaz.

–Buena cosa es que estéis aquí –dijo el anciano–. De otro modo, ¿adónde irían esas pobres chicas?

–Alumbrarían a sus hijos en callejones y cunetas –contestó Maisie.

–Creo que eso podía haberle ocurrido a Rebecca.

–Por desgracia, tenemos que cerrar el hospital –dijo Maisie.

–¿Por qué?

La mujer le miró a los ojos.

–Todo nuestro dinero estaba en el Banco Pilaster –informó–. Ahora nos encontramos sin un penique.

—¿De verdad? —la expresión del anciano se tornó meditativa.

Hugh se desvistió para acostarse, pero distaba mucho de tener sueño, de modo que, con el batín puesto, se sentó frente a la chimenea y contempló meditabundo las llamas. No paraba de darle vueltas en la cabeza a la situación del banco, pero no se le ocurría nada que pudiese mejorarla. Sin embargo, no podía dejar de pensar.

A medianoche oyó un resonante y decidido aldabonazo en la puerta de la calle. Tal como iba, en bata, bajó a abrir. Junto al bordillo de la acera había un coche de caballos y ante la entrada un criado de librea.

—Le ruego me perdone por llamar tan tarde, señor —dijo el hombre—, pero el recado es urgente.

Le entregó un sobre y se marchó.

En el momento en que Hugh cerraba la puerta, su mayordomo bajaba por la escalera.

—¿Todo va bien, señor? —preguntó en tono preocupado.

—Sólo es un mensaje —respondió Hugh—. Puede volver a la cama.

—Gracias, señor.

Hugh abrió el sobre y vio la caligrafía esmerada y anticuada de un anciano quisquilloso. Las palabras escritas hicieron que su corazón le saltase en el pecho de pura alegría.

Piccadilly, 12
Londres, S.W.

23 de noviembre de 1980

Estimado Pilaster:
Lo he pensado bien y he decidido atender tu proposición.
Tuyo affmo., etc.,

B. Greenbourne

Levantó la vista de la nota y dedicó una sonrisa al vacío vestíbulo.

—¡Atiza! —exclamó encantado—. Me pregunto qué le habrá hecho cambiar de idea al viejo.

Augusta estaba sentada en la trastienda de la mejor joyería de Bond Street. El resplandor de las lámparas de gas arrancaba destellos a las alhajas albergadas en las vitrinas de cristal. En la estancia había espejos por todas partes. Un obsequioso dependiente atravesó el cuarto con paso silencioso y colocó delante de Augusta un rectángulo de terciopelo negro sobre el que relucía un collar de diamantes.

El encargado del establecimiento, solícito, estaba de pie junto a Augusta.

—¿Cuánto? —preguntó ella.

—Nueve mil libras, lady Whitehaven.

Susurró el precio reverentemente, casi como quien reza una oración.

El collar era sencillo y puro, una hilera de rectangulares diamantes idénticos, engarzados en oro. Pensó que destacarían de un modo impresionante sobre el negro luto de sus vestidos de viuda. Pero no los compraba para lucirlos.

—Es una pieza maravillosa, milady: la joya más esplendorosa que tenemos en la tienda.

—No me atosigue, por favor, estoy pensando —replicó Augusta.

Era su último y desesperado intento de conseguir dinero. Lo había intentado en el banco: fue allí y pidió sin más cien libras en soberanos de oro; el empleado, un perro insolente que se llamaba Mulberry, se los negó. Luego intentó que la casa hiciera una transferencia de la cuenta que estaba a nombre de Edward a la que iba a su nombre, pero tampoco le salió bien: las escrituras estaban en el arca de caudales del viejo Bodwin, el abogado del banco, y Hugh tenía que dar su conformidad. Ahora, Augusta pretendía comprar a crédito unos diamantes, con el fin de venderlos después y hacerse con efectivo.

Al principio, Edward fue aliado suyo, pero ahora hasta él se negaba a ayudarla.

—Lo que está haciendo Hugh, lo hace en beneficio de todos —le dijo neciamente—. Si empieza a correr el rumor de que los miembros de la familia tratan de coger lo que pueden, el sindicato se disgregará. Se les ha convencido para que aporten dinero con el fin de evitar una crisis financiera, no con objeto de que la familia Pilaster siga disfrutando de sus lujos.

Una parrafada muy larga para Edward. Un año antes, a Augusta se le hubiera estremecido el corazón de tener a su hijo en contra, pero desde aquella noche en que se rebeló con motivo de la anulación del matrimonio, había dejado de ser el muchacho dulce y sumiso que ella amaba. También Clementine se había vuelto en contra suya y respaldaba los planes de Hugh, unos planes que los convertían a todos en pobres. La sacudía la rabia cada vez que pensaba en ello. Pero no se saldrían con la suya.

Levantó los ojos hacia el encargado del establecimiento.

—Me lo quedo —dijo como quien toma una decisión.

—Una elección inteligente, no me cabe la menor duda, lady Whitehaven —dijo el hombre.

—Envíe la factura al banco.

—Muy bien, milady. Entregaremos el collar en la Mansión Whitehaven.

—Me lo llevaré ahora —dijo Augusta—. Quiero ponérmelo esta noche.

La consternación se extendió por el rostro del sólido encargado.

—Me coloca usted en una postura imposible, milady.

—¿De qué está usted hablando? ¡Envuélvalo!

—Me temo que no puedo entregarle la joya hasta haber recibido su importe.

—No sea ridículo. ¿Sabe quién soy?

—... pero los periódicos dicen que el banco ha cerrado sus puertas.

—Esto es un insulto.

—Lo lamento mucho, lo lamento infinitamente.

Augusta se puso en pie y cogió el collar.

—Me niego a escuchar esa tontería. Me lo llevaré.

El encargado sudaba mientras se interponía entre la mujer y la puerta.

—Le ruego que no lo intente —dijo.

Augusta avanzó, pero el hombre se mantuvo firme.

—¡Quítese de en medio! —conminó Augusta.

—Me va a obligar a cerrar la tienda y avisar a la policía —advirtió el encargado.

Augusta se percató de que, aunque el hombre prácticamente farfullaba aterrado, no había cedido un centímetro. Le tenía miedo, pero aún le asustaba más la posibilidad de perder diamantes por valor de nueve mil libras. Augusta comprendió que estaba vencida. Furiosa, arrojó el collar contra el suelo. El encargado se agachó para recogerlo, prescindiendo por completo de la dignidad. Augusta abrió la puerta por sí misma, atravesó altiva la tienda y salió a la calle, donde la esperaba su coche.

Se sentía mortificada, pero mantuvo alta la cabeza. Prácticamente, el hombre la había acusado de intento de robo. En lo más recóndito de su cerebro, una vocecita le dijo que robar era exactamente lo que había intentado hacer, pero acalló la voz. Volvió a casa echando chispas.

Cuando entraba en la casa, Hastead, el mayordomo, trató de detenerla, pero en aquel momento no tenía paciencia para atender a trivialidades domésticas y silenció al hombre con una orden:

—Tráeme un vaso de leche caliente.

Le dolía el estómago.

Se dirigió a su cuarto. Se sentó ante el tocador y abrió el joyero.

Poca cosa guardaba. El valor de todo lo que Augusta había tenido allí apenas alcanzaba unos pocos centenares de libras. Sacó la bandejita del fondo, tomó una pieza envuelta en seda y, al desdoblar la tela, apareció el anillo de oro en forma de serpiente que Strang le había regalado. Como siempre, se lo introdujo en el dedo y acarició con los labios la piedra preciosa de la cabeza. Jamás vendería aquel anillo. Qué distinto hubiera sido todo de haber podido casarse con Strang. Durante unos segundos le dominó el deseo de echarse a llorar.

Entonces oyó rumor de voces al otro lado de la puerta de su alcoba. Un hombre... dos, quizá... y una mujer. No parecían criados, y de cualquier modo, ningún miembro de la servidumbre tendría la temeridad de ponerse a charlar en aquel rellano. Salió.

La puerta de la habitación de su difunto marido estaba abierta y las voces procedían de allí. Cuando entró, Augusta vio a un joven, evidentemente un empleado con una pareja mayor, bien vestidos, pertenecientes sin duda a la misma clase social que Augusta. Era la primera vez que veía a aquellas personas.

—En nombre del Cielo —preguntó—, ¿quiénes son ustedes?

El empleado respondió en tono deferente:

—Stoddart, de la agencia, milady. Los señores de Graaf tienen mucho interés en comprar su preciosa casa...

—¡Fuera! —gritó Augusta.

La voz del empleado ascendió hasta convertirse en un chillido.

—Recibimos instrucciones para poner la casa en venta...

—¡Salgan de aquí inmediatamente! ¡Mi casa no está en venta!

—Pero yo mismo hablé personalmente con...

El señor de Graaf tocó el brazo de Stoddart y le hizo callar.

—Un error muy embarazoso, no cabe duda, señor Stoddart —dijo suavemente. Miró a su esposa—: ¿Nos vamos, querida?

Ambos salieron con una serena tranquilidad que hizo hervir la sangre de Augusta. Les siguió el empleado, que lanzaba excusas a diestro y siniestro.

El responsable de aquello era Hugh. Augusta no necesitaba preguntar a nadie para saberlo. La casa era propiedad del sindicato que había rescatado al banco, había dicho Hugh, y naturalmente, el sindicato deseaba venderla. Hugh informó a Augusta de que debía abandonarla, pero ella se había negado a hacerlo. La respuesta de Hugh consistió en enviar a unos posibles compradores para que la viesen.

Augusta se sentó en el sillón de Joseph. Entró el mayordomo con un vaso de leche caliente.

—No dejes entrar a más personas como ésas, Hastead... la casa no está en venta.

—Muy bien, milady.

Dejó la leche de Augusta y se quedó remoloneando.

—¿Alguna otra cosa? —le preguntó Augusta.

—Milady, el carnicero ha venido hoy personalmente... con la factura.

—Dile que se le pagará a conveniencia de lady Whitehaven, no a la suya.

—Muy bien, milady. Y... los dos lacayos se despidieron hoy.

—¿Quieres decir que avisaron que se van?

—No, simplemente se fueron.

—¡Desgraciados!

—Milady, el resto de la servidumbre pregunta cuándo cobrarán su salario.

—¿Eso es todo?

El mayordomo se desconcertó.

—¿Pero qué les digo?

—Que no respondí a tu pregunta.

—Muy bien. —Titubeó, antes de añadir—: Tome nota de que me voy a finales de esta semana.

—¿Por qué?

—Todos los demás Pilaster han despedido a la servidumbre. Don Hugh nos ha dicho que se nos pagaría el sueldo hasta el viernes pasado, pero ni una jornada más, no importa el tiempo que sigamos aquí.

—¡Fuera de mi vista, traidor!

—Muy bien, milady.

Augusta se dijo que le alegraría ver la espalda de Hastead. Siempre le había desagradado la cara de aquel individuo: sus ojos parecían mirar en distintas direcciones. Se quitaría de encima un montón de ellos, ratas que abandonan el buque que se hunde.

Se tomó la leche, pero el dolor de estómago no se alivió.

Echó un vistazo alrededor de la habitación. Joseph no le había dejado volverla a decorar y conservaba aún el estilo que Augusta eligió en 1873, con papel pintado en las paredes, cortinas de tupido brocado y la colección de cajitas de rapé enjoyadas exhibiéndose en su armario lacado. La habitación parecía tan muerta como Joseph. Deseó tener poderes para hacerle volver. Si él continuara vivo, nada de aquello habría pasado. Tuvo una momentánea visión de Joseph de pie junto a la ventana, con una de sus cajitas de rapé preferidas en la mano. Movía el estuche para observar el juego de destellos que producía la luz sobre las piedras preciosas. Experimentó una desconocida sensación de ahogo en la garganta y sacudió la cabeza para que desapareciese aquella visión.

El señor de Graaf o alguien como él no tardaría en aposentarse en aquel cuarto. Sin duda, arrancaría el papel pintado de las paredes, quitaría las cortinas y decoraría la habitación de nuevo, probablemente de acuerdo con el estilo decorativo que estaba de moda: paneles de madera de roble y duras sillas rústicas.

Tendría que marcharse. Lo había asumido ya, aunque fingiese lo contrario. Pero no iba a mudarse a ninguna casa moderna, pequeña y agobiante de Clapham o St. John's Wood, como habían hecho Madeleine y Clementine. No soportaría vivir en unas circunstancias tan estrechas en Londres, donde la podrían ver personas a las que en otra época ella había mirado por encima del hombro.

Iba a dejar el país.

Ignoraba a ciencia cierta adónde iría. Calais era barato, pero estaba demasiado cerca de Londres. París era elegante, pero se sentía demasiado vieja para iniciar una nueva vida social en una ciudad extraña. Había oído hablar de un sitio llamado Niza, en la costa mediterránea de Francia, donde se podía mantener una casa, con su servidumbre, casi por nada, y que estaba poblada por una tranquila comunidad de extranjeros, muchos de ellos de su edad, que disfrutaban de inviernos templados y de aire marino.

Pero no podía vivir todo un año sin contar con nada. Tenía que disponer de fondos suficientes para el alquiler y el salario de la servidumbre, y, aunque estaba dispuesta a llevar una existencia frugal, no podría arreglárselas sin coche. Le quedaba muy poco efectivo, apenas rebasaría las cincuenta libras. De ahí su intento desesperado de comprar los diamantes. En realidad, nueve mil libras no le solucionarían definitivamente el problema, pero habrían bastado para ir tirando unos años.

Se daba perfecta cuenta de que ponía en peligro los planes de Hugh. Edward estaba en lo cierto. La buena disposición del sindicato dependía de la formalidad de la familia Pilaster respecto al pago de sus deudas. Un miembro de dicha familia que se marchara al extranjero con el equipaje lleno de joyas sería precisamente el factor negativo que alteraría una coalición frágil de por sí. En cierto sentido, eso hacía más atrayente la perspectiva: sería feliz poniéndole la zancadilla al fariseo de Hugh.

Para eso tenía que alargar el pie. El resto sería fácil: llenaría sólo un baúl, iría al despacho de billetes de la naviera y compraría un pasaje, avisaría a un coche de punto por la mañana temprano y se escabulliría hacia la estación de ferrocarril sin decirle nada a nadie. ¿Pero con qué dinero?

Al examinar el cuarto a su alrededor reparó en un pequeño cuaderno de notas. Lo abrió, impulsada por una ociosa curiosidad, y comprobó que alguien –seguramente Stoddart, el empleado de la agencia– había estado haciendo un inventario de lo que contenía la casa. Le irritó ver sus pertenencias relacionadas y evaluadas despreocupadamente en el cuaderno de notas de un empleaducho: *mesa de comedor, 9 libras; biombo egipcio, 30 chelines; retrato de mujer, pintado por Joshua Reynolds, 100 libras.* En la casa debía de haber cuadros por valor de varios miles de libras esterlinas, pero no podía meterlos en un baúl. Pasó la hoja y leyó: *sesenta y cinco estuches de rapé... remitir al departamento de joyería.* Alzó la cabeza. Frente a ella, en el aparador que había comprado hacía diecisiete años, estaba la solución a su problema. El conjunto de cajitas de rapé adornadas con joyas valía miles, acaso un centenar de miles de libras. Podía meterlas fácilmente en el baúl: las cajas eran pequeñas, elaboradas con vistas a que cupieran bien en el bolsillo del chaleco de un hombre. Y eran susceptibles de venderse una tras otra, a medida que se necesitase dinero.

El corazón de Augusta aceleró sus latidos. Aquello podía ser la respuesta a sus oraciones.

Alargó la mano para abrir el aparador, pero estaba cerrado con llave.

Le asaltó un pánico momentáneo. No estaba segura de poder forzarlo: la madera era sólida, los cristales gruesos y de superficie pequeña.

Se tranquilizó. ¿Dónde guardaría Joseph la llave? Probablemente en el cajón de su escritorio. Se acercó a la mesa y abrió el cajón. Dentro había un libro con el horrendo título de *La duquesa de Sodoma* –libro que se apresuró a empujar hacia el fondo– y un llavín plateado.

Cogió el llavín.

Con mano temblorosa lo introdujo en la cerradura del aparador. Al accionar el llavín oyó el chasquido del pestillo y, un momento después, la puerta se abrió.

Respiró hondo y aguardó hasta que las manos dejaron de temblarle.

Entonces procedió a retirar los estuches de los estantes.

IV

DICIEMBRE

1

La bancarrota del Pilaster fue el escándalo social del año. A los periódicos sensacionalistas les faltaba tiempo para informar puntualmente de todos los detalles del caso: la venta de las grandes mansiones de Kensington; las subastas de las pinturas, los muebles antiguos y las cajas de oporto; la cancelación del proyectado viaje de novios que Nick y Dotty pensaban realizar por Europa y que duraría seis meses; y la modestia de las sencillas casas suburbanas en las que los otrora arrogantes y poderosos Pilaster pelaban ahora las patatas que iban a comer y se lavaban su propia ropa interior.

Hugh y Nora alquilaron una casita con jardín en Chingford, una aldea a quince kilómetros de Londres. Dejaron tras de sí a la servidumbre, pero una fornida muchacha de catorce años de una granja próxima iba todas las tardes a fregar los suelos y limpiar las ventanas.

Nora, que durante doce años no había efectuado la menor tarea doméstica, se lo tomaba muy mal, e iba de aquí para allá con un sucio delantal encima dedicada a barrer el suelo y preparar comidas indigestas, todo a regañadientes y sin parar de quejarse. A los chicos les gustaba aquello más que Londres, ya que podían jugar en el bosque. Hugh iba a la City en tren todos los días. Continuaba trabajando en el banco, donde su tarea consistía en disponer de los bienes del Pilaster en nombre del sindicato.

Cada uno de los socios recibía del banco una pequeña subvención.

Teóricamente, no tenían derecho a nada. Pero los miembros del sindicato no eran desalmados: dado que eran banqueros como los Pilaster, en el fondo de su corazón pensaban: «Hoy por ti, mañana por mí». Además, la colaboración de los socios resultaba muy útil a la hora de liquidar los bienes, y merecía la pena recompensarles con un pequeño estipendio a fin de conservar su bienquerencia.

Hugh contemplaba con atenta ansiedad el desarrollo de la guerra civil de Córdoba. El desenlace determinaría la cantidad de dinero que iba a perder el banco. Hugh deseaba con toda su alma que obtuvieran algún beneficio. Poder decir algún día que nadie perdió dinero en la operación de rescate del Banco Pilaster. Pero esa posibilidad parecía remota.

Al principio, el bando de Miranda dio la sensación de que ganaba la guerra. Según las crónicas, su ataque estuvo perfectamente planeado y fue sanguinariamente ejecutado. El presidente García se vio en la ineludible necesidad de huir y refugiarse en la ciudad fortificada de Campanario, en el sur del país, su región natal. El desaliento se apoderó de Hugh. Si los Miranda lograban la victoria, gobernarían Córdoba como un reino particular, y jamás pagarían intereses por unos préstamos concedidos al régimen anterior; y los bonos de Córdoba carecerían absolutamente de valor en un futuro previsible.

Sin embargo, los acontecimientos dieron un giro inesperado. La familia de Tonio, los Silva, que durante largos años había sido el reducido sostén de la escasamente efectiva oposición liberal, tomó partido por el presidente y se incorporó a la lucha, a cambio de la promesa de convocar elecciones libres y llevar a cabo la reforma agraria cuando el presidente recobrase el poder. Renacieron las esperanzas de Hugh.

El revitalizado ejército presidencial logró un considerable apoyo y frenó el avance de los usurpadores. Las fuerzas se equilibraron, lo mismo que los recursos financieros: los Miranda habían consumido su caja de guerra en el ataque inicial a por todo. El norte tenía yacimientos de nitrato y el sur minas de plata, pero ninguno de los dos bandos podía conseguir que se financiasen o asegurasen sus exportaciones, dado que los Pilaster estaban fuera del negocio y ningún otro banco estaría dispuesto a aceptar a un cliente que acaso mañana hubiese desaparecido.

Ambas facciones solicitaron el reconocimiento del gobierno británico, con la esperanza de que eso contribuiría a facilitarles créditos. Todavía oficialmente embajador cordobés en Londres, Micky Miranda apremiaba a los funcionarios del Ministerio de Asuntos Exteriores, a los ministros del gobierno y a los miembros del Parlamento, ejerciendo toda la presión que podía para que se reconociese a Papá Miranda como nuevo presidente. Pero, de momento, el ministro de Asuntos Exteriores, lord Salisbury, se negaba a inclinarse por uno de los bandos.

Entonces, llegó a Londres sorprendentemente Tonio Silva.

Se presentó en la casita suburbana de Hugh la víspera de Navidad. Hugh se encontraba en la cocina. Servía el desayuno a los chicos: leche caliente y tostadas. Nora aún estaba vistiéndose: iba a Londres a hacer sus compras navideñas, aunque dispondría de poco dinero para gastar. Hugh accedió a quedarse en casa y cuidar de los niños: ninguna tarea urgente requería aquel día su presencia en el banco.

Fue a abrir la puerta personalmente, una experiencia que le recordaba los viejos tiempos de Folkestone, en casa de su madre. Tonio se había dejado barba y bigote, sin duda para ocultar las cicatrices de la paliza que doce años antes le habían propinado los facinerosos contratados por Micky; pero Hugh le reconoció gracias a la pelambrera color zanahoria y su despreocupada sonrisa. Nevaba, y una película de copos blancos recubría el sombrero y los hombros del abrigo de Tonio.

Hugh llevó a su viejo amigo a la cocina y le ofreció té.

—¿Cómo diste conmigo? —le preguntó.

—No fue fácil —repuso Tonio—. En tu antigua casa no había nadie y el banco estaba cerrado. Pero fui a la Mansión Whitehaven y vi a tu tía Augusta. No ha cambiado nada. No sabía tu dirección, pero se acordó de Chingford. Tal como pronunció el nombre, sonaba a campamento para prisioneros, como Tasmania.

Hugh asintió.

—No es tan malo. Los chicos están estupendamente. A Nora le resulta un poco duro.

—Augusta no se ha cambiado de casa.

—No. Del apuro en el que estamos todos ella tiene más culpa que nadie. Sin embargo, de todos los afectados, es la única que se niega a aceptar la realidad. Pero descubrirá que hay lugares peores que Chingford.

—Córdoba, por ejemplo —dijo Tonio.

—¿Cómo van las cosas?

—Mi hermano murió en combate.

—Lo siento.

—La guerra está en un punto muerto. Ahora todo depende del gobierno británico. El bando que consiga su reconocimiento estará en condiciones de obtener créditos, reabastecer su ejército y derrotar al enemigo. Por eso estoy aquí.

—¿Te ha enviado el presidente García?

—Mejor que eso. Oficialmente, soy el embajador de Córdoba en Londres. Han destituido a Miranda.

—¡Espléndido!

A Hugh le encantó la noticia de la deposición de Micky.

Le había fastidiado enormemente ver al hombre que le había estafado dos millones de libras pasearse por Londres tranquilamente, ir a clubes, teatros y cenas de sociedad como si nada hubiera ocurrido.

–He traído las correspondientes cartas credenciales –añadió Tonio–, y las deposité ayer en el Ministerio de Asuntos Exteriores.

–Y confías en convencer a nuestro ministro de Asuntos Exteriores para que apoye a tu bando.

–Sí.

Hugh le miró con extrañeza.

–¿Cómo?

–García es el presidente... Gran Bretaña tiene el deber de apoyar al gobierno legítimo.

Hugh pensó que era un argumento poco consistente.

–Hasta ahora no lo hemos hecho.

–Me limitaré a decirle al ministro que debéis hacerlo.

–Lord Salisbury está atareadísimo esforzándose en impedir que salte la tapa del caldero hirviente de Irlanda... no tiene tiempo para dedicárselo a una lejana guerra civil de América del Sur.

Hugh no pretendía ser negativo, pero en su cerebro empezaba a cristalizar una idea.

En tono más bien irritado, Tonio declaró:

–Bueno, mi tarea consiste en persuadir a Salisbury de que ha de prestar más atención a lo que sucede en América del Sur, aunque él tenga otras preocupaciones. –Tonio se percató de lo débil que era su enfoque, y al cabo de unos segundos añadió–: En fin, está bien. Tú eres inglés, ¿qué sistema te parece adecuado para despertar su atención?

–Puedes prometerle –se apresuró a sugerir Hugh– que protegerás a los inversores británicos, evitando sus pérdidas.

–¿Cómo?

–No lo tengo muy claro, estoy pensando en voz alta.

–Hugh cambió de postura en la silla. Con las piezas de madera de un juego de construcción, Sol, que tenía cuatro años, levantaba un castillo alrededor de las piernas de su padre. Era algo increíble decidir el futuro de todo un país en la minúscula cocina de una casa barata de suburbio–. Los inversores británicos colocaron dos millones de libras en la Corporación del Puerto de Santamaría... El Banco Pilaster fue el que contribuyó con la mayor cantidad. Todos los directivos de la empresa eran miembros o asociados de la familia Miranda y a mí no me cabe la menor duda de que los dos millones fueron a parar directamente a su caja de guerra. Necesitamos recuperar ese dinero.

–Pero todo se gastó en armamento.

–De acuerdo. Pero la familia Miranda debe de tener bienes que valen millones.

–Ciertamente... poseen los yacimientos de nitrato del país.

–Si tu bando ganara la guerra, ¿podría el presidente García ceder los yacimientos de nitrato a la Corporación del Puerto de Santamaría, como compensación por el fraude? Entonces, los bonos tendrían algún valor.

–El presidente me ha dicho –manifestó Tonio con voz firme– que puedo prometer cualquier cosa, lo que sea, con tal de que los británicos tomen partido por las fuerzas del gobierno de Córdoba.

Hugh empezó a animarse. De pronto, la perspectiva de saldar todas las deudas del Pilaster parecía muy próxima.

–Déjame pensar –dijo–. Debemos preparar el terreno antes de que plantees la cuestión en el Ministerio de Asuntos Exteriores. Creo que podré convencer al viejo Ben Greenbourne para que hable con lord Salisbury y le diga que debe hacer algo en pro del inversor británico. ¿Y qué hay de la oposición en el Parlamento? Podríamos ir a ver a Dan Robinson, el hermano de Maisie... es diputado del Parlamento y las quiebras bancarias son su obsesión. Aprueba mi proyecto de rescate del Pilaster y está deseoso de colaborar. Puede conseguirnos el respaldo de la oposición en la Cámara de los Comunes. —Los dedos de Hugh tamborilearon sobre la superficie de la mesa—. ¡Esto empieza a parecer factible!

—Tenemos que movernos deprisa —articuló Tonio.

—Ahora mismo nos vamos a la ciudad. Dan Robinson vive con Maisie en el sur de Londres. Greenbourne estará en su residencia campestre, pero le telefonearé desde el banco. —Hugh se puso en pie—. Voy a avisar a Nora.

Liberó los pies de los muros del castillo de piezas de madera levantado por Sol y salió de la cocina.

En el dormitorio, Nora se colocaba un aparatoso sombrero con adornos de piel.

—Tengo que ir a la ciudad —anunció Hugh, al tiempo que se ponía el cuello y la corbata.

—¿Quién va a cuidar de los niños, entonces? —dijo Nora.

—Tú, espero.

—¡No! —chilló la mujer—. ¡Me voy de compras!

—Lo siento, Nora, pero esto es muy importante.

—¡Yo también soy importante!

—Claro que lo eres, pero ahora no puedes hacer lo que quieres. He de hablar urgentemente con Ben Greenbourne.

—Estoy harta de esto —replicó Nora enojada—. Harta de esta casa, harta de este pueblo aburrido, harta de los chicos y harta de ti. ¡Mi padre vive mejor que nosotros! —El padre de Nora había abierto una taberna con un préstamo del Banco Pilaster, y el negocio le iba extraordinariamente bien—. Debería irme a vivir con él y trabajar de camarera —dijo Nora—. Me divertiría más y me pagarían por hacer las mismas tareas pesadas.

Hugh se la quedó mirando. Comprendió de súbito que nunca más compartiría la cama con ella. No quedaba nada de su matrimonio. Nora le odiaba y él la despreciaba.

—Quítate el sombrero, Nora —ordenó—. Hoy no saldrás de compras.

Se puso la chaqueta y abandonó el cuarto.

Tonio le esperaba impaciente en el vestíbulo. Hugh besó a los niños, cogió el sombrero y el abrigo y abrió la puerta.

—Hay un tren dentro de unos minutos —dijo cuando salieron.

Se encasquetó el sombrero y se fue poniendo el abrigo mientras se apresuraban por la breve senda del jardín y franqueaban el portillo de la cerca. Había arreciado la nieve y una capa de dos centímetros y medio cubría la hierba. La casa de Hugh era una de las veinte o treinta idénticas construidas en hilera sobre lo que fue en otro tiempo un campo de nabos.

Avanzaron por un camino de grava hacia la aldea.

—Iremos primero a ver a Robinson —Hugh planeaba el itinerario—. Entonces podemos decirle a Greenbourne que la oposición ya está de nuestra parte... ¡Escucha!

—¿Qué?

—Ése es nuestro tren. Vale más que nos apresuremos.

Apretaron el paso. Por suerte, la estación estaba en aquel lado del pueblo. Cuando cruzaban un puente tendido sobre las vías, el tren apareció a la vista.

Apoyado en el pretil, un hombre contemplaba la llegada del convoy. El hombre se volvió cuando pasaban por delante de él y Hugh le reconoció: era Micky Miranda.

Y empuñaba un revólver.

Luego, todo sucedió precipitadamente.

Hugh lanzó un grito de aviso, pero fue un susurro comparado con el estruendo del tren. Micky encañonó a Tonio y le disparó a quemarropa. Tonio dio un traspié y se desplomó. Micky dirigió el arma hacia Hugh... pero en aquel instante la locomotora proyectó una oleada de humo y vapor, una densa nube envolvió el puente y Hugh y Micky quedaron envueltos en ella, cegados. Hugh se arrojó al nevado suelo. Oyó dos detonaciones del revólver, pero no sintió nada. Rodó lateralmente, se incorporó de rodillas y escudriñó la niebla.

La humareda empezaba a disiparse. Hugh vislumbró una figura en la niebla y se precipitó hacia ella. Micky le vio y trató de revolverse, pero era demasiado tarde: Hugh chocó contra él. Micky fue a parar al suelo y el arma se le escapó de la mano, trazó un arco por encima del pretil del puente y descendió hacia la vía del tren. Hugh cayó sobre Micky y rodó hacia un lado para quitárselo de encima.

Ambos se pusieron en pie trabajosamente. Micky se agachó para recoger su bastón de paseo. Hugh le atacó de nuevo y volvió a derribarle, pero Micky logró conservar el bastón. Mientras bregaba para incorporarse, Hugh le lanzó un puñetazo. Pero Hugh no había pegado a nadie en los últimos veinte años y falló el golpe. En cambio, Micky le acertó en la cabeza con el bastón. Un golpe doloroso. Micky le asestó otro bastonazo. El segundo impacto enfureció a Hugh, que se precipitó sobre Micky y le golpeó en pleno rostro. Retrocedieron, jadeantes.

De la estación llegó un silbido, indicador de que el tren se marchaba, y el pánico apareció en el semblante de Micky. Hugh supuso que tenía previsto huir en aquel tren y que no podía permitirse quedarse en Chingford otra hora, tan cerca de la escena de su crimen. La suposición de Hugh era acertada: Micky dio media vuelta y echó a correr hacia la estación.

Hugh le persiguió.

Micky no era ningún velocista, puesto que había dedicado demasiadas noches de su vida a beber en los burdeles; pero Hugh, por su parte, se había pasado su vida adulta sentado detrás de un escritorio y no estaba en mejor forma física. Micky irrumpió en la estación en el momento en que el tren arrancaba. Hugh corrió tras él, casi sin resuello. Cuando llegaban al andén, un ferroviario gritó:

—¡Eh! ¿Dónde están sus billetes?

A modo de contestación, Hugh chilló:

—¡Al asesino!

Micky continuó su carrera a lo largo del andén, intentando alcanzar la parte trasera del vagón de cola, que se alejaba. Hugh le fue a la zaga, al tiempo que se esforzaba al máximo para hacer caso omiso del lacerante dolor del costado. El ferroviario se unió a la persecución. Micky alcanzó el tren, se agarró al pasamanos y saltó al escalón de acceso. Hugh se lanzó en plancha y le cogió un tobillo, pero la mano se le escurrió. El empleado de la estación tropezó con Hugh y salió volando, para caer de bruces.

Cuando Hugh se puso en pie, el tren ya estaba fuera de su alcance. Desesperado, lo contempló mientras se alejaba. Vio a Micky abrir la portezuela del vagón en marcha y entrar tambaleándose en el coche.

Micky cerró la portezuela.

Tras levantarse, el ferroviario se sacudió la nieve de su ropa y preguntó:

—¿A qué diablos viene este jaleo?

Hugh se dobló sobre sí mismo; respiraba como un fuelle agujereado, excesivamente exhausto para hablar.

—Han descerrajado un tiro a un hombre —dijo cuando recobró el aliento.

En cuanto se sintió lo bastante fuerte para moverse, echó a andar hacia la entrada de la estación e indicó al ferroviario que le siguiera. Condujo al hombre hasta el puente donde yacía Tonio.

Hugh se arrodilló junto al cuerpo. El proyectil había alcanzado a Tonio entre los ojos y de su rostro no quedaba gran cosa.

—¡Dios mío, qué horror! —exclamó el ferroviario.

Hugh tragó saliva y luchó contra las náuseas. Tuvo que hacer un esfuerzo tremendo para deslizar la mano por debajo del abrigo de Tonio y comprobar los latidos del corazón. Como ya se esperaba, no percibió ninguno. Evocó al travieso mozalbete con el que había chapoteado en la alberca del bosque del Obispo veinticuatro años antes y una marea de pesadumbre le inundó y le puso al borde de las lágrimas.

La cabeza de Hugh empezó a aclararse, y con angustiada nitidez, comprendió cómo había planeado Micky aquel crimen. Sin duda tenía amigos en el Ministerio de Asuntos Exteriores, todos los diplomáticos medio competentes los tenían. Uno de tales amigos le contó, tal vez la noche antes en una recepción o en una cena, que Tonio estaba en Londres. Tonio había entregado ya sus cartas credenciales, por lo que Micky no ignoraba que sus días estaban contados. Pero si Tonio moría, la situación se embrollaba de nuevo. En Londres no habría nadie que negociase en nombre del presidente García y Micky sería embajador *de facto*. Era la única esperanza de Micky. Pero debía actuar deprisa y correr riesgos, ya que sólo contaba con un par de días como máximo.

¿Cómo supo dónde encontrar a Tonio? Quizá encargó a alguien que localizase y vigilara a su compatriota... o tal vez Augusta le dijo que Tonio la había visitado para preguntarle la dirección de Hugh. Fuera como fuese, había seguido a Tonio hasta Chingford.

Dar con la casa de Hugh habría significado tener que hablar con demasiadas personas. Sin embargo, sabía que, tarde o temprano, Tonio tendría que volver a la estación de ferrocarril. De modo que se apostó cerca de la estación, con la idea de matar a Tonio —y a todo posible testigo del asesinato— y huir en tren.

Micky era un hombre desesperado y su plan terriblemente azaroso, pero faltó poco para que le saliera bien. Hubiera precisado matar a Hugh igual que a Tonio, pero el humo de la locomotora le hizo fallar la puntería. Si las cosas se hubieran desarrollado de acuerdo con su plan, nadie le habría reconocido. Chingford carecía de telégrafo y de teléfono y no contaba con ningún medio de transporte más rápido que el tren, así que estaría de vuelta en Londres antes de que se hubiese informado del crimen. Y, desde luego, alguno de sus empleados le proporcionaría la debida coartada.

Pero falló en el intento de matar a Hugh. Y —Hugh se dio cuenta de pronto— técnicamente Micky ya no era el embajador de Córdoba, de modo que había perdido su inmunidad diplomática.

Le ahorcarían por aquel homicidio.

Hugh se incorporó.

—Tenemos que dar cuenta de este asesinato lo antes posible —dijo.

—Hay una comisaría de policía en Walthamstow, unas cuantas estaciones más adelante, en dirección a Londres.

—¿A qué hora pasa el próximo tren?

El ferroviario se sacó del bolsillo del chaleco un reloj enorme.

—Dentro de cuarenta y siete minutos —precisó.

—Lo tomaremos los dos. Usted se apea en Walthamstow para avisar a la policía de allí y yo iré a la ciudad e informaré a Scotland Yard.

—No hay nadie que pueda quedarse al cargo de la estación. Al ser hoy víspera de Navidad, estoy solo.

—Tengo la plena certeza de que su patrón querría que cumpliese usted con su deber cívico.

—Tiene razón.

El hombre pareció agradecido de que le dijesen lo que tenía que hacer.

—Sería mejor que colocásemos al pobre Silva en un lugar protegido. ¿Hay algún sitio en la estación?

—Nada más que la sala de espera.

—Lo llevaremos allí y cerraremos la puerta con llave. —Hugh se agachó y cogió el cuerpo por debajo de las axilas—. Cójale usted por las piernas.

Levantaron a Tonio y lo trasladaron a la estación.

Lo tendieron en un banco de la sala de espera. No sabían a ciencia cierta qué hacer. Hugh estaba inquieto. No podía sentirse afligido... era demasiado pronto. Deseaba coger al asesino, no llorar la muerte de la víctima. Se paseó nerviosamente de un lado a otro de la sala de espera; cada dos o tres minutos consultaba el reloj y se frotaba el dolorido punto donde había recibido los bastonazos de Micky. Sentado en el banco del otro extremo, el ferroviario miraba el cadáver con temerosa fascinación. Al cabo de un rato, Hugh fue a sentarse junto al hombre. Permanecieron allí, silenciosos y atentos, y compartieron con el difunto la gélida sala de espera hasta que llegó el tren.

2

Micky Miranda había emprendido una huida a vida o muerte. Se le agotaba la suerte. Había cometido cuatro asesinatos en los últimos veinticuatro años y había salido bien librado de los tres primeros, pero esta vez el tropezón era grave. Hugh Pilaster le había visto abatir de un disparo a Tonio Silva a plena luz del día, y la única forma de escapar al verdugo era salir de Inglaterra.

De pronto se veía obligado a correr, era un fugitivo en la urbe que había sido su hogar durante la mayor parte de su vida. Atravesó a la carrera la estación ferroviaria de la calle de Liverpool, eludiendo la mirada de los agentes de policía, con el corazón desbocado y la respiración sofocada. Se lanzó al interior de un coche de punto.

Fue derecho a las oficinas de la Compañía Naviera de México y Costa de Oro. El local estaba atestado de personas, principalmente iberoamericanos. Unos trataban de regresar a Córdoba, otros intentaban que salieran de ese país diversos familiares suyos, los demás sólo estaban allí para obtener noticias. Todo era alboroto y desorganización. Micky no podía esperar a que fuesen atendiendo a toda aquella chusma. Se abrió paso hacia el mostrador, empleando el bastón contra hombres y mujeres, indiscriminadamente. Sus prendas caras y su arrogancia de persona de alto copete consiguieron que un empleado le atendiese.

–Quiero reservar un pasaje para Córdoba –dijo.

–En Córdoba hay guerra –dijo el empleado.

Micky contuvo un comentario sarcástico.

–Creo que no han suspendido todas las salidas.

–Despachamos billetes hasta Lima, en Perú. El barco seguirá viaje a Palma si las condiciones políticas lo permiten: la decisión se tomará una vez llegue el buque a Lima.

Con eso se arreglaba. Lo imperioso era salir de Inglaterra.

–¿Cuándo zarpa el primer barco?

–Dentro de cuatro semanas.

A Micky se le cayó el alma a los pies.

–¡No me sirve, he de llegar antes!

–Hay un barco que parte de Southampton esta noche, si tanta prisa tiene usted.

¡Gracias a Dios! La suerte no le había abandonado del todo.

–Resérveme un camarote... el mejor que esté disponible.

–Muy bien señor. ¿A nombre de...?

–Miranda.

–¿Perdón, señor?

Los ingleses son sordos cuando se pronuncia un nombre extranjero. Micky estaba ya a punto de silabear su apellido cuando cambió de idea.

–Andrews –dijo. M. R. Andrews.

Acababa de ocurrírsele que era posible que la policía comprobase la lista de pasajeros en busca del apellido Miranda. Ahora no lo encontrarían. Agradeció el liberalismo de las leyes británicas, que permitían a la gente entrar y salir del país sin tener que mostrar el pasaporte. No hubiera resultado tan fácil en Córdoba.

El empleado procedió a extender el billete. Micky le observó intranquilo, mientras se acariciaba la dolorosa contusión que el puño de Hugh le había producido en el rostro. Comprendió que tenía otro problema. Scotland Yard haría circular su descripción, enviándola por cable a todas las ciudades portuarias del país. Maldito telégrafo. En cuestión de una hora, la policía local examinaría a todos los pasajeros. Necesitaba un disfraz de alguna clase.

El hombre de la naviera le entregó el pasaje y Micky efectuó el pago en billetes de banco. Volvió a abrirse paso a la fuerza por el atestado local y salió a la nieve de la calle. Seguía preocupado.

Tomó un simón y dio al cochero las señas de la embajada cordobesa, pero luego cambió de idea. Era peligroso volver allí y, de todas formas, andaba escaso de tiempo.

Las autoridades policiales buscarían a un hombre bien vestido, de cuarenta años, que viajaba solo. El único modo de pasar por delante de ellos consistiría en tener el aspecto de un hombre mayor y que fuese acompañado. Desde luego, podía fingir que estaba inválido y subir a bordo en una silla de ruedas que empujase otra persona. Para eso, no obstante, necesitaba un cómplice. ¿A quién podría utilizar? No estaba seguro de poder confiar en ninguno de sus subalternos, en especial ahora que ya no era embajador.

Quedaba Edward.

—Lléveme a Hill Street —indicó al cochero.

Edward tenía una casita en Mayfair. A diferencia de los demás Pilaster, residía en una vivienda alquilada y no tuvo necesidad de mudarse, puesto que pagó tres meses por adelantado.

A Edward no parecía importarle que Micky hubiese destruido el Banco Pilaster y llevado la ruina a su familia. Sólo había aumentado su dependencia de Micky. En cuanto al resto de los Pilaster, Micky no había vuelto a verlos desde la quiebra.

Abrió la puerta el propio Edward, envuelto en un manchado batín de seda. Edward condujo a Micky a la alcoba, donde crepitaba el fuego. A las once de la mañana, ya estaba bebiendo whisky y fumando un puro. El sarpullido le cubría ya toda la cara, lo que hizo dudar a Micky acerca de la conveniencia de emplearlo como cómplice: con aquella erupción cutánea resultaría demasiado llamativo. Pero no disponía de tiempo para elegir otra persona. Edward tendría que servir.

—Abandono el país —anunció Micky.

—¡Oh, llévame contigo! —exclamó Edward. Rompió a llorar.

—¿Qué diablos te pasa? —dijo Micky sin la menor compasión por su amigo.

—Me estoy muriendo —respondió Edward—. Llévame a algún lugar tranquilo, donde podamos vivir juntos y en paz hasta que desaparezca.

—No te estás muriendo, maldito imbécil... Sólo tienes alguna enfermedad de la piel.

—No es ninguna enfermedad de la piel, es sífilis.

Micky se quedó boquiabierto de horror.

—¡Jesús y María, puede que yo también la haya cogido!

—No tendría nada de extraño, con la cantidad de tiempo que hemos pasado en casa de Nellie.

—¡Pero se da por supuesto que las chicas de April están limpias!

—Las putas nunca están limpias.

Micky trató de dominar el pánico. Si se demoraba en Londres para ir a ver a un médico, corría el peligro de morir colgado del extremo de una soga. No le quedaba más remedio que salir del país aquel mismo día. Claro que el barco hacía escala en Lisboa: allí podría consultar a un médico dentro de pocos días. Tendría que ser así. Sin embargo, era muy posible que no hubiese contraído la enfermedad: generalmente, contaba con una salud mucho mejor que la de Edward, y siempre se lavaba después de la cópula, mientras que Edward nunca se tomaba tales molestias.

Pero Edward no estaba en condiciones de ayudarle a abandonar el país clandestinamente. Y de todas formas, Micky tampoco estaba dispuesto a llevar consigo a Córdoba un caso de sífilis terminal. Seguía necesitando un cómplice. Y sólo le quedaba una candidata: Augusta.

No estaba tan seguro de ella como de Edward. Éste siempre se mostró dispuesto a hacer cuanto Micky le pidiese. Augusta era independiente. Pero no dejaba de ser también la última oportunidad de Micky.

Dio media vuelta para marcharse.

—¡No me dejes! —imploró Edward.

No había tiempo para sentimentalismos.

—No puedo llevarte conmigo —dijo en tono irritado.

Edward alzó la cabeza y en su rostro apareció una expresión taimada.

—Si no me llevas...

—¿Qué?

—Le diré a la policía que mataste a Peter Middleton, a tío Seth y a Solly Greenbourne.

Sin duda Augusta le contó lo de Seth. Micky miró a Edward fijamente. Era una figura patética. Micky se preguntó cómo era posible que hubiese hecho buenas migas con él durante tanto tiempo. Comprendió de pronto lo que le alegraría poder dejarlo a sus espaldas.

—Díselo a la policía —silabeó—. Ya me están buscando por haber matado a Tonio Silva y lo mismo me da que me ahorquen por cuatro asesinatos que por uno.

Salió de la alcoba sin volver la cabeza.

Abandonó la casa y tomó un coche de alquiler en Park Lane.

—A Kensington Gore —instruyó al cochero—. A la Mansión Whitehaven.

Por el camino empezó a preocuparse por su salud. No había notado ningún síntoma: ningún problema de la piel, ningún bulto inexplicable en los genitales. Pero tenía que esperar para asegurarse. Maldito Edward de todos los diablos.

También le preocupaba Augusta. No la había visto desde la bancarrota. ¿Le ayudaría? No ignoraba que Augusta siempre había tenido que esforzarse para dominar el apetito sexual que él le inspiraba; a decir verdad, en una rara oportunidad había cedido a la pasión. En aquellas fechas Micky también ardía en deseos de poseerla. Pero desde entonces el fuego de Micky se había ido apagando, aunque no dejó de notar que el de Augusta crecía. En ello confiaba: iba a pedirle que huyese con él.

La puerta de la mansión de Augusta no la abrió el mayordomo, sino una desaliñada mujer cubierta con un delantal. Al atravesar el vestíbulo, Micky observó que la casa no estaba muy limpia. Augusta se encontraba en dificultades. Mucho mejor: así se sentiría más inclinada a secundarle en el plan que Micky se había trazado.

Sin embargo, cuando hizo su entrada en el salón, con su blusa de seda púrpura con mangas de piel de cordero y su resplandeciente falda negra de talle ceñido para resaltar la cintura de avispa, Augusta hizo gala del mismo carácter imperioso de siempre. Había sido una muchacha de impresionante hermosura, y ahora, a sus cincuenta y ocho años, aún inducía a los hombres a volver la cabeza. Micky recordó la lujuria que le inspiraba aquella mujer cuando él era un chaval de dieciséis años, pero de eso ya no quedaba nada. Tendría que fingirlo.

La mujer no le ofreció la mano.

—¿A qué has venido? —dijo fríamente—. Nos arruinaste a mí y a mi familia.

—No fue mi intención...

—Debías estar enterado de que tu padre se aprestaba a desencadenar una guerra civil.

—Pero ni por asomo pudo ocurrírseme que los bonos cordobeses se devaluasen por culpa de la guerra —alegó astutamente Micky—. ¿A usted sí?

Augusta vaciló. Evidentemente, tampoco se le había ocurrido.

Se había abierto una grieta en la armadura de la mujer y Micky trató de ensancharla.

—De haberlo sabido, no lo hubiera hecho... Me degollaría antes de causarle el menor perjuicio.

Estaba seguro de que eso era lo que Augusta quería oír. Pero Augusta dijo:

—Convenciste a Edward para que engañase a los socios y así disponer tú de dos millones de libras.

—Creí que en el banco había tanto dinero que eso nunca podría representarle ningún detrimento.

Augusta desvió la mirada.

—También yo —articuló quedamente.

Micky se aprestó a aprovechar la ventaja.

—De todas formas, todo eso carece de importancia ya... hoy me marcho de Inglaterra, y es muy probable que no vuelva jamás.

Ella le miró con un repentino temor en los ojos y Micky comprendió que la tenía en su poder.

—¿Por qué? —preguntó Augusta.

No había tiempo para andarse por las ramas.

—Acabo de matar a un hombre de un tiro y la policía me persigue.

Ella se quedó boquiabierta y le cogió la mano.

—¿A quién?

—A Antonio Silva.

Además de sobresaltarse, Augusta se sintió excitada. Un leve color tiñó sus mejillas al tiempo que le brillaban las pupilas.

—¡A Tonio! ¿Por qué?

—Era una amenaza para mí. Tengo un pasaje en el vapor que zarpa de Southampton esta noche.

—¡Tan pronto!

—No tengo elección.

—Así que has venido a despedirte —lamentó Augusta, con aire abatido.

—No.

Augusta alzó la mirada hacia él. ¿Había esperanza en sus ojos? Micky titubeó, antes de lanzarse a fondo.

—Quiero que venga conmigo.

Augusta abrió mucho los ojos. Retrocedió un paso.

Micky mantuvo cogida la mano de la mujer.

—Tener que marcharme, y tan precipitadamente, me ha hecho comprender algo que debería haber reconocido ante mí mismo hace mucho tiempo. Creo que siempre lo he sabido. Te amo, Augusta.

Mientras interpretaba su papel, observó atentamente el rostro de Augusta, tratando de leerlo como un marino lee la superficie del mar. Durante un segundo, Augusta intentó poner cara de asombro, pero abandonó la idea casi automáticamente. Esbozó el apunte de una sonrisa satisfecha, se sonrojó tenue, casi virginalmente, como si se sintiera violenta; y luego, una mirada calculadora indicó a Micky que la mujer estaba sopesando qué tenía que ganar y qué tenía que perder.

Vio que aún estaba indecisa.

Micky apoyó la mano en la encorsetada cintura y la atrajo suavemente hacia sí. Augusta no se resistió, pero su rostro conservaba aún una expresión de duda que le indicó que aún no había tomado ninguna decisión.

Cuando sus caras estaban muy juntas y los pechos de la mujer le rozaban las solapas de la chaqueta, Micky murmuró:

—No puedo vivir sin ti, Augusta querida.

Notó que temblaba bajo su contacto. Con voz temblorosa la mujer dijo:

—Soy bastante vieja como para ser tu madre.

Micky le habló al oído, acariciándole la cara con los labios.

—No lo eres —dijo de forma que su voz fuera un susurro—. Eres la mujer más deseable que haya conocido jamás. Me

he pasado todos estos años suspirando por ti, lo sabes.
Ahora...

Deslizó la mano desde la cintura hasta casi tocarle el pecho.

—Ahora apenas puedo dominar mis manos, Augusta...

Hizo una pausa.

—¿Qué? —articuló ella.

Casi la tenía, pero no del todo. Era cosa de jugar bien su última carta.

—Ahora que ya no soy embajador, puedo divorciarme de Rachel.

—¿Qué estás diciendo?

—¿Te casarás conmigo? —le murmuró al oído.

—Sí —dijo Augusta.

Micky la besó.

3

April Tilsley irrumpió en el despacho de Maisie en el hospital femenino. Iba de punta en blanco, con un vestido de seda escarlata y pieles de zorro. Enarbolaba un periódico.

—¿Te has enterado de lo ocurrido? —preguntó.

Maisie se levantó.

—¡April! ¿A qué viene esto?

—¡Micky Miranda ha matado de un tiro a Tonio Silva!

Maisie sabía quién era Micky, pero tardó un momento en recordar que Tonio había formado parte de la pandilla de muchachos que acompañaban a Solly y Hugh cuando eran jóvenes. En aquella época, Tonio era jugador, se acordó de eso, y April se había mostrado dulce y cariñosa con él, hasta que descubrió que siempre perdía el poco dinero que apostaba.

—¿Micky le pegó un tiro? —preguntó sorprendida—. ¿Ha muerto?

—Sí. Lo dice el periódico de la tarde.

—Me pregunto por qué.

—No lo dice. Pero lo que sí dice es que también... —April vaciló—. Siéntate, Maisie.

—¿Por qué? ¡Cuéntalo ya!

—Dice que la policía quiere interrogarle sobre otros tres asesinatos, los de Peter Middleton, Seth Pilaster y... Solomon Greenbourne.

Maisie se dejó caer pesadamente en la silla.

—¡Solly! —articuló. Se sintió muy débil—. ¿Micky mató a Solly? ¡Oh, pobre Solly!

Cerró los ojos y hundió la cara entre las manos.

—Necesitas un sorbo de coñac —diagnosticó April—. ¿Dónde lo tienes?

—Aquí no tenemos coñac —respondió Maisie. Hizo un esfuerzo para recuperarse—. Déjame ver el periódico.

April se lo pasó.

Maisie leyó el primer párrafo. Informaba de que la policía buscaba al antiguo embajador de Córdoba, Miguel Miranda, a fin de interrogarle respecto al asesinato de Antonio Silva.

—Pobre Tonio —lamentó April—. Fue uno de los hombres más estupendos por los que me he abierto de piernas.

Maisie continuó leyendo. La policía deseaba también interrogar a Miranda acerca de las muertes de Peter Middleton, en el Colegio Windfield, en 1866; Seth Pilaster, presidente del consejo del Banco Pilaster, en 1873; y Solomon Greenbourne, al que empujaron bajo los caballos de un coche que iba a toda velocidad por una calle lateral, cerca de Piccadilly, en julio de 1879.

—¿Seth Pilaster... Seth, el tío de Hugh? —se extrañó Maisie excitada—. ¿Por qué mató a todas esas personas?

—Los periódicos no dicen nunca lo que realmente quieres saber —expresó April.

El tercer párrafo volvió a sobresaltar a Maisie. El homicidio con arma de fuego había tenido lugar en el noreste

633

de Londres, cerca de Walthamstow, en una aldea llamada Chingford. Del corazón de Maisie brotó un latido.

—¡Chingford! —jadeó Maisie.

—Es la primera vez que oigo ese nombre...

—¡Allí es donde vive Hugh!

—¿Hugh Pilaster? ¿Todavía bebes los vientos por él?

—Debe de estar complicado en el asunto, ¿no lo comprendes? ¡No puede ser una coincidencia! Oh, Dios mío, espero que se encuentre bien.

—Supongo que si estuviese herido el periódico lo diría.

—Eso ocurrió hace escasas horas. Es posible que no lo sepan. —Maisie era incapaz de soportar la incertidumbre. Se levantó—: He de averiguar si se encuentra bien —dijo.

—¿Cómo?

Maisie se puso el sombrero y lo aseguró con una aguja.

—Iré a su casa.

—A su esposa no le va a gustar.

—Su esposa es una *paskudniak*.

April se echó a reír.

—¿Y eso qué es?

—Una asquerosa.

Maisie se puso el abrigo.

—Mi coche está a la puerta. —April se levantó—. Te llevaré a la estación de ferrocarril.

Se habían acomodado en el vehículo cuando cayeron en la cuenta de que ninguna de las dos estaba enterada de la estación de Londres a la que se debía ir para coger el tren de Chingford. Por suerte, el faetón, que también era el portero del burdel de Nellie, pudo decirles que era la de la calle de Liverpool.

Cuando llegaron, Maisie dio las gracias a April mecánicamente y se precipitó dentro de la estación. Estaba atestada de viajeros navideños y de personas que, después de hacer sus compras, volvían al hogar suburbano. El humo y el polvo saturaban la atmósfera. La gente se saludaba y se despedía a gritos cuyo volumen se elevaba por encima del chirrido de los frenos y las exhalaciones de las locomotoras de vapor. Maisie se abrió paso hacia la taquilla, forcejeando con una multitud formada por mujeres con los brazos llenos de paquetes, empleados de bombín que volvían temprano a casa, maquinistas y fogoneros de rostro ennegrecido, niños, caballos y perros.

Tuvo que esperar quince minutos a que saliera su tren. En el andén contempló la lacrimosa despedida de una pareja de jóvenes enamorados. Los envidió.

El tren resopló, lanzando al aire nubes de vapor mientras atravesaba los míseros arrabales de Bethnal Green, los suburbios de Walthamstow y los campos de Woodford, cubiertos de nieve. El convoy se detenía cada pocos minutos. Aunque avanzaba a doble velocidad que un coche de caballos, a Maisie le parecía lento. Se mordía las uñas y no cesaba de preguntarse si Hugh se encontraría bien.

Cuando se apeó del tren, en Chingford, un agente de policía la abordó y le pidió que entrase en la sala de espera. Allí, un detective quiso saber si Maisie había estado en la localidad aquella mañana.

Era evidente que buscaban testigos del asesinato. Maisie le contestó que iba a Chingford por primera vez.

—¿Alguien más resultó herido, aparte de Antonio Silva? —preguntó impulsivamente.

—En el curso de la reyerta, otras dos personas sufrieron cortes y hematomas de escasa importancia —repuso el detective.

—Estoy preocupada por un amigo mío que conocía al señor Silva. Se llama Hugh Pilaster.

—El señor Pilaster luchó a brazo partido con el agresor y recibió algunos golpes en la cabeza —dijo el hombre—. Pero sus heridas no son graves.

—¡Oh, gracias a Dios! —exclamó Maisie—. ¿Puede indicarme dónde está su casa?

El detective se lo indicó.

—El señor Pilaster estuvo en Scotland Yard a primera hora del día... Ignoro si ha regresado ya.

Maisie debatió consigo misma si debía o no volver a Londres inmediatamente, ahora que ya estaba bastante segura de que a Hugh no le había ocurrido nada grave. Se ahorraría el encuentro con la espantosa Nora.

Pero se sentiría más feliz si lo viese. Y Nora no la asustaba. Echó a andar hacia la casa, caminando sobre seis o siete centímetros de nieve.

Mientras avanzaba por la flamante calle de casas baratas con sus fríos jardines delanteros, Maisie pensó que el contraste entre Chingford y Kensington era brutal. Hugh soportaría con estoicismo la humillación que eso representaba, supuso Maisie, pero no estaba tan segura respecto a Nora. La muy bruja se había casado con Hugh por su dinero y no le haría ninguna gracia volver a ser pobre.

Al llamar a la puerta de la casa de Hugh, Maisie oyó el llanto de un niño. Le abrió un muchacho de unos once años.

—¿Verdad que tú eres Toby? —saludó Maisie—. Vengo a ver a tu padre. Soy la señora Greenbourne.

—Me temo que mi padre no está en casa —repuso el chico cortésmente.

—¿Cuándo crees que volverá?

—No lo sé.

Cundió el desánimo en Maisie. Había saboreado con anticipada delectación la perspectiva de ver a Hugh.

—Quizá puedas decirle —encargó, decepcionada— que leí el periódico y vine a visitarle para tener la certeza de que se encontraba sano y salvo.

—Muy bien. Se lo diré.

No quedaba nada más que añadir. Podía volver a la estación y esperar a que pasase el siguiente tren para Londres. Se dispuso a marcharse, desilusionada. Al menos se había librado de la posible gresca con Nora.

Notó en la cara del chico algo que la inquietó: una expresión casi como de miedo. Obedeciendo a una intuición, se volvió y dijo:

—¿Está tu madre en casa?

—No, me temo que no.

Era extraño. Hugh no podía permitirse los servicios de una institutriz. Maisie tuvo la sensación de que algo iba mal.

—¿Puedo hablar con la persona que se encarga de cuidaros?

El chico vaciló.

—La verdad es que, aparte de mis hermanos y yo, no hay nadie en casa.

El instinto de Maisie no la había engañado. ¿Qué ocurría? ¿Cómo es que habían dejado completamente solos a los tres niños? Titubeó antes de inmiscuirse en el asunto, puesto que sabía que Nora Pilaster le armaría una buena bronca. Por otra parte, no le era posible marcharse tranquilamente, dejando que los hijos de Hugh se las arreglaran por sí mismos.

—Soy una vieja amiga de tu padre... y de tu madre —dijo.

—La vi en la boda de tía Dotty —contestó el niño.

—Ah, sí. Ejem... ¿Puedo entrar?

Toby pareció aliviado.

—Sí, por favor.

Maisie entró. Avanzó hacia la cocina, situada en la parte de atrás de la casa, orientándose por el ruido del llanto de un niño. A gatas en el suelo, un crío de cuatro años lloraba a moco tendido. Sentado a la mesa de la cocina, otro chico de seis años daba la impresión de que también iba a estallar en lágrimas de un momento a otro.

Maisie cogió en brazos al más pequeño. Sabía que se llamaba Solomon, por Solly Greenbourne, pero que le llamaban Sol.

—Bueno, bueno —murmuró Maisie—. ¿Qué ocurre?

—Quiero que venga mi mamá —el niño lloró más fuerte.

—Chissst, chissst —susurró Maisie, al tiempo que lo mecía.

Notó que la humedad le calaba el vestido y comprendió que la criatura se había hecho pis. Al echar una mirada alrededor, comprobó que allí todo estaba manga por hombro. La superficie de la mesa aparecía sembrada de migas y leche derramada, había platos sucios en el fregadero y manchas de barro en el suelo. También hacía frío: el fuego estaba consumido. Era casi como si hubieran abandonado a los niños.

—¿Qué está pasando aquí? —le preguntó a Toby.

—Les he dado un poco de almuerzo —dijo el chico—. Preparé pan con mantequilla y corté unas lonchas de jamón. Quise hacer té, pero me quemé la mano con la tetera. —Se esforzaba por aparentar valentía, pero le faltaba muy poco para romper a llorar—. ¿Sabe usted dónde puede estar mi padre?

—No, no lo sé. —Maisie reparó en que el más pequeño había reclamado a la madre, mientras que el mayor preguntaba por su padre—. ¿Y tu madre?

Toby cogió un sobre de encima de la chimenea y se lo tendió. Iba dirigido simplemente a «Hugh».

—No está cerrado —observó Toby—. Lo he leído.

Maisie abrió el sobre y extrajo la única cuartilla que contenía.

Sólo contenía una palabra escrita en letras mayúsculas:

ADIÓS

Maisie se quedó horrorizada. ¿Cómo podía una madre abandonar a sus tres hijos pequeños... y dejarlos para que se valieran por sí solos? Nora había alumbrado a aquellos tres niños y los había alimentado con sus pechos cuando eran recién nacidos. Maisie pensó en las madres del hospital femenino de Southwark. Si a cualquiera de ellas le proporcionasen una casa de tres dormitorios en Chingford, creería estar en la gloria.

Apartó momentáneamente de su cerebro tales pensamientos.

—Vuestro padre volverá esta noche, estoy segura —declaró, al tiempo que rezaba para que fuese verdad. Se dirigió al niño de cuatro años, que era el que tenía en brazos—. Pero no queremos que encuentre la casa sucia y desordenada, ¿verdad?

Sol negó solemnemente con la cabeza.

—Vamos a fregar los platos, limpiar la cocina, encender la lumbre y preparar algo de cena. —Miró al niño de seis años—. ¿Te parece buena idea, Samuel?

Samuel asintió.

—Me gustan las tostadas con mantequilla —dijo.

—Entonces, eso es lo que prepararemos.

Toby no se sintió tranquilo.

—¿A qué hora cree que volverá a casa mi padre?

—No estoy segura —contestó Maisie con sinceridad. No tenía sentido mentir: los niños siempre adivinaban el engaño—. Pero te diré una cosa. Puedes quedarte levantado hasta que llegue, por tarde que sea. ¿Qué te parece?

El niño pareció un tanto aliviado.

—Muy bien —dijo.

—Estupendo, pues. Toby, tú eres el más fuerte, puedes traer un cubo de carbón. Samuel, creo que puedo confiar en que vas a cumplir adecuadamente un trabajo: coge un trapo, pásalo por la mesa de la cocina y la limpias como es debido. Sol, te encargarás de barrer... eres el más pequeño y, por lo tanto, el que está más cerca del suelo. Vamos, chicos, ¡manos a la obra!

4

A Hugh le impresionó el modo en que Scotland Yard había reaccionado al escuchar su información. Se asignó el caso al inspector detective Magridge, un hombre de rostro afilado, aproximadamente de la edad de Hugh, meticuloso e inteligente. La clase de hombre que hubiera ascendido a jefe de negociado en un banco. Antes de una hora ya había hecho circular la descripción de Micky Miranda y había puesto en estado de alerta a todos los centros portuarios del país.

A instancias de Hugh, envió también a un sargento detective para que entrevistase a Edward Pilaster; el hombre regresó con la noticia de que Miranda se disponía a abandonar el país.

Edward también declaró que Micky estaba implicado en las muertes de Peter Middleton, Seth Pilaster y Solomon Greenbourne. A Hugh le estremeció la sugerencia de que Micky hubiese matado a tío Seth, pero confesó a Magridge que ya sospechaba que Micky había tenido algo que ver con las muertes de Peter y Solly.

El mismo detective fue a ver a Augusta. La mujer aún vivía en la Mansión Whitehaven. Al no disponer de dinero no le iba a ser posible retenerla indefinidamente, pero hasta entonces había conseguido evitar la venta de la casa y de su contenido.

Un agente al que se le encargó que comprobase los registros de los despachos de las navieras informó de que un hombre que respondía a la descripción indicada, pero que decía llamarse M. R. Andrews, había adquirido un pasaje en el *Azteca*, buque que zarpaba de Southampton aquella noche. Se remitieron instrucciones a la policía de Southampton para que apostase agentes en la estación de ferrocarril y en el puerto.

El detective enviado a entrevistar a Augusta volvió para informar de que nadie había salido a abrirle cuando golpeó y tocó la campanilla de la puerta de la Mansión Whitehaven.

—Yo tengo llave —dijo Hugh.

—Es muy probable que esa mujer haya salido... y quiero

que el sargento vaya a la embajada de Córdoba. ¿Por qué no se encarga usted mismo de echar un vistazo a la Mansión Whitehaven?

Contento de tener algo que hacer, Hugh tomó un simón rumbo a Kensington Gore. Tocó la campanilla y llamó con los nudillos, pero no obtuvo respuesta. Evidentemente, el último miembro de la servidumbre se había despedido. Hugh entró en la casa por su cuenta.

La casa estaba fría. Ocultarse no era el estilo de Augusta, pero decidió examinar las habitaciones, por si acaso. La planta baja estaba desierta. Subió al primer piso y comprobó el dormitorio de Augusta.

No le sorprendió lo que vio. Las puertas del armario estaban entornadas, los cajones de la cómoda abiertos, y sobre la cama y las sillas aparecían diversas prendas de ropa que la mujer había descartado. Aquello no era propio de Augusta: era una persona pulcra, con una mente ordenada. Al principio, Hugh pensó que habían entrado a robar. Después le asaltó otra idea.

Bajó corriendo los dos tramos de escalera que llevaban al piso de los criados. Cuando vivía allí, diecisiete años atrás, las maletas y baúles se apilaban en una gran alacena conocida como el cuarto de las cajas.

Encontró la puerta abierta de par en par. Dentro había unas cuantas maletas, pero ningún baúl de barco.

Augusta se había ido.

Revisó velozmente las demás habitaciones de la casa. Como se esperaba, no vio a nadie. Los cuartos de la servidumbre y los dormitorios de invitados habían adquirido ya ese aire mohoso y polvoriento de las estancias que no se ocupan. Cuando se asomó a la habitación que había sido de tío Joseph le sorprendió ver que conservaba exactamente el mismo aspecto que siempre tuvo, aunque al resto de la casa le habían cambiado la decoración varias veces. Estaba a punto de retirarse cuando sus ojos cayeron sobre la vitrina lacada donde se exhibía la valiosa colección de cajitas de rapé propiedad de Joseph.

La vitrina estaba vacía.

Hugh enarcó las cejas. Sabía que las cajitas de rapé no las habían incluido en los objetos de las subastas: Augusta había evitado hasta entonces que sacaran de allí sus pertenencias.

Eso significaba que se había llevado las cajitas consigo.

Estaban valoradas en cien mil libras... Con aquel dinero, Augusta podía vivir confortablemente el resto de su vida.

Pero no le pertenecían. Pertenecían al sindicato.

Decidió ir en pos de Augusta.

Corrió escaleras abajo y salió a la calle. Había una parada de coches de alquiler a escasos metros de allí. Los conductores charlaban entre sí y pateaban el suelo para calentarse los pies. Hugh se les acercó a la carrera.

—¿Alguno de ustedes ha llevado a lady Whitehaven a alguna parte esta tarde? —preguntó.

—Dos —dijo un cochero—. ¡Uno cargó con el equipaje!

Los otros se echaron a reír.

Se confirmó la deducción de Hugh.

—¿Adónde la llevaron?

—A la estación de Waterloo. Tenía intención de coger el tren naviero de la una.

El tren naviero iba a Southampton, de donde Micky zarparía. Aquella pareja actuaba de común acuerdo. Micky siempre estaba haciéndole zalamerías como un desahogado, besándole la mano y adulándola. A pesar de los dieciocho años que había de diferencia entre ellos, formaban una pareja plausible.

—Pero perdieron el tren —dijo el cochero.

—¿Perdieron? —reaccionó Hugh—. ¿Iba alguien con ella?

—Un tipo de edad, en una silla de ruedas.

Evidentemente, no era Micky. Pero ¿quién, entonces? Nadie de la familia era tan frágil para usar silla de ruedas.

—Dice usted que perdieron el tren. ¿Sabe cuándo saldrá el próximo?

—A las tres.

Hugh consultó su reloj.

Eran las dos y media. Podía cogerlo.

—Lléveme a la estación de Waterloo —dijo, a la vez que subía al coche de un salto.

Llegó a la estación con el tiempo justo para sacar el billete y subir al tren naviero que enlazaba con el puerto.

Era un tren de pasillo, con vagones que se intercomunicaban, lo que permitiría a Hugh recorrerlo de una punta a otra. Cuando abandonó la estación y empezó a coger velocidad entre las casas de vecinos del sur de Londres, Hugh se dispuso a buscar a Augusta.

No tuvo que ir muy lejos. La mujer viajaba en el coche contiguo. Lanzó una rápida ojeada al pasar apresuradamente por el compartimiento, de forma que Augusta no le vio.

Micky no iba con ella. Debió de coger el tren anterior. La única persona del compartimiento además de ella era un hombre mayor, que se cubría las rodillas con una manta de viaje.

Hugh pasó al siguiente vagón, donde encontró un asiento libre. No serviría de mucho enfrentarse a Augusta en seguida. Posiblemente no llevara encima las cajitas de rapé... podían estar en una de las maletas del furgón de equipajes. Hablar con ella sólo serviría para ponerla sobre aviso. Era mejor esperar a que el tren llegase a Southampton. Hugh se apearía para ir en busca de un agente y abordar a Augusta cuando estuviesen descargando sus maletas.

Supongamos que Augusta negase tener las cajitas de rapé. Él insistiría en que las autoridades policíacas registrasen el equipaje. Estaban obligados a investigar la denuncia de un robo, y cuanto más protestase Augusta, más sospechosa parecería.

Supongamos que alegaba que las cajitas de rapé eran su-

643

yas. Era difícil demostrar nada allí. En caso de suceder eso, Hugh decidió que propondría que las autoridades tomaran en custodia los objetos de valor mientras investigaban las argumentaciones contradictorias.

Controló su impaciencia mientras los campos de Wimbledon se deslizaban a toda velocidad al otro lado de la ventanilla. Cien mil libras era una buena tajada del dinero que debía el Banco Pilaster. No iba a permitir que Augusta lo robase. Las cajitas de rapé también tenían una importancia simbólica. Representaban la determinación de la familia a pagar sus deudas. Si se dejaba a Augusta huir con ellas, la gente diría que los Pilaster arramblaban con todo lo que podían, igual que cualquier vulgar desfalcador. Tal idea indignó a Hugh.

Todavía nevaba cuando el tren llegó a Southampton. Hugh se asomó por la ventanilla del vagón mientras la locomotora entraba en la estación. Había agentes uniformados por todas partes. Eso significaba, dedujo Hugh, que aún no habían capturado a Micky.

Se apeó antes de que el tren se hubiese detenido del todo y llegó a la zona de acceso al andén antes que nadie. Se dirigió a un inspector de policía.

—Soy el presidente del consejo del Banco Pilaster —manifestó, al tiempo que entregaba su tarjeta al inspector—. Sé que están buscando a un asesino, pero en este tren viaja una mujer que lleva propiedad robada, perteneciente al banco, por valor de cien mil libras. Creo que tiene intención de abandonar esta noche el país a bordo del *Azteca* llevando consigo esa propiedad.

—¿En qué consiste lo supuestamente robado, señor Pilaster? —preguntó el inspector.

—Es una colección de cajitas de rapé adornadas con joyas.

—¿Y el nombre de la señora?

—Es la condesa viuda de Whitehaven.

El policía frunció el entrecejo.

–Leo los periódicos, señor. Debo entender que todo esto está relacionado con la quiebra del banco, ¿no?

Hugh asintió.

–Las cajitas de rapé han de venderse para que su importe contribuya a pagar a las personas que perdieron su dinero.

–¿Puede indicarme quién es lady Whitehaven?

Hugh miró hacia el andén, escudriñando a través de los copos de nieve.

–Es aquélla, la que está junto al vagón de equipajes, la del gran sombrero con alas de pájaro.

Augusta supervisaba la descarga de sus maletas.

El inspector inclinó la cabeza.

–Muy bien. Usted quédese aquí conmigo, en la puerta del andén. La detendremos cuando pase.

Con los nervios tensos, Hugh observó a los pasajeros que se apeaban del tren y salían de la estación. Aunque estaba bastante seguro de que Micky no iba en el tren, no por eso dejó de examinar la cara de todos los viajeros.

Augusta fue la última en salir. Tres mozos de cuerda llevaban su equipaje. La mujer palideció al ver a Hugh en la puerta del andén.

El inspector fue todo amabilidad.

–Perdón, lady Whitehaven. ¿Puedo hablar con usted un momento?

Hugh nunca había visto tan asustada a Augusta, aunque conservara sus modales de reina.

–Me temo que no puedo perder el tiempo, señor funcionario –dijo fríamente–. He de subir a bordo del barco que zarpa esta noche.

–Le garantizo que el *Azteca* no se hará a la mar sin usted, milady –aseguró el inspector tranquilizadoramente. Lanzó una mirada a los mozos–. Podéis dejar eso en el suelo durante un momento, muchachos –dijo. Proyectó de nuevo su atención sobre Augusta–. El señor Pilaster afirma que lleva usted consigo ciertas valiosas cajitas de rapé que le pertenecen a él. ¿Es así?

La alarma empezó a desaparecer de la expresión de Augusta, lo que confundió a Hugh. Y también le preocupó: temía que Augusta pudiese llevar oculto algún as en la manga.

—No sé por qué debo responder a preguntas impertinentes —replicó Augusta con arrogancia.

—Si no lo hace, me veré obligado a registrar sus maletas.

—Muy bien, llevo conmigo esas cajitas de rapé —reconoció—. Pero me pertenecen. Eran de mi marido.

El inspector miró a Hugh.

—¿Qué dice usted, señor Pilaster?

—Fueron de su esposo, pero éste se las legó a su hijo, Edward Pilaster; y las pertenencias de Edward están confiscadas por el banco. Lady Whitehaven intenta robarlas.

—Debo rogar a ambos que me acompañen a la comisaría —dijo el inspector—, en tanto se procede a investigar todas las alegaciones.

El pánico pareció apoderarse de Augusta.

—¡Pero corro el riesgo de perder el barco!

—En tal caso, lo único que puedo sugerirle es que deje la propiedad en disputa al cuidado de la policía. Se le devolverá si se demuestra que sus afirmaciones son ciertas.

Augusta vaciló. Hugh comprendía que separarse de tanta riqueza iba a destrozarle el corazón. ¿Pero es que no podía comprender que era inevitable? La habían sorprendido con las manos en la masa y tendría suerte si no acababa en la cárcel.

—¿Dónde están las cajitas de rapé, milady? —preguntó el inspector.

Hugh aguardó.

Augusta señaló una maleta.

—Todas están ahí.

—La llave, por favor.

Augusta titubeó de nuevo; y de nuevo cedió. Sacó un

pequeño aro de llaves, seleccionó una y la entregó al policía. El inspector abrió la maleta. Estaba llena de cajas de zapatos.

Augusta indicó una de las cajas. El inspector abrió la tapa y extrajo una caja de puros. Levantó la tapa de madera y aparecieron numerosos objetos pequeños cuidadosamente envueltos en papel. Eligió uno al azar y lo desenvolvió. Era una cajita de oro con incrustaciones de diamante que dibujaban un lagarto.

Hugh exhaló un largo suspiro de alivio.

El inspector miró a Hugh.

—¿Sabe cuántas tiene que haber, señor?

Todos los miembros de la familia lo sabían.

—Sesenta y cinco —respondió Hugh—. Una por cada año de la vida de tío Joseph.

—¿Quiere contarlas?

—Están todas ahí —afirmó Augusta.

De cualquier modo, Hugh las contó. Había sesenta y cinco. Empezó a sentir el placer de la victoria.

El inspector tomó la caja y la pasó a otro policía.

—Si desea acompañar al agente Neville a la comisaría, le entregará el correspondiente recibo por estos objetos, milady.

—Envíelo al banco —dijo Augusta—. ¿Puedo irme ya?

Hugh no estaba tranquilo. Augusta parecía decepcionada, pero no deshecha. Era casi como si le preocupara otra cosa, algo más importante para ella que las cajitas de rapé. ¿Y dónde estaba Micky Miranda?

El inspector hizo una reverencia y Augusta se marchó, seguida por los tres cargados mozos de cuerda.

—Muy agradecido, inspector —dijo Hugh—. Lamento que no haya atrapado también a Miranda.

—Le cogeremos, señor. No subirá a bordo del *Azteca* a menos que aprenda a volar.

El guarda del furgón de equipajes avanzaba por el andén

empujando una silla de ruedas. Hizo un alto frente a Hugh y el inspector.

—¿Qué se supone que he de hacer con esto? —preguntó.

—¿Cuál es el problema? —inquirió el inspector pacientemente.

—Esa mujer del equipaje y el pájaro en el sombrero...

—Lady Whitehaven, sí.

—Estaba con un viejo en Waterloo. Lo acomoda en un compartimiento de primera clase y luego me pide que lleve la silla de ruedas al vagón de equipajes. «Encantado», le digo. Y entonces va, se apea en Southampton y me suelta que no sabe de qué le estoy hablando. «Debe de haberme confundido con otra persona», va y dice. «No es probable... no puede existir en el mundo otro sombrero como ese suyo», le contesto.

—Exacto —dijo Hugh—, el cochero me dijo que la acompañaba un hombre en una silla de ruedas... y había un anciano con ella en el compartimiento.

—¡Ha dado en el clavo! —exclamó el guarda triunfalmente.

El inspector perdió de súbito su aire condescendiente y se volvió hacia Hugh.

—¿Vio usted pasar al viejo por la puerta de acceso al andén?

—No, no lo vi. Y examiné a todos los pasajeros. Tía Augusta fue la última. —Comprendió de pronto—. ¡Santo Dios! ¿Cree usted que era Micky Miranda disfrazado?

—Sí, eso creo. ¿Pero dónde está ahora? ¿Puede haberse apeado en alguna parada anterior?

—No —dijo el guarda—, éste es un tren expreso, directo de Waterloo a Southampton.

—En ese caso, hay que registrar el tren. Tiene que estar todavía en él.

Pero no estaba.

5

Festones de serpentinas y farolillos de colores adornaban el *Azteca*. La fiesta de Navidad estaba en todo su apogeo cuando Augusta subió a bordo: tocaba una orquesta en la cubierta principal y los pasajeros, en traje de etiqueta ellos, con vestidos de noche ellas, bebían champán y bailaban con los amigos que habían ido a despedirlos.

Un camarero condujo a Augusta por una gran escalera hasta un camarote situado en una cubierta superior. La mujer había empleado todo su dinero en la mejor cabina disponible, ya que contaba con que, gracias a las cajitas de rapé que llevaba en la maleta, no iba a tener que preocuparse más del dinero. El camarote daba directamente a la cubierta. Tenía una cama amplia, una jofaina de tamaño natural, asientos cómodos y luz eléctrica. Había flores encima de un tocador, una caja de bombones junto a la cama y una botella de champán en una cubitera colocada sobre una mesita baja. Augusta estuvo a punto de decirle al camarero que se llevara el champán, pero cambió de opinión. Emprendía una nueva vida, quizá debiera beber champán a partir de entonces.

Había llegado con el tiempo justo. Oyó el tradicional grito de «¡Todo el mundo a tierra, vamos a zarpar!» mientras los mozos entraban el equipaje en su camarote. Cuando se marcharon, Augusta salió al estrecho pasillo de cubierta y se alzó el cuello del abrigo para protegerse de la nieve. Se apoyó en la barandilla y miró hacia abajo. Había un buen salto hasta la superficie del agua, donde un remolcador ya estaba en su sitio, dispuesto a conducir al inmenso transatlántico a través del puerto hasta el mar. Mientras miraba, retiraron una por una las pasarelas y soltaron las amarras. Resonó la sirena, se elevó el clamor de la multitud que estaba en el muelle y lentamente, casi de un modo imperceptible, el gigantesco buque empezó a moverse.

Augusta regresó al camarote y cerró la puerta. Se desvistió despacio, se puso un camisón de seda negra y una bata a juego. Después llamó al camarero y le dijo que no necesitaría nada más aquella noche.

—¿Tengo que despertarla por la mañana, milady?

—No, gracias. Llamaré yo.

—Muy bien, milady.

Augusta cerró con llave, en cuanto el camarero se fue. Luego abrió el baúl y se apartó para que saliera Micky. El hombre cruzó el cuarto tambaleándose y se dejó caer en la cama.

—Jesús de mi vida, creí que iba a morirme ahí dentro —gimió.

—Pobre cariño mío, ¿dónde te duele?

—Las piernas.

Se frotó las pantorrillas. Tenía los músculos contraídos a causa de los calambres. Augusta le dio un masaje con la yema de los dedos, notando el calor de la carne a través de la tela de los pantalones. Llevaba mucho tiempo sin tocar así a un hombre y una oleada ardorosa le ascendió a la garganta.

Había soñado muchas veces con hacer aquello, huir con Micky Miranda, antes y después de la muerte de Joseph, su marido. Siempre la frenó pensar en lo que perdería: casa, sirvientes, asignación para vestidos, posición social y poder familiar. Pero la quiebra del banco se lo había llevado todo y ahora estaba en condiciones de entregarse libremente a sus deseos.

—Agua —pidió Micky con voz débil.

Augusta llenó un vaso con la jarra que había al lado de la cama. Micky se dio media vuelta, se sentó y luego bebió de un trago toda el agua del vaso.

—¿Quieres más... Micky?

Él dijo que no con la cabeza.

Augusta se hizo cargo del vaso.

—Te quedaste sin las cajitas de rapé —dijo Micky—. Lo oí todo. Ese cerdo de Hugh...

–Pero tú tienes mucho dinero –observó Augusta. Señaló el champán de la cubitera–. Hay que beberlo. Estás fuera de Inglaterra. ¡Lograste escapar!

Micky tenía la vista clavada en los pechos de Augusta. Ella comprendió que la excitación le había endurecido los pezones y que Micky los distinguía bajo la seda del camisón. Le entraron ganas de decirle «Puedes acariciarlos, si gustas», pero vaciló. Tenían mucho tiempo: toda la noche. Toda la travesía. Todo el resto de sus vidas. Pero se dio cuenta repentinamente de que ella no podía esperar más. Se sintió culpable y avergonzada, pero se moría por tener entre sus brazos el cuerpo desnudo de Micky, y aquel anhelo era infinitamente más intenso que su vergüenza. Se sentó en el borde de la cama. Cogió la mano de Micky, se la llevó a los labios y la besó; después la oprimió contra sus senos.

Él la contempló curiosamente durante unos segundos. Después empezó a acariciarle el pecho por encima de la seda. Un contacto suave. Las puntas de sus dedos rozaron los sensibles pezones y Augusta dejó escapar un entrecortado jadeo de placer. La mano giró, sostuvo el seno en el hueco de la palma y lo levantó. Después, apretó el pezón entre el índice y el pulgar. Augusta cerró los ojos. Micky aumentó la presión, hasta que resultó dolorosa. Luego retorció el pezón con tan perversa saña que Augusta soltó un chillido, se apartó de él y se puso en pie de un salto.

–¡Chocho tonto! –Micky pronunció su grosería al tiempo que se levantaba de la cama.

–¡No! –gritó Augusta–. ¡No!

–¡Creías de verdad que iba a casarme contigo!

–Sí...

–Ya no tienes dinero ni influencia, el banco quebró e incluso te quedaste sin las cajitas de rapé. ¿Qué podría querer de ti?

Un terrible dolor se clavó en el pecho de Augusta, como un cuchillo que se le hundiera en el corazón.

—Dijiste que me amabas...

—Tienes cincuenta y ocho años... la edad de mi madre, ¡por el amor de Dios! Eres vieja, arrugada, ruin y egoísta. ¡No te follaría ni aunque fueses la única mujer sobre la Tierra!

Augusta se sintió mareada. Intentó llorar, pero no le serviría de nada. Las lágrimas afluyeron a sus ojos y los sollozos de la desesperación empezaron a sacudirla. Estaba en la ruina. Sin hogar, sin dinero, sin amigos... Y el hombre en el que confió la había traicionado. Se apartó de él y ocultó el rostro: no quería que viera su vergüenza y su dolor.

—Basta ya, por caridad —susurró.

—Sí, lo dejaré —escupió Micky—. Tengo camarote reservado en este barco y ahí es adonde voy.

—Pero cuando lleguemos a Córdoba...

—Tú no vas a Córdoba. Puedes desembarcar en Lisboa y volver a Londres. Ya no me sirves de nada.

Cada palabra era como un golpe y Augusta retrocedió frente a él, con las manos levantadas como si tratara de rechazar así las imprecaciones de Micky. Su espalda chocó con la puerta del camarote. Desesperada, en su ansiedad por apartarse de Micky, abrió la puerta y salió a cubierta andando hacia atrás.

El gélido aire de la noche le aclaró la cabeza. Comprendió que estaba comportándose como una jovencita desvalida, no como una mujer madura y capaz. Había perdido brevemente el control de su vida, pero había llegado el momento de recuperarlo.

Pasó por delante de ella un hombre vestido de etiqueta y con un puro en los labios. Contempló atónito a aquella mujer que iba en camisón, pero no le dirigió la palabra.

Eso le dio una idea.

Regresó al camarote y cerró la puerta. Micky se enderezaba la corbata, delante del espejo.

—Viene alguien —anunció Augusta en tono apremiante—. ¡Un policía!

El porte de Micky cambió en un abrir y cerrar de ojos. La burla despectiva que decoraba su rostro se vio sustituida por una expresión de pánico cerval.

—¡Oh, Dios mío!

Augusta pensaba a toda velocidad.

—Aún estás en aguas británicas —dijo—. Pueden arrestarte y devolverte en un patrullero guardacostas.

No tenía idea de si eso podía ser verdad.

—Tendré que esconderme. —Micky se metió dentro del baúl. Dijo—: Cierra en seguida, venga.

Augusta bajó la tapadera sobre él.

Luego corrió el pestillo del cerrojo para asegurarlo.

—Eso está mejor —articuló.

Se sentó en la cama, con los ojos clavados en el baúl. Se repetía en su cerebro, una y otra vez, la conversación mantenida momentos antes. La hizo sentirse vulnerable y la hirió profundamente. Pensó en el modo en que la había acariciado. En toda su vida sólo otros dos hombres le habían tocado los pechos: Strang y Joseph. Pensó en la forma en que le retorció el pezón y en el desprecio que rezumaron sus palabras obscenas. A medida que fueron pasando los minutos, la indignación fue enfriándose, para convertirse en un anhelo de venganza oscuro y pérfido.

Sofocada, desde el interior del baúl llegó la voz de Micky.

—¡Augusta! ¿Qué ocurre?

Ella no contestó.

Micky empezó a gritar pidiendo socorro. Augusta cubrió el baúl con mantas de la cama, para ahogar el ruido de las voces.

Al cabo de un rato, Micky se calló.

Pensativamente, Augusta fue retirando del baúl las etiquetas que llevaban su nombre.

Oyó abrirse y cerrarse puertas de camarotes: pasajeros que iban al comedor. El buque cabeceó ligeramente, a impulsos del oleaje, al entrar en el canal de la Mancha. La noche avanzaba con rapidez mientras Augusta seguía sentada en la cama, sumida en sus pensamientos.

Entre la medianoche y las dos de la madrugada, los pasajeros fueron regresando a sus cabinas, por parejas o de tres en tres. Una vez llegaron los últimos y la orquesta dejó de tocar, el silencio se enseñoreó del buque, salvo por el rumor de los motores y el chapoteo del mar.

Augusta continuó con la vista clavada obsesivamente en el baúl donde había encerrado a Micky. Había llegado allí sobre la espalda de un musculoso mozo de cuerda. Augusta no tendría fuerzas para levantarlo, pero pensaba que sí podría arrastrarlo. Llevaba asas metálicas en los lados, así como correas de cuero en las partes superior e inferior de los mismos. Cogió la correa de la parte de arriba y dio un tirón: el baúl se inclinó lateralmente. Augusta lo volcó. Chocó estruendosamente contra el piso. Micky reanudó sus gritos y Augusta volvió a cubrir el baúl con mantas. Esperó a ver si alguien se presentaba a investigar el motivo de aquel golpe, pero nadie apareció. Micky dejó de dar voces.

Augusta agarró de nuevo la correa y procedió a dar tirones. El baúl pesaba lo suyo, pero podía moverlo unos cuantos centímetros cada vez. Luego de cada tirón, descansaba.

Le costó diez minutos arrastrar el baúl hasta la puerta del camarote. Entonces, Augusta se puso las medias, las botas y el abrigo de piel. Abrió la puerta.

No había nadie. Los pasajeros dormían, y si algún miembro de la tripulación patrullaba por las cubiertas, Augusta no lo vio. La tenue claridad de las bombillas eléctricas era lo único que iluminaba el transatlántico, en el cielo no brillaba estrella alguna.

Tiró del baúl hasta que franqueó la puerta del camarote y volvió a tomarse un descanso.

A partir de ahí todo fue más fácil, porque el piso de la cubierta estaba resbaladizo merced a la nieve. Al cabo de diez minutos, tenía el baúl contra la barandilla.

La parte siguiente era más ardua. Asió la correa, levantó un extremo del baúl y trató de subirlo hasta el pasamanos. El primer intento terminó con el baúl de nuevo en el suelo. El ruido del golpe le pareció fragoroso, pero tampoco apareció nadie con ánimo de investigar: en el barco no cesaban de producirse ruidos intermitentes, mientras las chimeneas eructaban humo y el casco hendía las olas.

La segunda vez el esfuerzo de Augusta fue más decidido. Apoyó una rodilla en el suelo, cogió la correa con ambas manos y fue tirando hacia arriba lentamente. Cuando tenía el baúl inclinado en ángulo de cuarenta y cinco grados, Micky se movió dentro, su peso se trasladó al extremo del fondo y, de pronto, resultó más fácil poner el cofre vertical.

Volvió a ladearlo para que se apoyase en la barandilla. La última parte era la más dura. Se agachó para agarrar la correa inferior. Respiró hondo y trató de levantar el baúl.

No sostenía todo su peso, ya que el otro extremo descansaba sobre el pasamanos, pero necesitó no obstante recurrir a todas sus fuerzas para separar el baúl dos centímetros del suelo. Luego, le resbalaron los dedos y el cofre cayó nuevamente sobre el piso de la cubierta.

No podría conseguirlo.

Descansó, con la sensación de estar agotada y entumecida. Pero no le era posible abandonar. Se había esforzado mucho para llevar el baúl hasta allí. Era cuestión de intentarlo otra vez.

Volvió a agacharse y a coger el asa de cuero.

Micky habló de nuevo.

—¿Qué estás haciendo, Augusta?

Le contestó en voz baja y clara:

—¿Recuerdas cómo murió Peter Middleton?

Hizo una pausa. Del interior del baúl no le llegó ningún sonido.

—Tú vas a morir igual —dijo la mujer.

—No, por favor, Augusta, cariño —suplicó Micky.

—El agua estará más fría y tendrá un sabor más salado mientras llena tus pulmones; pero conocerás el terror que experimentó él cuando la muerte te apriete el corazón con su puño.

Micky empezó a chillar.

—¡Socorro! ¡Auxilio! ¡Que alguien me salve!

Augusta aferró la correa y tiró hacia arriba con todas sus fuerzas. El fondo del baúl abandonó el piso. Al comprender Micky lo que estaba pasando, sus gritos se hicieron más altos y aterrorizados, resonando por encima del ruido de los motores y del mar. No tardaría en acudir alguien. Augusta dio otro empellón. Levantó la parte inferior del baúl hasta el nivel de su pecho y se detuvo, exhausta, casi convencida de que no podía más. Unos ruidos de arañazos frenéticos en el interior del baúl testimoniaban los desesperados intentos de Micky por salir de allí. Augusta cerró los párpados, apretó las mandíbulas y empujó. Al poner en juego todas las reservas de vigor que le quedaban, notó que algo cedía en su espalda y se le escapó un grito de dolor, pero siguió levantando el baúl. La parte inferior de éste ya estaba más arriba que la superior, y se deslizó unos centímetros por la barandilla; pero acabó deteniéndose. La espalda de Augusta era una agonía. En cualquier momento, los gritos de Micky podían despertar de su sueño alcohólico a algún pasajero medio borracho. Augusta comprendió que sólo le quedaban fuerzas para un empujón más. Tenía que ser el definitivo. Reunió todas sus energías, cerró los ojos, rechinó los dientes para aguantar el dolor de la espalda y dio otro empujón.

El baúl se desplazó despacio por encima del pasamanos y, por fin, cayó al vacío.

Micky lanzó un chillido prolongado que murió en el viento.

Augusta se derrumbó hacia adelante, para apoyarse en la barandilla y aliviar el terrible dolor de su espalda. Contempló el descenso del enorme baúl, que a través del aire cuajado de copos de nieve caía lentamente, dando vueltas. Cayó al agua con un impresionante chapoteo y se sumergió de inmediato.

Volvió a emerger al cabo de unos segundos. Flotaría durante algún tiempo, comprendió Augusta. El dolor de la espalda era insoportable y anhelaba tenderse en la cama, pero continuó inclinada sobre la barandilla, dedicada a observar el espectáculo del baúl balanceándose al ritmo del oleaje. Al cabo de un rato, desapareció de la vista.

Oyó una voz masculina junto a ella.

—Me pareció oír que alguien pedía socorro —dijo la voz en tono preocupado.

Augusta se recompuso rápidamente y dio media vuelta, para encontrarse frente a un joven de educados modales envuelto en un batín de seda y con un pañuelo al cuello.

—Fui yo —explicó Augusta con una sonrisa forzada—. Tuve una pesadilla y me desperté gritando. He salido a despejarme la cabeza.

—Ah. ¿Está segura que se encuentra bien?

—Completamente segura. Es usted muy amable.

—Bien. Buenas noches, pues.

—Buenas noches.

El joven regresó a su camarote.

Augusta bajó la mirada hacia el mar. Dentro de un momento volvería tambaleándose a su cama, pero deseaba contemplar el océano un poco más. El baúl se iría llenando despacio, pensó, a medida que el agua se filtrase por las estrechas rendijas. El nivel cubriría el cuerpo de Micky centímetro a centímetro, mientras él bregaba por abrir la tapa del baúl. Cuando el agua le llegase a la boca y la nariz, contendría la respiración cuanto pudiese. Pero acabaría por abrir la boca en un involuntario jadeo y el salado líquido irrumpiría garganta abajo y le inundaría los pulmones. Micky se retorcería y lucharía un poco más, torturado por el sufrimiento y el terror; luego, sus movimientos se debilitarían poco a poco, se interrumpirían, todo se tornaría paulatinamente negro y Micky moriría.

6

Hugh estaba agotado cuando, por fin, el tren se detuvo en la estación de Chingford y se apeó. Aunque no veía el momento de acostarse, hizo un alto en el puente, sobre la vía férrea, en el lugar donde aquella mañana Micky había matado a Tonio de un balazo. Se quitó el sombrero y permaneció allí un minuto, descubierta la cabeza bajo la nieve, mientras recordaba a su amigo, de niño y como hombre. Luego reanudó la marcha.

Se preguntó cómo afectaría todo aquello al Ministerio de Asuntos Exteriores y a su actitud respecto a Córdoba. Hasta aquel momento, Micky había dado esquinazo a la policía. Pero tanto si cogían a Micky como si no, Hugh podía explotar el hecho de que fue testigo del homicidio. A los periódicos les encantaría publicar su relato del crimen segundo a segundo. La opinión pública se sentiría ultrajada al enterarse de que un diplomático había cometido un asesinato a plena luz del día y los miembros del Parlamento seguramente pedirían alguna clase de amonestación. La circunstancia de que Micky fuese el asesino podía echar por tierra las probabilidades que tuviese Papá Miranda de conseguir el reconocimiento del gobierno británico. Y tal vez resultara posible convencer al Ministerio de Asuntos Exteriores de que debía apoyar a la familia Silva para castigar a los Miranda... y obtener una compensación para los inversores británicos de la Corporación del Puerto de Santamaría.

Cuanto más reflexionaba sobre ello, mayor era su optimismo.

Confió en que Nora estuviese dormida cuando él llegara a casa. No quería oír lo mal que había pasado el día, incomunicada en aquella aldea remota y sin nadie que la ayudase a cuidar a los tres alborotadores chiquillos. Hugh sólo deseaba meterse entre las sábanas y cerrar los ojos. Ya pensaría en los acontecimientos de la jornada y comprobaría en qué situación se encontraban él y su banco.

Cuando avanzaba por el sendero del jardín, le descorazonó ver luz al otro lado de los visillos. Eso significaba que Nora aún permanecía en pie. Entró en la casa utilizando su llave y se dirigió a la habitación frontal.

Le sorprendió ver a los tres niños, todos en pijama, sentados uno junto a otro en el sofá: miraban un libro ilustrado.

Y se quedó atónito al encontrar allí a Maisie, en medio de los chicos, a los que leía el libro.

De un salto, los tres niños se levantaron y corrieron hacia él. Los abrazó y besó uno tras otro: a Sol, el más pequeño, luego a Samuel y después a Toby, el de once años. Los dos más pequeños estaban sencillamente jubilosos de verle, pero captó algo más en el rostro de Toby.

—¿Qué pasa, viejo? —preguntó Hugh—. ¿Ha ocurrido algo malo? ¿Dónde está mamá?

—Se fue de compras —dijo el niño, y se echó a llorar.

Hugh pasó el brazo por los hombros del muchacho y miró a Maisie.

—Llegué aquí hacia las cuatro —explicó ella—. Nora debió de marcharse poco después que tú.

—¿Los dejó solos?

Maisie asintió con la cabeza.

La rabia empezó a hervir dentro de Hugh. Los niños habían estado solos la mayor parte del día. Pudo haberles sucedido cualquier cosa.

—¿Cómo pudo hacer una cosa así? —silabeó amargamente.

—Hay una nota.

Maisie le tendió el sobre.

Hugh lo abrió y leyó la única palabra que constituía el mensaje: ADIÓS.

—No estaba cerrado —comentó Maisie—. Toby lo leyó y me lo enseñó.

—Cuesta trabajo creerlo —comentó Hugh, pero tan pronto las palabras salieron de su boca comprendió que eso no era verdad: no costaba ningún trabajo creerlo. Nora siempre había colocado sus deseos y su egoísmo por encima de todo lo demás. Ahora había abandonado a sus hijos. Supuso que se habría ido a la taberna de su padre para no volver.

Y la nota parecía indicar que no iba a volver.

Hugh no supo qué pensar.

Su primera obligación, como padre, eran los niños. Lo importante era no trastornarlos más. Dejó sus sentimientos a un lado.

—Es muy tarde para que estéis levantados, muchachos —dijo—. Ya es hora de irse a la cama. ¡Venga!

Los acompañó escaleras arriba. Samuel y Sol compartían una habitación, pero Toby tenía dormitorio propio. Hugh metió a los pequeños en la cama y entró en el cuarto del mayor. Se inclinó sobre el lecho y le dio un beso.

—La señora Greenbourne es estupenda —calificó Toby.

—Ya lo sé —dijo Hugh—. Estaba casada con mi mejor amigo, Solly. Luego él murió.

—También es muy guapa.

—¿Te lo parece?

—Sí. ¿Va a volver mamá?

Era la pregunta que Hugh se estaba temiendo.

—Claro que sí —aseguró.

—¿De veras?

Hugh suspiró.

—Si he de decirte la verdad, viejo, no lo sé.

—Si mamá no vuelve, ¿cuidará de nosotros la señora Green-bourne?

«Confía en un niño si quieres ir al fondo de un asunto», pensó Hugh. Eludió la cuestión.

—Dirige un hospital —dijo—. Tiene docenas de pacientes a los que cuidar. No creo que le quede tiempo para cuidar niños también. Y ahora, basta de preguntas. Buenas noches.

Toby no parecía muy convencido, pero tampoco insistió.

—Buenas noches, padre.

Hugh apagó la vela y salió del cuarto. Cerró la puerta. Maisie había preparado chocolate.

—No me cabe duda de que hubieses preferido un coñac, pero no parece que haya en la casa.

Hugh sonrió.

—Pertenecemos a la clase media baja, no podemos permitirnos el lujo de tomar bebidas alcohólicas. El chocolate está bien.

En una bandeja había tazas y una jarra, pero ninguno de los dos hizo el menor movimiento para cogerlas. Estaban de pie en medio de la habitación, mirándose el uno al otro.

—En el periódico de la tarde leí lo del tiroteo y vine a ver si te encontrabas bien. Encontré a los niños abandonados a su suerte y les di de cenar. Después, te esperamos.

Puso en sus labios una sonrisa resignada, de asentimiento, con la que le decía que le tocaba a él decidir lo que sucedería a continuación.

De súbito, Hugh empezó a temblar. Se inclinó sobre el respaldo de una silla, en busca de apoyo.

—Ha sido un día de prueba —dijo con voz estremecida—. Me siento muy viejo.

—Quizá sea mejor que te sientes.

Se sintió abrumado por una repentina oleada de amor hacia Maisie. En vez de sentarse, la rodeó con los brazos.

—Abrázame fuerte —suplicó.

Ella le apretó la cintura.

—Te quiero, Maisie —declaró Hugh—. Creo que siempre te he querido.

—Lo sé.

La miró a los ojos. Estaban llenos de lágrimas, y mientras la contemplaba, una de esas lágrimas rebasó la línea de los párpados y se deslizó por la mejilla de Maisie. Hugh la besó.

—Después de tantos años —dijo Hugh—. Al cabo de todos estos años.

—Hazme el amor esta noche, Hugh —pidió Maisie.

Él asintió.

—Y todas las noches, de hoy en adelante.

La besó de nuevo.

EPÍLOGO

1892

De The Times:

FALLECIMIENTOS

El 30 de mayo, en su residencia de Antibes (Francia), falleció, tras larga enfermedad, el conde de Whitehaven, antiguo presidente del consejo del Banco Pilaster.

—Ha muerto Edward —dijo Hugh, y alzó la mirada del periódico.

Maisie ocupaba el asiento contiguo en el vagón del ferrocarril, ataviada con un veraniego conjunto de color amarillo y un sombrerito adornado con cintas de tafetán. Iban al Colegio Windfield para asistir a la ceremonia de la entrega de diplomas.

—Era un canalla, pero su madre le echará de menos —comentó Maisie.

Augusta y Edward llevaban año y medio viviendo en el sur de Francia. Pese a todos los perjuicios que habían causado, el sindicato les pasaba la misma asignación que a todos los demás Pilaster. Ambos eran inválidos: Edward padecía una sífilis en estado terminal y Augusta había sufrido una hernia discal y pasaba la mayor parte del tiempo en una silla de ruedas. Hugh tenía noticias de que, no obstante su incapacidad física, Augusta se había convertido en la reina sin corona de la comunidad inglesa: casamentera, árbitro de disputas, promulgadora de normas y organizadora de acontecimientos sociales.

—Edward adoraba a su madre —dijo Hugh.

Maisie se le quedó mirando con curiosidad.

—¿A qué viene eso?

—Es la única cosa buena que se me ocurre decir de él.

Maisie sonrió y le dio un beso en la nariz.

El tren llegó entre resoplidos y traqueteos a la estación de Windfield y se apearon. Era el final del primer año de Toby y el último curso de Bertie en el colegio. El día era caluroso y el sol brillaba esplendorosamente. Maisie abrió su sombrilla y emprendieron la marcha a pie hacia el colegio.

Había cambiado mucho en los veintiséis años transcurridos desde que Hugh lo abandonó. El viejo director, el doctor Poleson, llevaba muerto mucho tiempo y había una estatua de él en el patio. El nuevo rector empuñaba el famoso bastón, «el tiralíneas», pero lo usaba con menos frecuencia. El dormitorio de la cuarta clase seguía en la antigua vaquería, cerca de la capilla de piedra, pero había un nuevo edificio con una sala en la que podían sentarse todos los alumnos. Y la educación también era mejor: Toby y Bertie aprendían matemáticas y geografía, así como griego y latín.

Encontraron a Bertie a la entrada del salón de actos. Hacía un año o dos que ya era más alto que Hugh. Era un muchacho de aire solemne, aplicado, laborioso, serio y formal: en el colegio no había tenido ninguna agarrada con nadie, a diferencia de Hugh. Predominaban en él los ascendientes Rabinowicz y a Hugh le recordaba a Dan, el hermano de Maisie.

El chico besó a su madre y estrechó la mano a Hugh.

—Hay un jaleo tremendo —dijo—. No tenemos bastantes copias del himno del colegio y la Cuarta Baja las está escribiendo a toda máquina. Debo ir a meterles prisa. Os veré después de los discursos.

Se alejó a paso vivo. Hugh le contempló con mirada afectuosa, al tiempo que pensaba nostálgico en lo importante que a uno le parecía el colegio, hasta que lo dejaba.

Encontraron a Toby. Los pequeños ya no llevaban chistera y levita: Toby iba con sombrero de paja y chaqueta corta.

—Bertie dice que puedo tomar el té con vosotros en su estudio, después de los discursos. ¿Os parece bien?

—Claro —rió Hugh.

—¡Gracias, papá!

Toby se alejó corriendo.

Les sorprendió tropezarse con Ben Greenbourne en la sala de actos del colegio. Parecía más viejo y frágil. Derecha al grano, como siempre, Maisie dijo:

—¡Hola! ¿Qué hace usted aquí?

—Mi nieto es delegado de los alumnos —replicó el anciano hoscamente—. He venido a oír su discurso.

Hugh se quedó atónito. Bertie no era nieto de Greenbourne, y el viejo lo sabía. ¿Se estaba reblandeciendo con la edad?

—Sentaos conmigo —ordenó Greenbourne.

Hugh miró a Maisie. Ella se encogió de hombros y se sentó. Hugh hizo lo propio.

—Me he enterado de que os casasteis —dijo Greenbourne sin preámbulos.

—El mes pasado —confirmó Hugh—. Mi primera esposa no puso reparos al divorcio.

Nora vivía con un vendedor de whisky, y a los detectives que contrató Hugh les costó menos de una semana conseguir pruebas del adulterio.

—No apruebo el divorcio —repuso Greenbourne en tono crispado. Luego suspiró—. Pero soy demasiado viejo para decirle a la gente lo que tiene que hacer. El siglo está a punto de terminar. El futuro os pertenece. Os deseo lo mejor.

Hugh tomó la mano de Maisie y le dio un apretón.

—¿Enviarás al chico a la universidad? —Greenbourne se dirigía a Maisie.

—No puedo permitírmelo —dijo Maisie—. Ha supuesto un gran sacrificio pagar los recibos del colegio.

—Me alegraría mucho correr con los gastos —ofreció Greenbourne.

Maisie se sorprendió.

—Muy generoso de su parte —pudo articular.

—Debiera haberlo sido hace años —le replicó el anciano—. Siempre te consideré una cazafortunas. Fue uno de mis errores. Si sólo fuese por el dinero, no te habrías casado con el joven Pilaster, aquí presente. Estaba equivocado.

—No me hizo daño alguno —repuso Maisie.

—De cualquier modo, fui muy riguroso. No tengo muchas cosas de las que arrepentirme, pero ésa es una de ellas.

Los alumnos empezaron a entrar en la sala. Los más pequeños se sentaron en el suelo, delante, y los de cursos superiores ocuparon las sillas.

—Hugh ha adoptado ya legalmente a Bertie —informó Maisie a Greenbourne.

El viejo dirigió sus agudos ojos hacia Hugh.

—Supongo que eres el padre del chico —dijo sin rodeos.

Hugh asintió.

—Debí sospecharlo hace mucho tiempo. No importa. El muchacho cree que soy su abuelo y eso me asigna una responsabilidad. —Tosió de una manera incómoda y cambió de tema—. Me han dicho que el sindicato va a pagar dividendos.

—Así es —dijo Hugh. Había dispuesto de todos los bienes del Banco Pilaster, de modo que el sindicato que rescató a la entidad iba a obtener un pequeño beneficio—. Todos los miembros del sindicato cobrarán un cinco por ciento de su inversión.

—Buen trabajo. No imagino cómo te las arreglaste.

—Gracias al nuevo gobierno de Córdoba. Traspasaron los bienes de la familia Miranda a la Corporación del Puerto de Santamaría y eso hizo que los bonos recobraran su valor.

—¿Qué fue del tal Miranda? Era un mal bicho.

—¿Micky? Encontraron su cuerpo en un baúl que las olas

arrojaron a una playa de la isla de Wight. Nadie pudo averiguar cómo llegó allí ni por qué estaba en su interior.

Había tenido que ir a reconocer el cadáver: resultaba importante establecer la defunción de Micky, al objeto de que Rachel pudiera casarse por fin con Dan Robinson.

En la sala un alumno procedió a repartir entre padres y familiares copias del himno del colegio caligrafiadas a tinta.

—¿Y tú? —preguntó Greenbourne a Hugh—. ¿Qué piensas hacer cuando el sindicato efectúe la liquidación?

—Tenía intención de pedirle consejo acerca de eso —contestó Hugh—. Me gustaría fundar un nuevo banco.

—¿Cómo?

—Lanzar una emisión de acciones al mercado de valores. Pilaster Limitada. ¿Qué le parece?

—Una idea temeraria, pero siempre fuiste original. —Greenbourne pareció sumirse en una profunda reflexión—. Lo curioso del caso es que al final, el fracaso de vuestro banco ha aumentado tu reputación, por la forma en que has llevado las cosas. Después de todo, ¿quién puede ser más de fiar que un banquero que se las arregla para pagar a todos sus acreedores incluso después de haber quebrado?

—Así... ¿usted cree que funcionará?

—Estoy seguro. Puede que yo mismo invierta dinero.

Hugh asintió agradecidamente. Era importante que a Greenbourne le gustase la idea. En la City, todo el mundo le pedía opinión, y la aprobación del anciano valía mucho. Hugh pensaba que su plan saldría bien, pero Greenbourne acababa de certificarlo poniendo el sello de su confianza.

Todos se levantaron al hacer su entrada el director, seguido por los profesores de subdivisión, el orador invitado —un miembro liberal del Parlamento— y Bertie, el delegado de los alumnos. Tomaron asiento en el estrado y luego Bertie se llegó al atril e invitó con voz sonora:

—Entonemos el himno del colegio.

Hugh y Maisie se miraron y ella sonrió con orgullo. Sonaron en el piano las notas familiares de la introducción y, luego, todos empezaron a cantar.

Una hora más tarde, Hugh los dejaba tomando el té en el estudio de Bertie, se escabullía a través de la pista de *squash* y se adentraba en el bosque del Obispo.

Hacía calor, igual que aquel día, veintiséis años antes. El bosque parecía el mismo, húmedo bajo la enramada de hayas y olmos. Recordaba el camino que conducía a la alberca en la que solían bañarse y lo encontró sin dificultad.

No se atrevió a descender por la falda de la cantera... ya no era lo bastante ágil. Se sentó en el borde y arrojó una piedra al estanque. Quebró la cristalina quietud del agua y convirtió la superficie en una sucesión de ondas concéntricas que se expandieron en círculos perfectos.

Era el único que quedaba, aparte de Albert Cammel, residente en la colonia de El Cabo. Los demás habían muerto: Peter Middleton, asesinado aquel día; Tonio, víctima de la bala que le disparó Micky dos navidades atrás; el propio Micky, ahogado dentro de un baúl de transatlántico; y ahora Edward, fallecido a causa de una sífilis y enterrado en un cementerio de Francia. Era como si aquel día de 1866 hubiese surgido de las profundidades del agua algo fatídico, algo que entró en sus vidas y puso en ellas todas las oscuras pasiones que las destrozaron: el odio y la codicia, el egoísmo y la crueldad. Algo que fomentó en ellos el engaño, la bancarrota, la enfermedad y el asesinato. Pero todo había terminado ya. Las deudas estaban saldadas. Si había algún espíritu maligno, se encontraba de regreso en el fondo del estanque. Y Hugh había sobrevivido.

Se levantó. Era hora de volver junto a su familia. Echó a andar y al cabo de unos pasos volvió la cabeza para lanzar una última mirada.

Las ondas originadas por la piedra habían desaparecido, y la superficie del agua aparecía límpidamente serena.